고전서사문학의 **넓이와 깊이**

김석배(金㮵培)

경북대학교 사범대학 국어교육과
경북대학교 대학원 석사·박사
금오공과대학교 교수
판소리학회 회장 역임

논저
『춘향전의 지평과 미학』(2010)
『판소리 명창 박록주』(2020)
외 다수

## 고전서사문학의 넓이와 깊이

**초판 인쇄**  2021년 6월 15일
**초판 발행**  2021년 6월 22일

**지 은 이**  김석배
**펴 낸 이**  박찬익

**펴 낸 곳**  ㈜ **박이정**
**주    소**  경기도 하남시 조정대로45 미사센텀비즈 7층 F749호
**전    화**  02-922-1192~3 / 031-792-1193, 1195
**팩    스**  02-928-4683
**홈페이지**  www.pjbook.com
**이 메 일**  pijbook@naver.com

**등    록**  2014년 8월 22일 제2020-000029호

**ISBN**  979-11-5848-620-4  93810

* 책값은 뒤표지에 있습니다.

춘향전·춘향가 강릉매화타령·골계미 설화문학 비보풍수전설 고전서사문학

# 고전서사문학의 넓이와 깊이

**김석배** 지음

(주)박이정

# 머리말

긴 시간 미루고 망설이다가 『고전서사문학의 넓이와 깊이』를 낸다. 주위에서 듣기 좋으라고 한 말을 애써 권유로 여기고 용기를 내었다. 귀가 얇은 탓이다.

이 책에는 그동안 필자가 이런저런 사정으로 여러 지면에 발표해 온 고전서사문학에 대한 글들을 거두었다. 발표한 지 오래된 것도 있고, 비교적 최근에 발표한 것도 있다. 지나온 흔적들을 한자리에 엮어놓으니 문체도 들쑥날쑥하고 내용 가운데 일부는 중복되는 것도 있다. 속은 말할 것도 없고 모양새도 어쭙잖다는 생각을 지울 수 없다. 세월이 흐른 탓도 있고, 필자의 역량이 부족한 탓이기도 하다. 눌러 보시기 바란다.

이 책은 5부로 구성되어 있다. 그중에는 춘향전이나 강릉매화타령과 같이 여전히 필자의 관심 영역 안에 있는 것도 있고, 조선 후기 한문단편이나 설화문학처럼 한창 시절 관심을 가지고 매달렸던 것도 있다. 모두 지난 시절의 추억들이 진하게 배어 있는 글들이다.

제1부에서는 춘향가/전에 대해 논의하였다. '1장 춘향가/전 제대로 알기'는 춘향가의 근원설화를 비롯하여 춘향전의 역사적 전개 등 춘향가의

전반적인 성격을 살펴본 것이다. '2장 춘향전, 그리고 남원'은 춘향전의 발상지인 남원과 춘향전의 관계, 춘향제 등을 살펴본 것이며, '3장 김연수 제 춘향가의 성격'은 한 시대를 자신의 시대로 만들었던 김연수 명창이 정립한 소위 동초제 춘향가의 판짜기 전략과 특징 등을 살펴본 것이다.

제2부에서는 실창판소리인 강릉매화타령에 대해 논의하였다. '1장 〈골생원전〉의 특징과 가치'는 필자가 소장하고 있는 〈골생원전〉의 전반적인 성격을 살펴본 것이다. '2장 강릉매화타령의 판짜기 전략'은 강릉매화타령과 춘향가·배비장타령의 교섭 양상을 통해 소리꾼들이 강릉매화타령의 판을 짜는 방법을 구체적으로 살펴본 것이다.

제3부에서는 조선 후기에 몰락 양반 지식인들이 기록한 한문단편에 대해 논의하였다. '1장 의적계 한문단편과 민중의식'은 조선 후기에 만연했던 의적들의 활약상을 다룬 의적계 한문단편의 전반적인 성격을 살펴본 것이다. '2장 추노계 한문단편과 현실 인식'은 몰락한 노주가 반노를 추심하는 과정에서 벌어지는 노·주의 대립 양상을 살펴본 것이다.

제4부에서는 설화문학의 세계에 대해 논의하였다. '1장 바보망신담의 골계미와 의미'는 오랜 역사를 지닌 바보 이야기 가운데 한 유형인 바보망신담의 유형과 미학을 살펴본 것이며, '2장 내 복에 산다형 민담의 성격'은 내 복에 산다형 민담의 전반적인 성격을 두루 살펴본 것이다. '3장 야래자형 설화와 혼사장애'는 유형적 성격을 비롯하여 혼사장애의 문학사적 전개 등을 살펴본 것이고, '4장 비보풍수전설과 이야기집단의 의식구조'는 각 지역에 광범위하게 분포되어 있는 비보풍수전설의 전반적인 성격을 살펴본 것이다.

제5부에서는 고전서사문학의 역사에 대해 논의하였다. '1장 18·19세기 한글소설과 유통'은 한글소설이 유통되는 방식을 살펴본 것이고, '2장 판소리 사설의 소설로의 전환 문제'는 그동안 관심 밖에 있었던, 판소리 사설이 소설로 전환되는 양상을 구체적으로 살펴본 것이다.

원고를 정리하는 내내, 내 눈의 대들보는 보지 못하면서 남의 눈의 티끌만 보고 법석을 떤 것이 아닌가 하는 부끄러움을 떨칠 수 없었다. 그만두고 싶은 생각이 한두 번이 아니었지만 돌이키기에는 너무 멀리 와버렸다.

원고를 매만지고 교정하는 과정에 큰 힘을 보태준 젊은 벗들에게 고마운 마음을 전한다. 『춘향전의 지평과 미학』으로 맺어진 박이정과의 인연이 이번에도 이어졌다. 어려운 여건에도 불구하고 이 책을 출간해주신 박찬익 대표님과 책을 예쁘게 꾸미느라 애쓰신 편집부 여러분에게 감사드린다.

두 해 전 한평생 자식들 뒷바라지에 골몰하시던 아버님께서 무거운 짐을 내려놓으시고 훌쩍 떠나셨다. 늦게나마 천상에서 당신의 삶을 사실 모양이다. 어버이날을 맞이하니 아버님이 더욱 그립다. 모든 것을 아낌없이 내주시고 바쁜 걸음으로 떠나신 아버님께 이 책을 바친다.

2021년 5월
김석배

# 차 례

# 제4부 설화문학의 세계

# 제5부 고전서사문학의 역사적 이해

# 제1부 춘향전의 안과 밖

# 1장
# 춘향가/전 제대로 알기

## 1. 춘향가의 근원설화

춘향가는 남원부사의 아들 이몽룡과 퇴기 월매의 딸 춘향의 신분을 초월한 사랑 이야기를 판소리로 짠 것이다. 춘향가는 근원설화를 바탕으로 17세기 말에서 18세기 초 무렵에 소리판에 등장한 이래 여러 명창들의 손을 거쳐 성장하였다. 19세기 중기 이후에는 비약적인 발전을 이룩하면서 다양한 모습의 춘향가가 등장하였다.

춘향가는 여러 가지 설화를 바탕으로 형성된 적층문학이다. 대체로 작품 전반부는 열녀 설화를 중심으로 전개되고, 후반부는 전반부의 문제를 해결하는 한 방식으로 암행어사 설화를 수용하여 전개된다.

주요 플롯 형성에 작용한 설화에는 열녀 설화, 암행어사 설화, 伸寃 설화, 艶情 설화 등이 있다. 열녀 설화는 열녀에 관한 설화로 지리산녀 설화(『동국여지승람』)와 도미 설화(『삼국사기』) 등이 있다. 암행어사 설화는 암행어사와 기생 사이에 이루어진 인연을 이야기한 설화로 『溪西野談』 등에 전하는 盧稙 설화, 金宇杭 설화, 朴文秀 설화, 成以性 설화 등이 있다. 그리고 신원 설화는 원통하게 죽은 자의 혼을 달랬다는 설화로 남원 지방의 薄色女 설화, 밀양 지방의 아랑 설화, 沈守慶 설화, 춘양타령(『松南雜識』) 등이 있으며, 염정 설화는 남녀 간의 애정을 다룬 설화로 『東野彙輯』에 전하는 成世昌 설화 등이 있다.

삽입 플롯 형성에 작용한 설화는 信物交換 설화, 手記 설화, 夢祥 설화, 漢詩 설화 등이다. 신물교환 설화는 이 도령과 춘향이 이별할 때 신물로 면경과 옥지환을 주고받았다는 것으로 『동야휘집』의 홍섬 이야기나 조위 이야기 등이 있으며, 수기 설화는 춘향이 결연하기 전 이 도령에게 불망기를 요구하는 것으로 『동야휘집』에 전한다. 그리고 몽상 설화는 춘향이 옥중에서 꾼 꿈을 봉사가 해몽해 주는 것으로 『芝峯類說』과 『東閣雜記』 등에 전하고, 한시 설화인 "금준미주는 천인혈이요…"는 『國朝寶鑑』 등에 전한다.

발생설화는 춘향가 생성과 관련된 설화로 巫歌 발생설과 양 진사 창작설, 元曲 번안설, 문장체 소설 선행설, 한문소설 부연설 등이 있다. 판소리의 무가 발생설에 주목하여 춘향가가 '춘향굿 단계 → 춘향소리굿 단계 → 춘향소리 단계'를 거치면서 형성되었다는 견해도 있다.[1]

춘향전의 이본은 대략 100여 종 이상이 전하고 있다. 경판본 춘향전은 간략하게 정리되어 있으며 문장체소설의 성격이 강하고, 〈열녀춘향수절가〉(완판 84장본)는 19세기 말에 불리던 춘향가를 거의 그대로 판각한 것이다. 남원고사계 춘향전은 서울에 있던 세책가에서 유통되던 것으로 그 분량이 무려 10만 자에 이른다. 〈옥중화〉(1912)는 이해조가 박기홍의 춘향가를 刪定한 것으로 그 후에 우후죽순 簇出한 활자본 춘향전에 지대한 영향을 끼쳤다.

---

1  김종철, 「춘향전의 근원설화」, 장덕순 외, 『한국문학사의 쟁점』, 집문당, 1986; 설성경, 『춘향전의 형성과 계통』, 정음사, 1986.

## 2. 춘향가의 역사적 전개

춘향가는 춘향과 이 도령의 사랑 이야기이다. 남원부사의 아들 이몽룡과 퇴기 월매의 딸 성춘향이 광한루에서 만나 사랑을 나누다가, 남원부사가 내직으로 승차하여 서울로 돌아가자 두 사람은 다시 만날 것을 기약하고 이별한다. 새로 부임한 신관 사또가 춘향에게 회유와 협박으로 수청을 강요하지만 춘향은 일부종사를 내세우며 거역하다가 모진 매를 맞고 옥에 갇혀 죽을 지경에 이른다. 서울로 올라간 이 도령은 과거에 장원급제하여 호남어사로 남원으로 내려와 남원부사를 봉고파직하고 춘향을 구출하여 함께 서울로 올라가 행복하게 산다.

춘향가가 민중예술의 하나로 소리판에 모습을 드러낸 시기를 정확하게 알 수는 없지만, 충청도 木川의 晚華 柳振漢(1712~1791)이 1753년 호남을 여행하면서 춘향가를 듣고 돌아와 이듬해인 1754년에 지은 〈歌詞春香歌二百句〉(『晚華集』)를 통해 춘향가의 등장 시기를 짐작할 수 있다. 이 작품이 춘향가의 기본 줄거리를 두루 갖추고 있으므로 18세기 중엽에는 골격을 갖춘 춘향가가 호남지역에서 널리 불렸고, 양반층의 관심을 끌 수 있을 만큼 독자적인 예술성을 일정하게 확보하고 있었음[2]이 분명하다. 따라서 춘향가가 등장한 것은 대략 17세기 말에서 18세기 초의 일로 추정할 수 있다. 물론 이 시기의 춘향가는 분량도 짧고 소박했을 것이다.

판소리의 예술적 성장이 획기적으로 이루어진 시기는 송흥록, 모흥갑, 고수관, 염계달 등 소위 전기 팔명창이 활동하던 19세기 중기이다. 이 시기는 유가행사 등을 통해 판소리와 양반층의 만남이 보편화되어 판소리의 예술적 기반의 무게 중심이 민중층에서 양반층으로 기울어졌다. 그러다 보니 판소리는 자연스럽게 양반층의 가치관이나 기호에 부합하는 쪽으로

---

2  김동욱, 『증보 춘향전 연구』, 연세대학교출판부, 1976.

변모하게 되었으며, 그 후 이러한 변화는 더욱 광범위하고 지속적으로 진행되었다. 신위(1769~1845), 송만재(1769~1847), 이유원(1814~1888), 윤달선(1822~1890) 등 뛰어난 감식안의 소유자들이 판소리에 특별한 관심을 가졌으며, 〈觀劇詩〉(신위, 1826), 〈觀優戲〉(송만재, 1843), 〈광한루시〉(장지완, 1806~1858), 〈춘양타령〉(조재삼), 〈광한루악부〉(윤달선, 1852), 〈觀劇八令〉(이유원) 등에서 춘향가에 관한 시문을 남겼다.[3]

춘향가의 성장과 발전은 역대 판소리 명창들이 창조한 다양한 더늠을 중심축으로 이루어졌다. 더늠이란 판소리 광대가 뛰어나게 잘 부르는 대목을 일컫는다. 춘향가 더늠은 비교적 이른 시기부터 개발되어 양적으로 다른 판소리 작품에 비해 많았다. 동편제 명창들이 춘향가 더늠을 많이 남겼고, 춘향가 더늠이 춘향가의 성장을 주도했으며, 춘향가 전승의 핵심축을 담당하였다.

춘향가는 역대 명창들의 뛰어난 더늠의 적층적 집적체이다. 장재백의 '광한루경', 김세종의 '천자 뒤풀이', 이석순의 '춘향방 사벽도', 김창록의 '팔도 담배가', 송광록의 '긴사랑가', 고수관의 '자진사랑가', 박만순의 '사랑가', 모흥갑 · 박유전 · 성민주 · 유공렬 등의 '이별가', 정정렬의 '신연 맞이', 진채선의 '기생 점고', 전상국의 '공방망부사', 장수철의 '군로사령', 조기홍의 '십장가', 염계달의 '남원 한량', 송흥록 · 이날치 · 한경석 · 송재현 등의 '옥중망부사', 박만순의 '옥중몽유가', 오끗준의 '봉사 해몽', 성창렬의 '장원급제', 송업봉의 '어사 남행', 황호통의 '만복사 불공', 황해천 · 송만갑의 '농부가', 강재만의 '어사와 방자 상봉', 백점택 · 이동백 · 김해 김록주의 '박석타', 허금파의 '옥중상봉', 임창학의 '어사 출도' 등이 춘향가의 예술세계를 풍요롭게 했던 주옥같은 더늠들이다. 그 밖에 김찬업, 박기홍, 김석창, 송수철 등 춘향가에 뛰어난 명창들도 춘향가 더늠을 가졌을

3  김석배, 「춘향가」, 판소리학회 엮음, 『판소리의 세계』, 문학과지성사, 2000.

터이므로 판소리 전성기에는 이보다 더 다양한 춘향가의 더늠이 예원을 수놓았을 것이다.

춘향가의 더늠 중에는 '긴사랑가'와 같이 그 역사가 오래된 것도 있고, '쑥대머리'처럼 오래되지 않은 것도 있다. 그리고 '팔도 담배가'처럼 오래된 이본에 화석으로 겨우 흔적만 남아 있는 것도 있고, '만복사 불공'과 같이 점차 빛을 잃어 가는 것도 있으며, 흔적도 없이 판소리사에서 사라진 것도 적지 않을 것이다.

현재 춘향가에서 불리고 있는 소리 대목 중 유명한 것으로는 '적성가(진양조, 우조)', '천자 뒤풀이(중중모리, 평조)', '긴사랑가(진양조, 우조)', '자진사랑가(중중모리, 추천목)', '이별가(진양조, 계면조)', '신연 맞이(자진모리, 우조)', '천지 삼겨(진양조, 계면조)', '쑥대머리(중머리, 계면조)', '과거장(자진모리, 우조)', '박석티(진양조, 우조)', '어사와 장모(중중모리, 계면조 · 경드름)', '어사 출도(자진모리, 우조)' 등을 꼽을 수 있다.[4]


## 3. 춘향가의 다양한 소리들

판소리는 오랜 기간에 걸쳐 질적 양적으로 성장을 거듭하면서 개인차 이상의 의미를 지니는 서로 다른 창법을 형성하게 되었고, 마침내 예술적 표현에 관한 방법론적 차이를 드러내는 수준에 이르게 되었다. 춘향가의 사설은 대동소이하고 음악적 구성도 사설의 분위기에 따른 보편성을 지니고 있다. 그렇지만 더늠의 첨가 등을 통해 독특한 무늬와 빛깔을 지닌 개성적인 춘향가가 창조되면서 세부적인 면에서 사설은 물론이고 장단과

---

4  김석배 · 서종문 · 장석규, 「판소리 더늠의 역사적 이해」, 『국어교육연구』 28, 경북대 사대 국어교육연구회, 1996.

조의 짜임새가 다른 바디들이 등장하게 되었다. 그 결과 완창하는 데 짧게 는 다섯 시간 정도 걸리는 바디가 있는가 하면 길게는 여덟 시간이 걸리는 바디도 등장하게 되었다.

현재 전승되고 있는 춘향가는 동편제로는 송만갑제와 김세종제가 있고, 서편제로는 김창환제와 정정렬제가 있다. 그리고 김연수, 김소희, 박동진 등이 새로 짜서 부르던 춘향가는 송만갑제·정정렬제 등 여러 바디 중에 서 좋은 대목을 골라 재구성한 것이다.

송만갑제 춘향가는 '송만갑 → 박봉래 → 박봉술'로 전승되었는데, 대략 76개의 소리 대목으로 짜여 있다. 처음부터 지자군 대목까지가 송만갑제 이고 박석티 이후는 정정렬제가 섞여 있다고 한다. '춘향이 방자 따라가는 데', '춘향 거동', '이 도령 꾀병', '업음질타령', '말농질', '백구타령', '젊은 농부 냅떠서', '경전야숙', '벌떼 같은 군로사령', '수청하던 통인이며' 등 다른 바디에 없는 소리 대목이 10개 정도 있으며, 다른 바디에 있는 '산세 타령', '그때에 향단이', '일절통곡', '향단에게 붙들리어', '내행차 나오는 데', '이 돈이 웬 돈인가', '돈타령', '사령 뒤를 따라가다', '춘향이 다짐 받다' 와 같은 소리 대목 9개가 빠져 있다. 대목 수로 볼 때 전체의 1/5 정도가 다르지만 이 대목들은 중요한 것이 아니므로 구성상 다른 점이 많지 않다.

김세종제 춘향가는 '김세종 → 김찬업 → 정응민 → 정권진·성우향· 조상현'으로 전승되고 있는데, 성우향이 부르는 춘향가의 경우 대략 82개 의 소리 대목으로 짜여 있다. '춘향모 탄식', '그때 향단이', '이 돈이 웬 돈인가', '돈타령', '춘향이 다짐받는 데', '어사또 밥 먹는 데'와 같이 다른 바디에 없는 6개 소리 대목이 있으며, '이 도령 동헌에 들리는 데', '도련님 먼저 오르시오', '음식 차림', '백구타령', '어사 술상' 같이 다른 바디에 있는 소리 대목 5개가 없다. 대목 수로 볼 때 전체의 1/7 정도가 다르지만 이 대목들은 중요한 것이 아니므로 구성상 다른 점이 거의 없다고 할 수 있다.

김창환제 춘향가는 김창환이 정창업에게 배운 뒤 신재효 문하에서 지침을 받아 완성한 것으로 신재효의 〈동창 춘향가〉와 〈남창 춘향가〉의 영향을 크게 받았다. '김창환 → 김봉학 → 정광수'로 전승된 이 춘향가는 대략 83개의 소리 대목으로 짜여 있다. '금출지내력', '방자 이 도령의 내력을 말하다', '방자야 상방에 불 껐나 봐라', '쑥대머리', '이 도령 유가', '촛불 꺼지는 데', '춘향이 정신 차리다'와 같이 다른 바디에 없는 소리 대목이 7개 들어 있고, '궁자타령', '돈타령'과 같이 다른 바디에 있는 소리 대목 2개가 없다. 대목 수로 볼 때 전체의 1/9 정도가 다르다.

정정렬제 춘향가는 정정렬이 기존의 춘향가를 바탕으로 새롭게 만든 신식 춘향가로 '정정렬 나고 춘향가 새로 났다'는 절찬을 받았을 정도로 인기가 있었다. '정정렬 → 김여란 → 박초선·최승희'로 이어지는 이 춘향가는 대략 79개 소리 대목으로 짜여 있다. 다른 바디에 없는 소리 대목은 '춘향 몽사', '춘향 사라지다', '도련님 그 시부터', '도련님 듣조시요', '방자 나가는 데', '하나는 남중 문장재사', '맷돌타령', '건장한 두 패조군', '춘홍이 산홍이', '말씀 여쭙기 황송하오나', '난향이 달래는 데', '춘향이 이 말 듣고', '본관사또 주인이라', '고인 불러 삼현 치고', '운봉이 무변이라' 등 대략 15개 정도이다. 다른 바디에 있으나 이 바디에 없는 소리 대목은 '기산영수', '앉았다 일어서', '백백홍홍', '춘향 설부화용', '방자 춘향 부르러 가다', '네 그른 내력', '산세타령', '성참판', '궁자타령', '정자타령', '갈까보다', '돈타령', '사령 뒤 따라가다', '한탄 문안', '어사또 밥 먹는 데', '어사 술상', '뒤풀이' 등 17개에 이른다. 79개 소리 대목 가운데 32개 대목이 다른 소리 대목으로 짜여 있어 다른 바디와 다른 점이 가장 많다.

김연수제 춘향가는 동초 김연수(1907~1974)가 정정렬제 춘향가를 바탕으로 유파에 구애받지 않고 여러 바디를 수용하여 새롭게 짠 춘향가이다. 흔히 동초제 춘향가라고 한다. 김연수는 정정렬이 신식 춘향가를 만들면서 삭제했던 '기산영수', '앉았다 일어서서', '백백홍홍', '춘향의 화용', '네 그른 내력', '산세타령', '적성가' 등 옛 대목을 다시 수용하는 한편, '춘향 탄생', '만복사 불공', '옥중 상봉' 등은 신재효의 춘향가 및 〈옥중화〉에서 수용하였다. '김연수 → 오정숙 → 이일주'로 이어지는 동초제 춘향가는 전판을 부르는 데 무려 8시간 정도 걸리는 가장 긴 춘향가이다.

김소희제 춘향가는 만정 김소희(1917~1995)가 새롭게 짠 춘향가이다. 흔히 만정제 춘향가 또는 만정판 춘향가라고 한다. 처음부터 사랑가까지 는 동편제인 김세종제 춘향가를 바탕으로 구성하였고, 이별가부터 끝까 지는 서편제인 정정렬제 춘향가를 바탕으로 구성하였는데, 사랑가와 천 자뒤풀이는 김세종제를 이어받은 정응민제의 것으로 바꾸었다. 만정제 춘향가는 '김소희 → 신영희 · 안숙선'으로 이어지고 있다.

한편 오래전에 전승이 끊어진 중고제 춘향가는 일제강점기에 김창룡 (1872~1943) · 이동백(1867~1949) 등이 취입한 유성기 음반에 일부 전하 고 있다. 이외에 장재백이나 박기홍 등이 부른 춘향가처럼 오래전에 불리 던 춘향가 가운데 일부는 필사본으로 전한다.[5]


## 4. 춘향전을 읽는 재미

우리나라를 대표하는 고전으로 춘향전을 꼽는 데 동의하지 않을 사람 은 별로 없을 것이다. 왜냐하면 춘향전은 오랜 기간에 걸쳐 온축된, 우리 민족의 문학적 역량을 고루 갖추고 있으며, 나아가 폭넓은 공감대를 지니 고 있기 때문이다.

춘향 이야기는 늘 우리 곁을 지켜왔다. 판소리 춘향가는 귀로 듣는

---

5  이보형, 「판소리 제(派)에 대한 연구」, 『한국 음악학 논문집』, 한국정신문화연구원, 1982,
   79-88쪽; 김석배, 「춘향가」, 판소리학회 엮음, 『판소리의 세계』, 문학과지성사, 2000.

'귀맛'과 너름새를 보는 '눈맛' 그리고 추임새를 하는 '입맛'을 제공한다. 소설로도 널리 읽혀 100여 종이 넘는 이본으로 울창한 숲을 이루고 있다. 경판본 춘향전처럼 비교적 짧은 소설로 읽히기도 하고, 때로는 〈남원고사〉와 같이 상당한 분량의 장편소설로도 읽혔다. 그만큼 세간의 관심이 컸다는 증거이다. 그뿐만이 아니다. 문인과 예술가들에게 끊임없이 영감을 불어 넣고, 소재를 제공하여 주옥같은 작품들의 원천이 되어 왔다. 서정주의 〈춘향 유문〉과 박재삼의 〈춘향이 마음 抄〉 연작은 그 대표적인 문학적 성과이고, 20여 편의 영화로 제작되어 영화사에서 가지는 의미도 각별하다. 이 밖에 드라마, 애니메이션, 만화 등으로 재창작되기도 했다. 이처럼 춘향 이야기는 400여 년의 장구한 세월 동안 굽이마다 세상살이를 풀어 놓으며 우리와 함께 살아왔다. 요컨대 춘향전은 우리의 삶에 활력을 불어넣어 준 산소 같은 존재였다.

춘향전은 미천한 신분의 여자와 고귀한 신분의 남자가 우여곡절 끝에 마침내 결연한다는 내용이다. 이런 유형의 이야기는 전통이 오래고 흔해서 주목받기 쉽지 않다. 이 치명적인 약점에도 불구하고 춘향전은 어떻게 그토록 오랜 세월 동안 살아남을 수 있었을까? 그것은 춘향전이 강력한 磁力으로 우리를 늘 그 磁場 속에 끌어들여 묶어두고 있기 때문이다. 문학 작품이나 예술은 공감할 수 있고 감동을 주며 나아가 아픔을 치유해 줄 때 그것의 자력은 극대화되고 자장의 범위 또한 증폭된다. 춘향전도 그렇다. 춘향전이 지니는 자력의 원천은 그것이 주는 감동과 재미이다. 그런데 이 재미와 감동은 우연히 이루어진 것이 아니다. 수많은 춘향전 작가군이 마련한 문학적 전략들이 오랜 세월을 거쳐 숙성된 끝에 자연스레 발효된 것이다.

춘향전의 자력은 무엇보다도 이 도령을 향한 춘향의 숭고한 사랑에서 비롯한다. 그 사랑이 가진 힘은 내재해 있다가 변학도의 수청 강요를 계기로 밖으로 드러난다. 수청 들기를 거부하고 모진 매를 맞으면서 부르는 애원 처절한 십장가는 그 힘이 외부로 발산되기 시작하는 순간이다. 춘향은 매를 맞을 때마다 "일편단심 굳은 마음은 일부종사하려는 뜻이오니 일개 형벌로 치옵신들 일 년이 다 못 가서 잠시라도 변하리까?"라거나 "십생구사할지라도 팔십 년 정한 뜻을 십만 번 죽인대도 변함없으니 어쩌겠나?"라며 대든다. 선홍빛 절규는 목숨을 담보로 한 선언이라서 비장의 차원을 넘어 숭고하다. 사랑을 지키기 위해 육체적 고통을 감내하고 마침내 사랑을 쟁취하는 춘향의 승리는 그녀만의 것이 아니다. 남원 백성들을 통해 우리 모두의 것으로 확장되기에 더욱 값지다. 춘향전에 동원된 일부종사, 열녀불경이부라는 낡은 이데올로기마저도 이곳에서는 신선한 것으로 거듭난다. 그것은 오로지 춘향의 사랑이 가진 힘 때문에 가능하다.

사랑의 힘은 옥중 상봉 장면에서 극대화된다. 작품 안으로 들어가 보자.

"한양성 서방님을 칠년대한 가문 날에 큰비 오기를 기다린들 나와 같이 맥 빠질쏜가. 심은 나무가 꺾어지고 공든 탑이 무너졌네. 가련하다 이내 신세 하릴없이 되었구나. 어머님 날 죽은 후에라도 원이나 없게 하여 주옵소서. 나 입던 비단 장옷 봉황 장롱 안에 들었으니 그 옷 내어 팔아다가 한산모시 바꾸어서 물색 곱게 도포 짓고 흰색 비단 긴 치마를 되는대로 팔아다가 관, 망건, 신발 사 드리고 좋은 병과 비녀, 밀화장도, 옥지환이 함 속에 들었으니 그것도 팔아다가 한삼 고의 흉하지 않게 하여 주오. 금명간 죽을 년이 세간 두어 무엇 할까. 용장롱, 봉장롱, 빼닫이를 되는대로 팔아다가 좋은 진지 대접하오. 나 죽은 후에라도 나 없다 마시고 날 본 듯이 섬기소서. 서방님 내 말씀 들으시오. 내일이 본관사또 생신이라, 술에 취해 주정 나면 나를 올려 칠 것이니 형장 맞은 다리 장독이 났으니 수족인들 놀릴쏜가. 치렁치렁 흐트러진 머리 이럭저럭 걷어 얹고 이리 비틀 저리 비틀 들어가서 곤장 맞고 죽거들랑 삯꾼인 체 달려들어 둘러업고 우리 둘이 처음 만나 놀던 부용당 적막하고 고요한 데 뉘어 놓고 서방님 손수 염습하되 나의 혼백 위로하여 입은 옷 벗기지 말고 양지 끝에 묻었다가 서방님 귀히 되어 벼슬에 오르거든 잠시도 지체 말고 육진장포로 다시 염습하여 조촐한 상여 위에 덩그렇게 실은 후에 북망산천 찾아갈 제 앞 남산 뒤 남산 다 버리고 한양성으로 올려다가 선산발치에 묻어주고 비문에 새기기를 수절원사춘향 지묘라 여덟 자만 새겨 주오. 망부석이 아니 될까. 서산에 지는 해는 내일 다시 오련마는 불쌍한 춘향이는 한번 가면 언제 다시 올까. 맺힌 한을 풀어 주오. 애고애고 내 신세야."(완판본 〈열녀춘향수절가〉)

'사랑밖엔 난 몰라'다. 어머니에게 자신이 죽은 후라도 怨이나 없도록 비단 장옷과 패물과 세간을 팔아 이 도령에게 관망과 의복을 차려주고, 좋은 진지를 대접하며 자신을 본 듯이 섬겨달라고 한다. 월매로서야 환장할 노릇이지만. 이 도령에게는 곧장 맞고 죽게 되면 삯꾼인 체 달려들어 업고 나와 인연 맺었던 부용당에 뉘어 놓고 손수 염습하여 묻었다가, 나중에 벼슬하거든 선산발치에 묻어주고 비문에 '수절원사춘향지묘'를 새겨 달라고 한다. 사랑을 지키기 위해 기꺼이 죽어 망부석이 되고자 한 것이다. 망부석은 춘향의 사랑이 응결된 거대한 사리이다. 유언보다 진솔하고 진실한 것은 어디에도 없다. 이를 두고 신분 상승의 욕망이라는 등등의 이런저런 말들은 얼토당토않다.

입체적인 인물들이 수두룩한 것도 춘향전이 지닌 미덕이다. 그들은 나름대로 독특한 개성을 지니며 살고 있다. 춘향이 그렇고 이 도령이 그렇다. 월매는 말할 것도 없고, 방자도 그렇고 변 사또도 그렇다. 춘향은 현숙한 요조숙녀와 음란한 요부의 모습을 동시에 지니고 있다. 춘향은 이 도령과 巫山같이 높고, 滄海같이 깊은 사랑을 나누다가 이별을 맞는 순간에는 표변한다. 얼굴이 붉으락푸르락하고 눈을 간잔조롬하게 뜨고 눈썹이 꼿꼿하여지면서 코가 벌렁벌렁하고 이를 뽀도독뽀도독 갈며 온몸을 수숫잎 틀 듯한다. 왈칵 달려들며 치맛자락도 와드득 좌르륵 찢어 버리며 머리도 와드득 쥐어뜯어 싹싹 비벼 이 도령 앞에다 내던진다. 면경 체경 산호죽절을 두루쳐 방문 밖에 탕탕 부딪치며, 발도 동동 구르고 손뼉 치고 돌아앉아 신세 자탄을 한다. 그러다가 어떻게든 데려가 달라고 애원하고, 장송에 목매 죽겠다고 앙탈을 부려 이 도령의 가슴을 한껏 찢어놓는다. 이런 춘향을 힐난하는 것은 사랑이 뭔지도 알지 못하는 이들의 만용이고 횡포다. 목숨 건 사랑을 해본 사람만이 안다. 사랑은 아무나 하나, 진정한 사랑은 그런 것이다. 그런가 하면 미련 없이 버리고 떠난 이 도령을 위해, 자신의 정조를 짓밟으려는 변 사또에게는 서릿발 같은 항거도 한다. 이처럼 춘향은 修身書 속에 아미를 숙이고 다소곳이 앉아 있는 인물이 아니다. 춘향은 언제 어디서든 우리 주위에서 만날 수 있는, 그런 인물이다.

이 도령은 철없고 다소 찌질한 구석이 없지 않지만, 사랑의 약속을 지켜 그런대로 봐줄 만한 인물이다. 한편 의뭉스럽고 능청스러운 면도 있어 재미를 더한다. 월매는 수다스럽고 경망스러운 듯하면서도 매우 현실적이고 기회주의적인 여인이다. 시대가 요구하는 가치나 굳게 지켜야만 할 이념 같은 것은 애당초 어울리지 않는, 자신의 이익에 철저한 속물의 전형이다. 방자와 변 사또는 또 어떠한가. 방자는 익살스러운 인물이면서도 잇속도 챙길 줄 아는 제법 영악스러운 녀석이다. 변 사또는 호색한으로 성질이 괴팍하고 급하며 광기조차 있는 부패한 지방 수령의 전형이나, 고집스럽고 우둔해서 웃음을 자아내는 희극적인 위인이기도 하다. 이들은 모두 생동하는 인물로 맡은 몫에 충실하여 춘향전에 활력을 불어넣고 있다.

춘향전이 당대의 사회상을 잘 반영하고 있고, 시대적 모순과 아픔을 첨예하게 드러내고 있는 점도 주목해야 마땅하다.

"이 골 원님 공사 어떠하며, 민폐나 없으며, 또 색 밝히는 춘향을 수청 들렸단 말이 옳은지?" 농부가 화를 내며 하는 말이, "우리 원님 공사는 잘하는지 못하는지 모르거니와, 참나무 마주 휘어 놓은 듯이 하니 어떻다 하리오?" 이 도령이 하는 말이, "그 공사 이름이 무엇이라 하더뇨?" 농부 하늘을 보고 크게 웃으며 왈, "그 공사는 소코뚜레 공사라 하니라. 욕심은 있는지 없는지, 민간에 파는 물건을 싼값으로 마구 사들이니 어떻다 하리오? 또 원님이 음탕한 사람이라. 철석같이 수절하는 춘향이 수청 아니 든다고 엄히 다스려 옥에 가두었지만 구관의 아들인지 개아들인지 한 번 떠난 후 내내 소식이 없으니 그런 소자식이 어디 있을까 보오?"(경판본 〈춘향전〉)

어사와 농부가 수작하는 장면이다. 백성들을 잘 다스려야 할 고을 원이 송사를 엉터리로 처리하고, 자신의 배를 채우기 위해 매점매석도 서슴지 않는다. 춘향전 속의 변학도만 그런 것이 아니다. 19세기 조선에는 탐관오리들이 득시글거렸다. 하늘을 향해 크게 웃을 수밖에 없는, 농부의 그 서늘한 웃음 속에는 삶의 고단함이 배어 있고, 더러운 세상을 향한 비판도 자리하고 있다. 춘향을 헌신짝처럼 버리고 소식 한 장 없는 이 도령을 '개아들'이요 '소자식'으로 비하한 것도 양반에 대한 부정적 시각의 일단이다. 민초들이 거리낌 없이 내뱉는 이러한 목소리는 부정부패가 만연한 가혹한 현실에 대한 무거운 분노요, 시퍼런 경고다.

〈남원고사〉에는 삼정의 문란을 틈탄 지방 수령들의 가렴주구 실상이 적나라하게 그려져 있다.

여보 임실 나는 묘리 잇는 일이 잇소 심심흔 쩌면 니방놈과 모든 은결 픠여닉여 단 두리 쪽반ᄒ니 그런 즈미 쏘 잇ᄂ가 여보 함열 영감 쥰민고퇵 마주 흣엿더니 홀 밧긔는 업ᄂ 거시 졍 업ᄂ 별봉이 근리의 무슈ᄒ고 궁교 빈독 결픠드리 쓴힐 젹이 바히 업고 원쳔강 예봉도 젼보다가 비가 되니 실살구는 홀 슈가 업셔 쥬야경뉸 싱각ᄒ니 환즈묘리도 홀 만ᄒ고 쏘 스십팔 면 부민들을 낫낫치 추려닉여 좌슈츠졉 풍헌츠졉 아젼의 환방 갓튼 것 닉여

쥬면 은근흔 묘리가 잇고 쏘 봄이면 민간의 계란 흐나식 닉여쥬고 가을이면

연계 일슈 바다드려 슈합흐면 여러 쳔 슈 맛득흐고 흉년이면 관포 밧고

헐가 쥬기 이런 노릇 아니흐면 지팅홀 길 과연 업소(〈남원고사〉, 452쪽)[6]

변학도는 술에 취해서 백성을 착취하는 갖가지 비리를 '妙理'라고 자랑

삼아 떠든다. 취중 농담이 아니라 취중 진담이다. '이런 노릇 아니하면

지탱할 길이 없'는 것이 조선 후기의 현실이었다. '변학도가 지방관의 본분

에 충실하려고 작심했더라도 뇌물 상납, 매관매직 등 부정부패의 견고한

고리 때문에 용납될 수 없었을 것이다. 민중들은 광범위하게 자행되고

있는 민중 수탈이 변학도라는 한 개인 차원에서 저질러지는 비리가 아니

라 조선 봉건사회 전체의 구조적 모순과 그에 편승한 지배집단의 총체적

인 부패구조에 기인한 것이라는 사실을 정확하게 인식하고, 그 잘못을

지배집단의 일원인 변학도의 입을 빌려 통렬하게 비판하고 있는 것이다.'[7]

부패한 지방 수령들이 자행한 가렴주구의 실상은 "금준미주는 천인혈

이요, 옥반가효는 만성고라. 촉루락시 민루락이요, 가성고처 원성고라."

에 농축되어 있다. 암행어사의 입에서 이런 말이 나왔으니 사태는 더욱

심각하다.

춘향과 이 도령이 한 몸이 되어 나누는 농염한 사랑, 그 아찔하고 짜릿

짜릿한 장면이 연출하는 관능의 미학도 춘향전의 자력이 아닐 수 없다.

어디 그뿐이랴. 뒤집혀진 난장판이 그려내는 장면도 읽는 재미를 더한다.

서전이 딴전이 되고, 통감이 곶감이 되고, 논어가 붕어가 되고, 맹자가

탱자가 된다. 말 희롱에 의해 전통사회의 정신적 버팀목으로 떠받들던

'교과서'들이 하나같이 우스꽝스러운 것으로 전락한다. 암행어사 출두 장

---

6  김동욱 · 김태준 · 설성경, 『춘향전비교연구』, 삼영사, 1979, 380쪽.
7  김석배, 『춘향전의 지평과 미학』, 박이정, 2010, 33쪽.

면은 더욱 가관이다.

"암행어사 출도야." 소리 지르니 일읍이 진동하여 난장판이 되어, 부러지는 것은 해금 피리요 깨어지는 것은 장구 거문고 등등이라. 각 읍 수령들이 서로 부딪히며 쥐 숨듯 달아날 제, 임실 현감은 갓을 옆으로 쓰며, "이 갓 구멍 누가 막았는고?" 하고, 전주 판관은 정신없는 중에 말을 거꾸로 타며, "이 말 목이 원래 없느냐? 어찌 되었건 빨리 가자." 여산 부사는 어찌 겁이 났던지 상투를 쥐구멍에 박고 하는 말이, "누가 날 찾거든 벌써 갔다 하여라." 하고, 원님은 똥을 싸고, 이방은 기절하고, 나머지 아전들은 오줌 싸고, 동헌 안채에서도 물똥을 싼다. 원님이 떨며 이른 말이, "겁을 보고 너를 쌀까마는 우리는 똥으로 망한다."(경판본 〈춘향전〉)

암행어사 출두 소리에 허둥대는 수령들의 모습은 가소롭다. 이들의 모습 어디에서 목민관다운 모습을 찾아볼 수 있는가, 눈곱만큼이라도. 웃음과 조롱의 대상일 뿐이다. 어디 그것뿐인가. 본관사또는 말할 것도 없고 모두들 오줌 싸고 똥을 싸버려 지엄해야 할 어사 출두 자체가 숫제 '똥오줌판'이 되어 버렸다.

이처럼 춘향전은 왜곡된 질서나 권위, 규범을 무너뜨리고 이전에 미처 경험하지 못했던 전혀 새로운 세계를 창조하고 있다. 그곳은 춘향이 '죽을 판'에서 벗어나 어떠한 간섭도 받지 않고 情人을 마음껏 사랑할 수 있는 자유가 보장된 '살판'이다. 그리고 그곳은 또한 우리에게도 건강하고 발랄한 삶을 한껏 누릴 수 있도록 활짝 열려 있다.[8]

---

8  김석배, 『춘향전의 지평과 미학』, 박이정, 2010.

# 춘향전, 그리고 남원

## 1. 머리말

남원은 오래전부터 '춘향 고을'로 널리 알려져 왔다. 남원사람들은 1931년 제1회 춘향제를 개최한 이래 해마다 춘향제를 이어오며, 2020년에는 제90회 춘향제를 9월 10일부터 13일까지 광한루 일원에서 열었다. 한 해도 거르지 않고 90년 동안 춘향제를 개최한 것은 남원사람들의 춘향에 대한 사랑이 각별했기 때문이다. 다음과 같은 박초월 명창의 말에서도 그러한 점이 잘 드러나 있다.

남원 하면 저 유명한 이몽룡과 성춘향을 삼척동자라도 입에 올린다. 내 고향 남원은 지리산의 험준한 고개가 동남으로 굽이치고 북으로 백운산의 嶺峰을 바라볼 수 있는 곳. 수정같이 맑은 물, 흐르는 蓼川水는 글자 그대로 碧溪一曲이라…. 전설에 묻힌 광한루·오작교·관왕묘 등 너무나 귀에 익은 이름들이다. 내가 자란 곳은 남원 운봉. 어린 시절 봄마다 요천수 제방 양지 바른 곳에서 나물 캐던 그 시절이 한없이 그리워지며 그럴 때마다

紅塵 가득한 서울 사는 나는 사무치는 鄕愁에 저절로 동심에 돌아간다.
(중략) 춘향의 고장 남원에서 나는 춘향이를 그리다가 창을 익히고 노래를
부르며 한평생 늙어가나 보다.[1]

이처럼 남원은 '춘향의 고을'이요, 또한 '춘향전의 고을'이다.

주지하다시피 춘향전은 우리 고전문학 작품 중에서 단연 돋보이는 걸
작이다. 그러기에 1930년대 이래 수많은 사람들이 춘향전에 애정을 가지
고 연구하여 지금은 이루 헤아리기조차 어려울 정도로 많은 연구 성과가
축적되어 있다. 앞으로도 다양한 측면에서 춘향전에 관한 연구가 지속적
으로 이루어질 것이 분명하고, 또한 춘향전이 우리 문학사에서 가지는
위상으로 보아 그렇게 되는 것이 당연하다.

그런데 춘향전 연구사를 돌이켜 보면 어딘가 한 부분이 빈 듯한 느낌을
지울 수 없다. 춘향전의 배경 공간이 남원이라는 것은 누구나 알고 있는
사실이다. 그럼에도 불구하고 그동안의 춘향전 연구에서는 춘향전 연구
의 출발이라고 할 수 있는 '춘향전과 남원'의 관계에 대해 소홀하여 김동욱
의 「春香傳의 背景으로서의 南原의 地誌的 考察」 외에는 이렇다고 할 만한
연구 성과를 찾아보기 어렵다.[2] 근래, 특히 1980년대 이후부터 깊이 있는
연구를 위해 초석을 놓는 작업인 校勘, 註釋, 譯註, 飜譯, 背景硏究, 文獻學
的 硏究 등등의 기초적인 연구가 소홀하기 짝이 없었다. 이러한 문제는
비단 춘향전 연구에만 국한된 것이 아니라 고전문학 연구 전반에 두루
발견되는 현상이기 때문에 심각하지 않을 수 없다. 이렇게 된 데에는 여러
가지 요인이 있겠지만 그 가운데 중요한 것을 들면, 첫째는 기초적인 연구
의 중요성에 대해 무관심한 것이고, 둘째는 흘린 땀에 비해 열매가 그리

---

1  박초월, 「내 고향의 봄 (30)」, 『동아일보』, 1962. 4. 4.
2  김동욱, 『증보 춘향전 연구』, 연세대학교출판부, 1976, 34쪽.

달지 않기 때문일 것이다. 그리고 기초적인 연구를 제대로 평가하지 않거나 저평가하고, 그럴듯해 보이는 현학적인 연구를 높이 평가하는 학계의 시각도 한몫했을 것이다. 필자도 이런 문제에서 자유로울 수 없는 것이 사실이다.

여기서는 앞으로도 지속적으로 이루어질 것이 분명한 춘향전 연구에 필요한 터를 닦고 마당을 다시 다진다는 의미에서 '춘향전과 남원'의 관계, 즉 춘향전의 형성 배경으로서의 남원에 대해 살펴보고, 아울러 춘향제에 대해 간략하게 살펴보고자 한다.


## 2. 춘향전의 근원설화와 남원

춘향전은 우리나라 고소설을 대표할 수 있는 작품이라고 해도 과언이 아니다. 그런 까닭으로 일찍부터 춘향전의 형성에 영향을 끼친 설화(근원설화)를 탐색하는 작업이 꾸준하게 이루어졌으며, 그 결과 춘향전의 근원설화에 대한 논의는 연구사적 검토[3]가 필요할 정도로 백가쟁명, 백화난만했다. 춘향전의 근원설화로 제시된 것 중에서 일부는 춘향전의 형성에 영향을 끼친 것이 아니라 오히려 춘향전의 영향으로 생긴 것도 있고, 춘향전에 견인되어 견강부회된 것도 있다.

춘향전학의 초석을 다진 김동욱은 『춘향전 연구』에서 춘향전 형성과 관련된 설화를 "근원설화와 발생설화는 비슷한 말이지만 근원설화는 춘향전 형성의 소재가 되는 설화를 말함이요, 발생설화는 춘향전이 어떻게

---

3 김종철, 「춘향전의 근원설화」, 장덕순 외, 『한국문학사의 쟁점』, 집문당, 1986; 김광순, 「춘향전 근원설화의 연구사적 검토」, 『국어국문학』 103, 1990; 홍성남, 「춘향전의 근원설화」, 향사설성경교수화갑기념논문집간행위원회, 『춘향전의 연구과제와 방향』, 국학자료원, 2004.

해서 성립됐다는 민간설화를 지칭한 말이다."라고 하여 작품의 소재적 근원이 된 근원설화와 작품의 발생에 관한 발생설화를 구분하였다. 근원설화로 1. 烈女 說話, 2. 暗行御史 說話, 3. 伸寃 說話(소위 阿娘型 說話), 4. 艶情 說話 등 네 가지를 들고, 근원설화의 일종인 삽입 플롯 설화로 5. 信物交換 說話, 6. 手記 說話, 7. 夢祥 說話, 8. 漢詩 說話 등을 들고 있다. 그리고 발생설화로 1. 巫歌發生說, 2. 梁進士 創作說, 3. 元曲 翻案說, 4. 文章體 小說 先行說, 5. 漢文小說 敷衍說, 6. 판소리 發生說 등 여섯 가지를 제시한 바 있다.[4]

김종철은 춘향전의 근원설화가 필수적으로 갖추어야 할 조건으로 '첫째, 춘향이 주체일 것. 둘째, 설화의 갈등은 춘향의 애정이 그의 신분으로 인해 좌절되는 데에 기초할 것. 셋째, 춘향·이 도령·변학도의 삼각형의 갈등구조일 것. 넷째, 다른 설화들을 종속적 위치에 배열시키는 중심설화일 것' 등을 제시하며, 官奪民女型 說話가 춘향전의 근원설화일 가능성이 제일 높다고 하였다.[5] 관탈민녀형 설화란 도미설화처럼 관리가 평민의 아내를 빼앗으려는 사건을 담은 이야기이다.[6]

서대석은 김종철이 제시한 조건이 근원설화의 조건으로는 구체성이 지나치다고 보면서, "춘향가의 근원소재가 되려면 첫째, 여성의 시각에서 작품이 전개될 것. 둘째, 한 여성과 두 남성의 삼각관계일 것. 셋째, 긍정적 남성에 의해 부정적 남성이 제거되고 행복한 결말로 구성될 것 등의 조건이 필요하다고 본다."라고 하며, 춘향전의 근원소재로 성주풀이를 제시하였다.[7]

---

4  김동욱, 『춘향전 연구』, 연세대학교출판부, 1965, 34-35쪽.
5  김종철, 「춘향전의 근원설화」, 장덕순 외, 『한국문학사의 쟁점』, 집문당, 1986.
6  최래옥, 「관탈민녀형 설화의 연구」, 『장덕순선생화갑기념 한국고전산문연구』, 동화문화사, 1981.
7  서대석, 「성주풀이와 춘향가의 비교연구」, 『판소리연구』 1, 판소리학회, 1989.

이문규는 근원설화 연구는 단순히 작품의 부분적 소재원에 대한 탐색이나 사실성 여부를 추적하는 차원에 머물러서는 안 된다고 하면서 근원설화가 되기 위해서는 서사구조가 유사해야 하고, 등장인물의 특성이나 등장인물의 행동을 통해 드러나는 주제 의식면에서도 유사성이 존재해야 한다고 하였다. 그리고 춘향전의 핵심은 신분이 다른 두 남녀 간의 사랑의 시련과 성취라고 하면서 知人之鑑型 妓女 說話인『계서야담』의 沈喜壽와 盧禛의 이야기를 춘향전의 근원설화로 제시하였다.[8]

이상에서 알 수 있듯이 춘향전의 형성과 성장에는 다양한 설화가 영향을 끼쳤을 것이 분명하다. 그러나 춘향전 형성에 결정적인 영향을 끼쳤던 근원설화가 어떤 것이었던가를 구명하는 일은 결코 만만한 과제가 아니다. 이제까지 이루어진 다양한 논의에 그 답이 있을 수도 있고, 그렇지 않고 새로운 답을 찾아야 할 수도 있다.

어쨌든 춘향전이 남원 지방에서 전해지던 설화를 바탕으로 형성된 것으로 보는 것은 자연스러울 뿐만 아니라 타당하다. 그 후 춘향전이 성장하는 과정에서 다양한 설화나 실화 등이 영향을 끼쳤을 것이다. 이 자리에서는 춘향전의 근원설화로 소개된 것 중에서 남원과 밀접한 관련이 있는 것을 중심으로 춘향전의 형성 배경으로서의 남원을 살펴보기로 한다. 즉 남원지방의 설화를 살펴 춘향전과 남원의 관계를 다시 한번 확인하고자 한다.

① 춘향전의 근원설화에 대해서는 일찍이 순조 때의 충북 괴산 사람 趙在三이『松南雜識』에서 다음과 같이 언급한 바 있다.

호남에 전해 오는 말로는, 남원부사의 아들 이 도령이 童妓 春陽을 좋아하

---

8  이문규,「〈춘향전〉 근원설화 재론」,『선청어문』 24, 서울대 사대 국어교육과, 1996.

였는데, 뒤에 이 도령을 위해 수절하였다. 신임 부사 卓宗立이 그녀를 죽였다. 好事者가 이를 슬퍼하여 그 일을 연의하여 타령을 만들어 춘양의 怨恨을 풀어주고 그 貞節을 表彰했다고 하니 곧 「鼕鼕曲」의 뜻이다."[9]

② 다음은 崔永年의 『海東竹枝』[10]의 '春香歌'條에 실려 있는 것이다.

세상에 전하기를 남원 기생 춘향이 이몽룡과 서로 언약하였기에 죽음을 맹서하고 절개를 지켰다. 부사에게 죽게 되었을 때 몽룡이 어사가 되어 옥중에서 구출하였는데 후인들이 이에 부연하여 곡조를 만들었다 한다. (중략) 특히 가요 가운데에서 백 가지 절조를 구비하여 육성의 제일이 되었다. 지금까지 전하는데 춘향타령이라 한다. 지금은 이동백이 제일 명창이다.[11]

③『별건곤』제47호에 「薄色고개 傳說」이 실려 있는데,[12] 요약하면 다음과 같다.

춘향은 관기 월매의 딸로 얼굴이 워낙 못생겨서 나이 삼십이 넘도록 통혼

---

9 "湖南諺傳 南原府使子李道令 眄童妓春陽 後爲李道令守節 新使卓宗立殺之 好事者哀之 演其義爲打詠 李說春陽之寃 彰春陽之節云 卽鼕鼕曲之意也", 「春陽打詠」, 趙在三, 『松南雜識』. 『송남잡지』는 철종 6년(1855)에 완성되었다.

10 최영년은 慶州人으로 字는 聖一, 號는 梅下山人이다. 신소설 〈秋月色〉의 작가인 崔瓚植의 아버지로 설화집『實事叢譚』(1918), 樂府詩集『海東竹枝』를 저술하여 암울한 시대에 처한 당시의 민중에게 우리 이야기와 웃음과 용기, 눈물을 선사함으로써 민족의 긍지를 고양시키고자 하였다. 『해동죽지』는 樂府詩集으로 1921년 무렵에 저술한 것을 1925년 제자 勿齊 宋淳蘷가 출판하였다.

11 "世傳 南原妓生春香與李夢龍相約誓死不改 爲府使所陷夢龍爲御史救出獄中 後人演而爲曲 (중략) 此歌謠中百調俱備爲肉聲之第一 至今傳之名曰春香打令 今則而東伯爲第一名唱", 최영년, 『해동죽지』中, 3장 뒷면-4장 앞쪽. 황순구 역주, 『속악유희』, 정음사, 1986.

12 風流郎, 「反作春香傳 春香이는 정말 美人이엿더냐, 薄色고개의 한 傳說」, 『별건곤』제47호, 1932년 1월, 40-42쪽.

하는 사람조차 없었다. 어느 날 춘향이 요천에서 빨래를 하다가 이 도령을 본 뒤 사모하여 병을 얻었다. 춘향모 월매가 딸의 병을 낫게 하기 위해 계책을 세우고는 방자를 꾀어 이 도령을 광한루로 유인하였다. 월매는 얼굴색이 곱고 자태가 우아한 춘향의 몸종 향단을 치장하여 광한루로 보냈다. 이 도령은 향단에게 첫눈에 반해 술자리를 갖게 되었고, 술 취한 이 도령을 춘향의 집으로 모시고 가서 춘향과 동침하도록 하였다. 이튿날 아침 이 도령이 잠에서 깨어 보니, 그 옆에 박색 춘향이 있었다. 이 도령은 놀라서 급히 방문을 열고 도망치듯 마당으로 뛰어나왔다. 그러나 춘향의 방문 밖에서 기다리고 있던 월매가 이 도령에게 춘향과 첫날밤을 같이 보낸 정표를 달라고 하자 이 도령은 비단 수건을 주었다. 얼마 후에 이 도령이 서울로 올라가 버렸고, 이 도령을 사모하며 기다리던 춘향은 아무런 소식이 없자 광한루에서 목을 매어 죽었다. 그리하여 남원부 사람들이 춘향을 불쌍히 여겨 이 도령이 서울로 올라가던 임실 고개에 장사 지내니 그때부터 세상 사람들이 그 고개를 薄色고개라 하였다. 박색고개에 묻힌 춘향의 원혼으로 인해 신관사또마다 부임하는 길로 죽게 되자 장원급제한 이 도령이 내려와 춘향의 전기를 짓고 제사를 지낸 뒤 광대로 하여금 춘향가를 불러 신원했다.

이와 같은 내용의 설화가 車相瓚의 『海東艷史』[13]에도 수록되어 있다.

④ 公州의 유학자 李秉延(1894~1977)이 간행한 『朝鮮寰輿勝覽』[14]에는 다음과 같은 근원설화가 소개되어 있다.

---

13　車相瓚, 『海東艷史』(漢城圖書株式會社, 1954, 142-250쪽)에 「春香은 美人이 아니다 - 薄色고개의 傳說」로 수록되어 있다.
14　『조선환여승람』은 이병연이 1922~1937년에 걸쳐 간행한 70책의 목활자본이다. 1910년부터 100여 명을 동원, 12년 동안 전국 13도 229개 군 가운데 129개 군을 직접 조사하여 편찬한 백과사전적인 지리서이다.

전해 오기로, 춘향은 옛 기생 월매의 딸이다. 이 부사의 아들과 광한루 위에서 놀았는데, 한번 이별을 한 뒤로 굳게 정절을 지키다가 마침내 옥에서 원통하게 죽었다. 후세 사람들이 그녀의 열행을 가상히 여겨 원통한 마음을 풀어주고, 열행의 뜻을 포상하려는 뜻에서 가사를 지어 세상에 전하여 널리 퍼뜨렸다. 지난 임신년(1932)에 각 군의 기녀들이 광한루 옆에다 사당을 세우고 향을 피웠다.[15]

⑤ 다음은 申明均이 『小說集(一)』에서 "우리 여러 가지 說中에 盧禛의 事實이 오늘 春香傳과 가장 彷彿한 바이 잇스니 그 內容이 이러하다."라고 하면서 소개한 것이다.

"盧禛이 自己의 堂叔이 宣川府使로 잇슬 때 宣川에 갓다가 退妓의 딸인 童妓와 恩緣을 맺고 헤여진 後 盧禛이 關西御史가 되여 童妓를 만나 偕老하 엿다."

盧禛은 號를 玉溪라 일컷고 宣祖大王 때에 吏曹判書까지 지내여 名望이 一世에 떨치든 사람이라 그 實話가 玉溪의 故鄕인 南原에 傳하자 地方의 美談으로 사람의 입에 膾炙되든 것을 어느 文豪의 손에 小說化되고 또 그 後 만흔 사람의 손에서 增補되고 敷衍되여 오늘과 가튼 傑作의 春香傳을 이루엇다고 보는 것이 가장 妥當한 일이겟고 著作年代는 申在孝가 距今 百年 前 사람인즉 肅宗 以後 純祖 以前인 英宗과 正祖의 時代인 듯하다.[16]

盧禛의 설화는 김태준이 『증보 조선소설사』에 "문헌을 연구하는 이가

---

15 "遺傳春香古妓月梅女也 與李侯子秀才遊於樓上 一自別後固守貞節竟致獄寃 後人嘉其烈行 著爲歌詞以寓其解寃褒烈之意 傳播於世 去壬申各郡妓生建廟于樓傍香火", 李秉延 編, 『朝鮮寰輿勝覽』, 普文社.

16 申明均 編, 金台俊 校閱, 「解說, 春香傳」, 『小說集(一)』, 中央印書舘, 1936, 1-2쪽.

말하기를 (중략) (3) 춘향전은 옥계 노진의 사실을 소설화한 것이다."[17]라며 인용하고 있다. 盧禛은 조선 중기의 명신으로 56세에 湖西御史로 나간 적이 있다.[18]

노진의 이야기는 『계서야담』(권삼)에 수록되어 있는데, 내용은 다음과 같다. 남원에 사는 노진은 早孤家貧한 신세였다. 婚費를 마련하기 위해 宣川府使로 있는 당숙을 찾아갔지만 성문을 열어 주지 않아 부내로 들어가지 못하고 방황하고 있던 중에 한 童妓의 집에 下處를 정하고, 동기의 안내로 간신히 당숙을 만났지만 당숙이 심하게 냉대했다. 저녁에 동기를 찾아가니 동기가 매우 환대했다. 며칠을 그곳에서 묵다가 동기가 마련해 준 돈을 가지고 돌아와 결혼식을 올렸다. 노진은 그 뒤 과거에 급제하여 關西御史가 되어 자기를 위하여 수절하고 있는 그 동기를 심산 절에서 찾았다. 노진은 그녀와 함께 돌아와 해로하였다.

⑥ 김태준은 『증보 조선소설사』에서 문헌을 연구하는 이가 춘향전의 근원설화로 碧梧 李時發의 實際譚, 朴文秀·盧禛의 實事譚을 들고 있다고 한 뒤, 다음과 같이 추녀 춘향 전설과 양진사 창작설을 제시하였다.

---

17  김태준, 『증보 조선소설사』, 학예사, 1939, 196쪽.
18  盧禛(1518~1578)은 字는 子膺이고, 號는 玉溪·則庵이다. 1537년 생원시에 합격하고, 1546년(명종 1) 증광문과에 을과로 급제, 승문원의 천거로 박사가 되고, 전적·예조의 낭관을 거쳐 1555년 知禮縣監으로 나갔다. 그곳에서 선정을 베풀어 높은 治聲을 들었으며 청백리로 뽑혔다. 1558년 필선·부응교가 되고 이듬해 장령·검상·사인·집의·직제학을 지냈다. 1560년 형조참의를 거쳐 도승지가 되었는데, 시골에 계신 늙은 어머니의 봉양을 위하여 외직을 지원하여 담양부사와 진주목사를 지냈다. 1567년 이조참의로 있다가 충청도관찰사와 전주부윤이 되어 선정을 베풀었고, 다시 부제학에 임명되어 중앙으로 돌아왔다. 1571년(선조 4) 늙은 어머니의 봉양을 위하여 다시 외직으로 나갈 것을 허가받아, 친가와 가까운 昆陽의 郡守가 되었다. 이듬해 대사간·이조참의가 되고 경상도관찰사·대사헌 등을 지냈다. 1575년 예조판서에 올랐으나 사퇴하고 그 뒤 대사헌, 이조판서, 형조판서, 공조판서, 예조판서 등의 벼슬에 連拜되었으나, 모두 병으로 나가지 않았다.

전북지방 전설에는

1. 남원에 얼굴이 매우 추하야 시집갈 수 없어서 자살해서 원혼된 처녀 춘향이가 있었는데, 그 후 남원부사는 부임하여 오는 족족 죽는 고로 어느 대작가가 이 소설을 지어 위로한 이후로는 무사하여졌다는 말.

2. 남원에 양 진사가 있어서 과거에 급제하고 돌아와서 倡侏를 데리고 遊街할 제 집이 赤貧해서 그 비용을 보상치 못하고 이에 이 노래를 지어 唱하였으니 이것이 春香傳의 고본이었다는 말.[19]

⑦ 다음은 정노식이 『조선창극사』에서 스승인 한학자 石亭 李定稷 (1842~1910)으로부터 들은 춘향전의 근원설화 중에서 믿을 만한 것으로 소개한 것이다.

南原邑에 老妓의 딸 無男獨女의 處女(春香)가 있는데 얼굴은 醜薄하고 時任 府使의 아들(夢龍)과의 情的 關係가 있었고 李 府使는 解任 上京 後 一家가 零衰不振하였다. 春香이가 微賤의 處女로 守節하면서 李夢龍이 榮達하여 다시 自己를 찾기를 苦待하였으나 千里遠隔에 消息이 漠然하였다. 畢竟은 그 無情의 怨恨을 품고 죽고 말았다. 그 後에 南原 一郡이 大凶災가 들어서 내리 三年 동안 繼續하였다. 全郡 人民의 饑餓狀態는 男負女戴 遊離 丐乞의 慘狀을 現出하게 되매 農民과 婦女들은 一般이 凶災의 原因은 寃鬼 春香의 所使라고 迷信하고 防災策에 對한 議論이 沸騰하였다. 時任 吏房이 治者의 立場에서 人民의 迷信의 歸趨를 諒解하고 春香傳을 지어서 이것을 巫女의 살풀이굿에 올려서 그 冤魂을 慰勞하였다. 그것이 果然 雪冤하였던 지 凶災는 곧 登豊으로 換易하고 따라서 人心도 安定되었다. 그 後에 春香 傳은 여러 文豪의 붓으로 添削을 加하여 小說이 되고 南原을 爲始하여 그

---

**19**  김태준, 『증보 조선소설사』, 학예사, 1933, 196쪽.

隣近 邑郡에서는 巫女의 春香傳 살풀이굿이 盛行하였다. 광대들은 그 價値를 認定하고 唱劇調로 옮겨서 부르기를 始作하여 唱劇으로 改作할 때에 더 많은 敷衍과 潤色을 經由하여 今日의 春香傳을 일우었다고.

이것이 春香傳이 巫女의 굿에서 광대의 唱劇調로 變遷하고 이것을 어느 文豪의 손에 小說化되고 또 그 後 많은 사람의 손에서 增補되고 敷衍되어 今日의 傑作의 春香傳을 完成하게 된 經路이다.[20]

앞부분은 근원설화라고 할 수 있는 신원설화이고, 뒷부분은 발생설화라고 할 수 있는 살풀이굿 기원설이다.

⑧ 김동욱은 『춘향전 연구』에 다음과 같은 남원의 민속설화를 소개하고 있다.

남원에 춘향이라는 얼굴이 매우 醜한 기생이 있었는데 이 도령을 위하여 守節하다 寃死하였으나, 그 후에 凶年이 들어 비가 안 오므로 梁 進士가 白紙 三枚에 春香의 사실을 지어 廣大로 하여금 광한루에서 노래를 불러 祈雨祭를 지냈더니 광한루 대들보 위에서 웃음소리가 나더니 얼마 아니하여 비가 오기 시작했다. 그 후 白紙 석 장의 春香傳이 늘어서 현재의 춘향전이 되었고 내가 지금으로부터 七十年 前 李龍準 府使의 治下에 살았는데 그때 廣大 妓生들이 함께 모이어 春香稧를 만들어 春秋에 제사 지내는 것을 보았다.[21]

김동욱이 1949년 天安에 거주하는 趙性國 老人(당시 80세)에게 들은

20  정노식, 『조선창극사』, 조선일보사출판부, 1940, 15-16쪽.
21  김동욱, 『춘향전 연구』, 연세대학교출판부, 1965, 56쪽.

이야기를 채록한 것이다. 전반부는 근원설화이고 후반부는 발생설화라고 할 수 있다. 주길순은 이와 비슷한 설화를 다음과 같이 추녀(빡보)설화로 소개하였다.

남원에 춘향이라는 얼굴이 매우 醜한 기생이 있었는데 이 도령을 위하여 수절하다 冤死하였다. 그 후 3년이나 비가 오지 않으므로 梁 進士(陳翰林이란 설도 있음)가 춘향을 미화한 글을 지어 광한루에서 광대로 하여금 노래를 불러 祈雨祭를 지냈더니 대들보 위에서 웃음소리가 나더니 얼마 아니하여 비가 오고 풍년이 들었다. 그 후 남원고을 사람들이 춘향의 넋을 달래주기 위하여 사월 초파일에 春香祭를 지냈다고 한다.[22]

⑨ 주길순은 成以性의 설화를 소개하고 있는데, 요약하면 다음과 같다.

南原府 巳梅坊에는 巫山堂이라는 당골마을이 있다. 해마다 3월이면 근동 사람들이 대멀방죽이라는 큰 연못에 모여 豊年祭를 올리고 광대들의 굿판이 벌어지는데, 그해에는 成 巫堂의 딸 春香이 창을 하였다. 이때 근동의 세도 양반의 글방 이 도령이 굿판을 구경 왔다가 춘향의 미모와 창에 반해서 정을 통했다. 그 뒤 李 氏家에서 이를 나쁘게 여기고 남원의 成 府使에게 춘향을 옥에 가두도록 부탁했지만 성 부사가 들어주지 않았다. 그 뒤 새로 부임한 李 府使는 이 씨가의 간청을 들어 춘향을 옥에 가두고 중한 벌을 내렸다. 동시에 무당 같은 하천배에게 成氏라는 兩班姓이 당치 않다며 姓을 박탈하고 그들의 어머니의 姓을 쓰게 했다. 그래서 성춘향은 무산 박씨가 되었고, 獄死했다. 그 뒤 전 남원부사였던 成安義의 아들 成以性이 암행어

---

**22** 주길순, 「춘향전의 근원설화고 – 醜女(빡보)설화를 중심으로」, 『국어교육연구』 1, 조선대 사범대 국어교육학회, 1975, 100쪽.

사로 남원에 들러 이 사실을 알고 이 부사를 파직하여 성춘향의 冤恨을 풀어주었다.[23]

　이상에서 근원설화로 제시된 다양한 설화를 살펴보았는데, 이외에도 비슷비슷한 설화들이 여러 가지 제시되었다. 그런데 그중에서 어느 하나를 춘향전의 근원설화로 단정하기 어려울 뿐만 아니라, 더욱이 대부분이 춘향전의 영향을 받아 후대에 만들어졌거나 춘향전에 견인되어 견강부회되거나 윤색된 것으로 짐작된다. 춘향전의 근원설화에 대한 백가쟁명식의 논의에도 불구하고 춘향전이 남원에서 널리 이야기되던 설화를 모태로 형성되었고, 그 후 성장하는 과정에서 다양한 설화들이 영향을 끼쳤다는 것은 움직일 수 없는 사실이다.

　한편 이가원은 "춘향전의 주인공 이 도령 · 성춘향은 애초에는 성 도령 · 이춘향이니 성 도령은 곧 溪西 成以性 公이다."라고 하고, 또 "원 춘향전의 작자는 安東邑에 살던 權進士이다."라고 주장하였다.[24] 그리고 설성경은 山西 趙慶男(1570~1641)이 1640년경 춘향전을 창작했을 것으로 추정하고 있다. 즉 조경남이 암행어사가 되어 남원에 찾아온 제자 성이성을 핵심 모델로 삼고 노진의 이야기 등을 중첩시켜 이 어사의 모델로 활용하였다는 것이다.[25] 그러나 이와 같은 實存說이나 조경남의 창작설 내지 성이성 모델설 등이 설득력을 확보하려면 이를 뒷받침할 수 있는 결정적인 자료가 발굴되어야 할 것이다.

　앞으로 춘향전의 근원설화에 대한 좀 더 진전된 연구가 요청된다고

23　주길순, 「춘향전 발생의 민속적 기원」, 『한국언어문학』 21, 한국언어문학회, 1982, 153-154쪽.
24　이가원, 「陶山別曲贅論 (中) – 그 作者 및 註釋에 대한 諸論을 읽고」, 『현대문학』, 1956년 6월호, 193쪽.
25　설성경, 『춘향예술의 역사적 연구』, 연세대출판부, 2000; 설성경, 『춘향전의 비밀』, 서울대출판부, 2001.

하겠다. 여기서는 춘향전 형성에 결정적인 역할을 한 근원설화를 탐색하는 작업에서 '남원의 설화'가 출발지요 종착지여야 하고, 그렇게 했을 때라야 충분한 설득력을 확보할 수 있다는 점을 새삼 강조하여 둔다.

## 3. 춘향전의 배경 공간과 남원

근래 작가 및 예술가 등의 고향이나 작품의 배경이 된 곳이 경제적 이익을 창출할 수 있는 관광자원 내지 관광상품으로 인식되면서 이를 두고 지방자치단체나 고을 사이에 다툼이 벌어지고 있는 경우가 종종 있어 안타깝다. 송만갑 명창의 출생지를 놓고 구례와 순천(낙안)이 서로 출생지라고 주장하는 것이나 흥부마을을 두고 남원시 아영면 성리와 인월면 성산리 사이에 벌어진 일들도 그러한 예에 속할 것이다. 앞으로 다른 지역에서도 서로 연고권을 주장하며 이와 유사한 다툼을 벌이는 경우가 없지 않을 것이다. 자기의 주장만 내세울 것이 아니라 머리를 맞대고 지혜를 모아 상생할 수 있는, '윈-윈' 할 수 있는 방법을 찾는 것이 바람직하다.

춘향전은 남원을 중심으로 하고 구체적으로 광한루와 동헌을 배경으로 전개되고 있으므로 지리적 배경을 두고 소모적인 논쟁에 휘말릴 필요 없이, 춘향전과 관련된 사업을 펼칠 수 있으니 여간 다행한 일이 아니다. 물론 최근에 경북 봉화군에서는 이몽룡의 모델이 성이성이라는 주장에 따라 성이성이 1613년에 물야면 가평리에 건립한 溪西堂을 "춘향전의 실존 인물 이몽룡 생가"로 소개하며 관광자원화하려는 노력을 기울이고 있다. 2008년에는 봉화문화원에서 한문필사본 춘향전—이 춘향전은 兪喆鎭의 『懸吐漢文 春香傳』(東昌書屋, 1917)과 현토한 것 외에는 동일한 것이다—을 『봉화고을 이 도령의 연가, 춘향전』으로 번역해 발간하기도 했지만 앞의 예와는 그 성격이 다르다.

먼저 춘향전의 핵심적인 배경 공간인 남원의 역사를 살펴보면 다음과 같다.

남원은 삼한시대에는 마한의 영역에 속했으며 마한 54개국 중 古臘國이 위치하고 있었다고 하는데, 지리산을 경계로 진한과 변한의 국경 지역에 위치한 군사상의 요충지였다.

삼국시대에는 백제의 영역에 속했는데, 기원후 15년(온조왕 33) 古龍郡이라 했다가 196년(초고왕 31)에 帶方郡으로 개칭했으나, 평안도지방에 漢四郡의 대방군이 설치되자 220년(구수왕 7)에 南帶方郡으로 명칭을 바꾸었다.

660년(무열왕 7)에 나당연합군에 의해 백제가 멸망하자, 이 지방에 帶方都督府를 두었다. 685년(신문왕 5) 전국에 五小京을 설치할 때 南原京이 설치되었으며, 757년(경덕왕 16)에는 대방을 남원이라 고쳤다. 828년(흥덕왕 3)에는 證覺大師가 實相寺를 창건했으며, 875년(헌강왕 1)에는 道詵이 禪院寺를 창건하였다.

고려 태조 왕건이 후삼국을 통일한 뒤 940년(태조 23) 南原府로 개칭되었고, 현종 때 지방제도 정비를 거쳐 任實·淳昌 등 2개의 屬郡과 長溪·赤城·居寧·九皐·雲峰·長水·求禮 등 7개의 屬縣을 관할하는 행정의 중심지가 되었다. 1310년(충선왕 2) 대방군으로 환원되었다가 1360년(공민왕 9) 다시 남원부로 복구되었다.

조선 태종 13년(1413)에 남원도호부로 되어 1군 18현을 관할하였다. 1654년(효종 5) 남원에 전라좌영을 설치했으며, 1739년(영조 15) 찬규의 반란으로 인해 一新縣으로 강등되었다가 1750년 다시 남원부로 복구되었다. 1896년(고종 33) 지방관제 개편 때에 전라남도와 전라북도로 개편되었는데, 그때 전라남도의 관찰부를 남원에 두었다. 그러나 이듬해 전라북도에 편입됨에 따라 관찰부는 광주로 옮겨졌다.

이제 춘향전의 배경 공간으로서의 남원의 地所를 살펴보기로 한다.[26]

다음은 고지도 「南原府地圖」(1872년 제작)[27]이다.

「南原府地圖」

이외에 『증보 춘향전 연구』의 「南原官府圖」[28]도 참고할 수 있다.

춘향전에 등장하는 남원의 지소를 구체적으로 살펴보면 다음과 같다. 조상현 명창이 부른 춘향가의 서두는 다음과 같이 시작한다.

(아니리) 호남좌도 남원부는 옛날 대방국이라 허였것다. 동으로 지리산,

---

26 김동욱, 『증보 춘향전 연구』(연세대학교출판부, 1976)에 많은 도움을 받았다.
27 서울대학교 규장각 편, 『조선 후기 지방지도』, 전라도 편(상), 민족문화, 2005, 22번 지도.
28 김동욱, 『증보 춘향전 연구』, 연세대학교출판부, 1976, 417쪽.

서으로 **적성강**, 남북강성하고 북통운암허니 곳곳이 승지요, 산수정기 어리어 남녀간 일색도 나려니와 만고충신 **관행묘**를 모셨으니 당당한 충렬이 아니 날 수 있겠느냐.[29]

- 赤城江 : 섬진강의 상류로 물이 맑으며, 남원시와 순천시 사이에 있는 적성산 밑을 흐르는 강. 옛날에 이곳에 赤城縣이 있었다.
- 關王廟 : 關羽를 신앙하기 위하여 건립한 廟堂으로 關聖廟라고도 한다. 중국에서는 명나라 초부터 관왕묘를 건립하여 일반 서민에까지도 그 신앙이 전파되었으며, 우리나라에는 임진왜란 때 명나라 군사들에 의해 관왕묘가 건립되었다. 서울에 있는 남·동관왕묘 외에 지방에는 관왕묘가 건립되었다. 1598년을 전후하여 지방에는 강진, 안동, 성주, 남원 등 네 곳에 관왕묘가 건립되었다. 남원의 관왕묘는 서문 밖에 있었는데, 명나라의 도독 劉綎이 건립하였다. 1698년에 神像을 개건하였는데 모두 중국의 관왕묘를 모방하였으며, 명나라의 장수인 摠府中軍 李新芳·蔣表·毛承先 등을 배향하였다.

완판 84장본 〈열여춘향슈졀가라〉에는 월매가 기자치성을 드리러 가는 장면이 다음과 같이 나온다.

이날부텀 목욕지계 정이 흐고 명산승지 차져갈 졔 **오작교** ] 썩 나셔셔 좌우 산천 둘너보니 셔북의 **교룡산**은 슐히방을 마거 잇고 동으로난 **장임** 숨풀 깁푼 고디 **션원사**는 은은이 보이고 남으로난 **지리산**이 웅장한듸 그 가온듸 **요천슈**난 일듸장강 벽파되야 동남으로 둘너스니 별류건곤 여긔로다 쳥임 더우 잡고 산슈을 발바 드려가니 지리산이 여긔로다 **반야봉** 올나셔셔

---

29  한국브리태니커회사, 『판소리 다섯 마당』, 1982, 31쪽.

사면을 둘너보니 명산딕쳔 분명ᄒ다 상봉의 단을 무어 졔물을 진셜ᄒ고
단하의 복지ᄒ야 쳔신만고 비럿더니 산신임의 덕이신지[30]

- 烏鵲橋 : 1461년(세조 7) 남원부사 張義國이 蓼川의 물을 끌어다가 廣寒
  樓 앞에 은하수를 상징하는 커다란 연못을 파고 견우와 직녀의 전설이
  담긴 오작교를 가설하였다. "烏鵲橋石築虹橋 四區亘于樓下西南", 『龍
  城誌』.
- 蛟龍山 : 『신증동국여지승람』에 "부의 서쪽 7리에 있는데, 북쪽에는
  密德峰과 福德峰이 하늘을 버티고 높이 솟아 있다."
- 長林 : 남원부의 동쪽에 있는 숲. 東帳藪. 『신증동국여지승람』에 "東帳
  藪는 부의 동쪽 7리에 있다.(東帳藪 在府東七里)".
- 禪院寺 : 신라 49대 헌강왕 원년인 875년에 도선국사가 세운 절. 『신증
  동국여지승람』에 "선원사는 百工山에 있다.", "백공산 : 부의 동쪽 8리
  에 있다."
- 蓼川 : 『신증동국여지승람』에 "요천은 동남쪽 1리에 있는데 시내 가운데
  소같이 생긴 바위가 있다.(在府東南一里 川中有巖形如牛故名牛巖)".
- 智異山 : 전라북도 남원시, 전라남도 구례군, 경상남도 산청 · 함양 · 하
  동군에 걸쳐 있는 산. 최고봉인 天王峯의 높이는 1,915m.
- 般若峰 : 지리산 서쪽의 가장 높은 봉우리. 『신증동국여지승람』에 "그
  기이한 봉우리와 깎은 듯한 절벽은 이루 헤아릴 수 없는데, 동쪽의
  天王峰과 서쪽의 般若峰이 가장 높으니 산허리에 혹 구름이 끼고 비가
  오며 뇌성과 번개가 요란해도 그 위 산봉우리는 청명하다."

방자가 이 도령에게 남원 景處를 아뢰는 장면은 다음과 같다.

---

30  이가원 주, 『춘향전』, 태학사, 1995, 15-16쪽.

남원 경쳐 듯조시요 **동문** 밧 나가오면 **장임** 숩 **쳔은사** 조쌉고 **셔문** 밧 나가오면 **관황묘**난 쳔고 영웅 엄한 위풍 어졔 오날 갓쌉고 **남문** 밧 나가오면 **광한누 오작교 영주각** 좃쌉고 **북문** 밧 나가오면 청쳔삭출금부룡 기벽ㅎ야 웃둑 셔스니 기암 등실 **교룡산셩** 좃사오니 쳐분듸로 가사이다³¹

- 城門 : 東門은 向日樓, 西門은 望美樓, 南門은 玩月樓, 北門은 拱宸樓이 다. 임진란 때 灰塵되었던 것을 부사 鄭悏이 중창하였는데, 고종 31년 동학농민전쟁 때 동문과 서문이 다시 회진되고 나머지 북문은 일제강 점기 때 일인의 손에 뜯겼다.

- 廣寒樓 : 태종의 노여움을 사서 남원으로 유배 온 黃喜가 1419년(세종 1)에 廣通樓를 세웠다. 세종 16년에 府使 閔汝恭이 광통루를 새로이 뜯어 고쳤고, 세종 19년 府使 柳之禮가 단청을 하였다. 세종 26년 전라 도관찰사 鄭麟趾가 廣寒樓라 명명하였다. 세조 7년 府使 張義國이 광 한루를 크게 고치어 새롭게 하고, 銀河를 뚫고 烏鵲橋를 걸고 上漢槎와 支機石을 마련하고 乘槎橋를 걸었다. 선조 15년 전라도관찰사 鄭澈이 크게 중수하고 못 가운데 蓬萊, 方丈, 瀛州의 三神山을 일으키고, 方丈 島에는 百日紅, 蓬萊島에는 綠竹을 심고, 瀛州島에는 瀛州閣을 세웠다. 선조 30년 정유재란 때 광한루가 灰塵되었으며, 선조 40년 元稹이 小樓 를 세웠으나 얼마 안 되어 퇴락하였다. 인조 4년 府使 申鑑이 크게 일으켜 면목을 새롭게 하고, 申翊聖이 '廣漢樓'란 額號를 써서 걸어 붙였고, 철종 6년 부사 李象億이 중수하고 '湖南第一樓'라 함과 '桂觀'이 란 현판을 몸소 쓰고 겸하여 영주각도 중수하고 액호를 붙였다. 黃守身 의 「廣寒樓記」에 "부의 남쪽 2리쯤 되는 곳에 땅이 높고 평평하여 넓은 곳에 廣通樓라는 작은 누각이 있었다. 세월이 지남에 퇴락하였다. 갑인

31  이가원 주, 『춘향전』, 태학사, 1995, 21쪽.

년에 부사 閔恭이 새로 누각을 짓기 시작했고, 정사년에 柳之禮가 계속하여 단청을 하였고, 갑자년에 정인지가 이름을 廣寒樓라고 바꾸었다. (南原 府南二里許 地勢高平敞闊 有小樓曰廣通 歲久頹廢 歲甲寅 府使閔君恭改起新樓 丁巳柳君之禮 繼加丹雘 甲子河東鄭相國麟趾易名以廣寒)".

- 瀛州閣 : 광한루의 영주섬에 있는 누각. 1582년(선조 15)에 전라도관찰사 鄭澈이 瀛州島에 세운 누각.

- 蛟龍山城 : 남원 교룡산에 있는 성. 선조 26년에 都元帥 權慄이 僧將處英을 시켜 修築하였다. 『신증동국여지승람』에 "석축이다. 둘레는 5천 7백 17자, 높이 10자, 안에는 99개의 우물과 작은 시내 하나가 있고, 또 군창이 있다.(石築 周五千七百十七尺 高十尺 內有九十九貞小溪 又有軍倉)".

춘향이 추천하는 장소와 춘향의 집은 다음과 같다.

추천을 ᄒ랴 ᄒ고 상단이 압셰우고 나려올 졔 (중략) 아름답고 고은 틱도 아장거려 흔늘거려 나올 져그 **장임** 속으로 드러가니 녹음방초 우거져 금잔듸 좌르륵 깔인 고딕 황금 갓튼 쇠쇼리는 쌍거쌍녁 나라들 졔 무셩한 버들 빅쳑장고 놉피 미고 추천을 하여 할 졔[32]

- 長林 : 광한루 남쪽에 있는 栗林으로 짐작된다. 『신증동국여지승람』에 "율림 : 광한루 남쪽에 있다." 현재의 남원시 川渠洞이다. 남원부의 동쪽에 있는 長林과는 다른 곳이다.

---

32 이가원 주, 『춘향전』, 태학사, 1995, 30쪽.

이외에도 춘향전의 배경 공간으로는 다음과 같은 곳이 있다.

- 五里亭 : 남원군 사매면 월평리에 있는 정자.[33] / 送客亭이라고도 하는, 남원 동북쪽 5리쯤에 역말을 갈아타는 곳에 있던 정자.
- 薄石峙/博石峙 : 남원과 그 북쪽의 사매면과의 경계를 이루는 곳에 있는 고개.[34] / 남원 향교 뒷산에 있는 고개.[35] / 남원 사매면 대율리에 있는 박석리와 같은 이름, 博石峙. 고개 이름으로서는 밤치재(栗峙).[36]
- 萬福寺 : 『세종실록지리지』에 "부의 서남쪽에 있다. 그 동쪽에 五層殿이 있고, 서쪽에 二層殿이 있으며, 전각 안에 鐵佛이 있는데, 길이 35척, 무게 1만 3천 근이며, 그 전각의 제도가 이상하다. 어느 시대에 창건한 것인지 모른다." 그리고 『신증동국여지승람』에 "麒麟山의 동쪽에 5층의 전당이 있고 서쪽에 2층의 전당이 있는데 그 안에는 길이 53자의 銅佛이 있으니 이는 고려 文宗 때 창건한 것이다."
- 龍城客舍 : 南原府의 客舍인 용성관. "龍城館 卽客舍古之恤民館也", 「龍城誌」. 객사는 闕牌를 모셔 두고, 왕명을 받들고 내려오는 벼슬아치를 묵게 하던 집.
- 東軒 : "衙舍 在龍城館南 (중략) 一名東軒". 동헌은 지방 관아에서 고을 員이나 監司, 兵使, 水使 및 그 밖의 守令들이 公事를 처리하던 중심 건물.
- 刑獄 : 성내에 있으며, 重庫 3칸, 男獄 3칸, 女獄 3칸, 형리 1명, 옥사쟁이 2명, 監考 1명이다.

---

33 한명희, 「春香傳의 地所 硏究」, 『겨레어문학』 6 · 7, 겨레어문학회, 1972, 124쪽.
34 강헌규, 「춘향전에 나타난 어사또 이몽룡의 남원행 경유지명의 고찰(2)」, 『지명학』 7, 한국지명학회, 2002, 36쪽.
35 한명희, 「春香傳의 地所 硏究」, 『겨레어문학』 6 · 7, 겨레어문학회, 1972, 124쪽.
36 『한국지명총람』 12(전라북도편 하), 한글학회, 2000, 231쪽.

이상에서 춘향전에 등장하는 배경 공간으로서의 남원의 여러 地所를 살펴보았다. 앞으로 더 정확한 자료를 발굴하여 수정, 보완해야 할 것이다.

## 4. 남원과 춘향, 그리고 춘향제

남원 사람들은 1931년 제1회 춘향제를 개최한 이래 해마다 춘향제를 개최하였다. 2020년에는 제90회 춘향제가 '춘향, 사랑을 90th하다'라는 주제로 9월 10일부터 13일까지 4일 동안 남원 광한루원에서 열렸는데, 사상 처음으로 무관중, 온라인, 비대면으로 진행하였다.[37] 온갖 풍상에도 불구하고 한 해도 거르지 않고 아흔 星霜을 지켜왔다는 것은 대단한 일이다.[38] 남원 사람들에게 춘향은 그만큼 의미 있는 인물이고, 춘향제 또한 소중한 행사이다.

「한국향토문화전자대전」(한국학중앙연구원)에는 춘향을 기리는 춘향 사당과 춘향 제사에 대해 다음과 같이 기술하고 있다.

춘향사당은 남원이 춘향의 고장임을 상징하는 건축물이다. 남원을 상징하는 배롱나무(백일홍)와 곧은 절개를 상징한다는 대숲에서 광한루를 바라보며 북문의 동쪽 끝에 조영되어 있다. 춘향사당은 정면 3칸, 측면 2칸으로 조성된 전통 건축물로 일제강점기인 1931년에 지어졌다.

1931년 노계소·이현순의 발기로 춘향사당 건립이 추진되었다. 유지 강

---

[37] 원래는 2020년 4월 30일부터 5월 5일까지 광한루원 일대에서 개최할 예정이었지만, 코로나19로 인해 연기된 것이다.

[38] 김기형, 『춘향제 70년사』, 춘향문화선양회, 2001; 유목화, 「남원 춘향제 연구」, 전남대학교 대학원 박사학위논문, 2012; 김기형, 『춘향제 80년사』, 민속원, 2015.

봉기, 남원권번의 이백삼, 퇴기 최봉선(부산관 경영), 유지 정광옥 등이 의기
투합하여 남원군 관내 1읍 18개 면을 돌며 춘향사당의 건립 취지를 설명하
고 기금을 모았다. 또한 권번에서도 기생들을 앞세워 진주, 한양, 개성 등지
의 유명한 권번을 방문하여 춘향사당 건립의 필요성을 역설, 기금을 모았다
고 한다.

6월 20일(음력 5월 5일) 단오날에 춘향사당 준공식을 거행하면서 국내
최초로 여성이 제관으로 참여하는 춘향제를 지냈다. 춘향사당의 출입문은
단심문(丹心門)이다. 사당 정면에 김태석(金台錫)이 전서체로 쓴 '열녀춘향
사(烈女春香祠)' 현판을 걸었다.

춘향사당 안에 봉안된 춘향 영정은 진주 사람 강주수의 작품으로 안치되
었고, 맞은편에는 전라북도 도지사 김서규가 지은 '춘향사기(春香祠記)'를
걸었다. 춘향사당을 지을 때의 도편수(都片手)는 강두희였다. 춘향 영정은
1939년 김은호가 그린 초상화를 광주 사람 현준호가 기증하여 처음 영정과
함께 봉안하여 춘향 제사를 지내왔으나 6·25전쟁 중에 훼손되어 최초 초상
화만으로 11년 동안(제21~제31회) 제사를 지냈다.

1961년 11월 26일에 김은호가 다시 그린 영정을 5·16군사혁명정부의
송요찬 내각 수반이 두 번째로 기증하여 최초 초상 앞에 같이 안치하여
보관하였다. 현재 춘향 영정은 사본이 춘향사당에 전시되어 있으며, 진본은
매년 춘향제의 시가지 가두행진 때 이동하는 차량 속에서만 볼 수 있다.
현재 춘향사당에서는 매년 춘향 제사가 올려지고 있으며 그 햇수가 벌써
77년을 헤아리고 있다.[39]

위의 내용 중에서 일부는 사실과 다소 다르므로 이에 대해 다시 살펴보
고자 한다. 춘향제는 1931년에 春香祠堂 건립을 계기로 지내게 되었다.

---

39   한국학중앙연구원, 「한국향토문화전자대전」(www.grandculture.net).

다음 신문기사에서 알 수 있듯이 1930년 8월 무렵 만고정렬 춘향의 사적을 영원히 후세에 유전하기 위하여 남원권번의 발기[40]와 남원 유지들의 기부금으로 춘향사 건립을 준비하고 있었다.

南原券番의 發起로 / **春香祠堂을 建設** / 긔부금 이천 원으로 / 廣寒樓 構內에

【全州】금번 전북 남원기생권번 주최(全北 南原券番 主催)와 일반 유지의 후원(一般有志 後援)으로 만고정렬 춘향(萬古貞烈 春香)의 사적을 영원히 후세에 유전하기 위하야 일반 유지로부터 긔부금 이천여 원을 모집하야 춘향의 사당을 광한루 구내(廣寒樓 構內)에 건설코저 목하 준비 중이라 한다.[41]

제1회 춘향제는 광한루 중수와 춘향사 신축을 기념하는 행사로 1931년 6월 1일(음 4월 15일)부터 1주일 동안 성대히 거행되었다. 광한루 중수식은 6월 1일, 춘향사의 낙성식은 6월 3일에 하였다. 춘향사는 남원권번의 최봉선 외 여러 명의 기생들의 발의로 남원 少年契의 후원 하에 이천여 원의 의연금을 모금하여 광한루 동편에 건립하였다.

---

40 남원 기생들이 발의한 것은 다음과 같이 춘향전에 내재해 있었다고 할 수 있다. "엇던 기싱 흔나 춤추며 나오난듸 얼시구 절시구 조을시구 여러 기싱 듯더니 저년 밋쳐쑤나 츈향은 미를 맛고 죽게 되어난듸 너는 무삼 혐우 잇셔 춤을 추고 길나난야 형남네 드러보소 히셔기싱 농션이는 동셜영의 죽어 잇고 평양기싱 월션이는 소셥의 목을 베여 김 장군게 드리고 쳔추혈식ᄒᆞ엿고 진주기싱 논기는 왜장의 목을 안고 남강의 쎠러졋기로 쳔추의 힝ᄉᆞᄒᆞ여쓰니 우리 남원도 현판감이 생겼구나"(〈완판 33장본〉), "남원 같은 대모관에 우리 몸이 기생되어 쓸데없이 되었더니 이제 춘향 열녀 나서 교방청에 문을 짓고 노방청에 현판 붙여 천추유전할 것이니 이런 경사가 어디가 있느냐? 얼씨구 얼씨구 장히 좋네"(〈정정렬제 춘향가〉))

41 『매일신보』, 1930. 8. 13.

**傳說의 湖南勝地 廣寒樓 改築 竣工 / 春香과 夢龍의 속삭인 舊趾 / 來一日 重修記念式**

【남원】 전북 남원(南原)의 광한루(廣寒樓)라면 바로 전설의 가인(佳人) 춘향(春香)을 련상하게 된다. (중략) 유지 제씨의 열렬한 활동으로 四천五 백 원의 경비를 드려 작년 七월부터 수리공사에 착수한바 이에 준공의 씃을 맛첫다는데 (중략) 오는 六월 一일을 기하야 동 루상에서 중수기념식을 이행하는 동시에 여흥으로 여러 가지 계획을 세워 五일간을 계속한다고 한다.[42]

**春香의 烈婦祠도 新建築 / 춘향의 정렬을 긔염하기 위하야 / ◇紅裙娘子 群의 奮起로**

천고불후(千古不朽)의 작품인 소설 춘향전(春香傳)을 본 사람은 누구나 렬녀 춘향을 알 것이다. 그러나 그의 사적을 차자 볼 수 업는 것이 무엇보담도 유감으로 생각하든바 예기 최봉선(崔鳳鮮) 외 수명의 홍군랑자(紅裙娘子)들의 발의로 남원 소년게(少年契)의 후원 하에 二천 원의 의연금을 모집하야 광한루(廣寒樓) 중수와 동시에 렬부(烈婦) 춘향의 절조를 기려 긔념키 위하야 광한루 동편에 춘향의 열녀각(烈女閣)을 건축 중이든바 이에 준공의 씃을 맛치고 오는 六월 三일 락성식을 거행한다는데 일반은 성황을 여기 한다.[43]

당시 각종 여흥으로 남원예기권번 주최의 全道名唱大會(1~5일), 活動 寫眞大會(1~7일, 남원극장), 全道弓術大會(5~6일, 관덕정), 南道個人庭球

---

42 『동아일보』, 1931. 5. 22. 행사 기간을 5일간이라고 했지만 5월 27일자 신문의 행사 안내를 보면 7일간 행사했음을 알 수 있다.
43 『동아일보』, 1931. 5. 22.

大會(6~7일, 남원공립보통학교), 白日場(1일부터, 광한루 누상) 등이 열렸다.[44] 명창대회에는 전국의 뛰어난 名妓들이 참가하였는데, 군산 昭和券番의 金彩玉과 金柳鶯이 각각 일등과 삼등을 하였다.[45] 당시 이등은 김소희였는데, 세간에는 원래 김소희(1917년생)가 1등을 하였는데 김채옥의 후원자들이 항의하는 바람에 다시 〈육자배기〉를 불러 순위를 결정하기로 하여 김소희에게 1등을 주고 김채옥에게 특등상을 준 것으로 알려져 있다.[46]

제2회 춘향제는 남원권번 주최로 춘향과 이 도령이 처음 만난 날인 오월 단오일에 춘향을 기념하는 제사를 거행했다. 數萬의 관객이 모였으며, 각지에서 참석한 기생 일동이 제사를 마치고 여흥으로 鞦韆, 脚戲, 券番舞踊, 弓術 등을 4일간(양 6월 8~11일) 성대히 거행하였다.[47] 제3회 춘향제(1933년)[48]와 제4회 춘향제(1934년)도 오월 단오일에 거행했다.

초기 춘향전에서는 춘향과 이 도령이 만난 날은 〈만화본 춘향가〉(1754년)의 "是時尋春遊上巳"를 비롯하여 〈완판 33장본〉의 "잇씨는 씩마침 춘삼월이라" 등과 같이 春三月(三春)로 되어 있다. 〈완판 84장본〉에도 앞에서는 "잇씨는 어느 씩뇨 놀기 조흔 삼춘이라"고 했다가 뒤에 "잇씨은 삼월이라 일너스되 오월 단오일리엿다 쳔즁지가졀이라 잇씩 월미 쌀 춘향이도 쏘한 시셔 음률이 능통하니 쳔즁졀을 몰을소냐 추쳔을 흐랴 흐고 상단이

---

44 『동아일보』, 1931. 5. 27.
45 『매일신보』, 1931. 6. 11.
46 오중석, 『동편제에서 서편제까지』, 삼진기획, 1994, 243쪽.
47 "南原의 春香祭 / 盛大히 擧行 / 【南原】전북 남원읍에서는 당지 권번 주최로 춘향을 기념하는 제사를 이번 端午佳節에 거행하엿다는바 읍내 광한루 부근 지대에는 各國旗와 전등으로 장식하여서 찬란한 중 무려 數萬의 관객이 모엿고 각지로부터 來參한 기생 일동이 春香祠에 회합하야 성대한 祭祀를 마치고 그의 여흥으로 혹은 鞦韆 혹은 脚戲 혹은 庭球 혹은 券番舞踊 혹은 弓術 등으로 前後 四日間에 자못 성대히 거행하엿다", 『매일신보』, 1932. 6. 13.
48 『매일신보』, 1933. 5. 24., 『동아일보』, 1933. 5. 25.

압세우고 나려올 제"와 같이 추천 장면에 견인되어 단오일로 개작하고 있다. 이와 같이 춘향과 이 도령이 오월 단오일에 만나는 것으로 개작되어 정착되기 시작한 것은 19세기 후반의 일이고, 현재 부르고 있는 춘향가에는 단오일로 되어 있다.[49]

제5회 춘향제(1935년)부터 날짜를 사월 초파일로 변경하였다. 단오 무렵은 날씨가 덥고 농번기로 관람객의 불편이 적지 않기 때문에 춘향 탄생일인 음력 사월 초파일로 변경한 것이다.[50] 그 후부터 춘향제는 2020년을 제외하고는 사월 초파일에 거행되었다.

춘향전 중 일부 이본에 춘향의 생년월일이 나온다. 춘향의 생년은 봉사 점복 대목에 나오는데, 〈남원고사〉에는 甲寅生이고, 〈열여춘향슈절가〉에는 壬子生이다.

　　히동 조선국 팔도 둥 젼나좌도 남원부 스십팔면 즁 부늬면 향교리 거흐옵는 곤명 김시 갑인싱 신을 스복즈로 근복문흐오되(〈남원고사〉)

　　졀나좌도 남원부 쳔변이 거하는 임자싱 신 곤명 열여 셩춘향이 하월하일의 방사옥즁하오며(〈열여춘향슈졀가〉)[51]

그리고 춘향의 생일이 사월 초파일로 되어 있는 것은 신재효의 〈동창춘향가〉와 경판본 춘향전, 〈남원고사〉 계통의 이본 등이다.

---

**49** 김석배, 『춘향전의 지평과 미학』, 박이정, 2010, 53쪽.

**50** "一. 第五回 春香祭(陰 四月 初八日) 從來에는 陰 五月 五日(端午)에 擧行하엿스나 그 날은 紀念日에 不過할 뿐 아니라 日氣가 더웁고 農繁期임으로 觀覽客의 不便이 不少함으로 今年부터는 春光을 背景으로 하야 春香 誕生日인 陰 四月 初八日로 變更하야 祭典을 擧行하며 當日에 孝子烈婦表彰式을 擧行하리라 한다", 『매일신보』, 1935. 4. 30.

**51** 〈김연수 창본〉의 만복사 불공 대목과 봉사 점복 대목에 "해동 조선국 남원부내 향교리 거주 임자생 성춘향"으로 되어 있다.

絶代佳人 네ㄱ 나즈 風流男子 나 낫구나 廣寒樓 노푼 집의 仙童仙女 맛나
스니 잔북그럼 훨셕 썰고 慇懃談話 ㅎ여보즈 몃 살 먹엇는이 열여섯 살이요
나난 十六歲다 生月은 四月 初八日리요 나는 觀燈날 낫다(〈동창 춘향가〉)

그랴셔 뉘라 ㅎ오 춘향이 단슌호치를 반개ㅎ여 나즉이 옥셩으로 엿즈오디
쇼녀의 닐홈은 츈향이오 츈츄는 몃치뇨 나흔 이팔이오 싱신은 언제뇨 하스
월 초팔일 츅시오 니도령 ㅎ는 말이 신통ㅎ다 다 마져 오다가 츅시만 틀녀시
니 나 희산홀 제 불슈산을 것구로 먹엇더면 ㅅ쥬동갑될 번ㅎ엿다(〈경판
35장본〉))**52**

춘향의 생일이 사월 초파일인 것은 심 봉사 부부가 사월 초파일 심청의
태몽을 꾼 것**53**과 마찬가지로 석가탄신일의 영향이라고 할 수 있다.

다음으로 춘향사당에 봉안되어 있던 춘향의 초상에 대해 살펴보기로
한다. 최근까지 춘향사에는 以堂 金殷鎬 화백이 그린 초상화의 복사본을
전시하고 춘향제를 지낼 때만 남원향토박물관에 보관되어 있는 진본을
볼 수 있었다. 그런데 춘향초상이 친일 화가의 작품이라고 해서 2020년
9월 24일 복사본도 철거하였다.**54**

---

**52**  〈경판 30장본〉, 〈경판 23장본〉, 〈안성판 20장본〉, 〈경판 17장본〉, 〈경판 16장본〉에는
하사월 초파일 자시로 되어 있다.

**53**  "굽자 사월 초팔일의 흔 쑴을 어드니 셔기반공ㅎ고 오칙영농흔듸 일기 션녀 학을 타고
흐날노 나려오니 몸의난 치의요 머리난 화관이라 월픽를 느깃 차고 옥픠소릭 징징흔듸
계화 일지를 손의 들고 부인게 읍ㅎ고 졋틱 와 안는 거동 두렷흔 달 졍신이 품안의
드난 듯 남희관음이 희즁의 다시 돗난 듯 심신이 황홀ㅎ야 진졍키 어렵더니 션녀 흐난
말리 셔왕묘의 쌀이옵더니 반도진상 가난 길의 옥진비자를 만나 두리 수작ㅎ여습더니
시가 좀 어기여삽기로 상제게 득죄ㅎ야 인간의 닉치시미 갈 바를 몰낫도니 팅힝산노군과
후토부인 졔불보살 셔가여릭님과 귀틱으로 지시ㅎ읍기여 왓사오니 어엽비 여기옵소셔
품안의 들믹 놀닉 씌다르니 남가일몽이라 직시 봉사님을 씌여 몽사를 의논ㅎ니 두리
쑴이 갓탄지라"(〈완판 71장본 심청전〉)

**54**  2020년 10월 7일 전화로 남원시청과 남원향토박물관에 확인하였다.

남원향토박물관에는 현재 아래 그림 ①-③의 3점의 춘향초상이 보관되어 있다.

①        ②        ③        ④

초상화 ①은 진주 사람 姜周秀가 그린 것(가로 70cm×세로 170cm), ②는 雨馨이 그린 것(가로 68cm×세로 106cm)으로 알려져 있다.[55] ③은 1961년 김은호가 6·25전쟁 때 훼손되어 없어진 것 대신 다시 그린 것(가로 122cm×세로 203cm)이고, ④는 1939년에 김은호가 그린 춘향초상 원본이다.[56] ①과 ②-④는 치마 여밈이 다른데, 이에 대해서는 1939년 김은호가 춘향초상을 완성했을 당시 "處女 春香이라면 더구나 退妓家의 賤女요 妓籍에 登錄된 賤身으로서 當時 京湖 兩班 子女에만 限한 習俗인 왼(左)치마를 입엇을 것인가"라는 지적을 받은 바 있다.[57]

---

55  조성교 편저, 『남원지』, 종합합동연구사, 1972, 719쪽; 한국학중앙연구원, 「한국향토문화전자대전」.
56  ④는 당시 『동아일보』(1939. 5. 21.)에 실린 사진이다. ③과 ④는 같은 草本을 썼기 때문에 동일한데, 바닥의 자리 무늬에서 약간의 차이가 발견된다. 한국근대미술연구소 편, 『이당 김은호』, 국제문화사, 1978, 219쪽. 이 책에는 두 초상화가 모두 수록되어 있다.
57  滄海, 「김은호 화백의 「春香像」을 보고」, 『동아일보』, 1939. 5. 27.

③과 ④는 김은호가 그린 것이 분명하여 이론의 여지가 없지만 ①과 ②에 관해서는 의견이 분분하여 혼란스럽다. 그런데 초상화 ①이 강주수가 그린 것이라는 근거가 분명하지 않다. 김은호의 『書畫百年』을 비롯하여 여타의 기록에서 강주수가 그렸다는 사실을 확인하기 어렵다. 김은호가 1939년에 첫 번째 춘향초상을 그리기 전에는 춘향사당에 김은호의 그림을 자주 위조해서 팔아먹던 雨馨이 페인트로 그린 초상이 걸려 있었다.

　　이 자리서 조선총독부 재무국장을 지낸 바 있는 林 두취가 '페인트'로 쓱쓱 그려 붙여 놓은 春香像을 보고 저속하게 되어 있다고 개탄, 열녀의 면모를 갖춘 새 초상화를 만들어 걸자고 제안 했다. (중략) <u>그때까지만 해도 춘향사당에는 내 그림을 자주 위조해서 팔아먹던 雨馨이 그린 '페인트' 초상이 걸려 있었다.</u>[58]

원로 한국화가 一坡 朴永根(1936년생)에 의하면, 우형은 경북 문경 출신의 林景洙로 인물화를 잘 그렸다고 한다. 그는 소아마비를 앓았는지 한쪽 다리가 불편했으며, 김은호의 작품을 모사하기도 했다고 한다.[59] 다음은 『삼천리』(1939년 7월호)에 실린 學藝社 특파원 崔玉禧의 「南原

---

**58** 김은호, 「春香像과 忠武公影幀」, 『서화백년』, 중앙일보 · 동양방송, 1977, 173쪽. "광한루 뒤편에 있는 열녀 춘향의 사당은 초췌하기 이를 데 없었다. <u>춘향의 상은 수년 전에 雨馨이란 화가가 그렸다는 '페인트' 날림 그림이었다.</u> 玄 두취는 그림을 보고 "춘향이 저래서야 되겠느냐……" 하면서 입맛을 쩝쩝 다셨다. 나는 그 자리서 玄 두취에게 "당신의 정성이 이토록 지극하고, 더우기 일본 사람(林繁藏 두취)까지 큰 관심을 갖는 일이니 정성껏 春香의 像을 그리겠다"고 약속했다.", 김은호, 『서화백년』, 중앙일보 · 동양방송, 1977, 175쪽.
**59** 박영근은 전라북도 김제 출신으로 오랫동안 대구에서 활동하고 있는 동양화가이다. 그는 그림은 왼손으로 그리고 글씨는 오른손으로 쓰는 左畵右書 화백이다. 2018년 2월 23일 자택(대구광역시 남구 대명동)을 찾아 면담조사하였고, 2020년 10월 7일에는 전화로 조사하였다. 임경수는 예천 출신이라고도 하는데, 池運永(1832~1935)에게 그림을 배우고, 曉丁 沈在變(1937~2003)을 가르쳤다고 한다. 지운영은 종두법을 실시한 지석영의 형이다.

春香祭 參別記」에서 인용한 것이다.

> 入魂式은 午前 十一時 半에 擧行되였읍니다. (중략) 式은 광대들이 통소 불고 젯대 부는 데서부터 시작되였읍니다. 다음으로는 春香의 肖像-낡은 것과 새것을 보교에 담어서 春香祠로부터 廣寒樓에 모서 오는데 한 보교에 한 개씩 담어서 기생들이 메고 오는 것이엿습니다.[60]

여기에도 낡은 것과 새것을 보교에 각각 담아서 메고 온다고 했다. 새것은 이당이 그린 것이고, 낡은 것은 우형이 그린 것일 터이다.

다음은 『삼천리』(1941년 3월호)에 실린 鄭寅燮의 「광한루와 춘향각」의 일부이다.

> 나는 무한한 감격으로 미련을 남기면서 春香廟로 가보았다. 아담한 적은 閣에 모셔 논 春香畵像은 金殷鎬 씨의 그린 것으로 그곳을 지키는 50가량 되어 보이는 여인이 와서 문을 열고 커틴을 걷으니 거기에 아리따운 정절의 미녀상이 요조하게 서 있다. 웃는 듯하되 웃지 않고 서른 듯하되 서러하지 않고 오즉 갸륵하고 얌전한 久遠의 여인이 그려저 있다. 노파는 그 초상에 대해서 설명을 한다. 먼저 있던 그림과 비교해서 이야기한다. 먼저 것은 시집가서 이 도령이를 작별하고 혼자 사는 쓸쓸한 춘향이를 그렸고 지금 것은 처녀 춘향을 그린 것이라고 流暢한 어조로 흐르는 물같이 술술 풀어 간다. (중략) 먼저 그림은 지금 그림 뒤에 보관해 두었는데 어느 것이 잘 되고 못 되고 간에 둘 다 귀중한 재료임에는 틀림없다.[61]

---

60  최옥희, 「南原 春香祭 參別記」, 『삼천리』 7월호, 삼천리사, 1939, 17쪽. 원문에는 '낡은'이 '낡은'으로 오식되어 있다.
61  정인섭, 「광한루와 춘향각」, 『삼천리』 3월호, 삼천리사, 1941, 75쪽.

밑줄 친 부분에서 알 수 있듯이 먼저 것은 시집가서 이 도령과 작별하고 혼자 사는 쓸쓸한 춘향이를 그린 것이고, 지금 것(이당의 그림)은 처녀 춘향을 그린 것이라고 했다. 그림 ①과 ②를 비교해 보면 ②보다는 ①이 '먼저 것'에 더 어울리는 것으로 보인다. 따라서 우형이 그린 춘향의 초상은 ①로 보는 것이 자연스럽다.[62]

다음은 1961년 11월 19일 이당이 다시 그린 춘향초상을 봉안할 당시의 『경향신문』 기사이다.

**예쁜 春香의 肖像畵 / 宋首班이 「춘향사당」에 寄贈**

【南原에서 本社 李相舜 特派員記】○ 宋 내각 수반은 19일 남원의 광한루를 찾아 열녀 성춘향의 초상화를 기증했다. 길이 여섯 자에 폭 석 자의 이 초상화는 이당 김은호 화백이 그린 것인데 앞으로 '춘향사당'에 걸릴 것이다. 지금까지 춘향사당에는 三十一년 전에 蔡 모 씨가 그린 초상화가 걸려 있다. 이곳 사람들은 오래 전부터 그 그림이 "춘향이 답지 않다"고 말해 왔었다.

이날 송 수반으로부터 새 초상화를 받은 동 사당의 최봉선(60) 여사는 "지금까지 걸려 있던 것 이외에 李相 선생이 그린 것이 있었는데 사변 때 괴뢰군에 의해 파괴되었고 지금 것도 내가 피란시킨 것"이라고 말하였다.[63]

예기 최봉선 외 수 명의 기생들의 발의로 남원 소년계의 후원 하에 2천 원의 의연금을 모집하여 열부 춘향의 節操를 길이 기념하기 위해

---

62 박영근 화백도 ①이 우형이 그린 것으로 짐작된다고 하며, ②는 작품 수준이 떨어지는 것으로 우형이 그린 것으로 보기 어렵다고 했다.
63 『경향신문』, 1961. 11. 20. '李相'은 '以堂'의 잘못이다.

광한루 동편에 춘향의 열녀각을 준공하고 1931년 6월 1일 낙성식을 거행하였다.[64] 당시 춘향사당에는 蔡 某가 그린 것이 봉안되어 있었음을 알 수 있다. 그런데 춘향초상에 대한 崔鳳仙의 기억은 정확하지 않은 것으로 보인다. 여기서는 채 모가 그린 것으로 기억하고 있는데, 1966년 5월에는 "초상화는 진주의 화가 姜 某 氏(고인)에게 위촉, 1929년 춘향 생일로 본 음력 4월 초파일을 기려 준공식을 올렸다. (중략) 6·25 때 자기의 가산은 송두리째 남겨 두고 야음을 타서 춘향초상을 주천면으로 옮겨 괴뢰군으로부터 화를 면케 했다."라고 하였다.[65] 적어도 춘향초상에 관해서는 이당의 기억이 최봉선의 기억보다 더 정확한 것으로 짐작된다.

앞으로 초상화 ②에 대한 자세한 고찰이 필요하다. 여기서는 6·25전쟁 중에 이당이 그린 춘향초상이 훼손된 후 누군가 이당이 그린 것과 비슷하게 그렸을 개연성이 크다는 점을 지적하는 정도에서 그치고, 구체적인 것은 앞으로 해결해야 할 과제로 남겨 둔다.[66]

이제 김은호가 춘향초상을 두 차례 그리게 된 경위에 대해 살펴보기로 한다. 이에 대해서는 이당의 「春香像' 畵筆을 잡고」(『삼천리』, 1939년 4월호)와 『서화백년』[67]에 소상하게 나와 있으므로 간략하게 정리한다.

김은호는 朝鮮殖産銀行 頭取(은행장)인 일본인 林繁藏과 湖南銀行 頭取인 玄俊鎬의 의뢰로 춘향의 초상을 그렸다. 林繁藏은 연극 〈춘향전〉[68]을

---

64　『동아일보』, 1931. 5. 27.
65　「숨은 문화 역군 ⑤, 평생 춘향사당을 지키는 최봉선 씨」, 『동아일보』, 1966. 5. 28.
66　이 초상화를 그린 사람은 강주수이거나 그와 관련이 있는 인물일 수 있다.
67　김은호, 「春香像' 畵筆을 잡고」, 『삼천리』 4월호, 삼천리사, 1939. 김은호, 「春香像과 忠武公影幀」, 『서화백년』, 중앙일보·동양방송, 1977, 172-182쪽.
68　東京 筑地劇場의 新協劇團은 1938년 10월 25~27일 경성 부민극장에서 〈춘향전〉(6막 12장, 張赫宙 각색, 村山知義 연출)을 일본어로 공연하였는데, 이몽룡은 瀧澤修, 성춘향은 赤木蘭子가 맡았고, 가부키적 색채가 강했다. 10월 29일부터 11일 동안 평양 진남포 전주 군산 대전 대구 진주 부산 원산 등지를 순회공연하였다. 『동아일보』, 1938. 9. 1, 『매일신보』, 1938. 9. 29. 이 작품은 1938년 3~5월에 일본의 동경, 오사카, 교토에서 공연한 바 있는데, 배역은 조선 공연 때와 다소 다르다. 『동아일보』, 1938. 3. 3. 문경연,

보고 감명받은 적이 있었는데, 남원에 들러 춘향사당을 참배하던 중 춘향 초상이 너무 초라한 것을 안타깝게 여겨 현준호와 의논하여 춘향의 초상을 새로 제작하기로 하였다. 초상화 제작을 일임 받은 현준호가 인물화로 당대 최고인 김은호에게 춘향초상을 그리게 한 것이다.[69]

김은호는 춘향의 초상을 그리기 위해 두 차례 남원에 현지 조사를 하는 한편 언론계의 金基鎭과 金炯元, 그리고 金台俊, 宋錫夏, 李如星, 柳致眞 등 민속에 밝은 고전 연구가와 연출가 등 각 방면의 전문가를 國一館에 초청하여 자문하였다.[70] 그 결과 "① 우선 처녀 춘향을 그리되 명랑하고도 총명하고 의지가 강하여 절개 있는 모습을 그릴 것, ② 옷은 그 시대를 가려 1백70~2백 년 전의 풍속을 참고, 다홍치마에 연두저고리를 입히는데 긴 치마 짧은 저고리에 회장을 달아서 아주 얌전한 옛 색시를 그릴 것, ③ 미인이어야 하고 앉은 춘향보다 서 있는 춘향이가 좋다는 결론이 내려졌다."[71]

이당은 조선권번의 기생 김명애(기명)를 모델로 춘향의 초상을 완성하였다. 김명애는 국악원장을 지낸 함화진의 서녀로 명성도 있었고 가야금 솜씨도 좋았다고 한다.

여기저기 뛰어다니며 실제 고증을 하고 나니 한결 자신이 생겼다. 이제는 '모델'이 문제였다. '모델'을 구하기 위해 조선권번에 사람을 놓았다. 술도 잘 마시지 못하는 내가 친구들을 앞세우고 기생집을 출입했다. 마침 조선권번에 아주 예쁜 少女妓를 발견했다. 金明愛(妓名)라는 아리따운 기녀는 내

---

「일제 말기 극단 신협의 〈춘향전〉 공연양상과 문화횡단의 정치성 연구」, 『한국연극학』 40, 한국연극학회, 2010, 참고.

69  김은호는 사례로 임번장과 현준호로부터 각각 1천 원씩 총 2천 원을 받았다. 김은호, 『서화백년』, 중앙일보 · 동양방송, 1977, 181쪽.

70  『동아일보』, 1939. 1. 10. 『매일신보』, 1939. 1. 10.

71  김은호, 『서화백년』, 중앙일보 · 동양방송, 1977, 176-177쪽.

이야기를 듣고 선선히 '모델' 노릇을 해주었다. 김명애는 국악원장을 지낸 咸和鎭 씨 小室의 딸이어서 명성도 있었고 가야금 솜씨도 좋았다. 그는 내 화실인 '以墨軒'에까지 와서 왼손으로 치맛자락을 가슴게로 사뿐히 걷어 올리고 다소곳이 서 있었다. 김명애가 내 집에 드나들면서 '모델' 노릇을 해준 덕분에 춘향의 초상은 생각보다 수월하게 완성되었다.[72]

이당이 1939년 5월 춘향의 초상(길이 6척 5촌, 너비 3척 5촌)을 완성하자 신문사마다 사진을 싣고 초상에 대한 찬사 및 入魂式에 대한 기사를 다투어 대서특필하였다.[73] 입혼식은 춘향의 생일인 음력 사월 초파일(양력 5월 26일) 11시 30분에 성대하게 거행되었다. 남원은 물론 전주, 정읍, 대전, 통영 등에서 백여 명의 기생이 모여 각종 가무와 창으로 춘향을 추모하였고, 인근의 여러 고을에서 모여든 군중이 3만 명이 넘었다고 한다.[74] 김태준은 자신의 저서 『원본 춘향전』(학예사, 1939)[75] 1,000부를 직접 남원에 가지고 가서 무료로 배부하였으며, 朝鮮映畵株式會社에서 실황을 촬영하고, 경성방송국에서 이혜구 씨를 파견하여 중계방송을 할 정도로 춘향제는 전국적인 관심사였다.[76] 이 춘향초상은 김은호가 1923년 평

---

72  김은호, 『서화백년』, 중앙일보 · 동양방송, 1977, 177-178쪽. 김명애의 사진은 이 책의 179쪽에 수록되어 있다.
73  '彩管에 再生된 春香 / 綠衣紅裳의 處女 春香 肖像을 / 金殷鎬 畵伯의 半歲 獻心 製作 / 卄三日 南原廟에 安置'(『동아일보』, 1939. 5. 21.), '언제던지 고혼 춘향 / 김은호 씨 화필로 다시 그려 / 卄六日 남원서 입혼식과 춘향제'(『조선일보』, 1939. 5. 21.), '春香이가 사라온 듯 / 以堂의 力作 · 來卄六日에 入魂式'(『매일신보』, 1939. 5. 24.), '春香 入魂式 盛大 / 隣邑에서까지 三萬餘 官民 出動 / 南原 廣寒樓에서 擧行'(『동아일보』, 1939. 5. 27.)
74  최옥희, 「南原 春香祭 參別記」, 『삼천리』 7월호, 삼천리사, 1939, 17-18쪽. 『동아일보』, 1939. 5. 27.
75  원본은 완판 84장본 〈열여춘향슈절가〉이다.
76  최옥희, 「南原 春香祭 參別記」, 『삼천리』 7월호, 삼천리사, 1939, 17-18쪽. 『매일신보』, 1939. 5. 26. 『동아일보』, 1939. 5. 31.

양서화전이 열릴 때 평양기생 김옥진을 그린 〈미인도〉와 비슷하다.[77]

이제 이당이 1961년에 춘향의 초상을 다시 그리게 된 경위를 살펴보기로 한다. 이당이 1939년에 그린 춘향의 초상 ④는 6·25전쟁 중에 "괴뢰군이 와서 '이까짓 계집년이 뭐길래 이렇게 위하느냐'면서 북북 찢어버려 없어졌다."고 한다. 그 후 21회부터 31회까지는 초상화 ①로 춘향제를 지냈던 것으로 짐작된다. 다만 현재로서는 초상화 ②로 지낸 경우가 있었을 가능성도 완전히 배제하기는 어렵다.

이당이 두 번째 그린 춘향초상은 1961년 11월 19일 춘향사당에 봉안되었다. 1961년 11월 19일 자 『경향신문』에 내각 수반인 송요찬 장군이 이당이 새로 그린 춘향의 초상을 봉안하는 장면을 담은 사진이 있다. 세간에는 송요찬 장군이 춘향초상을 기증한 것으로 알려져 있으나, 이당은 『서화백년』에서 "남원 읍민과 유지들이 성금을 모아 내게 위촉했는데 성금을 가지고 있던 사람이 어려운 입장에 처해 내게 전해주지 못했다. 두 번째 춘향초상은 마침 남원에 들른 宋堯讚 장군이 봉안했다."[78]라고 저간의 사정을 밝힌 바 있다.


## 5. 춘향전과 문화콘텐츠

춘향제가 명실상부한 우리나라의 대표적인 축제로 확고한 자리를 잡는 데 필요한 문화콘텐츠에 대해 함께 생각해 보기로 한다.

지역축제가 성공하기 위해서는 정체성 즉 지역성(Locality)을 확보해야 하고, 다른 한편으로 세계화(Globalization)를 지향해야 한다. 춘향제도

---

**77** 비단에 담채, 130.0×42.0cm, 삼성미술관 리움 소장, 「한국민족문화대백과사전」, 참고.
**78** 김은호, 『서화백년』, 중앙일보·동양방송, 1977, 182쪽.

예외일 수 없다. 춘향제는 우리나라를 대표하는 축제로 다양하고 수준 높은 프로그램으로 열리고 있지만 앞으로도 성공적이고 미래지향적인 축제가 되기 위해서는 글로컬리티(Glocality)를 실현할 수 있는 문화콘텐츠에 더 큰 관심을 기울여야 한다.

문화콘텐츠란 무엇인가? 한국콘텐츠진흥원에서는 문화콘텐츠를 "문화, 예술, 학술적 내용의 창작 또는 제작물뿐만 아니라 창작물을 이용하여 재생산된 모든 가공물 그리고 창작물의 수집, 가공을 통해서 상품화된 결과물들을 모두 포함하는 포괄적 개념"으로 정의하고 있다. 그리고 「문화산업진흥기본법」(2014년)에서는 "'콘텐츠'란 부호·문자·도형·색채·음성·음향·이미지 및 영상 등(이들의 복합체를 포함한다)의 자료 또는 정보를 말한다.", "'문화콘텐츠'란 문화적 요소가 체화된 콘텐츠를 말한다."라고 하였다.

문화콘텐츠화란 문화의 원형 또는 문화적 요소를 발굴하고 그 속에 담긴 의미와 가치 즉 원형성, 잠재성 및 활용성을 찾아내어 매체에 결합하는 새로운 문화의 창조 과정이라고 할 수 있다. 문화콘텐츠는 의미 있는 사실 정보, 새로운 상상력과 감성 영역, 새로운 인간상, 현재적 문제의식이 투사된 주제의식을 불어넣을 때 완성도가 높아지고 가치 있는 것이 된다.[79] 콘텐츠는 디지털 기술 외에 아날로그 콘텐츠도 가능하며 문화적인 소재를 기획, 포장하고 상품화시킨 것도 좋은 콘텐츠가 될 수 있다. 디지털 기술의 발달에 따라 하나의 소재로 다양한 상품을 개발, 보급하는 원 소스 멀티유스(OSMU) 시대의 도래로 문화콘텐츠는 원천 소스 또한 주목 받고 있다. 소재를 개발하여 원천 소스를 만들어 놓으면 추가 비용 부담을 최소화하면서 여러 가지 다른 상품으로 전환해 고부가가치를 창출할 수 있기 때문이다.[80]

---

**79** 이지양, 「문화콘텐츠의 시각으로 고전텍스트 읽기」, 『고전문학연구』 30, 한국고전문학회, 2006, 99쪽.

춘향제는 다양하고 의미 있는 프로그램으로 진행되고 있다. 다음은 2015년에 개최된 제85회 춘향제의 프로그램을 정리한 것이다.

| 일시 | 행사 종목 |
| --- | --- |
| 5월 21일(목) | 춘향선발대회 |
| 첫째 날<br>5월 22일(금) | 시조경창대회, 춘향사랑 백일장, 춘향국악대전(신인부), 춘향묘 참배, 북콘서트, 사랑등불행렬, 기념만찬, 개막식/축하공연 |
| 둘째 날<br>5월 23일(토) | 민속씨름대회, 춘향국악대전(학생부), 춘향사랑 가족 힐링걷기, 춘향그네대회, 연희마당, 전통혼례, 센세이션브라스(금관앙상블), 판소리 춘향가 완창, 연희마당, 북콘서트, 소리극 "빅터춘향", 사랑을 위한 길놀이 춤 경연 "이판사판 춤판", 굴렁쇠 놀이패, 이창선의 대금스타일, 연희마당, "새녘" 공연, 사랑을 위한 길놀이 경연 "이판사판 춤판", 여성국극 "춘향가", 광한루 연가 "열녀춘향", 성악&오케스트라(이태리성악가+서울하모닉), 심야콘서트 "이것이 소리다" |
| 셋째 날<br>5월 24일(일) | 민속씨름대회, 춘향국악대전(명창부예선), 춘향그네대회, 연희마당, 중국 염성시 청소년예술단 우정출연, 풍류한마당, 러시아브란스크 시립민족오케스트라(1), 소리극 "빅터춘향", 사랑을 위한 길놀이 경연 "이판사판 춤판", 오페라 춘향, 러시아브란스크 시립민족오케스트라(2), 심야콘서트 "플라맹고와 국악의 만남" |
| 넷째 날<br>5월 25일(월) | 제70회 전국남녀궁도대회, 춘향사랑 그림그리기대회, 춘향국악대전(일반부 결선), 연희마당, 마당놀이 "뺑파전", 춘향제향, 춘향국악대전(명창부 결선), 소리극 "빅터춘향", 춘향국악대전 시상식, 여성국극 "춘향가", 명인명창 국악대향연, 시민화합 한마당 |

춘향제에서 가장 중요한 것은 춘향제다워야 한다는 점이다. 춘향제가 지역축제를 넘어 세계축제로 비상하기 위해서는 머리로 기억하는 축제가 아니라 가슴에 남는 축제가 되도록 만들어야 한다. 그러기 위해서는 남원 사람들의 용단이 필요하다. 현재의 춘향제에서 적절하지 않은 부분이 있다면 과감히 덜어내야 하고, 부족한 부분이 있다면 힘껏 보완해야 한다.

---

80 최재웅 외, 「농촌마을 당산숲의 문화콘텐츠화를 위한 방법론 고찰」, 『한국콘텐츠학회논문지』 14(5), 한국콘텐츠학회, 2014, 445쪽.

여기서는 그동안에 열린 춘향전 관련 문화콘텐츠 중 크게 주목하지 않았던 것을 중심으로 살펴보고 구체적인 것은 향후의 과제로 미룬다.

첫째, 춘향전 이본을 모아 정리하고, 주석과 현대어역 그리고 영역을 비롯한 외국어로 번역하는 일을 함께해야 한다. 춘향전 이본 중에는 이러한 작업이 이미 이루어진 것도 있고, 현재 진행 중인 것도 있지만 남원이 중심이 되어 보다 체계적으로 할 필요가 있다. 춘향전 이본으로는 조선 후기에 생산된 〈만화본 춘향가〉(1754년)를 비롯하여 〈광한루기〉 등의 한문본, 방각본으로 경판본과 완판본(〈열여춘향슈졀가〉, 戊申[1848]), 세책본으로 남원고사계 이본, 필사본으로 소설과 창본, 〈옥중화〉(1912년)를 비롯한 활자본, 근현대에 간행된 춘향전과 어린이용 춘향전, 그리고 해외에서 간행된 영역본 춘향전 등을 모아야 한다. 춘향제 기간에 춘향전 이본을 종류별로 기획전을 열 필요가 있다.[81]

둘째, 춘향전을 소재로 창작한 시와 시조는 김소월의 〈춘향과 이 도령〉(『진달래꽃』, 매문사, 1924), 서정주의 〈춘향유문〉(『서정주시선』, 정음사, 1956) 등 40편이 넘는다. 그리고 시집으로는 박재삼의 『춘향이 마음』(신구문화사, 1962) 등이 있다. 춘향전과 관련된 시와 시조를 정리하고, 춘향제에 이 시들을 대상으로 시낭송회, 시화전을 열고, 아울러 춘향전을 소재로 한 백일장을 열 수도 있다.

셋째, 춘향가 음반을 수집하여 정리할 필요가 있다. 춘향가 음반은 일제강점기에 출반된 SP음반을 비롯하여 해방 후에 LP음반으로 출반된 것이 상당수 있다. 유성기음반의 춘향가로는 빅타레코드의 『춘향전 전집』, 송만갑의 〈Columbia 40145-B 춘향가 십장가〉(고수 한성준) 등 수십 장이 있으며, 장시간 음반도 브리태니커사의 〈춘향가〉(조상현 창) 등 여러 번

---

81  춘향전 관련 자료는 「화봉문고」(http://www.hwabong.com/)에 수집 정리되어 있어 도움 받을 수 있다.

출반되었고, 근래에 CD음반으로도 출반되고 있다. 춘향제 기간에 음반을 주제로 한 기획전을 열고 한편으로 유성기음반 속 명창들의 춘향가를 감상하는 프로그램도 필요하다.[82]

넷째, 춘향전은 일제강점기부터 현재에 이르기까지 창극, 연극, 영화, 드라마, 애니메이션, 오페라, 뮤지컬, 마당놀이, 무용, 발레, 비디오, 만화, 병풍, 그림, 게임, 캐릭터 등등 실로 다양한 장르로 확대 재생산되어 왔으며, 앞으로도 그러할 것이 분명하다. 그중에는 원전에 충실한 것도 있고, 그렇지 않은 것도 있다. 일제강점기의 자료들은 당대의 신문이나 잡지의 기사를 통해 정리할 수 있고, 해방 후의 것은 영상자료와 기타 자료를 통해 정리가 가능하다.

현재까지 춘향전은 20여 차례 영화로 제작되었는데, 춘향전이 우리나라 영화사에서 가지는 의미는 특별하다. 춘향전은 영화사의 굽이마다 어김없이 등장하여 새로운 이정표를 세웠다. 그뿐만 아니라 한국영화산업이 어려운 국면에 처했을 때마다 약속이나 한 듯이 나타나서, 그 고비를 무사히 넘겨줌으로써 한국영화를 거짓말같이 살려내었다. 100년의 한국영화사는 춘향전에 크게 빚지고 있는 것이다.

춘향과 이 도령의 러브스토리가 처음으로 은막에 등장한 것은 김소랑 일행이 1922년 4월 18일부터 28일까지 단성사에서 상연한 신파극단 취성좌의 첫 연쇄극에서이다. 『매일신보』 1922년 4월 17일 자에 '고대소설 춘향가 연극을 개량하여 활동사진을 박이었다는 것이 특색인데 전라북도

---

82  춘향가 음반에 대해서는 「한국유성기음반」(http://www.sparchive.co.kr), 「국악음반박물관」(http://www.hearkorea.com)에 정리되어 있어 도움을 받을 수 있다.

남원서 치르던 광경도 자못 장관이라더라'라고 그 소식을 전하고 있다.[83]
1923년에는 일본인 하야카와 고슈(早川孤舟)가 조선극장 변사 김조성(이도령)과 기생 한명옥(춘향)을 기용하여 〈춘향전〉을 남원에서 현지 촬영했다. 부업공진회 개최일인 1923년 10월 5일 단성사에서 개봉하여 흥행에 크게 성공했다.[84] 이 〈춘향전〉은 최초의 상업영화요, 본격적인 극영화시대를 연 작품으로 영화사에 새로운 길을 열었다. 하야카와 고슈는 조선극장 경영자로 본명은 하야카와 마스타로(早川增太郞)이다.

춘향전은 발성영화시대도 활짝 열었다. 1935년 이명우(연출, 촬영)와 이필우(녹음, 현상) 형제가 〈춘향전〉(문예봉, 한일송 주연)을 제작하여 10월 4~13일 단성사에서 상영하여 공전의 히트를 기록했다.

『조선중앙일보』(1935.10.5.) 단성사 10월 4~13일 상영

---

83  "金小浪 一行의 連鎖活動寫眞/ 십팔일브터 단성사에셔 쳐음 기막/ 모든 신파가 다 각기 련쇄활동사진을 박엿지만은 유독 김쇼랑일파는 실연으로 하야 오다기 이번에 김쇼랑 군은 슈쳔여 원의 돈을 드려 참신한 활동사진을 박혀 일전에 완성되얏슴으로 지금 기성연주회 맛치는 그 잇흔늘 십팔일 밤브터 단성사에셔 처음으로 상장한다는대 실수로는 처음 보는 것으로만 박여서 동물원과 탑골공원 안의 실황과 기외 공중에 날은 비힝긔며 정극으로도 막막이 박인 수진으로 흥힝흔다는바 이 사진 박기는 사진 잘 박는 본사 활동사진 박은 긔사가 특히 박인 것이 되야 참으로 볼 만하고도 선명흔 품이 셔양 활동사진과 손싁이 업다 하며 고대쇼셜 춘향가 연극을 긔량하야 활동사진을 박이엿다는 것이 특싀인대 젼북 남원셔 치르던 광경도 자못 장관이라더라", 『매일신보』, 1922. 4. 17.
84  한상언, 「1920년대 초반 동아문화협회(東亞文化協會)의 영화활동」, 『한국영화사연구』 6, 한국영화사학회, 2007, 177쪽.

6·25전쟁 후 영화계도 말하기 어려울 정도로 어려움을 겪고 있었다. 이규환은 1954년 7월부터 달성군 가창면 냉천에서 〈춘향전〉(이민, 조미령 주연)을 인근의 달성광산에서 전기를 끌어와 촬영하고, 1955년 1월 1일부터 22일까지 국도극장에서 상영하여 흥행 신기록을 수립했다. 서울의 인구가 72만 명이던 시절에 서울 관객이 무려 18만 명이 들었으니 그저 놀라울 따름이다. 〈춘향전〉의 대성공은 한국영화 제작 붐을 일으켰으며, 그것은 곧 한국영화의 중흥기를 알리는 신호탄이 되기에 충분했다. 한편 1958년 최초의 16밀리 총천연색영화도 안종화 감독의 〈춘향전〉(최현, 고유미 주연)이 기록하며, 10월 11~16일 중앙극장에서 상영했다.

1961년 새해 벽두부터 서울 극장가는 영화 춘향전으로 들썩거렸다. 홍성기 감독의 〈춘향전〉(신귀식, 김지미 주연)과 신상옥 감독의 〈성춘향〉(김진규, 최은희 주연)이 명운을 건 한판 진검 승부가 예고되어 있었기 때문이다. 두 영화가 동일한 소재로 비슷한 시기에 제작, 개봉하여 일전을 불사한다는 점, 최초의 35밀리 컬러 시네마스코프를 겨냥한 작품이라는 점은 세간의 이목을 집중시키기에 충분했다. 더군다나 두 영화의 감독과 주연 여배우가 부부 커플이라는 점도 흥미를 끄는 데 한몫했다. 홍성기의 〈춘향전〉이 1월 18일 국도극장에서 개봉하여 기선을 제압하는 듯했으나, 흥행 부진으로 26일 쓸쓸히 막을 내릴 수밖에 없었다. 반면 신상옥의 〈성춘향〉은 1월 28일 명보극장에서 개봉하여 4월 12일까지 장기상영하며 서울에서만 관객 39만 명을 동원하는 경이적인 흥행기록을 세웠다. "'신춘향'과 '홍춘향'의 피 묻은 대결'로 온갖 가십난을 장식했지만, '홍춘향'은 잽도 한 방 제대로 날려보지 못한 채 고배를 마시고, '신춘향'의 완승으로 싱겁게 끝나버렸다. 소문난 잔치에 먹을 것 없다는 속담을 증명이라도 하듯이. 이로써 영화계의 판도가 바뀐 것은 말할 것도 없다.

1970년대에도 몇 편의 춘향전 영화가 제작되었는데, 1971년 이성구 감독의 〈춘향전〉(신성일, 문희 주연)은 최초의 70밀리 영화였다. 그 후

1987년 한상훈 감독의 〈성춘향〉이 나온 뒤 한동안 잠잠하다가, 2000년 임권택 감독의 〈춘향던〉(조승우, 이효정 주연)과 2010년 김대우 감독의 〈방자전〉이 등장했다.

춘향전을 영상화한 작품을 들면 다음과 같다.

〈1〉 영화

1. 〈춘향전〉: 김소랑일행의 첫 연쇄극. 단성사 개봉(1922년 4월 18~19일).

2. 〈춘향전〉: 감독 早川孤舟. 주연 한명옥, 김조성. 단성사 개봉(1923년 10월 5~12일).

3. 〈춘향전〉: 감독 이명우. 주연 문예봉, 한일송. 단성사 개봉(1935년 10월 4~13일). 최초의 발성영화.

4. 〈그 후의 이 도령〉: 감독 이규환. 주연 문예봉, 이진원. 조선극장 개봉 (1936년 1월 27~30일). 춘향을 구한 후의 암행어사 이야기.

5. 〈노래 조선〉: 감독 김상진. 고복수, 이난영, 김해송, 김연월, 임생원, 강남향, 임방울, 나품심, 한정옥, 신숙, 오비취 출연. 조선극장 개봉 (1936년 4월 15~20일). 최초의 음악영화.[85]

6. 〈춘향전〉: 감독 이규환. 주연 조미령, 이민. 창 임방울·박초월·신쾌동. 국도극장 개봉(1955년 1월 6~22일). 한국영화 부흥의 신호탄.

7. 〈대춘향전〉: 감독 김향. 주연 박옥진, 박옥란. 시네마코리아 개봉(1957년 2월 16~22일). 여성국극 영화화.

8. 〈춘향전〉: 감독 안종화. 주연 고유미, 최현. 중앙극장 개봉(1958년 10월 11~16일). 최초의 16밀리 컬러영화.

9. 〈탈선 춘향전〉: 감독 이경춘. 주연 김해연, 박복남. 반도극장(구 서울키

---

85 『동아일보』, 1936. 4. 17., 『조선일보』, 1946. 4. 19. OK레코드의 전속가수 일행이 일본 오사카에서 무대공연한 것을 촬영한 필름과, 국내에서 촬영한 〈웃음거리 춘향전〉을 섞어서 편집한 영화이다. 「위키백과」(https://ko.wikipedia.org/)

네마) 개봉(1960년 9월 9~15일).

10. 〈춘향전〉: 감독 홍성기. 주연 김지미, 신규식. 국도극장 개봉(1961년 1월 18~26일). 35밀리 컬러 시네마스코프.

11. 〈성춘향〉: 감독 신상옥. 주연 최은희, 김진규. 창 김소희. 명보극장 개봉(1961년 1월 28~4월 12일). 35밀리 컬러 시네마스코프.

12. 〈한양에 온 성춘향〉: 감독 이동훈. 주연 서양희, 신영균. 아세아 개봉(1963년 10월 26일~11월 7일).

13. 〈춘향〉: 감독 김수용. 주연 홍세미, 신성일. 대한극장 개봉(1968년 1월 30일~2월 29일). 홍세미 데뷔작.

14. 〈춘향전〉: 감독 이성구. 주연 문희, 신성일. 스카라극장 개봉(1971년 1월 27일~2월 26일). 국내 최초의 70밀리 영화.

15. 〈방자와 향단이〉: 감독 이형표. 주연 박노식(방자), 여운계(향단), 박지영(춘향), 신성일(이몽룡). 아카데미 개봉(1972년 3월 25~31일). 1970년대 배경 코믹영화.

16. 〈성춘향전〉: 감독 박태원. 주연 장미희, 이덕화. 피카디리 개봉(1976년 9월 8~21일). 장미희 데뷔작.

17. 〈성춘향〉: 감독 한상훈. 주연 이나성, 김성수. 허리우드 개봉(1987년 5월 9~15일). 춘향전 영화로는 유일하게 겨울 장면 촬영.

18. 〈춘향뎐〉: 감독 임권택. 주연 이효정, 조승우. 창 조상현. 허리우드 개봉(2000년 1월 29일).

19. 〈방자전〉: 감독 김대우. 주연 김주혁(방자), 조여정, 류승범. 개봉(2010년 6월 3일).


* 북한영화
1. 〈춘향전〉: 감독 천상인, 1959년.
2. 〈춘향전〉: 감독 유원준·윤룡규, 1980년.

3. 〈사랑 사랑 내사랑〉: 감독 신상옥, 1984년.


〈2〉 드라마

1. 〈춘향전〉: KBS 추석특집 드라마, 2부작, 1994년.

2. 〈쾌걸 춘향〉: KBS2 TV 드라마 17부작, 2005년 1월 3일~3월 1일.

3. 〈향단전〉: TV 드라마 2부작, 2007년.


〈3〉 애니메이션

1. 〈성춘향뎐〉: 감독 ANDY KIM(앤디 킴). 성우 홍시호, 강희선, 최문자, 차명화, 김소형, 강구한. 자유극장 개봉(1999년 10월 16일). 국내 최초의 2D 디지털 제작.

2. 〈신암행어사〉: 감독 시무라조지 · 안태근. 성우 구자형, 배정미, 전광주, 엄상현. 개봉(2004년 11월 26일).


이 밖에 1941년 이병일 감독의 〈반도의 봄〉(半島の春)은 작품 속에서 영화 〈춘향전〉이 제작비 문제로 좌초되었다가 영화 기업의 등장으로 완성을 보고 흥행에 성공하는 모습을 보여주고 있어 이색적이다.[86]

춘향전을 모태로 재생산된 다양한 장르의 춘향전을 한자리에 모아 춘향제 기간에 장르별로 기획전시를 하는 한편 실제 영화나 드라마 등을 상영하는 프로그램이 필요하다. 각종 춘향전 관련 영화 포스터 등을 수집 정리하고 나아가 기획전시도 필요하다.

다섯째, 춘향전 작품 속의 장면을 재현해 보는 프로그램이 필요하다. 먼저 춘향전에 등장하는 광한루, 박석티 등의 지소를 콘텐츠화하는 일이

---

86 김일해, 백란, 서월영, 이금룡, 김소영, 김한이 출연하였다. 송죽명치좌에서 개봉(1941년 11월 7~14일)하였다. 『매일신보』, 1941. 11. 8.

필요하다. 그리고 양반 자제의 나들이(나귀 행장), 춘향방 치레, 음식상(주안상) 차리기, 사랑가, 이별가, 신관도임 행렬, 기생점고, 십장가, 옥중가, 봉사 점치는 장면, 과거시험(장원급제, 삼일유가), 농부가(풍물놀이), 신관 생일연(권주가), 암행어사 출도 등을 원전에 충실한 고전판과, 오늘날의 상황에 어울리는 것으로 변용하거나 패러디한 현대판으로 만들 수 있다.

여섯째, 광대서바이벌대전과 귀명창대회 그리고 춘향전퀴즈대회 등을 열 필요가 있다. 광대서바이벌대전은 춘향가의 특정 대목 또는 자유 대목을 현장에서 겨루는 대회이며, 귀명창대회는 청중들의 춘향가 및 판소리에 대한 이해도를 겨루는 것이고, 퀴즈대회는 관중들의 춘향전 및 판소리에 대한 상식을 겨루는 것이다.

일곱째, 풍물경연대회와 춘향초상을 그리는 미술대회 그리고 춘향전의 등장인물 캐릭터 대회를 개최할 필요가 있다. 풍물경연대회는 전국풍물경연대회 또는 호남좌도 풍물경연대회이다. 그리고 미술대회는 가장 춘향다운 그림을 그리는 대회와 김은호 화백의 그림을 모사하는 대회이다. 캐릭터대회는 춘향, 이 도령, 월매, 방자, 신관사또 등 춘향전의 등장인물의 캐릭터를 만드는 것이다.

여덟째, 춘향전에 대한 연구 논저를 모으고 정리할 필요가 있다. 춘향전에 대한 본격적인 연구는 김태준이 『동아일보』에 연재한 「춘향전의 현대적 해석」(1935년 1월 1일부터 8회)이라고 할 수 있다. 이후 김태준의 『원본 춘향전』(학예사, 1938), 조윤제 교주의 『춘향전』(박문사, 1939), 김동욱의 『춘향전 연구』(연세대출판부, 1965) 등 수많은 연구 논저가 축적되어 춘향전 이해에 이바지하고 있다.

마지막으로, 남원을 '춘향학'의 성지 나아가 '판소리학'의 학문적 수도로 만들어야 한다. 그러기 위해서는 춘향전과 관련된 모든 자료를 한자리에 수집하고 관리하는 춘향도서관(또는 춘향박물관)을 건립하고, 춘향전과 관련된 것을 종합적으로 연구하는 춘향연구원(또는 판소리연구원)을 설립하여야 한다. 그리고 정기적인 학술대회를 개최하고 그 성과를 단행본으로 출판하여 널리 알릴 필요가 있다.

앞에서 지역축제는 정체성(지역성)을 확보해야 하고, 다른 한편으로 세계화를 지향해야 한다고 했다. 지역성을 확보하지 않은 채 세계화만 지향하는 축제는 사상누각에 불과하다. 지역축제는 지역민들이 힘을 모아 지역의 문화적 자산(원천 소스)을 기반으로 공감의 장을 마련할 때 비로소 성공할 수 있다. 시간이 걸리고 힘이 들더라도 꽃씨를 뿌리고 가꾸어 生花를 피워야 한다. 다른 곳에서 빌려 온 꽃은 造花에 불과하고, 조화로서는 결코 성공할 수 없다. 왜냐하면 그 조화는 결국 弔花가 될 것이 자명하기 때문이다.


## 6. 맺음말

이제까지 '춘향전의 근원설화와 남원', '춘향전의 배경공간과 남원'에서 춘향전의 형성 배경으로서의 남원에 대해 살펴보았다. 그리고 '남원과 춘향, 그리고 춘향제'에서 춘향제의 초기 역사와 춘향사당에 봉안되었던 춘향초상에 대해 살펴보았으며 '춘향전과 문화콘텐츠'에서는 그동안 춘향제에서 주목하지 않았던 춘향전과 관련된 문화콘텐츠에 대해 논의하였다.

앞에서 살핀 바를 간략하게 정리하면 다음과 같다.

첫째, 춘향전의 근원설화로 다양한 설화가 제시되고 있지만 보다 진전된 연구가 요청된다고 하였다. 춘향전의 근원설화를 탐색하는 작업은 어디까지나 '남원의 설화'가 출발지요 종착지여야 한다.

둘째, 광한루·오리정·박석티 등등의 남원의 지소에 대해 살펴 춘향전 이해에 이바지하고자 했다.

셋째, 춘향제의 초기 역사와 춘향초상에 대해 정리하였다. 춘향제의 역사는 춘향사당 건립을 계기로 시작되었다. 1930년 8월 무렵부터 춘향사당 건립을 준비하였는데, 남원권번의 최봉선 등 기생들의 발의와 남원 소년계의 후원 아래 2천여 원을 모금하여 건립하여 1931년 6월 3일 낙성식을 거행하였다. 제1회 춘향제는 6월 1일(음 4월 15일)부터 1주일 동안 전국명창대회 등 다양한 행사로 성대하게 열렸다. 제2회~제4회 춘향제 (1932년)는 춘향과 이 도령이 처음 만난 날인 오월 단오일에 열렸으며, 제5회 춘향제(1935년)부터는 단오 무렵이 날씨가 덥고 농번기로 관람객의 불편이 적지 않으므로 춘향의 탄생일인 음력 사월 초파일로 변경하여 오늘에 이르고 있다. 그리고 춘향사당에 봉안된 춘향의 초상은 처음에는 우형이 그린 것을 봉안하였는데, 1939년 제9회 춘향제 때 김은호가 그린 춘향초상을 5월 26일 성대한 입혼식을 거행하고 봉안하였다. 6·25전쟁 때 김은호가 그린 춘향초상이 훼손되었으며, 남원 사람들의 의뢰를 받은 김은호가 춘향초상을 다시 그려 1961년 11월 19일 당시 내각 수반 송요찬 장군이 봉안하였다. 현재 남원향토박물관에 보관되어 있는 춘향초상 중 강주수 작(?)과 우형 임경수 작(?)에 대해서는 의견이 분분하므로 이에 대한 정밀한 연구가 필요하다.

넷째, 지역축제는 지역화와 세계화가 함께 이루어졌을 때 성공한 것이라고 할 수 있다. 춘향제가 성공적이고 격이 높은 축제가 되기 위해서는 다양한 문화콘텐츠가 필요한데, 그동안의 춘향제에서 주목하지 않았던 문화콘텐츠에도 주목할 필요가 있다. 그리하면 남원이 명실상부한 '춘향학'의 메카요, 판소리학의 학문적 수도가 될 것이다.

# 김연수제 춘향가의 성격

## 1. 머리말

東超 金演洙(1907~1974)는 평생을 판소리 명창으로서, 창극 배우이자 연출가로서 이름을 날리며 한 시대를 자신의 시대로 만들었다. 동초는 1927년 비교적 늦은 나이에 판소리에 뜻을 두고 고향인 고흥군 금산에서 소리공부를 시작하였다. 1935년 순천에 머물고 있던 유성준에게 수궁가를 배우면서 본격적으로 소리공부에 나섰다. 같은 해 조선성악연구회에서 송만갑에게 흥보가와 심청가를 배웠으며, 1936년 정정렬에게 적벽가와 춘향가를 배웠다.

김연수는 1936년 11월에 상연된 〈흥보전〉(6~10일, 동양극장)에 출연한 이래 뛰어난 창극 배우 및 연출가로서, 창극 단체의 대표로서 창극 발전에 크게 이바지하였다. 조선창극단(1942년)과 조선이동창극단(1944년), 김연수창극단(1945년), 우리국악단(1950년), 대한국악원(1957년)의 대표를 역임하였으며, 1962년 국립국극단(현 국립창극단)의 초대 단장으로 취임하여 1974년 3월 작고할 때까지 10여 년 동안 재임하면서 창극 발전에 주력하였다. 그리고 1964년 12월 24일에 중요무형문화재 제5호 판소리 예능보유자가 되었다.

김연수는 자신의 판소리관을 바탕으로 이면에 맞는 소리를 새로 짜고, 창본을 정리하는 데 평생을 바쳤다. 동초는 1967년에 동아방송국에서 판소리 다섯 바탕을 녹음하고, 연속 방송함으로써 자신의 소리세계를 완성하였다. 그가 정리한 판소리사설은 『창본 춘향가』(1967년)와 『창본 심청가 흥보가 수궁가 적벽가』(1974년)로 간행되었다.[1]

이 글에서는 김연수제 춘향가의 대목 구성과 특징 그리고 전승 양상을 살펴보기로 한다.


## 2. 김연수제 춘향가의 판짜기 전략

김연수는 판소리 다섯 바탕을 이면에 맞게 정리하는 일을 사명으로 여기고, 그 일에 평생을 바쳤다. 동초제 판소리가 완성된 해는 1967년이다. 김연수는 1967년에 동아방송국에서 판소리 다섯 바탕 전판을 녹음하고, 140회에 걸쳐 연속 방송함으로써 자신의 소리세계를 완성하였다. 이른바 동초제 판소리가 정립된 것이다. 동아방송에서 1967년 1월 2일(월) 홍보가를 시작으로 7월 13일 무렵 적벽가를 마칠 때까지 매주 월요일에서 토요일 사이에 '연속판소리 방송'을 하였는데, 춘향가는 2월 20일(월)에 시작하여 심청전이 시작되는 4월 7일(금) 이전까지 방송되었다.[2] 그리고 동년 7월

---

1 김연수, 『창본 춘향가』, 국악예술학교출판부, 1967; 김연수, 『창본 심청가 흥보가 수궁가 적벽가』, 문화재관리국, 1974.

2 〈흥부전〉(1월 2일[월]~2월 9일[목])을 시작으로 〈춘향가〉(2월 20일[월]~?), 〈심청전〉(4월 7일[금]~?), 〈수궁가〉(5월 13일[토]~?), 〈적벽가〉(6월 17일[토]~7월 13일경)가 방송되었다. 한 바탕을 한꺼번에 녹음한 것이 아니라 김연수의 컨디션에 맞춰 한 번에 1~2시간씩 1~2주치 방송분을 미리 녹음해 놓았다고 한다. 이유진, 「라디오방송을 위한 판소리

1일 『창본 춘향가』를 상재하였다. 그런데 동초는 1964년에 이미 『판소리 春香傳 全篇』(嘉林出版社)을 낸 바 있으며, 이 창본은 『창본 춘향가』와 상당히 근접해 있다고 한다.[3] 동초는 『창본 춘향가』에 이어서 나머지 네 바탕도 '제2집 흥부가 · 심청가', '제3집 수궁가 · 적벽가'로 속간할 예정이었지만[4] 완간하지 못한 채 1974년 3월 9일 영면하였다. 동초의 마지막 소원은 그가 세상을 떠난 4개월 후인 1974년 7월 문화재관리국에서 『창본 심청가 흥보가 수궁가 적벽가』를 간행함으로써 마침내 이루어졌다.

김연수는 『창본 춘향가』의 「범례」에서 "二. 인용된 歌詞와 其他 文飾은 전래된 古本을 토대로 하여 부분적으로 加削하였다."[5]라고 밝히고 있듯이 스승 정정렬의 소리 중에서도 적절하지 않다고 판단되는 부분은 과감히 삭제하였으며, 소리를 짜는 데 필요한 것이 있으면 유파에 구애받지 않고 수용하였다. 주지하듯이 김연수는 자신의 판소리관을 실현할 수 있는 '새로운' 춘향가를 짤 때 정정렬제 춘향가를 바탕으로 하고, 김창환제 춘향가와 이해조가 박기홍조 춘향가를 산정한 〈옥중화〉 등을 수용하였다.[6]

『창본 춘향가』는 1장(성춘향과 이 도령의 내력), 2장(이 도령과 방자가 남원 경치 문답하는데) … 83장(어사또 야심 후에 춘향 집에 나아가 춘향과 정담하는 데), 84장(방자와 향단과 혼인시켜주고 춘향은 서울로 가 영귀히 되는 데) 등 84장(대목)으로 구성되어 있다. 김연수제 춘향가의 판짜기 양상을 살펴보면 다음과 같다.

　　다섯 바탕: 김연수 판소리의 특질과 지향」, 『구비문학연구』 35, 한국구비문학회, 2012, 참고.

3　이유진, 「라디오방송을 위한 판소리 다섯 바탕: 김연수 판소리의 특질과 지향」, 『구비문학연구』 35, 한국구비문학회, 2012, 117쪽.

4　「自序」, 김연수, 『창본 춘향가』, 국악예술학교출판부, 1967.

5　김연수, 『창본 춘향가』, 국악예술학교출판부, 1967, 18쪽.

6　강한영, 「동초 창본의 의의」, 『월간 문화재』 4월호, 월간문화재사, 1974; 최동현, 『동초 김연수 바디 오정숙 창 오가전집』, 민속원, 2001; 김경희, 『김연수 판소리 음악론』, 민속원, 2008; 최동현, 『김연수 완창 판소리 다섯바탕 사설집』, 민속원, 2008.

## 1) 정정렬제 춘향가 수용

김연수제 춘향가의 기둥은 김연수가 정정렬로부터 배운 춘향가이다. 정정렬(1876~1938)은 전라북도 익산군 망성면 내촌리 출신으로 근대오명창의 한 사람이다. 정정렬은 7세 때 한 마을에 살던 일족인 정창업에게 소리공부를 시작하였는데, 14세 때 정창업이 작고하여 이날치 문하에서 소리수업을 하였다. 16세 되던 해에 이날치마저 세상을 떠나자 익산 심곡사, 부여 무량사, 공주 갑사 등지에서 소리공부에 전념한 끝에 서편제 소리꾼으로 일가를 이루었다. 춘향가, 심청가, 적벽가 등 여러 소리에 두루 능했으며, 특히 '정정렬 나고 춘향가 났다'라고 할 정도로 춘향가에 뛰어났다. 또한 1936년부터 1938년 3월 작고하기 전까지 조선성악연구회에서 상연한 〈춘향전〉, 〈흥부전〉, 〈심청전〉, 〈숙영낭자전〉, 〈편시춘〉 등 대부분의 창극을 연출한, 창극 연출의 귀재였다.

정정렬제 춘향가는 정정렬이 짠 '신제 춘향가'이다. 정정렬이 정창업과 이날치에게 소리를 배웠으므로 그 소리의 바탕은 서편제이고, 그 외에 다른 소리들도 일부 섞여 있다. 특히 정정렬이 창극 연출에 뛰어났기 때문에 정정렬제 춘향가에는 창극적 요소가 넓고 깊게 배어 있다.

김연수도 스승 정정렬과 비슷한 길을 걸었다. 탁월한 창극 연출 능력도 스승의 영향이 컸을 것이다. 동초는 정정렬에게 배운 춘향가를 바탕으로 하고, 여러 명창들의 소리와 창본들을 참고하여 춘향가 한 바탕을 다시 짰다. 김연수가 정정렬에게 춘향가를 배웠기 때문에 김연수제 춘향가에 정정렬제 춘향가의 영향이 깊숙이 배어 있는 것은 자연스럽다. 현재 정정렬제 춘향가는 김여란에게 배운 박초선과 최승희의 춘향가에 비교적 충실하게 전승되고 있다.[7]

---

7 박초선의 춘향가는 정병욱, 『한국의 판소리』(집문당, 1981), 최승희의 춘향가는 노재명

다음은 김연수제 춘향가의 4~6장의 일부와 그에 해당하는 정정렬제 춘향가의 대목이다.

〈김연수제 춘향가〉

(아니리) 글 지어 읊은 후에 다시 이러나 배회헐 제 그 전날 밤 춘향도 또한 도련님 만날 몽사를 얻었는듸

(평중머리) 책상에 촛불을 도도 켜고 열녀전을 외어 가다 홀연히 잠 오거늘 서안을 의지허고 잠깐 조으더니 비몽사몽간에 춘향 몸이 공중으로 날리여 바람을 어거허고 구름을 흩어가다 한 곳을 당도허니 주공패월은 보든 바 처음이라 그 우에 어떤 부인 이상한 옷을 입고 춘향을 부르더니마는 무슨 쪽지를 내여주며 네가 이 글 뜻을 알겠느냐 춘향이 황공허여 공순히 받어 떼여보니 허였으되 인간지 오월 오일은 천상지 칠월칠석이라 하였거늘 깜짝 놀래 깨다르니 황홀한 일몽이라

(아니리) 날 밝기를 기다려 소쇄를 허노라니 저의 모친이 나오며 오늘이 단오일이니 향단이 다리고 조용한 곳 찾아가 그네나 뛰고 잠깐 놀다 오너라 춘향이 반겨 듣고 조반을 마친 후에 향단이 앞세우고 추천하려 나가는듸 그 때에 이 도령은 누각 위에서 배회허다가

(중중머리) 문득 한 곳을 바라보니 백백홍홍난만중 어떠한 미인이 나온다 달도 같고 별도 같고 어여쁘고 태도 곱고 맵씨 있는 저 아해 저와 같은 아해를 앞을 세우고 나온다 화림중을 당도터니 장장채승 긴 그넷줄을 휘느러진 벽도가지에 휘휘친친 감어 매고 섬섬옥수를 번듯 들어 양 그넷줄을 갈러 잡고 선듯 올라 발구를 제 한 번 굴러 앞이 솟고 두 번 굴러 뒤가 높아 앞뒤가 점점 높아갈 제 발밑에 나는 티끌은 광풍 좇아 휘날리고 푸른 사이로 붉은 치마 바람결에 나부끼니 구만리 백운 간에 번개불이 흐르는

---

글 · 사설 채록, 〈최승희 춘향가〉(KBS 1FM · KBS 미디어, 2005)에 수록되어 있다.

듯 꽃도 툭 차 떠러지고 잎도 덥석 물어 보이니 이 도령이 그 거동을 보시고 어간이 벙벙 흉중이 답답 두 눈이 캄캄 정신이 아뜩 들숨날숨 꼼짝딸싹을 못허고 사대육신 육천 마디를 벌렁벌렁 떨며 겨우 방자를 부르는구나

(아니리) 방자를 불러 말을 해야 헐 터인듸 떨려 부를 수가 있나 눈 정신은 춘향 있는 곳에다 쏘아두고 입만 딸싹 거려 건성으로 부르것다 이 애 방자야 이 애 방자야 예이 저 건너 화림중에 울긋불긋 오락가락 언뜻번뜻한 게 저게 무엇이냐[8]

〈정정렬제 춘향가〉

(아니리) 글 지어 읊은 후 다시 일어 배회할 제, 그때에 춘향이는 도련님을 만나려고 그 전일 초나흗날 밤에 몽사 하나를 얻었것다.

(중머리) 책상에 촛불을 돋우 켜고 열녀전을 외어 가다 날 밝기를 기다리어 소세를 하노라니 저의 모친 나오더니, 오늘이 일년 일차 한 번씩 돌아오는 단오 명절이니 (중략) 향단이를 앞세우고 화림중으로 내려갈 제, 그 때에 이 도령은 (중략) 어여쁘고 태도 곱고 대장부 간장을 녹일 아이, 화림중을 당도터니 (중략) 광풍 좇아 휘날리고 머리 위에 푸른 잎은 몸 따라 흔들, 푸른 속에 붉은 치마 (중략) 육천 마디를 벌렁벌렁 떨며,

(아니리) 방자를 불러 말을 해야 할 터인데 떨려서 부를 수가 있나, 하인 보는데 떨 수는 없고 눈은 춘향에게 달아 두고 입술만 달싹거려 건성으로 부르것다. "이애, 방자야, 방자야." 눈치 빠른 방자놈이라 도련님이 춘향 보고 벌써 넋나간 줄 알았지. "예." "저 건너 화림 중에 울긋불긋 오락가락 하는 게 사람이냐 신선이냐."[9]

8  김연수, 『창본 춘향가』, 국악예술학교출판부, 1967, 47-50쪽.
9  정병욱, 『한국의 판소리』, 집문당, 1981, 236-237쪽.

위의 인용문을 비교해 보면 장단 구성은 다르지만 사설은 밑줄 친 부분 외에는 몇몇 어휘에서 약간의 차이가 있을 뿐 동일하다. 김연수는 정정렬의 춘향가에서 "(아니리) 이 대문에 이리 했다 허되 그럴 리가 있으리요. 춘향 같은 열녀가 죽으면 영영 죽었지 사령에게 사정할 리도 없으려니와, 사또가 춘향에게 혹한 마음 사령을 보내어 잡아오라 했을 리 있으리요."와 같이 선행지평을 비판한 것도 그대로 수용하고 있다.[10]

다음은 두 춘향가 사이에 사설이 동일·유사한 대목을 정리한 것이다.[11] '→아니리'는 아니리가 계속 이어진다는 뜻이고, 비고란의 '정동'은 정정렬제 춘향가와 동일한 경우, '정유'는 유사한 경우를 뜻한다.

| 구분 | 대 목 | 장 단 | 비고 |
|---|---|---|---|
| 3 | 광한루 구경 나가는 데 | 아니리+자진머리 | 정동 |
| 4 | 방자가 사면 경치를 고하는 데 | 아니리+진양+아니리+영시쪼+평중머리 | 정유 |
| 5 | 춘향이 추천하는 데 | 아니리+중중머리 | 정동 |
| 8 | 이 도령이 춘향 못 보고 책방으로 돌아가 편지 써 보내는 데 | 자진머리+아니리+중머리+아니리 | 정유 |
| 9 | 도련님 글 읽는 데 | 창쪼+아니리+창쪼+아니리+창쪼+아니리+창쪼+아니리+창쪼+아니리+중중머리+자진머리 | 정동 |
| 10 | 사또가 목랑청에게 도련님 자랑하는 데 | 아니리 | 정동 |
| 11 | 춘향이 도련님께 답장 써 보내는 데 | →아니리+영시쪼+아니리 | 정동 |
| 12 | 도련님이 새벽부터 방자에게 해 소 | 평중머리+아니리 | 정동 |

10　정병욱, 『한국의 판소리』, 집문당, 1981, 277쪽; 김연수, 『창본 춘향가』, 국악예술학교출판부, 1967, 165쪽.
11　다만 장단이 달라진 것도 있는데, 김경희, 『김연수 판소리 음악론』(민속원, 2008, 312-336쪽)에 정리되어 있어 참고할 수 있다.

| | | 식 묻는 데 | | |
|---|---|---|---|---|
| 13 | 도련님이 춘향 집 찾아가는 데 | 진양+아니리+중머리 | 정유 |
| 14 | 이 도령과 성춘향이 문답하는 데 | 아니리+평중머리+아니리 | 정동 |
| 15 | 춘향모 개 짖는 소리 듣고 쫓아 나오는 데 | 자진머리+아니리 | 정동 |
| 16 | 이 도령과 성춘향이 백년가약을 맺는 데 | 평중머리+아니리 | 정동 |
| 17 | 춘향모 뒷날에야 알고 야단나는 데 | 중중머리+아니리 | 정동 |
| 18 | 춘향모가 춘향다려 무상타고 설움이 받치어 우는 데 | 진양+아니리 | 정동 |
| 19 | 춘향모가 이 도령께 드리려고 음식을 장만하는 데 | 자진머리+아니리 | 정유 |
| 22 | 이 도령과 성춘향이 사랑가로 노는 데 | 진양+아니리+자진중머리+아니리+중중머리+아니리+중중머리+아니리+자진머리+아니리+중중머리+아니리 | 정유 |
| 23 | 이 도령이 이별차로 춘향집 가는 데 | 늦인중머리+중중머리+아니리+늦인중머리+아니리 | 정동 |
| 24 | 춘향이 이별인 줄 모르고 한양 가겠다고 좋아하는 데 | 중머리+중중머리+아니리+평중머리+아니리 | 정동 |
| 25 | 정작 이별이 되는 데 | 진양+아니리+중중머리+자진머리+아니리+늦인중머리 | 정동 |
| 26 | 방자가 춘향 집에 나와 도련님 모시고 들어가는 데 | 아니리+중머리+아니리 | 정유 |
| 27 | 오리정 이별하는 데 | 진양+아니리+자진머리+아니리+중머리+아니리+중머리+자진머리+중머리+아니리 | 정동 |
| 28 | 춘향이 이 도령을 이별하고 비 맞은 제비같이 집으로 들어오는 데 | 진양+아니리 | 정동 |
| 29 | 춘향이 꿈 깬 후 탄식하는 데 | 늦인중머리 | 정동 |
| 30 | 신관사또 내려오는 절차를 마련하는 데 | 아니리 | 정유 |

| 31 | 신연 맞어 내려오는 데 | 진양+중머리+자진머리+휘머리 | 정동 |
|---|---|---|---|
| 32 | 기생 점고하는 데 | 아니리+진양+아니리+중머리+아니리+자진머리+아니리+중중머리+자진중머리 | 정유 |
| 33 | 신관사또가 춘향모에게 청혼 말하는 데 | 아니리+평중머리+아니리 | 정동 |
| 34 | 군로사령이 춘향 잡으러 나가는 데 | 중중머리+아니리+늦인중머리+아니리 | 정유 |
| 35 | 행수기생이 춘향 부르러 나가는 데 | 중머리 | 정유 |
| 36 | 신관사또가 춘향과 수작하는 데 | 아니리+평중머리+아니리+자진머리 | 정유 |
| 37 | 신관사또는 화를 내고 춘향은 포악하는 데 | 아니리+평중머리+아니리 | 정유 |
| 38 | 춘향을 대하로 잡아 내리는 데 | 휘머리+아니리 | 정동 |
| 39 | 춘향이 형장 맞는 데 | 진양+아니리+진양+아니리 | 정유 |
| 40 | 집장사령과 남원읍내 부인들이며 오입쟁이들이 탄식하는 데 | 중머리+아니리 | 정유 |
| 41 | 춘향이 매 맞아 죽었단 말 듣고 춘향모 들어오는 데 | 중중머리+아니리 | 정동 |
| 42 | 춘향 죽었단 말 듣고 기생들이 들어오는 데 | 평중머리 | 정동 |
| 43 | 춘향을 다리고 옥으로 내려가는 데 | 아니리 | 정유 |
| 44 | 춘향이 옥중에서 탄식하는 데 | 진양 | 정동 |
| 45 | 춘향의 꿈 혼백이 황릉묘를 찾아가는 데 | 아니리+늦인중머리+아니리 | 정동 |
| 48 | 이몽룡이 어사되어 호남으로 내려가는 데 | 중머리+아니리+휘머리 | 정동 |
| 50 | 어사 행장을 차리는 데 | 중머리 | 정동 |
| 51 | 방자 뿔작쇠가 춘향의 편지 가지고 가는 데 | 진양+아니리+중머리+아니리 | 정유 |
| 58 | 농부들이 풍장 치고 소리하며 이종 | 중머리+자진중머리 | 정유 |

| | 하는 데 | | |
|---|---|---|---|
| 60 | 어사또가 박석치 넘어 남원읍으로 들어가시는 데 | 진양 | 정유 |
| 61 | 어사또와 춘향모 상봉하는 데 | 아니리+중중머리+아니리 | 정유 |
| 62 | 춘향모가 어사또 모양 보고 탄식하는 데 | 중머리+아니리+진양+아니리 | 정유 |
| 64 | 바루 치기를 기다려 어사또와 춘향모와 향단이 옥을 찾아가는 데 | 진양 | 정동 |
| 65 | 춘향이 부르는 소리 듣고 뭉그적거려 나오는 데 | 중머리 | 정유 |
| 67 | 춘향이 옥중에서 어사또께 마지막 유언을 하는 데 | 중머리+아니리 | 정유 |
| 69 | 본관사또 생신잔치에 각읍 수령들 모여드는 데 | 자진머리+아니리+중머리 | 정동 |
| 70 | 어사또가 잔치에 참석하여 수작하는 데 | 자진머리+아니리+자진머리+아니리+휘머리+아니리 | 정유 |
| 72 | 운봉영장과 곡성원님이 글 읊는 데 | 영시죠+아니리 | 정유 |
| 73 | 어사출도 부치는 데 | 자진머리 | 정유 |
| 75 | 옥사정이 옥으로 춘향이 잡으러 가는 데 | 중머리+아니리 | 정동 |
| 78 | 어사 수청 들란 말에 춘향이 마지막 호소하는 데 | 중머리+아니리 | 정유 |
| 79 | 춘향이 어사또가 서방님임을 알고 야속타고 아뢰는 데 | 중머리+아니리 | 정유 |
| 80 | 어사또가 사위임을 알고 춘향모가 들어오는 데 | 자진머리+중중머리 | 정동 |

이상과 같이 김연수제 춘향가는 정정렬제 춘향가와 3장과 5장 등 30개 대목이 동일하고, 4장과 8장 등 27개 대목이 유사하다. 동일·유사한 대목은 57개로 김연수제 춘향가 대목의 약 67.9%에 이른다.

## 2) 김창환제 춘향가 수용

　김연수제 춘향가에는 김창환제 춘향가와 사설이 동일하거나 유사한 대목도 일부 있다. 김창환은 11살 때에 박만순과 정춘풍에게 소리를 배우기 시작하였고, 이종형인 이날치 그리고 정창업으로부터 소리를 배운 후에 신재효의 지침을 받아 서편제 명창으로 이름을 떨쳤다. 정정렬도 정창업과 이날치에게 소리를 배웠으므로 김창환제 춘향가와 정정렬제 춘향가 사이에는 동일 내지 유사한 대목이 존재하기 마련이다. 김창환제 춘향가는 정창업에게 배운 후에 신재효의 지침을 받아 완성한 것으로 정광수가 전승하였다.

　다음은 1장(성춘향과 이 도령의 내력)으로 김연수제 춘향가에 김창환제 춘향가가 수용되는 모습을 잘 보여주고 있다.

　　〈김연수제 춘향가〉

　　(아니리) 영웅열사와 절대가인 삼겨날 제 강산 정기를 타고나는듸 군산만학부형문에 왕소군이 삼겨 나고 금강활이아미수에 설도문군 환생이라 우리나라 호남좌도 남원부는 동으로 지리산 서으로 적성강 산수 정기 어리여서 춘향이가 삼겼는듸 춘향모 퇴기로서 춘향을 처음 밸 제

　　(중머리) 꿈 가운데 어떤 선녀 이화 도화 두 가지를 양손에 갈라 쥐고 하늘로 내려와 도화를 내여주며 이 꽃을 잘 가꾸워 이화접을 붙였으면 오는 향락 좋으리라 허더니 꿈깬 후에 잉태허여 십삭 만에 딸 하나를 낳었는듸 도화는 봄 향기라 이름을 봄 춘짜 향기 향짜 춘향이라 지었더라 일취월장 자라날 제 칠세부터 글 읽히니 총명이 출중허여 사서삼경 예기 춘추 시률 풍류 침선방적 모를 것이 바이 없고 인물이 비범허여 천상선녀 하강헌 듯 경국지색이 분명트라

　　(아니리) 그 때에 서울 삼청동에 이한림이 계시되 명문거족이오 누대 충효

대가로서 남원부사 제수허시니 도임한 지 수삭 만에 백성에게 선치허사 거리거리 선정비요 곳곳마다 칭송가라 사또 자제 한 분을 만득으로 두었으되 용꿈을 꾸어 낳었기로 이름을 꿈 몽짜 용 룡짜 몽룡이라 지었든 것이었다[12]

〈김창환제 춘향가〉

(안의리) 절대가인 태어날 제 강산 정기 타서 난다 저라산 약야계에 서시가 종출하고 군산만학부형문에 왕소군이 생장하고 쌍각산이 수려하여 녹주가 생겼으며 금강활이아미수에 설도 환출하였더니 호남좌도 남원부는 동으로 지리산 서으로 적성강 산수 정기 어리어서 춘향이가 생겼구나 춘향모 퇴기로서 춘향을 처음 밸 때

(평중머리) 꿈 가운데 어떤 선녀 도화 이화 두 가지를 양손에 갈라 쥐고 하늘에서 내려와서 도화를 내어주며 이 꽃을 잘 가꾸어 이화접을 붙이며는 오는 행락 좋으리라 이화 갖다 전할 데가 시각이 급하기로 총총이 떠나노라 꿈 깬 후에 잉태하여 십 삭 차서 딸 낳으니 도화는 봄 향기라 이름을 봄 춘자 향기 향자 춘향이라 지었것다 일취월장 자라날 제 칠 세부터 글 가르쳐 사서삼경이며 심지어 풍류 속 모를 것이 바이 없고 침선방적이며 인물이 비범허여 천상선녀 하강한 듯 절대가인이 생겼구나

(안의리) 대비 넣어 속신허고 외인상통 아니 하니 양재심규인미식이 얼굴 알 이 흔잖구나 이 때에 서울 삼청동 이한림 한 분이 계시되 세세충효대가요 명문거족이시었다 남원부사 제수하시니 도임하신 수삭 만에 정통인화하야 거리거리 선정비라 사또 자제 도령님이 룡꿈을 꾸고 낳었기로 이름을 꿈 몽자 용 룡자 몽룡이라 지었든 것이라 하것다[13]

---

12  김연수, 『창본 춘향가』, 국악예술학교출판부, 1967, 41-42쪽.
13  정광수, 『전통문화오가사전집』, 문원사, 1986, 71-72쪽.

위의 인용문을 비교해 보면 밑줄 친 부분에서 약간의 차이가 있을 뿐 거의 동일하다. 김연수가 김창환제 춘향가를 바탕으로 약간 다듬은 것임을 알 수 있다. 이 대목은 원래 신재효의 〈남창 춘향가〉에 나오는 것으로, 신재효가 이몽룡과 성춘향의 결연이 천상의 질서에 의한 필연적인 것임을 드러내기 위하여 개작한 것이다. 이 부분은 김창환제 춘향가가 〈남창 춘향가〉와 더 유사하다.[14]

두 춘향가 사이에 동일하거나 유사한 부분이 많은데, 그럴 경우 정정렬제 춘향가에 없거나 동일·유사한 정도가 큰 것을 제시한다.

| 구분 | 대 목 | 장 단 | 비고 |
|---|---|---|---|
| 1 | 성춘향과 이 도령의 내력 | 아니리+중머리+아니리+진양 | 김동 |
| 2 | 이 도령과 방자가 남원 경치 문답하는 데 | 아니리+중중머리+아니리+중중머리 | 김동 |
| 6 | 방자가 춘향 부르러 가는 데 | 아니리+중중머리+아니리+자진머리+아니리+자진머리 | 김유 |
| 7 | 방자와 춘향이 문답하는 데 | 아니리+중중머리+아니리+자진머리+아니리+진양+아니리 | 김유 |
| 20 | 춘향모 한이 받쳐 도련님께 하소연하는 데 | 엇머리+아니리 | 김유 |
| 21 | 도련님이 증서 써서 춘향모를 주는 데 | →아니리+중머리+아니리 | 김유 |
| 46 | 기생 난향이 옥에 가 춘향을 달래는 데 | 평중머리+아니리+중머리+아니리 | 김동 |
| 56 | 허봉사 점치고 꿈 해몽하는 데 | 아니리+평중머리+아니리+엇중머리+아니리+엇머리+아니리+자진중머리+아니리 | 김유 |

14  신재효, 『신재효판소리전집』, 연세대학교 인문과학연구소, 1969, 춘-1쪽, 참고.

이상에서 보듯이 김연수제 춘향가는 정정렬제 춘향가와 1장과 2장과 46장 등 3개 대목이 동일하고, 6장과 56장 등 5개 대목이 유사하다. 동일·유사한 대목은 8개로 김연수제 춘향가 대목의 약 9.5%에 이른다. 그리고 22장의 '정자노래'와 46장의 '쑥대머리'는 정정렬제 춘향가에 없는 것으로 김창환제 춘향가와 동일하다.

### 3) <옥중화> 수용

김연수제 춘향가에는 <옥중화>와 동일하거나 유사한 대목도 존재한다. <옥중화>는 이해조가 박기홍조 춘향가를 刪正하여 1912년 1월 1일부터 3월 17일까지 『매일신보』에 연재하고, 같은 해 8월 보급서관에서 단행본으로 발행하였다.

다음은 76장(과부들 등장 드리는 데)으로 김연수제 춘향가에 <옥중화>가 수용되는 모습을 잘 보여주고 있다.

<김연수제 춘향가>

(자진머리) 인물도 어여쁘고 깨끗허게 늙은 부인 소복을 정히 허고 수태 띠인 젊은 부인 맵시 있고 태도 좋고 얼굴도 동탁허고 키꼴도 장대허고 말 잘허는 부인이며 청상과부 팔자되어 궁상으로 생긴 부인 백묘양전 김 매다가 호미 들고 오는 부인 작반등산 뽕 따다가 모양 없이 오는 부인 수백 명 부인들이 동헌 뜰에 가 가득차니

(아니리) 어사또 분부를 허시는듸 처음부터 음성을 딱 변하여 가지고 어- 이 어떠한 부인들이 이다지 많이 오셨는지 연유를 아뢰라 그중에 젊은 부인 하나 출반허여 아뢰는듸 저희들은 본읍 사는 과부 등이온듸 지극히 원통헌 일이 있삽기로 명철허신 사또 전에 등장차로 왔나니다 무삼 소회 있는대로 저저히 아뢰라 저 과부 땅에 엎디여 아뢰는듸

(중머리) 예 소회를 아뢰리다 충신불사이군이요 열녀불경이부절은 천지간에 으뜸인듸 봉명허신 방백수령 열녀를 어이 모르리까 월매 딸 춘향이는 어미는 기생이나 아비는 재상이라 구관 자제 이 도령과 백년가약 맺인 후에 호사다마허여 도련님을 이별허고 수절하고 있삽더니 본관성주 도임 후에 수청 아니 든다 허고 장하에 모진 형벌 명재경각이 되었으니 명찰하신 수의사또 열녀춘향 방송허심을 하늘같이 바래고 비옵니다

(아니리) 어사또 허신 말씀 춘향은 창녀로서 관정발악 허였다니 그는 용대치 못허리라 그중에 늙은 과부 하나 성이 잔뜩 나가지고 좌우를 헤치며 나오는듸[15]


〈옥중화〉

人物도 어엽부고 째긋ᄒ게 늙은 夫人 素服을 精히 ᄒ고 羞態 씌인 절믄 寡婦 肥膚가 豊盈ᄒ고 長옷 쓴 뎌 夫人 얼골도 동탁ᄒ고 키ᄉ골도 長大ᄒ야 말 잘ᄒᄂ 夫人이며 靑孀寡婦 八字되야 窮態로 싱긴 夫人 百畝良田 밧 미다가 호미 들고 오ᄂ 夫人 作伴登山 쑹 ᄯ다가 貌樣 업시 오ᄂ 夫人 數百名 쩨 寡婦 東軒 쓸에 가득 차니 御使道 分付ᄒ되 엇더흔 夫人들이 이다지 만히 왔노 무슴 緣故를 알외라 그 중에 夫人 ᄒ나 出班ᄒ야 알외ᄂ듸 寡婦 等 발괄흠은 至寃흔 일 잇습기로 明察흔 使道前에 等狀次로 왓ᄂ이다 御史道 分付ᄒ되 무슴 所懷 잇ᄂ 듸로 這這히 알외여라 寡婦 等이 엿ᄌ오듸 烈女不更二夫ᄂ 天地間 읏듬인듸 奉命ᄒ신 方伯守令 烈女를 모로릿가 月梅 쏠 春香이ᄂ 어미ᄂ 妓生이나 아비ᄂ 宰相이라 舊官 子弟 李道令과 百年配匹 마진 後에 好事多魔 되여 道令任으로 離別ᄒ고 守節ᄒ고 잇ᄂ 春香 本官城主 到任後에 春香을 잡아다가 妓案에 着名ᄒ고 修廳들나 달뇌여도 終始毁節 아니 ᄒ니 春香을 잡아늬여 杖下에 모진 刑罰 거의 죽게 되얏슨즉

---

15　김연수, 『창본 춘향가』, 국악예술학교출판부, 1967, 287-289쪽.

하느님이 닉신 烈女 미 친다고 變ᄒ릿가 실갓치 남은 목숨 命在頃刻 죽겟

스니 明治ᄒ신 使道處分 烈女春香을 特히 放送ᄒ옵심을 하늘갓치 바라오니

<u>어진 使道 處分이오</u> 御史道 分付ᄒ되 春香은 娼女로셔 官庭發惡ᄒ얏스니

容貸치 못ᄒ리라 그 즁에 늙은 寡婦 左右를 헤치며 썩 나셔ᄂ듸[16]

밑줄 친 부분에서 보이는 약간의 차이 외에는 거의 동일하다. 김연수가
〈옥중화〉를 수용하여 다듬은 모습을 잘 보여주고 있다. 〈옥중화〉와 동
일·유사한 대목은 후반부에 집중되어 있으며, 소리 대목은 김연수가 작
창한 것이다.

| 구분 | 대 목 | 장 단 | 비고 |
|---|---|---|---|
| 47 | 이몽룡이 과거보는 데 | 자진머리+아니리 | 옥동 |
| 49 | 서리 역졸 분발하는 데 | 아니리+자진머리+아니리 | 옥동 |
| 52 | 어사또가 춘향 편지 보는 데 | 창쪼+진양+아니리+중머리 | 옥동 |
| 53 | 어사또가 방자 다리고 만복사로 가시는 데 | 아니리 | 옥동 |
| 54 | 만복사 중들이 불공 축원하는 데 | 중머리 | 옥동 |
| 55 | 뽈작쇠는 운봉에 갇히고 춘향은 꿈꾸는 데 | 아니리+자진머리 | 옥동 |
| 57 | 어사또가 꿈속에 춘향을 구하는 데 | 진양+아니리 | 옥동 |
| 59 | 어사또가 농부들게 봉변하는 데 | 아니리+중중머리+아니리+중머리 | 옥유 |
| 66 | 어사또가 춘향과 옥중상봉하는 데 | 아니리+중머리+아니리 | 옥동 |
| 71 | 기생이 어사또께 권주가 하는 데 | 평중머리+아니리 | 옥유 |
| 74 | 출도 후에 어사또가 공사하시는 데 | 아니리 | 옥유 |
| 76 | 과부들 등장 드리는 데 | 자진머리+아니리+중머리+아니리 | 옥동 |
| 77 | 늙은 과부가 어사또께 포악하는 데 | 자진머리+아니리 | 옥동 |
| 81 | 춘향과 춘향모는 과부 등과 함께 춘향 집으로 가고 운봉에 갇힌 방자놈 뛰어 | 아니리+중머리+아니리 | 옥동 |

16 이해조, 『옥중화』, 보급서관, 1913, 174-176쪽.

| | | | |
|---|---|---|---|
| | 와 어사또께 들이대는 데 | | |
| 82 | 어사또가 본관사또와 수작하는 데 | →아니리 | 옥동 |
| 83 | 어사또 야심 후에 춘향 집에 나아가 춘향과 정담하는 데 | 진양 | 옥동 |
| 84 | 방자와 향단과 혼인시켜주고 춘향은 서울로 가 영귀히 되는 데 | 아니리+평중머리+아니리+엇머리 | 옥유 |

이상에서 알 수 있는 바와 같이 47장과 49장 등 13개 대목이 동일하고, 59장과 84장 등 4개 대목이 유사하다. 동일 내지 유사한 대목은 17개로 약 20.2%에 이른다.

한편 다음 두 대목은 앞에서 살펴본 춘향가에는 보이지 않는 것이다.

| 구분 | 대 목 | 장 단 | 비고 |
|---|---|---|---|
| 63 | 향단이 춘향모를 만류하며 통곡하는 데 | 평중머리+아니리 | 기타 |
| 68 | 춘향은 서방님 괄시 말라 부탁하고 춘향 모는 오작교로 빠져 죽으러 가는 데 | 중머리+아니리+중머리+아니리 | 기타 |

63장의 평중머리 부분은 김소희 춘향가에 보이고, 68장 중에서 뒷부분의 '중머리+아니리' 부분은 최남선의 〈고본츈향전〉과 거의 같다.[17]

이상에서 살펴본 바를 도표로 정리하면 다음과 같다.

| 구 분 | 동일 대목 | 유사 대목 | 기타 대목 | 계(%) |
|---|---|---|---|---|
| 정정렬제 춘향가 | 30 | 27 | . | 57(67.9) |
| 김창환제 춘향가 | 3 | 5 | . | 8(9.5) |
| 옥중화 | 13 | 4 | . | 17(20.2) |
| 기타 | . | . | 2 | 2(2.4) |
| 총계 | 46개 | 36개 | 2개 | 84개(100%) |

---

17 최남선, 『고본츈향전』, 신문관, 1913, 208-209쪽.

## 3. 김연수제 춘향가의 특징

김연수가 추구한 예술세계의 핵심은 평생의 라이벌이었던 임방울 (1905~1961)과 벌인 언쟁에 분명하게 드러나 있다. 임방울은 "이면이 소리 망치는 거여. 목구성 없는 것들이 소리를 못하니 이면만 찾어." 하고 김연수를 나무랐고, 김연수는 "아녀자들 귀만 호리게 곱게만 허면 그게 소린가? 소리는 성음이 분명하고 이론이 정연혀야지." 하고 임방울을 비난했다고 한다.[18] 김연수는 임방울과 달리 소리의 이면을 중시했고, 평생을 이면에 맞는 소리를 만들기 위해 노력했다. 동초는 이면을 합리적인 사설과 그것을 정확하게 표현하고 전달하는 음악적 표현과 너름새로 이해하였다. 임방울이 타고난 목과 가슴으로 소리를 했다면 김연수는 피나는 노력과 머리로 소리를 했던 것이다. 비유하자면 판소리에 있어서 임방울이 시선 이백이라면 김연수는 시성 두보라고 할 수 있다.

김연수제 춘향가가 지니고 있는 중요한 특징을 정리하면 다음과 같다.

첫째, 김연수가 정정렬제 춘향가를 바탕으로 여러 유파의 춘향가를 수용하여 새롭게 짠 춘향가라는 점이다. 김창환제 춘향가, 〈옥중화〉 등 다양한 소리를 수용한 결과, 현재 부르고 있는 춘향가 중에서 가장 긴 춘향가가 되었다. 박봉술이 부른 동편제 춘향가(3시간 47분),[19] 조상현이 부른 김세종제 춘향가(4시간 31분),[20] 최승희가 부른 정정렬제 춘향가(5시간 35분)[21]에 비해 김연수가 1967년에 동아방송국에서 녹음한 춘향가는 무려 8시간 분량이다.[22]

---

18  이보형, 「임방울과 김연수」, 『뿌리깊은나무』 11월호, 한국브리태니커회사, 1977, 142쪽.
19  〈박봉술 춘향가 전집〉(4CD), TOP, 2005.
20  〈조상현 춘향가〉(6CD), 한국브리태니커회사, 2000.
21  노재명 글 · 사설 채록, 〈최승희 춘향가〉(5CD), KBS 1FM · KBS 미디어, 2005.
22  최동현 글 · 사설 채록, 〈김연수 창 춘향가〉(8CD), 신나라 · 동아일보, 2007.

둘째, 사설이 매우 정확하다. 김연수는『창본 춘향가』를 정리하면서 전승과정에서 생긴 誤字落書 등을 바로잡았다. 동초는 창본을 간행한 까닭을 "내가 과거 예도 수업을 할 때에 체험한 고된 전철을 후진들에게 되풀이하지 않도록, 보다 간명하고 보다 용이한 창법을 전하여 후진으로 하여금 무한대의 창조력과 발전의 기틀을 물려주자는 것"이고, "여지껏 구전심수만으로 배워오던 판소리의 肉譜式 傳習法을 지양하고 기호화한 문자로서 唱技와 장단을 표시하여 판소리의 올바른 전통을 유지하려는 것이다."라고 하였다.[23] 오정숙에 의하면 김연수는 사설을 정리하면서 전문적인 지식이 필요한 대목은 전문가들에게 자문을 받았다고 한다. 춘향가의 '만복사 불공 대목'의 염불 가사를 알기 위해 큰스님을 찾아가 문의하였고, '봉사 해몽 대목'을 정리할 때에는 유식한 봉사를 찾아가 물어보았으며, '신연맞이 대목'과 '어사 남행 대목'을 정리하기 위해서 서울에서 남원까지 조사하기도 했다고 한다.[24] 그리고 창자들이 내용을 분명하게 이해할 수 있도록 "영웅열사(英雄烈士)와 절대가인(絶代佳人) 삼겨날 제 강산 정기(江山精氣)를 타고나는듸 군산만학부형문(群山萬壑赴荊門)에 왕소군(王昭君)이 삼겨나고 금강활이아미수(錦江滑膩峨嵋秀)에 설도문군(薛濤文君) 환생(幻生)이라."[25]와 같이 한자를 병기하고, 어려운 어구는 본문 상단에 주석하여 이해를 돕고 있다. 사설을 정확하게 이해해야 소리를 제대로 할 수 있다고 생각한 것이다. 또한 사설을 효과적으로 전달할 수 있도록 발음을 정확하게 하고, 단어는 비교적 짧게 붙이고 소리는 길게 하는 어단성장을 강조하였다.[26]

셋째, 사설의 합리성, 구성상 통일성, 서사적 완결성을 보이고 있다.

---

23 「자서」, 김연수,『창본 춘향가』, 국악예술학교출판부, 1967.
24 노재명, 「김연수 도창 창극 춘향전」 해설서, 지구레코드, 1997.
25 김연수,『창본 춘향가』, 국악예술학교출판부, 1967, 41쪽.
26 이보형, 「김연수 판소리 음악론」,『월간 문화재』 4월호, 월간문화재사, 1974, 23쪽.

김연수는 춘향가를 새로 짜면서 여러 곳에서 합리성과 통일성을 지향하였다. 이 도령이 이별할 수밖에 없다고 하자, "춘향이가 이 말 듣고 면경 체경을 처부쉈다 허나 왼갖 예의를 다 아는 춘향으로 그랬을 리도 없으려니와"라고 다른 춘향가의 발악하는 춘향의 모습[27]을 비판한 후 이별을 순순히 받아들이는 품위 있는 춘향의 모습으로 그리고 있는 것, 춘향의 편지를 전하러 서울로 가던 방자가 이 어사를 알아보는 것, 비밀이 누설될까 염려되어 방자를 운봉으로 보내어 옥에 가두게 하는 것,[28] 월매가 걸객 차림의 이 어사에게 춘향이 죽어도 원혼이나 안 되게 옥으로 가서 얼굴이나 한번 보게 해주라고 부탁하고, 옥중 상봉 뒤에 이 어사가 춘향이 자결할까 걱정이 되어 옥으로 다시 돌아와 당부하는 것 등이 모두 그러한 예이다. 즉 각 부분이 전체와 유기적인 관계를 이루고, 부분과 부분 사이에 개연적 또는 필연적 인과관계가 성립되어 플롯을 탄탄하게 만들었다.[29] 그리고 정정렬제 춘향가는 동헌에서 월매가 즐거워 춤추는 대목에서 마무리되고, 김창환제 춘향가와 김세종제 춘향가 등에서는 후일담이 아주 간략한 데 비해서 김연수제 춘향가에서는 후일담을 〈옥중화〉에서 수용하여 크게 확장함으로써 서사적 완결성을 보이고 있다.

넷째, 판소리 춘향가보다 창극 춘향전에 무게 중심이 기울어져 있다. 이러한 특징은 『창본 춘향가』에서 창극의 대본처럼 [도](이 도령), [춘](춘향) 등 배역을 구분하고, 사건의 서술 등은 [효](효과)로 구분하고 있는

---

27  〈열녀춘향수절가〉(완판 84장본), 〈정광수 춘향가〉, 〈조상현 춘향가〉 등에 춘향이 면경과 체경을 쳐부수는 대목이 나온다. 〈정광수 춘향가〉에 "(진양)(계면, 애원성) 오락 뛰어 일어서며 거듯치는 치마자락을 짝짝 찢어서 내던지고 면경 체경도 눈 우에 번듯 들어 후닥탁 밀떠리며 지금 하신 그 말씀이 참말이요 농담이요 이별 말이 웬 말이요"로 되어 있다. 〈열녀춘향수절가〉에는 이보다 훨씬 더 격렬하게 발악하는 모습으로 그려져 있다.

28  방자를 운봉으로 보내 옥에 가두게 한 것은 신관사또 생일잔치에서 운봉 영장이 걸인 과객인 이 어사에게 호의를 베풀도록 하는 일종의 복선 구실도 한다.

29  이유진, 「라디오방송을 위한 판소리 다섯 바탕: 김연수 판소리의 특질과 지향」, 『구비문학연구』 35, 한국구비문학회, 2012, 34-35쪽.

데서 분명하게 드러난다.


(아니리)

[도] 여보 장모 두 말 말소 내 춘향 다려감세 … 그밖에는 도리 없네

[효] 춘향이 이 말을 듣더니마는

[춘] 아이고 어머니 양반의 체면 되어 오직 답답허고 … 도련님이 내일은
부득불 가신다니 밤새도록 말이나 허고 울음이나 실큰 울고 내일 이별
헐라요

[효] 춘향 어무 기가 막혀

[모] 워따 그 년 뱃속 무섭게 유허다


(늦인중머리)

[모] 못허지야 못허지야 네 마음대로는 못허지야 … 나는 모른다 너의 둘이
죽던지 살던지 나는 모른다 나는 몰라

[효] 춘향 모친 건너간 지후로 춘향이가 새로 울음을 내여 일절통곡 애원성
에 단장곡을 섞어 운다

[춘] 아이고 여보 도련님 참으로 가실라요 나를 어쩌고 가실라요 인제 가면
언제 와요 올 날이나 일러주오 … 운종룡 풍종호라 용가는 데 구름이
가고 범가는 데 바람이 가니 금일송군 임가신 곳 백년소첩 나도 가지

[효] 도련님도 기가 막혀

[도] 오냐 춘향아 우지 마라 원수가 원수가 아니라 양반행신이 원수로구나
… 쇠끝같이 모진 마음 홍로라도 녹지 말고 송죽같이 굳은 절행 네가
나 오기만 기다려라

[효] 둘이 서로 부여안고 퍼버리고 앉어 울음을 울 제[30]

---

30  김연수, 『창본 춘향가』, 국악예술학교출판부, 1967, 126-129쪽.

김연수의 『창본 춘향가』는 창자를 위한 창본이요, 동시에 창극 배우를 위한 창극 대본이었지만 그 초점은 창극에 맞추어져 있었던 것이다.

다섯째, 아니리가 크게 확장되어 있다. 10장(사또가 목랑청에게 도련님 자랑하는 데), 30장(신관사또 내려오는 절차를 마련하는 데), 43장(춘향을 다리고 옥으로 내려가는 데), 53장(어사또가 방자 다리고 만복사로 가시는 데), 74장(출도 후에 어사또가 공사하시는 데), 82장(어사또가 본관사또와 수작하는 데) 등 6개 대목은 아니리로만 이루어져 있다. 아니리의 확장은 내용을 구체적이고 사실적으로 전달하기 위한 것으로 창극 지향과 무관하지 않다. 그것은 또한 김연수가 웃는 즐거움 곧 해학성을 중시했다는 사실을 알려준다.

여섯째, 정정렬제 춘향가에서 삭제된 소리 대목이 수용되어 있다. 정정렬은 춘향가를 새로 짜면서 '기산영수(중중머리)', '적성가(진양)', '백백홍홍(중중머리)', '금옥사설(중중머리)', '네 그른 내력(중중머리)', '산세타령(자진머리)', '정자타령(중중머리)' 등을 삭제하였는데, 김연수는 이 대목들을 다시 수용하였다.

일곱째, 장단 구성이 다채롭다. 정정렬제 춘향가에 "(아니리) 글 지어 읊은 후 … (중머리) 책상에 촛불을 돋우 켜고 … (아니리) 방자를 불러 말을 해야 할 터인데 …"[31]로 되어 있는 것이 김연수제 춘향가에는 "(아니리) 글 지어 읊은 후에 … (평중머리) 책상에 촛불을 도도 켜고 … (아니리) 날 밝기를 기다려 … (중중머리) 문득 한 곳을 바라보니 백백홍홍난만중 … (아니리) 방자를 불러 말을 해야 헐 터인디 …"[32]로 구성되어 있다. 그리고 김연수제 춘향가에 사용된 장단도 진양(21), 늦인중머리(6), 중머리(32), 중중머리(19), 평중머리(14), 잦인중머리(4), 자진머리(25), 휘머리

---

31  정병욱, 『한국의 판소리』, 집문당, 1981, 236-237쪽.
32  김연수, 『창본 춘향가』, 국악예술학교출판부, 1967, 47-50쪽.

(4), 엇머리(3), 엇중머리(1) 등 129회로 다양하다. 김연수는 판소리 장단
에 대한 분명한 이론을 가지고 있었는데,[33] 특히 진양을 반드시 4각으로
짜서 24박을 고수했다. "진양을 24박으로 짜지 않는 것은 소리가 아니다."
라고 하였으며, 사설이 24박에 맞지 않을 때에는 엇붙임을 하여 맞추거나
새로운 사설을 지어 넣기도 하였다고 한다.[34] 한편 31장(신연 맞어 내려오
는 데)의 앞부분이 진양조로 짜여 있어 주목된다. 정정렬제 춘향가를 비롯
한 다른 춘향가에서는 모두 자진모리로 부르는데, 김연수는 "어서 가서
춘향 볼 욕심에 마음은 잔히 급허지마는 사또의 행차라 점잖을 빼느라고
진양조로 내려오던 것이었다"라고 하면서 진양조로 짰던 것이다.

마지막으로 너름새가 사실적이고 연극적이라는 점도 김연수제 춘향가
의 특징으로 꼽을 수 있다. 김연수는 "판소리와 창극은 같은 것이며 또
연극적이어야 한다."라고 하여 사실적인 너름새를 주장하였다.[35] 다음은
제자 오정숙이 수궁가 발표회를 이틀 앞두고 병석에 있는 스승에게 마지
막 지도를 받으러 갔을 때 있었던 일화이다.[36]

눈물을 억지로 훔친 오정숙은 어렵게 소리를 이어가고 김연수는 흡족한
부분이 있으면 고개를 끄덕이고 못마땅하면 고개를 가로 젓는 '고갯짓 수업'
이 계속됐다. 그러다 동물들의 상좌 다툼 대목에서 범이 산중에서 내려와
별주부를 가리키며 "이것이 무엇이냐"고 묻는 데서 김연수는 기어이 소리를
중단시켰다. 옆에 있던 배기봉에게 종이와 연필을 가져 오라 했다.
"영문도 모른 채 필기구를 드렸더니 필담으로 '들고 있던 수건을 바닥에

33  김연수, 『창본 춘향가』, 국악예술학교출판부, 1967, 319-320쪽, 참고.
34  이보형, 「김연수 판소리 음악론」, 『월간 문화재』 4월호, 월간문화재사, 1974, 22쪽.
35  이보형, 「김연수 판소리 음악론」, 『월간 문화재』 4월호, 월간문화재사, 1974, 23쪽.
36  이때 김연수는 병이 깊어 임종을 앞두고 있었고, 이틀 뒤 1974년 3월 9일 오정숙의
    발표회가 있는 날 새벽에 세상을 떠났다.

던진 뒤 그것을 가리키며 이것이 무엇이냐고 하라'는 거예요. 오정숙의 너름
새가 영 그 분의 맘에 들지 않았던 게지요. 그 너름새를 여러 번 연습하고서
야 소리를 계속하게 됐어요. 그러다 별주부와 토끼가 산중에서 만나 토끼의
사주팔자를 이르는 대목에서 포수가 한쪽 눈을 찡그리고 꾸르륵 꽝하며
총을 쏜다는 부분에 이르렀을 때 또 소리를 중단 시켜요. 선생님은 종이에
끄적이시더니 오정숙에게 갖다 주라는 거예요. 거기에는 '총 쏘는 시늉하고
넘어지라'고 쓰여 있었어요.[37]

일반적으로 판소리에서 너름새는 극도로 축약되고 상징화되어 있다는
점에서 연극의 연기와는 다르다. 그런데 김연수는 오정숙에게 사설의 내
용에 맞는 형용 동작 즉 연기를 강조하고 있다. 너름새가 구체적이고 사실
적이라야 한다는 뜻이다. 이 일화는 김연수가 너름새를 어느 정도로 중시
했던가를 분명하게 보여주고 있다. 수궁가와 관련된 것이지만 동초의 평
소 지론으로 미루어 볼 때 춘향가에서도 다르지 않았을 것이다.


## 4. 김연수제 춘향가의 전승 양상

김연수가 정립한 동초제 판소리는 오정숙을 거쳐 이일주, 조소녀, 민소
완 등이 계승하여 전주 지역을 중심으로 소리가문을 이루며 번성하고
있다. 동초 김연수가 심은 나무를 운초 오정숙이 거목으로 키웠고, 운초의
제자들이 소리숲을 이루고 있는 것이다.

오정숙은 1935년 태어나서 2008년 74세를 일기로 세상을 떠났는데,
평생을 스승의 분신으로 살았다고 해도 과언이 아니다. 오정숙이 14살

---

37  전성옥, 『판소리 기행』, 사단법인 마당, 2002, 53-54쪽.

때 부친이 김연수에게 딸의 소리공부를 부탁하면서 동초와 깊고도 질긴 사제의 연이 맺어졌다. 이때부터 오정숙은 김연수를 그림자처럼 따라다니며 김연수창극단, 우리국악단 등에서 판소리와 창극을 배웠다. 한때 몸이 좋지 않아서 소리를 쉬고 있다가, 1967년 김연수의 전수생으로 들어가 본격적으로 소리공부를 하였다. 이때 김연수를 모시고 익산의 소라단에서 백일공부를 하였는데, 그것이 오정숙의 첫 번째 백일공부였다. 오정숙은 백일공부를 일곱 번 했는데, 김연수와 함께 세 번 하였고, 혼자 네 번을 하였다고 한다. 혼신의 힘을 다해 공력을 쌓았으니 그의 소리는 단단할 수밖에 없다.

오정숙은 1972년 춘향가 완창발표회를 시작으로 1973년 흥보가, 1974년 수궁가, 1975년 심청가, 1976년 적벽가를 발표하였다. 1975년에 전주대사습대회가 부활되어 열린 제1회 대회에서 장원을 하였다. 1977년에 국립창극단에 입단하였고, 1991년 5월 1일 마침내 동초제 판소리로 중요무형문화재 제5호 판소리 예능보유자가 되었다.[38] 그리고 제자 이일주, 조소녀, 민소완, 은희진 등에게 소리세계를 물려주었다.

이일주는 1935년생[39]으로 본명은 李玉姬, 호는 蘭石이다. 이날치 명창의 후손으로 부친 이기중에게 소리를 배웠고, 박초월과 김소희 문하에서 소리공부를 하였다. 이일주가 오정숙의 제자가 된 것은 1973년이지만 사제관계가 돈독해진 것은 전주대사습대회를 목표로 소리공부에 전념할 때부터라고 한다. 이일주는 오정숙으로부터 심청가와 춘향가를 배워 1979년 전주대사습대회에 도전한 지 4년 만에 장원을 하였다. 그리고 1984년 전라북도 무형문화재가 되었으며, 1986년부터 전라북도 도립국악

---

38 최동현, 『동초 김연수 바디 오정숙 창 오가전집』, 민속원, 2001, 9-12쪽, 참고.
39 호적에 1936년 3월 15일생으로 되어 있으나 실제는 1935년 음력 2월 22일에 태어났다. 송재영과 전화 인터뷰, 2013년 9월 29일(일) 12시; 차복순, 「판소리 명창 이일주의 생애와 예술」, 고려대학교 대학원 석사학위논문, 2007, 15쪽.

원 창악 교수로 초빙되어 후진을 양성하였다.[40]

김연수제 춘향가는 다음과 같이 오정숙과 이일주를 거치면서 일부 대목에서 삭제, 축소 등의 변화가 일어났다.

| 김연수 춘향가<br>(『창본 춘향가』) | 오정숙<br>춘향가 | 이일주<br>춘향가 |
|---|---|---|
| (중머리) 내 평생에 원일러니 이제 한양 가겠구나 … 도련님 허실 도리 춤추기는 옳거니와 우시는 일이 웬일이며 이 눈물이 웬일이요 | 김연수 동 | 삭제 |
| (중중머리) 옳지 인제 내 알았오 도련님 올라가시면 내 아니 갈까 이러시오 여필종부라 허였으니 천리 만리 어디라도 도련님을 따러가지 | 김연수 동 | 삭제 |
| (아니리) 글쎄 이런 경사에 우시는 일이 웬일이요 속 모른 소리 좀 고만해라 … 늙은 어머니와 서울까지 걸어갈 수는 없으니 | 삭제 | 삭제<br>(오정숙 동) |
| (평중머리) 건장헌 두패 조군 밤낮없이 올라가서 … 죽기는 쉽거니와 마단 말은 못허는 법이니 그런 말로 허지 마라 | 김연수 동 | 삭제 |
| (아니리) 춘향이가 이 말을 듣더니 오- 그러면 지금 이게 이별이란 말씀이오 … 사람이란 본래 너무나 엄청난 말을 들으면 기색이 몬저 달러지는 법이라 춘향이 이 말 듣더니마는 대번에 얼굴빛이 확 변허는듸 | 김연수 동 | 오정숙 동<br>(김연수 동) |

위의 인용문은 24장(춘향이 이별인 줄 모르고 한양 가겠다고 좋아하는데)인데, 오정숙 춘향가에서는 아니리 대목 1곳만 삭제되었지만 이일주 춘향가에서는 소리 대목과 아니리 대목 대부분이 삭제되었다.

다른 대목에서도 대체로 오정숙 춘향가에서는 아니리 대목에서 약간의 삭제 및 축소가 일어난 데 비해, 이일주 춘향가에서는 아니리 대목뿐만 아니라 소리 대목에서도 상당한 정도의 삭제와 축소가 일어났다. 이를 정리하면 다음 도표와 같다. 비교 자료는 『창본 춘향가』와 〈김연수 춘향

---

40  최동현, 『판소리명창과 고수 연구』, 신아출판사, 1997, 261-269쪽, 참고.

가〉(8CD, 신나라·동아일보, 2007) 그리고 〈오정숙 춘향가〉(8CD, 신나라레코드, 2001)와 〈이일주 춘향가〉(5CD, 신나라레코드, 2003)이다. 도표의 '*, **'와 '삭제, 간략'은 김연수 춘향가의 해당 부분이 삭제된 것과 축약 등으로 인해 간략하게 된 것을 뜻한다.

| 대목 | 김연수 춘향가 (『창본 춘향가』) | 오정숙 춘향가 | 이일주 춘향가 |
|---|---|---|---|
| 4 | 아니리+진양+아니리+*영시쪼+*평중머리 | 김연수 동 | *삭제 |
| 5 | *아니리+중중머리 | 김연수 동 | *삭제 |
| 7 | 아니리+중중머리+아니리+자진머리+*아니리+진양+아니리 | 김연수 동 | *삭제 |
| 8 | 자진머리+*아니리+*중머리+*아니리 | 김연수 동 | *간략 |
| 9 | *창쪼+*아니리+*창쪼+*아니리+*창쪼+*아니리+*창쪼+*아니리+*창쪼+아니리+중중머리+자진머리 | 김연수 동 | *삭제 |
| 10 | 아니리 | 전체 삭제 | 오정숙 동 |
| 11 | →아니리+영시쪼+아니리 | 전체 삭제 | 오정숙 동 |
| 12 | 평중머리+아니리 | 김연수 동 | 전체 삭제 |
| 13 | 진양+아니리+*중머리 | 김연수 동 | *삭제 |
| 14 | *아니리+평중머리+아니리 | 김연수 동 | *삭제 |
| 15 | 자진머리+*아니리 | 김연수 동 | *간략 |
| 17 | 중중머리+*아니리 | *간략 | 오정숙 동 |
| 18 | 진양+*아니리 | *간략 | 오정숙 동 |
| 22 | 진양+*아니리+*자진중머리+아니리+중중머리+*아니리+*중중머리+*아니리+*자진머리+*아니리+*중중머리+*아니리 | 김연수 동 | *삭제 |
| 23 | 늦인중머리+중중머리+아니리+늦인중머리+*아니리 | *간략 | *삭제 |
| 24 | **중머리+중중머리+*아니리+**평중머리+아니리 | *삭제 | *삭제 **삭제 |
| 25 | 진양+아니리+*중중머리+***자진머리+아니리+늦인 | 김연수 동 | *뒷부분 삭제 |

| | 중머리 | | **삭제 |
|---|---|---|---|
| 26 | 아니리+*중머리+아니리 | 김연수 동 | *삭제 |
| 27 | 진양+아니리+자진머리+아니리+중머리+아니리+중머리+자진머리+*중머리+**아니리 | 김연수 동 | *간략<br>**삭제 |
| 28 | 진양+아니리 | 김연수 동 | 전체 삭제 |
| 29 | 늦인중머리 | 김연수 동 | 전체 삭제 |
| 30 | 아니리 | 김연수 동 | 간략 |
| 31 | 진양+중머리+자진머리+*휘머리 | 김연수 동 | *삭제 |
| 32 | 아니리+진양+아니리+*중머리+**아니리+**자진머리+**아니리+중중머리+자진중머리 | *삭제<br>**삭제 | **삭제 |
| 33 | *아니리+**평중머리+**아니리 | *뒷부분 삭제<br>**삭제 | 오정숙 동 |
| 36 | 아니리+*평중머리+아니리+자진머리 | 김연수 동 | *삭제 |
| 40 | 중머리+아니리 | 김연수 동 | 전체 삭제 |
| 45 | 아니리+늦인중머리+아니리 | 김연수 동 | 전체 삭제 |
| 46 | *평중머리+*아니리+중머리+아니리 | 김연수 동 | *삭제 |
| 51 | 진양+아니리+중머리+*아니리 | *뒷부분 삭제 | 오정숙 동 |
| 55 | 아니리+*자진머리 | 김연수 동 | *삭제 |
| 56 | 아니리+평중머리+아니리+엇중머리+아니리+엇머리+아니리+자진중머리+아니리 | 김연수 동 | 전체 삭제 |
| 57 | *진양+아니리 | 김연수 동 | *삭제 |
| 58 | 중머리+자진중머리 | 김연수 동 | 간략 |
| 59 | 아니리+중중머리+아니리+중머리 | 김연수 동 | 전체 삭제 |
| 61 | 아니리+중중머리+아니리 | 김연수 동 | 간략 |
| 64 | 진양 | 간략 | 오정숙 동 |
| 66 | 아니리+중머리+*아니리 | *삭제 | 전체 삭제 |
| 68 | 중머리+아니리+*중머리+아니리 | *삭제 | 오정숙 동 |
| 70 | 자진머리+아니리+*자진머리+아니리+*휘머리+*아 | 김연수 동 | **삭제 |

| | 니리 | | |
|---|---|---|---|
| 71 | *시조 종장+*평중머리+아니리 | 김연수 동 | *삭제 |
| 77 | *자진머리+***아니리 | 김연수 동 | *삭제<br>**앞부분 삭제 |
| 80 | 자진머리+*중중머리 | *뒷부분<br>삭제 | 오정숙 동 |
| 81 | 아니리+중머리+아니리 | 김연수 동 | 전체 삭제 |
| 82 | →아니리 | 김연수 동 | 전체 삭제 |
| 83 | 진양 | 김연수 동 | 전체 삭제 |
| 84 | *아니리+*평중머리+아니리+엇머리 | 김연수 동 | *삭제 |

오정숙은 김연수 춘향가 중에서 10장(사또가 목랑청에게 도련님 자랑하는 데)과 11장(춘향이 도련님께 답장 써 보내는 데)을 완전히 삭제하였고, 33장(신관사또가 춘향모에게 청혼 말하는 데)도 거의 삭제하였다. 10장은 지나치게 골계적이라서 삭제하였으며, 11장과 12장은 불필요한 것으로 생각하여 삭제하였고, 33장은 열녀 춘향에게 어울리지 않는 대목으로 판단하여 삭제한 것으로 짐작된다. 이외에도 오정숙이 삭제한 것은 대부분 아니리 대목에 해당한다. 그 결과 오정숙 춘향가는 7시간 40분 정도로 김연수 춘향가(8시간)보다 약 20분 정도 짧아졌다. 오정숙은 비록 스승의 소리 중 일부를 삭제했지만 대체로 보여주고 들려주는 창극소리를 지향하고 있는 김연수제 춘향가의 세계를 충실하게 전승하고 있다고 하겠다.

이일주 춘향가에서는 많은 대목이 삭제되었다. 오정숙 춘향가에 있는 대목 중에서 12장(도련님이 새벽부터 방자에게 해 소식 묻는 데)과 56장(허봉사 점치고 꿈 해몽하는 데), 59장(어사또가 농부들께 봉변하는 데) 등 11개 대목을 완전히 삭제하였고, 4장(방자가 사면 경치를 고하는 데)과 84장(방자와 향단과 혼인시켜주고 춘향은 서울로 가 영귀히 되는 데) 등

27개 대목은 부분적으로 삭제하거나 축약하였다. 그 결과 이일주 춘향가는 5시간 14분 정도로 오정숙 춘향가보다 무려 2시간 26분이나 짧아졌다. 그런데 이일주는 춘향가를 공연할 때는 공연 시간과 대중성 등을 고려하여 여러 대목을 삭제하고 부르지만, 실제로는 오정숙 춘향가의 12장과 56장 등 일부만 삭제한 7시간이 넘는 춘향가를 보유하고 있고, 제자들에게도 모두 가르친다고 한다.[41] 이일주의 판소리는 오정숙의 판소리에 비하여 아니리와 너름새의 비중이 적다. 이일주는 오정숙과 달리 보여주는 소리가 아니라 들려주는 소리에 주력한 것이다. 이것은 이일주가 창극 단체 활동을 거의 하지 않고 정통 판소리 중심으로 활동하였기 때문이며, 또한 아니리와 너름새에 별로 신경을 쓰지 않고도 자신의 판소리 세계를 충분히 표현할 수 있는, 탁월한 목을 지니고 있기 때문이다.[42]

## 5. 맺음말

동초 김연수 명창은 자신의 판소리관을 바탕으로 이면에 맞는 소리를 정립하고, 판소리 다섯 바탕의 사설을 체계적으로 정리하였다. 이제까지 살펴본 김연수제 춘향가의 판짜기와 특징 그리고 전승 양상을 정리하면 다음과 같다.

김연수는 1967년 동아방송국에서 춘향가를 녹음 후 방송하고, 7월에 『창본 춘향가』를 상재함으로써 김연수제 춘향가를 완성하였다. 스승 정정렬의 춘향가를 기둥으로 하고, 김창환제 춘향가, 〈옥중화〉 등을 수용하여 이상적인 춘향가를 정립한 것이다. 김연수제 춘향가는 84장으로 구성

---

41  송재영과 전화 인터뷰, 2013년 9월 29일(일) 12시.
42  최동현, 『판소리명창과 고수 연구』, 신아출판사, 1997, 275쪽.

되어 있는데, 정정렬제 춘향가와 동일·유사한 대목은 57개로 김연수제 춘향가 대목의 67.9% 정도에 이른다. 그리고 정정렬제 춘향가에 없거나 다른 대목 중에서 김창환제 춘향가와 동일·유사한 대목은 8개(9.5%)이고, 〈옥중화〉와 동일·유사한 대목은 17개(20.2%)로 소리 대목은 김연수가 작창하였다.

김연수가 지향한 소리세계의 핵심은 이면을 중시하고, 창극소리에 주력했다는 점이다. 김연수제 춘향가의 중요한 특징은 다음과 같다. 정정렬제 춘향가를 바탕으로 여러 유파의 춘향가를 참고하여 새로 짠 것으로 8시간에 달하는 가장 긴 춘향가이다. 전승과정에서 생긴 오자낙서 등 와전된 것을 바로잡아 사설이 매우 정확하며, 사설의 합리성, 구성상 통일성, 서사적 완결성을 보이고 있다. 판소리 춘향가보다는 창극 춘향전에 무게 중심이 기울어져 있으며, 아니리의 비중이 확대되어 있다. 그리고 정정렬제 춘향가에서 삭제된 소리 대목이 다시 수용되었고, 장단 구성이 다채로우며 너름새가 사실적이고 연극적이다.

오정숙은 김연수제 춘향가를 비교적 원형대로 전승하였다. 오정숙 춘향가는 주로 아니리 대목 중에서 골계적이거나 불필요하다고 여겨지는 극히 일부 대목을 삭제하여 김연수 춘향가보다 약 20분 정도 짧아졌다. 이일주는 오정숙 춘향가 중에서 공연 시간과 대중성 등을 고려하여 대폭 삭제함으로써 2시간 26분이나 짧아졌다. 이러한 차이는 오정숙이 김연수의 보여주고 들려주는 창극소리를 충실하게 계승한 반면, 이일주는 목 위주의 정통 판소리에 주력한 결과이다.

# 제2부 강릉매화타령의 미학

# 〈골생원전〉의 특징과 가치

## 1. 머리말

판소리학계에서는 현재 전승되고 있는 다섯 마당의 판소리(傳承五歌)에 못지 않게 창을 잃어버린 판소리(失傳판소리)에 대해서도 일찍부터 관심을 가져 적지 않은 연구 성과를 이룩하였다. 변강쇠가와 옹고집타령, 배비장타령, 장끼타령은 비록 창을 잃어 버렸지만 사설이 남아 있어서 그동안 다양한 시각의 논의가 이루어졌으며, 무숙이타령과 강릉매화타령은 근래에 이본이 발견됨으로써 본격적인 논의가 시작되고 있다. 그러나 가짜신선타령은 사설조차 발견되지 않은 채 여전히 그 실상이 안개 속에 묻혀 있다.[1]

---

[1] 강릉매화타령에 대한 대표적인 연구는 다음과 같다. 이혜구, 「송만재의 관우희」, 『한국음악연구』, 국민음악연구회, 1957; 김종철, 「실전판소리의 종합적 연구」, 『판소리 연구』 3, 판소리학회, 1992; 김헌선, 「〈강릉매화타령〉 발견의 의의」, 『국어국문학』 109, 1993; 김헌선, 「〈무숙이타령〉과 〈강릉매화타령〉 형성 소고」, 『경기교육논총』 3, 경기대 교육대학원, 1993; 인권환, 「실전판소리사설 연구 - 〈강릉매화타령〉, 〈무숙이타령〉, 〈옹고집전〉을 중심으로」, 『동양학』 26, 단국대 동양학연구소, 1996; 한정미, 「〈매화가〉의 전반적

李學逵의 『洛下生稿』(1821),[2] 宋晩載의 〈觀優戱〉(1843),[3] 趙在三의 『松南雜識』(1855),[4] 신재효(1812~1884)의 〈오섬가〉,[5] 鄭顯奭의 『敎坊歌謠』(1872),[6] 작자 미상의 『소수록』(1894년 필사),[7] 정노식의 『조선창극사』[8] 등의 문헌은 강릉매화타령이 19세기 후기까지 '骨生員梅花妓打令', '梅花打令', '강릉매화타령' 등의 이름으로 전승되었음을 알려주고 있다. 그러나 강릉매화타령은 19세기 후기에 전승오가와의 경쟁에서 탈락하여 판소리사에서 자취를 감추게 되었고, 사설마저 전해지지 않아 실체가 모호하였다. 그러던 중 김헌선에 의해 〈梅花歌라〉(이하 〈매화가〉)라는 이

이해」, 『판소리 연구』 10, 판소리학회, 1999.

2  규장각 소장 『洛下生稿』에는 "過雨西陵履跡多 麥畦平踏到前坡 郭家門會人如市 去聽梅花骨老歌 時世 倡優戱曲 有骨生員梅花妓打令"(김흥규, 「19세기 前期 판소리의 연행환경과 사회적 기반」, 『어문논집』 30, 고려대 국어국문학연구회, 1991, 9쪽 재인용.)으로 되어 있고, 일본 천리대본 『낙하생전집』에는 "過雨西陵履跡多 麥畦平踏到前坡 郭家門外人如市 老聽梅花骨老歌"(한국한문학회 편, 『한국한문학자료총서』 2, 『낙하생전집』, 아세아문화사, 1985, 210쪽)로 약간 다르게 되어 있다.

3  "一別梅花尙淚痕 歸來蘇小只孤墳 癡情轉隨迷人圈 錯認黃昏返倩魂", 이혜구, 『한국음악연구』, 국민음악연구회, 1957, 361쪽 재인용.

4  "梅花打令 卽裵裨將事 載四佳漫錄", 김동욱, 『한국가요의 연구』, 을유문화사, 1961, 388쪽 재인용.

5  "쏘 한 가지 우슬 이리 강능 칙방 골싱원을 미화가 속이라고 빅쥬에 손 스룸을 거즛도이 죽엇다고 활신 벽겨 압세우고 상에 뒤를 짜라가며 이 스람도 건드리고 져 스룸도 건드리며 즈지예 방울 차고 달랑달낭 노는 것이 그도 쏘한 굿실네라", 강한영 교주, 『신재효판소리사설집(전)』, 민중서관, 1971, 685쪽.

6  "梅花打令 惑妓忘軀 此懲淫也", 아세아문화사 편, 『악학궤범 · 악장가사 · 교방가요 합본』, 아세아문화사, 1975, 82쪽.

7  『소수록』의 두 번째 작품인 「중안 호걸이 회양흔당흐여 여슈슴명기로 논츙가지미라」의 "소위 치애라 하는 것은 제 여간 돈냥으로 소견은 어두우나 호기를 자랑하며 잘난 체하는 모양 비위에 거슬리고 마음에 불합하나 그 역시 인생이라 좋은 일인 셈치니 누구를 마다하리 속마음을 보이는 듯 마음을 억누르고 없는 정도 있듯 하니 초승달 눈썹은 그 마음을 낚시하고 붉은 입술 보드라운 말은 그 이목을 흐리게 하니 수령에 빠진 놈같이 동서도 분간 못하고 제 가장 애부인 체하여 백수해로할 뜻으로 전재산을 아끼지 아니니 이 곧 평양 기생 의양이가 무숙이를 놀린 일과 강릉 기생 매화가 골생원을 골려준 일이니 다 이야기로 전하는 바라", 정병설, 「기생이 본 다섯 유형의 남자」, 『문헌과 해석』, 2001년 가을, 통권 16호, 문헌과해석사, 271-272쪽 재인용.

8  정노식, 『조선창극사』(조선일보사출판부, 1940, 12쪽)에는 江陵梅花傳으로 되어 있다.

본이 발견됨으로써 그 실체가 드러나게 되었다.

〈매화가〉의 발견은 강릉매화타령에 대한 연구가 그간의 추정단계에서 벗어나 본격적으로 이루어질 수 있는 획기적인 전기를 마련하였다. 그러나 〈매화가〉의 전문 공개가 근래에 와서 비로소 이루어진 데다가, 사설 또한 매우 소략하기 때문에 기대 만큼의 연구 성과가 나오지 않았다. 이러한 연구사적 상황에서 강릉매화타령의 새로운 이본인 한글필사본 〈골싱원전이라〉(이하 〈골생원전〉)의 발굴은 강릉매화타령의 연구는 물론이고 판소리연구사에 있어서도 큰 수확이 아닐 수 없고, 강릉매화타령에 대한 보다 구체적이고 진전된 연구가 이루어질 수 있는 중요한 물적 토대를 마련했다는 점에서 의의를 지니기에 충분하다.

〈골생원전〉은 필자가 소장하고 있는 필사본이다. 서지 사항은 매우 복잡한데 간략하게 정리하면 다음과 같다. 칠언절구 한시를 모아 엮고 일부를 번역[9]한 22장(가로 12.2cm, 세로 24.5cm)짜리 제명 미상의 시집의 이면과 덧붙인 종이에 필사되어 있다.[10] 표지에는 아무런 표시가 없지만 작품이 시작하는 부분에 '골싱원전이라'는 제명이 기록되어 있다. 다만 매화가 골생원을 벌거벗겨 경포대로 데리고 가는 부분부터 낙장된 缺本[11]

---

9  李白의 「漫興」·「山中與幽人對酌」·「望廬山瀑布」, 王維의 「送元二使安西」, 高適의 「除夜」, 岑參의 「逢入京使」, 張繼의 「楓橋夜泊」, 張籍의 「秋思」, 賈島의 「三月晦日贈劉評事」, 杜牧의 「淸明」·「山行」 등 131수가 실려 있다.

10  한시집의 제1장의 이면은 비어 있고 제2장의 이면부터 필사하였다. 처음부터 화공을 불러 매화의 초상화를 그리는 대목 중간부분까지는 한시집의 이면(1-42면)에 필사하였고, 그 뒤부터 매화가 무서운 장사 때문에 골생원의 방에 들어가지 못하겠다는 부분은 덧붙인 종이(43-52면)에 필사하였다. 덧붙인 종이는 쓰다 남은 종이 조각으로 크기가 각양각색인데, 첫째 장 뒷면과 둘째 장 앞면은 〈회심곡이라〉가 필사되어 있고, 마지막 두 면(51-52면)의 일부는 떨어져 나갔다.

11  〈골생원전〉의 마지막 면인 제52면은 "-5행 정도 훼손- 골싱원 거동 보소 펄썩 쒸여 넉달이며 어서 오소 밧비 오소 일럿텃 반가할 제 믹화 일은 말이 셔방임은 사롬이요 나는 귀신인이 날 존난 져 장스 늠늠하게 싱겨다 셔장듸 북장듸 하던 조운이며 후쥬하던 관강이면 실푸다 소지 경이 등창하던 예피리며 셔장수군 한틱슌가 차마 무셔워 못 드러가 건닉"로 되어 있다.

이라서 아쉽다. 한 면의 행수는 8~13행, 한 행의 글자수는 13~28자로 일정하지 않고, 분량은 52쪽, 200자 원고지 80매 정도로 〈매화가〉의 약 1.4배 정도이다.[12] 세 사람의 필체가 섞여 있는 것으로 보아 모본이 있었고, 한 사람이 주로 전사하고 나머지 두 사람이 부분적으로 거들었던 것으로 짐작된다. 두 사람의 필체는 달필이고, 한 사람의 필체는 졸필이지만 별 어려움 없이 읽을 수 있다. 그러나 필사연대를 밝힐 수 있는 단서는 발견되지 않는다.

이 글에서는 강릉매화타령에 대한 총체적인 연구에 앞서 우선 〈골생원전〉이 가지는 자료적 가치에 주목하고, 〈골생원전〉의 전반적인 성격을 검토하기로 한다. 〈골생원전〉은 이제까지 강릉매화타령의 유일 이본으로 알려져 있는 〈매화가〉보다 내용이 풍부하고, 더욱이 두 이본 사이에 현저한 차이가 있어서 강릉매화타령의 실체를 밝히는 데 적지 않게 기여할 수 있을 것으로 기대된다.

## 2. 〈골생원전〉의 이본적 가치

〈골생원전〉은 〈매화가〉와 서사전개에서는 크게 차이가 나지 않지만 세부적인 면에서는 상당한 차이가 드러난다. 〈매화가〉에 있는 부분이 없는 것도 있고, 〈매화가〉에 없는 부분도 다수 들어 있다. 〈골생원전〉의 이본적 성격은 〈매화가〉와 비교할 때 선명하게 드러날 것이므로 여기서는 〈매화가〉와 비교하면서 〈골생원전〉의 이본적 특성 및 이본으로서의

---

12 〈매화가〉는 19장 38쪽, 200자 원고지 63매 내외 분량(김헌선, 「〈강릉매화타령〉 발견의 의의」, 『국어국문학』 109, 국어국문학회, 1993, 158쪽)인데, 여기서는 〈매화가〉 중에서 〈골생원전〉의 낙장 부분을 제외한 것이다.

가치를 살펴보기로 한다.

〈골생원전〉은 〈매화가〉와 동일한 줄거리를 가진 이본임에도 불구하고 예상과 달리 두 이본 사이에 사설이 일치하는 부분은 극히 일부에 불과하다. 〈골생원전〉과 〈매화가〉의 사설이 일치하는 대목부터 살펴보면 다음과 같다.

믹화 두고 꼿슬 비겨 노릭할 졔 춘풍시졀의 졀노 만발헌 꼿또 만컨마는 잇 꼿 믹화 졔일식은 나 혼자 맛다두고 호졉갓치 넘놀면셔 쥬야동츈완믹화 동원도리화은 편시츈의 다 져가고 공산의 두견화은 슈월야의 이우럿고 옥 창의 잉도화는 옥경슈심 임 긔럿고 강남의 젹년화는 오유월의 샹스고요 목동요지 져 힝화는 쥬쥬각이 디취ᄒ고 탁향의 일슈화는 자장스 슬픔이요 용산의 귀일화는 츅신을 져어ᄒ고 단야도등 산전화는 져문 봄의 비취엿고 츈졍못시 블비화는 샹염이 호여ᄒ고 이월화 군블견 촉교화 작일화 금일화 소소리 광풍의 쑥쑥 셔러져 아조 펄펄 낙화로다 너은 엇쩐 꼿치관듸 삼츈월 봄이 가도 이우러질 쥴 네 모로고 구십단풍 셔리쳐도 셔러질 쥴 네 모로이 사지장츈 져 믹화는 보슬룩 사랑ᄒ다 잇꼿 믹화 졔일식은 나 호자 맛다두고 호졉갓치 넘노면셔 쥬야 사랑 노닐 졔긔(〈골생원전〉, 4-6면)

사앙 梅花 네 듯거라 春風時 □□□□□□ 萬發흔 곳시 萬것마난 사앙곳 梅□ 東園의□ 桃李花는 片時春이 다 져무어 가고 江南의 稽年花는 吳姬 月女 相思句요, 牧童이 遙指 져 杏花는 味酒客이 다 醉ᄒ고, 他鄉 一樹花는 져문 봄이 비醉어고 春城無處의 不飛花는 習習乎乎 花想葉紅냐 二月花 君 不見 蜀葵花 昨日花 今日花는 蕭蕭의 쑥 쩔여져 아조 펄펄 덜어지 落花오다 너는 어더흔 곳시간다 三月 暮春은 봄 다 가도 이우어질 쥴 너 모의고, 九秋丹楓 쩔이짓되 덜어질 쥴 너 모의이 四時長春 梅花오다 梅花곳 第一色 나 혼자 맛다□ 洛陽東風亂梅花애 思郎 思郎 思郎이오다(〈매화가〉,

위의 인용문은 골생원이 매화의 미색에 빠져 매화를 꽃에 비겨 부른 사랑가이다. 이 삽입가요는 일종의 화초타령으로 창으로 불렸을 것으로 보이며 심청가의 화초타령을 강릉매화타령의 문맥에 맞게 변용한 것으로 짐작된다. 그런데 두 인용문은 국문, 국한문혼용이라는 표기상의 차이와 사설의 일부에서 발견되는 부분적 차이를 제외하면 거의 동일하다. 이와 같은 사설의 일치는 두 이본이 동일한 祖本에서 파생하였음을 알려주는 증거라고 할 수 있다.

다음에 인용한 것은 골생원의 부친이 사환종인 달랑쇠를 시켜 강릉에 있는 골생원에게 보낸 편지이다. 다음 달에 춘당대 태평과가 열리니 과거 보러 급히 서울로 올라오라는 내용인데, 연창시에는 아니리로 구사했을 것으로 여겨진다.

> 그 셔의 하야시되 긔아셔라 네 간지 강능이 금지누월이라 당상학발 사자 지은 의문의어이조모지망이요 좌이문지 즉강능풍경이정호흐고 쥬탕이 영 민흐야 관동졔일의 물식지지라 고로 거릐인은 블문탁졍지 여분사부지후예 로 잠탐미화식흐고 블고신명흐이 오회라 호션학은 공듸셩긔조혼야요 셔즁 의 유옥네는 안편구기권학ᄉ라 여역 블문호와 당금긔시예 국유듸졍흐사 니월 츈당듸 셜틔평시 과거하시고 문무학사흐이 셔시남야득의지츄라 월즁 단계슈쉰졀 고금듸문장 졔일인을 미화오지 본궁의외 훼총총밍총흐라 (골 생원전), 7-8면)

---

13  김기형 역주, 『적벽가 · 강릉매화타령 · 배비장전 · 무숙이타령 · 옹고집전』, 고려대학교 민족문화연구원, 2005. 앞으로 〈매화가〉 원문은 이에 따른다.

그 글의 ᄒᆞ아시되 寄家兒書 汝去江陵 今至累月 堂上鶴髮愛子之情 倚門留
朝暮之望 坐以聞之 則江陵風景而正好ᄒᆞ고 酒把亦美ᄒᆞᄋᆡ 觀同八景 第一物
色之地也 故往來其人 無不湯情 汝本士大夫之後裔 晳探梅花色 頃忘故園之
情 如是人子之道理不顧 如此耶 好學乙 如好色 凡大聖之敎訓이요 書中自有
顔如玉安平君之勸學詞力 今之時 國有大慶ᄒᆞ사 來月 十三日 春堂臺太平科
ᄒᆞ시고 文武幷用ᄒᆞ시이 正是男兒得意之時也 梅花不相桂花色ᄒᆞᄋᆡ 桂花先
折ᄒᆞ고 梅花을 後持ᄒᆞ라 本宮盃盃芴芴 孟春이야 甲寅年 初三月 父欠이엇
던 ᄒᆞ야닐(〈매화가〉, 109쪽)

두 인용문 사이에 내용상의 차이는 거의 보이지 않는다. 골생원 부친의
편지는 그 내용이 한문으로 이루어져 있기 때문에 다른 부분과 달리 전승과
정에서 크게 변모하지 않고 원형이 비교적 충실하게 전승되었을 것이다.
이외에도 비록 극히 일부에 불과하지만 동일한 사설이 여기저기서 발
견된다. 이별대목 중에서 "쳥연소쳡 나도 가식 풀은 요도 단셕상의 봉황갓
치 나도 가식 … 샹샹빅연 츈귀힝흔니 쎄들구갓치 나도 가식 운종용풍죵
호라 용 가는 ᄃᆡ 굴름 가고 범 가는 ᄃᆡ 바람갓치 임 가는ᄃᆡ 나도 가식"나
"이별이야 이별이야 남북의 군신 이별 호지예 모자 이별 이별마다 셜건마
난 임 이별이 더옥 셜다" 등의 관용적 표현이 동일하다. 그리고 골생원이
서울로 올라가며 달랑쇠에게 매화의 태도를 자랑하는 장면, 골생원이 과
거 보는 장면, 골생원과 강릉사또가 수작하는 장면 등에서 부분적으로
사설이 일치하고 있다. 그러나 두 이본의 사설이 일치하는 부분은 〈골생
원전〉의 약 10% 정도(〈골생원전〉의 낙장 부분 제외)에 불과하다. 따라서
〈골생원전〉은 〈매화가〉와 동일한 조본에서 파생되었지만, 〈매화가〉와는
계통이 다른 모본에서 파생된 이본이라고 하겠다. 요컨대 〈골생원전〉은
전승과정에서 구체적인 사설이 크게 달라진, 독자적 성격이 매우 강한
새로운 계통의 이본이라고 할 수 있다.

〈골생원전〉이 〈매화가〉와 다른 계통의 모본에서 파생한 이본이라는
사실은 작품의 첫 부분에서 쉽게 확인할 수 있다.

중년 정묘초의 강원도 강능 부사 김등안전 좌정시예 책방 아각 한 양반
이씨되 셩은 골이요 명은 블견이라 합한이 골블견이라 이 양반 행동거지
얼골 쳬법 볼작시면 신장은 일쳑이요 면관은 사면 두 쎔 가옷시라 곱식등
부룡난시 압픠 망상지틱도는 블쌔져 늬여바린 얼명이 쎠바쾨요 입은 도리쥼
치 홀친 뒷하고 두용비 외짝볼기 안장다리 조암발의 쳔상쥴노 아조 쫙 삭겨
부득셜인 양반이엿짜 착관한니 연소거라 이 양반 킈가 크던지 격던지 갓슬
쓰이 갓쓴이 자 두치 닷쑨이 쌍의 조록 쓰쉬켜여 발등과 쌈압하나라고 못단
이던 거시엿다 의복을 지르랄 졔 빅 열재 일곱치로 쥼의 집고 적삼 집고
소창옷 큰 도복 힝건까지 휠젹 집고 지을 드려 지여본이 슈건쌈이 넉넉한이
골싱원 미양 보고 사룸마당 비소한이 골싱원 분한 마암 궐리자쳥 마암을
쥬어 탄식하야 하는 말리 웃지 마소 져 사룸들 동자국에 늬 낫든들 애장사
어이 못하며 소인국의 늬 낫시면 인물 당상 어듸 갈고 면포관상 나의 심사
관우 풍치 블버 안늬 안면이 긔구한나 속에 진인 거시 잇쎠(〈골생원전〉,
1-3면)

아조 丁未初 江原道 江陵□□ □□使道 到任時 冊房으로 늬어온 한 양班
이 □□□□□□지와 体法 볼作시면 身長(은) 두볍 可옷 □□□□□□ 암
니마 망근쎤 꼿오 입은 □□□□□□□□□ 쥼치 자바 홀친 덧흐고 흐는
□□□□ □□□ 고요 난장이 곰사동이 외작불규 안잔잘이 □□로곡 生긴
양班이 비록 体질 긔여흐나 骨生員 □□才 文筆 긔니흐다(〈매화가〉, 107쪽)

전자는 〈골생원전〉의 첫 부분에서, 후자는 〈매화가〉의 첫 부분에서
가져 온 것이다. 인용문을 비교해 보면 〈골생원전〉은 골생원의 희화적인

모습을 강조하기 위해 〈매화가〉에 비해 약 3배 정도 크게 확대되어 있을 뿐만 아니라 사설도 비교적 잘 짜여 있음을 알 수 있다. 이외에도 〈골생원전〉에는 골생원을 희화하기 위해 장면을 극대화하거나 〈매화가〉에 없는 새로운 사건과 삽화를 첨가하고 있다. 그 결과 〈골생원전〉은 분량이 〈매화가〉보다 크게 늘어났으며, 사설은 가사체 성격이 짙은 소박한 〈매화가〉와는 달리 판소리체가 뚜렷하고 상당히 세련된 면을 지니고 있다.

이상에서 살펴본 바와 같이 〈골생원전〉은 〈매화가〉와 동일한 조본에서 파생한 이본이지만 〈매화가〉와 계통이 다른 모본에서 파생한 이본이다. 그리고 〈골생원전〉은 〈매화가〉보다 후대에 나온 이본으로서 독자성이 매우 강하고, 19세기 후기에 판소리로 불리던 강릉매화타령의 사설이 정착한 이본이라고 할 수 있다.


## 3. 〈골생원전〉의 독자적 면모

〈골생원전〉은 세부적인 사설에 있어서 〈매화가〉와 현저한 차이가 있어 독자적인 면모를 잘 보여준다. 〈골생원전〉의 독자적인 면모를 새로운 사건과 삽화의 등장, 장면극대화 현상, 다양한 삽입가요의 양상, 인물의 희화화와 비속화 등을 통해 살펴보기로 한다.

### 1) 새로운 사건과 삽화

〈골생원전〉에는 〈매화가〉에 보이지 않는 새로운 사건과 삽화가 다수 등장한다. 그중의 일부는 작품 해석에 적극적인 의미를 부여하기도 하지만 대부분은 골생원의 희화화를 통해 골계미를 창출하려는 서술자의 태도와 밀접하게 관련되어 있다.

첫째, 〈골생원전〉의 이별대목에는 매화가 골생원에게 과거 보러 가지 말라고 하는 장면, 골생원이 매화에게 훼절하지 말라고 당부하는 장면, 그리고 정표를 교환하는 장면 등 〈매화가〉에 없는 새로운 장면들이 등장한다. 그중에서 매화와 골생원이 정표를 교환하는 장면을 살펴보면 다음과 같다.

골싱원 글 지여 민화긔 화답하고 샹토을 어로민져 화치치 쌔여닉여 안나 옛짜 바더라 이것 바더 가져짜가 닉칠 츌짜 긔롭거든 일노 보고 시롬 플나 민화 거동 보소 송금단 속져고리 졔식고롬 어로만져 옥환 한 짝 쓸너닉여 골싱원의 올이면셔 옥성으로 여짜오디 여보오 셔방임 이것 부듸 가져짜가 구무 혈짜 긔롭거던 이나 보고 시름 플소 셔로 졍표한 연후의(〈골생원전〉, 18면)

골생원은 매화에게 정표로 화차(華釵)치─상투가 풀어지지 않게 꽂는 동곳─를 빼어 주고 매화는 골생원에게 옥지환을 준다. 정표 교환은 사랑에 대한 확인과 그 사랑이 변하지 않을 것이라는 믿음을 의미한다. 이것은 물론 춘향가에서 춘향과 이 도령이 이별할 때 석경과 옥지환을 신물로 교환하는 장면을 원용한 것으로 짐작된다. 그러나 〈골생원전〉의 정표 교환의 의미와 기능은 춘향가의 그것과 전혀 다르다. 춘향가와 달리 〈골생원전〉의 동곳과 옥지환은 각각 남성의 성기(내칠 出字)와 여성의 성기(구무 穴字)를 비유함으로써 골생원의 호색한으로서의 면모를 부각시키고 있다. '동곳을 뺀다'는 관용구가 '잘못을 인정하고 굴복하다'란 뜻으로 사용되고 있으므로, 동곳을 빼주는 행위는 골생원이 매화의 미색에 빠져 양반의 체통을 완전히 잃어버린 비속한 인물임을 의미하는 것으로 볼 수 있다. 이와 같이 정표 교환은 춘향가의 지평을 원용하여 골생원을 비속하고 골계적인 인물로 기능하도록 변용되어 있다. 매화가 골생원에게 과

거 보러 가지 말라고 하는 장면이나 골생원이 매화에게 훼절하지 말라고
당부하는 장면도 골생원을 비속화하여 골계미를 자아내는 데 기여하고
있다.

둘째, 골생원이 차마 이별을 하지 못하고 온갖 정담하는 것을 보고 방자
가 여몽의 간계에 죽은 관운장의 옛일을 들며 "셔방임도 그 궁긔 쌔지면
엄벙덤벙하다가는 둠병사하거듸면 집의도 못 가올이다"라고 조롱하고,
골생원이 말을 천천히 몰고 가자며 달랑쇠를 달래는 장면도 〈매화가〉에
는 없는 새로운 것이다.

> 말 머리을 두릇치며 채을 모라갈 졔 달낭달낭 모라간이 골싱원 거동 보소
> 믜화 도라보고 싯푸되 외짝볼기 말 타셔 만일 도라보다가는 낙상이 가례하
> 야 달낭쇠을 달늬일 졔 달낭쇠야 네 몰을 쳔쳔이 모라라 늬 가다가 엿 사쥬
> 마 어리다고요 늬 가다가 감 사쥬마 다 먹고 남쳑이요 늬 가다가 긔졍국의
> 흰 밥 마라 쥬마 누을 피똥 누이자고요 늬 가다가 비상밥의 복긔알 사쥬마
> 먹고 죽거요 이 말 너 타라 늬 졍마들마 그리 마오 상젼이 몰 타고 죵이
> 구죵을 들 졔 죵이 말 타고 상젼이 구죵드는 듸는 어듸셔 보아소 어 니
> 놈 잘못하여짜(〈골생원전〉, 20-21면)

골생원은 엿, 감, 개장국, 복어알 등을 사주겠다며 달랑쇠를 달래도
듣지 않자 급기야는 경마 드는 驅從이 되겠다고까지 하다가 "상젼이 몰
타고 죵이 구죵을 들졔 죵이 말 타고 상젼이 구죵드는 듸는 어듸셔 보아소"
라는 조롱만 당한다. 여색에 빠져 허둥대다 망신을 당하는 골생원의 희화
적인 모습이 잘 그려져 있다. 이 장면 역시 춘향가에서 이 도령과 방자가
서울로 올라가는 도중에 수작하는 대목을 수용한 것이다.

셋째, 서울에 올라간 골생원의 모습도 상당히 다르게 나타난다. 〈매화
가〉에는 "이날 저날 졍시어싯 올나가셔 父親 前의 보온 위 一家親戚 차자

보고 괘거 보기는 정신엇고 梅花 보기만 훤훙올 젓그"로 간략하게 서술되어 있는데 비해 〈골생원전〉에는 부친에게 꾸지람을 들은 골생원이 부친을 원망하고, '보고지고 소리를 들은 부친이 그 까닭을 묻는 것으로 되어있다.

　　부인 긔좌하야 일은 말니 쳘니객즁의 평안니 단이여 오시요 골싱원 불문부답호고 믜화만 보와지라 원한다 보고지고 보고지고 크게 흔이 졔의 부친감작 놀내여 안에서 셔방임이 무슨 솔리을 한난지 알아 들이랄 방즈 밥비드러가 셔방임은 무신 소리하엿관듸 싱원님게옵셔 아라 드리라 하옵ᄂᆞ니다 이놈 안니 글릇쳣다 늬가 니 일을 닌한니 니 안니 셔울손야 방즈 엿즈오듸 날려가셔 강진첩사 이근 슈박 파먹덧ᄒᆞ엿다고 그러하오 싱원젼의 엇지 엿즈오리가 셔방임니 과거는 돌라오고 글을 싱각지 못하여 탄식하ᄂᆞ니다 ᄒᆞ고 글리 엿즈와라 방즈놈 그듸로 엿즈온즉 싱원님이 질겨할 졔 골싱원 일은 말리 일도 실코 밥도 실타〈골생원전〉, 28-29면)

골생원은 부인의 인사에 대꾸도 하지 않은 채 매화만 보고지고 소리를 크게 지르고, 이에 놀란 부친이 방자에게 그 까닭을 알아오게 하니 과거는 돌아오고 글을 생각지 못하여 탄식하는 소리라고 거짓으로 알리는 장면이다. 이것도 춘향가에서 이 도령의 보고지고 소리에 놀란 사또가 염문하는 장면을 가져온 것이 분명하다.

이외에도 과거를 보고 난 뒤에 부친으로부터 꾸중 듣는 대목, 市廛에서 정표를 사는 장면과 매화의 헛무덤을 발견하는 대목, 매화를 그리워하며 방자에게 꽃 한 송이 꺾어들이라고 하는 대목 등에서 적지 않은 차이가 드러난다. 〈매화가〉에는 부친에게 꾸중 듣는 대목이 아예 없으며, 골생원이 매화에게 줄 정표를 사기 위해 시전에 갔다가 시전 아이에게 봉변을 당하는 〈매화가〉와 달리 〈골생원전〉에는 봉변 장면 없이 시전을 돌아다니며 여러 가지 정표를 사는 것으로 되어 있다.[14] 그리고 〈매화가〉에서는 골생원이 초동목수를 통해 매화의 죽음을 알게 되지만 〈골생원전〉에서는 우연히 木碑를 발견하고 그것이 매화의 무덤임을 알게 된다.

## 2) 장면극대화

장면극대화란 어떤 장면에서 기대되는 효과를 최대화하기 위해서 작품 전체의 구성에 관계없이 그 장면을 크게 확장하는 현상으로 판소리사설의 중요한 특징 중의 하나이다.[15] 장면극대화는 간략하게 묘사된 부분을 길게 부연하거나 단순 서술로 이루어진 부분을 구체적으로 형상화하거나 새로운 장면을 첨가하는 방법 등을 통해 이루어지는데, 강릉매화타령도 예외가 아니다.

〈골생원전〉의 장면극대화 현상은 작품 전편에 걸쳐 광범위하게 이루어지고 있으며, 그것은 삽입가요·골계화·비속화 문제 등과 얽혀 있기 때문에 일일이 거론하기 번거롭다. 새로운 사건이나 삽화의 첨가도 장면극대화에 해당하지만 앞에서 살폈으므로 여기서는 간략하게 서술된 부분이 구체화되는 경우를 통해 장면극대화 현상을 살펴보기로 한다.

다음은 매화가 강릉사또의 분부로 자신은 죽은 혼인 체하고 자기 대신 浮腫이 들어 통통 부은 여자를 골생원에게 들여보내는 장면이다. 〈매화가〉에서 단순 서술로 되어 있던 것이 구체화되고 있는 모습을 잘 보여주고 있으므로 길게 인용한다.

---

14  "정표 신물하자 하고 쌍달이젼 드러가셔 이것 사고 져것 사고 종묘론 것 다 살 졔 딕침 줌침 셰침이며 은가락지 놋밀탕 쇠쑬귀외 부기셕경 놋쪽지신 쪽구슬 납조롱 단장을 마자할 졔 모틱젼 드리달나 허든 달리 주먹 갓튼 통빗닉 황목외참거리 쥬먹 갓탄 업젼거리 쏘각보의 돌록 모라 콩소민예 움쳐여코 조라고 하는 말이 정표 가즌 사롬 이별 미화 갓다 쥬면 졔 안이 조하 할가 이 노리기 져 노리기 다 흔 후의"(〈골생원전〉, 31-32면).
15  김대행, 『한국시가구조연구』, 삼영사, 1976, 205-207쪽.

강능 슈겁즁의 부죵병 든 년 한 년이 잇시되 낫츤 폐문 북통만하고 눈은 손톱으로 찍은 닷ᄒ고 코ᄂᆞᆫ 작도 자로 갓고 입은 먹다리만하고 목은 실낙근만하고 몸은 집동 열둘 합치 닷하고 무셥게 삼긴 년을 단장을 시기되 머리 압플 조금 갈라 나리 빗겨 낫츨 덥고 열두 가닥으로 다하셔 목기찌게 더퍼 노코 온 몸의 피칠하고 구린ᄂᆡᄂᆞᆫ 삼심이에 ᄯᅵᆫ한 년이 골싱원 속기러 드러갈 졔 골싱원 잣탄한다 공산의 우ᄂᆞᆫ 두견셩은 집픠 든 잠 ᄭᅵ여 울고 야속한 귀도람이ᄂᆞᆫ 오든 잠 후조친이 도로여 원슈로다 부죵녀 드러가며 셔방임 손녀 드러완너 어이하여 모로ᄂᆞᆫ가 한 말로 블너 웨고 초당 후면 화즁 속의 슈머 안즈 엿드른이 골싱원 이론 말이 어이 이것 웬 소릭야 미화 소릭 원연하다 비ᄂᆞ이다 비ᄂᆞ이다 하날임젼 우리 미화 고은 어골 오을밤의 보게 하오 이럿탓 탄식할 졔 이윽고 밤즁만의 문 펼쩍 여던이 쎘밧긔 부죵녀가 곤문이 부듯하게 드러가며 완너 완너 골싱원 쌈짝 놀리여 져 쥬얼장군이 날 쥬기랴고 드러와지요 미화 보아지라 원하야씨면 쇠아달이요 셔방임 날 보아지라 쥬야 탄식하옵기로 셔쳔셔역국의셔 삼일 슈유 타 가지고 낭군 보러 나와신이 오날밤의 망죵 보오 부죵녀 거동 보소 골싱원을 덤셕 안고 막ᄂᆡᄌᆞᆨ식 어루다시 하다가 우지 마라 네 무어시 먹고 시프냐 이듸지 보칙ᄂᆞᆫ야 골싱원 ᄌᆞ지을 블근블근 주무르며 킈ᄂᆞᆫ 소하야도 그 놈은 즁ᄌᆞ쇠고 만쳡쳥산 늘근 범이 살찐 기을 노코 어로ᄂᆞᆫ 닷 참을 어로난이 골싱원 긔가 막케 슘을 식식기 숨쉬덧 주갈치예 족긴 셩의 식기쳐로 이블을 쓰고 나부시 업졔씬이 부죵녀온이 낭군 보러 나와쌉던이 낭군이 졍졔 업셔 날 마다고 과급한이 소녀ᄂᆞᆫ 나가ᄂᆞᆫ이다 문을 열고 나간 연후의 골싱원이 이러 안자 졍신 차라 이른 말이 스블범졍이여든 져ᄂᆞᆫ 귀신이요 나ᄂᆞᆫ 사름이여든 언감싱신으로 졉쥭할고 급급 여러 룰넝ᄉᆞ파 쒹쒹 지언치고 안져실 졔(〈골생원젼〉, 45-49면)

미화은 화임 즁의 몰을 감초오고 付죵예만 들어가이 骨生員 쌈짝 놀나야 미화 부야지라 흐ᄂᆞᆫ 놈이 예ᄂᆞᆫ 엽다 부죵예 달너드어 骨生員 검져 안고 무슈이 녹낙ᄒ다가 동나예 쑥가 우덧 컹컹 씨고 도야가이 骨生員 듸경ᄒ야 제쥬어 열장궁이 지긔 바드오 와다가 간너가부다 그날 밤 저우 지나(〈매화가〉, 124쪽)

골생원이 매화인 척하고 나타난 부종 든 년에게 놀라 혼비백산하는 모습을 해학적으로 그리고 있다. 〈골생원전〉에는 〈매화가〉에서 정체가 모호했던 '부즁예'의 정체와 그 역할도 분명하게 드러나 있다. 그리고 부종녀의 기괴한 모습은 책방 방자, 목낭청, 뺑덕어미의 모습을 연상케 한다. 여하튼 위의 인용문을 통해 〈매화가〉에 비해 〈골생원전〉에서 장면극대화가 놀랄 만큼 이루어지고 있음을 쉽게 확인할 수 있다.

골생원이 죽은 매화에게 제를 올리는 부분도 장면극대화가 이루어져 있다.

옛날 왕소군도 양구비 혼을 불너 극진이 졔을 하니 마음이 어지도다 나도 미화 무덤의 졔을 극진이 지닉면 미화 혼이 날을 볼까 ᄒ리로다 그리ᄒ옵소셔 날을 바다라 날을 바달 젹의 무슴 날을 바들익가 싱긔복덕일 다 바리고 긔유일만 바드라 미화은 이혀즁본궁일이요 감즁연이 싱긔일이요 단구유면의 몽지훈이 빅필 빅짝의 양인야 빅필이라 흐온이 오날도 긔유일이요 그려면 졔을 차리라 차려 방즛쎠 지이고 미화 무덤의 나가 진셜흔다 화면지 펼쳐 녹코 우편 어동육셔 삼과오탕 좌홍우빅 오과네춧 슐 부어 올너 녹코 독축할 졔 유셰차 모연 모월 모일 고이신 골불견 감소고우 현비낭자 좌하지 뫼예 일월불거ᄒ니 익츈광지여류ᄒ고 한미화지불견이라 싱견상봉 싱젼 미진 언약 ᄉ후상봉ᄒ거고나 익싱이 불상봉ᄒ니 어ᄉ이 일여부려ᄉ라 ᄉ후광음니흔이 지츳으흔이 사지닉하오 권여으흔이 오회통자라 영신 상향 축문을 맛친 후의 직비하며 통곡한다(〈골생원전〉, 38-39면)

〈골생원전〉은 인용문에서 알 수 있듯이 〈매화가〉가 "방자야 예 官廳촌 불너야 예 불너쏘 官廳촌 선신ㅎ이 骨生員 分付ㅎ되 주과포나 차리라 옛 랄 唐明皇도 오난 질 마오역의 楊貴妃 魂을 불어 鬼神 祭祀ㅎ아싯이 그 정셩도 어지도다 나도 이지 민화 무던의 제사ㅎ자 예 주과포 차여솟 민화 무던의 가 어동육셔 진셜ㅎ고 骨生員 업져 祝文 닐운 후어"(27-28쪽)와 같이 간략하게 서술된 것에 비해 제 지낼 날을 받고, 제물을 차리고, 축문 의 내용을 첨가하는 등 제 지내는 장면을 구체화하였다.

## 3) 다양한 삽입가요

〈골생원전〉에도 〈매화가〉와 마찬가지로 다양한 삽입가요가 등장한다. 〈골생원전〉에 등장하는 삽입가요나 삽입가요의 성격이 짙은 것을 차례대 로 정리하면 다음과 같다.[16]

- 사랑대목 : 골생원 인물치레, 골생원의 화초타령, 골생원의 사랑가2(~처럼 ~한 사랑)

- 이별대목 : 매화의 이별가1(~같이 나도 가세), 골생원의 이별가(~같이 돌아 오마), 매화의 情字타령, 골생원의 緣(年)字타령, 매화의 絶字타령, 골생 원의 因(人)字타령, 매화의 이별가2(이별종류사설), 골생원 보고지고타령

- 망신대목 : 목비타령, 골생원의 탄식사설(~가 데려간가), 골생원의 축문, 화초타령, 매화화상치레, 부종녀 인물치레, 매화의 이별가(~하니 가난이다)

---

16  〈매화가〉의 삽입가요는 김헌선, 「〈강릉매화타령〉 발견의 의의」, 『국어국문학』 109, 국어국문학회, 1993, 169-170쪽 및 한정미, 「〈매화가〉의 전반적 이해」, 『판소리 연구』 10, 판소리학회, 1999, 175쪽, 참고.

〈골생원전〉에는 위와 같이 대략 18종류의 다양한 삽입가요가 등장한다. 〈매화가〉로 미루어 볼 때 〈골생원전〉의 낙장된 부분에도 상여소리 등 최소한 한두 개 정도의 삽입가요가 더 있었을 것으로 짐작된다. 그리고 삽입가요로서의 흔적을 보이고 있는 것도 다수 존재한다. 〈매화가〉에도 사랑대목에 골생원 인물치레·골생원의 화초타령, 사랑가(-같이 -한 사랑)·달강가가 있고, 이별대목에 매화의 이별가(-말이 웬말인가, -같이 나도 가세, 이별종류사설)·골생원의 이별가(-처럼 잠깐 다녀오마)·매화의 가마치레 및 가마잡이치레·골생원의 보고지고타령이 있으며, 망신대목에 비단타령·목비타령·언문뒤풀이·매화화상치레·골생원의 사랑가·독경·상여소리·골생원의 설움타령(-하니 설움이요) 등 다양한 삽입가요가 등장한다. 그러나 〈골생원전〉과 〈매화가〉의 삽입가요 중에는 사설의 내용이 비슷한 것이 일부 있지만 동일한 사설로 이루어진 것은 사랑대목에 나오는, 골생원이 매화를 꽃에 비겨 부른 화초타령과 매화의 이별가 중 '-같이 나도 가세', 이별종류사설 정도에 불과하다. 그리고 〈매화가〉의 달강가, 가마치레 및 가마잡이치레, 비단타령, 언문뒤풀이 등은 〈골생원전〉에 존재하지 않는다.

글자타령과 화초타령을 통해 〈골생원전〉의 삽입가요의 독자적인 모습을 살펴보기로 한다. 다음은 골생원과 매화가 이별의 아픔을 주고받는 글자타령형 삽입가요로 〈매화가〉에는 없는 것이다.

①미화 사론 말니 울고정 싱각한니 삼고슈정픠라 이노정 연결한듸 소속조 최 셜누로다 닉월지졍요 츈풍호접지몽을 차마 셜려 어이 할고 졍짜나 다라 보자 답답장강슈요 유유원죽졍 희교의 불상송ᄒ니 강슈원함졍 졔 낭군 보 닉는 졍 사름의 무졍 호틔슈 후졍 삼히 음졍 빅관조졍 각도 명관 치민션졍 일졍 심졍 실졍으로 츄졍 이 졍 져 졍 다 바리고 우리 양인 쳔졍이라 슈졍도 하련이와 차졍인들 안이 할가 아이고 다시 회졍함면 글의던 졍 다시 볼가

②골싱원 연짜로 달닉되 밍낭하게 달닌다 여관한등의 독블면한이 각심하사
로 전쳬연 김빈명조의일년젼 젹막강산근빅년 강풍월한다년 이 년 져 년
네 얼골 흰 년 네 틱되 완년 인년을 급피 밋고 빅년히로하자젼이 임 이별되
다 우지 말고 잘 잇거라 ③미화 울며 엿짜오듸 세상ㅅ을 싱각하이 츈졀
가고 하졀 간이 셰월무졍 사시졀 녹슈쳥산 쳔고졀 벽도홍힝 일년 츈졀 와병
의 인ㅅ졀 송빅쥭졀 셰하고졀 의졀 힝졀 군ㅈ졀 날 바리고 올나 가는 졀
속졀업신 이 닉 몸이 독슈공방 슈졀할 졔 긔 뉘라셔 훼졀할고 ④골싱원
인짜로 달닉되 낙화젹젹계산조한이 양유쳥쳥도슈인 쳔셩인 공부ㅈ 듸셩인
히도즁 드러갓쩐 젼후의 오빅인 초패왕의 우미인 쳥년계ㅅ 젹션인 명월고
쥭 우여인 이인 도인 구자힝인 노상힝인 걸인 금인 셔인 이 인 져 인 다
더지고 유졍할슨 우리 양인 인연을 급피 밋고 빅연히로하자젼이 임 이별되
는고나〈골생원젼〉, 11-14면)

위의 인용문 ①과 ③은 매화가 부르는 情字타령과 絶字타령이고, ②와
④는 골생원이 매화의 글자타령에 화답하는 緣(年)字타령과 因(人)字타령
이다. 이 삽입가요들은 골생원과 매화가 겪는 이별의 안타까움을 드러내기
위해 첨가된 것으로 춘향가에 등장하고 있는 삽입가요와 같거나 유사하다.
이러한 점은 〈골생원전〉이 춘향가의 삽입가요를 수용하고 있음을 알려주
는데, 이에 대응되는 춘향가의 삽입가요를 예시하면 다음과 같다.

①'(즁즁머리) 졍쯔노릭를 드러라 담담장강슈 뉴뉴원긱졍 ㅎ교불상숑헌
이 강슈의 원함졍 숑금남포불승졍 유인불긔숑ㅎ졍 ㅎ람틱슈히우졍 삼틱육
경 빅관죠졍 쇼지원졍 쥬워 인졍 음식 투졍 복업난 방졍 일졍실졍을 논지ㅎ
면 닉 마음 원형이졍 네 마음 일편단졍 양인 심졍이 탁졍타 만일 파졍이
되거드면 복통졀졍 걱졍된이 진졍으로 완졍ㅎㅈ는 그 졍ㅈ노래라〈장자백
춘향가〉, 36-37쪽)[17]

②′도련님은 인즈를 다라시니 나는 연즈를 다라 보스이다 흐고 연즈를 다라시니 우락즁분미빅년 호긔댱구오륙년 인노즁무깅소년 쌍빈명조우일년 격막강산금빅년 함양유협다소년 경셰우경년 한진부지년 일년 십년 빅년 쳔년 거년 금년 우리 두리 우연이 결연ᄒ여 빅년을 인연ᄒ니 빅년이 쳔년이라〈남원고사〉, 169쪽)[18]

③′여보 도련임 인제 가시면 언제나 오시랴오 사졀 소식 슨어질 졀 보닉난니 아죠 영졀 녹죽 창송 빅이 슉졔 만고츙졀 쳔산의 조비졀 와병의 인사졀 죽졀 송졀 춘하츄동 사시졀 슨어져 단졀 분졀 혜졀 도련임은 날 바리고 박졀리 가시니 속별업난 늬으 졀졀 독슉공방 슈졀할 졔 언으 썩에 파졀할고 쳡의 원졍 실푼 고졀 주야 싱각 미졀할 졔 부듸 소식 돈졀 마오((열여춘향슈졀가〉, 89-90쪽)

④′우리 두리 인연이 지듕ᄒ여 이러투시 만나시니 인즈타령 ᄒ여보자 인즈를 다라 밍낭이도 ᄒ는고나 님하하즁견일인 월명고루유여인 금일번셩임 고인 비입궁댱불견인 쳔니타향봉고인 양뉴청쳥도슈인 불견낙교인 풍월야 귀인 귀인 명인 병인 걸인 노인 소인 등인으로 인연ᄒ여 낭인이 혼인ᄒ니 즁인되니 즐겁기도 긔지업다〈남원고사〉, 168-169쪽)

위 인용문의 ①′는 〈장자백 춘향가〉의 사랑대목에서, ②′와 ④′는 〈남원고사〉의 사랑대목에서 가져왔고, ③′는 〈열여춘향슈절가〉(완판 84장본)의 이별대목에서 가져온 것이다. ①′는 이 도령이 "이 익 너와 나와 정이 이리 집퍼썬이 졍쓰노릭 하나 할 터인니 드러보릭는야'라고 하며

---

17 강한영 편,『장자백 창본 춘향가』, 판소리학회, 1987.

17  강한영 편,『장자백 창본 춘향가』, 판소리학회, 1987.
18  김동욱 · 김태준 · 설성경 공저,『춘향전비교연구』, 삼영사, 1979.

부른 정자타령이고, ②'는 춘향이 "도련님은 인즈를 다라시니 나는 연즈를 다라 보스이다" 하며 이 도령의 인자타령에 화답하는 년자타령이다. 그리고 ③'는 이별을 눈앞에 둔 춘향이 이 도령에게 소식을 돈절하지 말라고 애원하면서 부른 절자타령이고, ④'는 이 도령이 춘향과 인연이 지중하여 만났다고 하면서 부른 인자타령이다. 〈골생원전〉에서 춘향가의 삽입가요를 차용하였지만 그 기능은 달라졌다. 즉 춘향가에서 정자타령·인자타령·년자타령이 이 도령과 춘향의 사랑과 연분을 강조하는 역할을 하고 있는 것에 비해 〈골생원전〉에서는 이별의 슬픔을 강조하는 역할을 하고 있다. 물론 이별의 슬픔을 드러내고 있는 절자타령의 역할은 동일하다. 이와 같이 〈골생원전〉은 춘향가의 삽입가요를 차용하여 그 문맥에 맞도록 적절하게 변용하였다.

다음의 골생원이 매화를 그리워하다가 심난하여 방자에게 꽃 한 송이를 꺾어들이라고 하는 화초타령도 〈매화가〉에 없는 삽입가요로 〈골생원전〉의 독자적 면모를 잘 보여준다.

골싱원 심난ᄒ야 방즈 불너 분부ᄒ되 꼿 흔슝이 꺽꺼 들리라 방즈 엿즈오되 층암절벽 바우 씀의 셔셔 홍홍산기기화 틱도 곱게 피엿난 꼿 뒤견화을 들럿가 아셔라 두견화난 촉졔 원혼 지푼 한 가지가지 쎡엿신이 긋 꼿 보기 내사 실타 ᄒ면 그 꼿 바려두고 무릉삼츈 졍 조은듸 양안도화 셕거 피는 홍도화을 들리잇가 아셔라 홍도화은 불변셔위 요젹흔듸 어주축슈ᄒ야 신이 그 꼿 보긔 닉스 실타 그 꼿 바려두고 젹젹고힝 우는 고듸 힝즈화을 들리잇가 아셔라 힝즈화은 목독요지힝화촌의 차문주가ᄒ야신이 그 꼿 보기 닉스 실타 그 꼿 바려두고 긱사쳥쳥유식신이 버들화을 들이잇가 아셔라 버들화은 양유쳥쳥야유한이 과연광을 쳡스유스이쳡츄요 낙엽이 유스틱젼 광을 유는 탐졍ᄒ고 졍부은 졀과흔이 그 꼿 보기 닉스 실타 ᄒ면 그 꼿 바예두고 능상오졀 홀로 셔셔 일연츈색 몬져 피여 독슈화 말리 분명흔이

빙옥가치 피여는 곳 셜즁미화 들리잇가 골싱원 반기 여겨 곳시라도 미화라
흔이 어이 아이 반가오리 미화을 들리라 골싱원 곳슬 보고 가지 우의 풀는
입푼 미화 틱도 완연ᄒ다 싱원 탄식흐다〈골생원전〉, 39-41면)

매화에 대한 골생원의 간절한 그리움을 드러내기 위하여 삽입한 가요
로 심청가의 화초타령을 원용한 것이라고 할 수 있다.

### 4) 인물의 희화화와 비속화

〈골생원전〉은 골생원에 대한 희화화와 비속화에 서술의 초점이 맞추어
져 있다고 해도 과언이 아니다. 골생원의 외모를 묘사한 부분이 〈매화가〉
에 비해 크게 확장되어 있는데, 이것은 골생원을 희화화하려는 서술자의
태도를 잘 드러내준다. 골생원의 왜소하고 볼품없는 모습을 과장된 표현
으로 희화하고 있다는 점에서 두 이본의 서술자의 태도는 동일하지만
골생원에 대한 희화의 정도에 있어서는 커다란 차이를 보이고 있다. 즉
〈매화가〉에서는 골생원의 기괴한 외모가 간략하게 서술되어 있는 데 비
해 〈골생원전〉에서는 갓을 쓴 모습과 옷을 입은 모습 등을 첨가하여 골생
원의 기괴한 외모 묘사를 크게 확장하고 있다. 이와 같이 인물의 성격을
드러내기 위해 인물의 외모를 과장되게 표현하고 있는 경우는 판소리사설
에서 흔하게 발견된다. 앞에서도 지적했듯이 춘향가의 경우에는 〈남원고
사〉의 책방 방자의 모습 및 〈장자백 춘향가〉의 목낭청의 모습, 심청가의
뺑덕어미의 모습, 홍보가의 놀보의 심술 모습 등에서 그러한 면을 보이고
있고, 골생원의 외모 묘사도 이들의 영향 하에 이루어진 것이라고 할 수
있다. 그리고 "웃지 마소 져 사룸들 동자국에 닉 낫든들 애장사 어이 못하
며 소인국의 닉 낫시면 인물 당상 어듸 갈고"라는 골생원의 탄식도 희화화
에 일정하게 기여하고 있다.

한편 〈골생원전〉에서 골생원의 이름을 '골불견'이라고 한 것도 주목할 만하다. 작중인물에 이름을 붙이는 命名(appellation)은 독자의 습관과 작중인물의 이름의 인상을 부합시켜 작중인물의 성격을 더욱 생생하게 하는 방법이다.[19] 골생원의 姓氏인 '骨氏'는 女色을 지나치게 즐기는 사람을 뜻하는 '色骨'의 '骨'에서 가져온 것으로 보이고, '골불견'이란 '같잖고 우스워서 차마 볼 수 없다는 뜻을 지닌 '꼴불견'으로 볼 수 있다. 요컨대 '골불견'이란 이름은 희화적인 이름을 통해 여색에 빠져 양반의 체통을 잃어버리고 망신을 당하는 골생원의 비속한 모습을 조롱하고 풍자하기 위해 의도적으로 명명한 것이라고 할 수 있다.

다음의 매화가 골생원에게 과거 보러 가지 말라고 하는 장면은 골생원을 비속화하고 있는 대목이다.

매화 엿짜오듸 셔방임 좀글 가지고 과거 못 하리로다 가지 말고 예셔 말무하야 짜족쇠도리로 소년 알관역을 쏘쏘 쐬 마쳐셔 사지밀셩하오 골싱원 웃고 일온 말이 네 그 말이 못 될 말이다 그 과거는 너과 나과 알과거계 남이 뉘가 날 과거한 줄 알고 그러하건이와 닉 이져 당부할 것 잇다 민화 일른 말이 무어슬 당부하리시요 나 올나간 후의 네 용모 오채슈 잠지 그틱인지 방민하야 병작할가 염예로다 민화 이론 말이 소녀 졀의는 족키 독슐쑨지 안일쑨지 뉘 임의 임으로 용여하리까 그난 당부하야 무엇 할야시요(〈골생원전〉, 14-15면)

매화는 과거 보러 서울로 올라가려는 골생원에게 서방님의 좀글로는

---

19  르네 웰렉과 오스틴 워어린은 『문학의 이론』에서 "성격 창조의 가장 간단한 형태는 명명이다."라고 하며, 이러한 명명은 생생하게 개성을 부여하는 것이라고 말한 바 있다. 정한숙, 『소설기술론』, 고려대출판부, 1974, 102쪽.

등과할 수 없을 것이니 가지 말고 "싸족쇠도리로 소년 알관역을 쏘쏘 쐐마쳐서 사지밀셩하오"라고 하고, 골생원은 그것을 '알과거'라고 한다. 여기서 '가죽고두리'―고두리는 고두리살로 작은 새를 잡는 데 쓰는 화살―는 골생원의 성기, '알과녁'은 매화의 성기를 뜻하니 결국 골생원의 과거는 남녀의 육체적 관계로 전락해 버린다. 과거 보러 가는 골생원이 과거보다 매화의 훼절을 염려하여 "나 올나간 후의 네 용모 오채슈 잠지 그틴 인지 방민하야 병작할가 염예로다"라고 하는 것과 매화의 화상을 그리는 대목 중의 "허리는 한 줌 궁동이는 안반만하고 너무 크오 네 모론다 큰 빈탄 것갓치 뒤눕쓸 안이 하는이라 달리는 촛디 갓고 너무 간으오 네 모론다 제집이 달이가 간은즉 가달요변을 잘 하는이라 그거시 홍합 갓고 민합쏘 갓고 을름도 갓탄이라(42-43쪽)" 등도 골생원의 비속화에 기여하고 있다.


## 4. 맺음말

한글필사본 〈골싱원젼이라〉는 필자가 소장하고 있는 강릉매화타령의 이본이다. 〈골생원전〉은 비록 뒷부분 일부가 낙장된 결본이지만 강릉매화타령의 유일 이본으로 알려져 있는 〈매화가라〉보다 내용이 풍부하고, 사설 또한 뚜렷한 차이를 보이고 있어 강릉매화타령의 실체를 밝히는 데에 크게 기여할 것으로 기대되는 이본이다.

이 글에서는 〈골생원전〉이 가지는 자료적 가치에 주목하고, 그것의 전반적인 성격을 검토하였다. 그 결과를 정리하면 다음과 같다.

〈골생원전〉은 〈매화가〉와 동일한 조본에서 파생되었지만 모본은 〈매화가〉와 다른 계통이다. 그리고 〈매화가〉보다 후대에 나온 이본으로서 독자성이 강하고, 19세기 후기에 판소리로 불리던 강릉매화타령의 사설이 정착한 것으로 추정된다.

〈골생원전〉은 다음과 같은 점에서 〈매화가〉와 다른 독자적인 면모를 보이고 있다. 첫째, 〈매화가〉에 보이지 않는, 매화가 골생원에게 과거 보러 가지 말라고 하는 장면, 골생원이 매화에게 훼절하지 말라고 당부하는 장면, 정표를 교환하는 장면, 방자가 여몽의 간계에 죽은 관운장의 고사를 들며 골생원을 조롱하는 장면, 골생원이 방자를 달래는 장면, 골생원이 부친에게 꾸지람을 듣는 장면, 보고지고 소리에 놀란 부친이 그 까닭을 묻는 장면 등의 새로운 사건과 삽화가 다양하게 등장하는데, 그것은 대부분 춘향가의 지평을 원용한 것이다. 둘째, 장면극대화 현상이 강화되어 있으며, 그것은 대부분 골생원의 희화화와 비속화에 기여하고 있다. 셋째, 〈매화가〉에 보이지 않는 다양한 삽입가요가 등장하는데, 그것은 대부분 춘향가의 삽입가요를 가져와 문맥에 맞게 변용한 것으로 이 역시 골생원을 희화화하고 비속화하는 역할을 하고 있다. 넷째, 〈골생원전〉은 작품 전편이 골생원에 대한 희화화와 비속화에 초점이 맞추어져 있다고 해도 과언이 아닐 정도로 골생원에 대한 희화화와 비속화가 크게 강화되어 있다.

# 강릉매화타령의 판짜기 전략

## 1. 머리말

판소리 창자들은 판을 짤 때 다양한 전략을 세운다. 그들이 즐겨 사용하는 판짜기 전략은 기존 판소리의 지평이나 다른 장르의 지평을 차용하거나 원용하는 방법이다. 춘향가에 등장하는 무려 118개의 삽입가요가 시조, 12가사, 잡가, 다른 판소리, 가면극, 민요, 무가 등과 교섭하고 있는 것[1]은 판소리의 판짜기 방식을 잘 보여주고 있다. 이러한 방식은 창자의 입장에서는 이미 확보하고 있는 사설을 힘들이지 않고 손쉽게 가져올 수 있는 이점이 있고, 향유층의 입장에서는 이미 들어서 알고 있는 지평이므로 친숙하게 받아들일 수 있기 때문에 매우 효과적이고 생산적인 판짜기 전략이었다.[2] 기존의 판소리사설을 새롭게 짤 때는 말할 것도 없고

---

1  〈춘향전〉에서 다른 판소리 및 다른 장르와 교섭한 가요의 수는 다음과 같다. 전경욱, 『춘향전의 사설형성원리』, 고려대학교 민족문화연구소, 1990, 40쪽.

| 시조 | 12가사 | 잡가 | 다른 판소리 | 가면극 | 민요 | 무가 | 계 |
|------|--------|------|-------------|--------|------|------|-----|
| 12 | 8 | 13 | 26 | 21 | 20 | 18 | 118 |

숙영낭자타령에서 볼 수 있듯이 다른 장르를 판소리화할 때도 이러한 전략이 채택되었다.[3]

강릉매화타령도 춘향가, 배비장타령 등 여타 판소리는 물론이고 다른 장르와도 활발하게 교섭하고 있다. 문학적 층위뿐만 아니라 음악적 층위에서도 교섭이 이루어졌을 터이지만 강릉매화타령이 창을 잃어버렸기 때문에 음악적 층위에서 일어난 교섭 양상에 대해서는 확인할 길이 없다.

강릉매화타령은 구성 및 내용에 있어서 춘향가, 배비장타령과 유사한 부분이 많기 때문에[4] 폭넓은 교섭이 활발하고 자연스럽게 이루어졌다. 강릉매화타령의 이본으로는 〈梅花歌라〉[5](이하 〈매화가〉)와 〈골싱원전이라〉[6](이하 〈골생원전〉)가 있는데, 〈매화가〉보다 후대에 정착된 〈골생원전〉에서 교섭 양상이 더욱 두드러진다. 이 글에서는 강릉매화타령이 춘향가, 배비장타령과 교섭한 양상을 통해 강릉매화타령의 판짜기 전략을 살펴보고자 한다.

---

2  김대행, 『우리시대의 판소리문화』, 역락, 2001, 102-103쪽.
3  김종철, 「판소리 〈숙영낭자전〉 연구」, 『판소리의 정서와 미학』, 역사비평사, 1996; 김일렬, 『숙영낭자전 연구』, 역락, 1999.
4  강릉매화타령과 춘향가, 배비장타령 사이의 구성 및 내용상 유사한 대목은 다음과 같다.

| | 강릉매화타령 | 춘향가 | 배비장타령 |
|---|---|---|---|
| 1 | 골생원과 매화의 사랑 | 이 도령과 춘향의 사랑 | 배비장과 애랑의 사랑 |
| 2 | 골생원과 매화의 이별 | 이 도령과 춘향의 이별 | 정비장과 애랑의 이별 |
| 3 | 골생원과 달랑쇠의 수작 | 이 도령과 방자의 수작 | 배비장과 방자의 수작 |
| 4 | 골생원의 보고지고 소리 | 이 도령의 보고지고 소리 | |
| 5 | 강릉사또와 매화의 공모 | | 제주사또와 애랑의 공모 |
| 6 | 골생원이 매화의 헛무덤에 속음 | 이 도령이 춘향의 가짜 초분에 속음 | |
| 7 | 골생원이 알몸으로 망신 당함 | | 배비장이 알몸으로 망신 당함 |

5  김헌선, 「〈강릉매화타령〉 발견의 의의」, 『국어국문학』 109, 국어국문학회, 1993.
6  김석배, 「〈골생원전〉 연구」, 『고소설연구』 14, 한국고소설학회, 2002.

## 2. 춘향가와의 교섭 양상

강릉매화타령의 창자들은 판짜기 전략의 하나로 춘향가의 지평을 차용하거나 원용하였다. 그 가운데 일부는 춘향가에서의 기능과 동일한 것도 있고, 기능이 달라진 것도 있다.

먼저 사랑대목에서 이루어진 교섭 양상부터 살펴보기로 한다. 골생원이 부르는 사랑가는 춘향가의 사랑가를 차용한 것이다. 다음은 〈매화가〉에 등장하는 사랑가이다.

> 思郎 思郎 思郎이오다 영튼(바)다 그믈처오 코코마다 밋친 사앙 압 倉
> 뒷倉 늬작처옴 다물다물 삿인 사앙 牽牛織女 卽錦가치 올올이 싸인 사앙
> 龍庄鳳庄 궤와지면 자가함籠 半다지 庄節처오 삿인 사앙〈매화가〉, 108쪽)[7]

매화의 미색에 빠진 골생원의 모습을 그리고 있는데, 다음에 인용한 것에 비해 짧지만 춘향가의 사랑가와 유사하다. 〈완판 84장본 춘향전〉의 이 부분은 훨씬 더 확대되어 있다.

> 굽이굽이 지푼 사랑 세니가 슈양갓치 쳥 처지고 느러진 사랑 화우동 산
> 목단화갓치 펑퍼지고 고은 사랑 포도 다릭갓치 휘휘친친 감긴 사랑 영평바
> 딕 그물갓치 얼키고 믹친 사랑아 은하직여 직금갓치 올올리 일운 사랑 청누
> 미녀 침금갓치 혼슐마다 감친 사랑 은장 옥장 장식갓치 모모이 잠긴 사랑
> 남창 북창갓치 다물다물 쏫인 사랑 네가 모도 사랑이로구나 어화둥둥 늬
> 사랑아 어화 늬 간간 늬 간간 사랑이로구나〈완판 33장본〉, 56 · 58쪽)[8]

---

7  김기형 역주, 『적벽가 · 강릉매화타령 · 배비장전 · 무숙이타령 · 옹고집전』, 고려대학교
   민족문화연구원, 2005. 〈매화가〉 원문은 이에 따른다.

다음으로 이별대목에서 이루어진 교섭 양상을 살펴본다. 한양의 본댁에서 과거에 응시하라는 부친의 편지가 당도하여 골생원은 매화와 이별하게 된다. 매화의 미색에 혹해 있는 골생원으로서는 안타깝기 그지없고, 매화 또한 이별의 아픔을 감당하기 어렵다. 골생원이 한양으로 떠나려고 하자 매화는 "그듸는 장분 고료 도라셔면 니즐연이와 소녀는 인여잔 고로 셜러한난니다"라고 하고, '날 다려가오'라며 매달리자 골생원은 매화를 달랜다.

날 달려가오 날 달려가오 여보오 셔방임 날 달려가오 날을 쥭기고 가시면 갓져 살려두고난 청연소첩 나도 가시 풀은 요도 단셕상의 봉황갓치 나도 가시 윙네종종지요림간의 가마고갓치 나도 가시 상상빅연츈긔힝흔니 쎄들 구갓치 나도 가시 운종용풍종호라 용 가는 듸 굴름 가고 범 가는 듸 바름갓치 임 가는 듸 나도 가시 발 굴고 늬달은니 골싱원 민화을 달늬난다 닛쩌라 단여오마 강남의 빗갓치 오은 삼월의 돌라오마 명년의 츈싴갓치 븐가온 봄의 돌라오마 셔해바닥 조슈갓치 밀고 쩌난 닷 돌라오마 노금청산의 굴음 속의 불러든 발람쳐로 슈월 슈일 단여오마 일쳔 연 져 말갓치 이 밤 져 밤 조니 잇거라 녹슈갓치 깁픈 인정 청산갓치 귀한 샤랑 문어져도 긋토 말고 청심심 조 잇거라〈골생원전〉, 9-11면)

이 대목은 다음과 같이 〈고대본 춘향전〉과 매우 유사하다.

츈향이 독살 늬여 한츰 쳐다 보던이 무어 웃지고 웃지여 그런 말 쓰위 쏘 잇쇼 나을 바리고 간단 말리 참말리요 진정인가 인져 가면 은졔 오랴 올 날린나 일러쥬게 왕숀방초 푸룬 쩌 슈이슈이 도랴오오 (중략) 날을 웃지

---
8 설성경, 『춘향전』, 시인사, 1986.

흐야넌가 도련임 쓰라 느도 가세 운동용풍죵호라 바름 가면 봄이 가고 용
가년 듸 비온넌이 금일 숑군 임 가년 듸 청연소첩 나도 가세 온야 제발
우지 말라 늬가 간덜 아됴 가며 아됴 간덜 이질손야 도라오마 도라오마
셕양쳔 근늘갓치 시원흐게 도라오마 강남의셔 나온 제비갓치 너울넙푼 도
라오마 네 절기을 늬가 안듸 송빅치 푸른 절기 홍노의도 녹지 말고 쇄슷갓치
구든 절기 상셜의도 변치 말고 나 오기을 기다려라〈고대본〉, 352·354쪽)[9]

〈골생원전〉에는 골생원을 골계적이고 비속한 인물로 그리기 위해 이별
대목이 크게 확장되어 있다. 다음은 골생원과 매화가 이별의 아픔을 주고
받는 글자타령형 삽입가요인데 〈매화가〉에는 보이지 않는 것이다.

①민화 사론 말니 울고졍 싱각한듸 삼고슈졍픠라 이노졍연결한듸 소속조
최 셜누로다 늬월지졍요 츈풍호접지몽을 차마 셜려 어이 할고 졍짜나 다라
보자 답답장강슈요 유유원즉졍 희교의 블상송흐니 강슈원함졍 졔 낭군 보
늬는 졍 사름의 무졍 호틔슈 후졍 삼히 음졍 빅관조졍 각도 명관 치민션졍
일졍 심졍 실졍으로 츄졍 이 졍 져 졍 다 바리고 우리 양인 쳔졍이라 슈졍도
하련이와 차졍인들 안이 할가 아이고 다시 회졍함면 글의던 졍 다시 볼가
②골싱원 연짜로 달녀되 밍낭하게 달닌다 여관한등의 독블면한이 각심하사
로 젼쳬연 깅빈명조의일년젼 젹막강산근빅년 강풍월한다년 이 년 져 년
네 얼골 흰 년 네 틔되 완년 인년을 급피 밍고 빅년히로하자젼이 임 이별되
다 우지 말고 잘 잇거라 ③민화 울며 엿짜오듸 셰상스을 싱각하이 츈졀
가고 하졀 간이 셰월무졍 사시졀 녹슈청산 쳔고졀 벽도홍힝 일년 츈졀 와병
의 인스졀 송빅죽졀 셰하고졀 의졀 힝졀 군즈졀 날 바리고 올나 가는 졀
속졀업신 이 늬 몸이 독슈공방 슈졀할 졔 그 뉘라서 훼졀하고 ④골싱원

9  구자균 교주, 『춘향전』, 민중서관, 1976.

인짜로 달너되 낙화적적계산조한이 양유청청도슈인 쳔셩인 공부즈 듸셩인
희도즁 드러갓썬 젼후의 오빅인 초패왕의 우미인 쳥년계슈 젹션인 명월고
죽 우여인 이인 도인 구자힝인 노상힝인 걸인 금인 셔인 이 인 져 인 다
더지고 유졍할슨 우리 양인 인연을 급피 밋고 빅연희로하자쎤이 임 이별되
눈고나〈골생원젼〉, 11-14면〉

위 인용문의 ①과 ③은 매화가 부르는 情字타령과 絶字타령이고, ②와
④는 골생원이 매화의 글자타령에 화답하는 緣字(年字)타령과 因字(人字)
타령이다. 이 삽입가요들은 골생원과 매화가 겪는 이별의 안타까움을 드
러내기 위하여 첨가한 것인데, 춘향가의 삽입가요와 동일하거나 유사하
다. 이에 대응되는 춘향가의 삽입가요를 들어보면 다음과 같다.

①'(즁즁머리) 졍쯔노릭를 드러라 담담장강슈 뉴뉴원긱졍 ᄒ교불상 숑헌
이 강슈의 원함졍 숑금남포불승졍 유인불긔슝ᄒ졍 흐람틱슈히우졍 삼틱육
졍 빅관죠졍 쇼지원졍 쥬워 인졍 음식 투졍 복업난 방졍 일졍실졍을 논지ᄒ
면 닉 마음 원형이졍 네 마음 일편단졍 양인 심졍이 탁졍타 만일 파졍이
되거드면 복통졀졍 걱졍된이 진졍으로 완졍ᄒ즈는 그 졍쯔노래라〈장자백
창본〉, 84쪽)[10]

②'도련님은 인즈룰 다라시니 나는 연즈룰 다라 보ᄉ이다 ᄒ고 연즈 룰
다라시니 우락즁분미빅년 호긔댱구오륙년 인노즁무깅소년 쌍빈명조우일년
젹막강산금빅년 함양유협다소년 경셰우경년 한진부지년 일년 십년 빅년
쳔년 거년 금년 우리 두리 우연이 결연ᄒ여 빅년을 인연ᄒ니 빅년이 쳔년이
라〈남원고사〉, 169쪽)[11]

10  김진영·김현주 역주, 『장자백 창본 춘향가』, 박이정, 1996.

③′여보 도련임 인제 가시면 언제나 오시랴오 사절 소식 쓴어질 절 보닉난 니 아죠 영절 녹죽 창송 빅이 숙졔 만고츙졀 천산의 조비절 와병의 인사절 죽절 송졀 춘하츄동 사시절 쓴어져 단절 분절 혜졀 도련임은 날 바리고 박졀리 가시니 속별업난 닉으 절절 독숙공방 수절할 졔 언으 찍에 파졀할고 쳡의 원졍 실푼 고졀 주야 싱각 미졀할 졔 부듸 소식 돈졀 마오(〈완판 84장본〉, 120쪽)¹²

④′우리 두리 인연이 지듕ᄒ여 이러투시 만나시니 인ᄌ타령 ᄒ여보자 인 ᄌ를 다라 밍낭이도 ᄒᄂ고나 님하하즁견일인 월명고루유여인 금일번셩임 고인 비입궁당불견인 쳔니타향붕고인 양뉴쳥쳥도슈인 불견낙교인 풍월야 귀인 귀인 명인 병인 걸인 노인 소인 등인으로 인연ᄒ여 냥인이 혼인ᄒ니 즁인되니 즐겁기도 긔지업다(〈남원고사〉, 168-169쪽)

위 인용문의 ①′는 〈장자백 창본〉의 사랑대목에서, ②′와 ④′는 〈남원 고사〉의 사랑대목에서 가져왔고, ③′는 〈완판 84장본 춘향전〉의 이별대 목에서 가져온 것이다. ①′는 이 도령이 "이 익 너와 나와 졍이 이리 집퍼 씬이 졍쯔노릭 한나 할 터인니 드러보릭는야"라고 하며 부른 졍자타령이 고, ②′는 춘향이 "도련님은 인ᄌ를 다라시니 나는 연ᄌ를 다라 보ᄉ이다" 하며 이 도령의 인자타령에 화답하는 년(연)자타령이다. 그리고 ③′는 이 별을 눈앞에 둔 춘향이 이 도령에게 소식을 돈절하지 말라고 애원하면서 부른 절자타령이고, ④′는 이 도령이 춘향과 인연이 지중하여 만났다고 하면서 부른 인자타령이다. 그러나 춘향가에서 차용한 〈골생원전〉의 삽 입가요는 절자타령을 제외하고는 그 기능이 달라졌다. 춘향가에서 정자

11 김동욱·김태준·설성경 공저, 『춘향전비교연구』, 삼영사, 1979.
12 이가원 주, 『개고 춘향전』, 정음사, 1988.

타령과 인자타령, 연자타령이 이 도령과 춘향의 사랑과 연분을 강조하는 역할을 하고 있는 것에 비해 〈골생원전〉에서는 이별의 슬픔을 강조하는 역할을 하고 있다. 춘향가의 삽입가요를 차용하여 강릉매화타령의 문맥에 어울리는 쪽으로 적절하게 변용한 것이다. 여기서 춘향가와 달리 〈골생원전〉의 사랑대목은 우아미가 아니라 골계미를 자아내는 데 기여하며, 이별대목 역시 비장미를 자아내는 것이 아니라 골계미를 자아내고 있다는 사실에 주목해야 한다.

다음의 〈골생원전〉의 사설도 여러 곳에 산재해 있는 춘향가 사설과 유사하다.

골싱원하고 미화하고 셔로 이별하되 ⑤이별이야 ㅅㅅ 남북의 군신 이별 호지예 모자 이별 이별마다 셜건마난 임 이별이 덕옥 셜다 ⑥셔방임 올나가셔 다과하야 어여쓴 금의화동을 압픠 느러 셰우고 장안듸도 상의 거러 호사할 제 소녀 갓탄 쳔쳡이야 손틉 만치나 싱각홀가 익고ㅅㅅ 셔음이야 ⑦진시왕 분시셔할 졔 이별짜 사라시면 이별짜 업슬 거슬 원슈년의 이별짜 언의 틈의 씌여싸가 날 셔름을 일이 한다 ⑧우리 당초 언약할 졔 돌리라도 망쥬석이 되야 고봉쳔산의 웃쑥 셔ㅅ 쳔ㅅ 말년 지닉가도 광셕될 쥴 몰나 잇고 남기라도 행자목이 되야 고봉쳥산의 웃둑 셔ㅅ 쳔말년 진닉가도 써나사지 마자 하고 산으로 밍셰하고 니월노 장 삼아 상젼이 벽히되고 벽희가 상젼되야도 써나 사지 마자쩐이 가단 말이 웬말인고 셔방임 가신 후의 누을 밋고 ㅅ롯리가 고양궁닉 영유슈 업쩐만는 오류봉 불을 삼고 삼싱슈 연지 숨아 쳥쳔일장지예 ㅅ야 보즁시타 만지장셜 셔셔 셩문 격자 한들 뉘 손의로다(ㄱ) 젹그며 츈풍돌리화개야예 추우오동 염낙시예 임 글리와 탄식할 졔 어느 연의 만나 볼고 외로온 등잔불의 속졀업시 안젓실 졔 실솔은 동방의 울고 오동은 금졍의 써려지고 금누상건하고 삼봉은 월낙하고 무월동방 화촉야의 임 글려 어니 살고(〈골생원전〉, 15-17면)

위 인용문 ⑤의 "남북의 군신 이별" 운운하는 이별타령은 부르는 주체가 다르기는 하지만 이별대목에 어김없이 등장하는 판소리사설의 관용적 표현이다. 춘향가에서는 〈남원고사〉와 같이 춘향이 겪는 이별의 아픔을 그릴 때는 춘향이 부르고, 〈완판 84장본 춘향전〉과 같이 이 도령이 춘향을 달래는 장면에 나올 때는 이 도령이 부른다. ⑦도 이별 별 자를 원망하는 삽입가로 판소리에 흔하게 등장하는 관용적 표현이다. 이에 대응하는 부분을 〈남원고사〉에서 찾아보면 다음과 같다.

⑦′니별 말이 웬 말이오 니별 니 ᄌ 닛든 스람 날과 빅년 원슈로다 진시황 분시셔홀 졔 니별 두 ᄌ 이졋던가 그 씨에나 살너더면 이 니별이 이실소냐 방낭ᄉ즁 쓰고 남은 털퇴 텬하장스 항우 쥬어 힘가지(고) 두러메여 씌치고져 니별 두 ᄌ 영소보던에 소소 올나 옥황상뎨긔 빅활ᄒ여 별락상좌 나리와셔 ᄯ리고져 ⑤′니별 두 ᄌ 호지의 모ᄌ 니별 남북의 군신 니별 졍노의 부부 니별 운산의 붕우 니별 니졍의 엽졍비ᄒ니 형뎨 니별 스라 싱니별 죽어 영니별 이 니별 져 니별 니별마다 셟거마는 이 니별은 싱초목의 불이 붓닉 스랑도 처음이오 니별도 처음이라 옥당의 바아지고 금심이 녹아온다 잇고 답답 셜운지고 이를 엇지 ᄒ잣 말고(〈남원고사〉, 186-187쪽)

⑥은 매화가 한양으로 올라간 골생원이 자신을 잊어버릴 것을 염려하는 사설이다. 춘향가에도 유사한 사설이 있다.

도련임 올나가면 힝화춘풍 거리ㅅㅅ 취하난 계 장신주요 청누미식 집ㅅ마닥 보시나니 미식이오 쳐ㅅ의 풍악소릭 간 곳마닥 화월이라 호싀ᄒ신 도련임 주야 호강 노르실 졔 날 갓탄 하방쳔쳡이야 손톱만치나 싱각하올릿가 잇고ㅅㅅ 닉 이리야(〈완판 84장본〉, 115쪽)

⑧은 매화가 골생원의 굳은 맹세를 들먹이며 골생원을 원망하는 한편 독수공방해야 하는 자신의 신세를 탄식하고 있다. 춘향가에는 이 부분이 다양하게 나타나는데 〈완판 84장본 춘향전〉의 사설이 이와 유사한 내용으로 되어 있다.

돌기라도 망두석은 쳔말연이 지니가도 광셕될 줄 몰라 잇고 남기라도 상사목은 창 박그 웃둑 셔ᄼ 일년 춘졀 다 지니되 입이 필즁 몰나 잇고〈완판 84장본〉, 116-117쪽)

우리 두리 쳐음 만나 빅연언약 믹질 젹의 딕부인 사쏘게옵셔 시기시던 일이온잇가 빙자가 웬 일이요 광한루셔 잠간 보고 닉 집의 차져오게 침ᄼ 무인 야삼경의 도련임은 져기 안고 춘향 나는 여기 안져 날다려 하신 말삼 구망부려쳔망이요 신망부려쳔망이라고 젼연 오월 단오야의 닉 손질 부어잡고 우둥퉁ᄼ 박그 나와 당즁의 웃쑥 셔ᄼ 경ᄼ 이 말근 하날 쳔 번이나 가르치며 만 번이나 밍셰키로 닉 졍영 미더던니 말경의 가실 씌는 톡쎼여 바리시니 이팔쳥츈 졀문 거시 낭군 업시 엇지 살고 침ᄼ 공방 추야장의 실음 상사 어이할고 익고ᄼᄼ 닉 신셰야〈완판 84장본〉, 106쪽)

〈골생원전〉에는 이별하기 직전에 정표를 교환하는 장면이 있는데, 〈매화가〉에는 없는 대목이다.

골싱원 글 지여 믹화긔 화답하고 상토을 어로민져 화치치 쌔여닉여 안나 옛짜 바더라 이것 바더 가져짜가 닉칠 츌짜 긔롭거든 일노 보고 시롬 풀나 믹화 거동 보소 송금단 속져고리 졔싁고롬 어로만져 옥환 한 짝 쓸너닉여 골싱원의 올이면셔 옥셩으로 여짜오딕 여보오 셔방임 이것 부듸 가져짜가 구무 혈짜 긔롭거던 이나 보고 시름 플소 셔로 졍표한 연후의(〈골생원전〉,

18면)

골생원은 매화에게 정표로 화차(華釵)치(동곳)를 빼어 주고 매화는 골생원에게 옥지환을 준다. 춘향가에서는 이별할 때 이 도령은 춘향에게 석경을 주고 춘향은 이 도령에게 옥지환을 신물로 교환한다.

> 츈향이 엿ᄌᆞ오되 도련님 여영 가시량이면 신표나 쥬고 가오 도련님 그
> 말 듯고 앗ᄎ 닉가 이젓구나 금낭을 어로만져 셕경을 닉여쥬며 장부의 지절
> 힝이 셕경빗과 갓틀진디 진희 즁의 바련둘덜 변싁이야 잇실손야 부딕부딕
> 잇지 말고 날 본 다시 두고 보와라 츈향이 셕겡 바다 간슈ᄒᆞ고 져도 쏘한
> 신뵈할 졔 옥슈를 느짓 드러 옥지환을 버서 닉여 도령님젼 디리오며 게집의
> 졍졀향이 지환빗과 갓틀진디 진퇴 즁의 바려 두워 슈말연이 지닉간들 싁이
> 야 변ᄒᆞ릭가 일노 ᄒᆞ여 신을 삼아 부딕 잇지 마르쇼셔(〈장자백 창본〉,
> 110 · 112쪽)[13]

정표는 춘향가에서처럼 사랑에 대한 확인과 사랑이 변하지 않기를 바라는 뜻에서 교환하는 것이다. 그러나 〈골생원전〉의 정표 교환은 춘향가와 달리 골생원을 비속하고 골계적인 인물로 만들고 있다. 즉 〈골생원전〉의 동곳과 옥지환은 각각 남성의 성기(내칠 出 字)와 여성의 성기(구무 穴 字)를 비유함으로써 골생원의 호색한으로서의 면모를 부각시키는 기능을 하고 있다.[14]

다음은 매화가 한양으로 올라가려는 골생원에게 가지 말라고 발악하는 대목이다.

---

13  김진영·김현주 역주, 『장자백 창본 춘향가』, 박이정, 1996.
14  김석배, 「〈골생원전〉 연구」, 『고소설연구』 14, 한국고소설학회, 2002, 136-137쪽.

미화 거동 보소 잔듸밧테 셕 안져 두 쥼먹을 불이 나게 쥐여 말은 가삼을 쾅々 치며 자듸역도 와득々々 틔더 빗틀쳐 닉여 더지며 머리촭듬도 와두둑 쥐여쓰더 쌔여 쏠려 덧지며 익고々々 셜운지고 인졔 가면 언졔 올랴요 오두 박하면 올랴시요 미화 거동 보소 가난 낭군 셰요혀리 어후리쳐 질싣 안고 달닉 일은 말리 가지 마오 셔방임 가난 질에 낙양셩 동거돌화난 바람박긔 열연 츈풍화 싱々 々ㅅ 연분도 글노 셔려하노미라 남북방종은 질노 보닐 송짜 일별리아(〈골생원전〉, 18-19면)

이 대목은 이별할 수밖에 없다는 이 도령의 말을 들은 춘향이 발악하는 대목과 유사하다.

(말로) … 츈향이가 이별 말을 막 듯던이 고닥의 변싀되여 요두젼목의 얼골이 불그락푸루락 눈섭이 꼿꼿ㅎ며 왼 몸을 쮕 찰나는 믹 몸 쓰듯 쏵 쓰고 안쩐이 도련님을 물그림이 보던이 (진양죠) 허허 이게 웬 말이요 와락 쒸여셔 이러나며 거듯치난 쵸미ㅈ락도 쌱쌱 찌져셔 후릿쳐 바리고 머리 쓰덩이도 아드득 쥬여 쓰더셔 도련님 압페다 더지면셔 이것쪼 모도 다 쎌 쎡가 업구나 면경 쳬경도 두릿쳐 안어다가 문방ㅅ우여다 후닥짝 와르트탕 탕 부드지며 손벽을 치고 도란지며 셔방 업실 츈향이가 셰간 ㅅ라 무엇ㅎ며 단장ㅎ여셔 뉘긔를 보일쩌나 못실 연의 팔ㅈ로다 이팔쳥츈 졀문 게집아히 가 셔방 업시 어이을 살쩌나(〈장자백 창본〉, 100쪽)

조상현 춘향가에는 "아이고, 여보, 도련님, 인제 가면 언제 와요? 금강산 상상봉이 평지가 되거든 오시랴오? 동서남북 너른 바다 육지가 되거든 오시랴오? 마두각하거든 오실랴요, 오두백허거든 오실랴요?"[15]가 있다.

---

15  판소리학회 감수, 『판소리 다섯 마당』, 한국브리태니커회사, 1982, 47쪽.

다음은 골생원이 매화와 이별하기 싫어서 정담을 오래하자 달랑쇠가 나서서 핀잔을 주는 대목이다.

설온 정담 졍니 할 졔 구종 든 달낭쇠 치아다 보며 업다 일언 졔미 그겨긔 보텀 하든 이별 이제까지 하졔 여보오 셔방임 어셔 가옵시다 옛날을 모로시요 쳔하 영웅 관운쟝도 여몽의 간계 즁의 구렁직ㅅ하여씨이 셔방임도 그 궁긔 쌔지면 엄벙덤벙하다가 둠벙사하거듸면 집의도 못 가올이다〈골생원전〉, 19-20면)

춘향가에도 방자나 마부가 춘향과 이별할 수 없어서 지체하는 이 도령에게 핀잔하는 대목이 있다.

마부놈이 이른 마리 여보 도련님 쳘이 원졍 가는 길의 요망흔 기집ㅇ희 다리고 슈즉함도 숭소롭지 안컨이와 이별을 흐량이면 부듸 평안 가시오 온야 부듸 쥘 잇거라 이것이 이별이지 웃즌 이별을 희가 지도록 흐오 사쏘게 셔 나오시오 어셔 밧비 ㄱ옵시다〈신학균본〉, 270-271쪽)[16]

그리고 〈골생원전〉에 말을 천천히 몰고 가자며 달랑쇠를 달래는 장면이 있는데, 춘향가에도 마부를 달래는 장면이 간략하지만 보인다.

이상에서 살펴보았듯이 강릉매화타령의 이별대목 특히 〈골생원전〉의 이별대목은 크게 확장되어 있는데, 춘향가의 이별대목이 이 도령과 춘향의 이별의 아픔을 드러내는 것과 달리 골생원을 희화적이고 비속한 인물로 그리는 데 기여하고 있다.

골생원이 한양으로 올라가는 대목부터 과거 보는 대목에서도 춘향가와

---

16  설성경 편저, 『춘향예술사 자료 총서』 7, 국학자료원, 1998.

교섭하고 있다. 〈골생원전〉에는 다음과 같이 골생원이 한양으로 올라가면서 달랑쇠에게 매화를 자랑하는 대목이 길게 확장되어 있다.

이럿탓 올나가며 달낭쇠 다리고 미화을 츈다 이 아의야 달낭쇠야 우리 미화 업비지야 업버지요 (중략) 우리 미화가 반의질도 용턴이라 딕침 듕침 즁침 이궁침 다 바리고 당침을 드려노코 슈쥬건은 믈너 못셔 양누비 두올쓰기 외올쓰기 정신드려 포쥬 명쥬 문의 노와 자근ㅅㅅ 다듬아셔 셜은한 쥴 각슈 노여 허진 방에을 뉘비할 졔 청동화로의 빅단슛블 피여 통용윤도 박고 젼반 압픠 노코 김희간쥭 삼동초 지암이 셤젹 여허 박ㅅ 부쳐 젓드려 바쳐 노코 반의질할 졔 쑤박ㅅㅅ 쏘 쏘박ㅅㅅ하다가 이팔청츈 졀문 거시 무신 셜롬 긔리 잇셔 먼산만 보고 안져실 졔 늬가 박긔로 셥픈셥픈 들려가 손까락의 츔을 볼나 역고리 쏙 지른먼 몸살 쥬여 보고 그러타 하고 날을 보고 눈을 힐긋힐긋 쳘낙슈갓치 고보장 눈셥니 나니 져 잠관 보고지고 (중략) 달은 졔집들은 등을 글그라 하면 갓바치 무도칠하던 우둑ㅅㅅ 글거도 우리 미화는 그런 일 업던이라 등쏙골 글그라 함면 졔 손이 차면 졔 픔의 여허 닷ㅅ하게 노겨 황하도 봉산 참빗 먹는 소리쳐로 삭그락ㅅㅅ 극다가 손톱으로 혼솔을 다 글근이 한 말리 이을 집부면 졔 옷시 이을 자바 한쌍 지여 손의 노코 즙아 ㅅㅅ 쌈하여라 상지야 말여라 요년이야 ㅅㅅ 쳘궁의 왜젼을 먹여 쑥ㅅ 쏘아 쥬기이라 용쳔검 드은 칼노 덩글엉케 쥬기이라 육진장포 질근 뭉거 강슈 집픈 물의 풍덩 드리쳐 죽기이라 셩문 심치 짜려 우영벽동 귀양보릭이라 요년이야 ㅅㅅ 이미한 나는 즁동으로 쌜이고 연약한 셔방임이 병이 들 양이면 정신인들 잇슬손야 단근을 할야 화근을 할야 잔빅찜할야 마름머즘할야 손톱의 녹코 작근ㅅㅅ 쥑긔던니 인졔는 연병시병하야 초풍승 흐며 곽난의 죽게 된들 언의 쇠쌀연니 쇠씽셩인들 구한할손야 아고 ㅅㅅ 아고 그렁져렁 올나간다(〈골생원전〉, 22-27면)

춘향가에서 이 대목과 유사한 부분만 들어보기로 한다.

어허 이 놈 드러보아라 우리 츈향이가 어엿부더니라 (중략) 바나질을 흐여
도 힝의 창의 도포 즁치막 긴 옷 속옷 슈품이 곱고 깃다리기 어엿부고 도련
과 귀신가 못흐고 올구비 양구비 쏙쏙 누비 셰구비 신속흐되 션명흐고 관딕
짓기 슈노키 모도 다 일슈오 (중략) 요사이 노는 계집연들은 셔방의 등을
글거 달나 흐면 모진 손톱으로 밧고랑이 되도록 간줄기가 써여지도록 남슈
문골 갓바치가 모진 창의 무도질흐듯 듥듥 글는딕 흐딕 우리 츈자는 그러치
아니흐여 닉가 엇기만 웃슭흐면 어닉 사이의 아라보고 찬 손을 급히 너흐면
산 듯 감기 들가 염녀흐여 졔 손을 졔 가삼의 몬져 너허 찬 긔운을 녹인
후의 닉 등의 손을 너허 엇지 신통이 아는지 쏙 가려온 딕만 살긍살근 글글
젹의 니 조흔 어린 아히 봉산 참빅롤 먹는 소릭갓치 스각스각흘 직 눈이
졀노 감기이고 살이 졀노 오릭는 듯 두 손길을 펼쳐 글든 딕롤 쓰아닉가
흐여 살살 쓰다듬어 어로만져 이 무러 부로튼 딕 손톱을 자근자근 누른
후의 손길을 발근 뒤줍어셔 옷솔을 조로록 훌터 나리다가 니 하나흘 잡아닉
여 손바닥의 올너 놋코 경계흐여 꾸짓는 말이 요 발측흐고 암상흔 니야
요 조리롤 흘 발길 니야 우리 도련님이 견딕깃나냐 나는 아릭로 쌔라닉고
너는 우흐로 피롤 쌔니 도련님이 남깃느냐〈동양문고본〉, 231-233쪽)[17]

한양의 본댁에 도착한 골생원이 과거에는 뜻이 없고 매화만 보고지고
소리 지르자 부친이 방자에게 무슨 소리인지 알아오게 하는 대목이 나온다.

한양성즁 치ᄉ 달나 남산골 밋 웃춈골 원싱원 본딕으로 드려가 션문 업시
드려가 아바지 나 단여왓소 져 아바지 쌈작 놀닉며 동트난 덧 보다가 네

17 김진영 외, 『춘향전 전집 (5)』, 박이정, 1997.

니놈 너는 양반의 주식으료 강능인 책방인지 나려가 민화 지화 거 무어슬 작첩하야 가지고 주야로 노다 한니 그 말리 올희야 아바지 그 말 어듸셔 드렷소 풍편의 드른즉 그러하더라 원 셰승의 아바지 남의집 쇼즈의 말곳 드르면 고지을 잘 듯십데다 아바지 말 잘 듯난 법은 즁방 밋 쎠려져 귀틀압 픠 우슙쩨다 네 이놈 방의로 들려가라 가난 질의 모친 보고 침방으로 드려간 니 부인 긔좌하야 일은 말니 쳘니객즁의 평안니 단이여 오시요 골싱원 불문 부답ᄒ고 민화만 보와지라 원한다 보고지고 보고지고 크게 흔이 졔의 부친 감작 놀내여 안에서 셔방임이 무슨 솔릭을 한난지 알아 들이ᄅ 방즈 밥비 드러가 셔방임은 무신 소릭하엿관듸 싱원님게옵셔 아라 드리라 하옵ᄂᆞ니다 이놈 안니 글릇쳣다 닉가 니 일을닌 한니 니 안니 셔울손야 방즈 엿즈오듸 날려가셔 강진첩사 이근 슈박 파먹덧ᄒ엿다고 그러하오 싱원젼의 엇지 엿 즈오리가 셔방임니 과거는 돌라오고 글을 싱각지 못하여 탄식하ᄂᆞ니다 ᄒ 고 글리 엿즈와라 방즈놈 그듸로 엿즈온즉 싱원님이 질겨할 졔(〈골생원젼〉, 27-28면)

이 대목은 춘향가에서 이 도령이 책방에서 춘향을 보고지고 소리를 지르자 사또가 놀라 통인에게 무슨 소리인지 알아오게 하는 대목과 유사하다.

나귀를 직촉ᄒ야 冊房으로 도라오니 萬事에 뜻이 업고 눈 압헤 뵈이는 게 젼혀 다 春香이오 東軒에 률법도 모도 다 春香 갓고 內衙로 드러오니 뵈이는 게 모다 春香이라 이런 換腸흔 눈이 잇ᄂᆞ냐 春香을 보고 십어 보고지 고를 찻는듸 보고지고 보고지고 보고지고 보고지고 春香이 집을 가고지고 가고지고 가고지고 春香 얼골 보고지고 쇼리를 크게 질너더니 使道는 公事 에 勞困ᄒ야 上房에 就寢타가 이 쇼리에 깜짝 놀나 (使)이리 오너라 (通)예 의 (使)冊房에 언의 놈이 生針을 맛나냐 외무듸 쇼리가 웬 일이냐 査實ᄒ여

올나라 ᄒᆞ니 通引이 急히 冊房에 나와 쉬- 道令님은 무슴 쇼릭를 질너 게신지 使道쎄읍셔 놀나시고 査實ᄒᆞ여 올니라오 道令님 허허 웃고 놀나시면 내 탓이냐 百姓의 呼冤쇼릭는 몰ᄂᆞ도 그런 쇼릭는 一手 드르신다더냐 이는 다 광딕의 忘發이라 그럴 理가 잇ᄂᆞ냐 阿父只가 놀ᄂᆞ셧다 ᄒᆞ니 下情에 惶悚코나 道令님이 글을 읽다 글 人字를 잇고 生覺노라 그리ᄒᆞ얏다 엿쥬어라 通引이 도라와 使道前에 거릭ᄒᆞ니 使道 드르시고 大笑ᄒᆞ시며 龍生龍鳳生鳳이라 ᄒᆞᄂᆞ 수 업나니라 ᄒᆞᄒᆞᄒᆞᄒᆞ 우스시고(〈옥중화〉, 468-469쪽)[18]

골생원이 과거 보는 대목도 춘향가의 이 도령이 과거 보는 대목과 유사하다.

글령져령 과건날리 닷쳐온니 골싱원 거동 바라 남의 눈이 얼려워 명지집필먹 갓초와 츈당딕 드려간니 글졔을 걸려시되 쳔하틴평츈나라 둘례시 ᄒᆞ야신니 장즁 지게 벡들리 불르건니 씌건이 쎠 휘장을 닷토올 졔 닐쳔의 션장 글리 드려간니 그 글례 하여시되 요순니 후유동군한니 일월츈당덕군신을 쳔왕 목덕한이 시황노한이 펀々쥬옥이라 귀々비졈 자々관쥬한이 장즁 잠관되거고나 골싱원 거동 보소 속이 캄캄하게 안겨 글자만 무슈이 외오되 글 지을 공부 안이 하고 믹화만 싱각하며 天下太平春 々々々 믹화반 츈자반 칠셕거 쎠시되 차시예 무믹화한이 츌늬불사츈을 부지틴평츈이요 원건믹화화자 믹화한이 부지하일예 견믹화 츙쥬젼 명쥬로다 시관이 글을 보고 밋친 놈의 글이로다 휘장 밧겨 츌셩숑한이 명지 썩거 바리고 일필하고 믈너 안겨 낙누탄식하는 말이 군하션달 늬 아던가 츈하 々々 가자셔라 하유문장 하유사는 도초득요 못 하야 황々누의 우러씌이 낙박 션비놈이 과거는 블가망인이(〈골생원전〉, 30-31면)

18  구자균 교주, 『춘향전』, 민중서관, 1976.

이 대목에 대응되는 춘향가의 대목은 다음과 같다.

국가으 경사 잇셔 틱평과을 뵈이실시 셔칙을 품으 품고 장중으 드러가 좌우를 둘너보니 억조창싱 허다 션빅 일시의 숙비한다 어악풍유 청이셩의 잉무시가 춤을 춘다 틱졔학 틱출하야 어졔을 늬리신이 도승지 모셔늬여 홍장 우여 거러논니 글졔으 하여씨되 춘당춘식이 고금동이라 두어시 거러 건늘 이 도령 글졔을 살펴보니 익키 보던 빅라 시졔을 펼쳐 노코 히졔을 싱각하야 용지연으 먹을 가라 당황모 무십필을 반중동 덥벅 푸러 왕히지 필법으로 조밍보 쳬을 바다 일필휘지 션장하니 상시관이 글을 보고 자々이 비졈이요 귀々이 관주로다 용사비등하고 평사낙안이라 금셰으 틱직로다
(〈완판 84장본〉, 183-184쪽)

〈골생원전〉의 앞부분과 춘향가는 비슷한 내용으로 이루어져 있다. 다만 골생원이 장원급제한 이 도령과 달리 과거에 낙방하였기 때문에 〈골생원전〉에서는 뒷부분이 첨가되었다.

강릉매화타령의 골생원이 망신 당하는 대목도 춘향가와 교섭 양상을 보이고 있다. 골생원이 강릉사또의 계략에 속아 매화가 죽은 줄 알고 매화의 헛무덤에서 통곡하는 대목이 춘향가와 유사하다. 다음은 〈매화가〉에서 인용한 부분이다.

이어덧시 나여올 져 草童牧슈 아흐덧이 노야하고 낭글 갈 져 骨生員 반거라고 문는 말이 우리 梅花 무병이 니는야 저 아흐 다담하되 잘잇其 조쳣오 骨生員 덧난 후로 상시병이 덧어 신음하다가 주근 후의 使道 불상 예기고 骨生員 오다 보거 큰 길가의 무덧시이 骨生員 그 말 듯고 답하다 너 어던 아흐간딕 어彦 아모 말 딕답 그어하야 저 아흐 거동 보소 그어하면 난는 가저 骨生員 곰곰 상각하이 쏘 나무야션은 아이 닐너주고 갈덧 하기오 骨生

員 살살 달가며셔 문는 말이 梅花 무덤이 어듸만지 이는야 어여 밧비 일너도
아 저 아흐 듸답ᄒ되 저그 저그 큰질 갓의 가셔 보면 알거요 ᄒ고 휘긴
다야ᄂ다 骨生員 담담ᄒ나 갈박긔 슈어다 骨生員 한자 말노 긔 말이 정영이
가 헛말이가 참말 갓탓면 어이ᄒ이 한편을 상각ᄒ이 精神 흐어질 肝膽이
셜난ᄒ여 왼 말이야 왼 말이야 梅花 주긔단 말이 참말인지 어셔 가자 밧비
가자 몰야 가자 이니 저이 얼프 올 저 ᄒ 곳을 바야보이 전의 엽던 한 무덤이
니고 三尺木碑을 세워거을 骨生員 의심ᄒ야 야 達浪金아 저긔 전의 어던
무덤 잇고 전의 어던 木碑 이다 어셔 가 밧비 보자 가면셔 ᄒ는 말이 니
碑가 어던흔 碑야 진조 양공의 善政碑야 漢武帝 落淚碑야 조산의 皇帝碑야
郭去兵이 北伐ᄒ졔 古今산 勝전碑야 江布右人 사안石의 편작□업는 혼碑야
우이 元任 善政碑야 梅花 守節ᄒ여 열예碑을 세워는가 어여 밧비 귀경ᄒ자
碑 아프 다다의이 ᄆ花 주근 木비로다 말 아이 쑥 더어저 셜글셜글 킁그면셔
ᄆ花 주글씨 분명ᄒ다 아고 이 거시 왼 말이가 아고 아고 아고 셜운지거
이을 어이ᄒ니 아고 답답 션어 못 살거다 이언 변이 쇠 이던야 너 쥬자고
사온 정포 내 가다가 누을 쥬이 무덤 압픠 늬어 노고 불사온고 긔저 아고
아고 우는 말이 양산빅 초양大道도 문덤 씀의 맛나 보고 허진의 여단이도
셔역의 가 맛나 보아싯이 九天의 도아간 우이 梅花 魂魄이나 도아와셔 정포
나 가져가거라 너도 이져 廻生ᄒ야 내 얼골 너 얼골 다시 듸면ᄒ쟈 아고
아고 셔운지거(〈매화가〉, 118-119쪽)

춘향가의 이 대목은 이본에 따라 다양한 모습을 지니고 있는데 이 어사
를 속이는 주체가 〈남원고사〉에서는 선비들이다. 〈장자백 창본〉에서는
〈매화가〉처럼 초동목수가 등장하지만 〈골생원전〉에서는 골생원이 우연
히 길가의 목비를 발견하고 매화가 죽은 것으로 생각한다.

(세맛치) 건넌 빈탈 죠분 질노 쵸동목슈 총각 아히가 지제 목발을 쑤다리

며 신셰ᄌ탄의로 노리를 헌다 어이 가리너 어이를 가드란 말린야 심산신곡
을 어이 갈끄나 (중략) (말노) 어ᄉ쏘 가만이 드른이 그 놈이 츈향의 닉력은
도겨이 아는 몬양이거던 한 번 물어 보리라 ᄒ고 엇ᄯ 이 이 엇ᄯ 이 이
불를 쩌의 이 이는 다른 이가 안이라 남원 장바닥의셔 다라진 놈이엿짜
귀변 쪽코 지치 잇쏘 스람 돌나먹기난 이상 업는 놈이엿짜 져 불너씸익가
오냐 네가 츈향의 말노 노리를 부르고 간이 츈향이가 죽언는야 져 놈이
어ᄉ쏘 눈치를 본이 아마도 츈향과 무신 ᄉ졍이 인는 모양이거던 츈향이
죽어지요 언졔 죽엇단 말린야 몃칠 안이 되얏쑈 엇그졔 죽어셔 갓짜 뭇어지
요 이 이 그러면 츈향 무덤 좀 갈쳐도라 여보 나무 허지 말고요 이 이 나무
갑셜 쥬마 얼마 쥬시리오 양반 쥬마 닉씨오 돈은 짯씻짜 이리 오씨요 져
건네 시 쵸분ᄒ여 논 게 그거시 츈향의 무덤이요 아히 돌여보닌 후의 (즁머
리) 어ᄉ쏘 거동보쇼 두 쥬먹을 불ᄯᆫ 쥐고 쵸분으로 건너갈 졔 천방지방
여광여취 울며 불며 건너가셔 쵸분을 덥벅 안쬬 치둥굴 닉리둥굴 목계비질
덜컥ᄒ며 이고 츈향아 이거시 웬 일린야 쳘니원졍 먼먼 질의 오민불망 우리
츈향 상봉코ᄌ 오난 질의 죽짠 말이 웬 말린야 옥향쳥산문두견의 귀쵹도불
려귀라 언졔 다시 츈향 볼고 <u>이고 이고 셔른지고 이고란 말 당챤ᄒ다 부모</u>
<u>상의 이고 ᄒ졔 츈향 죽은듸 이고 ᄒ랴 어이 어이 어이란 말 당챤ᄒ다</u>
<u>죠모상의 어이 ᄒ졔 츈향 죽은듸 어이 ᄒ랴 이고도 못ᄒ고 어이도 못ᄒ고</u>
<u>억머구리 울음 울 듯 입을 쎡 벌이고 아아아</u> 한참 이리 할 지음의(〈장자백
창본〉, 192 · 194쪽)

　　강릉매화타령과 춘향가에서 이 대목의 기능은 다르다. 강릉매화타령에
서는 반드시 필요한 것이지만 춘향가에서는 그저 웃자고 첨가한 부수적인
것이다. 그리고 〈골생원전〉에도 〈장자백 창본〉의 밑줄 친 부분과 같은
"츆문을 맛친 후의 직비하며 통곡한다 김광슈 죽은 쳐자 듸ᄒ즁의 만낫시
니 우리도 그갓치 이졔 보겨ᄒ옵소셔 이고ᄼᄼ 보고지고 일엇탓 통곡홀

제 방자 엿자오듸 위친상사의 익고々々 우졔 첩의 상사의 익고々々 우난
잇가 이놈 네 몰른다 위친상사난 슬풀 익쯔건이와 첩의 상사난 살앙 익쯔
라"가 있다.[19]


## 3. 배비장타령과의 교섭 양상

강릉매화타령은 배비장타령과도 교섭하고 있다. 골생원이 강릉사또와
매화의 공모에 의해 알몸으로 망신 당하는 모티프는 배비장이 사또와
애랑의 공모에 의해 알몸으로 망신 당하는 모티프와 동일하다. 그리고
강릉매화타령에서 이별대목이 크게 확대되어 있는 것도 배비장타령과
유사하다. 배비장타령에서 정비장과 애랑의 이별대목이 상당히 확장되어
있는 것은 배비장을 희화적이고 세속적인 인물로 그리기 위한 예비적
장치인데, 강릉매화타령에서도 이별대목을 크게 확대하여 골생원을 희화
화하고 있다.

강릉매화타령은 사랑대목과 이별대목에서도 배비장타령과 일부 교섭
하였지만 특히 망신대목에서 배비장타령과 교섭한 양상이 뚜렷하다.

잇듸 믜화 骨生員 훨적 벽겨 동아줄노 허이 자마여 글으고 경포듸로 올나
간다 사도 분부ᄒ되 소방상여 졍이 꼭 매고 거흐고 우듸군 열두 롬이 골나
메고 가며 어하 넌년 넘차 넘차 불상허다 불상허다 어아 넘자 骨生員 불상ᄒ

---

19 〈매화가〉에는 〈골생원전〉과 조금 다르게 되어 있다. "믜화 무던의 가 어동육셔 진설ᄒ고
骨生員 업져 祝文 닐운 후어 冊房으로 와셔 종시 믜화를 못이지저 그저 아고 아고 痛哭하이
방자 여보시요 父母 주근 듸 아고 아고 흐직 졉 주근듸 아고 아고 흐오 骨生員 부긋여워
父母 주근듸는 실풀 야자 아고요 졉 주근 듸는 사앙 야자 아고이라 아고 아고 셔운지거"(122
쪽).

다 千里 江陵 나여와다 무쥬긱魂 도거귀나 어이야나 불상ᄒ다 너어 너어 넘자 너오 너오 가연ᄒ다 혼박인덜 드을소야 발 마초와 가며 너어 넘자 넘자 (중략) 그어ᄒ면 항상 두의 다아가오 다아가면 살코나 살아낫기 조쳐요 신쳐ᄂ 셕기지고 혼빅은 잡귀도 아저 잡귀도신된 너울 닷야 셔억의요 가자 미화 여자오듸 동하줄노 허이 마야 벌거벽고 나을 나을 다야가사 아무나 부면 우싀흘긔다 아무도 모로이다 엽여 말고 가사이다 □□□ 骨生員 거동 부소 骨生員 명기 □□□ 병커시 □□□ 쏘 산불이 가관이다 미화 두을 骨生員 우나가며 노아 아불너 올나간다 使道 骨生員을 소기라고 제상의 차인 음식을 진셜ᄒ고 풍유로 일지 (미)화 骨生員을 솟고 올나가 □□□ 야야 이 아셔라 使道 무섭다 미화 엿자오듸 유명이 달나싯이 모로나이다 使道 우이 두을 위ᄒ야 음식을 □□□□ 다 이나이다 비 부으거 먹고 가사이다 骨生員이 □□□□ 기셔 쌩나거나 미화 엿자오듸 우이난 먹거도 世上사암 모오나이다 骨生員 連日不食 쥴인 솟 주욱을 실거 먹고 陽地 굿틔 안즈던 이 使道 分付ᄒ되 미화을 상각ᄒ어 魂엉이덜 아이 조을손아 온갓 風流 다할 젹의 미花 骨生員다여 하ᄂ 말이 우이道 함그 놀고 가사 미화 춤츄며 지아즈 조을싯고 한창 이니 로일 저긔 骨生員 흥이 낫셔 미화 함긔 듸무할 졔 졔옥 닷이 쑤드이며 곰배팔 니둘으며 쥬젹거이 노일 젹의 사도 담빅잔을로 밧삭 지지이 骨生員 감작 놀닉야 본이 인간이 分明ᄒ다 〈매화가〉, 126-129쪽)

위의 인용문은 〈매화가〉에서 가져온 것인데, 〈골생원전〉에는 이 대목이 낙장되었기 때문에 구체적인 모습을 확인할 수 없다. 그러나 신재효 〈오섬가〉의 "쏘 한 가지 우슬 이리 강능 칙방 골싱원을 미화가 속이라고 빅쥬에 슨 스름을 거줏도이 쥭엇다고 활신 벽겨 압셰우고 상에 뒤를 싸라가며 이 스람도 건드리고 져 스름도 건드리며 즈지에 방울 차고 달랑달낭 노는 것이 그도 쏘한 굿실네라"[20]나 〈오유란전〉의 "이생은 그렇게 여기고 적신(赤身)으로 문을 나서니 행동이 어수룩하고 모습이 초라했다. 축 드리워진 금경(金莖)은 두 방울 사이에서 끄덕끄덕하고, 주먹의 반만한 동주(銅柱)는 양다리 사이에서 달랑달랑하니, 대낮에 보는 사람 쳐놓고 누구나 웃지 않을 수 없었지만 엄중한 명령 하에 감히 지껄이지 못했다."[21]로 미루어 볼 때 〈매화가〉보다 훨씬 적나라했을 것으로 짐작할 수 있다.

질방 걸어 궤를 지고 문을 열며 썩 나서서 노래하되, 상두꾼의 소리로 하던 것이었다. "워 너머차 너호. 어와, 원산에 안개 돌고 근촌에 닭이 운다." (중략) 그 자가 하는 말이 "우리 배에는 부정 탈까 못 올리겠고, 궤 문이나 열어 줄 것이니, 능히 헤어 갈까?" "글랑은 염려 마오, 내가 용산 삼개 왕래할 제 개헤엄 낱이나 배웠소." "이 물은 짠물이라 눈에 들면 멀 것이니 감고 헤자." "눈은 생전 멀지라도 목숨이나 살려주오." 그 자가 하는 말이 "그럴 지경이면 눈은 멀지라도 날 원망은 마시오." 하고 함정같이 잠긴 금거북쇠를 툭 쳐 열어 놓으니 배비장 알몸으로 썩 나서며 그래도 소경 될까 염려하여 두 눈을 잔뜩 감으며 이를 악물고 왈칵 냅다 짚으면서 두 손을 허위적허위적 헤어 갈 제 한 놈이 나서며 "이리 헤자." 한참 이 모양으로 헤어 갈 제 동헌 댓돌에다 대궁이를 딱 부딪치니 배비장 눈에 불이 번쩍 나서 두 눈을 뜨며 살펴보니 동헌에 사또 앉고 대청에 삼공형이며 전후 좌우에 기생들과 육방 관속 노령배가 일시에 두 손으로 입을 막고 참는 것이 웃음이라. 사또 웃으면서 하는 말이, "자네 저것이 웬 일인고." 배비장 어이없어 고개를 숙이고 여쭈오되 "소인의 친산이 동소문 밖이옵더니 근래 곤손풍이 들어 이 지경 되었나이다."(〈배비장전〉, 87-92쪽)[22]

20  강한영 교주, 『신재효판소리사설집(전)』, 민중서관, 1974, 685쪽.
21  김기동 편, 『이조해학소설선』, 정음사, 1979, 157쪽.
22  정병욱 교주, 『배비장전·옹고집전』, 신구문화사, 1974.

이와 같이 강릉매화타령과 배비장타령이 교섭하고 있는 것이 분명하다. 강릉매화타령은 춘향가와 배비장타령에 크게 빚지고 있는 것이 사실이다. 그러나 강릉매화타령이 일방적으로 신세진 것은 아닐 것이고, 춘향가나 배비장타령도 강릉매화타령에 어느 정도 빚지고 있을 것이다. 강릉매화타령은 이외에도 심청가, 수궁가 등 다른 판소리와도 교섭하였을 뿐만 아니라 시조, 무가 등과도 활발하고 광범위하게 교섭하였다.


## 4. 맺음말

강릉매화타령은 다른 판소리는 물론이고 다른 장르와도 폭넓게 교섭하고 있다. 이 글에서는 강릉매화타령의 판짜기 전략의 하나로 춘향가, 배비장타령과 교섭한 양상을 살펴보았다. 이상에서 살펴본 바를 간략하게 정리하면 다음과 같다.

강릉매화타령은 구성 및 내용에 있어서 춘향가, 배비장타령과 유사한 대목이 많기 때문에 활발하고 광범위하게 교섭하였다. 사랑대목에서는 사랑가, 이별대목에서는 매화가 날 다려가오라며 애원하는 대목, 골생원과 매화가 주고받는 정자타령, 연자타령, 절자타령, 인자타령, 매화가 부르는 이별타령, 정표를 교환하는 대목, 매화가 발악하는 대목, 달랑쇠가 핀잔하는 대목 등이 춘향가와 교섭하였다. 과거대목에서는 골생원이 달랑쇠에게 매화를 자랑하는 대목, 골생원이 보고지고 소리를 지르는 대목, 골생원이 과거보는 대목 등이 춘향가와 교섭하였다. 망신대목에서는 골생원이 매화의 헛무덤에서 통곡하는 대목이 춘향가와 교섭하였다. 그리고 골생원이 사또의 계략에 속아 알몸으로 망신당하는 대목은 배비장타령과 교섭하였다.

강릉매화타령은 춘향가와 배비장타령에 크게 빚지고 있다. 후대로 내려오면서 이들과 더욱 활발하게 교섭한 결과 강릉매화타령으로서의 독자성을 잃어버릴 정도가 되어 버렸다. 그 결과 경쟁력을 상실하게 되었고, 결국 소리판에서 사라지게 되었던 것이다.

# 제3부 조선 후기 사회와 한문단편

# 의적계 한문단편과 민중의식

## 1. 머리말

한문단편은 거리의 傳奇叟나 사랑방 이야기꾼 등에 의해 전승되던 민중 세계의 화제를 18·19세기에 한문에 소양이 있는 몰락 지식인이 한문으로 기록한 것이다. 한문단편은 표현이 拙朴하면서 민중 세계의 진실이 그대로 생동하여 독자들에게 종래의 소설류보다 더 많은 공감을 주었다.[1] 왜냐하면 조선 후기 사회의 변모상은 물론 변모하는 사회 속에서 살아가는 민중들의 발랄한 모습과 그들의 저력(힘)을 진실하게 다루었기 때문이다.

이 글에서는 한문단편 중에서 의적계 한문단편의 전반적인 성격에 대해 살펴보기로 한다. 의적계 한문단편이란 의적의 활약상을 다룬 것으로 『靑邱野談』, 『東野彙輯』 등 조선 후기의 야담집에 거듭 보인다. 그 속에는

---

1　이우성·임형택 편역, 『이조한문단편집(상)』, 일조각, 1973, 3쪽. 초판본은 『이조한문단편집(상)』은 1973년, 『이조한문단편집(중)』과 『이조한문단편집(하)』는 1978년에 일조각에서 간행되었다. 특별한 경우를 제외하고는 개정판인 이우성·임형택 편역, 『이조한문단편집 1-4』(창비, 2018)에서 인용한다.

현실적 고난을 해결할 수 있는 영웅이 부재했던 18·19세기에 민중이 가지고 있던 영웅 기대 심리가 반영되어 있다.

문학이 사회적 산물이라고 할 때, 우리는 의적계 한문단편을 통해 조선 후기 사회의 참모습과 그 속에서 심각하게 인식되었던 현실 문제와 만날 수 있고, 그러한 시대를 살아간 민중들의 생생한 모습과 그들이 가졌던 현실 인식의 한 단면과 만날 수 있다. 이를 위해 제2장에서는 의적계 한문단편의 유형 및 서사적 전개 양상을 살펴 의적계 한문단편의 특징을 해명할 것이고, 제3장에서는 의적계 한문단편이 형성된 배경을 살피기 위해 조선 시대에 활약했던 의적들을 살펴본다. 이를 통해서 의적계 한문단편의 형성과 조선 시대의 의적 사이에 역사적 필연성이 개재되어 있음을 확인할 수 있을 것이다. 제4장에서는 의적계 한문단편이 어떻게 형성되었으며, 어떤 형태로 변모되었는가를 밝히게 될 것이다. 마지막으로 제5장에서는 의적계 한문단편에 드러난 현실 문제와 그것이 해결되는 양상을 살펴볼 것이다.

한문단편에 관한 연구 성과는 한문단편의 연구사에 비해 양적·질적인 면에서 상당한 수준에 이르고 있다. 1980년대 초까지 이룩된 연구 가운데 의적계 한문단편과 관련이 있는 연구로는 임철호의 논의[2]와 단편적으로 언급한 것이 있다.[3]

---

2  임철호, 「문헌설화에 나타난 인간상 (II)」, 『논문집』 11, 전주대학, 1982.
3  조희웅, 『조선후기 문헌설화의 연구』, 형설출판사, 1978; 서종문, 「19C 한국문학의 성격」, 『19세기 한국 전통사회의 변모와 민중의식』, 고려대 민족문화연구소, 1982.

## 2. 의적계 한문단편의 유형과 서사적 전개 양상

### 1) 의적계 한문단편 자료

의적계 한문단편이란 18·19세기에 정리된 의적들의 활약상을 다룬, 한문으로 기록된 짧은 이야기를 지칭한다. 즉, 민중으로부터 이탈된 草賊에 관한 이야기가 아니라 민중의 비호를 업고 민중적 기반 위에서 봉건적 지배 계층과 첨예한 대결을 벌이는 의적들의 활약상을 다룬 한문단편이 의적계 한문단편이다.

의적 내지 群盜에 관한 이야기는 『청구야담』을 비롯한 조선 후기의 야담집에 두루 발견되는데, 『이조한문단편집 3』[4]과 『한국문헌설화전집』,[5] 『일사유사』[6]에 수록된 자료를 중심으로 살펴보기로 한다. 이 자료집에는 의적 내지 군도에 관한 한문단편이 여러 편 보이는데, 모든 자료를 의적계 한문단편으로 보기는 어렵다. 그중에서 의적으로서의 성격이 희박한 인물이 등장하는 경우나 의적으로서의 활약상이 두드러지지 않는 경우는 의적계 한문단편으로 보기 어렵다.

의적계 한문단편을 정리하면 다음과 같다. 작품의 제목은 『이조한문단편집 3』과 『한국문헌설화전집』 등 문헌에 실린 대로 하되, 『이조한문단편집 3』의 자료는 원문헌의 제목을 부기하였다.

① 〈月出島〉, 『이조 3』, 13-21쪽,[7] 〈語消長偸兒說富客〉, 『청구야담』 권6

---

4  이우성·임형택 편역, 『이조한문단편집 3』, 창비, 2018; 이우성·임형택 편역, 『이조한문단편집 4(원문)』, 창비, 2018. 앞으로 각각 『이조 3』과 『이조 4』로 약칭한다.

5  동국대학교 한국문화연구소, 『韓國文獻說話全集(1)-(10)』, 태학사, 1981. 앞으로 『문헌(2)』 등으로 약칭한다.

6  장지연, 『逸士遺事』, 匯東書舘, 1922.

7  이우성·임형택 편역, 『이조한문단편집 3』(창비, 2018)의 제목과 페이지이다. 앞으로도

② 〈新市〉,『이조 3』, 23-26쪽, 〈鬐蛇角綠林修貢〉,『동야휘집』권4

③ 〈淮陽峽〉,『이조 3』, 67-74쪽,[8] 〈淮陽峽〉,『記聞叢話』

④ 〈葛處士〉,『이조 3』, 115-118쪽, 〈葛處士〉,『逸士遺事』

⑤ 〈明火賊〉,『이조 3』, 33-35쪽, 〈明火賊〉,『頤齋先生遺稿續』권12

⑥ 〈네 친구(四友)〉,『이조 3』, 37-43쪽,『雪橋別集』권4

⑦ 〈誤結交納錢失財〉,『동야휘집』권8,『문헌(4)』, 613-621쪽

⑧ 〈洪吉同 以後〉,『이조 3』, 48-64쪽, 〈綠林客誘致沈上舍〉,『청구야담』
　　권7

⑨ 〈聲東擊西〉,『이조 3』, 84-89쪽, 〈諭義理群盜化良民〉,『청구야담』권6

⑩ 〈再掠財感化群盜〉,『동야휘집』권4,『문헌(3)』, 503-511쪽

⑪ 〈三施計攫取重寶〉,『동야휘집』권4,『문헌(3)』, 511-526쪽

⑫ 〈善感化諭群盜歸良〉,『동야휘집』권4,『문헌(4)』, 607-612쪽

⑬ 〈還玉童宰相償債〉,『청구야담』권3,『문헌(2)』, 231-234쪽

⑭ 〈宣川 金進士〉,『이조 3』, 76-82쪽, 〈宣川 金進士〉,『삽교별집』권4

⑮ 〈朴長脚〉,『이조 3』, 108-113쪽, 〈義賊 朴長脚〉,『일사유사』

⑯ 〈玉笛〉,『이조 3』, 28-31쪽, 〈吹鶴脛丹山脫禍〉,『동야휘집』권4

⑰ 〈獷賊〉,『이조 3』, 91-97쪽, 〈捕獷賊具名唱權術〉,『청구야담』권4

⑱ 〈盜婿〉,『이조 3』, 99-106쪽, 〈盜婿〉,『鷄鴨漫錄』


　이외에도 의적 및 군도에 관한 자료로 다음과 같은 것이 있는데, 필요한 경우에 함께 다루기로 한다.


　　• 〈我來賊〉,『이조 3』, 45-46쪽, 〈必題我來〉,『禦睡新話』

---

이와 같다.
8　『동야휘집』권4,『문헌(3)』의 〈責失信警罰布衣〉(634-643쪽)가 비슷한 이야기이다.

- 〈太白山〉, 『이조 3』, 124-128쪽, 〈林將軍山中遇綠林〉, 『청구야담』 권4

- 〈擲劍〉, 『이조 3』, 130-134쪽, 〈賊魁中宵擲長劍〉, 『청구야담』 권1

- 〈會琳宮四儒問相〉, 『청구야담』 권1, 『문헌(2)』, 55-61쪽

- 〈北寺遇神僧論相〉, 『동야휘집』 권3, 『문헌(4)』, 458-465쪽

- 〈會山寺四儒問相〉, 『海東野書』, 『문헌(6)』, 600-603쪽

## 2) 의적계 한문단편의 유형

의적은 봉건적 지배 체제의 통치 질서에서 벗어나 탐관오리나 부호들의 재물을 탈취하는 등 저항 활동을 벌인다. 따라서 지배 계층은 의적을 진압하려고 부단한 노력을 기울이게 되고, 의적은 이에 저항하게 되어 쌍방의 첨예한 대결은 불가피하게 된다. 이 대결은 의적이 승리하든지 지배세력이 의적을 진압하든지 또는 의적이 자발적으로 귀순 내지 귀향함으로써 해소될 수 있다. 다만 의적이 승리할 경우에는 대결이 일시적으로 해소되기는 하지만 다시 첨예한 대결로 이어질 소지가 잠재되어 있다.

의적 활동을 진압하는 것은 봉건 지배세력 모두의 과제라 할 수 있지만, 특히 일선에서 치안의 임무를 띤 관으로서는 심각한 과제가 아닐 수 없다. 따라서 관군이 앞장서서 의적 진압을 맡게 되어 자연 이 대결은 의적과 관군의 대결로 압축된다. 전통사회에서 관은 언제나 민중 쪽에 서 있기보다 지배세력 쪽에 서서 그들의 권익 옹호에 앞장서 왔다. 이런 점에서 의적과 상대적인 지배세력 전체를 묶어 '官邊側'이라 할 수 있다.

의적과 관변측의 대결 양상은 다음과 같이 네 가지 경우로 나타날 수 있다.

제1유형은 의적이 진압하려는 관변측을 일방적으로 패퇴시키거나 의적 활동을 자유롭게 하는 경우이고, 제2유형은 의적이 활동을 자유롭게 한 후 자발적으로 귀순하거나 귀향하는 경우이다. 제3유형은 관변측이

의적 진압을 거듭 실패하다가 겨우 성공하는 경우이고, 제4유형은 관변측이 일방적으로 의적을 진압하는 경우이다.

제1유형은 의적이 관변에 대해 일방적인 우위에 있으므로 의적절대우위형, 제2유형은 의적이 관변에 대해 상대적인 우위에 있으므로 의적상대우위형, 제3유형은 관변이 의적에 대해 상대적인 우위에 있으므로 관변상대우위형, 제4유형은 관변이 의적에 대해 일방적인 우위에 있으므로 관변절대우위형이라고 할 수 있다. 그런데 제4유형처럼 관변이 일방적인 우위에 있는 경우는 의적의 활약이 미약하거나 제대로 활약도 못하고 진압되는 경우이기 때문에 민중들에게 화젯거리가 될 수 없다. 실제로 한문단편에서 제4유형의 예는 찾기 어렵다. 따라서 의적계 한문단편은 세 유형으로 분류하는 것이 바람직하다.

앞에서 제시한 의적계 한문단편 자료 중에서 ①-⑦이 제1유형, ⑧-⑭가 제2유형, ⑮-⑱이 제3유형에 해당된다.

## 3) 의적계 한문단편의 서사적 전개 양상

### (1) 유형별 검토

의적계 한문단편의 서사적 전개 양상을 살피기 위해 각 유형의 대표적인 작품 두 편을 분석하기로 한다. 논의의 편의를 위해 의적 활동과 긴밀한 관계에 있는 즉, 의적과 관변의 대결과 관계되는 단락을 중심으로 정리한다. 왜냐하면 의적계 한문단편 중에는 구성이 치밀하지 못한 것이 다수 있고, 모든 부분을 단락으로 정리하면 의적계 한문단편의 성격을 드러내는 데 효과적이지 않기 때문이다.

## 가. 제1유형: 의적절대우위형

〈가-(1)〉 〈명화적〉

[1] 金檀은 이씨 집 하인인데, 영리하여 일을 하지 않고 양반집 자제들과
    어울려 글을 알게 되었다.

[2] 대장부로 태어나서 당대의 쓰임을 얻지 못하고 뜻을 펼 수 없어서 15,
    6세에 집을 나와 의적이 되었다.

[3] 무고한 사람은 결코 죽이지 않았으며, 부자의 재물을 반분하고 탐관오리
    들의 재물을 몰수하였다.

[4] 어느 날 우연히 같은 마을에 살던 노인을 만났는데, 노인이 귀향을 권유
    하자 신분의 구애를 받기 싫다면서 거절하고 그를 돌려보냈다.⁹

〈가-(2)〉 〈신시〉

[1] 金義童은 신수근의 하인으로 계속되는 힘든 일을 견디지 못했다.

[2] 19세에 도망하여 역졸이 되었는데, 봉표사를 따라 북경에 갔다가 蛇角을
    얻어 횡재하게 되고, 고국에 돌아와 유리 방랑하는 무리를 모아 의적장이
    되었다.

[3] 불의의 재물을 탈취하여 큰 재물을 모으게 되어 부와 영화가 公侯보다
    더했다.

[4] 어느 날 외거노비의 세공을 받으러 가던 옛 동료를 만나 잘 대접하고
    옛 주인에게 많은 재물을 보냈다.¹⁰

각 단락의 의미를 살펴면서 제1유형의 전개 양상을 살펴보면 다음과

---

9   이우성·임형택 편역, 『이조한문단편집 3』, 창비, 2018, 33-35쪽.
10  이우성·임형택 편역, 『이조한문단편집 3』, 창비, 2018, 23-26쪽.

같다. 단락 [1]은 김단, 김의동이 하인이라는 신분적 제약으로 고난에 처해 있으며, 그 때문에 자신의 뜻을 펼 수 없는 상황에 관한 부분이다. 의적이 되기 전의 상황으로, 여기서 문제가 된 것은 경제적 갈등이 아니라 신분적 갈등이다. 의적 활동은 근본적으로 민중이 겪고 있는 경제적 궁핍에서 비롯된 것이라 할 수 있는데, 대부분의 의적계 한문단편에서는 이 문제를 심각하게 다루고 있지 않다. 이는 한문단편이 정착되던 18 · 19세기가 경제적 갈등보다 오히려 민중의 신분적 갈등이 더욱 문제시되던 시대였기 때문일 것이다.

단락 [2]는 의적이 되는 동기에 관한 부분이다. 〈가-(1)〉에서는 대장부로 태어나서 신분적 제약 때문에 당대의 쓰임을 얻지 못하고, 뜻을 펼 수 없어서 의적이 되었으며, 〈가-(2)〉에서는 뚜렷한 동기가 명시되어 있지 않지만 김의동의 신분이 하인이므로 이 역시 신분적 제약에서 벗어나고자 의적이 된 것으로 볼 수 있다.

단락 [3]은 의적으로서의 활약상에 관한 부분이다. 〈가-(1)〉에서는 부자와 탐관오리의 재물을 탈취하여 많은 재물을 모았고, 〈가-(2)〉도 동일하다. 부자와 탐관오리의 재물만 탈취하였다는 것은 富의 편중에 따른 민중의 지배층에 대한 적개심의 표현이며, 현실적 욕구 불만 즉 경제적 궁핍화의 代理的 適應(substitude adjustment)이라 할 수 있다. 이러한 점은 홍길동전의 전개 양상과 유사하다. 홍길동전에서는 신분적 제약이라는 개인적 차원의 욕구 불만이 사회적 차원인 경제적 문제로 전이되어 의적 활동이라는 대리적 적응으로 해소된다.[11]

---

11  김일렬, 『조선조소설의 구조와 의미』, 형설출판사, 1984, 34-47쪽. 한편 홍길동전과 의적계
   한문단편의 관계는 주목할 만하다. 『청구야담』의 〈綠林客誘致沈上舍〉에는 의적이 스스
   로 홍길동의 계승자임을 표방하고 있으며, 의적 활동 양상(해인사와 함흥감영 약탈)이
   비슷하다. 분명하게 말하기는 어렵지만 의적계 한문단편의 형성에 홍길동전의 영향도
   있었을 것으로 보인다.

단락 [4]는 의적의 인간성에 관한 부분이다. 〈가-(1)〉은 같은 마을에 살던 노인을 살려 보내고, 〈가-(2)〉는 옛 동료를 잘 대접하고 옛 주인에게 많은 재물을 보낸다. 이 단락은 의적에 대한 긍정적인 시선이 주어지도록 하기 위해 설정된 것이라 할 수 있다.

이상의 단락을 일반화하여 정리하면 제1유형의 구조는 '[1] 의적이 되기 전(미천한 신분) - [2] 의적이 되는 동기(自願 義賊) - [3] 의적으로서의 활약상(대리적 적응) - [4] 의적의 인간성(긍정적 시각)'으로 정리할 수 있다.

## 나. 제2유형: 의적상대우위형

〈나-(1)〉 〈성동격서〉

[1] 영남에 한 진사가 있었는데, 문장과 지모가 一道에 유명하여 장래 都元帥 감으로 지목되고 있었다.

[2] 신분을 감춘 의적이 찾아와서 진사에게 그들의 두목이 되어 달라고 하자, 처음에는 거절했지만 위협에 못 이겨 의적장으로 영입되었다.

[3] 신출귀몰한 僞計로 전라도 만석꾼의 재물을 탈취하여 많은 재물을 얻었다.

[4] 다음 날 의적들을 크게 호궤하고, 五倫과 四端을 들어 의적 활동이 부당함을 역설하고 그들을 회유하여 귀향시키고 자신도 집으로 돌아온다.[12]

〈나-(2)〉 〈三施計攫取重寶〉

[1] 심 진사는 명문 사족 출신이나 성격이 호방하여 예법에 구애되지 않았으며, 일찍이 과거를 폐하고 蔭仕를 구하지 않았다.

[2] 어느 날 의적에게 납치되었는데, 그들이 의적장이 되어 달라고 요구하자

---

12 〈성동격서〉, 이우성·임형택 편역, 『이조한문단편집 3』, 창비, 2018, 84-89쪽.

뜻을 펴 볼 수 있는 좋은 기회라 하며 흔쾌히 응하였다.

[3] 의적장이 된 후, 신출귀몰한 게릴라전법으로 해인사를 약탈하고, 安東
富豪의 외아들을 유괴하여 재산과 바꾸고, 함흥감영을 약탈하여 많은
재물을 모았다.

[4] 의적들에게 모든 재물을 나누어 주고 회유하여 귀향시키고 자신도 집으
로 돌아온다.[13]

제2유형의 전개 양상은 다음과 같다. 단락 [1]은 의적이 되기 전의 상황
이다. 〈나-(1)〉의 진사는 문장과 지모가 뛰어나 도원수 감의 인물이고,
〈나-(2)〉의 심 진사는 명문 사족 출신이나 일찍 과거를 포기한 인물이다.
이들은 개인적인 능력에도 불구하고 벼슬길에 나아가지 못해 자신들의
뜻을 펼 수 없는 처지에 있는 인물들이다. 이것이 바로 17세기 이후 형성
된 몰락 양반 지식인의 모습이다. 임진·병자 양란을 겪은 18세기 이후에
는 양반의 수적 증가와 거듭된 당쟁, 지배체제 자체의 탄력성 상실 등으로
인해 극단적인 양반의 이원화가 이루어졌다. 집권 양반층은 점차 벌열화
하여 정권을 전담하여 귀족화되었으며, 집권 양반층에서 소외된 양반층
은 土班이나 殘班이 되었다. 이들 몰락 지식인들 중 일부가 민중 운동의
지도자가 되기도 하였다.[14]

단락 [2]는 의적이 되는 동기이다. 〈나-(1)〉과 〈나-(2)〉 모두 자원에
의한 것이 아니라 의적에게 납치되어 어쩔 수 없는 상황에서 의적장이
되었다. 이것은 한문단편의 기록자였던 몰락 지식인 즉 정권에서 소외된
자들의 의식의 일단을 보여준다. 몰락 지식인은 그들의 처지가 비록 권력
에서 소외되고 오히려 민중과 가까웠지만 사회적, 경제적 위치는 여전히

---

13  동국대학교 한국문화연구소, 『한국문헌설화전집 (3)』, 태학사, 1981, 511-526쪽.
14  강만길, 『한국근대사』, 창작과비평사, 1984, 121-123쪽.

민중과 달랐으며, 사고방식 역시 민중과는 상당한 거리가 있었다.

단락 [3]은 의적의 활동상이다. 약탈의 대상은 부호와 탐관오리, 해인사 등이다. 의적 활동은 결코 경제적 궁핍화에서 벗어날 수 있는 길이라고 할 수 없다. 그들은 경제적 궁핍이라는 현실을 인식하고 있으면서도 그 문제를 해결할 수 있는 정상적인 방법을 제시하지 못하고 있다. 의적 활동은 어디까지나 몰락 지식인의 대리적 적응 이상이 아니다. 그들은 비정상적인 방법으로나마 심각한 현실적 문제를 해결해 보고자 했던 것이다.

단락 [4]는 의적이 귀향하게 되는 내용이다. 의적상대우위형에서 의적의 귀향은 처음부터 예상되던 결과이다. 의적장은 자원에 의해 의적이 된 것이 아니었으며, 의식구조 역시 王化에서 벗어나지 못했기 때문이다.[15] 이런 점에서 의적은 개혁자이지 혁명가는 아니며, 의적이 강령을 가지고 있다고 하더라도 그것은 '본래 있어야 할 모습'으로서의 전통적 질서를 지키는 것 또는 복고하는 것 이상이 아니다.[16]

이상의 단락을 일반화하면 제2유형의 구조는 '[1] 의적이 되기 전(몰락 양반 지식인) - [2] 의적이 되는 동기(강제 납치) - [3] 의적으로서의 활약상 (대리적 적응) - [4] 의적의 귀향(전통적 질서 회복)'으로 정리할 수 있다.

## 다. 제3유형: 관변상대우위형

〈다-(1)〉 〈옥적〉

[1] 임꺽정은 양주의 백정 출신인데, 성격이 영리하고 驍勇한 사람이었다.

[2] 임꺽정은 추종하던 수십 명의 날래고 민첩한 축들과 함께 봉기하여 의적

---

15 박지원의 〈허생전〉의 群盜 歸鄕 모티브와 단락 [4]는 유사하다. 연암이 〈허생전〉을 창작하면서 의적 이야기의 이 모티브를 수용한 것으로 짐작된다.
16 에릭 홉스봄 저, 황의방 역, 『의적의 사회사』, 한길사, 1978, 20-23쪽, 참고.

장이 되어 경기도와 황해도 일대에서 대단한 활약을 하였다.

[3] 조정에서는 임꺽정을 체포하기 위해 선전관을 보내기도 하고, 대여섯 고을 합동으로 토벌 작전을 벌이기도 하였지만, 아전과 지방민들이 그 사실을 임꺽정에게 선통했기 때문에 그때마다 실패했다.

[4] 謀主 서림의 배반으로 捕討使 南致勤에게 체포되어 처형되었다.[17]

〈다-(2)〉 〈광적〉

[1] 李景來는 양양 사람으로 힘이 무등 장사이고 대담 영특하였다.

[2] 이경래가 신출귀몰한 전법으로 의적 활동을 하였다.

[3] 이경래는 암암리에 지방의 향리들과 연결되어 있어서 관군이 정규전으로는 도저히 진압할 수 없었다.

[4] 선전관 具紞은 特殊便衣隊를 조직하여 광대패로 변장하고 수색 작전을 벌였는데, 이경래는 마침내 구담의 흉계에 말려들어 붙잡혀 처형당했다.[18]

각 단락의 성격을 살펴보면 다음과 같다. 단락 [1]은 의적이 되기 전의 상황으로, 〈다-(1)〉의 의적은 백정 출신이고, 〈다-(2)〉의 의적 역시 지배계층 출신이 아니다. 그러나 이들은 신분적 미천함에도 불구하고 능력이 뛰어난 인물들이다. 이들이 의적이 되는 동기는 경제적인 문제에 있는 것이 아니라 신분적 문제에 있다. 단락 [2]는 의적의 활약상으로 둘 다 대단한 활약을 벌인다. 단락 [3]은 관변측이 의적 진압을 위해 노력하는 부분이다. 그러나 관군의 거듭된 토벌 작전은 번번이 실패하고 만다. 관군이 실패할 수밖에 없었던 것은 민중들이 의적과 우호적인 관계에 있었기

---

17  〈옥적〉, 이우성·임형택 편역, 『이조한문단편집 3』, 창비, 2018, 28-31쪽.
18  〈광적〉, 이우성·임형택 편역, 『이조한문단편집 3』, 창비, 2018, 91-97쪽.

때문이다. 단락 [4]는 관변측이 의적을 성공적으로 진압하는 부분이다. 관군은 정규전으로는 의적 진압이 불가능함을 깨닫고 위계로 겨우 진압하게 된다.

이상의 단락을 일반화하면 제3유형의 구조는 '[1] 의적이 되기 전(미천한 신분) - [2] 의적으로서의 활약상(대리적 적응) - [3] 관군의 의적 진압 노력(진압 실패) - [4] 의적 진압 성공(의적의 패배)'으로 정리할 수 있다.

### (2) 종합적 검토

앞의 유형별 검토에서 각 단락을 대등한 비중으로 다룬 것은 의적계 한문단편의 구조적 특징을 드러내기 위한 작업이기 때문이었다. 그러나 의적계 한문단편이 가지는 각 단락의 비중은 대등한 것이 아니다. 단락의 비중은, 반드시 그런 것은 아니지만, 서사적 분량에 비례한다고 할 수 있다. 서사적 분량이 많다는 것은 그 단락이 가지는 비중 즉 의미가 그만큼 크다고 할 수 있다. 한 단락의 비중은 다른 단락과의 상대적인 면에서든지 단락 자체의 절대적인 면에서든지 작자 의식을 일정하게 반영하고 있기 때문이다.

각 단락의 비중에 관심을 가지고 의적계 한문단편의 서사적 전개 양상을 살펴보면 다음과 같다.

단락 [1]은 모든 유형에서 다른 단락에 비해 극도로 축소되어 있다. 단락 [1]은 군담소설과 대조적인 점에서 주목할 만하다.[19] 단락 [1]이 축소된 요인은 두 가지 측면에서 생각할 수 있다. 첫째는 의적계 한문단편에

---

19 군담소설과 의적계 한문단편은 모두 영웅이야기이기 때문에 유사한 전개 양상을 보이고 있다. 군담소설은 대체로 '①祈子精誠 → ②胎夢 → ③出生 → ④試鍊 → ⑤國家의 危機 → ⑥主人公의 立功 → ⑦政敵의 復讐 → ⑧富貴榮華'로 전개된다. 한문단편과 비교해 보면 ①-③은 단락 [1], ④는 단락 [2], ⑤, ⑥은 단락 [3], ⑦, ⑧은 단락 [4]와 대응되고 있음을 알 수 있다. 대응되는 단락의 성격이 다른 것은 전자는 귀족적 영웅이야기이고 후자는 민중적 영웅이야기이기 때문이다.

등장하는 의적은 귀족적 영웅이 아니라 민중적 영웅이기 때문이다. 민중적 영웅은 미천한 신분 출신이기 때문에 귀족적 영웅과는 달리 드러내 놓을 만한 자랑거리가 없다. 귀족적 영웅에게는 '잃어버린 과거'로의 복귀가 문제이지만, 민중적 영웅에게는 '현실적 고난'에서 탈출하는 것이 문제이기 때문이다. 둘째는 작품이 정착된 시대상과 관련이 깊다. 한문단편이나 군담소설의 작자층은 모두 몰락 양반층이다.[20] 군담소설 시대는 끊임없는 당쟁으로 정치권력이 불안정하여 기회만 있으면 정권에 다시 참여할 수 있어서 잃어버린 과거로의 복귀가 가능한 시대였지만, 의적계 한문단편이 정착되던 18세기 후반기와 19세기는 세도정치라는 비정상적인 일원적 집권체제가 확립되어 몰락 양반의 과거로의 복귀가 거의 불가능했던 시대였기 때문이다. 이런 점은 제2유형에서 더욱 분명하게 나타나 있다.

단락 [2]는 제1유형과 제3유형에는 축소되어 있고 제2유형에는 확장되어 있다. 이러한 양상은 의적의 신분과 밀접한 관계가 있다. 제1유형과 제3유형에서는 미천한 신분 출신이 의적이 되고, 제2유형에서는 몰락 양반이 의적이 된다. 미천한 인물이 의적이 되는 것은 양반에 비해 상대적으로 예사로운 일이지만, 양반(비록 몰락 양반이지만)이 의적이 되는 것은 예사로운 일이 아니다. 제2유형에서 몰락 양반은 강제 납치에 의해 의적이 되었다. 양반이 의적이 될 수밖에 없었던 상황을 설명하기 위해서 이 단락이 확장된 것이다. 몰락 양반이 타고난 운명 때문에 의적이 되는 경우도 있다. 의적이 된 것은 자의가 아니라 운명 때문임을 설명하기 위해서 단락이 확장되고 있다.[21] 의적에 대한 몰락 지식인의 부정적 시각을 보여주고 있는 것이라고 할 수 있다. 여기서 몰락 지식인의 자기 합리화와

---

20  서대석, 『군담소설의 구조와 배경』, 이화여자대학교출판부, 1985, 참고.
21  〈北寺遇神僧論相〉, 『동야휘집』 권3, 『문헌(4)』, 458-465쪽; 〈會琳宮四儒問相〉, 『청구야담』 권1, 『문헌(2)』, 55-61쪽.

결코 민중과 동화될 수 없는 의식의 일단을 만날 수 있다.

단락 [3]은 모든 유형에서 확장되어 있다. 본 단락은 제1유형과 제2유형의 핵심 부분이다. 의적계 한문단편의 향수자는 부호나 탐관오리의 재물을 당당하게 약탈하는 의적의 활약상을 기대하기 마련이므로 단락 [3]이 확장되는 것은 당연하다. 특히 〈월출도〉나 〈誤結交納錢失財〉 같은 작품은 단락 [3]의 확장만으로 되어 있다. 이것은 의적이 출현하여 사회적 부조리를 일소하기를 기대했던 의적계 한문단편 향수자층의 의식이 가장 잘 반영된 것이라 할 수 있다. 민중의 현실적 고난을 해결해 줄 수 있는 진정하고도 공인된 영웅이 없었던 시대에 의적은 쉽게 민중적 영웅으로 인식될 수 있었다. 이때 의적은 민중의 구원자요 지도자로 자처하게 되고 민중은 그들을 비호하고 지지하게 된다.

제3유형에서 단락 [3]이 확장된 것은 민중적 영웅으로서의 의적의 힘, 곧 민중의 힘이 대단함을 의미한다. 이것은 민중이 그들의 영웅인 의적의 좌절을 쉽게 인정하지 않으려는 의식이 반영된 것이다. 이러한 점은 홍경래는 결코 죽지 않았으며 단지 몸을 날려 定州城을 넘어서 먼 곳으로 달아났다고 생각하는 정주 사람들의 믿음[22]과 동일한 것이다.

단락 [4]는 제1유형에서는 단락 [3]에 비해 축소되거나 생략된 경우도 있으나, 〈명화적〉이나 〈신시〉 같은 작품은 단락 [3]보다 오히려 확장되어 있다. 제2유형의 경우에는 단락 [4]가 단락 [1]보다는 확장되어 있고 단락 [2], 단락 [3]에 비해서는 축소되어 있다. 제3유형의 경우는 단락 [1], 단락 [2]에 비해 확장되어 있고 단락 [3]과 대등하게 되어 있다.

제1유형에서 단락 [4]가 축소 또는 생략된 것은 의적의 활약상에 충실한

---

[22] "정주의 야담에는 경래가 성벽이 무너질 때 몸을 날려 성을 넘어서 멀리 달아났으며, 그날 살해된 것은 가짜 홍경래라고 한다.(定州野談, 以爲景來於城壁崩壞時, 飛身越城, 逃遠方, 當日被殺者, 假景來云.)", 〈홍경래〉, 이우성·임형택 편역, 『이조한문단편집 3』, 창비, 2018, 216쪽; 이우성·임형택 편역, 『이조한문단편집 4』, 창비, 2018, 454쪽.

결과이며, 확장된 것은 의적 행위에 대해 향수자층이 가질 수 있는 부정적 시각을 제거하여 긍정적 시각을 가지도록 하기 위해서이다. 제2유형에서 단락 [4]가 단락 [1]에 비해 확장된 것은 의적의 귀순·귀향이 예사로운 일이 아니기 때문이다. 봉건적 지배 질서에서 벗어난 의적을 회유하여 봉건적 질서로 복귀시키는 일은 결코 쉬운 일이 아니다. 따라서 유교적 관념 도덕을 내세워 王化를 주장하는 의적장의 포유문[23]이 설득력을 지녀 의적이 귀향하는 계기가 되기 위해서는 확장되지 않을 수 없었을 것이다. 그리고 제3유형에서 단락 [4]의 확장은 민중적 영웅인 의적의 좌절을 쉽게 인정하지 않으려는 향수자층의 인식이 반영된 것이라 할 수 있다.

---

23  "사람이 금수와 다른 것은 오륜과 사단이 있음이다. 너희들은 임금의 교화에서 벗어난 무뢰한 백성들로, 멀리 섬에 잠복하여 부모 처자를 저버리고 나라를 배반하고 있느니라. 일하지 않고 놀며 의식을 취하니 약탈해서 살아가고 도적질이 업이로다. 무리를 모아 작당을 한 것이 몇 백 몇 천이고, 재앙을 내며 적악을 한 것도 몇 년인 줄을 모르겠구나. 내가 여기에 온 것은 너희들의 악행을 돕기 위함이 아니고 너희들을 옳은 길로 인도하여 선한 사람이 되게 하기 위함이다. 사람이 아무리 잘못이 있더라도 고치면 귀하나니, 오직 한마음으로 개과천선하여 동서남북으로 각기 다 제 고향을 찾아갈지어다. 모름지기 우리는 부모를 봉양하고 조상의 무덤을 지키며 살아갈 것이로다. 성현의 교화에 젖어 선량한 백성으로 돌아감이 해상의 명화적에 대겠느냐? 하물며 너희들 각자에게 돌아갈 몫이 한 집의 가산으로 족하니, 농사를 짓든지 장사를 하든지 밑천이 없다고 근심하랴(人之 異於禽獸者, 以其有五倫四端, 而汝輩以化外頑氓, 隱伏海島, 離親去國, 遊手衣食, 以刼掠爲 生, 剽奪爲業, 嘯聚徒黨, 凡不知幾人, 構災積孽. 亦不知幾年矣. 余之來此, 非爲助爾爲惡, 將欲化爾歸善. 人雖有過, 改之爲貴. 從今以徙, 革面革心, 東西南北, 各歸故鄕, 父母焉養之, 墳墓焉守之. 浴於聖人之化, 歸於樂民之域, 則其與海上明火賊何如哉? 矧又所分之物, 足以 當中人一家産, 則於農於商, 何患無資乎?)", 〈성동격서〉, 이우성·임형택 편역, 『이조한문 단편집 3』, 창비, 2018, 88-89쪽; 이우성·임형택 편역, 『이조한문단편집 4』, 창비, 2018, 404쪽.

## 3. 의적계 한문단편의 형성 배경과 변모 양상

### 1) 의적계 한문단편의 형성 배경과 조선시대의 의적

匪賊 활동은 역사적으로 볼 때 경제적 궁핍화 시대에 만연한 극히 보편적인 사회 현상으로 특히 농민들이 지배 계층에 의해 억압 받고 착취 당하는 농업사회에서 보편적으로 나타난다.[24] 비적 활동이 단순한 절도나 강도 이상 즉, 의적(social banditry)으로서 지배질서의 부조리에 저항하는 성격을 지닐 때 심각한 사회문제가 된다.

지배 계층은 의적을 남의 재물을 훔치는 단순한 범법자로 간주하지만, 민중은 의적을 지배 계층이 소유한 재물을 탈취하여 가난한 자들에게 나누어 준다는 점에서 긍정적인 존재로 여긴다. 민중은 의적을 영웅, 전사, 복수자, 정의를 위해 싸우는 사람 또는 해방의 지도자로까지 생각하고 그들의 활동을 찬양하고 지지한다. 의적 활동은 오로지 이러한 민중적 기반 위에서만 가능했다.[25]

조선시대에 활동하였던 의적도 이와 같은 성격을 지녔고, 동시에 '모이면 도적이요, 흩어지면 민(聚則盜 散則民)'의 성격을 지녔다. 왕조의 지배 질서를 벗어나서 지배 계층에 저항하여 집단적인 무력 항쟁을 벌이면 도적이요, 도적의 무리에서 이탈하여 고향으로 돌아가면 일반 백성이 되는 것이다. 이러한 점에서 의적 활동은 그 성과에 관계없이 민중운동사의 한 흐름으로 파악되어야 할 것이다.

의적계 한문단편이 형성된 역사적 배경을 살펴보기로 한다. 의적계 한

---

24  에릭 홉스봄 저, 황의방 역, 『의적의 사회사』, 한길사, 1978, 9-26쪽, 참고; E. J. Hobsbawm, *Social Bandits and Primitive Rebels*, 전철승 역, 『원초적 반란』, 온누리, 1984, 27-45쪽, 참고; 川合貞吉, 표태문 역, 『중국민란사』, 일월서각, 1979, 11-20쪽, 참고.

25  에릭 홉스봄 저, 황의방 역, 『의적의 사회사』, 한길사, 1978, 9-26쪽, 참고.

문단편은 우연히 형성된 것이 아니라 조선시대에 끊임없이 등장했던 의적 활동과 일정한 역사적 필연성을 지니고 형성되었다. 따라서 단순한 절도나 강도 짓을 하는 草賊(좀도둑)은 다루지 않는다. 관변측이 비록 '獷悍之魁 嘯聚齊民 遂成大黨'으로 간주하였지만 민중적 기반 위에서 그들의 폭넓은 동조와 지지 아래 활약하였던 의적만 다루기로 한다.

고려왕조가 조선왕조로 개편되면서 科田法의 시행 등으로 농민의 지위와 생활이 고려시대에 비해 상대적으로 향상되는 것 같았다. 그러나 이 시대의 농민 대부분은 양반의 소유지를 경작하는 佃戶였으며, 이들에게는 수확량의 반에 해당하는 田租 및 貢納, 軍役, 徭役 등 무거운 부담이 지워졌다. 이러한 사정은 농민들의 토지로부터의 이탈을 초래하였으며, 토지로부터 이탈한 유민들은 살아가기 위해 무리를 이루어 도적이 되었다.[26] 또한 비생산계층인 백정·재인 등도 쉽게 도적이 되기도 했다.

조선시대에 의적 내지 群盜의 활동은 끊임없이 이어졌는데, 두드러지게 활약했던 의적들을 정리하면 다음과 같다.[27]

도적은 세종 대에 벌써 문제시되다가 세조 대에 들어와서 심각한 사회문제로 대두되었다. 15세기 후반기, 성종은 등극 초부터 군도 진압 문제에 관심을 가지고 「漢城五部坊里禁盜節目」을 반포하는 등 弭盜 대책에 부심하였지만 실효를 거두지 못하였고, 도적의 만연은 여전하였다.[28] 또한 연산군이 등극하여 실정을 거듭하자 민중은 더욱 도탄에 빠지게 되고 유민화 현상이 광범위하게 촉진되어 이들 중 대부분이 무장한 군도가 되었다. 이 시기에 두드러지게 활약한 의적은 金莫同 부대와 洪吉同 부대였다.

---

26  강만길, 『한국근대사』, 창작과비평사, 1984, 114-135쪽.
27  본장의 15·6세기 부분은 주로 임형택, 『한국문학사의 시각』(창작과비평사, 1984)의 도움을 크게 받았고, 17·8세기 부분은 주로 정석종, 『조선후기 사회변동연구』(일조각, 1984)의 도움을 크게 받았다.
28  유영박, 「조선왕조 弭盜對策」, 『향토서울』 23, 1964, 27-72쪽, 참고.

김막동 부대(1480년대)는 황해도 봉산·신계·재령 등지에서 활약했는데, 감히 적대할 자가 없을 정도로 세력이 대단하였고, 대담하게도 황해도 감사가 재령 동헌에 묵고 있을 때 야습하여 감사와 관속들을 협박하여 관군이 수색해 갔던 재물을 되찾아 가기도 했다. 1489년 관군의 토벌 작전에 완강히 저항하다가 김막동이 재령에서 생포되어 처형됨으로써 궤멸되었다.[29]

홍길동 부대(1490년대)는 문경 새재에 산채를 두고 주로 충청도에서 활약하였지만 그 세력이 서울에까지 미쳤다. 홍길동은 옥관자를 붙이고, 홍대를 띠고 첨지라 칭하며, 대낮에 무리를 지어 병기를 소지하고 관부에 출입하여 멋대로 행동할 만큼 대단한 세력이었다. 이들은 당상관 嚴貴孫을 窩主로 삼고 향촌 말단의 행정 책임자인 勸農, 里正, 留鄕所 品官과도 내밀한 결속 관계를 유지하며 활동하다가 1500년 10월에 체포되어 처형되었다.[30]

16세기 전반기, 중종 대에는 順石 부대의 활약이 두드러진다. 순석 부대(1520년대 후반)는 전라·충청·경기 3도에 걸쳐 지방적 연결을 가지고 투쟁하다가 1530년 12월 경기도 용인에서 일당 39명이 체포되어 궤멸되었다. 연루된 자가 170여 명이나 되었으며, 이들의 무리가 서울에도 있을 만큼 세력이 대단하였다.[31]

16세기 중반기, 명종 대에 활약한 의적에는 林松 부대와 林巨正 부대가 있다. 임송 부대(1550년대 초반)는 1551년 전라도 고산현의 漢屯山에 거점을 두고 활약했는데, 임송은 당상관의 의장을 하고 여러 고을에 들어가

---

29 임형택, 『한국문학사의 시각』, 창작과비평사, 1984, 122쪽.

30 이능우, 『고소설연구』, 선명문화사, 1975, 174-179쪽, 참고; 김동욱, 「〈홍길동전〉의 비교문학적 고찰」, 『허균의 문학과 혁신사상』, 새문사, 1981, 90쪽, 참고; 임형택, 『한국문학사의 시각』, 창작과비평사, 1984, 126-132쪽.

31 이능우, 『고소설연구』, 선명문화사, 1975, 177쪽; 임형택, 『한국문학사의 시각』, 창작과비평사, 1984, 122쪽.

서 수령의 대접을 받기도 하였다.[32] 그리고 1560년대 초반에 揚州의 백정인 임꺽정은 유민을 광범위하게 규합하여 청석령과 구월산에서 활약했는데, 세력이 황해도와 경기도, 강원도에까지 미쳤다. 이들은 서울과 개성의 상인·민간인뿐만 아니라 황해도 일대의 吏民들과도 긴밀한 결속 관계에 있었으며, 주로 탐관오리와 토호들의 재물을 탈취하여 가난한 민중들에게 나누어 주었다. 임꺽정은 관군과 여러 번 부딪혀 큰 피해를 입히다가 1562년 구월산에서 관군의 유인 작전에 빠져 죽음을 당했다.[33]

16세기 후반기, 왜적이 침략하자 의적 세력은 의병에 참여하여 유격전으로 정부군과 명나라 군대보다 더 큰 전과를 올렸다. 전세가 호전되자 조정에서 의병장에 대한 탄압을 시작했으며, 의병이 罷去된 후에 안주할 곳이 없는 의병들은 다시 의적으로 되돌아갔다.[34] 이러한 사정 아래에서 각처에 잠복해 있던 의적의 힘을 규합하여 민중의 분노를 풀기 위해서 宋儒眞 부대가 일어났다. 송유진은 서얼 출신으로, 의병 활동 시 큰 공을 세운 것이 화근이 되어 도망쳐 온 柳春福, 天雨, 風山 등을 돌격장으로 삼아 지리산, 속리산 등에서 2천여 명을 규합해 활약하다가 1596년에 체포되어 처형되었다.[35]

전후에 바닥난 국가 재정을 충당하기 위해서 조정에서는 백성의 땅을 빼앗아 屯田으로 만들었고, 지주들도 무리한 소작료를 징수하는 등 농민에 대한 수탈이 심해져 유민화 현상은 더욱 가속화되었다.

32  임형택, 『한국문학사의 시각』, 창작과비평사, 1984, 129쪽.
33  중앙일보사, 『인물로 본 한국사』, 『월간중앙』 1월호, 별책 부록, 1975, 154쪽; 김동욱, 「〈홍길동전〉의 비교문학적 고찰」, 『허균의 문학과 혁신사상』, 새문사, 1981, 91쪽; 임형택, 『한국문학사의 시각』, 창작과비평사, 1984, 122-123쪽.
34  최영희, 『임진왜란 중의 사회동태』, 한국연구원, 1975, 154-156쪽; 임형택, 『한국문학사의 시각』, 창작과비평사, 1984, 125쪽.
35  최영희, 『임진왜란 중의 사회동태』, 한국연구원, 1975, 154쪽; 임형택, 『한국문학사의 시각』, 창작과비평사, 1984, 125쪽.

임진 · 정유란은, 조정과 지배층의 무능이 적나라하게 폭로되고 반대로 민중들에게 그들의 힘을 확인하게 하는 계기를 마련해 주었다. 따라서 민중의 움직임은 그전까지 보여준 단선적인 항거에서 벗어나 점차 사상적 무장을 한 신분 해방의 성격을 띠게 되었다.

17세기 후반기, 미륵신앙과 같은 불교적 메시아니즘이 민중운동과 결부되었으며, 동양적 메시아니즘이라 할 수 있는 鄭 將軍 이야기가 서북지방 민간에서 신앙되어 민중의 동향에 커다란 영향을 끼쳤다.[36] 이 시기 숙종 대에 두드러진 활약을 한 의적은 張吉山 부대이다. 장길산 부대(1690년대)는 구월산을 거점으로, 승려 세력, 장안의 서얼 세력들과도 결탁하였으며, 馬商을 가탁한 5천 보병과 천여 명으로 조직되어 인삼 매매 등 상업 활동을 벌이기도 하였다. 황해도와 함경도뿐만 아니라 강원도와 평안도도 그들의 세력권에 속할 정도였으며, 숙종 대 전 기간에 걸쳐 활약했지만 끝내 잡히지 않았다. 이것은 민중과의 유대 관계가 그만큼 긴밀하였다는 사실을 알려주고 있다.[37]

18세기에 오면 거듭된 당파 싸움의 결과로 양반 지배층이 양분화하여 몰락 지식인이 광범위하게 형성된다. 이 몰락 지식인이 의적 조직에 참여하여 지도자로 나서게 되어 의적들의 의식 각성에 크게 이바지하였으며, 의적의 의사를 대변하는 역할도 하였다.[38]

18세기 전반기에 활약한 의적으로는 金檀 부대와 朴英弼 부대가 있다. 김단 부대는 변산반도와 지리산을 중심으로 전라도 일원에서 활약했던 의적단이었다.[39] 그리고 박영필 부대는 2만의 무리를 거느리고 영남지방에

36 정석종, 『조선후기 사회변동연구』, 일조각, 1984, 15-16쪽.
37 정석종, 『조선후기 사회변동연구』, 일조각, 1984, 164-167쪽.
38 강만길, 『한국근대사』, 창작과비평사, 1984, 121-123쪽.
39 정석종, 『조선후기 사회변동연구』, 일조각, 1984, 17쪽. 김단 부대의 김단은 한문단편 〈明火賊〉에 등장하는 金檀과 동일인으로 보인다.

서 활약하던 '最難한 도적'이었다.⁴⁰

18세기 중반기, 영조 대에 활약한 의적으로는 朴長脚 부대가 있다. 박장각 부대는 1750년 무렵 변산반도에 근거를 두고 전라·충청 양도에서 활약하였다. 3백 명이나 되는 대단한 세력으로 국고의 조세나 공납, 등짐·봇짐장수의 물건은 손대지 않았으며, 오직 관리의 뇌물과 富商의 모리한 재물만 탈취하여 가난한 민중들에게 나누어 주었고 인명은 절대로 살상하지 않았다.⁴¹

18세기 후반, 정조 대에 활약한 의적으로는 李景來 부대가 있다. 이경래는 힘이 무등 장사였고 대담 영특한 사람으로 동에 번쩍 서에 번쩍하여 관군은 전혀 손을 써 보지 못했다. 이들은 승려 세력과 이속들과도 긴밀한 관계가 있었는데, 宣傳官 具紞의 계략과 중의 배반으로 잡혀 처형되었다.⁴²

19세기에 오면 민중의 움직임은 농민전쟁의 성격을 띠고 전국 각지에서 끊임없이 일어났다. 의적들은 농민전쟁에 참여하여 성격이 변모함으로써 전형적인 의적은 점차 사라지게 되었다.

한편 우리나라에서 의적의 대명사는 단연 一枝梅라고 할 수 있다. 일지매는 탐관오리나 부호의 불의의 재물을 훔치고 그 자리에 붉은 표지에 매화 한 가지를 새겨 둘 만큼 당당했던 의적으로 훔친 재물의 대부분은 가난한 민중에게 나누어 주었다. 이 이야기는 趙秀三(1762~1849)의 『秋齋集』(권7) 「紀異」에 나오며, 효종 때의 李浣(1602~1674), 영·정조 때의 張鵬翼(1646~1735)⁴³과 그의 손자 張志恒⁴⁴ 등 역대 유명한 포도대장과

---

40  정석종, 『조선후기 사회변동연구』, 일조각, 1984, 17쪽.

41  장지연, 『일사유사』, 회동서관, 1922, 7-10쪽.

42  『청구야담』 권3, 동국대학교 한국문화연구원, 『한국문헌설화전집 (2)』, 1981, 259-265쪽.

43  홍길주(1786~1841)가 1835년 무렵에 쓴 『睡餘演筆』 卷上에 "또 큰 도적 중에 일지매라 하는 자를 두고, 어떤 이는 貞翼公 李浣이 포도대장을 할 때 사람이라고 하기도 하고, 어떤 이는 張鵬翼이 대장 노릇할 때 사람이라 말하기도 한다. 그런데 정작 나중에 『歡喜冤家』라는 책 속에서 그 이름을 보았다."고 되어 있다. 최용철, 「의적 일지매 고사의 연원과

얽힌 이야기로 전해지고 있다. 최근에 일지매 이야기의 연원이 중국 명나라 때의 화본소설 『二刻拍案驚奇』라는 논의가 있었다.[45]

의적계 한문단편은 조선조의 전 기간에 걸쳐 발생했던 의적의 활동이라는 토양 위에서 형성되었다. 사회가 불안정한 시대에는 영웅의 출현이 기대되기 마련이다. 영웅이 없던 시대에 의적이 영웅시되어 민중들의 영웅 기대 심리에 부합되어 형성된 것이 의적계 한문단편인 것이다.

## 2) 의적계 한문단편의 형성과 변모

의적계 한문단편의 형성과 변모 과정은 사회상의 변모와 그에 따른 향수자층의 의식 변화와 일정한 관계가 있었을 것으로 짐작된다.

### (1) 의적계 한문단편의 형성

한문단편은 이야기꾼들이 市井을 돌아다니면서 한 이야기를 몰락 지식인이 한문으로 기록한 것이다. 한문단편의 형성에 있어서 이야기꾼의 존재[46]가 주목되는데, 그들은 시정이나 사랑방을 내왕하면서 민중의 생활 현장과 양반층의 주변에서 발생한 이야기를 창의적으로 운반했다. 이야기꾼이 한 이야기 중에서 일부는 민중 세계에 크게 호응을 얻게 되었고, 몰락 지식인에 의해 한문으로 정착되기도 하였다. 이런 점에서 한문단편의 진정한 작자는 이야기꾼이라 할 수 있다. 기록화에 참여한 지식인층도

---

전파」, 『중국어문논총』 30, 중국어문학회, 2006, 296쪽.

44 장지연, 「松齋漫筆」(108), 『매일신보』, 1916. 5. 16. 일지매 이야기는 장지연 사후에 간행된 『일사유사』에는 빠져 있다.

45 최용철, 「의적 일지매 고사의 연원과 전파」, 『중국어문논총』 30, 중국어문학회, 2006, 290-291쪽.

46 임형택, 「18, 9세기 〈이야기꾼〉과 소설의 발달」, 『한국학논집』 2, 계명대 한국학연구소, 1975, 참고.

단순한 기록자적 성격만 지닌다고 볼 수는 없다. 체제저항적인 생동하는 민중들의 활동상을 기록했다는 것은 한문단편의 기록자들의 의식이 그만큼 성장했음을 의미하는 것이므로 한문단편의 형성에 중요한 몫을 담당했다[47]고 보아야 할 것이다.

한문단편의 형성과정을 도시하면 다음과 같다.[48]

근원사실 $\xrightarrow{\text{口演化}}$ 이야기 $\xrightarrow{\text{記錄化}}$ 한문단편

의적계 한문단편도 위와 같은 형성과정을 거쳐 이루어졌을 것이다. 이야기꾼은 역사상 실재했던 의적들이 벌였던 대단한 활약상을 시정에 돌아다니면서 이야기했을 것이고, 그중에서 일부가 몰락 지식인들에게 호응을 얻어 한문단편으로 정착되었던 것이다.

의적계 한문단편 형성에 있어서 〈水滸傳〉의 영향도 가볍게 여길 수 없다. 〈수호전〉은 늦어도 선조 대에 유입되어 독자층에 대단한 인기를 얻었던 작품이다. 〈수호전〉은 현실에 불만을 품은 108명의 영웅호걸들이 양산박에 모여 의적이 되어 토벌 관군을 여러 번 패배시키는 등 대단한 활약을 벌이다가 정부에 귀순하는 줄거리로 되어 있어, 의적계 한문단편 특히 제2유형과 유사성이 크다. 이야기꾼과 몰락 지식인들은 실재한 의적의 활약상을 익히 알고 있는 〈수호전〉의 영웅상으로 변형했을 가능성도 있다.

---

47  한문단편의 기록자는 한문 소양을 갖춘 士階層의 지식인이다. 이들은 정권에 참여할 수 있는 능력을 갖추고 있으면서도 소외되었다. 이들은 이러한 부조리에 대항하여 비판, 저항하고 나아가서 같은 소외 계층인 민중의 세계에 관심을 가지게 되고 민중 세계의 이야기에까지 관심을 가지게 되었다. 이명학, 「한문단편 작가의 연구」, 『이조후기 한문학의 재조명』, 창작과비평사, 1978, 참고.
48  임형택, 「한문단편의 형성과정에서 강담사」, 『한국소설문학의 탐구』, 일조각, 1978, 276쪽.

의적계 한문단편의 전형적인 형성 과정을 도시하면 다음과 같다.

역사상의 의적 ──口演化──→ 의적이야기 ──記錄化──→ 의적계 한문단편
　　　　　　　이야기꾼　　　　　　　　　몰락 지식인
　　　　　　　　　└── 〈水滸傳〉의 영향

## (2) 의적계 한문단편의 변모 과정

의적계 한문단편은 시정에서 이야기되던 의적 이야기가 18·19세기에 정착된 것이다. 그렇다고 하여 의적 이야기도 같은 시대에 형성되었다고 할 수는 없다. 의적 이야기는 사회상의 변모와 일정한 관계를 가지고 변모되어 온 것으로 짐작된다.

의적 이야기에는 세 가지 유형이 있다고 했다. 의적 이야기는 처음에는 관변이 의적을 진압하는 내용에서 출발했을 것이다. 임·병 양란을 겪으면서 민중의 의식이 성장함에 따라 의적이 관변을 궁지에 몰아넣는 이야기로 변모했을 것이다. 처음에는 은밀한 장소에서 믿을 만한 사이에 조심스럽게 이야기되다가 민중의식이 성장함에 따라 공공연하게 이야기되었을 것으로 생각된다. 18세기에 들어오면서 몰락 지식인이 광범위하게 형성되고 그중의 일부가 의적 집단에 유입되어 의적의 지도자가 되었다. 이런 과정에서 몰락 지식인이 의적장이 되어 활약하는 이야기가 등장하였을 것이다. 관변상대우위형이나 의적절대우위형이 주로 민중 쪽에서 향유된 것이라면 의적상대우위형은 몰락 지식인 쪽에서 주로 향유된 것으로 짐작된다.

의적계 한문단편의 변모 과정을 도시하면 다음과 같다.

| 관변 상대우위형 | → | 의적 절대우위형 | → | 의적 상대우위형 | → | 의적계 한문단편 |
|---|---|---|---|---|---|---|
| ~ 16C | | ~ 17C | | ~ 18C | | ~ 19C |

이것은 어디까지나 유형 상호 간 상대적인 면에서 살핀 것이다. 즉, 16세기까지는 의적절대우위형보다는 관변상대우위형이 주류를 이루었고, 17세기에는 의적절대우위형이 관변상대우위형보다 주류였으며, 18세기에는 의적상대우위형이 주류를 이루었다. 세 유형의 의적 이야기가 상대적인 우열 관계로 존재하다가 18·19세기에 한문단편으로 정착되었던 것이다.

## 4. 의적계 한문단편에 드러난 현실문제

### 1) 민중적 영웅으로서의 의적

영웅은 개인적인 능력보다는 시대적 상황에 의해서 만들어진다. 영웅은 凡人이 해결하기 어려운 문제가 생겼을 때 등장한다. 우리나라의 역사를 살펴볼 때, 을지문덕·강감찬·이순신 등은 외세의 침입을 받던 민족적 시련기에 등장하여 민족의 영웅으로 남았다. 이런 점에서 영웅이 있는 시대는 불행한 시대라 할 수 있고, 또한 영웅을 필요로 하는 시대도 불행한 시대라 할 수 있다. 영웅이 필요한 시대에 영웅이 없는 것은 더욱 불행한 일이다. 그러나 영웅이 필요한 시대에는 어떤 형태로든 영웅이 만들어진다. 조선 후기의 의적도 이런 각도에서 이해되어야 할 것이다.

조선 후기는 민중의 입장에서 볼 때 영웅의 출현이 필요한 시대였다. 민중은 그들이 처한 현실적 고난을 해결해 줄 영웅이 출현하기를 고대하게 되고, 현실적으로 그러한 영웅이 존재하지 않을 때 민중은 자신들의 주위에서 영웅을 찾게 된다. 이러한 상황에서 의적은 부호나 탐관오리의 재물만 약탈하고 그 일부를 민중에서 나누어 줌으로써 쉽게 민중적 영웅으로 인식될 수 있었다.

조선 후기에 의적이 민중적 영웅으로 인식되었던 사실은 다음과 같은 시각에서도 확인된다.

㉮ 주인은 편지를 뜯어보고 나서 재물을 잃어버린 분이 얼음 풀리고 눈이 녹듯 흉중에 울적한 마음이 가셨다. 혹 누가 위로의 말을 하면 도둑을 맞은 것으로 대답하지 않고 도리어, "이 세상의 호걸남자를 만났다오. 강산이 가로막혀 다시 만나볼 길이 없으매 항상 잊지 못합니다." 하고 쓸쓸한 표정을 짓는 것이었다.[49]

㉯ 산적의 무리들 또한 사람이다. 그들 중에 어찌 지략이 빼어난 영웅으로 세상에 쓸 만한 자가 없겠는가. 돌아보건대 세상에 쓰임을 얻지 못하고 마침내 부모에게서 받은 소중한 몸을 가지고 도적의 소굴로 들어가다니…… 차라리 도적이 될지언정 용렬한 자의 억압을 받고 싶지 않았으리라. 슬프다, 세상에 책임을 맡은 자 왜 이러한 문제를 염두에 두지 않는가.[50]

㉰ 빈궁한 백성이 매양 배고픔과 추위에 쫓기다가 만부득이 도둑으로 나섰다오. 그러하나, 잔인하고 박덕한 짓이 대장부의 행할 바이겠소? 부하를 경계해서 부호가에 남아도는 재물이나 취하여 우리의 생계를 삼고 더러는 빈민도 구제할 따름이요, 일찍이 분에 넘치고 이치를 어긴 적이 없었소.

---

**49** 〈월출도〉, 이우성·임형택 편역, 『이조한문단편집 3』, 창비, 2018, 20-21쪽. "主人見此, 失物之憤, 氷消雪融, 未或有胸中滯芥. 而人或以慰, 則未嘗以逢賊咎之, 輒曰: '今世見傑男子, 而江山眉睫, 無由更覿, 尋常眷戀, 頗有怊悵.' 云", 이우성·임형택 편역, 『이조한문단편집 3』, 창비, 2018, 331쪽; 이우성·임형택 편역, 『이조한문단편집 4』, 창비, 2018, 378쪽.

**50** 〈명화적〉, 이우성·임형택 편역, 『이조한문단편집 3』, 창비, 2018, 35쪽. "大抵賊亦人爾, 豈無雄傑智略可用者. 顧不爲世用, 又被官吏炒迫, 乃以父母遺體, 投入賊窟. 寧爲賊, 不欲爲庸人所制, 噫, 世之主是責者, 盍亦舒究哉.", 이우성·임형택 편역, 『이조한문단편집 4』, 창비, 2018, 384쪽.

이러매 세상에서 나 갈처사를 가리켜 의적이라 한답디다.[51]

위 인용문의 ㉮는 약탈당한 쪽이 본 의적에 대한 시각이고, ㉯는 기록자가 본 의적에 대한 시각, ㉰는 의적 자신의 시각이다. ㉮에서는 약탈당한 영남의 부자가 월출도 대장(의적장)의 위로 편지를 받고 오히려 의적을 영웅으로 흠모하게 된다. ㉯에서는 의적 중에 영웅호걸이며 지략을 갖춘 인재가 있음에도 불구하고 세상에 쓰임을 얻지 못해 의적이 되었다고 하면서 그 책임이 집권세력에 있음을 지적하여 의적에게 긍정적인 시선을 주고 있다.[52] 그리고 ㉰에서는 갈 처사 스스로 세상이 자기를 의적으로 인식한다고 말하고 있다.[53] 이와 같이 의적은 민중에 의해 영웅으로 탄생되었고, 또한 그들의 활동은 민중적 지지 기반 위에서만 가능하였다. 또한 역사상에 실존했던 의적이나 의적계 한문단편에 보이는 의적의 일생은 '민중적 영웅의 일생'[54]과 일치하고 있다.

의적계 한문단편에 나타난 의적의 구체적인 모습을 살피면서 참다운 민중적 힘의 실상을 살펴보기로 한다. 조선 후기에 의적이 민중적 영웅으로 인식되었던 사실은 다음과 같은 의적의 조직과 그 규모에서도 확인된다.

---

51  〈갈처사〉, 이우성·임형택 편역, 『이조한문단편집 3』, 창비, 2018, 118쪽. "窮民每迫於飢寒, 不得已行盜, 然殘忍薄行, 豈丈夫之所敢爲哉? 戒飭部下, 凡豪富之家贏金殘帛, 取之而自資, 亦徃徃以此救濟貧民而已. 未嘗有濫分悖理之事故, 世稱葛處士爲義賊者此也.", 이우성·임형택 편역, 『이조한문단편집 4』, 창비, 2018, 416쪽.

52  이러한 점은 〈박장각〉, 〈갈처사〉에서도 확인된다.

53  이러한 점은 〈박장각〉에서도 확인된다.

54  민중적 영웅의 일생은 다음과 같다. (가) 미천한 혈통을 지니고 태어났다. (나) 범인과는 다른 탁월한 능력을 타고났다. (다) 항거하지 않을 수 없는 위기에 부딪혔다. (라) 위기를 투쟁으로 극복해서 승리자가 되었다. (마) 끝내 뜻을 이루지 못하고 패배했다. 조동일, 『인물전설의 의미와 기능』, 영남대학교출판부, 1979, 353쪽.

㉮ 산마루 하나를 더 넘어서자 광막한 들이 펼쳐진 곳에 1만 기가 늘어서 대오가 바둑판처럼 정연하다. 성루며 방책이 철통같은데, 장막이 구름처럼 펼쳐 있고 창검이 번득였다. (중략) 성안으로 들어서니 저택들이 즐비했으며, 점포가 연이어 있었다. 붉은 대문 셋을 통과해서 들어가니 널따란 수백 칸의 집이 규모도 굉장하고 단청이 으리으리했다.[55]

㉯ 준마를 채찍질해 몰아 산골짜기 사이로 하루 2백 리를 달렸는데 백 리는 무인지경의 산중이었다. 어느 골짜기가 툭 트인 곳에 당도하니 기와집이 즐비하여 지붕이 산마루와 가지런했다. 대문과 뜰이 널따란데 깃발이며 북, 나발과 호위 사령이 병영이나 감영을 방불하였고, 거처며 음식이나 여자의 시중, 풍악에 이르러는 병영과 감영에 비할 바 아니었다.[56]

㉮는 〈홍길동 이후〉, ㉯는 〈네 친구〉에서 인용한 것으로 의적의 본거지에 대한 묘사이다. 즉, 萬騎가 바둑판처럼 늘어져 있고 대오가 정연하며 성루·방책이 철통같고 장막이 구름처럼 펼쳐져 있으며 창검이 번득이는 등 병영이나 감영을 방불케 할 정도로 대단한 형세로 나타나 있다. 이러한 다소 과장된 묘사는 〈수호전〉의 영향으로 볼 수도 있지만, 민중들이 봉건적 지배체제에 대한 반동으로 설정한 것이라고 할 수 있다.[57] 즉 민중이 지지하는 민중적 영웅인 의적이 대단한 형세로 활약해 주기를 기대하는

**55** 〈홍길동 이후〉, 이우성·임형택 편역, 『이조한문단편집 3』, 창비, 2018, 50쪽. "行到一崗, 崗後大野曠漠, 萬騎留札, 隊伍井井, 墨柵堂堂, 帷幕連雲, 劍戟如星. (중략) 入城而舍屋櫛比, 市肆連亘, 度朱門三重, 敞畵堂數百楹, 制度宏麗, 金碧輝煌.", 〈홍길동 이후〉, 이우성·임형택 편역, 『이조한문단편집 4』, 창비, 2018, 389쪽.
**56** 〈네 동무〉, 이우성·임형택 편역, 『이조한문단편집 3』, 창비, 2018, 38쪽. "策駿馬疾馳山谷間, 一日可二百里. 而百里則經無人之地. 及一大洞府, 瓦屋齊山, 而門庭敞濶, 旗纛鼓角, 從衛使令, 疑於藩鎭, 而居處飮食, 侍女音樂, 乃非藩鎭所可比.", 이우성·임형택 편역, 『이조한문단편집 4』, 창비, 2018, 385쪽.
**57** 임철호, 「문헌설화에 나타난 인간상 (Ⅱ)」, 『논문집』 11, 전주대학, 1982, 608쪽.

심리를 표현한 것이다.

의적은 三道都統制使 등의 관리 의장이나 군사의 의장을 하고,[58] 忠義大將軍 등의 명칭으로 활약하고 있다.[59] 실지로 홍길동 부대, 순석 부대, 임꺽정 부대도 당상관의 의장을 하고 다녔다. 이것은 외면적 징표 즉 의장으로써 의적 자신들이 집단의식을 갖기 위함이고, 동시에 민중에게 자기들이 단순한 도적이 아니라 불의와 싸우는 당당한 존재로 인식시키기 위한 것이다. 또한 게릴라 전법의 하나인 기만전술로 官府나 부호들을 속이고 재물을 탈취하기에 용이하기 때문이기도 하다.[60]

의적은 민중과 吏屬과 결탁하여 활동했는데,[61] 부호나 탐관오리의 재물만 탈취하여 그 일부를 가난한 민중에게 나누어 주며, 인명은 절대로 손상하지 않는다는 명분 아래 활동했다. 또한 약탈당한 부호에게 청나귀를 돌려주는가 하면 위로의 서찰을 보내기도 하는[62] 등 의리가 있었다. 이러한 명분과 의리는 민중의 지지를 얻는 데 효과적으로 작용했을 것이 분명하다.

민중의 힘은 〈광적〉의 李景來가 포박 당하는 장면에서 잘 나타난다.

---

58  "장막 안에 자색이 고운 두 여자가 두 짝 장롱의 문을 열고 비단옷을 꺼내 그에게 입히는
    것이었다. 삼도도통제사의 복장과 같아 활과 칼을 띠고 작은 깃발이 꽂혀 있었다." 〈선천
    김진사〉, 이우성 · 임형택 편역, 『이조한문단편집 3』, 창비, 2018, 77-78쪽. "幕中有二女子,
    皆美色. 而開兩籠, 出錦衣着之. 金進士乃如三道都統制服色, 帶之弓劍, 授之以小旗.", 〈선
    천 김진사〉, 이우성 · 임형택 편역, 『이조한문단편집 4』, 창비, 2018, 400쪽.
59  "저희들은 방방곡곡에서 대장으로 모실 만한 인물을 물색하였는데 나으리보다 훌륭한
    인재를 찾지 못했습니다. 그래서 감히 준마 한 필로 나으리를 금천까지 유치해서 다시
    이곳으로 모셔온 것이지요. 나으리께서는 이곳 산채의 수많은 무리들을 사랑하셔서
    충의대장군의 인끈을 맡아주옵소서.", 〈홍길동 이후〉, 이우성 · 임형택 편역, 『이조한문단
    편집 3』, 창비, 2018, 51쪽. "僕等遍跡率土, 密求將材, 而莫出老爺右者. 敢以一駿驄, 誘致尊
    駕于金川, 又以一駿驄, 奉邀至此. 萬望老爺, 特憐一寨性命, 權留忠義大將軍印綬.", 이우
    성 · 임형택 편역, 『이조한문단편집 4』, 창비, 2018, 390쪽.
60  에릭 홉스봄 저, 황의방 역, 『의적의 사회사』, 한길사, 1978, 36쪽; 임형택, 『한국문학사의
    시각』, 창작과비평사, 1984, 130쪽.
61  의적이 민중, 이속과 결탁하고 있음은 〈옥적〉과 〈광적〉 등에 보인다.
62  〈월출도〉에 보인다.

이윽고 이경래는 곤죽이 되어 졸음을 청하고 있었다.

이 틈을 타서 구담은 소매 속에 숨겨둔 철퇴를 꺼내 힘껏 내리쳤다. 이경래는 용력이 워낙 뛰어난 자라 취중에도 불끈 일어나 뛰어서 초막 밖으로 나가 이리 뛰고 저리 뛰고 하였다. 이때 길목을 지키던 교졸들의 함성이 와아 일어났다. 이경래는 넋이 달아나서 어디로 갈 줄을 모르고 허둥지둥했다. 구담은 즉시 옷을 갈아입고 구경꾼 틈에 끼여 경황없이 내닫는 이경래의 뒤를 쫓았다. 몸에 감춘 철퇴로 다시 일격을 가해서 다리를 꺾어 놓았다.

드디어 이경래는 오랏줄에 묶이게 되었다. 파수하던 교졸들이 일제히 달려들어 이경래를 결박하는데, 밧줄이 뚝뚝 끊어졌다. 구담이 다시 철퇴로 이경래의 두 팔을 내리친 다음에야 묶을 수 있었다.

관군을 다수 동원해서 이경래를 함거에 싣고 서울로 압송했다. 그리하여 이경래는 참형을 당하게 되었다.[63]

철퇴를 여러 번 맞고도 쉽게 쓰러지지 않는 이경래의 모습, 결박 지은 밧줄을 뚝뚝 끊을 수 있는 이경래의 힘, 이것은 민중이 그려낸 민중적 영웅의 모습이자 동시에 민중적 힘의 상징인 것이다. 이러한 민중의 저항적인 힘 내지 기질은, 부모를 잡아먹은 호랑이를 거듭된 실패에도 불구하고 목숨을 걸고 싸워 끝내 잡아 죽이는 〈타호〉[64]나 노비였던 노귀찬이 잠자는 곰을 깨워 싸우는 〈웅투〉[65] 등의 한문단편에서도 확인된다.[66]

---

63 〈광적〉, 이우성 · 임형택 편역, 『이조한문단편집 3』, 창비, 2018, 96-97쪽. "俄而景來醉欲睡. 紞袖藏鐵椎奮擊之. 景來本是絶倫之勇也, 醉中跳出草幕外, 東奔西走. 時各處把守, 呼聲相應, 景來精神恍惚, 莫適所向. 紞急變服, 雜於觀光人中, 跟向景來奔走之處, 以鐵椎潛身狙擊之, 折其脚. 景來被縛, 呼把守校卒, 一齊來縛之際, 縛索屢絶. 又以鐵椎擊其兩臂, 然後始就縛. 多發官軍, 檻車送至京城, 戮之.", 이우성 · 임형택 편역, 『이조한문단편집 4』, 창비, 2018, 408쪽.

64 〈타호〉(李武弁窮峽客猛獸), 이우성 · 임형택 편역, 『이조한문단편집 3』, 창비, 2018, 136-142쪽.

65 〈웅투〉(肆舊習與熊鬪江中), 이우성 · 임형택 편역, 『이조한문단편집 3』, 창비, 2018,

## 2) 의적계 한문단편에 나타난 현실인식

의적들이 인식한 현실 문제는 그들이 내세운 명분이나 활동 양상에서 확인된다. 의적은 크게 신분적인 문제, 경제적인 문제, 정치적인 문제에 대해 불만을 가지고 봉건적 지배체제에 저항하고 있다.

### 가. 사회변동에 따른 신분질서의 동요

조선 후기 신분질서의 동요에 대한 인식은 의적이 되기 전에 처해 있던 상황에서 확인할 수 있다.

㉮ 김의동은 신수근 정승댁의 하인이었다. 19세 때에 나무하고 꼴 베어 나르는 괴로움을 견디지 못해 주인댁에서 뛰쳐나와 신분을 감추고 역졸로 들어갔다.[67]

㉯ 전에 우리 고을에 김단이란 사람이 있었는데, 이씨 댁 하인이었다. 이 자가 어려서 영리하여 나무하고 풀 베는 일은 하지 않고 날마다 양반댁 자제들을 따라 서당에서 놀았다. 그래서 글 읽는 소리를 듣고 문자를 알았는 데 나이 15, 6세가 되자 어디론가 종적을 감추고 말았다.[68]

---

150-155쪽.

**66** 호랑이·곰과 싸우는 민중의 모습은 매우 상징적이다. 호랑이와 곰과 싸우는 것은 봉건적 지방 세력에 대한 민중적 저항으로 볼 수 있다. 〈수호전〉의 武松이 호랑이와 싸우는 것, 漢高祖 劉邦이 白蛇를 베는 것도 이와 같은 민중적 저항의 상징으로 볼 수 있다. 川合貞吉, 표태문 역, 『중국민란사』, 일월서각, 1979, 60쪽.

**67** 〈신시〉, 이우성·임형택 편역, 『이조한문단편집 3』, 창비, 2018, 23쪽. "金義童, 愼相守勤家 蒼頭也. 年十九, 服役主家, 不堪柴蒭之苦, 潛迹而逃, 編名驛夫.", 이우성·임형택 편역, 『이조한문단편집 4』, 창비, 2018, 379쪽.

**68** 〈명화적〉, 이우성·임형택 편역, 『이조한문단편집 3』, 창비, 2018, 34쪽. "吾邑舊有金檀者, 李氏家奴也. 少伶俐, 不事樵牧, 日逐兩班家子, 游書堂. 能聞讀書聲知文字, 年十五六, 忽不 知所往.", 이우성·임형택 편역, 『이조한문단편집 4』, 창비, 2018, 383쪽.

㉲ 오래지 않은 옛날에 심 진사라는 명문 사족이 있었다. 서울 창의동에 집을 짓고 살았는데, 성격이 호방해서 예법에 구애되지 않았다. 일찍이 진사 시에 합격하고 나서 과거 공부를 그만두었고, 또 구태여 남행으로 나가는 길도 구하지 않았다. 누군가 혹 그 까닭을 물으면 껄껄 웃고 말 뿐이었다.[69]

㉱ 갈 처사는 곤궁하여 살아갈 도리를 차리지 못하였으며 가정조차 이루 어 보지 못했다.[70]

위의 인용문 ㉮와 ㉯는 노비 계층, ㉲와 ㉱는 몰락 양반 지식인의 모습 이다. 이들은 모두 능력이 있는 자들이지만 신분적 제약 때문에 자신의 능력을 발휘할 수 없는 처지에 있다.

조선 후기 사회에서 노비 문제는 심각한 사회문제로 대두되었다. 임진 란 때 일본군이 입성하기 전에 노비 계층이 노비 문서를 관장하는 장예원 에 방화한 것만 보아도 그들이 가졌던 신분제도에 대한 불만이 어떠했던 가를 짐작할 수 있다. 조선 후기로 오면서 代口免賤이나 속오군 편입 등 합법적인 면천의 길이 있었으나, 대부분의 노비들은 도망을 통해 신분적 제약에서 벗어나고자 했다.[71] 한문단편에는 도망 노비를 推刷하러 갔던 옛 상전이 낭패를 당하는 이야기가 여럿 보이는데, 이는 당시의 시대상을 반영한 것이다. 도망 노비 중의 일부는 다른 지방에서 신분을 속이고 양반

---

**69** 〈홍길동 이후〉, 이우성·임형택 편역, 『이조한문단편집 3』, 창비, 2018, 48쪽. "中古有沈進 士者, 簪紳名閥也. 築室于彰義洞, 豪放自負, 不拘節行. 早得進士第, 更不屑科臼業, 亦不求 蔭階進取. 人或詰其由, 則但頎然一笑而已.", 이우성·임형택 편역, 『이조한문단편집 4』, 창비, 2018, 389쪽.

**70** 〈갈처사〉, 이우성·임형택 편역, 『이조한문단편집 3』, 창비, 2018, 115쪽. "處士窮無以自 給, 亦未嘗有室家爲樂.", 이우성·임형택 편역, 『이조한문단편집 4』, 창비, 2018, 415쪽.

**71** 정석종, 『조선후기 사회변동연구』, 일조각, 1984, 320-370쪽; 강만길, 『한국근대사』, 창작 과비평사, 1984, 215쪽.

으로 행세하기도 했으며 일부는 의적으로 유입되었다.

몰락한 양반 지식인의 형성도 조선 후기에 중요하게 대두된 신분적인 문제였다. 임진·병자의 양란을 겪은 17세기 이후에는 양반의 수적 증가와 거듭된 당쟁, 지배체제 자체의 탄력성 상실 등으로 인해 양반 계층이 집권 양반층과 비집권 양반층으로 이원화되었다. 그리고 19세기에 들면서 뿌리 내린 세도정치는 극단적인 일원적 지배체제의 길을 굳히게 됨으로써 몰락 양반층의 광범위한 증가를 가져왔다. 집권 양반층에서 소외되어 정치적·경제적 기반을 상실한 몰락 양반은 자영농으로 심하게는 佃戶가 되기도 하고, 실학에 뜻을 두기도 했으며, 민란에 가담하여 민란을 지도하기도 했다.[72]

의적계 한문단편 중에서 제2유형에 나타난 의적장의 모습은 18세기 이후에 광범위하게 형성된 몰락 양반 지식인의 모습이 반영된 것이다. 이 시기의 몰락 지식인은 집권세력에 불만을 가졌고, 그 불만을 해소할 수 있는 방법으로 의적의 길을 택하기도 했던 것이다.

### 나. 富의 편중에 따른 민중의 궁핍화

부의 편중에 따른 민중의 경제적 궁핍화는 의적이 발생하는 가장 중요한 요인이었다. 이 문제는 의적이 내세운 명분과 약탈 대상에서 쉽게 드러난다.

> ㉮ 또한 재물이란 천하의 공변된 것이지요. 재물을 쌓아 두는 사람이 있으면 으레 쓰는 사람이 있고, 지키는 사람이 있으면 가져가는 사람도 생기는 법이라. 주인 같은 분은 쌓아 두는 사람이요 지키는 사람이라면, 나 같은 사람은 쓰는 사람이요 가져가는 사람이라 할 터이지요. 줄어들고 자라나는

---

72  강만길, 『한국근대사』, 창작과비평사, 1984, 121-123쪽.

이치와 차고 기우는 변화는 곧 조화의 常道라. 주인장 역시 한낱 이런 조화 중에 기생하는 것에 불과하지요. 자라나기만 하고 줄어들지 않으며 차기만 하고 기울지 않는 이치가 어디에 있겠소?[73]

㉯ 그 동네 이 진사댁에는 과연 쌓인 곡식만도 10만 석이요 돈에 비단 등속도 그만하다지만, 하인 수백 명이 갑옷을 입고 병장기를 들고 밤새 순찰을 돈다지 않습니까? 비록 鄧艾가 綿竹을 들어갔던 재주와 韓襄毅가 藤峽을 파하던 용맹이 있어도 쓸 곳이 없답니다.[74]

㉰ 해인사는 승도가 수천 명입니다. 전곡·포백이 산처럼 쌓여 있지만 방비가 철통같고 중들이 활과 창검으로 무장하고 있답니다. 전 대장님의 신책묘산으로도 엄두를 못 낸 곳입니다.[75]

위의 인용문 ㉮는 월출도 대장이 강벽리 부호에게 당당히 '재물은 천하의 공변된 것이라' 어느 누구에게 독점될 것이 아님을 주장하는 부분이다. 〈홍길동 이후〉에서는 충의대장군이 안동 부호에게 보낸 서찰에서 재물에 관해 '무릇 땅이 재물을 낳으매 반드시 그 쓰임이 있고 하늘이 사람을 내심에 각기 먹을 것을 타고 난다고 하였소. 그대는 곡식을 만 섬이나

---

73 〈월출도〉, 이우성·임형택 편역, 『이조한문단편집 3』, 창비, 2018, 15-16쪽. "且財物, 天下公器. 有積之者, 則必有用之者, 有守之者, 則亦有取之者. 如君可謂積之者守之者, 如我可謂勇之者取之者. 消長之理, 虛實之應, 卽造化之常. 主人翁, 亦造化中一寄生也. 豈欲長而不消, 實而不虛耶?", 이우성·임형택 편역, 『이조한문단편집 4』, 창비, 2018, 376쪽.

74 〈홍길동 이후〉, 이우성·임형택 편역, 『이조한문단편집 3』, 창비, 2018, 58쪽. "谷中李上舍, 積粟十萬石, 錢帛稱是, 蒼頭數百人, 帶鎧甲·持弓矢, 達夜巡更. 雖以鄧士載入綿竹之才, 韓襄毅破藤峽之功, 無所施也.", 이우성·임형택 편역, 『이조한문단편집 4』, 창비, 2018, 393쪽.

75 〈홍길동 이후〉, 이우성·임형택 편역, 『이조한문단편집 3』, 창비, 2018, 53쪽. "本寺僧徒數千, 錢帛如山, 防護甚密, 弓釰悉備, 雖以故將軍之神籌, 亦不敢生意.", 이우성·임형택 편역, 『이조한문단편집 4』, 창비, 2018, 390쪽.

쌓아 두고 단 하나 곤궁한 사람을 구제했다는 말을 듣지 못했고, 전답 천 묘를 차지하고서도 백 년의 목숨을 연장시키지 못하거늘, 마침내 한 알 한 알 피땀 어린 곡식을 썩어서 흙 속으로 돌아가게 한단 말이오? 그대의 아들이 앙화를 받음이 이치에 마땅하리라. 그러므로 내가 신명의 뜻을 받들어 아기 도령을 납치해온 것이오.'라고 주장하며[76] 부의 편중화에 대한 부당성을 통렬하게 비판하고 있다.

⑭와 ⑮는 약탈 대상의 축재 실상과 재물을 지키려고 노력하는 모습이다. ⑭는 안동의 부호에 대한 것으로 농민층의 분화에 따른 부의 편중화를, ⑮는 해인사에 대한 것으로 사찰 경제의 비대화에 따른 부의 편중화를 드러내고 있다.

조선 후기에는 상업과 수공업 및 화폐경제의 발달, 농업 경영 방법의 발달로 인해 농민층이 차차 분화되기 시작했다. 종래 중세적 지주층에 예속된 소작농민과 자작농으로 이루어졌던 농민사회가 무너지면서 양반층이 소작인으로 전락하기도 하고 농민의 일부는 소위 經營型 富農이 되기도 했다. 경영형 부농층은 경작지의 확장과 상업적 농업의 경영으로 부를 축적하였고, 그 재력을 바탕으로 공명첩을 사거나 족보를 사서 양반으로 신분 상승을 꾀하기도 했다. ㉮의 대부호는 수많은 농민층의 희생 위에 거대한 부를 축적하고 호화로운 생활을 영위하면서 오직 벌열층에 결탁할 기회만 노리고 있는 전형적인 경영형 부농층의 모습과 일치한다.

경영형 부농층의 부 축적은 상대적으로 다수 민중의 빈궁화를 초래했으며, 이들은 양반관료층의 비호를 업고 축재하는 과정에서 영세농민층

---

76 〈홍길동 이후〉, 이우성·임형택 편역, 『이조한문단편집 3』, 창비, 2018, 60-61쪽. "凡地之生財, 必有其用, 天之生人, 各有其食. 君積穀萬箱, 而未得救一民之窮, 營田千畝, 而不能延百年之壽, 竟使辛苦粒粒爛腐土壤. 君之一子, 理當受厄, 我故與神爲謀, 奪攫至此.", 이우성·임형택 편역, 『이조한문단편집 4』, 창비, 2018, 393쪽. 강만길, 『한국근대사』, 창작과비평사, 1984, 130-133쪽. 뒤에 釋王寺, 龍珠寺, 法住寺 등에 寺田이 지급되기도 했다. 高橋亨, 『李朝佛教』, 寶文館, 1929, 910쪽.

및 빈농층을 수탈하였다.[77] 따라서 민중은 경영형 부농층에 대해 상당한 불만을 가지게 되었고, 이러한 불만이 의적계 한문단편에 수용되어 의적들로 하여금 대부호를 약탈하도록 했던 것이다.

해인사와 석왕사가 약탈의 대상이 된 것도 사원 경제의 비대화에 따른 부의 편중화와 관련되어 있다. 조선시대에 불교는 지배계층의 지지 기반을 상실하여 전반적으로 침체의 늪에서 벗어나지 못하였지만, 왕가나 양반 부녀자 및 민중의 지지 기반까지 상실하지는 않았다. 명종의 度牒制 폐지 및 현종의 寺田 몰수[78] 등 거듭된 불교 탄압으로 조선 후기에 와서 불교는 법적으로 설 땅을 완전히 상실했다. 이러한 사정에도 불구하고 몇몇 대사찰의 사원경제가 상당한 수준으로 발달했다는 점은 주목된다.

조선 후기의 사원은 신도들의 희사와 승려의 봉납으로 운영되었다. 특히 승려들은 탁발로 적지 않은 재산을 모으기도 하고 적극적인 상업 활동으로 많은 재산을 늘리기도 하였다. 승려들이 織鞋(전라도), 製麵(경상도 특히 통도사), 傭工(전라도, 강원도), 製紙(경상도, 전라도) 등의 수공업으로 막대한 이익을 얻어 토지를 사들이면서 통도사, 범어사, 해인사, 석왕사, 유점사, 건봉사, 송광사, 월정사 등 승려 100~200명을 거느린 부유한 절이 나타나게 되었다. 범어사와 통도사 등은 한 해에 2천 석 이상을 수확할 수 있었고, 해인사는 만 석 이상을 수확할 수 있어서 一道의 米價를 움직일 정도였으며, 승려의 생활도 민중과는 비교가 되지 않을 정도로 윤택하였다.[79]

승려들은 재산을 지키기 위해 지방 관리와 결탁하기도 했다. 즉 법주

---

**77** 강만길, 『한국근대사』, 창작과비평사, 1984, 130-133쪽, 참고.

**78** 그 후 석왕사, 용주사, 법주사 등에 다시 寺田이 지급되었다. 高橋亨, 『李朝佛教』, 寶文館, 1929, 910쪽.

**79** 高橋亨, 『李朝佛教』, 國書刊行會, 1915, 902-908쪽; 김갑주, 『조선시대 사원경제 연구』, 동화출판사, 1983, 참고.

사·석왕사·해인사·용주사 등은 油役·紙役 등의 雜役을 면제 받고 소위 人情物을 바치기도 했으며, 경상도와 전라도의 대찰에서는 매년 捉防錢이라 부르는 상당한 금액을 지방관에게 상납하기도 하였다. 또한 양반이 사찰에 놀러 오면 승려들은 수십 리까지 마중 나가서 가마를 메기도 했으며 그들의 놀이에 흥취를 더하기 위해 범패와 승무 등을 하기도 하였다.[80] 이러한 사정은 홍길동전, 한문단편인 〈홍길동 이후〉에서도 확인된다.

사원의 경제가 비대해짐에 따라 불교와 민중 사이에 점차 거리가 생기게 되고, 사찰의 入山稅 징수 및 寺田 소작인에 대한 착취 등으로 민중 수탈이 심하게 되자 민중들은 불교에 대해 반감을 가지게 되었다. 따라서 민중은 의적이 사찰을 약탈하기를 기대하게 되고, 의적의 사찰 약탈을 통쾌하게 여겨 화젯거리로 즐겨 삼았을 것이다. 조선 후기에 의적의 사찰 약탈은 보편적인 현상이었다.[81] 의적계 한문단편에 나타난 의적의 사찰 약탈은 가면극과 달리 불교의 종교적 타락을 문제시한 것이 아니라 사원 경제의 비대화에 따른 부의 편중화를 문제 삼은 것이다.

### 다. 정치 파탄에 따른 지배 세력의 민중 수탈

정치 파탄에 따른 지배 세력의 민중 수탈에 대한 의적의 인식은, 갈 처사가 자기 발로 당당히 관가에 들어가서 봉건적 지배층과 그 아류들이 야말로 가장 음흉한 강도 집단이라고 통박하는 부분에 잘 드러난다.

㉠ 자고로 이르되 대도는 나라를 훔치고 소도는 금전을 훔친다 하였소. 어찌 나만 강도요? 지금 세상은 온 나라 사람이 다 도둑인 줄로 아오. 소위

---

80    高橋亨, 『李朝佛敎』, 寶文館, 1929, 902-903쪽.
81    高橋亨, 『李朝佛敎』, 寶文館, 1929, 912-913쪽.

조정의 대관은 임금의 총명을 가리고 권세를 도둑질하여 자기 당은 편들고 그렇지 않은 사람은 배척하니, 자제 친척이 華職과 要職에 별처럼 박혀 있고 충신 호걸이 궁벽한 곳에서 불우하게 지내지 않소? 백성들을 도탄에 빠뜨리고 나라를 위태롭게 만들고도 오히려 부귀영화를 누리고 형벌이 미치지 않으니, 이것들이야말로 진짜 도둑의 괴수가 아니고 뭐요?

㉯ 그다음, 여우처럼 꼬리를 살랑살랑 흔드는 무리들, 권문세도가에 아첨을 떨어 요행으로 감사·병사·수령 자리나 하나 걸리면 가렴주구를 일삼고 불법을 자행하여 백성의 살을 발라내고 膏血을 짜서 자신의 보따리를 가득 채우는 자들, 기강을 문란케 하여 토지와 저택을 넓게 독차지하고 뇌물을 공공연히 상납하되 형벌이 내려지기는커녕 도리어 높은 지위 풍성한 자리로 옮기게 되니, 이것들은 강도의 졸개가 아니고 뭐요?

㉰ 그다음은 토호들의 武斷이오. 스스로 양반입네 하고 으스대며 잔약한 백성을 토색하고 제멋대로 행패를 부리지만 관리라는 것들이 감히 어쩌지 못하니, 이것들은 양반을 빙자하여 못된 짓을 끝까지 하는 자들이오.

㉱ 그다음 各營, 各司와 밖으로 各府, 各郡의 서리로 종사하는 자들, 舞文弄筆하며 誅求가 끝이 없어 무리한 징수와 명분 없는 뜯어내기로 이루 말할 수 없으니 그 폐단이 한둘이 아니지만 관에서 이들에게 죄를 내리는 일이 없으니, 이것들은 강도의 힘을 믿고 개구멍을 뚫는 자들이올시다.

㉲ 그 밖에 자칭 산림학자라는 자들이오. 큰 갓에 넓은 도포를 입고 공손히 두 손을 잡고 느릿느릿 걸으며 무릎을 꿇고 앉아 『近思錄』이며 程子·朱子의 책을 읽어 세상을 속이고 명성을 도둑질합니다. 南臺 쵀주의 직으로 성은이 이어서 내리지만 기실 무용지물들이라. 이것들은 강도를 응원하는 자들이지요.[82]

---

**82** 〈갈처사〉, 이우성·임형택 편역, 『이조한문단편집 3』, 창비, 2018, 116-118쪽; 장지연, 『일사유사』, 회동서관, 1922, 14-16쪽.

위 인용문의 ㉮는 세도정치의 폐단, ㉯는 탐관오리의 가렴주구, ㉰는 토호들의 민중 수탈, ㉱는 吏屬들의 민중 수탈, ㉲는 산림학자들에 대한 비판이다. 갈 처사는 조선 후기 사회의 실상에 대해 낱낱이 그리고 통렬하게 비판하고 있는 것이다.

19세기 순조 대에 왕실의 외척인 안동 김씨 일문에 의한 세도정치가 고착되어 정부의 高官顯職이 이들 일문에 독점되다시피 하여 정치의 기강은 더욱 문란하게 되었다. 따라서 과거제도도 순조 이후 더욱 그 난맥상을 드러내었다. 응시 자격에 대한 엄격한 신분적 제약이 무너지게 되고 賄賂에 의한 응시, 합격증 남발 등 시험의 공정성을 기할 수 없게 되었으며, 權貴者에 의부하지 않고는 출세하기가 어려워지게 된 것이다. 따라서 실제 재주 있고 유능한 학자는 과거제도를 외면하여 일절 응시하지 않으려는 기풍이 현저하였다.[83] 제2유형의 의적장은 이런 인물로 이해할 수 있다.

중앙에서 일어난 정치 기강의 문란은 곧 지방의 행정 및 재정의 난맥상을 초래하게 되어 지방 수령의 탐학이 현저하게 심각해졌다. 뇌물로써 관직을 얻게 된 지방 수령은 재임기간 중에 자신의 財富를 보충하거나 더 늘리기에 급급하였다. 그들은 흔히 지방 출신의 하급 관리인 서리배들과 결탁하여 私利를 꾀하기도 했던 것이다.[84]

吏屬은 민중 수탈의 走狗였다. 이속은 원래 일정한 법정 급료가 없어 자신이 맡은 실무적인 직장에서 생계를 꾸리게 되어 있었다. 그리고 이속의 직임을 맡기 위해서 수령에게 그 대가(任債, 任賂)를 미리 바쳐야 했다. 그들은 수령에게 바친 대가를 보충하기 위해서 농민을 수탈하기도 했고, 지방 관청의 稅穀이나 稅錢의 일부를 불법적으로 欺取하기도 했다.[85] 즉

83  한우근, 『한국통사』, 을유문화사, 1970, 371쪽.
84  한우근, 『한국통사』, 을유문화사, 1970, 371쪽.
85  한우근, 『한국통사』, 을유문화사, 1970, 371쪽.

이속들은 삼정문란의 장본인이었고 민중 수탈의 일선 담당자였던 것이다.

그리고 소위 산림학자들도 학자인 체하면서 얄팍한 지식으로 세상을 속이고 이름을 도둑질하는 무리로 비난받아 마땅한 군상들이다.

이러한 지배세력의 민중 수탈은 민중들의 불만을 사기에 충분했고, 민중들은 지배 세력에 대한 불만을 의적의 감영 약탈 등을 통해 해소하고자 했던 것이다. 이런 점에서 의적계 한문단편은 민중의 정신적 보상물이라고 할 수 있다.


## 5. 맺음말

의적계 한문단편은 市井에 떠돌아다니던 의적 이야기를 18·19세기에 몰락 지식인들이 한문으로 기록한 것으로, 조선조에 끊임없이 출몰했던 의적 활동의 토양 위에서 형성되었다.

의적계 한문단편은 조선 후기의 야담집에 두루 나타나는데, 의적과 관변측의 대결 양상을 중심으로 의적절대우위형, 의적상대우위형, 관변상대우위형으로 분류할 수 있다. 의적절대우위형은 의적이 진압하려는 관변측을 일방적으로 패퇴시키거나 의적 활동을 자유롭게 하는 경우이고, 의적상대우위형은 의적이 활동을 자유롭게 한 후 자발적으로 귀순하거나 귀향하는 경우이며, 관변상대우위형은 관변측이 의적 진압에 거듭 실패하다가 겨우 성공하는 경우이다.

의적계 한문단편은 역사상 실재했던 의적 이야기가 이야기꾼에 의해 이야기되었고, 뒤에 몰락 지식인들에 의해 한문으로 기록된 것이다. 대체로 '관변상대우위형 이야기(16세기) → 의적절대우위형 이야기(17세기) → 의적상대우위형 이야기(18세기) → 의적계 한문단편(19세기)'으로 변모하였을 것이다.

의적은 민중적 영웅이 없었던 시대에 민중들에 의해 영웅으로 인식되었고, 민중의 지지와 비호 아래 탐관오리나 부호의 재물을 탈취하는 등 사회악을 제거하는 민중적 심판자의 기능을 수행했다. 의적이 보인 심판자적 힘이 곧 민중의 힘인 것이다.

의적계 한문단편에는 부의 편중에 따른 민중의 궁핍화를 문제 삼고 있다. 조선 후기 경영형 부농의 출현으로 부의 편중이 이루어지면서 민중들의 궁핍화가 가속되었다. 또한 비대한 사원경제도 민중의 궁핍화와 무관하지 않다. 따라서 의적은 부호나 대사찰의 재물을 탈취하면서도 당당한 논리를 내세워 자신들의 행위가 정당함을 주장하는데 민중의 지지를 받기에 충분한 것이었다.

그리고 정치 파탄에 따른 지배세력의 민중 수탈을 드러내고 있다. 조선 후기에 세도정치가 고착되어 탐관오리가 속출하여 민중 수탈을 자행하고, 토호나 이속들도 민중 수탈에 가담하여 민중의 삶은 극도로 피폐해졌다. 이러한 불만을 해소하기 위해 감영을 약탈하기도 한 것이다.

의적계 한문단편은 민중들이 당대에 가졌던 불만을 의적을 통해 통쾌하게 비판하고 있는 정신적 보상물이라고 할 수 있다.

## 추노계 한문단편과 현실 인식

## 1. 머리말

19세기에 정리된 『청구야담』, 『동야휘집』, 『계서야담』 등의 야담집에는 조선 후기 민중 세계의 진실을 생동감 있게 다루고 있는 한문단편이 풍부하게 수록되어 있다. 한문단편은 주로 18세기 영·정조 시대에 민중 세계에서 화제가 되었던 것이 몰락 지식인의 손에 의해 정착된 것이다. 한문단편은 조선 후기의 변모상과 그 속에서 살아가는 민중의 발랄한 모습 및 새로운 질서를 주장하는 민중의 노력을 앞선 시대에서 보이지 않았던 경험적 사고의 바탕 위에서 실감나게 다루고 있어 종래의 소설류보다 더 많은 공감을 주었다.[1]

---

[1] 한문단편은 비록 한문으로 기록되어 있지만 고답적이고 난삽한 문투가 아니고 우리 민족 특유의 속담, 생활 어휘를 적절히 폭넓게 구사해서 평이하며 우리의 언어 정감에 밀착되어 있고, 그 시대 인간의 삶의 현실을 구체적·사실적으로 다양하게 반영하고 있으므로 한문 소양이 있는 몰락 지식인층에 인기가 있었던 것이다. 임형택, 『한국문학사의 시각』, 창작과비평사, 1984, 436-437쪽.

한문단편에는 '우스운 이야기', '아름다운 이야기', '심각한 이야기'가 함께 나타난다. 우스운 이야기와 아름다운 이야기는 앞선 시대부터 거듭 있어 온 것이지만, 심각한 이야기는 이 시대에 새로 생겨난 양식으로 주목된다. 즉, 조선 후기는 전통적 질서가 무너지고 새로운 질서가 확립되어 가던 격동기요, 전환기이기 때문에 두 질서의 대립·갈등을 충실하게 다루고 있는 義賊 이야기나 叛奴 이야기와 같은 심각한 이야기가 민중 세계에서 비교적 자유롭게 화제가 될 수 있었던 것이다.

이 글에서는 한문단편에서 다루어진 심각한 이야기 중에서 '推奴系 漢文短篇'이라 이를 수 있는 일군의 작품에 주목하고자 한다. 추노계 한문단편은 도망 노비의 推尋에 따른 沒落 奴主와 도망 노비 사이의 심각한 갈등을 문제시하고 있는데, 전통적 질서의 회복(신분적 예속 관계)을 주장하는 노주에 맞서서 새로운 질서(신분 해방)의 확립을 주장하는 노비계층의 저항을 다루고 있어 한문단편 중 독특한 면을 보이고 있다.

다음과 같은 문제에 관심을 가지고 추노계 한문단편의 전반적인 성격을 살펴보기로 한다. 첫째, 추노계 한문단편이 형성될 수 있었던 역사적 배경은 무엇인가? 둘째, 추노계 한문단편에는 어떤 유형들이 있는가? 그 유형은 어떤 성격을 지니고 있으며, 유형 상호 간의 존재 양상은 어떠한가? 셋째, 추노계 한문단편에 나타난 현실인식은 어떠한가? 이러한 문제들이 깊이 있게 해명될 때 추노계 한문단편의 성격이 보다 분명하게 드러날 수 있을 것이다.

## 2. 추노계 한문단편과 형성 배경

### 1) 추노계 한문단편 자료

한문단편에는 노주와 노비가 신분적 예속 관계 유지라는 전통적 질서 속에서 어울리는 것도 있고, 노비의 신분 해방이라는 새로운 질서 속에서 맞서는 것도 있다. 전자는 아름다운 이야기이고, 후자는 심각한 이야기라 할 수 있는데, 추노계 한문단편은 후자의 성격을 강하게 지니고 있다. 추노계 한문단편은 노주와 반노 사이에 노비 추심으로 인해 일어나는 심각한 갈등을 다루고 있는데, 대략 다음과 같이 4개 단락으로 정리할 수 있다.[2] (1) 몰락한 노주가 생계유지를 위해 선대에 도망하여 自作一村을 이루고 상당한 권세까지 누리고 있는 반노를 추심하러 가다. (2) 반노는 자신의 신분 상승을 지키기 위해 노주를 죽이려고 하여 노주가 죽을 위기에 처하다. (3) 노주가 어렵게 죽을 위기에서 벗어나다. (4) 노주가 추노에 성공하여 부자가 되다(추노에 실패하는 경우도 있다).

추노계 한문단편은 『청구야담』·『동야휘집』 등의 조선 후기 민간문헌에 두루 발견되는데, 『이조한문단편집 2』[3]와 『韓國文獻說話全集(1-10)』[4]에 수록된 자료를 대상으로 살펴보기로 한다. 추노계 한문단편으로서의 성격이 비교적 뚜렷하게 드러나 있는 작품을 정리하면 다음과 같다. 작품의 제목은 『이조한문단편집 2』와 『한국문헌설화전집』 등 문헌에 실린 대로 한다. 다만 『이조한문단편집 2』의 자료는 원문헌의 제목을 부기하

---

2 추노계 한문단편 중에는 구성이 치밀하지 못한 것도 있다. 추노계 한문단편의 유형적 성격을 드러내기 위해 편의상 4개의 단락으로 정리하였다.

3 이우성·임형택 편역, 『이조한문단편집 2』, 창비, 2018. 원문은 이우성·임형택 편역, 『이조한문단편집 4』(창비, 2018)에 수록되어 있다.

4 동국대학교 한국문화연구소, 『한국문헌설화전집(1-10)』, 태학사, 1981. 『문헌』으로 약칭한다.

고, 『한국문헌설화전집』에 제목이 없는 경우는 그 작품의 시작 부분을 인용하고 [ ]로 묶어 표시한다.

① 〈覆畵衕揮丈推奴除惡〉, 『동야휘집』 권1, 『문헌(3)』[5]

② 〈徹欽頓〉, 『이조 2』, 224-227쪽,[6] 〈劫舊主叛奴受刑〉, 『청구야담』 권2

③ 〈黃鎭基〉, 『이조 2』, 234-237쪽, 〈假稱鎭基〉, 『禦睡新話』

④ 〈彦陽〉, 『이조 2』, 229-232쪽, [趙泰億爲嶺南伯], 『雪橋別集』 권2

⑤ 〈虛風洞〉, 『이조 2』, 54-59쪽, 〈逢丸商窮儒免死〉, 『청구야담』 권2

⑥ 〈乞父命忠婢完三節〉, 『청구야담』 권7, 『문헌(2)』

⑦ 〈邊士行〉, 『이조 2』, 139-147쪽, [有窮士推叛奴], 『삽교별집』 권5

⑧ 〈새벽(曙)〉, 『이조 2』, 254-259쪽, 〈老嫗慮患納小室〉, 『청구야담』 권6

⑨ 〈옛 종 막동(舊僕莫同)〉, 『이조 2』, 207-216쪽, 〈宋班窮途遇舊僕〉, 『청구야담』 권6

⑩ 〈舊僕刺鐵報恩情〉, 『동야휘집』 권4[7]

위 인용문의 ①은 독립된 작품이 아니고 〈김덕령 이야기〉의 앞부분으로 추노계 한문단편의 완형 서사를 보이고 있어 독립된 작품으로 다루었다. ②와 비슷한 이야기는 『選諺篇』에도 있는데, 이야기가 길고 복잡하게 부연되어 있다. 『奇聞』에도 〈修簡免死〉라는 제목으로 실려 있다. ⑥, ⑦과 비슷한 이야기는 『鶴山閑言』에도 있고, 고소설 〈김학공전〉과 유사한 면도 있다.

추노계 한문단편은 다른 민간문헌을 조사하면 새 자료가 더 발견될

---

5  동국대학교 한국문화연구소, 『한국문헌설화전집(3)』, 태학사, 1981.

6  이우성·임형택 편역, 『이조한문단편집 2』(창비, 2018)에 수록되어 있는 제목과 페이지이다.

7  경북대 문리과대학 국문학회, 『동야휘집』, 유인본.

것으로 예상된다. 그러나 위의 자료는 다양한 성격을 보이고 있기 때문에 이들을 다루면서 얻어진 결과는 새로 발견될 수 있는 자료에 그대로 적용될 수 있을 것으로 짐작된다.

## 2) 추노계 한문단편의 형성 배경

### 가. 신분제 동요에 따른 노비 계층의 신분 해방

'양반-평민-천민' 구조로 이루어진 조선조의 엄격한 신분제도는 조선 전기까지는 비교적 흔들림 없이 유지되었다. 그러나 전대미문의 참혹한 임진·병자 양란을 겪는 과정에서 양반계층의 무능이 여지없이 드러나게 되었으며, 민중(평민, 천민)은 자신들의 힘을 자각하게 되고, 모처럼 주어진 신분 상승의 기회를 적극적으로 이용하여 신분 상승을 꾀하려는 움직임이 일어나게 되었다. 특히 신분제의 질곡에서 인간다운 삶을 빼앗긴 천민계층(이들의 대다수는 노비계층임)은 어떤 방법으로든 이 기회에 신분 해방을 이루고자 하였다.

노비계층의 신분 상승은 합법적인 방법으로 이루어지기도 했다. 즉 전란으로 인한 군사적, 재정적 긴급사태를 해결하기 위해 노비에 대한 신분적 제약을 일부 완화하지 않을 수 없게 되어 軍功從良, 納粟從良, 公私賤武科에 의한 종량, 束伍軍 編入, 代口免賤 등을 통한 합법적인 신분 해방의 길을 열어주기도 하였다. 그러나 합법적 신분 상승에는 감당하기 힘든 과중한 부담이 따랐기 때문에 실질적으로 그를 통한 신분 상승은 매우 제한적일 수밖에 없었다. 과중한 부담을 감당할 수 없었던 대부분의 노비들은 보다 쉬운 도망을 통해 신분 상승을 꾀하였다.

19세기에 들면서 조정은 관노를 더 이상 관리할 수 없어서 奴婢帳籍을 소각하여 대부분의 관노비가 평민이 되도록 허용하기에 이르렀다. 이에 자극을 받은 私奴婢들도 그전보다 더욱 적극적으로 신분 상승을 도모하게 되었다. 종래에는 公私賤을 막론하고 소속 관청이나 상전을 이탈해서 독립하기란 거의 불가능한 일이었으며, 도망을 하더라도 독립생활을 영위하기가 어려웠다. 그러나 조선 후기에는 노비가 도망해도 독립생활을 할 수 있는 사회적 분위기가 형성되어 노비의 이탈이 가능하게 되었다. 즉 도망노비들이 타인의 토지를 借耕한다든지, 도시에 가서 상업에 종사한다든지, 임노동을 한다든지, 수공업에 종사한다든지 하여 부를 축적하여 자립할 수 있는 길이 마련되었던 것이다.[8]

경제적 부를 이루고 그것을 바탕으로 신분 상승을 성취한 노비계층에게 있어서 옛 상전이 나타나 추심하려는 행위는 심각한 문제가 아닐 수 없었다. 노주의 추심은 노비계층이 이룩한 현실적 지위를 무너뜨리는 것이 되므로 반노들은 노주를 죽임으로써 완전한 신분 상승의 길을 이루고자 했던 것이다. 이러한 현상은 조선 후기에 흔한 것이었으며, 반노의 노주에 대한 저항은 관에서도 해결하기 힘들 정도로 격심했다.

노주와 반노 사이에서 일어난 이러한 심각한 이야기는 당대의 민중 세계에서 화제의 대상이 되었고, 그 결과 자연스럽게 한문단편으로 정착되었던 것이다.

## 나. 새로운 이야기 양식의 형성 분위기

모든 이야기는 '있는 것'과 '있어야 할 것'의 관계로 나타낼 수 있다.[9] 둘이 융합하면서 아름다운 이야기가 이루어지고, 둘이 상반하면서 심각한 이야기가 이루어진다. 이 두 양식은 무엇인가 나타내고자 한다는 점에서 단순히 웃자고 하는 우스운 이야기와 다르다. 우스운 이야기는 있는

---

8  한우근, 『한국통사』, 을유문화사, 1970, 342-345쪽, 참고; 강만길, 『한국근대사』, 창작과비평사, 1984, 124-129쪽, 참고; 平木實, 『조선후기 노비제연구』, 지식산업사, 1982, 참고; 정석종, 『조선후기 사회변동연구』, 일조각, 1984, 참고.

9  조동일, 「미적 범주」, 『한국사상대계』 1, 성균관대 대동문화연구소, 1973.

것 자체에 주목하는 양식이다. 그러나 그 웃음이 단순히 웃음 이상의 의미 즉 풍자로 발전하게 되면 심각한 이야기가 된다. 이 세 양식의 이야기는 각기 다른 양상으로 존재한다. 우스운 이야기는 사회적 여건과 관계없이 언제, 어디서나 존재하고, 아름다운 이야기는 당대 사회의 지배 이념의 구현을 문제 삼고 있기 때문에 주로 사회적 안정기에 존재하며, 심각한 이야기는 전통적 질서와 새로운 질서 사이의 갈등을 문제 삼고 있기 때문에 주로 사회적 격동기 내지 전환기에 존재한다.

추노계 한문단편에서 있어야 할 것은 노주의 추노 성공 즉 반노의 신분적 예속 관계가 유지되는 전통적 질서의 회복이고, 있는 것은 신분적 예속을 거부하는 반노의 저항이다. 노주와 반노가 심각하게 맞서게 된 직접적인 원인이 노주의 반노 추심에 있기 때문이다. 추노계 한문단편은 이런 점에서 있어야 할 것이 있는 것에 의해 상반되는 심각한 이야기의 성격을 지닌다.

그러면 심각한 이야기인 추노계 한문단편은 어떠한 문학적 분위기에서 형성될 수 있었던 것일까? 조선 후기에 화폐 사용이 일반화되면서 도시는 물론 농촌 사회에까지도 상품 화폐 경제권에 편입되었고, 그 결과 서울은 물론이고 대구·송도·평양 등의 지방 도시가 급속히 성장하게 되어 인구의 도시 집중 현상이 심화되었다. 도시에는 온갖 부류의 인간들이 모여 살게 되어 그전보다 훨씬 더 치열한 생존경쟁을 피할 수 없었으며, 그런 상황 속에서 냉혹한 현실을 철저히 인식한 도시인들은 종래의 가치관이나 인식 태도를 바꾸지 않을 수 없었다. 즉 새로운 질서에 적응하기 위해서 그들의 가치관 내지 인식 태도는 관념적인 것에서 벗어나 보다 경험적이고 합리적, 현실적인 것으로 변화되었다.

이러한 사정은 문학에 있어서도 마찬가지였다. 종래의 환상적, 신비적인 사고에 바탕한 이야기들은 변화·발전된 민중의 인식과 괴리되어 민중을 만족시킬 수 없게 되면서 더 이상 설득력을 지닐 수 없게 되었다.

당대의 민중들은 현실 생활처럼 살아 움직이는 실감나는 이야기 즉 경험적 사고에 바탕한 새로운 양식의 이야기를 요구하고 나선 것이다.

이러한 문학적 분위기는 여러 곳에서 확인된다. 소위 낙선재본소설인 〈낙천등운〉, 〈천수석〉, 〈화문록〉 등이나 춘향전과 흥부전 등 판소리계소설에서 앞선 시대의 소설과는 달리 일원론적 세계관, 신분구조의 붕괴, 화폐경제 시대의 가치관, 정치권력에 대한 불신, 근대적 종교관의 대두 등이 경험적 사고의 바탕 위에서 현실감을 지니면서 다루어졌다. 연암 박지원의 〈허생전〉과 〈양반전〉, 〈광문자전〉 등에는 이러한 성격이 더욱 심화되어 있다.[10]

이와 같이 문학적 분위기가 경험적 사고에 바탕하게 되고 현실적 문제에 관심을 기울이는 쪽으로 흘러가면서 시정의 민중 세계에서 주목받았던 화제가 자연스럽게 한문단편으로 정착될 수 있었던 것이다. 따라서 한문단편에는 이러한 민중 세계의 현실적인 삶의 문제를 다룬 것이 대부분인데, 부의 축적, 본능적인 남녀의 애정, 의적, 세속적인 이해관계, 신분질서의 동요, 시정인의 일상적인 생활상, 세태에 대한 풍자, 奇人, 逸士 등이 중요한 화젯거리로 등장하였다. 당대의 심각했던 현실 문제 중의 하나인 반노와 노주 사이에서 벌어진 갈등이 민중 세계에서 어렵지 않게 화제에 올랐고, 그것이 한문단편 서술자의 주목을 받아 한문단편으로 정착된 것은 지극히 자연스러운 결과였다.

---

10  서종문, 「19세기 한국문학의 성격」, 『19세기 한국전통사회의 변모와 민중의식』, 고려대 민족문화연구소, 1982, 참고; 정병욱, 「조선조 말기 소설의 유형적 검토」, 『한국고전의 재인식』, 홍성사, 1979, 참고; 박희병, 「조선 후기 야담계 한문단편소설 양식의 성립」, 『한국학보』 22, 1981, 참고.

## 3. 추노계 한문단편의 유형적 성격

### 1) 유형별 검토

이야기 문학 연구에 있어서 유형 정리는 끊임없이 관심의 대상이 되어 왔다. 유형 정리는 작품 간의 위상 검증을 용이하게 해 주어 작품의 특성과 의미를 보다 구조적으로 분명하게 이해할 수 있도록 해주기 때문이다. 유형을 정리할 때 가장 어려운 점은 마땅한 분류 기준을 마련하는 것이다. 분류 기준의 탐색은 다양하게 거듭 시도되어 왔지만 아직까지 만족할 만한 기준이 마련되지 못하였다.

이야기 특히 심각한 이야기에서 갈등은 자아와 세계의 상호 대립에서 일어나며, 그 갈등은 어느 한쪽의 우위에 의해 해결될 수 있다. 따라서 심각한 이야기는 자아와 세계의 상대적인 힘의 우위에 따라 유형 분류가 가능하다.[11] 추노계 한문단편에서 자아는 노주, 세계는 반노이므로 노주와 반노 간의 상대적인 힘의 우위에 따라 유형 분류가 가능하다.

몰락한 노주는 생계를 위해 반노 추심을 나서게 되고, 반노는 그들이 획득한 지위(신분 상승)를 지키기 위해 추노를 부정하게 되어 둘 사이에는 첨예한 대립과 갈등이 생기게 된다. 전통적 질서의 회복을 주장하는 입장 (노주)과 새로운 질서의 확립을 주장하는 입장(반노)의 만남은 서로 양보할 수 없는 생존권과 직결된 문제에서 비롯된 것이기 때문에 심각한 맞섬의 양상으로 나타나기 마련이다. 이 맞섬은 반드시 어느 한쪽이 이기고 다른 한쪽이 져야 해결될 수 있다. 맞섬의 해결은 둘 사이에 존재하는 힘[12]의 상대적 우위에 의해 이루어진다.

---

11  김석배, 「의적계 한문단편의 성격」, 『문학과 언어』 6, 문학과언어연구회, 1985, 참고.
12  힘에는 물리적인 힘도 있고 정신적인 힘도 있다. 반노들의 현실적인 힘은 전자에 해당하고

노주와 반노의 갈등은 힘의 상대적 우위에 따라 다음 네 가지 경우로 해결될 수 있다. 제1유형은 노주가 자신의 우세한 힘으로 반노의 저항을 일방적으로 물리치고 추노에 성공하는 경우이다. 제2유형은 노주가 반노의 거센 저항으로 위기에 처하지만 기지를 발휘하여 관측의 도움을 받아 추노에 성공하는 경우이다. 제3유형은 노주가 반노의 거센 저항으로 위기에 처했다가 우연히 전통적 질서를 인정하는 반노를 만나 위기에서 벗어나 추노에 성공하는 경우이다. 제4유형은 노주가 반노의 거센 저항으로 위기에 처했다가 반노에게 굴복함으로써 추노에 실패하는 경우이다.

제1유형은 노주가 반노에 대해 일방적인 우위에 있으므로 노주절대우위형, 제2유형은 노주가 반노에 대해 상대적인 우위에 있으므로 노주상대우위형, 제3유형은 오히려 반노가 노주에 대해 상대적인 우위에 있으므로 반노상대우위형, 제4유형은 반노가 노주에 대해 일방적인 우위에 있으므로 반노절대우위형이라고 할 수 있다.

이제 네 가지 유형의 특징을 차례대로 살펴보기로 한다.

## 가. 제1유형: 노주절대우위형

이 유형은 몰락한 노주가 반노 추심에 나섰다가 반노의 거센 저항을 자신의 우세한 힘으로 물리치고 추노에 성공했다는 이야기이다. 이 유형의 성격을 가장 잘 드러내고 있는 것은 〈覆畵舸揮丈推奴除惡〉이다. 단락으로 정리하면 다음과 같다

[1] 노주가 반노 추심을 나가다.
　① 김덕령의 장인이 추노를 나갔다가 반노들에게 살해 당하다.

---

노주의 기지는 후자에 해당한다. 물리적 힘은 현실적인 것이고, 정신적인 힘은 관념적인 것이라고 할 수 있다.

② 김덕령이 장인의 원수를 갚기 위해서 반노를 찾아가다.

[2] 노주가 반노의 위계에 속아 죽을 위기를 맞다.

① 반노들이 거짓으로 김덕령을 반갑게 맞이하고 공대하는 척하다.

② 김덕령을 海上 船遊로 유인하여 죽이려고 하다.

[3] 노주가 자신의 힘으로 위기에서 벗어나다.

① 김덕령이 물에 빠지는 척하다가 반노를 죽이다.

[4] 노주가 추심에 성공하다.

① 김덕령이 돌아와서 나머지 반노들을 처형하다.

② 반노들의 재물 만금을 찾아내다.


단락 [1]은 노주가 추노를 결행하는 이유가 드러나 있는 부분이다. 장인의 원수를 갚기 위해 추노에 나선다는 복수 모티브가 개입되어 있어 다른 유형과 상이한 것으로 보인다. 그러나 단락 [1]-①과 [4]-②로 미루어 보면 추노에 나서는 근본 원인이 장인의 복수에 있지 않고 생계를 위한 것임을 알 수 있다.

단락 [2]는 노주가 반노의 거센 저항으로 죽을 위기를 맞는 부분이다. 반노들은 새로운 질서(신분 해방)를 확립하기 위해 추노를 부정할 수밖에 없고, 새로운 질서의 완전한 확립은 노주를 죽임으로써 가능해진다. 비록 명분상이라고 하더라도 자신의 옛 상전이 존재하고 있다는 것은 그만큼 그들이 획득한 지위가 제한적이기 때문이다. 노주가 반노 추심에 나섰다가 살해 당하거나 죽을 위기를 맞는 현상은 조선 후기에 흔히 있던 일이었다.[13] 추노계 한문단편 서술자의 경험적 사고가 반영된 것이다.

---

13 "일전에 籌司之座에서 성이 조씨인 喪人을 만났는데 그가 呈狀하여 말하기를 그의 집에는 祖・子・孫 3대가 일시에 奴屬에게 살해되었다고 합니다.(日前籌司之座 見有喪人姓趙者 呈狀言 渠家祖子孫三世 一時見殺於奴屬)", 『영조실록』, 「영조 4년 12월 癸卯」, 한문단편 〈過錦江急難高義〉(『청구야담』 권2)에 추노 나갔다가 무사히 돌아온 것을 기뻐한다고

단락 [3]은 노주가 위기를 자신의 힘으로 극복하는 부분이다. 이 단락은 다른 유형과 상이한데, 그것은 이 작품이 원래 추노에 따른 문제를 다루기 위한 것이 아니라 김덕령의 용맹을 다루기 위한 작품의 한 삽화이기 때문이다. 독립된 추노계 한문단편으로 본다면 서술자의 소망적 사고가 적극적으로 개입된 부분이다. 즉, 현실적으로 불가능한 반노 추심을 용맹한 김덕령을 통해 가능의 영역으로 전환해 본 것이다. 이는 당시의 역사적 진실과는 상당한 거리에 있는 것이고, 서술자의 현실 인식이 철저하지 못한 한계를 보이고 있다.

단락 [4]는 노주가 추노에 성공하는 부분으로 전통적 질서의 회복을 의미한다. 그러나 이것은 어디까지나 서술자의 소망적 사고에 불과한 것으로 이해해야 한다.

이상에서 살펴본 단락을 일반화하면 '[1] 노주의 추노 결행 - [2] 노주의 위기 봉착 - [3] 자력에 의한 노주의 위기 극복 - [4] 노주의 추노 성공'으로 정리할 수 있다.

### 나. 제2유형: 노주상대우위형

이 유형은 몰락한 노주가 반노 추심에 나섰다가 반노의 거센 저항으로 죽을 위기를 만나지만 기지를 발휘하여 위기에서 벗어나고 관측의 도움으로 겨우 추노에 성공했다는 이야기이다. 자료 ②, ③, ④가 이 유형에 속하는데, 〈휘흠돈〉을 단락으로 정리하면 다음과 같다.

[1] 노주가 반노 추심을 나가다.
　　① 서울의 한 양반이 먼 시골로 추노 나가다.
　　② 친구인 고을 원의 도움으로 노속들에게 10일 내에 신공을 바치게

---

되어 있고, 〈逢丸商窮儒免死〉에 몰락 양반이 죽기 위해서 추노에 나선다고 되어 있다.

하다.

[2] 노주가 반노의 위계에 속아 죽을 위기에 처하다.

① 반노들이 거짓으로 '노주는 곧 부자간'이라는 명분을 내세워 양반을 집으로 유인하다.

② 10일째 되던 날, 삼경에 양반을 협박하여 '긴급한 사정이 있어 몸소 하직하지 못하고 떠난다'는 내용의 편지(원에게 보냄)를 쓰게 한 다음 죽이려 하다.

[3] 노주가 기지를 발휘하여 위기에서 벗어나다.

① 반노가 시키는 대로 편지를 쓰고 끝에 '徽欽頓'¹⁴이라 쓰다.

② 원이 편지를 보고 양반이 위기를 만났음을 알고 포졸을 출동시켜 구출하다.

[4] 노주가 추심에 성공하다.

① 고을 원이 반노를 처형하다.

② 반노들의 가산을 수량대로 등록하여 가지고 가다.


단락 [1]은 노주가 관측의 도움으로 추노를 단행한다는 점에서 특이하다. 몰락 노주의 힘으로는 추노가 불가능한 사실을 보여주고 있다. 그러나 노주가 추노에 나서는 근본적인 이유는 생계 유지에 있다는 점에서 다른 유형과 동일하다. 몰락한 노주가 죽음을 무릅쓰고 추노에 나설 수밖에 없었던 것이 생계를 위한 것이라는 사실은 여러 작품에서 거듭 확인된다.¹⁵

---

14  北宋의 마지막 두 황제인 徽宗과 欽宗이 금나라의 포로가 되어 죽었기 때문에 자신이 처한 위험을 암시하여 '徽欽'이라 쓴 것이다. '頓'은 편지 끝에 상대방에게 경의를 표하기 위하여 쓰는 말이다.

15  "士夫之家貧殘漸極 或至於飢餓不出戶"(『日省錄』,「정조 10년 병오 1월 22일 정묘」), "勿論城內城外 寒儒貧士之家 或有三四日不炊者 情境之愁慘 可勝言哉"(『일성록』,「정조 7년 계묘 9월 9일 정유」), 참고. 『일성록』은 정석종,『조선후기 사회변동연구』, 일조각, 1984,

단락 [2]는 반노의 저항으로 노주가 죽을 위기를 만나는 부분으로 다른 유형과 동일하다.

단락 [3]은 위기를 만난 노주가 기지를 발휘하여 위기에서 벗어나는 부분으로 제3유형과 다른 점이다. 몰락 노주는 위기에서 벗어나기 위해 편지 끝에 '휘흠돈'이라는 일종의 암호를 쓰기도 하고, 지방 순시 중인 감사와 친구인 것처럼 행동하기도 하며, 역적으로 전국에 수배된 黃鎭基인 척하기도 한다.[16] 현실적 힘의 우위에 있는 반노 세력을 정신적 우위(반노들이 노주가 발휘한 기지의 참뜻을 이해하지 못한 것은 정신적 힘의 열세라고 할 수 있다)에 의해 물리치고 있다. 이것은 현실적인 힘에 있어서 열세에 있는 서술자가 문제 해결을 정신적 우위로 해결하고자 한 소망적 사고가 적극 개입된 것이다.

단락 [4]는 관측의 도움으로 추노에 성공하는 부분으로 당시 사회상의 반영이다. 추노 문제는 관측의 개입으로 노주의 일방적 승리로 해결되기도 하고,[17] 관측의 적극적인 중재로 해결되기도 한다.[18] 그러나 당시의 역사적 진실은 전자와는 거리가 멀고, 후자와 같은 해결이 보편적이었으며, 관측의 개입으로도 문제를 해결하지 못하는 경우도 있었을 것으로 짐작된다. 어떤 형태로든 문제가 추노를 성공하는 쪽으로 해결되는 것은 서술자의 소망적 사고가 적극 개입된 것이며, 관측에 의한 일반적인 해결은 보다 소망적인 사고에 입각한 것이고, 중재에 의한 해결은 보다 경험적 사고에 의한 것이라고 할 수 있다.

이상에서 살핀 단락의 짜임을 일반화하면 '[1] 노주의 추노 결행 - [2] 노주의 위기 봉착 - [3] 기지에 의한 노주의 위기 극복 - [4] 노주의 추노

266쪽. 자료 ①-③에도 몰락 양반의 궁핍상이 잘 드러나 있다.

16  〈黃鎭基〉.

17  〈劫舊主叛奴受刑〉, 〈有窮士推叛奴〉, 〈黃鎭基〉.

18  『見聞錄』乾. 정석종, 『조선후기 사회변동연구』, 일조각, 1984, 참고.

성공'으로 정리할 수 있다.

다. 제3유형: 반노상대우위형

이 유형은 몰락 노주가 추노에 나섰다가 반노의 거센 저항으로 죽을 위기에 처하지만 우연히 전통적 질서를 인정하는 반노의 도움으로 위기에서 벗어나 추노에 성공했다는 이야기이다.

자료 ⑤, ⑥, ⑦, ⑧이 이 유형에 속하는데, 〈乞父命忠婢完三節〉을 단락으로 정리하면 다음과 같다.

[1] 노주가 반노 추심을 나가다.

　① 서울의 심생이 선산에 있는 반노를 추심하러 가다.

[2] 노주가 반노의 위계에 속아 죽을 위기를 맞다.

　① 반노들이 거짓으로 공대하는 척하여 향단을 심생에게 바치다.

　② 밤에 방에 들어가서 심생을 죽일 계획을 세우다.

[3] 노주가 반노측의 도움으로 위기에서 벗어나다.

　① 향단이 심생에게 반노의 계획을 알리고 자기와 옷을 바꿔 입고 달아나라고 하다.

　② 향단의 계교대로 옷을 바꿔 입고 달아나서 위기에서 벗어나다.

[4] 노주가 추노에 성공하다.

　① 심생이 고을 원에게 고변하여 반노를 처형하게 하다.

　② 향단을 위해 효·충·열의 세 가지 행실을 구비한 정려문을 세우다.

단락 [1]과 단락 [2]는 다른 유형과 동일하다.

단락 [3]은 우연히 전통적 질서를 인정하는 반노를 만나 그들의 도움으로 위기를 벗어나는 부분으로 다른 유형과 상이하다. 노주가 위기에 처하는 순간 옛날의 은혜를 갚고자 하는 옛 노비를 만나거나,[19] 아비의 목숨을 살리고자 하는 반노의 딸을 만나거나,[20] 綱常의 중함을 아는 철환 장수를 만남으로써 위기에서 벗어난다.[21] 이것은 고소설에서 흔히 보이는 위기 해결의 방법인 우연성[22]과 동일한 것인데, 이와 같이 의외의 인물을 등장시켜 문제 해결을 시도한 것은 서술자의 소망적 사고의 관념적 개입이라고 할 수 있다.

단락 [4]의 의미는 다른 유형과 같다. 다만 추노의 성공으로 끝맺지 않고 향단을 위해서 정려문을 세운다는 것은 전통적 질서 회복에 대한 서술자의 강한 소망이며 자기 합리화의 모습이라고 할 수 있다.

이상에서 살핀 단락의 짜임을 일반화하면 '[1] 노주의 추노 결행 - [2] 노주의 위기 봉착 - [3] 반노측의 도움에 의한 노주의 위기 극복 - [4] 노주의 추노 성공'으로 정리할 수 있다.

### 라. 제4유형: 반노절대우위형

이 유형은 몰락 노주가 반노 추심을 나섰다가 반노의 거센 저항으로 죽을 위기에 처하게 되며, 그들에게 굴복함으로써 겨우 살 수 있었다는 이야기이다. 자료 ⑨와 ⑩이 이 유형에 속하는데, 〈옛 종 막동〉을 단락으로 정리하면 다음과 같다.

[1] 노주가 반노 추심을 나가다.
　① 몰락 양반 송생이 최 승지로 행세하는 옛 종 莫同을 우연히 만나 그의 호의로 부자가 되다.

---

19  〈老媼慮患納小室〉.
20  〈乞父命忠婢完三節〉, [有窮士推叛奴].
21  〈逢丸商窮儒免死〉.
22  고소설에서 주인공이 겪는 위기는 夢兆解決, 危機陰助, 離魂再生 등을 통해 해결된다. 정주동, 『고대소설론』, 형설출판사, 1966, 139-154쪽, 참고.

② 송생의 종제가 이 사실을 알고 말세의 기강을 바로 잡겠다며 최 승지에게 가다.

[2] 노주가 반노의 위계에 속아 죽을 위기에 처하다.

① 최 승지는 송생의 종제가 광기가 있어 자기에게 침 맞으러 온다고 거짓 소문을 퍼뜨리다.

② 최 승지가 송제를 붙잡아 곳간에 가두고 대침으로 마구 찌르며 죽이겠다고 하다.

[3] 노주가 반노에게 굴복하여 위기에서 벗어나다.

① 송제가 최 승지에게 개전하지 않으면 자신은 개새끼라고 하다.

② 송제가 최 승지의 아들과 마을 사람에게 최 승지 덕분에 광기가 치료되었다고 변명하다.

[4] 노주가 반노 추심에 실패하다.

① 송제가 최 승지 집에서 5, 6개월 머물다가 돈 3천 관을 얻어 돌아오다.

② 송제는 감격하여 종신토록 이 일을 발설하지 않다.


단락 [1]은 새로운 질서를 완전히 부정하는 부분으로 다른 유형과 현저하게 다르다. 송제가 말세의 기강을 바로잡겠다는 것은 새로운 질서를 철저히 부정하고 전통적 질서의 완전한 회복을 바라는 것이다. 따라서 송제와 최 승지(막동)의 맞섬은 어느 한쪽의 처절한 패배로 해결될 수밖에 없다. 송생은 시대적 흐름을 인정[23]했기 때문에 의외의 행운을 얻을 수

---

23 최 승지가 "상전과 종의 의리는 부자 군신 간과 조금도 다름이 없지요. 이제 恩情을 저버려졌고 體貌도 뒤범벅이 되었으니 차라리 생을 끊어 이 한을 갚고 싶습니다.(主僕之義 與父子君臣不等一間 今此恩情阻隔 體貌製碍 卽欲無生 以償此恨)"라고 노·주 간의 의리를 내세우자 "설사 영감의 말씀대로라 하더라도 이제 돌아보건대 이미 지나간 옛일이라 물이 흘러갔고 구름이 흩어진 셈인 걸 구태여 끄집어내어서 주객 간에 피차 거북하게 만들 것이 무엇 있겠소? 조용히 앉아서 한가로운 이야기나 더 나눕시다.(設如公言 顧今時移 事往 水流雲空 何必提起 使賓主俱困 願安坐閑話)"라고 하여 새로운 질서를 인정하고

있었고, 송제는 그것을 부정[24]했기 때문에 죽을 위기에 처했다.

단락 [2]는 다른 유형과 동일하다.

단락 [3]은 노주가 반노에게 완전히 굴복함으로써 위기에서 벗어나는 부분으로 다른 유형과 상이하다. 송제는 살아나기 위해서 자신을 '개새끼'로까지 비하해야 했으며, 최 승지 아들이나 동네 사람에게 구차한 변명을 해야만 했다. 이것은 전통적 질서의 완전한 패배이며 새로운 질서의 완전한 승리를 의미한다. 송제의 전통적 질서 회복 주장이 얼마나 시대착오적인 것인가를 잘 드러내고 있다. 이것은 서술자의 시각이 철저하게 경험적 사고에 바탕하고 있음을 보여주는 것이다.

단락 [4]에서 송제가 3천 관의 돈을 얻은 것은 구걸한 것에 지나지 않으며, 그것에 감격해 마지않는 점은 노주의 완전한 패배를 의미한다.

이상에서 살핀 단락의 짜임을 일반화하면 '[1] 노주의 추노 결행 - [2] 노주의 위기 봉착 - [3] 굴복에 의한 위기 극복 - [4] 노주의 추노 실패'로 정리할 수 있다.

## 2) 종합적 검토

추노계 한문단편은 전통적 질서가 붕괴되는 위기에서 전통적 질서 회복을 주장하는 노주와 새로운 질서 확립을 주장하는 반노 사이에서 벌어

---

있다. 이우성·임형택 편역, 『이조한문단편집 3』, 창비, 2018, 141-142쪽 및 390쪽.

24  송생이 최 승지와 만났던 일을 이야기하자 송제는 크게 화를 내어 "형님은 그런 치욕을 참고 반노의 뇌물을 받아 챙겼단 말이우? 아저씨 형님 하면서 綱常을 어지럽히다니 세상에 그런 수치가 어디 있우? 내 당장 고성으로 달려가서 그놈의 패륜상을 폭로하여 먼저 형님이 당한 치욕을 씻고, 다음에 말세의 기강을 바로잡아야겠소."(이우성·임형택 편역, 『이조한문단편집 2』, 창비, 2018, 213쪽)라고 하여 새로운 질서를 완전히 부정하고 있다. "兄長包羞忍恥, 反受叛奴之厚賂, 呼兄呼叔, 亂其綱常, 豈非大段羞恥乎? 我當直走高城, 悉暴此奴悖狀, 一以雪兄長汙衊, 一以扶衰世綱紀.", 이우성·임형택 편역, 『이조한문단편집 2』, 창비, 2018, 266쪽.

지는 심각한 갈등을 다룬다는 점에서는 동일하다. 그러나 갈등의 해결은 서술시각에 따라 다르게 나타난다. 특히 단락 [3]에서 상당한 차이를 보이고 있다. 이제 서로 다른 서술시각에 주목하면서 각 유형이 추노계 한문단편에서 차지하는 위상을 살펴보기로 한다.

노주절대우위형은 서술시각이 노주의 입장에 서 있으면서 새로운 질서를 부정하고 전통적 질서 회복을 긍정하는 방향으로 갈등이 해결되고 있다. 노주가 반노에 대한 일방적 우위에 서서 추심에 성공하는 점은 역사적 진실과는 거리가 멀고 현실적으로 불가능한 일이다. 그럼에도 불구하고 노주의 일방적인 승리로 갈등을 해결하려고 하니 용맹이 뛰어난 김덕령을 등장시키지 않을 수 없었다. 현실적으로 불가능한 일을 상상을 통해 해결해 보려는 의식의 소산이다. 즉 이 유형은 서술시각이 철저히 소망적 사고 위에 서 있고 경험적 사고는 상대적으로 제한되어 있다. 따라서 이 유형은 시정의 민중 세계에서 화제의 대상이 되기 어려웠고, 한문단편으로 형성되기는 더욱 어려웠다. 왜냐하면 조선 후기가 이미 관념적 사고보다는 경험적 사고가 우위에 있던 시기였으므로 경험적 사고에 배치되는 화제는 더 이상의 존재 가치를 상실했기 때문이다. 실제로 한문단편에서 이 유형이 거의 발견되지 않는 것은 매우 자연스러운 것이고, 앞으로도 발견 가능성이 매우 적을 것이다.

노주상대우위형은 서술시각이 노주의 입장에 서 있으면서 갈등이 해결된다는 점에서 노주절대우위형과 동일하다. 그러나 노주 자신의 힘만으로는 추노가 불가능하고 관측의 도움을 받아 겨우 추노에 성공한다는 점에서 다르다. 이 유형 역시 현실적 힘이 열세에 있는 노주가 정신적 힘의 우위를 통해 전통적 질서 회복에 성공한다는 점에서 경험적 사고보다 소망적 사고가 우위에 있다. 몰락한 노주가 관측의 힘을 빌려 추노를 하고 있는 것은 역사적 사실과 일치하는 것이다. 노주가 관측의 도움으로 추노에 성공할 수 있었다는 점에서 몰락 양반들 사이에서 비교적 쉽게 화제의 대상이 될 수 있었을 것이다. 따라서 한문단편에서 이 유형은 거듭 발견되고 있다. 그러나 현실적으로는 관측의 도움으로 추노에 성공한 경우도 더러 있었지만, 실패한 경우가 더 일반적이었다. 그러므로 이 유형에서 추노의 성공은 서술자의 정신적 승리 이상의 의미를 지니기 어렵다.

반노상대우위형은 서술시각이 새로운 질서를 주장하는 반노의 입장에서 있으면서 갈등을 해결하고 있다. 그러면서도 새로운 질서 확립을 전폭적으로 지지할 수 있는 단계까지 나아가지 못했기 때문에 전통적 질서를 일정하게 인정하는 인물을 등장시켜 갈등을 해결할 수밖에 없었다. 이것은 노주상대우위형보다는 경험적 사고가 우위에 있는 것이지만 소망적 사고의 개입을 버릴 수 없었던 서술자의 현실 인식의 한계를 내보이는 것이다. 이 유형 역시 이런 점 때문에 몰락 양반 쪽에서 화제의 대상이 되기 쉬웠을 것이고, 실제로 한문단편에서도 거듭 발견된다. 또한 이 유형은 전통적 질서를 인정하는 반노가 등장하고 있어 서술자의 소망적 사고가 좀 더 적극적으로 개입되면 奴와 主의 어울림인 아름다운 이야기로 전환되기 쉽다.[25]

반노절대우위형은 서술시각이 새로운 질서 확립을 주장하는 반노의 입장에 서 있으면서 반노의 승리 쪽으로 갈등을 해결하고 있다. 이 유형은 추노계 한문단편 중에서 현실 인식이 가장 투철하게 반영된 것으로 소망적 사고가 배제되고 경험적 사고에 충실하였다. 이 유형은 추노 저항에 성공한 반노들 사이에서 화제의 대상이 될 수 있는 성격이므로 한문단편에서 발견하기 어렵다. 반노들은 노주에 대항하여 승리했다는 사실을 화제에 올리려 하지 않았을 것이다. 노주를 물리쳤다는 사실은 드러내 놓고 자랑할 만할 일이 아니다. 그런 사실을 드러내는 것은 과거의 신분이 노출

---

25 『청구야담』의 〈彈琴臺忠僕收屍〉, 〈成家業朴奴盡忠〉, 〈投三橘空中現靈〉, 〈過錦江急難高義〉 등에서 主·奴의 '아름다운 이야기'를 다루고 있다.

되어 현실적 지위가 흔들릴 가능성이 있기 때문이다.[26] 이 유형은 오히려 새로운 질서 확립을 지지하는 평민 쪽에서 쉽게 이야기할 수 있는 성격이고, 실제로 그들 사이에 인기 있는 화제였을 가능성이 매우 크다.[27] 한문단편을 정리한 몰락 지식인은 그들이 비록 평민과 다름없는 위치로 전락하였지만 이 유형을 과감히 정리할 만큼 의식이 성장하지 못했던 것이다. 따라서 이 유형이 거의 발견되지 않는 것은 오히려 자연스러운 것으로 보인다.

이상에서 논의한 바를 도표로 정리하면 유형 상호 간의 위상이 쉽게 드러난다. → 방향은 상대적인 우위를 나타낸다.

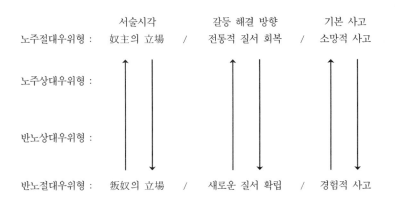

|  | 서술시각 | 갈등 해결 방향 | 기본 사고 |
|---|---|---|---|
| 노주절대우위형 : | 奴主의 立場 / | 전통적 질서 회복 / | 소망적 사고 |
| 노주상대우위형 : | | | |
| 반노상대우위형 : | | | |
| 반노절대우위형 : | 叛奴의 立場 / | 새로운 질서 확립 / | 경험적 사고 |

---

26 "우리가 이곳에 살면서 명색 갓을 쓰고 글을 읽으며 양반으로 행세하는 터에, 이대로 몇 대 지나가면 벼슬하는 것도 어려운 일이 아니다. 그런 걸 지금 공연히 通政이니 嘉善이니 僉使·萬戶 같은 이름을 탐하여 이 세 사람을 끌어다 관가에 바치고 보면, 문초 중에 우리 근본이 탄로날 것은 정한 이치다. 이거 야단났구나. 얼른 쫓아가서 잡아다가 우리 손으로 처치하여 말이 나지 않게 하는 것이 옳다.", 〈黃鎭基〉, 이우성·임형택 편역, 『이조한문단편집 2』, 창비, 2018, 236쪽. "吾輩居於此地, 着冠讀書, 自稱兩班, 如此數三世, 則名宦亦可不難矣. 而今欲貪於通嘉善·僉萬戶之名, 而納此三人于官, 則吾之根本綻露於三人口招之中矣, 奈何? 莫如還爲捉來, 殺之於此處後, 以滅其口好矣.", 이우성·임형택 편역, 『이조한문단편집 4』, 창비, 2018, 275쪽.
27 의적 이야기가 시정의 인기 있는 화젯거리가 될 수 있었던 것으로 미루어 보아 그것보다 덜 부정적인 반노 이야기도 쉽게 화제가 되었을 것으로 보인다.

## 4. 추노계 한문단편에 나타난 현실인식

추노계 한문단편에는 당대의 역사적 현실을 올바로 인식한 면과 잘못 인식한 면이 함께 나타난다. 서술시각이 새로운 질서 회복의 입장에 서 있으면서 기본 인식이 경험적 사고 위에 서 있을 때 앞의 성격이 두드러지 고, 서술시각이 전통적 질서 회복 입장에 서 있으면서 기본 인식이 소망적 사고 위에 서 있을 때 뒤의 성격이 두드러진다.

### 1) 몰락 양반의 궁핍화와 추노 문제

추노계 한문단편에서 노주가 반노 추심에 나서는 근본적인 원인은 생 계를 유지하기 어렵기 때문이다. 다음에는 노주가 죽음을 무릅쓰고 반노 추심에 나서지 않을 수 없었던 궁핍상이 잘 나타나 있다.

① 호남 땅의 한 생원이 일찍 부모를 잃고 가까운 친척도 없는데다가 중년에 상처를 하여 자녀도 두지 못했다. 가세는 본디 적빈해서 조반석죽을 잇기도 몹시 어려운 형편이었다. 이 궁생원은 세상을 살아갈 낙이 없어 오로지 자결하고 싶은 심경뿐이었지만 죽을 길을 얻기 또한 쉽지 않았다.[28]

② 저는 성명이 아무개이고 모씨의 친척입니다. 布衣로 가난한 터에 연거 푸 喪을 당하고 보니 빚이 산처럼 쌓였습니다.[29]

---

**28** 〈허풍동〉, 이우성·임형택 편역, 『이조한문단편집 2』, 창비, 2018, 54쪽. "湖南有一生員, 早喪父母, 旣無兄弟族戚, 中年喪妻, 無一子女, 家素貧窮, 菽水難繼, 實無生世之況. 輒欲自 處而亦不得其路.", 이우성·임형택 편역, 『이조한문단편집 4』, 창비, 2018, 205쪽.

**29** 〈언양〉, 이우성·임형택 편역, 『이조한문단편집 2』, 창비, 2018, 230쪽. "某姓名, 某之族戚, 而布衣貧窮, 屢經喪葬, 積債如山.", 이우성·임형택 편역, 『이조한문단편집 4』, 창비, 2018, 273쪽.

③ 그 후 몇몇 해가 지났다. 대감 내외는 벌써 다 세상을 떠났고 대감의 아들도 이미 죽었으며, 손자가 어른이 되었다. 그 사이에 가세가 여지없이 기울어 살아가기도 매우 어려운 처지에 놓이게 되었다. 손자는 선대의 노비로 각처에 산재해 있는 자들이 많으니 추노를 나가면 한 재산을 얻으리라 생각하고 단신으로 집을 나섰다.[30]

위의 자료에서 볼 수 있듯이 몰락 양반은 조반석죽을 잇기도 어려운 형편이고, 빚이 산더미처럼 쌓여 생계 유지 또한 무척 어려운 실정이었다.

임·병 양란을 겪은 17세기 이후의 조선 사회에서 집권 양반층은 점차 閥閱化되어 가고 대부분의 양반층은 정권에서 소외되면서 土班이나 殘班이 되었다. 그들은 벌열과 토반의 대열에서 탈락하여 낙향한 채 몇 대를 지나면서 정치적·경제적 기반을 모두 상실한 잔반은 점차 노비와 토지를 잃고 소규모의 자작농이 되었다가 다시 소작농으로, 심하게는 임금노동자로 전락하기도 했으며 상공업에 종사하기도 했다. 몰락 양반은 경제적 궁핍에서 벗어나기 위해 부유한 상민층과 통혼하기도 했고 심지어는 도적이 되기도 했다. 이러한 상황에서 몰락 노주의 반노 추심은 궁핍에서 벗어나려는 수단의 하나로 이해해야 할 것이다. 그러나 반노들은 선대에 도망하여 경제적 부를 바탕으로 상당한 세력을 형성하고 있었기 때문에 노비 추심은 현실적으로 거의 불가능하였다. 몰락 노주는 관측의 힘을 얻어 추심하려고 했지만, 관측의 개입으로도 노비 추심이 원만하게 이루어질 수 없을 정도로 노비계층의 현실적 힘이 강성했다. 따라서 지방 수령들은 반노와 노주 사이를 중재하여 속량을 주선할 수밖에 없었다. 〈언양〉에

---

30 〈새벽〉, 이우성·임형택 편역, 『이조한문단편집 2』, 창비, 2018, 255쪽. "其後幾年, 宰相內外俱歿, 其子亦已死, 其孫已稍長矣. 家計剝落, 無以資活, 忽思先世奴婢散在各處者多, 若作推奴之行, 則可得要頓之資, 遂單身發行.", 이우성·임형택 편역, 『이조한문단편집 4』, 창비, 2018, 283쪽.

이러한 사정이 잘 나타난다.

　　내가 무슨 대단한 도량이나 지혜가 있겠소? 그보다는 당신에게 영웅다운
재주와 기상이 보이는구려. 필시 오래 곤궁할 사람은 아닐 것 같소. 내가
당신에게 이와 같이 대접하고 있으니 이곳 관장은 송구히 여길 터요, 강성한
노속들도 담력이 떨어져 별 꾀를 못 낼 것이며, 힘을 쓰려 해도 쓰지 못할
것이라. 당신의 계획대로 성사되리라는 것은 의심할 바가 없겠소. 그러나
일이란 대개 나의 욕심만 챙기면 누군가 손해를 보거나 하늘의 재앙이 따르
는 법이라오. 당신은 아무쪼록 신공을 가볍게 해서 원한을 사지 않도록
하오. 더욱이 나에게까지 원한이 미쳐서야 되겠소? 무릇 일이 좋은 기회는
두 번 오기 어려운 터이라. 당신이 나를 언제 다시 만나겠소? 모두 속량하여
주고 노비문서는 태워 버리구려. 후환을 남겨 둘 것이 없소.[31]

　　위의 인용문은 몰락 노주가 추노에 나섰다가 위기를 맞아 지방 순시
중인 감사 조태억을 찾아가 도움을 청한 데 대한 조태억의 말이다. 조태억
은 감사의 힘으로도 노비 추심이 불가능한 것을 잘 알고 있고, 또한 그
원한이 자신에게 미칠 것을 걱정하고 있다. 이에 조태억은 노주와 반노
사이에 개입하여 속량으로 갈등을 해결하고자 한 것이다. 그러나 관측의
중재로 인한 이러한 해결도 쉽지 않았던 것이 당대의 일반적인 경향이었
다. 이런 점에서 볼 때, 노주상대우위형이나 반노상대우위형에서 보이는
관측에 의한 일방적인 문제 해결이 얼마나 현실과 괴리된 것인지 알 수

---

31　〈언양〉, 이우성·임형택 편역, 『이조한문단편집 2』, 창비, 2018, 231쪽. "奈何宏量敏識之
有, 而抑君有英雄之才氣, 必不久於窮困者也. 吾之待君, 旣如此, 則太守必悚懼, 而君之强
奴, 必破膽, 智不能謀, 勇不能力, 君之事必成而無疑矣. 然凡事必欲足吾欲, 則不有人害,
必有天禍, 君其經其斂, 而使人無怨, 亦使無餘怨之及我也. 凡事好機會難再得, 君之値我,
豈可再乎? 必皆曠放, 而焚其文簿, 以斷後日之危機也.", 이우성·임형택 편역, 『이조한문단
편집 4』, 창비, 2018, 273쪽.

있다. 이 시대에 노비 계층의 신분 해방은 어떤 힘으로도 막기 어려운 역사의 흐름이었다.

## 2) 노비 계급의 경제적 성장과 신분 해방

조선 후기는 상공업의 발달로 경제적 능력에 따라 사회 질서, 특히 신분 질서가 새로 정립되어 가던 시기라 할 수 있다. 즉 경제적 능력이 있으면 그것을 바탕으로 평민이 양반층에 편입할 수 있었고, 노비 계층도 평민층에 편입할 수 있었음은 물론 양반층에까지 편입할 수 있었다. 노비 계층은 이러한 사회적 움직임에 편승하여 경제적 능력을 바탕으로 신분 상승을 꾀하게 되었고, 그 결과 신분 해방을 이룰 수 있었다.

몰락 양반의 궁핍상과는 대조적으로 노비 계층의 유족한 생활상이 추노계 한문단편에 거듭 보인다.

① 대개 선대에 도망한 여종이 영광의 법성도 등지에 거주하는데, 자손이 번창하여 백여 호를 헤아렸다.[32]

② 한 가난한 선비가 호남의 해변으로 반노의 추심을 나갔다. 반노는 그 일족이 번성했으며 생계도 풍족하였다.[33]

③ 멀리 인가를 찾아서 고개를 넘어가니, 산 밑으로 집들이 정연하여 기와

---

32 〈허풍동〉, 이우성·임형택 편역, 『이조한문단편집 2』, 창비, 2018, 57쪽. "盖有先代逃亡之婢, 盤居靈光法聖島, 生産繁衍, 多至百餘家.", 이우성·임형택 편역, 『이조한문단편집 4』, 창비, 2018, 206쪽.

33 〈변사행〉, 이우성·임형택 편역, 『이조한문단편집 2』, 창비, 2018, 146쪽. "有窮士, 推叛奴 於湖南之海岸, 叛奴, 族戚蕃盛, 産業饒足.", 이우성·임형택 편역, 『이조한문단편집 4』, 창비, 2018, 240쪽.

추노계 한문단편과 현실 인식  **229**

지붕이 물결처럼 벌여 있고 산수가 수려한 곳에 정자며 누대도 훌륭해 보였다. 그 마을로 들어가서 알아보니 동네에서 유력한 최 승지댁이라 하였다.[34]

④ 노비와 주인 사이는 부자와 마찬가집니다. 쇤네들의 선대가 감히 상전을 배반했던 것이 아니고 흉년에 유랑하여 떠돌다가 이곳에 정착했더랍니다. 그리하여 아들딸 낳고 손자·증손대로 내려와서 지금은 백여 호가 된 것입지요. 상전댁 덕분으로 장사를 해서 이득을 얻고 농사를 지어 축적을 해서 제법 풍족한 백성이 되었지요. (중략) 앞뒤로 호위를 받으며 그 마을에 당도하였다. 안팎의 대문이며 집채들이 다 썩 훌륭하고, 큰 동네에 타성은 없이 노속들의 친족으로 한마을을 이루고 있었다.[35]

⑤ 할멈의 여러 아들들은 모두 건장하고 특출할 뿐더러 영향력도 있고 재산도 부유하여 한 고을을 호령하고 지내는 사람들이다.[36]

도망노비 계층이 경제적 부를 이룩한 구체적인 방법은 나타나지 않지만, 몰락 양반이 농업에 종사하거나 상업에 종사하여 부를 축적할 수 있었던 것[37]처럼 그들도 그러한 방법으로 부를 축적할 수 있었다. 즉 조선

---

34 〈옛 종 막동〉, 이우성·임형택 편역, 『이조한문단편집 2』, 창비, 2018, 207쪽. "遙尋人烟, 蹁一崗, 崗下千家同井, 碧瓦欲流, 溪山艶冶, 亭塢參差, 乃就而問之, 則洞之豪者崔承宣也.", 이우성·임형택 편역, 『이조한문단편집 4』, 창비, 2018, 264쪽.

35 〈휘흠돈〉, 이우성·임형택 편역, 『이조한문단편집 2』, 창비, 2018, 224-225쪽. "奴主卽父子也. 小人先世非敢背主, 凶年飄泊, 轉到于此, 生子生女, 有孫及曾, 今至爲百餘口, 而特蒙上典主垂恤之澤, 利於興販, 得於作農, 遂爲饒民 (중략) 前後擁護, 直抵奴家. 內外大門及家舍皆雄偉. 洞中無他人家, 奴輩族戚自作一大村矣.", 이우성·임형택 편역, 『이조한문단편집 4』, 창비, 2018, 271쪽.

36 〈새벽〉, 이우성·임형택 편역, 『이조한문단편집 2』, 창비, 2018, 257쪽. "老嫗諸子, 皆是壯健傑鷔, 有風力, 財産富饒, 行號令於一鄕者.", 이우성·임형택 편역, 『이조한문단편집 4』, 창비, 2018, 284쪽.

37 한문단편에 몰락한 양반이 농업에 종사하거나 상업에 종사하여 부를 이루는 데 성공했다는

후기에 농업 기술의 혁신으로 경영형 부농이 형성되어 임노동 고용 경향이 증대되고, 상품 생산의 증가에 따른 상품 경제 및 화폐 경제가 발달하게 되었는데, 이러한 사회적 전환기에 편승하여 도망노비 계층이 부의 축적에 성공하였던 것이다.

조선 사회에서 노비 계층은 인간다운 삶을 보장받지 못했다. 즉 노비는 노주의 재산으로 인식되었고 매매의 대상이 되기도 했으며, 婢의 경우에는 公·私賤을 막론하고 관리나 노주의 성적 유희의 대상이 되기도 하였다. 그러므로 노비 계층의 신분제도에 대한 불만은 대단하였으며,[38] 기회만 주어지면 노비 신분에서 벗어나고자 노력했던 것이다.

조선 후기의 사회적 격동기를 틈타 노주로부터 달아난 도망 노비[39]는 여러 가지 방법으로 부의 축적에 성공하였으며, 그 부를 바탕으로 신분 상승을 이루었다. 도망 노비의 신분 상승을 위한 노력은 〈옛 종 막동〉에 잘 드러나 있다.

참으로 경복난진이지요. 소인이 젊어서 종노릇을 하면서 가만히 본바 상전댁은 가운이 막혀서 다시 일어날 가망이 없으니 평생토록 춥고 배고픈

---

이야기들이 많이 있다. 〈才子落鄕富抵京〉(『동야휘집』 권4), 〈治産業許仲子成富〉(『청구야담』 권1), 〈得賢婦貧士成業家〉(『海東野書』), 〈京中金姓窮生〉(『東稗洛誦』), 〈三難金玉〉(『此山筆談』), 〈安貧窮十年讀書〉(『청구야담』 권4) 등이 대표적인 것이다.

38 임진왜란 때 왜군이 서울에 입성하기 전에 경복궁이 불에 탔고, 그 불길이 노비문서를 관장하는 掌隸院에서 먼저 솟았다는 사실은 노비 계층이 신분제도에 가졌던 불만이 얼마나 컸던가를 잘 보여준다.

39 노비들은 상전의 힘이 미치기 어려운 먼 지방, 특히 섬으로 달아나서 신분적 해방을 이루고자 했다. 『영조실록』 「영조 27년 2월 己丑」에 호남 균세사 이후가 "섬 가운데에 거주하는 백성들이 번성하고 생활이 풍족하여 육지의 백성들보다 나았습니다. 차차 깊이 들어갔더니 登州·萊州와 서로 마주 바라본 곳이 있었는데, 대개 섬의 백성들이 모두가 죄를 범하고 도피했거나 혹은 사노(私奴)로 몰래 피신한 자들이었습니다.(島中居民繁盛 生理優足 勝於陸民 次次深入 則有登萊州相望處矣 蓋島民無非犯科逃避 或私奴隱避者矣)"에서 이러한 사정을 알 수 있다. 추노계 한문단편 중 〈覆盦舸揮丈推奴除惡〉, 〈逢丸商窮儒免死〉, [有窮士推叛奴] 등에서도 반노들이 섬에 살고 있다.

날을 보내게 되리라 생각이 들었지요. 그때 대략 계획한 바가 있어 급작스레 도망했던 것입니다. 제 딴에 뜻이 높고 담을 웅대하게 가져서 결단코 남의 종노릇이나 하는 천한 신세로 늙지 않으리라 맹세하였지요. 우선 거짓으로 최씨라고 자처했는데, 최씨 문중은 한다 하는 양반으로서 자손이 끊어진 집이었답니다. 처음에는 서울에 살면서 몰래 돈을 불려서 몇 년 사이에 몇 천 냥을 모은 다음에 영평으로 낙향하였습니다. 그때부터 두문불출하고 글을 읽으며 몸가짐을 조심해서 土夫의 행실이 분명하다는 평을 향리에서 얻었으며, 아울러 재물을 나누어 빈민들의 환심을 사고 접대를 후하게 해서 부호들의 입을 틀어막았지요. 한편으로 서울 장안의 협객들을 동원해서 말과 노복을 화려하게 꾸미고 끊임없이 내왕케 하되 유명한 분들의 성함을 사칭해서 고을 사람들이 더욱 신뢰하도록 만들었지요. 다시 4, 5년 후에는 철원으로 이사를 하고 거기서도 영평에서처럼 행실을 닦아 철원 사람들로부터도 고을의 사족으로 대접을 받은 것입니다.

이때 와서야 한 무변의 딸을 아내로 맞아들였는데 재취라고 일컬었지요. 아들딸 낳고 잘 살았지만 또 혹 일이 발각될까 염려하여 다시 회양으로 이사를 했고, 얼마 후에는 또 회양에서 여기 고성으로 옮아온 것이지요. 회양 사람들은 철원 사람들에게 듣고 고성 사람들은 회양 사람들에게 들어 이런 식으로 말이 전해져서 그만 甲族으로 추대된 것입니다. 그리고 소인이 명경과에 요행으로 합격하여 승문원에 들어갔다가 정언·지평을 거쳤는데 공방의 힘을 빌려 大鴻臚로서 통정대부 병조참지와 동부승지에까지 이르렀습니다. (중략) 아들 오 형제와 딸 형제도 좋은 가문과 혼인을 하여 집의 전후좌우에 모두 이들 姻婭친척이 산답니다. 큰아이는 문과에 급제하여 시방 은율 원으로 가 있고, 둘째는 學行으로 道薦을 받아 능참봉을 제수받고 行公하지 않았으며, 셋째는 성균관에서 공부하고 있습니다.[40]

---

40 〈옛 종 막동〉, 이우성·임형택 편역, 『이조한문단편집 2』, 창비, 2018, 209-211쪽. "正是更

위의 인용문은 우연히 찾아온 옛날 상전에게 도망 노비인 막동이 자신의 지난날의 내력을 이야기하는 부분이다. 막동은 노비로 살지 않겠다는 뜻을 품고 도망하여 최씨로 변성하고 재물을 모은 다음, 여러 고을로 이사 다니면서 재물을 풀어 민심을 얻었고, 조신하여 士夫의 행실이 분명하다는 향리의 평을 들었으며, 과거에 급제하여 동부승지까지 올랐다가 고성에 낙향하여 명문거족으로 행세하고, 아들들도 벼슬에 나아가 부귀영화를 누리고 있다는 내용이다.

다소 과장된 것이어서 그대로 믿기는 어렵지만 당대의 노비 계층이 이룩한 신분 상승을 반영한 것으로 보인다. 도망 노비들이 경제적 성공에 만족하지 않고 상당한 부를 바탕으로 冒錄幼學의 형태[41]나 과거에 응시하여 벼슬길에 나아감[42]으로써 신분 상승을 완전하게 성취하고자 했던 것이 당대의 역사적 사실이었다. 따라서 도망 노비 계층은 그들이 어렵게 성취한 신분 상승의 마지막 장애가 되는 노주를 죽이려고 할 수밖에 없었을 것이다. 노주의 추노에 순응한다는 것은 그것이 비록 속량의 형태를 취한다고 하더라도 신분 상승에 장애가 되기 때문이다.

---

僕難盡. 小人童幼執役, 窃覩主家命運否替, 興復無期, 自知一生不免飢寒, 日夜自計, 畧有經營, 倉卒逃出, 而志高膽雄, 誓不老於輿儓之賤, 乃假冒於崔門之有顯閥而無后者. 初居京華, 潛殖貨財, 數年之頃, 得數千百金. 乃退去永平, 杜門讀書, 謹勅持身, 鄕里已稱以士夫之行, 又散財而買貧民之心, 厚賚而箝富豪之口, 繼使洛城遊俠之徒, 華其鞍馬, 詐冒顯者之姓名, 聯絡來訪, 邑人益信無疑也. 又四五年後, 移鐵原, 修己如昔, 鐵人又待以一鄕之士族, 始乃聘一弁官女, 盖稱再娶也. 生子生女, 而惑慮事覺, 又移居于淮陽. 少焉, 又轉移于此郡, 淮人問諸鐵人, 高人問諸淮人, 奔走相傳, 推我爲甲閥. 而小人以明經, 幸窃科第, 分隷槐院, 歷正言持平, 多頼孔方兄, 而旋以大鴻臚, 擢通政階, 參知騎省, 同副喉院, (중략) 而五子二女皆與顯族結姻, 敝庄前後左右, 都是姻婭之家. 長子以文科, 方在殷栗任所, 次子以學行登道薦, 授寢郞而不仕, 次登國庠.", 이우성 · 임형택 편역, 『이조한문단편집 4』, 창비, 2018, 264-265쪽.

41 "사노비에 이르러서는 … 심지어 부모의 이름을 바꾸고 또한 타인의 계보를 冒錄하기도 한다. 그 보를 溯考하여 보면 左幼右眩으로 거의 모두가 良丁幼學이다.(至於寺奴婢事, … 甚至於換改父母之名, 姓亦或有冒錄他人之系譜. 遡其譜則左幼右眩, 而幾皆良丁幼學.)", 『일성록』「정조 22년 戊午 12月 17日 丙午」. 정석종, 『조선후기 사회변동연구』, 일조각, 1984, 297쪽 재인용.

42 〈老嫗慮患納小室〉에도 보인다.

## 5. 맺음말

추노계 한문단편은 민중 세계에서 화제가 되었던 노주와 반노 사이에 벌어지는 심각한 갈등을 다루고 있는 것으로 18·19세기에 몰락 지식인에 의해 정착되었다.

추노계 한문단편은 임·병 양란을 겪으면서 신분제의 동요로 인한 노비 계층의 신분 상승 욕구로 반노와 노주의 갈등이 만연했던 당대의 역사적 현실 위에서 형성되었다. 추노계 한문단편의 소재는 경험적 사고를 바탕으로 한 새로운 이야기 양식이 요구되던 문학적 분위기 속에서 정착되었다.

추노계 한문단편은 반노와 노주 사이의 힘의 상대적 우위에 의해 갈등이 해결되며, 노주절대우위형, 노주상대우위형, 반노상대우위형, 반노절대우위형으로 나눌 수 있다. 각 유형은 다음과 같은 구조로 짜여 있다. 노주절대우위형은 '[1] 노주의 추노 결행-[2] 노주의 위기 봉착-[3] 자력에 의한 노주의 위기 극복-[4] 노주의 추노 성공', 노주상대우위형은 '[1] 노주의 추노 결행-[2] 노주의 위기 봉착-[3] 기지에 의한 노주의 위기 극복-[4] 노주의 추노 성공', 반노상대우위형은 '[1] 노주의 추노 결행-[2] 노주의 위기 봉착-[3] 반노측의 도움에 의한 노주의 위기 극복-[4] 노주의 추노 성공', 반노절대우위형은 '[1] 노주의 추노 결행-[2] 노주의 위기 봉착-[3] 노주의 굴복에 의한 위기 극복-[4] 노주의 추노 실패' 등이다.

추노계 한문단편에 나타난 서술자의 현실인식은 다음과 같다. 임·병 양란을 겪으면서 신분질서와 부의 재편성에 따라 호구지책을 마련할 수 없어서 임금노동자나 상공업에 종사하는 몰락 양반이 광범위하게 형성되었고, 노비계층의 일부는 사회적 혼란기를 틈타 경제적 부를 축적하는 데 성공하여 그것을 바탕으로 신분 상승에 성공할 수 있었다. 경제적으로 몰락한 양반에게는 신분적 몰락이 뒤따르게 마련이다. 몰락 양반들은 호구지책으로 선대에 도망하여 자작일촌을 이루어 그 지방에서 상당한 권세를 누리고 있는 도망 노비의 추심에 나서게 되고, 반노들은 추노에 거세게 저항함으로써 갈등이 첨예화되었다. 몰락 양반은 미약한 힘으로 반노를 추심하려 했으나 불가능했으며, 더러 관측의 도움으로 추노를 단행하고자 했으나 이 또한 쉬운 일이 아니었다. 노비 계층의 신분 상승은 이제 관측의 개입으로도 막을 수 없는 엄연한 현실이었다.

전대미문의 양란을 겪는 과정에서 노비 계층은 노주로부터 도망하여 상공업 종사 등을 통하여 부의 축적에 성공할 수 있었다. 그들은 경제적 부를 바탕으로 신분 상승 욕망을 성취할 수 있었는데, 주로 冒錄幼學의 형태나 과거에 응시하여 벼슬살이를 함으로써 신분 상승을 완전하게 성취하고자 했다. 온갖 방법과 수단을 통해 신분 상승을 이룩한 노비 계층에게 옛날 상전이 나타나 추심하고자 하는 것은 그들이 획득한 지위를 지키는 데 엄청난 장애가 되므로 옛 상전을 죽임으로써 완전한 신분 상승을 이루고자 했다. 신분 상승을 위한 노비 계층의 이러한 노력은 조선 후기에 흔한 일이었으며, 누구의 힘으로도 막기 어려운 도도한 역사적 흐름이었던 것이다.

# 제4부 설화문학의 세계

# 바보망신담의 골계미와 의미

## 1. 머리말

바보 이야기는 2천 년의 역사를 지니고 있으며 어느 민족에나 널리 전승되고 있는 우스운 이야기의 하나이다.[1] 우리나라의 민담과 笑話에도 바보가 등장하는 경우가 허다하다. 민담과 소화는 못나고 어리석은 바보들의 온갖 어리석은 행위가 보호받을 수 있는 서사적 공간이다. 바보들이 연출해 내는 천태만상의 어리석고 바보스러운 행위는 웃음을 공급할 뿐만 아니라, 조롱이나 풍자로까지 발전하여 인간이나 세계인식에 있어서 진지한 태도를 요구할 때도 있다.[2]

바보 이야기는 바보망신담, 바보행운담, 바보성공담으로 나눌 수 있다. 바보망신담은, 바보가 그의 어리석은 행위 때문에 망신을 당하는 이야기로, 바보 이야기의 원형으로 생각된다. 바보행운담은 使臣과 手問答[3]처럼

---

1  장덕순, 「바보의 도전」, 『한국인』 1월호, 1984, 57쪽.
2  이재선, 「바보문학론」, 『소설문학』 1월호, 1984, 295-303쪽.

바보의 어리석은 행위가 전혀 뜻밖의 행운을 가져다주는 이야기이고, 바보성공담은 바보 온달과 같이 바보가 어떤 계기로 말미암아 성공하게 되는 이야기이다.

이 글에서는 바보 이야기 중에서 바보망신담을 살펴보기로 한다. 바보행운담은 바보 이야기의 원형에서 크게 벗어난 것이고, 바보성공담은 실질적인 면에서 바보 이야기로 보기 어려워 바보망신담과 묶어 다루기 힘들기 때문이다.

바보망신담은, 바보가 매우 상식적인 문제를 비정상적인 방법으로 해결하려고 하다가 망신을 당하는 우스운 이야기로 소화 중에서 癡愚譚에 속한다.[4] 바보망신담의 대상은 아버지, 어머니, 아들, 딸, 사위, 신랑, 며느리, 고을 원 등 누구든지 될 수 있다. 그중에서도 바보 신랑 이야기와 바보 원 이야기가 큰 비중을 차지한다. 이것은 소화가 현실적인 이야기를 공상 속에서 극대화하여 과장된 것이기도 하지만 이야기 성립의 근저가 민중의 경험에 바탕하고 있기 때문이다.[5] 즉 바보 신랑이나 바보 원이 이야기집단에게 그만큼 심각한 문제였음을 뜻한다.

바보 이야기에 대한 연구로 김교봉의 논의가 주목된다. 김교봉은 바보 사위 설화를 다루면서 그 유형을 네 개로 나누었으며, 이 설화의 희극미의 근거를 "성인이 되고, 보다 더 성인다운 행위가 요구되는 처가에서 일어나는 사건을 통해 정상적 행위에 대한 기대를 높여, 기대하는 것과 도래하는 것의 대조를 첨예하게 함"이라고 하고, 형성 배경을 조혼 풍습에서 찾고 있다.[6]

그러나 이 논문은 다음과 같은 점에서 재검토할 필요가 있다. 유형

---

3  손진태, 『조선민족설화의 연구』, 을유문화사, 1947, 141-143쪽.
4  한국구비문학회 편, 『한국구비문학선집』, 일조각, 1977, 17-19쪽.
5  조희웅, 「한국소담연구」, 『어문학』 13, 국민대 어문연구소, 1984, 72쪽.
6  김교봉, 「바보 사위' 설화의 희극미와 그 의미」, 『민속어문논총』, 계명대출판부, 1983.

정리 중 Ⅲ유형 "가) 성혼, 나) 문제1, 다) 비정상적 해결, 라) 정상적 해결1 제시, 마) 문제2, 바) 정상적 해결1, 사) 망신"과 Ⅳ유형 "가) 성혼, 나) 문제1, 다) 정상적 해결1 제시, 라) 정상적 해결, 마) 문제2, 바) 정상적 해결1, 사) 망신"은 다르게 분류할 성질이 아닌 것 같다. Ⅲ유형과 Ⅳ유형에서 웃음이 유발되는 요인은, 바보가 문제의 성격과 관계없이 제시된 해결방법을 무조건 대입하여 문제를 해결하려는 데 있으므로 동일한 유형으로 보는 것이 바람직하다. 또한 바보 사위 설화에서 표출되는 희극미의 근거도 다른 시각에서 살펴볼 필요가 있다. 바보 이야기에 있어서는 이야기를 하는 자나 듣는 자 모두가, 바보가 정상적인 행위로 문제를 해결할 것으로 기대하지 않는다. 정상적인 행위는 이미 바보의 속성에서 벗어나는 것이다. 또한 바보 사위 설화가 구연되는 이야기판에서도 이야기의 화자나 청자는 사위의 정상적인 행위를 기대하지 않는다. 따라서 바보 사위 설화의 희극미는 '기대하는 것'과 '도래하는 것'의 대조적 거리에서 일어난다고 하기 어렵다.

민담은 신화나 전설과 달리 관심의 대상이 된 지 오래되지 않았다. 민담에 관한 성과로 주목되는 것은 성기열과 조희웅의 논의이다.[7] 그러나 전자는 전파론적 입장을 취하여 한일 간의 민담 비교에 관심을 집중하였고, 후자는 아르네 톰슨(Arne Tomson)의 유형 분류 방법에 기초한 분류 작업에 관심을 두고 있어서 민담에서 다루어진 내용의 의미를 깊이 있게 탐색하는 데까지 나아가지 못하였다.

이러한 작업은 민담 연구의 기초적이고 선행적인 단계로서 필요하다는 점에서 일정한 의의를 지닐 수 있다. 그러나 문학 연구의 진정하고도 궁극적인 목적이, 문학을 통해서 그것이 지닌 문화적이고 정신적인 그리고

---

7  성기열, 『한일민담의 비교연구』, 일조각, 1978; 조희웅, 『한국설화의 유형연구』, 한국문화원, 1983.

심미적인 가치를 확보하여[8] 인간 생활을 풍요롭게 하는 데 이바지함에 있다고 할 때 이러한 성과에는 적지 않은 아쉬움이 있다.

이 글에서는 이러한 문학 연구의 목적을 염두에 두고 다음과 같은 문제를 살펴볼 생각이다. 먼저 바보망신담이 어떻게 분류될 수 있으며, 각 유형은 어떤 성격을 지니고 있는가 하는 점이다. 이것은 바보망신담에 대한 가장 기초적인 작업으로 이를 통해 바보망신담의 구조적 특징이 드러날 것이다. 다음으로 바보망신담이 웃음을 유발하게 하는 골계미의 표출 양상과 미학적 기반을 살필 것이다. 마지막으로 바보망신담의 의미를 따져 볼 것이다.

이 글에서는 주로 다음 자료집에 수록된 설화를 논의의 대상으로 하였다.[9]

① 한국정신문화연구원, 『한국구비문학대계』, 1980~1982.

② 임동권, 『한국의 민담』, 서문문고 31, 서문당, 1972.

③ 김광순, 『경북민담』, 형설출판사, 1978.

④ 최래옥, 『전북민담』, 형설출판사, 1978.

⑤ 한상수, 『한국민담선』, 정음사, 1979.

⑥ 최운식, 『충청남도의 민담』, 집문당, 1980.

---

8  이재선, 「주체적 한국문학 연구의 과제」, 『마당』 3월호, 1984, 211쪽.
9  바보망신담은 성현의 『용재총화』, 서거정의 『태평한화골계전』, 강희맹의 『촌담해이』, 송세림의 『어면순』, 성여학의 『속어면순』 그리고 『고금소총』 등의 문헌설화와 동물우화에서도 흔하게 발견된다. 문헌설화나 동물우화에서 발견되는 바보망신담은 구전설화의 그것과 성격상 차이가 거의 없다.

## 2. 바보망신담의 유형과 성격

이야기의 유형은 분류의 기준에 따라 달라질 수 있으므로 합리적으로 유형을 분류하는 데는 적지 않은 어려움이 따른다. 유형을 체계적이고 적절하게 분류하기 위해서 필요한 작업은 먼저 합리적인 분류의 기준을 마련하는 일이다. 필자는 비보풍수전설을 논의한 자리에서 이야기는 그것을 전승될 수 있게 한 요소 즉 이야기의 관심사에 따라 분류하는 것이 마땅하다고 제안하고, 그에 따라 분류를 시도한 바 있다.[10] 어떤 내용의 이야기이든 그 속에는 그것이 이야기될 수 있었고, 앞으로도 이야기될 수 있게 하는 핵심적인 부분이 있기 마련인데, 이야기의 관심사란 바로 이 핵심적인 부분을 뜻한다.

바보망신담의 전승력은 바보의 어리석은 행위 때문에 유발되는 웃음에 있으므로 이야기의 관심사는 문제를 비정상적으로 해결하는 바보의 행위라 할 수 있다. 바보 이야기에서 바보의 실수 자체는 이야기의 큰 관심사라 할 수 없다. 왜냐하면 바보가 정상적인 행위를 하지 못하고 실수하는 것은 당연하기 때문이다. 당연한 일은 이야기판에서뿐만 아니라 일상생활에서조차도 관심사가 되기 어렵다. 바보 이야기의 관심사는 바보가 '어떻게' 실수하는가에 있으며, 바보망신담의 분류 기준은 여기서 마련할 수 있다. 문제를 해결하려는 바보의 비정상적인 행위는 다양하게 나타난다. 바보망신담을 이 바보의 비정상적인 행위에 따라 세분하면 우둔형, 유추형, 대입형, 모방형, 요청형 등으로 정리할 수 있다.

먼저 각 유형이 지니는 특징을 살펴보기로 한다. 논의의 편의를 위해서 유형마다 대표적인 것을 선택하여 단락으로 정리한다. 단락이란 대립적

---

10  김석배, 「비보풍수전설과 이야기집단의 의식구조」, 『문학과 언어』 5, 문학과언어연구회, 1984, 6쪽.

의미와 발전적 의미를 지니는 한 개 또는 그 이상의 문장을 근간으로 한다. 대립적 의미란 단락 상호 간의 공시적 위상을 뜻하며, 이는 서사 진행의 순차적 구조와는 무관하다. 그리고 발전적 의미란 단락 상호 간의 통시적 위상을 뜻하며 서사 진행상의 순차적 구조와 관련이 있다.

### 가. 우둔형

우둔형은 바보의 우둔함 때문에 바보가 문제를 비정상적으로 해결하여 망신을 당하는 이야기이다.

〈가-1〉[11]

(가) 바보가 처가에서 밤을 지내다가 동치미 국물이 먹고 싶었다.

(나) 부엌에서 동치미 독을 찾아 머리를 박고 마셨다.

(다) 머리가 빠지지 않아 독을 쓴 채로 신부에게 가다가 기둥에 부딪혀 독을 깨는 바람에 망신을 당했다.

〈가-2〉[12]

(가) 바보가 사랑방에서 일꾼들과 잠을 자는데 한밤중에 다리가 몹시 가려웠다.

(나) 다리를 몇 번 긁었지만 시원하지 않아서 가려운 곳을 꼬집었는데, 그 다리는 옆에 자던 영감의 다리였다.

(다) 바보가 한참 자다가 오줌이 마려웠다.

(라) 마루 끝에서 오줌을 누는데, 처마에서 떨어지는 낙숫물을 자신의 오줌

11  한국정신문화연구원, 『한국구비문학대계』 8-3, 576쪽, 362-363쪽; 임동권, 『한국의 민담』, 서문문고 31, 서문당, 1972, 187-188쪽.
12  임동권, 『한국의 민담』, 서문문고 31, 서문당, 1972, 163-195쪽.

으로 알고 오줌이 끝나지 않은 줄 알고 기다리며 계속 서 있었다.

(마) 날이 밝아서 물을 길러 가던 아낙네가 이 꼴을 보고 기겁을 하고 달아나
자 망신 당한 줄 알았다.

각 단락이 가지는 의미를 통해 우둔형의 성격을 살펴보기로 한다. 〈가
-1〉의 각 단락이 가지는 의미는 다음과 같다. 단락 (가)의 동치미 국물이
먹고 싶다는 것은 바보가 해결해야 할 문제에 관한 것으로 문제 단락이다.
단락 (나)는 동치미 국물을 마시기 위해 독에 머리를 박고 마시는 행위로
문제의 해결을 의미한다. 그러나 여기서 해결은 정상적인 해결이라 할
수 없다. 비정상적인 방법으로 문제를 해결하므로 이 단락은 비정상적
해결 단락이다. 단락 (다)는 독을 쓴 채 신부에게 가다가 기둥에 부딪혀
처가 식구들에게 망신 당하는 단락으로 망신 단락이다. 이상을 정리하면
〈가-1〉은 '(가) 문제 – (나) 비정상적 해결 – (다) 망신'으로 단락이 짜여
있음을 알 수 있다.

〈가-2〉를 〈가-1〉과 같이 정리하면 '(가) 문제 1 – (나) 비정상적 해결
1 – (다) 문제 2 – (라) 비정상적 해결 2 – (마) 망신'으로 단락이 짜여 있음
을 알 수 있다. 〈가-2〉에는 '문제-비정상적 해결'의 짜임이 두 번 나타나기
때문에 〈가-1〉보다 웃음의 정도가 커진다. 〈가-1〉이 우둔형의 기본형이
라면 〈가-2〉는 점층형으로, 변이형이라고 할 수 있다.

〈가-1〉과 〈가-2〉를 종합하여 정리하면 다음과 같다. 〈가-1〉의 단락
(가)와 〈가-2〉의 단락 (가) · (다)는 문제 단락, 〈가-1〉의 단락 (나)와 〈가
-2〉의 단락 (나) · (라)는 비정상적 해결 단락, 〈가-1〉의 단락 (다)와 〈가
-2〉의 단락 (마)는 망신 단락으로 같은 성격을 지니고 있다. 이를 정리하
면 우둔형이 가지는 단락 짜임의 성격이 드러나게 된다.

(Ⅰ) 문제

(Ⅱ) 비정상적 해결

(Ⅲ) 망신


이러한 단락 짜임은, 우둔형이 유발하는 웃음은 바보가 해결해야 할 문제를 그의 어리석음으로 인해 비정상적으로 해결하여 망신 당하는 데 있다는 사실을 보여준다.[13]


**나. 유추형**

유추형은 보조자에 의해 문제의 정상적인 해결방법이 제시되었지만 바보가 그 방법을 망각하여 해결방법의 기억 재생 과정에서 해결방법을 유추적으로 재생하게 되고, 이를 통해 문제를 비정상적으로 해결함으로써 망신 당하는 이야기이다. 유추형의 자료를 단락으로 구분하여 정리하면 다음과 같다.


〈나-1〉[14]

(가) 바보가 술과 떡을 가지고 처가에 가게 되었다.

(나) 어머니가 성을 잊을까 봐서 배를 허리춤에 달아 주며 성을 잊으면 배를 보고 대답하도록 일러 주었다(바보의 성은 배씨였다). 또한 처가 동네 이름(염통골)이 생각나지 않으면 몸속에 있는 것을 생각하라고 일러 주었다.


---

13  우둔형에는 다음과 같은 자료도 있다. 한국정신문화연구원, 『한국구비문학대계』 3-1, 98쪽.

14  김광순, 『경북민담』, 형설출판사, 1978, 281-282쪽; 임동권, 『한국의 민담』, 서문문고 31, 서문당, 1972, 184-185쪽, 189-190쪽; 장덕순·조동일·서대석·조희웅, 『구비문학개설』, 일조각, 1975, 255쪽; 한국정신문화연구원, 『한국구비문학대계』 7-6, 642-645쪽, 1-2, 479-480쪽.

(다) 도랑을 건너다가 성과 마을 이름을 잊어버렸다.

(라) 1. 허리춤을 내려다보니 배 꼭지만 남아 있어서 성을 '꼭지'라고 생각했다.

2. 지나가는 사람에게 소 몸속에 든 것이 무엇이냐고 묻다가 '염통마리까지 놈'이란 욕을 당하고 염통골을 생각해 내었다.

3. 장인이 술과 떡이 무엇인지 묻자 술을 '올랑촐랑이'라 하고 떡을 '하얀 반짝이'라고 대답했다.

(마) 장인이 바보 사위를 얻었다고 크게 낙담했다.


〈나-2〉[15]

(가) 장모가 죽자 바보가 문상을 가게 되었다.

(나) 어머니가 '어이 어이' 하면서 곡을 하라고 일러 주었다.

(다) 도랑을 건너다 잊어 버렸다.

(라) 도랑을 건널 때 미꾸라지가 밟혀 '찍찍' 하던 것을 생각하고 '찍찍' 하고 울었다.

(마) 상주가 웃음을 참지 못하고 대나무 작대기를 부수니 '밤 한 톨 주소'라고 했다.


〈나-1〉과 〈나-2〉의 단락을 정리하면 다음과 같다. 단락 (가)는 문제 단락이고, 단락 (나)는 보조자인 어머니가 바보에게 문제를 정상적으로 해결할 수 있는 방법을 제시하는 것이므로 해결방법 제시 단락이다. 단락 (다)는 바보가 보조자에 의해 제시된 문제 해결 방법을 망각하는 것이므로 망각 단락이고, 단락 (라)는 문제를 제시된 해결 방법에 유추하여 해결하는 것으로 유추적 해결 단락이며, 단락 (마)는 바보가 망신을 당하는 망신 단락이다. 단락 (라)는 유추적 방법에 의해 문제를 해결하기는 하지만

---

15  한국정신문화연구원, 『한국구비문학대계』 8-4, 151-152쪽.

비정상적인 해결의 범주를 벗어나는 것은 아니다.[16] 이를 정리하면 다음과 같다.

(Ⅰ) 문제
(Ⅱ) 해결방법 제시
(Ⅲ) 망각
(Ⅳ) 유추적 해결
(Ⅴ) 망신

유추형의 단락 짜임 중에서 단락 (Ⅱ) - (Ⅲ) - (Ⅳ)의 짜임이 우둔형과 다르다. 이 유형의 이야기는 단락 (Ⅲ)에 의해서 웃음이 유발되는 것이 아니라 단락 (Ⅳ)에 의해서 웃음이 유발된다. 유추형은 우둔형보다 웃음의 강도가 큰데 이는 보조자에 의한 해결방법 제시 단락이 첨가되어 있기 때문이다.[17]

### 다. 대입형

대입형은 바보가 문제를 해결할 때 보조자가 제시한 해결방법을 문제의 성격에 관계없이 그대로 대입하여 문제를 비정상적으로 해결함으로써 망신 당하는 이야기이다.

대입형을 정리하면 다음과 같다.

---

16  김교봉, 「'바보 사위' 설화의 희극미와 그 의미」, 『민속어문논총』, 계명대출판부, 1983, 645쪽.
17  유추형에는 다음과 같은 자료도 있다. 한국정신문화연구원, 『한국구비문학대계』 3-1, 99쪽. 4-3, 643쪽; 장덕순 · 조동일 · 서대석 · 조희웅, 『구비문학개설』, 일조각, 1975, 256쪽; 최래옥, 『전북민담』, 형설출판사, 1978, 135쪽.

〈다-1〉[18]

(가) 바보가 시집을 갔는데 시어머니가 김을 굽게 했다.

(나) 장작불 위에 김을 얹어 놓고 물을 길러 갔다 오니 김이 없어졌다.

(다) 시어머니가 보고 김은 먼빛으로 굽는다고 알려 주었다.

(라) 바보 며느리가 이튿날 해가 돋자 김을 굽는다고 마당에 김을 들고 서 있었다.

(마) 시어머니가 바보 며느리를 얻었다고 낙담했다.


〈다-2〉[19]

(가) 바보 원에게 한 농부가 속아서 산 늙은 소를 판 사람에게 물려 달라고 간청했다.

(나) 바보 원은 듣기 싫다고 하고 자기가 잡아먹겠다고 했다.

(다) 이방이 '소의 입을 벌리며 과연 나이를 먹었군' 한 뒤 궁둥이를 어루만지며 '새끼를 잘 낳겠군' 해야 한다고 일러 주었다.

(라) 바보 원이 민정을 살핀다고 거리에 나갔다가 한 노파에게 병문안을 갔다.

(마) 노파의 입을 벌리며 '과연 늙었군' 하고 엉덩이를 쓰다듬으며 '새끼는 잘 낳겠군' 했다.

(바) 이방이 그런 경우에는 '얼마나 고생이 많으셨습니까. 곧 가서 약을 보내 드리지요' 한다고 일러 주었다.

(사) 바보 원이 대문 앞에 쓰러진 병든 개를 발견했다.

(아) 바보 원은 개 앞에 앉아서 '얼마나 고생하십니까. 곧 가서 약을 보내 드리지요' 했다.

18 김광순, 『경북민담』, 형설출판사, 1978, 283-284쪽.
19 장덕순, 「바보의 도전」, 『한국인』 1월호, 1984, 56-57쪽.

(자) 이방이 그런 경우에는 '나쁜 병이 사람에게 옮으면 큰일이니 내다 버려
야 한다'고 일러 주었다.

(차) 바보 원이 길가에 쓰러진 행려병자를 만났다.

(카) 바보 원은 '나쁜 병이 사람에게 옮으면 큰일이니 얼른 내다 버리라'고
했다.

(타) 그 행려병자는 암행어사였고 바보 원은 파면 당했다.

대입형의 단락을 정리하면 다음과 같다. 〈다-1〉은 '(가) 문제-(나) 비
정상적 해결-(다) 해결방법 제시-(라) 해결방법 대입-(마) 망신'으로
단락이 짜여 있고, 〈다-2〉는 '(가) 문제 1-(나) 비정상적 해결 1-(다)
해결방법 1 제시-(라) 문제 2-(마) 해결방법 1 대입-(바) 해결방법 2
제시-(사) 문제 3-(아) 해결방법 2 대입-(자) 해결방법 3 제시-(차)
문제 4-(카) 해결방법 3 대입-(타) 파탄'으로 단락이 짜여 있다. 〈다-2〉
의 단락 (마)·(아)·(카)의 해결방법 대입은 비정상적인 해결이라 할 수
있다. 〈다-2〉의 단락 (타)는 파면 단락이지만 이 역시 망신 단락과 동일한
의미를 지닌다. 즉 바보가 원이기 때문에 망신이 파면으로 변이된 것이다.
이상을 함께 묶어 일반화하면 다음과 같다.

(1) 문제 1

(2) 비정상적 해결

(3) 해결방법 1 제시

(4) 문제 2

(5) 해결방법 1 대입

(6) 망신

대입형의 단락 짜임을 보면 유추형과 달리 비정상적 해결 단락과 해결

방법 제시 단락의 위치가 바뀌어 있음을 알 수 있다. 이것은 바보의 비정상적인 해결을 거듭 나타나게 하려는 의도에서 비롯된 것이며, 이를 통해 유추형보다 대입형의 웃음의 강도가 커진다. 대입형은 유추형과 함께 바보망신담 중에서 가장 많이 나타나는 유형이다.[20]

### 라. 모방형

모방형은, 바보가 보조자의 실수를 정상적인 행위로 잘못 알고 그 실수를 모방함으로써 문제를 해결하려다가 망신 당하는 이야기이다. 모방형의 단락을 정리하면 다음과 같다.

〈라-1〉[21]

(가) 바보가 아버지 대신 문상을 가게 되었다.

(나) 아버지가 바보에게 김 서방이 하는 대로 따라하면 된다고 일러 주었다.

(다) 김 서방이 도랑을 건너다 실수하여 발이 빠졌다.

(라) 바보도 일부러 물에 빠져 옷을 흠뻑 적셨다.

(마) 김 서방이 실수로 잠자던 개의 꼬리를 밟았다.

(바) 바보도 쫓아가서 개를 붙들고 꼬리를 꼭꼭 밟았다.

(사) 상가에 와서 김 서방이 잘못하여 문지방에 머리를 받았다.

(아) 바보도 일부러 머리를 받아 갓이 우글쭈글하게 되었다.

(자) 김 서방이 상주와 인사를 나누다가 실수로 방귀를 뀌었다.

(차) 바보도 방귀를 뀌려고 용을 쓰다가 똥을 쌌다.

---

**20** 대입형에는 다음과 같은 자료도 있다. 한국정신문화연구원,『한국구비문학대계』1-2, 89-90쪽. 7-4, 28-30쪽. 4-2, 206-208쪽; 임동권,『한국의 민담』, 서문문고 31, 서문당, 1972, 190-191쪽; 176-197쪽; 한상수,『한국민담선』, 정음사, 1979, 58쪽; 최래옥,『전북민담』, 형설출판사, 1978, 132-133쪽, 138쪽; 최운식,『충청남도의 민담』, 집문당, 1980, 368-370쪽.

**21** 임동권,『한국의 민담』, 서문문고 31, 서문당, 1972, 175-176쪽.

(카) 집에 와서 김 서방보다 잘했다고 자랑하니 아버지가 낙담했다.

단락의 짜임을 정리하면 다음과 같다. '(가) 문제-(나) 해결방법 제시 -(다) 보조자의 실수 1-(라) 모방 1-(바) 보조자의 실수 2-(바) 모방 2-(사) 보조자의 실수 3-(아) 모방 3-(자) 보조자의 실수 4-(차) 모방 4-(카) 망신'으로 짜여 있다. 보조자의 실수 단락과 바보의 모방 단락의 짜임은 다른 유형에 나타나지 않는 것이다. 이를 일반화하여 정리하면 다음과 같다.

(1) 문제
(2) 해결방법 제시
(3) 보조자의 실수
(4) 모방
(5) 망신

## 마. 요청형

요청형은 바보가 문제를 해결하지 못하여 제3자에게 해결을 요청했지만 그 역시 비정상적인 해결방법을 제시함으로써 망신 당하는 이야기이다. 제3자는 바보인 경우도 있고, 정상인인 경우도 있다. 제3자가 바보인 경우에는 소박한 웃음을 더하지만 정상인의 경우에는 가시 돋친 웃음을 유발한다. 제3자는 모방형의 보조자와 그 성격이 다르다. 요청형을 단락으로 정리하면 다음과 같다.

〈마-1〉[22]

(가) 바보 둘이 해를 보고 무엇인지 알아맞추기로 했다.

(나) 한 명은 해라고 했고 다른 한 명은 달이라고 하여 해결하지 못했다.

(다) 지나가는 사람들에게 물어보기로 하고 마침 지나가는 사람에게 해결을 요청했다.

(라) 그 사람은 자기가 사는 동네가 아니어서 무엇인지 모르겠다고 했다.

(마) 바보 둘이 서로 옳다고 우겼다.


〈마-2〉[23]

(가) 바보 원이 이웃 원의 초대연에 갔는데 노루가 새끼를 낳는지 알을 낳는지 알아맞추기로 했다.

(나) 초대한 원은 새끼를 낳는다고 하고, 바보 원을 알을 낳는다고 하여 해결되지 않았다.

(다) 이방에게 해결을 요청했다.

(라) 이방은 어느 편도 들 수 없어서 사람이 볼 때는 급하여 새끼를 낳아 데리고 다니고, 사람이 안 볼 때는 알을 낳는다고 했다.

(마) 두 원은 그렇겠다고 생각하고 둘 다 옳다고 했다.


요청형의 단락을 정리하면 '(가) 문제 - (나) 해결 실패 - (다) 해결 요청 - (라) 비정상적 방법 제시 - (마) 망신'이 된다. 단락 (다)가 다른 유형에 보이지 않는 것이다. 이를 앞에서와 같이 정리하면 다음과 같다. 문제 해결자인 제3자의 성격에 따라 설화의 성격이 달라진다. 즉 제3자가 바보로 등장할 때는 해학적 골계미를 기반으로 한 단순한 웃음을 주는 것이

---

22 필자가 유년 시절에 여러 번 들은 이야기 중의 하나이다.
23 한국정신문화연구원, 『한국구비문학대계』, 1980, 166-168쪽.

되지만 정상인으로 등장할 때는 바보가 희화되는 정도가 심해져 풍자적 골계로 발전한다.

(Ⅰ) 문제
(Ⅱ) 해결 실패
(Ⅲ) 해결 요청
(Ⅳ) 비정상적 방법 제시
(Ⅴ) 망신

지금까지 각 유형에 대한 개별적인 논의를 하였다. 이제 유형을 종합하여 바보망신담의 전반적인 성격을 살펴보기로 한다. 바보망신담은 어느 유형이든 바보가 상식적인 문제를 비정상적인 방법으로 해결하여 망신 당한다는 점에서 동일하다. 그러므로 바보망신담의 모든 유형을 좀 더 일반화하여 정리하면 '(Ⅰ) 문제 - (Ⅱ) 비정상적인 해결 - (Ⅲ) 망신'으로 단락이 짜여 있음을 알 수 있다. 이는 우둔형의 단락 짜임과 같으므로 우둔형이 바보망신담의 기본형이고, 그 밖의 유형은 변이형이라고 할 수 있다. 그러나 실제 이야기판에서는 하나의 유형이 독자적으로 나타나는 경우는 드물고 두 개 유형 이상이 복합되어 나타나는 경우가 흔하다. 이것은 독립된 하나의 삽화만으로는 흥미가 약하기 때문이다. 대입형의 '문제 - 해결방법 대입'의 반복이나 모방형의 '보조자의 실수 - 모방'의 반복은 흥미를 지속시키기에 충분하다. 설화에 있어서 반복형식은 대립형식과 마찬가지로 현실 자체의 반복적 성격에 근거를 두고 있으면서 강조의 수단이기도 하다. 자세한 묘사나 서술을 회피하는 설화에서는 반복 이상으로 효과적인 강조의 수단은 없다.[24] 이러한 반복은 바보스러움을 극대

---

24  장덕순·조동일·서대석·조희웅, 『구비문학개설』, 일조각, 1975, 61쪽.

화시키는 데 기능적으로 작용하며 이 바보스러움의 극대화를 통해서 웃음을 극대화하고 있다.

바보망신담은 웃음을 유발한다는 점에서 지하국 대적 퇴치담이나 나무꾼과 선녀 이야기 등과 같은 일반적인 이야기와는 단락 짜임부터 다르다. 일반적인 이야기가 '(Ⅰ) 어려운 문제 - (Ⅱ) 해결방법 미제시 - (Ⅲ) 정상적 해결 - (Ⅳ) 행복'으로 짜여 있는 데 비해 바보망신담은 '(Ⅰ) 상식적인 문제 - (Ⅱ) 해결방법 제시 - (Ⅲ) 비정상적 해결 - (Ⅳ) 망신'으로 짜여 있다. 바보망신담의 이러한 단락 짜임은 웃음을 유발하는 필요조건이다.


## 3. 바보망신담의 골계미

### 1) 바보망신담의 웃음 법칙

바보망신담이 전승될 수 있는 것은 전적으로 그것이 유발하는 웃음에 있다. 바보망신담의 미학적 기반인 골계미도 이 웃음 위에 서 있다. 먼저 바보망신담의 웃음이 어떻게 유발되는지 살펴보기로 한다.

웃음은 여러 경우에 일어날 수 있는데 여기서는 미학적 가치가 큰 논리적인 웃음[25]에 한정하여 살피기로 한다. 구와야마[桑山善之助]에 의하면 논리적 웃음은 외부로부터의 두 '획득'과 내부에 있는 자기 '축적'과의 3자가 부딪쳐 거기에 어떤 논리적인 이질감이 어떤 논리로 해결되었을 때

---

**25** 정주동은 골계에 대해 다음과 같이 논의하고 있어 참고할 수 있다. 골계에는 객관적 골계, 소박성 주관적 골계가 있으며 주관적 골계는 다시 해학, 아이러니, 풍자, 기지로 구분하고 있다. 객관적 골계와 소박성 골계는 단순히 주어진 소재일 따름이고, 작자의 상상을 거친 창조 표현된 골계가 되지 못한다. 다만 작자의 상상을 거쳐 창조된 주관적 골계문학이 참다운 골계문학으로서 승화될 것이다. 주관적 골계는 구와야마가 말하는 논리적 웃음과 상통한다. 정주동, 『고대소설론』, 형설출판사, 1966, 363쪽.

거기에 funniness가 일어나고, 그 funniness를 유형화해서 '확인'하기 위해 표하는 웃음이다.[26]

논리적 웃음에 대한 논의를 좀 더 구체적으로 확장해 보기로 한다. '泰山鳴動鼠一匹'의 상황은 웃음을 자아내기에 충분하다. 왜 이 상황은 웃음을 유발하는가? ①태산이 큰 소리를 내며 흔들리는 것은 거대한 표상이다. ②따라서 관조자는 그 뒤에는 큰 일이 일어나리라 기대하기 마련이다. ③그런데 이러한 긴장된 순간에 기대하였던 것과는 달리 한 마리의 보잘것없는 쥐가 나왔다. 이렇게 되면 관조자의 주관 내에 있는 기대와 현실적으로 나타난 결과 사이에 큰 괴리가 생기게 되어 긴장이 풀리면서 웃음이 나오게 된다. ①은 웃음을 유발되게 하는 조건이므로 '조건표상'이라 할 수 있다. 그리고 ②는 관조자가 가지게 되는 기대로 '기대표상'이라 할 수 있고, ③은 ①의 결과이므로 '결과표상'이라고 할 수 있다.[27] 따라서 논리적인 웃음은 조건표상에 대한 기대표상과 결과표상 사이에 일어나는 대조적인 거리에서 생긴다고 할 수 있다. 이때 기대표상은 관조자가 일상생활에서 경험한 보편적인 기대가치에 바탕하고 있다. 물론 인간과 관계되는 조건표상은 관조자의 우월성 또는 조건표상에 등장하는 주체자의 열등성에 바탕한다. 즉 조건표상과 관계되는 주체자가 웃는 것이 아니라 웃음을 당하는 것이다. 이상의 논의를 그림으로 나타내면 〈그림 1〉과 같다.

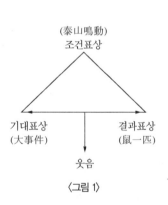

(泰山鳴動)
조건표상

기대표상
(大事件)

결과표상
(鼠一匹)

웃음

〈그림 1〉

26  손동인,『한국전래동화의 연구』, 정음문화사, 1984, 123-128쪽.
27  구와야마가 말한 외부로부터의 두 축적은 조건표상과 결과표상에 각각 대응하고 내부에 있는 자기 축적은 기대표상에 대응한다. 최운일,「해학미의 생리」,『현대문학』12월호, 현대문학사, 1974, 295-307쪽, 참고.

이야기판에서 관조자는 이야기를 듣는 사람이고 주체자는 이야기에 등장하는 주인공이 된다. 이런 점을 고려하며 바보망신담이 웃음을 유발하는 요소를 살펴보기로 한다. 바보망신담에서 바보가 해결해야 할 문제는 문상 가기, 처가 가기 등 매우 상식적이고 일상적인 것이다. 정상인조차 해결하기 힘든 어려운 문제는 바보망신담에서는 의미가 없다. 어려운 문제는 바보가 해결하지 못하더라도 망신 당하지 않을 뿐만 아니라 웃음이 유발되지도 않는다. 바보가 상식적인 문제를 정상적으로 해결하지 못하고 비정상적인 방법으로 해결하기 때문에 웃음이 유발된다. 그리고 바보의 비정상적인 해결 행위가 거듭될수록 웃음의 강도가 커지기 마련이다. 또한 보조자가 문제해결의 방법을 제시하는 데도 불구하고 바보가 비정상적으로 문제를 해결할 때 웃음의 강도는 더욱 커진다. 즉 바보망신담의 웃음은 문제의 상식성에서 출발하여 바보의 비정상적인 해결 행위로 모아진다.

문제의 정도(난이도)를 Q, 비정상적인 해결 행위를 B, 보조자의 해결방법 제시(도움)를 A라 하면 바보망신담에서 유발되는 웃음의 강도(크기) R은 다음과 같은 식으로 나타낼 수 있다.

$$R = \frac{1}{Q} \times B^n \times (A)$$

이 공식은 바보망신담에서 유발되는 웃음의 크기가 문제의 정도에 반비례하고 바보의 비정상적인 해결 횟수에 비례함을 나타낸다. 또한 '$B^n \times (A)$'가 바보스러움의 극대화를 나타내므로 바보망신담은 바보스러움의 극대화를 통해 웃음의 극대화를 가져온다는 것을 알 수 있다.

## 2) 표면적 미의식인 해학적 골계

골계미는 '현실적인 것'이 '이상적인 것'보다 열세한 상황에서 전자를 추구하려 할 때 나타난다. 우세한 것을 버리고 열세한 것을 추구하려 하니 양자 사이에 갈등 결합이 생긴다. 골계미는 비극미와는 달리 현실적인 것이 이상적인 것에 정면 대결을 피하고 이면 공격을 함으로써 그 결과 자신은 아무런 손상을 입지 않고 대립적인 것을 궁지에 몰아넣거나 파괴한다. 골계미의 주요 현상영역은 왜소, 불완전, 무절제, 방종, 탐욕, 우둔, 망상, 인습적인 것, 가짜 위엄, 무능, 부조리, 추한 것 등이다.[28]

골계에는 해학적 골계와 풍자적 골계가 있다. 해학적 골계는 경화된 관념이나 집착을 깨뜨리되 밝고 여유 있는 태도를 취할 때 생기고, 풍자적 골계는 날카로운 비판정신을 바탕으로 기존의 이상적인 것을 신랄하게 공격하여 파괴하는 것으로 나타난다.[29]

바보망신담에는 해학적 골계와 풍자적 골계가 함께 나타나고 있다. 먼저 해학적 골계미의 표출양상을 유형별로 간단하게 살펴보기로 한다. 논의의 편의를 위해서 각 자료를 조건표상, 행위표상, 기대표상, 결과표상으로 정리한다. 행위표상이란 조건표상을 해결하려는 주체자의 행위이다. 바보망신담에서 행위표상은 바보가 해결해야 할 문제(조건표상)를 해결하려고 시도하는 행위 즉 일련의 비정상적인 행위이다.

---

28   김학성, 『한국고전시가의 연구』, 원광대출판국, 1980, 49-50쪽.
29   김학성, 『한국고전시가의 연구』, 원광대출판국, 1980, 253쪽.

| 구분 | 자료 | 조건표상 | 행위표상 | 결과표상 | 기대표상 | 비 고 |
|---|---|---|---|---|---|---|
| 우둔형 | 가-1 | (가) | (나) | (다) | 비정상적 해결 | 바보망신담의 기본형 |
| | 가-2 | (가)(다) | (나)(라) | (마) | | |
| 유추형 | 나-1 | (가) | (나)(라) | (마) | 비정상적 해결 | 해결제시(다) 첨가 |
| | 나-2 | (가) | (나)(라) | (마) | | |
| 대입형 | 다-1 | (가) | (나)(라) | (마) | 비정상적 해결 | 해결제시(다) 첨가 해결제시(다)(바) (차) 첨가 |
| | 다-2 | (가)(라)(사)(차) | (나)(마)(아)(카) | (타) | | |
| 모방형 | 라-1 | (가) | (나)(바)(아)(차) | (카) | 비정상적 해결 | 해결제시(나), 보조자 실수 (다)(바) (사)(차) 첨가 |
| 요청형 | 마-1 | (가) | (나)(다) | (마) | 비정상적 해결 | 보조자의 비정상적 해결제시(라) 첨가 |
| | 마-2 | (가) | (나)(다) | (마) | | |

　바보 망신담의 조건표상(문제)은 처가 가기, 문상, 해와 달의 구별 등으로 하나같이 상식적이고 쉬운 것이다. 이러한 문제를 해결하려는 바보의 행위(행위표상)는 바보스러움을 극대화해 주며, 그 결과(결과표상)는 바보의 망신으로 귀결된다. 바보망신담의 '조건표상 – 행위표상 – 결과표상'의 짜임은 골계미를 표출하는 일반적인 이야기와는 다르다. 일반적인 이야기에서는 조건표상이 웅대한 데 비하여 결과표상이 매우 열등하고 왜소하게 나타나서 관조자의 기대표상이 한순간에 허물어져서 골계가 나타난다. 즉 기대표상과 결과표상의 대조적 거리(상반)에서 골계미가 표출된다. 그러나 바보망신담에서는 조건표상이 왜소하고 결과표상과 기대표상 또한 왜소하여 골계는 기대표상과 결과표상의 상반에 의해 나타나는 것이 아니라 오히려 융합에서 표출된다. 표면적으로 볼 때 이 융합은 공격성이나 고의성이 없으므로 해학적이다. 이것이 바보망신담이 가지는 표면적인 미의식으로서의 해학적 골계의 특징이다. 이를 그림으로 나타내면 다음과 같다.

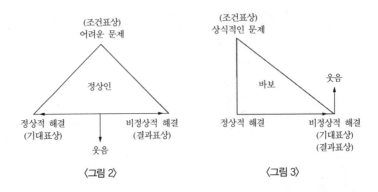

〈그림 2〉 〈그림 3〉

〈그림 2〉는 일반담, 〈그림 3〉은 바보망신담에 관한 것이다. 삼각형 속의 정상인, 바보는 조건표상의 행위 주체자이다. 삼각형의 모양이 다른 것은 '조건표상-기대표상'의 짜임이 다르기 때문이다. 일반담에서는 문제의 정상적인 해결이 기대되지만 바보망신담에서는 그렇지 않기 때문이다. 〈그림 2〉는 기대표상과 결과표상의 상반 즉 '기대↔결과'의 짜임에서 웃음이 유발되고, 〈그림 3〉은 기대표상과 결과표상의 융합 즉 '기대= 결과'의 짜임에서 웃음이 유발됨을 보여준다.

## 3) 이면적 미의식인 풍자적 골계

해학적 골계를 다룬 항에서는 기대표상과 결과표상의 관계를 이야기 속에 한정하여 다루었는데, 이를 이야기집단이 살고 있는 현실과 관련지을 때 풍자적 골계미가 드러난다. 잘못되거나 바람직하지 못한 것은 폭로에 의해 비판되기도 하지만 보다 적극적이고 능동적인 비판정신은 풍자라는 수법을 통해 구현된다.[30] 풍자는, 열등한 위치에 있는 것이 우월한 위치에 있는 것을 공격하거나 조롱하여 우월한 위치에 있는 것이 더 이상

30  서종문, 「19C 한국문학의 성격」, 『19세기 한국전통사회의 변모와 민중의식』, 고려대 민족문화연구소, 1982, 166-174쪽, 참고.

우월하지 못하거나 열등한 위치로 전도될 때 생긴다. 공격에 의한 풍자는 열등한 것의 상대우위에서 비롯되고 조롱에 의한 풍자는 열등한 것의 절대우위에서 비롯된다. 또한 풍자의 대상이 개인적 차원이 아닌 사회적 차원일 때 풍자는 더욱 날카로워진다.

바보망신담의 풍자는 주로 바보 원님이나 바보 사위(신랑) 이야기에서 드러난다. 바보 사위 이야기부터 살펴보기로 한다. 결혼은 신랑, 신부의 독자적인 생활 능력의 인정에서 비롯된다. 옛날에는 신부의 행복이 온전히 신랑의 능력에 달려 있었다고 해도 지나친 말이 아니다. 따라서 신부나 신부 쪽 가족은 능력 있는 신랑이기를 기대하기 마련인데, 신랑에게 그런 능력이 없을 때 실망하게 되고 신랑을 희화하여 비꼬게 된다. 이야기에 등장하는 신랑은 바보라기보다는 꼬마신랑이라는 인상을 강하게 풍기는데, 이는 조혼 풍습에 따른 현실의 반영으로 이해해야 한다. 바보신랑 이야기가 주로 여성들에 의해 전승되었다는 점에 주목하면 이 이야기는 조혼 풍습에 따른 사회적 부조리를 풍자하고 있음을 쉽게 알 수 있다.

바보 원님 이야기에 오면 풍자의 강도는 더욱 높아진다. 고을 원이 개인적 차원이 아닌 사회적 차원으로 인식되기 때문이다. 고을 원은 임금을 대신하여 백성을 잘 다스려 그들을 행복하게 할 의무를 지닌다. 백성들은 훌륭한 원님 아래서 행복하게 살기를 기대하기 마련인데, 고을 원이 그런 능력을 보이지 못할 때 그를 희화하고 조롱하고 나아가서 파면되기를 고대하게 된다. 바보 원님의 이야기는 조선 후기 사회의 정치 문란상을 반영하고 있다. 매관매직이 성행했던 시대에 등장한 지방수령의 무능을 날카롭게 풍자하여 당시의 수령제도의 부조리를 비판한 것이다.

이야기집단은 현실적 기대표상과 결과표상의 엄청난 거리를 이야기라는 양식을 빌려 그들의 현실적 고난을 정신적으로 극복하려는 노력을 보이고 있다. 즉 바보망신담의 풍자는 현실적 기대표상과 결과표상 사이의 대조적 거리가 이야기 속의 기대표상과 결과표상의 융합으로 전이되어

나타난다. 이를 그림으로 나타
내면 바보망신담의 풍자적 골
계의 양상이 쉽게 드러난다.

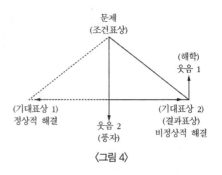

〈그림 4〉

〈그림 4〉에서는 기대표상
과 웃음이 각각 둘로 나타나
있다. 기대표상 1은 정상적 해
결을 바라는 이야기 속의 기대
이고, 기대표상 2는 비정상적 해결을 바라는 이야기 속의 기대이다. 결과
표상은 기대표상과는 달리 하나이다. 바보망신담에서는 어떤 경우에든지
결과표상이 비정상적 해결로 귀결된다. 웃음 1은 기대표상과 결과표상이
융합할 때 일어나는 이야기 속의 일차적 웃음으로 해학이며, 웃음 2는
이야기 속의 두 표상간의 융합이 현실적 기대표상과 결과표상의 상반으로
전이되면서 유발되는 이차적 웃음으로 풍자라 할 수 있다. 따라서 웃음
2가 웃음 1보다 더욱 의미심장한 것이다.


## 4. 바보망신담의 의미

바보망신담은 해학적인 것이기도 하지만 풍자적인 것으로 발전하기도
한다. 해학적인 것은 그것대로, 풍자적인 것 또한 그것대로의 의미를 지니
고 있다.

### 1) 심리적 측면에서의 의미

인간은 자신에게 잠재해 있을지도 모르는 바보스러움에 대해 항상 불
안해 한다. 인간관계 특히 잘 모르는 사람과 만날 때 혹시 자신에게 잠재

된 바보스러움이 드러날까 긴장하게 되고 초조해 한다. 인간관계에 있어서 바보스러움만큼 자신의 사회적 지위를 유지·확보하는 데 치명적인 손상을 입히는 것도 드물다. 왜냐하면 인간은 언제나 남보다 우월한 위치에 설 수 있기를 바라기 때문이다.

이야기집단은 불특정의 '공인된 바보'를 웃음의 대상으로 내세워 마음껏 웃음으로써 자신들은 적어도 바보가 아님을 확인하고 안심한다. 이러한 점에서 "웃음이란 실제적이거나 또는 상상적이거나 같이 웃는 다른 사람들과의 일치, 말하자면 공범의식 같은 것을 숨기고 있는 것이다."[31]라는 앙리 베르그송의 지적은 적확하다. 이러한 '바보 아님'의 상호 인정을 통해 이야기집단은 자신의 바보스러움에 대한 불안감과 긴장감에서 해방될 수 있고 일종의 저열한 우월성을 맛보게 된다. 이런 자기방어기제는 투사(projection)라고 할 수 있다. 즉 이드(Id)나 초자아(super ego)로부터 가해지는 바보스러움에 대한 압력에 불안을 느낀 자아는 그것을 공인된 바보라는 객관화된 외부세계로 돌림으로써 불안에서 벗어나고자 한다.[32]

이 점은 바보성공담에서 더욱 분명하게 나타난다. 신부는 혼전까지 누리던 보금자리의 안정을 떠나 자신의 운명을 결정하는 낯선 신랑에게 시집간다는 생각으로 불안해진다. 이 신부의 불안이 신랑에게 투사되면 신랑의 실제적인 능력 있음과 능력 없음에 관계 없이 신랑은 신부의 정신적인 불안 그 자체가 되어 신부의 주관적인 감정 속에 바보로 자리 잡게 된다. 그리고 신부는 스스로 투사한 불안을 이기기 위해 최선을 다해 신랑을 능력 있는 훌륭한 인물로 바꾸어 놓고자 한다.[33] 이러한 과정을 통해 신부는 안정감을 되찾게 되는 것이다.

---

31  Henri Bergson, 김진성 옮김, 『웃음』, 종로서적, 1983, 6쪽.
32  C. S. 홀, 이용호 역, 『프로이트 심리학 입문』, 백조출판사, 1977, 129-133쪽, 참고; 욜란디 야코비, 이태동 역, 『칼 융의 심리학』, 성문각, 1978, 147-149쪽.
33  김열규, 『한국문학사』, 탐구당, 1983, 68-69쪽.

## 2) 사회적 측면에서의 의미

바보 사위 이야기부터 살펴보기로 한다. 바보 사위는 비록 의례적인 혼례에 의해 혼인은 했지만 아직까지 독자적인 삶을 영위할 수 있는 능력이 부족한 어린 신랑임을 암시하고 있어 신랑이 바보로 희화화될 수 있는 근거가 조혼 풍습에 따른 비합리적인 혼인에 있음을 알 수 있다. 『經國大典』의 "男生十五 女十四 方許婚嫁(子女年滿十三歲許議婚)若兩家父母中一人有宿疾或年滿五十而子女年十二以上者告官婚嫁"는 혼인 적령기의 기준을 독자적인 생활 영위 능력이 아니라 생식 능력으로 잡았음을 보여준다. 그러나 지배층에서는 이보다 더 어린 나이에 혼인이 이루어지기도 하였다.[34]

바보 신랑 이야기가 이러한 현실적 배경 속에서 생성된 것을 감안하면 신랑의 바보스러움은 꼬마신랑의 행위를 과장한 것이라고 할 수 있다. 비록 장가를 가서 사회적으로는 성인이 되었지만 개인적으로는 성인이 되지 못한 어린 신랑은 당면한 문제를 비정상적으로 처리하는 우스운 행위를 하게 된다. 엄격한 가부장적 사회에서 어린 신랑의 비정상적인 행위에 대해서 신부가 이를 직접적으로 저지할 수는 없지만, 이러한 행위가 신부에게 정상적인 행위로 인식될 수도 없었다. 신랑의 그릇된 행위를 직설적으로 표출할 수 없는 사회에서 여성들은 이야기라는 양식을 빌려 이를 표현하게 된 것이다.[35] 즉 여성들은 바보 신랑 이야기를 주고받으며 웃는 가운데서 그들의 현실적 고뇌를 소극적으로나마 극복하고 있는 것이

---

34  김정자, 『한국결혼풍속사』, 민속원, 1981, 206쪽, 참고. 조혼 풍습은 자손 생산이 가장 중요한 요인이지만 사회적 지위 향상이나 유지를 위한 정략적인 결혼에서도 찾을 수 있다.

35  김교봉, 「'바보 사위' 설화의 희극미와 그 의미」, 『민속어문논총』, 계명대출판부, 1983, 648-649쪽.

다.[36] 이는 '똑똑한 꼬마신랑' 이야기로 발전하여 그들의 기대가 훌륭한 남편을 만나(비록 나이는 어리지만) 행복하게 사는 데 있음을 말해 준다.

바보 원님 이야기는 고을 원의 문제가 개인적 차원이 아니라 사회적 차원으로 인식되므로 풍자는 더욱 의미심장해진다. 조선 후기는 과거제도를 통해서 정당하고도 효율적이었던 행정 관료의 충원 양식이 당색과 문벌의 침해를 받아 극단적인 일원성의 엘리트 충원으로 기울어지게 되어 매관매직으로 관직을 얻을 수 있었고, 이렇게 관직을 얻은 지방 수령은 재임기간 중에 벼슬 사는 데 든 재산을 보충하고 재산을 늘리기에 급급하였다.[37] 또한 매관매직으로 관직을 얻을 수 있게 되자 무능한 자도 쉽게 벼슬길에 나갈 수 있는 길이 열리게 되었다. 이런 사정은 바보 원님 이야기의 문맥에서 확인할 수 있다.

친정 동생이 영의정이라 여자가 시집을 갔는데, 자기 아들이 빙신인데 아무게도 몰라. 그 아들이 장가를 갔는데, 어마이가 동생을 찾아 가서 '너거 생질이 등신 겉애도, 사람 겉잖다만 미느리는 내가 잘 봤다. 니 어데 고을 하나 마련해서 고을 자리로 보내라.' 이래 캐 쌓는다. 누부가 와서 그래 싸이 우짤 수 없어 그래 아무 데 고을 자리를 하나 제수해 보냈단 말이다.[38]

영의정인 친정 동생의 힘으로 바보 아들을 고을 원이 되게 하였다. 또한 사돈 덕에 바보 아들을 고을 원이 되게 하기도 하고,[39] 바보가 돈으로

---

**36** 어린 신랑을 만나 사는 여성의 어려움은 다음과 같이 민요에 잘 드러나 있다. "노랑두 대가리 물레줄 상투 언제나 길러서 내 서방 삼나", "삼각산 허리에 비 온승만숭 나이 어린 신랑 품에 잠 잔순만숭", "물레야 돌 밑에 잠든 낭군 은제나 다 커서 내 배 탈고", 임동권, 『한국부요연구』, 집문당, 1983, 71쪽.

**37** 진덕규, 「조선 후기 정치사회의 권력구조에 관한 정치사적 인식」, 『19세기 한국전통사회의 변모와 민중의식』, 고려대 민족문화연구소, 1982, 24쪽.

**38** 한국정신문화연구원, 『한국구비문학대계』 7-4, 73-74쪽.

벼슬을 사기도 한다.[40]

정약용은 『牧民心書』「赴任六條, 除拜」에서 수령은 만민을 주재하는 자로서 수령 노릇 하기가 공후보다 백 곱절이나 어렵다고 하면서, 비록 백성을 기를 만한 덕이 있더라도 위엄이 없으면 능히 할 수 없고, 비록 백성을 다스리려는 뜻이 있어도 총명하지 못하면 능히 할 수 없다고 주장하면서 다른 벼슬은 구해도 가하거니와 목민하는 벼슬을 구하는 것은 불가하다고 했다.[41] 이렇게 막중한 임무를 띠는 수령이 매관매직에 의해 관직을 얻은 자일 때 백성의 고난은 말할 수 없을 만큼 심각했을 것이 분명하다.[42] 이러한 심각한 상황 하에서 이야기집단은 이야기라는 편리한 양식을 선택하여 고을 원을 바보로 희화화하고 나아가 조롱의 대상으로까지 떨어지게 함으로써 사회적 부조리를 비판하고 있다. 이러한 비판의 근저에는 현명한 원의 주재 아래 행복하게 살기를 바라는 소망이 자리 잡고 있다.

명판결담이나 원놀음하는 아이는 이야기집단의 기대가 무엇인지 분명하게 알려준다. 비단장수의 도난 당한 비단을 기지가 넘치는 '망두석 재판'[43]으로 되찾아 주는 원과 회오리바람 때문에 깨어진 옹기장수의 옹기를 뱃사공이 물어주도록 하는 '바람 재판'[44]에 등장하는 원은 고난에 처한 이야기집단을 구제할 수 있는 자들이다. 즉 이야기집단은 명판결담을 통해 그들이 당면한 현실적 어려움을 해결할 수 있는 훌륭한 고을 원의

39  한국정신문화연구원, 『한국구비문학대계』 4-2, 204-205쪽.
40  최래옥, 『전북민담』, 형설출판사, 1978, 138쪽.
41  정약용, 『목민심서』, 다산연구회 역주, 『목민심서』, 창작과비평사, 1978, 2-14쪽.
42  정약용은 『목민심서』에서 "천지의 公理에 벼슬자리를 위하여 사람을 택하는 법은 있으나 사람을 위하여 벼슬자리를 고르는 법은 없다."라고 하면서 당시의 수령제도에 대하여 통렬히 비판하고 있다. 정약용, 『목민심서』, 다산연구회 역주, 『목민심서』, 창작과비평사, 1978, 14-16쪽, 참고.
43  한상수, 『한국민담선』, 정음사, 1979, 100-105쪽.
44  한상수, 『한국민담선』, 정음사, 1979, 98-99쪽.

출현을 기대하고 있는 것이다. 윈 놀음하는 아이에서 이야기집단의 기대는 새로운 국면으로 접어든다. 이 이야기는 흔히 암행어사 박문수와 결부되어 나타난다. 이야기판에서의 박문수는 암행어사의 대표적 존재로서 민중의 구원자로 등장하는 경우가 흔하다. 그런데 윈 놀음하는 아이 이야기는 대단한 능력을 지닌 박문수조차도 해결하지 못한 문제를 아이가 쉽게 해결하고, 박문수가 감탄하는 것으로 되어 있다. 이 이야기에서 아이는 매우 상징적이다. 비록 놀이에서 이기기는 하지만, 윈이 어른이 아닌 아이로 대치되어 있음에 주목할 필요가 있다. 아이는 기존의 선입견이나 편견 또는 불완전한 지식이나 고정관념에 때 묻지 않은 순진무구한 상태를 상징하는 것이며, 기성에 대한 부정을 표상하는 것으로 보아도 좋을 것이다. 아이는 일체의 일상성이 모두 부정된 상태[45]로 새로운 세계를 열 수 있는 가능성을 지닌 상징적인 인물인 것이다.

## 5. 맺음말

이 글에서는 바보망신담을 분류하여 구조적 특징을 밝히고자 했으며, 골계미의 표출 양상을 살펴 이 이야기의 독특한 미학적 기반을 구명하고 아울러 웃음이 가지는 의미에 접근하여 문학적 가치를 밝히려고 했다.

바보망신담은 바보가 문제를 해결하는 비정상적 행위를 기준으로 우둔형, 유추형, 대입형, 모방형, 요청형 등 다섯 가지 유형으로 정리할 수 있다. 그중에서 '문제-비정상적 해결-망신'으로 짜여 있는 우둔형이 기본형이고 나머지는 변이형이다. 변이형은 비정상적 해결 단락이 기본형

---

[45]  강진옥, 「설화에 나타난 진리인식」, 『이화어문논집』 6, 이화여대 한국어문학연구소, 1983, 112쪽.

에 비해 확장되어 있는데, 이는 바보스러움을 과장함으로써 웃음을 극대화하기 위한 것이다.

바보망신담에서 유발되는 웃음은 문제의 난이도에 반비례하고, 바보의 비정상적인 해결 행위 횟수에 비례한다. 즉, 웃음은 문제의 상식성에서 출발하여 비정상적 해결 행위로 모여진다고 할 수 있다.

바보망신담에는 해학적 골계와 풍자적 골계가 공존하고 있다. 해학적 골계는 이야기 문맥에 국한할 때 쉽게 드러나며, 풍자적 골계는 이야기집단이 살아가는 현실문맥을 고려할 때 드러난다. 또한 일반담에서는 기대표상과 결과표상의 대조적 거리(상반)에서 골계가 일어나는데, 바보망신담의 골계는 두 표상의 융합에서 일어나고 있어 독특한 양상을 지닌다. 이것은 이야기집단이, 이야기의 주인공으로 바보가 등장하므로 처음부터 문제의 비정상적인 해결을 기대하기 때문이다.

바보망신담이 '바보 아님'의 확인을 위해 이야기되는 것은 아이러니다. 이야기집단은 '공인된 바보'(객관화된 바보)를 등장시켜 그의 비정상적인 행위를 보고 웃음으로써 자신의 내부에 잠재해 있을지 모르는 '바보스러움'에 대한 긴장과 불안에서 해방되고자 한다.

바보망신담이 보여주는 조혼 풍습과 부정부패로 얼룩진 수령 충원에 대한 비판도 지나칠 수 없다. 나이 어린 꼬마 신랑의 실수를 과장하여 조혼 제도의 부조리를 여유 있게 비판하고, 어린 신랑과 생활하면서 겪을 수밖에 없는 현실적 어려움을 소극적으로나마 극복하고자 했다. 또한 고을 원의 무능을 비꼼으로써 그러한 원이 파면 당하고 현명한 원의 주재 아래 살기를 바라는 이야기집단의 심리를 문맥을 넘어서 읽을 수 있다. 즉, 이야기집단은 바보망신담을 주고받으며 그들이 당면한 현실적 고난을 소극적으로나마 극복하고자 했던 것이다. 이것이 바보망신담이 거듭 이야기될 수 있었던 원동력이며 동시에 문학적 가치이기도 하다.

# 내 복에 산다형 민담의 성격

## 1. 머리말

구비문학은 경험적 인식에서 널리 타당하다고 인정될 수 있는 진실을 보편적인 문학 형식을 통해 나타낸다. 구비문학은 공동작의 양식으로 전승되어 온 것이므로 그 속에는 오랜 기간 전승집단에 공유된 보편적 진실성이 있다. 이 보편적 진실성 때문에 구비문학은 소멸하지 않고 전승된다. 진실성이란 신화적 신성성이든 전설적 사실성이든 민담이 가지는 단순한 흥미나 교훈이든 민담적 가능성이든 민중이 진실하다고 믿는 '무엇'이기만 하면 된다.

이 글에서는 내 복에 산다형 민담[1]의 유형적 성격 검토를 통해 전승집단이 오랫동안 공유할 수 있었던 보편적인 진실에 접근하고 변이 양상의

---

1  내 복에 산다형 민담에 관한 논의로는 최운식, 「쫓겨난 여인 발복설화고」(『한국민속학』 6, 민속학회, 1973)와 이승균, 『복 많은 여자계 민담 연구』(계명대학교 교육대학원 석사학위논문, 1981)가 있다.

분석을 통해 민담의 전승 속성을 밝혀보고자 한다. 아울러 같은 유형으로 여겨지는 서사무가 삼공본풀이와의 관계에도 관심을 가진다.


## 2. 내 복에 산다형 민담의 유형

우리가 서사문학의 유형 정리에 끊임없는 관심을 가지는 것은 유형 정리를 통해 작품의 특징과 의미를 보다 구조적으로 분명하게 이해할 수 있을 뿐만 아니라 다른 작품과 비교, 검토 또는 변이 과정을 파악하는 데 용이하여 그 작품의 가치 및 위상 검증에 도움을 주기 때문이다.[2] 유형을 어떻게 정리하는가 하는 문제를 해결하지 못한 채, 내용과 형식을 포괄적으로 파악할 수 있는 구조적인 특징에서 판별·규정되는 편이 바람직하다는 데에 의견이 모아지고 있다.[3]

유형이 여러 각편들의 공통적인 단락들이 가지는 공통적인 체계 즉 유형구조로 존재한다면 유형이란 곧 각편 간의 공통적 단락이 가지는 단락 간 상호 관계의 논리적인 체계라 할 수 있다. 단락은 일정한 의미를 지니면서 이야기의 다른 부분과 논리적인 조직 속에서 대립적으로 존재하는 부분이다.[4] 분석된 단락이 가지는 진정한 의미는 하나하나의 독립된 단락의 개략이 아니라 작품 전체 속에서 그 단락이 가지는 위상에서 결정된다. 즉 단락은 작품에 활용되는 단락 자체의 의미보다는 그 단락이 작품 속에서 어떻게 활용되는가 하는 방식에 그 자질값이 있다.

---

2　임재해, 「무왕형 설화의 유형적 성격과 여성의식」, 『여성문제연구』 10, 효성여대 여성문제 연구소, 1981, 참고.
3　조동일, 『서사민요 연구』, 계명대출판부, 1979, 63쪽.
4　임재해, 「무왕형 설화의 유형적 성격과 여성의식」, 『여성문제연구』 10, 효성여대 여성문제 연구소, 1981, 40쪽.

내 복에 산다형 민담의 줄거리를 요약하면 다음과 같다.

옛날에 어떤 부자가 세 딸을 데리고 살았다. 하루는 아버지가 세 딸을 불러놓고 차례로 '누구 복에 먹고 사느냐?'고 물었더니 첫째와 둘째는 '부모 복에 먹고 산다'고 하였으나, 막내딸만은 '내 복에 먹고 산다'고 했다. 이를 괘씸히 여긴 아버지가 막내딸을 쫓아버렸다.

쫓겨난 딸이 산중을 헤매다가 날이 저물어 외딴 오두막을 발견하고 찾아가 숯구이 총각과 만나 살게 된다.

하루는 숯가마에 밥을 가져갔다가 숯가마의 이맛돌이 금덩이임을 발견하고 장에 내다 팔아 부자가 되어 잘살았다.

그 후에 거지가 된 아버지가 동냥하러 왔다. 그래서 딸은 '나는 내 복에 이렇게 산다'고 하고는 아버지를 맞아들여 잘살았다.

문학 작품은 자아와 세계의 대립으로 존재한다. 본 민담에서 자아는 아버지로부터 종속적인 삶을 벗어나 주체적인 삶을 실현해 가는 막내딸이고, 세계는 딸의 주체적인 삶을 허용하지 않고 종속적인 삶을 강요하며 부권을 확인·인정받으려는 아버지이다. 본 민담도 자아와 세계의 대립이 심화되다가 자아의 승리로 끝나고 있어 민담의 보편적인 결말과 동일하다. 그리고 종속적인 삶을 요구하는 아버지와 주체적인 삶을 실현하려는 딸 사이에 삶의 양식 차이로 인한 갈등이 문제시되고 있으며, 이 갈등이 유형적 차원의 주제를 이루고 있다.

내 복에 산다형 민담을 단락으로 정리하면 다음 일곱 단락으로 나눌 수 있다.

(가) 아버지가 '누구 복에 먹고 사느냐?'고 물었는데 막내딸만 '내 복에 먹고 산다'고 한다.

(나) 아버지가 막내딸을 쫓아낸다.

(다) 쫓겨난 딸이 숯구이 총각을 만난다.

(라) 숯가마에서 우연히 금덩이를 발견한다.

(마) 금덩이를 장에 내다 팔아 부자가 된다.

(바) 거지가 되어 동냥 온 아버지와 만난다.

(사) 아버지를 모시고 함께 잘산다.


이상에서 분석된 단락들은 앞뒤 단락이 인과관계로 이루어져 있으며, 단락 (가)에서 문제 된 갈등이 점점 심화되다가 단락 (라)를 고비로 해소되고, 단락 (사)에 이르러 단락 (가)의 문제가 완전히 극복됨으로써 이야기가 끝난다.

다음과 같은 민담이 내 복에 산다형 민담이다.

(A) 최운식, 『충청남도 민담』, 집문당, 1980, 314~318쪽.

(B) 임동권, 『한국의 민담』, 서문문고 31, 서문당, 1972, 181~185쪽.

(C) 정신문화연구원, 『한국구비문학대계』 6-1, 1980, 군내면 설화 18.

(D) 김광순, 『경북민담』, 형설출판사, 1978, 189~190쪽.

(E) 최래옥, 『전북민담』, 형설출판사, 1980, 335~336쪽.

(F) 한국구비문학회, 『한국구비문학선집』, 일조각, 1977, 59~60쪽.

(G) 한국정신문화연구원, 『한국구비문학대계』 1-3, 1980, 단월면 설화 14.

(H) 한국정신문화연구원, 『한국구비문학대계』 2-1, 1980, 강릉시 설화 100.

단락 분석을 통해 구체적으로 유형적 성격을 검토하기로 한다. 단락 (가)는 갈등이 조성되는 단락이다. '누구 복에 먹고 사느냐?'는 아버지의 물음은 딸이 지금 누리고 있는 행복이 모두 자신(아버지)의 덕분이라고 생각하기를 바라면서 던진 물음이다. 이 물음을 통해 아버지는 가장으로서의 가정 내적 지위와 권위를 확인하고, 딸로부터 그것을 인정받으려고 한다. 아버지는 전통적인 부권사회에서 나타나는 전형적인 아버지의 모습을 보이고 있다. 그러기에 첫째와 둘째가 '아버님 복에 산다'라고 했을 때 "그려", "그렇지"(A) 하며 만족한다. 그러나 아버지의 기대와 달리 막내딸이 '내 복에 산다'라고 했을 때 아버지는 극도로 노하게 된다.

"네 요년! 괘심한 년 같으니! 다 낳아 놓고 키워노니간 제 덕에 먹는대니 고게 이상하다"구 고만 하인을 불러 가지구는 "애 아무개야" "네?" "저년을 그냥 데려다가 어따가 보이지 않는 데다가 내던지구 오라구."(G)

"이 망할 이년, 고약한 년 이년 네가 에미, 애비 덕에 먹고 살지 어디 네 덕에 먹고 사니 이년 고약한 년!" "그려 요년 너는 나가라."(H)

막내딸은 주체적인 삶을 추구하며 사회에 통용되던 기존 가치 체계인 아버지의 지위와 권위를 부정한다. 아버지가 기존 가치 체계에 안주하려는 인물이라면 막내딸은 기존 가치 체계를 부정하고 새로운 가치 체계를 추구하는 삶의 존재 양식[5]을 가진 인물이다.

절대적이고 도전 불가능한 부권에 대한 도전은 자아의 불확실한 승리를, 세계의 불확실한 패배를 의미한다. 자아와 세계가 승패가 불확실한 가운데 팽팽히 맞서고 있다. 이러한 맞섬은 서사 전개에 박진감을 주며 향유층의 호기심을 고조시키는 데 일정 부분 기여하고 있다.

단락 (나)는 단락 (가)의 결과이다. 단락 (가)에서 부권 즉 기존의 사회 체제의 규범을 부정하고 주체적인 삶을 찾으려는 자아가 세계의 횡포로 쫓겨난다. 설화의 주인공들은 종종 무엇인가 찾으러 떠난다. 그것이 잃어

---

5 에리히 프롬, 김진홍 역, 『소유냐 삶이냐』, 홍성사, 1978, 참고.

버린 보물일 때도 있고 납치된 공주일 때도 있다. 이렇게 빼앗겨버린 무엇을 찾으러 떠나는 주인공을 탐색의 주인공이라고 한다. 탐색의 대상은 주인공이 처한 현 상황을 극복하고 새로운 세계로 나아가게 하는 '무엇'이다. 막내딸은 잃어버린 자신의 주체적인 삶을 찾기 위해 떠난다는 점에서 탐색의 주인공이다.

막내딸은 쫓겨나기도 하지만 당당히 집을 나서기도 한다.

> 셋째 딸이 비단옷을 싹 새로 갈아입고는 도장(곡간)에 들어가더니
> "내 복 내가 가지고 가지."
> 하면서 쌀을 서 되 서 홉을 퍼가지고 숯장수를 따라가더라.(G)

막내딸은 민담에서 흔히 발견되는 용감한 탐색의 주인공이다. 민담의 주인공은 행동한다. 어떤 상황에 처하더라도 모험을 향해 머뭇거림 없이 나아간다. 민담은 주인공이 머뭇거릴 시간적 여유를 허용하지 않는다. 그만큼 민담의 주인공에게 탐색의 대상은 절실하고 반드시 성취되어야 할 무엇이다. 무엇은 의외의 행운으로 쉽게 성취되기도 하지만 우여곡절 끝에 어렵게 성취되기도 한다. 그러나 민담의 주인공이 겪는 고난이나 위험은 오로지 가능성일 뿐이다. 이 민담적 가능성은 곧 전승집단의 의식이다. 막내딸은 주체적인 삶을 살아가기 위해 집을 머뭇거림 없이 당당하게 떠나간다. 막내딸이 집을 떠나는 행위는 바로 민담적 가능성이다.

단락 (나)에서는 막내딸의 적극적인 행동으로 오히려 세계의 승리는 패배로, 자아의 패배는 승리로 나아가는 전환점을 마련한다.

단락 (가), (나)는 통과제의가 지닌 격리 절차에 대응하고 있다.

단락 (다)에서 집을 나온 막내딸은 숯구이 총각을 만나 가난하게 산다. 막내딸이 부유하게 살다가 가난하게 됨으로써 자아의 패배가 세계의 잠재적인 승리로 이어진다. 단락 (다)는 통과제의가 지닌 시련 절차에 대응

된다.

단락 (라)에서는 막내딸이 숯가마에서 금덩어리를 발견함으로써 사건 전환의 새로운 계기가 마련된다. 단락 (가), (나)에서 불확실했던 자아의 승리가 완전한 승리로 나아가는 전환점이 되며, 단락 (다)가 부정 극복되는 계기가 된다. 금덩이의 발견은 수많은 민담에서 보이는 의외의 행운이다. 그러나 이것은 의외의 행운 이상의 의미 즉 막내딸이 겪은 시련의 결과이며 탐색의 대가인 것이다. 금덩이의 발견은 숨겨진 보물찾기 모티브에 대응된다. 비록 그것이 노출되어 있기는 하지만 다른 사람의 눈에는 금으로 보이지 않고 막내딸에게만 금으로 보였다는 사실은 숨겨졌다는 것과 마찬가지이다. 숯구이 총각이 발견하지 못한 금을 막내딸이 발견하는 것은 단락 (마)에서 장에 내다 놓은 금을 금으로 아는 사람이 흔하지 않고 날이 저물 무렵 나타난 어떤 장자가 금을 알아보는 것과 동일하다. 즉 복이란 의외의 행운이기도 하지만 가치 있는 것을 알아볼 줄 아는 안목을 가져야 한다는 의미도 내포하고 있다.

단락 (마)에서는 막내딸이 금덩이를 팔아 부자가 된다. 따라서 단락 (다)에서 문제 된 고난은 완전히 해소되고 자아의 승리가 확인된다. 그러나 세계의 불확실한 패배가 내재되어 있는 한 자아의 승리는 완전한 것이 되지 못한다. 그러기에 단락 (바)가 필요하고 단락 (사)가 필요하다. 민담은 자아의 승리와 세계의 패배를 확실하게 매듭지으려 한다. 민담의 전승집단은 자아의 완전한 승리를 기대한다.

단락 (다), (라), (마)는 시련 절차에 대응된다.

단락 (바)에서는 거지가 되어 동냥 온 아버지와 만난다. 단락 (나)에서 문제 된 부녀의 헤어짐이 단락 (바)에서 만남으로 극복된다. 아버지에게 쫓겨나 헤어졌던 부녀가 반대로 아버지가 찾아옴으로써 만나게 되어 단락 (나)의 갈등은 반대 방향으로 완전히 해소된다.

단락 (사)에서는 막내딸이 아버지를 모시고 함께 살게 된다. 단락 (가)

에서 문제되었던 부녀간의 갈등이 완전히 해소되고 딸의 승리로 이야기가 마무리된다.

단락 (바), (사)는 막내딸의 사회로의 재편입이지만 단락 (가)의 상황이 완전히 극복된 새로운 상황에서의 재편입이다.

이상에서 살핀 단락의 의미를 일반화하면 다음과 같다.

(가) 삶의 양식 차이에 기인한 부녀 갈등

(나) 딸이 쫓겨나 부녀가 헤어짐

(다) 딸이 가난하게 됨

(라) 의외의 장소에서 금 발견

(마) 딸이 부유하게 됨

(바) 아버지가 찾아와 부녀가 다시 만남

(사) 삶의 양식 차이에 기인한 부녀 갈등 해소

각 단락은 시간적인 순서에 따라 인과관계를 지니면서 단락 (라)를 축으로 전후 대립관계의 짝을 이룬다. 대립의 짝은 ① 단락 (가)와 (사)는 갈등의 조성과 해소, ② 단락 (나)와 (바)는 부녀의 헤어짐와 만남, ③ 단락 (다)와 (마)는 가난함과 부유함으로 짝을 이루고 있어 뒷단락이 앞단락을 부정·극복하는 체계로 되어 있다.

이를 도표로 나타내 보면 다음과 같다.

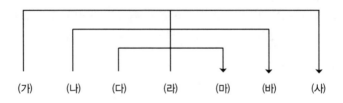

이상과 같은 대립의 짝이 가지는 의미는 무엇인가? ①은 갈등이 조성되고, 해소되는 것이다. 갈등의 조성은 부녀간의 삶의 양식 차이에 기인한다. 아버지는 딸의 주체적으로 살아가려는 의지를 부정한다. 아버지는 딸을 개성을 지닌 한 인간으로 인식하는 것이 아니라 자신의 삶의 양식대로 인식한 것이다. 그러나 해소 단계에서는 딸을 딸 이상, 즉 자신의 구원자로 인식하게 된다. 만약 딸을 구원자로 인식하지 않았다면 우연한 만남 이후 함께 살지 않았을 것이다. 딸은 거지가 되었을 아버지를 생각하고 거지 잔치를 열기도 한다(H). 각편 (H)에서 딸의 구원자적 성격은 더욱 분명해진다. 이야기의 전승집단은 인간이 인간답게 살아가는 데 실질적으로 문제 되는 것이 자신의 삶을 개척해 나가는 능력이라고 생각한 것이다. 이런 점에서 본 민담은 삶의 존재 양식을 긍정하고 삶의 소유 양식[6]을 부정하는 성장된 민중의식과 닿아 있다.

②는 부녀가 헤어지고, 만난다. 부녀가 함께 사는 것이 온당하지만 딸이 혼기가 차서 출가하게 되면 헤어지기 마련이다. 헤어짐은 당연하지만 어떻게, 왜 헤어지게 되는가가 문제다. 본 민담에서 헤어짐은 부녀간의 삶의 양식 차이로 인해 딸이 쫓겨나면서 일어난다. 이 헤어짐이 삶의 양식 차이에 기인한 것이기에 헤어져야 하고, 그러기에 둘 사이의 삶의 양식이 접근하게 되면 다시 만나게 된다. 이 헤어짐은 출가를 통한 정상적인 헤어짐이

---

6  삶의 소유 양식을 택한 인물은 소유가 삶의 목적이기에 세계와의 관계는 소유와 점유로 나타난다. 그들은 자신을 포함한 모든 것을 소유하려는 갈망을 갖게 되므로 다른 사람에 대한 우위 즉, 힘을 갖는 데서 행복을 찾는다. 행복이 정복하고 빼앗고 죽이는 자기의 능력에 달려 있으므로 선악이나 진정한 삶의 가치는 그들에게 아무런 의미도 갖지 않는다. 삶의 존재 양식을 택한 인물은 자기실현을 삶의 가장 중요한 목적으로 삼는다. 그러기에 세계와 진실한 관계를 맺고 살아간다. 그들은 타인과 대등하고 조화로운 관계를 통한 진정한 만남으로 진실하게 성장한다. 그들의 중심은 그 자신 속에 있으므로 자기가 가진 소유가 문제가 아니다. 그들은 어떤 시련이나 고난에 처하더라도 자기실현을 위해 꿋꿋하게 나아간다. 에리히 프롬, 김진홍 역, 『소유냐 삶이냐』, 홍성사, 1978; 강애희, 「한국 고대영웅소설에 나타난 삶의 양식과 그 갈등」, 이화여자대학교 대학원 석사학위논문, 1980, 1-10쪽, 참고.

아니기에 불완전한 헤어짐이며, 만남이 전제되어 있다. 그러기에 다시 만난다. 다시 만나는 과정에서는 반대로 아버지가 딸을 찾아온다. 이로써 앞의 비정상적인 헤어짐은 완전히 부정, 극복된다. 부녀의 만남은 우연한 만남이면서도 우연한 만남이 아니다. 부녀의 만남은 이미 불완전한 헤어짐 속에 내재되어 있었다.

③은 가난함이 부유함으로 부정, 극복된다. 아버지에게 쫓겨난 딸은 숯구이 총각과 만나 가난할 수밖에 없었지만 의외의 장소에서 금덩이를 발견하여 부유하게 된다. 금덩이의 발견은 복이기도 하지만 주체적인 삶을 살아가려는 노력의 결과이다. 즉 복은 누구에게나 주어진 것이지만 이를 찾으려는 끊임없는 노력이 있을 때만 자기 것이 될 수 있다는 생각이 이야기 속에 내재되어 있다.

민담은 전승집단의 소망적 사고의 표현이다. 민담의 주인공은 고귀한 신분이나 탁월한 능력과는 무관한 매우 일상적인 인물이다. 오히려 민담의 주인공은 왜소하고 모자라기조차 한다. 민담의 주인공은 언제나 소외당하고 약한 전승집단 바로 그들이다. 그러기에 민담의 주인공은 쉽게 고난에 처하기도 하고 위험에 빠지기도 한다. 민담의 주인공은 비록 약한 자이기는 하나 그들이 진실하고 착하기에 마침내 당면한 고난과 위험을 극복한다. 주인공은 흔히 제삼의 인물의 도움으로 고난을 극복하고 '무엇'을 성취한다. 제삼의 인물의 도움이 의외의 것으로 보이지만 그것은 결코 의외의 것이 아니다. 그것은 민담의 주인공이 진실하고 착하기 때문에 얻어진 당연한 것으로 전승집단은 믿고 있다. 주인공이 겪는 고난이나 위험은 오로지 가능성일 뿐이라고 했다. 민담의 주인공은 흔히 무엇을 찾으러 떠나는 탐색의 주인공으로 그들은 어떠한 난관에도 굴복하지 않고 무엇을 찾으러 나아가기만 한다. 그들에게서 머뭇거림은 찾아볼 수 없다. 그리고 마침내 무엇을 찾고 만다. 민담의 주인공이 보여준 이 가능성과 불굴의 탐색 정신이 곧 민담의 사회적 기능이며 문학적 가치인 것이다.

내 복에 산다형 민담의 막내딸도 민담의 주인공이 보여준 가능성을 보여주고 있다. 자신의 삶을 주체적으로 실현하기 위해 도전할 수 없었던 것으로 인식되어 왔던 부권으로부터 머뭇거림 없이 당당하게 떠나는 딸의 모습은 바로 가능성의 그것이다. 미래지향적 사고, 자립정신이 본 민담이 가지는 사회적 기능이며 문학적 가치인 것이다.

## 3. 내 복에 산다형 민담의 변이 양상

모든 구비서사문학이 그렇듯이 민담도 입에서 입으로 전승된다. 전승은 같은 것의 되풀이가 아니라 변이를 내포하고 있다. 일정한 형식과 구조는 지키더라도 구체적인 내용이나 수사는 이야기꾼에 따라 다를 수 있고, 같은 이야기꾼의 이야기라도 이야기할 때마다 다르다.[7]

단락 별로 변이 양상부터 살펴보기로 한다.

단락 (가)는 인물화소인 아버지와 막내딸, 사건화소인 '누구 복에 사느냐'와 '내 복에 산다'로 되어 있다. 아버지는 부자(장자)(A, C, G, H)이기도 하고 정승(F), 가난한 아버지(B)이기도 하고, 그저 막연히 아버지(D, E)이기도 하다. 아버지는 모두 부권을 주장하며 딸의 주체적인 삶의 양식을 부정한다는 속성에서 동일하지만, 부자이기도 하고 가난하기도 하여 대립되어 있다. 아버지가 부자냐 가난하냐에 따라 각편은 상당한 변이를 나타낸다. 가난한 아버지인 경우, 단락 (가)의 사건화소는 나타나지 않는다. 가난하기 때문에 부권을 확인하려는 '누구 복에 사느냐'는 아버지의 물음도, '내 복에 산다'는 막내딸의 대답도 필요 없다. 따라서 단락 (가)의 의미는 각편 (B)와 같이 잠재되어 있기도 한다. (B)에서는 아버지가 딸을

7  장덕순·조동일·서대석·조희웅, 『구비문학개설』, 일조각, 1977, 69쪽.

부잣집에 시집보내기를 원한다. 막내딸은 '우리가 이렇게 가난한 가정에 태어나서 이렇게까지 오래도록 살았는데 무슨 복이 있다고 부잣집으로 시집갈 수 있겠습니까?'라고 하는데, 부녀간의 갈등이 겉으로 심각하게 나타나지 않으나 아버지가 부잣집에 시집보내기를 원하는데 딸은 그렇지 않으므로 부녀간의 갈등은 잠재되어 있다. 또한 아버지가 막연히 아버지로 나타나는 경우(D, E)나 정승(F)인 경우는 단락 (바)와 (사)가 약화되어 나타나기도 하고 생략되기도 한다.

막내딸은 모든 각편에서 막내딸로 나타난다. 형제의 수에 따라 셋째 딸이기도 하고 그렇지 않기도 하지만 막내딸이라는 것은 변함이 없다. 막내딸은 가정 내에서 가장 약한 존재이지만 매사에 영글고 칼로 베인 듯 맵고 하여 어딜 가도 먹고 살 수 있는 인물이다.(B) 막내딸은 외면적으로 가장 약한 존재이지만 실질적으로는 그렇지 않다. 외면적으로 강한 아버지와 외면적으로 약하지만 실질적으로는 그렇지 않은 딸과의 대립 갈등은 필연적이다.

'누구 복에 사느냐?'라는 물음은 딸의 주체적인 삶의 양식을 부정하고 부권을 확인하려는 아버지의 횡포이다. 『說文解字』에 '福, 備也.'[8]라 하여 복은 원래 '갖추다'는 것으로 祭祀를 갖추면 반드시 복을 얻는다고 하였으니, 복은 신이 인간에게 주는 것으로 신의 소관이지 인간의 소관이 아니다. 그러기에 아버지의 물음은 복의 실체를 정확하게 파악하지 못한 것이다.

'내 복에 산다', '천지지덕에 먹고 산다', '지 물 꺼 지 타고 난다'는 막내딸의 대답은 복은 인간의 소관이 아닌 신의 소관임을 분명하게 파악한 것이다. 내 복에 산다는 것은 막내딸 자신이 복을 타고 났다는 것이기라기보다 복은 모든 사람에게 고루 나누어져 있는데, 노력 여하에 따라 누구나 소유할 수 있다는 의미이다. 본 민담에 보인 복은 서역국으로 복 타러 가는

---

8 "福, 備也. 備者, 百順之名也. 無所不順者之謂備."

求福旅行譚이나 석숭의 복을 빌리러 가는 借福旅行譚에 보인 복의 실체와 닿아 있다. 따라서 부녀 갈등의 원인은 막내딸에게 내재한 것이 아니라 아버지에게 내재해 있다.

단락 (나)는 독립적으로 나타나기도 하고(A, C, G), 단락 (다)에 내포되어 잠재적으로 존재하기도 한다(B, D, E, F, H). 즉 아버지가 딸을 쫓아내기(A, C, G)도 하고, 시집보내기(B, D, E)도 하고, 딸을 숯구이 총각에게 주어버리기(F, H)도 한다. 시집을 보내거나 주어버리는 경우라도 축출의 속성은 유지된다.

단락 (다)에서 만남의 대상은 대부분 숯구이 총각이지만 머슴(D)으로 나타나기도 한다. 만남의 대상이 숯구이 총각이든 머슴이든 그들이 가난하고 보잘것없는 존재라는 점에서 동일하다.

단락 (라)에서 금을 발견하는 장소가 숯가마(E, F, G, H)이기도 하고, 부뚜막(A), 샘 속(B), 샘 뚝(C), 오리봉(D)이기도 하다. 금 발견 장소가 숯가마든 샘 속이든 오리봉이든 의외의 장소라는 점에서 동일하다. 금 발견 장소는 만남의 대상에 따라 변이를 나타낸다. (D)에서처럼 만남의 대상이 머슴이기에 금덩이가 인삼으로 나타났고, 금덩이 대신 인삼으로 나타났기에 오리봉이 선택되었다.

단락 (마)는 모든 각편에 두루 나타나지만 (D)에는 나타나지 않는다. 인삼이 富와 직접적인 연관이 없기 때문에 생략되었다.

단락 (바)는 나타나기도 하고(A, C, D, F, G, H) 나타나지 않기도 한다 (B, E). 전자의 경우라도 거지가 된 아버지가 동냥하러 왔다가 만나는 경우(A, C, G, H)와 딸이 사는 것이 궁금하여 아버지가 딸네 집을 방문하는 경우(D, E)가 있다. 이는 아버지가 부자냐 가난하냐에 달려 있다.

단락 (사)는 (E)를 제외한 모든 각편에 두루 나타나지만, 딸이 아버지를 봉양하는 경우(A, B, C, G, H)와 아버지로부터 '자기(딸) 복에 산다'는 것을 인정받는 경우(D, F)로 변이를 일으킨다.

이상에서 살핀 바를 도표로 정리하면 다음과 같다.

| 구분 | 화소 | (A) | (B) | (C) | (D) | (E) | (F) | (G) | (H) |
|---|---|---|---|---|---|---|---|---|---|
| (가) | 아버지 | 부자 | 빈자 | 부자 | ○ | ○ | 정승 | 부자 | 부자 |
| | 막내딸 | ○ | ○ | ○ | ○ | ○ | ○ | ○ | ○ |
| | 누구 복에 사느냐 | ○ | | ○ | ○ | ○ | ○ | | |
| | 내 복에 산다 | ○ | | ○ | ○ | | ○ | ○ | ○ |
| (나) | 딸을 쫓아내다 | ○ | 시집보냄 | ○ | 시집보냄 | 시집보냄 | 딸을 줌 | | 딸을 줌 |
| (다) | 숯구이 총각을 만나다 | ○ | ○ | ○ | 머슴 | ○ | ○ | ○ | ○ |
| (라) | 숯가마 | 부뚜막 | 샘속 | 샘뚝 | 오리봉 | ○ | ○ | ○ | ○ |
| | 금덩이 발견 | ○ | ○ | ○ | 인삼 | ○ | ○ | ○ | ○ |
| (마) | 부자가 되다 | ○ | ○ | ○ | | ○ | ○ | ○ | ○ |
| (바) | 동냥 온 아버지와 만나다 | ○ | | ○ | 딸집 방문 | | 딸집 방문 | ○ | ○ |
| (사) | 아버지를 모시고 살다 | ○ | ○ | ○ | 인정 받음 | | 인정 받음 | ○ | ○ |

민담의 이런 다양한 변이는 왜 일어나며, 어떻게 일어나는가? 구비문학의 전승력은 전승집단이 진실하다고 여기는 '무엇'이라고 했다. 신화는 신성성 때문에 전승되고, 전설은 증거물이 주는 진실성 때문에 전승된다. 민담은 신성하거나 진실해서가 아니라 오직 이야기 자체의 흥미와 민담적 가능성 때문에 전승된다. 신화의 신성성이나 전설의 증거물은 변화를 제한하는 구실을 하지만 민담에는 그런 요소가 없고, 특히 흥미로워야 한다는 요청이 있어 변이를 오히려 자극한다.

구비문학은 환경에 민감하다. 시대적인 여건이나 사회적인 여건이 변함에 따라 구비문학은 쉽게 변화한다. 전설에 비하여 민담은 이러한 속성이 덜하지만 무관한 것은 아니다.

민담에서의 변이는 주로 이야기꾼의 능력에 따라 두 가지의 방향에서 이루어진다. 하나는 창조적인 방향이고, 하나는 파괴적인 방향이다. 유능하고 적극적인 이야기꾼은 주어진 구조와 유형을 잘 기억하고, 이를 토대로 자신의 개성에 맞고 시대적 요청에 상응하는 재창조를 할 수 있다. 그러나 소극적인 이야기꾼은 창의력은 물론 표현력마저 빈약해서 자기가 들은 것보다 더 빈약한 각편을 만드는 수가 있다.[9] 이와 같이 민담이 변이하는 것은 거의 이야기꾼의 능력에 달려 있다.

또한 민담의 변이는 민담 자체의 합리성에도 달려 있다. 본 민담에서 살펴본 바와 같이 화소가 변함에 따라 다음에 연결되는 화소가 변하게 된다. 민담은 황당하고 아무런 내적 질서가 없는 것처럼 보이지만 실제로는 엄격한 내적 질서 속에서 다양한 변이를 겪는다.


## 4. 내 복에 산다형 민담과 삼공본풀이와의 관계

서사무가 삼공본풀이도 내 복에 산다형 민담 유형과 동일하여 주목할 만하다. 삼공본풀이 줄거리를 단락으로 정리하면 다음과 같다.[10]

(가)-1. 강이영성이라는 남자 거지와 홍은소천이라는 여자 거지가 만나 은장아기, 놋장아기, 가믄장아기를 낳는다.

-2. 거지 부부는 가믄장아기를 낳고 부자가 된다.

-3. '누구 복에 먹고 사느냐?'고 물었더니 가믄장아기만 배꼽 밑의 선덕으로 산다고 한다.

---

9  장덕순·조동일·서대석·조희웅, 『구비문학개설』, 일조각, 1975, 69쪽.

10  현용준, 『제주도 신화』, 서문문고 219, 서문당, 1977, 77-90쪽; 장주근, 『한국의 신화』, 성문각, 1965, 239-241쪽; 赤松智城·秋葉隆, 『朝鮮の巫俗研究』, 大阪屋號書店, 1938, 429-436쪽.

(나)-1. 가믄장아기를 내쫓는다.

　-2. 가믄장아기가, 시기하는 은장아기와 놋장아기를 지네와 버섯으로 변신시킨다.

　-3. 부모가 문설주에 부딪혀 봉사가 된다.

(다)-1. 세 마퉁이와 만난다.

　-2. 셋째 마퉁이와 부부가 된다.

(라)-1. 셋째 마퉁이의 마 파던 구덩이에서 금덩이를 발견한다.

(마)-1. 금덩이를 팔아 부자가 된다.

(바)-1. 부모 생각이 간절하여 거지 잔치를 연다.

　-2. 잔치 마지막 날 거지가 되어 나타난 부모와 만난다.

　-3. 부모가 눈을 뜬다.

(사)-1. 부모를 모시고 잘 산다.


삼공본풀이는 단락 (가)-1의 탄생 모티브와 단락 (나)-2, 3에서 도술로 언니를 지네와 버섯으로 변신시키고 부모가 맹인이 되는 변신 징계 모티브, 단락 (바)-3의 맹인 득명 모티브가 첨가되어 있다. 그 외에는 각 단락이 시간적 순서에 따라 전후 인과관계를 지니면서 단락 (라)를 축으로 전후 대립의 짝을 이루고 있고, 대립의 짝은 뒤 단락이 앞 단락을 부정, 극복하는 체계로 되어 있어 내 복에 산다형 민담과 유형이 일치하고 있다.

삼공본풀이는 큰 굿의 한 祭次인 삼공본풀이, 삼공맞이에서 부르는 서사무가이다. 삼공본풀이 때는 심방(巫)이 제상 앞에 앉아서 장고를 치며 노래하고, 삼공맞이 때는 이 신화를 연극적으로 연출하여 부부 거지가 거지 잔치의 술상을 받고 앉아 살아온 과정을 이야기하는 장면에서 불린다. 삼공맞이는 일명 전상놀이라고도 한다. 전상은 前生의 訛音인 듯하다. 전상놀이의 전상은 일반적인 뜻과는 달리 이상하게 술을 마시거나 도박, 도둑질 등을 하여 가산을 탕진하는 행위나, 그런 행위를 일으키는 마음가

짐의 뜻으로 쓰이고 있어 삼공본풀이는 이러한 재액이 일어났을 때, 이 재액의 원인을 풀어주기 위해 부르는 듯하다. 삼공은 전생의 인연을 차지하고 있는 신으로 생각되며, 인간이 행한 재액은 전생의 업보로 일어난 것으로 삼공본풀이를 부름으로써 해결된다고 믿었던 것으로 보인다.[11]

삼공본풀이를 단락별로 검토하면 다음과 같다.

단락 (가)는 갈등이 조성되는 부분이다. 단락 (가)-1은 가믄장아기의 비정상적인 탄생에 관한 부분이다. 강이영성과 홍은소천 거지 부부 사이에 태어났으니 정상적인 탄생이라 할 수 없다. 난생이거나 異物과 交媾하여 태어난 것만이 비정상적인 탄생이 아니다. 거지 부부란 비정상적인 상태이고, 그 사이에 태어났으므로 비정상적인 탄생인 것이다. 또한 미천한 혈통을 지니고 태어났음도 보여준다.

단락 (가)-2는 가믄장아기의 탁월한 능력에 관한 부분이다.

> "세 딸이 태어나 한두 살이 되어가니, 이상하게도 운이 틔어 하는 일마다 척척 들어맞아갔다. 하루하루 돈이 모아졌다. 없던 전답이 생기고 마소가 우글대고, 고래등 같은 기와집에 풍경을 달고 살게 되었다. 가믄장아기를 낳아 잠간 사이에 천하 거부가 된 것이다"[12]

가믄장아기가 태어나고서 천하 거부가 되었다니 가믄장아기가 복을 가져온 것이다. 복은 아무나 가져올 수 없는 것이기에 가믄장아기는 탁월한 능력을 타고난 인물이다. 가믄장아기가 범인과 다른 탁월한 능력을 타고 난 인물인 점은 단락 (나)-2에서 은장아기와 놋장아기를 지네와 버섯으로 변신시키는 것에서 더욱 분명해진다. 또한 단락 (바)에서 가믄장아

---

11  현용준, 『제주도 신화』, 서문문고 219, 서문당, 1977, 90쪽.

12  현용준, 『제주도 신화』, 서문문고 219, 서문당, 1977, 78쪽.

기가 예언자적 성격을 지니고 있는 것도 가믄장아기의 탁월한 능력과 무관하지 않다.

단락 (가)-3은 부모와 가믄장아기의 갈등이 조성되는 부분이다. 가믄장아기는 탁월한 능력을 타고난 인물이므로 부모에게 종속되는 삶을 거부하고 당당함을 취한다. 누구 복에 사느냐는 부모의 물음은 가믄장아기에게 있어서는 항거하지 않을 수 없는 위기이다. 그러기에 "내 배꼽 밑에 선덕으로 산다"라고 한다.

단락 (나)는 가믄장아기와 부모가 헤어지는 것에 관한 부분이다. 탁월한 능력을 타고난 가믄장아기와 그렇지 못한 부모와는 헤어질 수밖에 없다. 탁월한 능력을 타고난 인물과 그렇지 못한 인물의 만남은 그들이 서로의 삶의 양식을 이해하기 어렵기 때문에 불행하게 되기 쉽다. 탁월한 인물이든, 그렇지 못한 인물이든, 그들은 그들의 삶의 양식대로 살아가려고 고집하지 상대편의 삶의 양식을 인정하려 들지 않는다. 그러기에 그들 사이에 갈등이 일어나고 헤어지게 된다. 가믄장아기와 부모와의 만남은, 부모와 자식이라는 점에서 만남 이전의 만남이다. 그들의 만남이 쉽게 헤어질 수 있는 우연한 만남이나 의도적인 만남이 아니기에 그들의 헤어짐은 생각보다 심각하다. 부모와 자식이 어떤 이유에서든 헤어진다는 것은 심각한 일이다. 그것이 딸의 정상적인 출가로 인한 헤어짐인 경우라도 신랑다루기 등 혼속을 미루어 볼 때, 심각하기는 마찬가지이다. 특히 삶의 양식 차이에 기인한 갈등은 해소되기 힘들기 때문에 더욱 심각하다. 가믄장아기와 부모와의 만남은 쉽게 헤어질 수 없는 만남 이전의 만남이며, 또한 비정상적인 헤어짐이므로 반드시 다시 만나야 한다. 그러나 그들의 헤어짐은 심각한 문제이기 때문에 쉽게 만나지지 않는다. 그들은 특별한 계기가 주어질 때 다시 만날 수 있지만, 그들의 재회에는 어느 한쪽의 승리와 어느 한쪽의 패배가 뒤따르게 되어 처음의 만남이 부정, 극복된 완전한 만남으로 나아간다. 단락 (나)-1은 가믄장아기가 쫓겨나는 점에서,

영웅의 일생 중 영웅이 어릴 때 버려지는 것과 동일하다. 그러기에 탁월한 인물을 알아보지 못한 부모와 은장아기, 놋장아기는 단락 (나)-2, 3에서 불행하게 된다.

단락 (다)는 가믄장아기와 셋째 마퉁이의 만남이다. 셋째 마퉁이는 첫째와 둘째 마퉁이와 달리 비범한 인물이다. 가믄장아기가 기름이 번질번질한 쌀밥을 떠서 들어가니 마퉁이 부모와 첫째와 둘째 마퉁이는 '조상 대에도 아니 먹었던, 이런 벌어지 밥 아니 먹겠다'라고 하면서 오히려 화만 내지만 셋째 마퉁이는 서른여덟 잇바디를 허우덩싹 웃으면서 병아리만큼씩 우막우막 떠먹는다. 부모와 형제가 쌀밥을 알지 못하는데 셋째 마퉁이는 알고 있다. 또한 이(齒)가 보통 사람보다 많은 서른여덟 개라는 것도 셋째 마퉁이의 비범함을 나타낸다. 『삼국유사』 「노례왕」조에 보면 이가 많고 적음에 따라 왕위 계승을 정하고 있다. 덕이 있는 사람은 이가 많다고 했다.[13] 또한 첫째와 둘째 마퉁이가 마를 파던 구덩이와는 달리 셋째 마퉁이가 마를 파던 구덩이에서 금이 나왔다는 것은 셋째 마퉁이가 탁월한 인물이라는 것과 무관하지 않다.

가믄장아기는 탁월한 능력을 타고난 인물이다. 셋째 마퉁이도 가믄장아기처럼 탁월한 능력을 발휘하지는 않지만 앞에서 살핀 것처럼 탁월한 능력을 지닌 인물임에는 틀림이 없다. 탁월한 인물 간의 만남은 탁월하지 못한 인물과의 만남과 다르기 마련이다. 이 만남은 새로운 세계로 나아갈 수 있는 생산적인 만남이다. 가믄장아기와 셋째 마퉁이의 만남은 처음의 만남이 부정, 극복된 부모와 다시 만남이라는 새로운 세계로 나아갈 수

---

13 "박노례이질금이 처음에 매부 탈해에게 자리를 물려주려 하자 탈해가 말하였다. '무릇 덕이 있는 자는 치아가 많다 하니, 마땅히 잇금으로 시험해 봅시다.' 이에 떡을 깨물어 시험해 보니, 왕의 잇금이 많았기 때문에 먼저 즉위하였다. 이런 연유로 왕을 잇금이라고 하였다. 이질금이란 칭호는 이 노례왕에서 비롯되었다.", 일연, 김원중 옮김, 『삼국유사』, 을유문화사, 2002, 74-75쪽.

있는 계기를 마련한다. 즉, 가믄장아기가 셋째 마퉁이를 만남으로써 삼공본풀이의 신격을 누릴 수 있는 계기가 된다.

단락 (다)는 금덩이를 발견함으로써 사건의 전환점이 되는 부분이다. 자갈이라 해서 버려진 것을 주워 보니 금덩이였다. 금덩이는 비록 노출되어 있던 것이지만 다른 사람이 발견하지 못하였기에 감춰진 것과 다르지 않다. 이는 成巫 절차에 보이는 呪具 찾기 모티브와 유사하다. 成巫式의 한 절차에는 그 후보자가 묻혀 있거나 숨겨져 있는 呪衣나 呪具를 찾아내는 일이 포함되어 있음은 잘 알려진 사실이다. 이런 점에서 가믄장아기는 영웅이면서 무당이다. 가믄장아기는 바리데기와 같은 무속적 영웅인 것이다.

단락 (마)는 금을 팔아 부자가 되는 부분으로 단락 (라)에서 얻어진 呪具를 통한 주술적 능력의 발휘로 이해할 수 있다.

단락 (바)는 부모와 다시 만나는 부분이다. 단락 (나)에서 문제 된 고난이 부정, 극복되는 단락이다. 단락 (바)-1, 2는 가믄장아기의 예언자적 성격을 나타내 보이고 있다. 가믄장아기는 자기가 집을 나오면 부모는 봉사가 되고 거지가 되어 이 집 저 집을 떠돌면서 얻어먹고 있으리라는 것을 잘 알고 있었다. 그러기에 거지 잔치를 열어 부모를 만나게 된다. 단락 (바)-3은 단락 (나)-3에서 문제 된, 부모에게 맺힌 액을 풀어 버림으로써 가믄장아기가 삼공본풀이의 신격을 누리게 되는 것이다.

단락 (사)는 단락 (가)에서 문제 된 고난이 완전히 부정, 극복되는 부분으로 가믄장아기가 신으로서 완전함을 보이는 부분이다.

이상에서 가믄장아기의 일생이 영웅의 일생에 대응되고 있음을 알 수 있다. 영웅에는 귀족적 영웅도 있고, 민중적 영웅도 있다. 이 두 이야기는 범인과 다른 탁월한 능력을 타고난 영웅에 관한 이야기임에도 불구하고 일생에는 두드러진 차이가 있다. 귀족적 영웅 이야기가 숭고하다면 민중적 영웅 이야기는 비장하다. 가믄장아기의 일생은 두 영웅의 일생이 혼합되어 있다.

유형이 일치하고 같은 모티브로 짜여 있는 내 복에 산다형 민담과 서사무가 삼공본풀이의 관계를 어떻게 볼 것인가? 서사무가는 무당이 부른다는 점에서 민담보다 전문적인 구비문학이다. 민담은 훌륭한 이야기꾼이 아니라도 이야기할 수 있지만 무가는 전문적인 무당이 아니면 구연할 수 없다. 그러기에 서사무가가 구성에 있어 민담보다 더 복잡하고 세련되어 있다. 구비문학은 말로 전승되는 문학이므로 구비문학 상호 간에 내용이 쉽게 넘나들 수 있다. 이런 점으로 미루어 볼 때 삼공본풀이가 내 복에 산다형 민담을 수용하면서 그 위에 탄생 모티브나 변신징계 모티브, 맹인득명 모티브 등이 첨가되어 이루어졌을 것으로 짐작된다.

가믄장아기의 일생은 귀족적 영웅의 일생과 민중적 영웅의 일생이 혼합되어 있다고 했다. 이 점은 내 복에 산다형 민담과 삼공본풀이의 관계를 살피는 데 중요한 단서를 마련한다. 귀족적 영웅이야기는 신화시대부터 있었지만 민중적 영웅 이야기는 역사시대, 그것도 민중들이 자신이 처한 부정적인 현실을 정확하게 인식할 수 있었던 시대에 생겨 전승되었을 것으로 짐작된다. 민중들은 민중적 영웅을 이야기함으로써 답답하고 억울한 현실을 벗어나고 싶어 했을 것이다. 임진왜란을 겪고 난 후 역사적 사실과는 상당히 거리가 있는 김덕령 이야기나 구한말의 신돌석 이야기 또는 아기장수 이야기를 통해 민중들은 부정적 현실을 벗어나고 싶어 하기도 하고 체념해 버리기도 한다. 따라서 삼공본풀이는 신화시대부터 전승되어 온 것으로 보기 어렵다. 그리고 귀족적 영웅이야기의 영웅이 신적이라면 무속적 영웅(巫神)은 오히려 인간적이다. 가믄장아기는 시기하는 은장아기, 놋장아기를 지네와 버섯으로 변신시키기도 하고, 부자가 된 후 부모가 몹시 그리워 거지 잔치를 열기도 한다. 이런 점에서 가믄장아기는 무속적 신이면서 인간적인 신이다. 훨씬 인간적이라는 점에서 민담의 세계와 닿아 있다. 이런 점으로 미루어 볼 때 삼공본풀이는 민담적 세계를 신화적 짜임 속에 수용하고 있다고 볼 수 있다. 그러나 반대로 무가의 모티브가 민담에 수용되었을 가능성 또는 무가는 무가대로, 민담은 민담대로 병립 발생하여 독자적으로 전승되었을 가능성도 배제할 수 없다.


## 5. 맺음말

이상에서 살핀 내 복에 산다형 민담의 성격을 간략하게 정리하면 다음과 같다.

내 복에 산다형 민담은 '(가) 삶의 양식 차이에 기인한 부녀 갈등, (나) 부녀가 헤어짐, (다) 가난하게 됨, (라) 의외의 장소에서 금덩이 발견, (마) 부유하게 됨, (바) 부녀가 만남, (사) 삶의 양식 차이에 기인한 부녀 갈등 해소'의 사사 단락으로 구성되어 있다. 각 단락은 전후 인과관계로 이루어져 있으며, 단락 (라)를 경계로 갈등이 해소된다. 또한 단락 (라)를 중심으로 단락 (가)와 (사), (나)와 (바), (다)와 (마)가 대립의 짝을 이루고 있으며 대립의 짝 단락에서 뒷단락이 앞단락을 부정, 극복하는 관계로 짜여 있다.

내 복에 산다형 민담은 막내딸을 통해 아버지에게 구속된 종속적인 삶을 벗어나 주체적인 삶을 실현해 가려는 미래지향적인 민중의식을 건강하게 드러내고 있다. 이것이 바로 내 복에 산다형 민담이 가지는 사회적 기능이며 문학적 가치이다.

민담은 말로 전승되는 문학이므로 쉽게 변이된다. 시대나 사회적 환경의 변화에 따라 쉽게 변이되기도 하고 이야기꾼의 능력에 따라 변이되기도 한다. 그러나 민담의 변이가 아무렇게 이루어지는 것은 아니다. 민담의 다양한 변이는 민담 자체의 합리성과 내적 질서 속에서 이루어진다. 내복에 산다형 민담도 마찬가지이다.

서사무가 삼공본풀이는 내 복에 산다형 민담과 유형이 일치하고 있다. 삼공본풀이는 전문적인 巫에 의해 전승되고, 내 복에 산다형 민담보다 구성이 복잡하고 짜임새가 있다. 그리고 삼공본풀이는 가믄장아기의 일생이 귀족적 영웅의 일생과 민중적 영웅의 일생이 혼합되어 있는 점으로 미루어 보아 내 복에 산다형 민담에 탄생 모티브, 변신 징계 모티브, 맹인 득명 모티브 등을 신화적 짜임 속에 수용한 것으로 보인다.

# 3장

## 야래자형 설화와 혼사장애

### 1. 머리말

문학 작품은 작품 외적 세계의 바탕 위에서 이루어진다. 즉 작가는 현실의 거듭된 경험적 인식에서 널리 타당하다고 인정될 수 있는 심각한 문제를 다룬다. 작가는 단순히 현실을 반영하고 현실 문제를 제기하기도 하지만 종종 현실 극복을 문제 삼기도 한다.

설화도 이와 다르지 않다. 구비문학인 설화는 개인의 창작물이 아니라 오랜 기간 전승되어 오면서 수많은 전승집단을 거쳐 정착된 민중문학이며, 공동작의 문학이다. 따라서 설화는 개인 창작물보다 경험적인 현실 인식에 바탕한 '보편적 진실성'을 내포하고 있다. 설화가 오랜 기간 소멸하지 않고 전승되는 원동력은 전승집단이 공감할 수 있었던 이 보편적 진실성에서 찾을 수 있다.[1] 이 진실성에 주목할 때 설화문학이 가지는 진정한

---

1 김석배, 「〈내 복에 산다〉형 민담 연구」, 『문학과 언어』 3, 문학과언어연구회, 1982, 87쪽.

문학적 가치와 의미에 접근할 수 있는 길이 마련된다.

설화에는 초기사회의 창조나 사회 제도의 창설에 관한 것이 다루어지기도 하는데, 이것은 현실에 대한 유치한 원초적 반응을 나타내는 것이 아니라 궁극적인 그리고 진지한 의미에서 인식적 기능을 지니는 별개 차원의 반응을 나타내는 것이다. 즉 설화는 여러 사실에 관한 거짓말이 아니라 성숙한 기교적인 인지, 코드화, 표현의 방법을 구체화하는 것이다.[2] 따라서 설화의 의미를 탐색하는 것은 잃어버린 현실에 대한 온당한 재음미와 현존하는 현실을 바람직하게 인식할 수 있는 길을 열어준다.

이 글에서는 이런 점에 주목하며 광포설화 가운데 하나인 야래자형 설화의 전반적인 성격을 살펴보기로 한다.

## 2. 야래자형 설화의 유형적 성격

야래자형 설화는 일찍부터 관심의 대상이 되어 많은 성과가 축적되어 있다.[3] 그러나 본격적인 논의는 김화경에 의해 이루어졌다. 그는 블라디미르 프로프(V. Propp)의 방법론을 원용하여 야래자형 설화가 하나의 기점 상황과 여섯 개의 '보존 부분'(설화가 구전되어 오면서도 변하지 않

---

2  T. Hawkes, 오원교 옮김, 『구조주의와 기호학』, 신아사, 1982, 12-13쪽.

3  鳥居龍藏, 「日韓에 분포되어 있는 三輪山的 傳說」, 『東亞之光』, 1912; 손진태, 「견훤식 전설」, 『조선민족설화의 연구』, 을유문화사, 1947; 임석재, 「이류교혼담」, 『조선민속』 3, 조선민속학회, 1940; 이석래, 「이류교혼 설화」, 『문리대학보』 19, 서울대 문리대, 1963; 소재영, 「이류교구고」, 『국어국문학』 42 · 43 합병호, 국어국문학회, 1969; 장덕순, 「야래자 전설고」, 『한국설화문학연구』, 서울대출판부, 1970; 장덕순, 「한국 〈야래자〉 전설과 일본의 〈삼륜산〉 전설과의 비교 연구」, 『한국문화』 3, 서울대 한국문화연구소, 1982; 김화경, 「한국 〈야래자〉 설화 연구 – 일본의 苧環型 蛇聟入譚과의 비교를 중심으로 한 一試論」, 築波大 대학원 석사학위논문, 1981; 김화경, 「〈야래자〉 설화의 구성 구조 분석」, 장덕순선생화갑기념논총, 『한국고전산문연구』, 동화문화사, 1981.

는 부분으로 만약 이 부분이 변한다면 그 설화 본래의 속성을 잃어버린다.)을 가지고, '방법의 강구'를 중심으로 전반부와 후반부가 각각 짝을 이루며 대응하고 있음을 밝히고 있다.[4]

야래자형 설화의 가장 오래된 문헌 기록은 『삼국유사』에 있는 견훤의 출생 이야기이다. 일연이 『古記』에서 인용한 견훤의 출생 이야기는 다음과 같다.

> 옛날에 한 부자가 광주 북촌에 살았다. 그에게는 딸 하나가 있었는데, 용모가 매우 단아하였다. 그의 아버지에게 말하기를 "매일 자주색 옷을 입은 남자가 침실에 와서 관계를 맺습니다."라고 했다. 아버지가 말하기를 "너는 긴 실을 바늘에 꿰어 그 자의 옷에 꽂아두어라."라고 하였고, 딸은 그렇게 했다. 날이 밝자 북쪽 담장 아래에서 실을 찾았는데, 바늘이 큰 지렁이 허리에 꽂혀 있었다. 그 후에 임신하여 남자 아이를 낳았다. 그 아이가 15세가 되자 스스로 견훤이라고 하였다.[5]

한 여자가 땅속의 '무엇'과 관계하여 아들을 낳았다는 이 이야기는 신이한 인물의 출생담에 결부되어 널리 전승되고 있다.[6] 청 태조의 아버지, 김통정 장군, 창녕 조씨 시조인 조계룡의 출생 등에도 야래자형 설화가

---

4  김화경, 「〈야래자〉 설화의 구성 구조 분석」, 장덕순선생화갑기념논총, 『한국고전산문연구』, 동화문화사, 1981, 참고.

5  "昔一富人 居光州北村 有一女子 姿容端正 謂父曰 每有一紫衣男到寢交婚 父謂曰 汝以長絲 貫針刺其衣 從之 至明尋絲於北墻下 針刺於大蚯蚓之腰 後因姙生一男 年十五 自稱甄萱", 일연, 『삼국유사』 권2, 「후백제 견훤」.

6  이러한 異類交婚譚은 초기사회 사람들이 신성시하는 天地, 日月星辰 같은 우주 자연과 龍, 熊, 虎, 馬, 龜, 烏鵲 등의 鳥獸와 약초 등의 식물, 기타 영적 존재를 인정하는 온갖 생물, 무생물을 그들의 존경·추모하는 탁월한 인물과 결부시키려는 데서 성립된다. 고소설에서도 이러한 사정은 마찬가지로 주인공의 출생담 중의 태몽에 龍, 鶴, 仙人 등이 나타나는 것으로 변이된다.

결부되어 있다.

설화는 유형을 통해 그 의미를 보다 분명하게 이해할 수 있다. 유형은 각편 사이의 공통적 단락이 가지는 단락 상호 간의 논리적 체계이다. 각편이 동일한 유형에 속하려면 유형구조가 일치해야 하고, 유형적 차원의 주제 및 삽화가 일치해야 한다.

이 글에서 단락은 이야기를 구성하는 하위 단위로서 서사단락을 의미하며, 일정한 의미를 지니면서 이야기의 다른 부분과 논리적인 대립 속에 존재하는 부분으로 하나의 상황에서 인물과 행동이 완결되는 부분이다. 따라서 분석된 단락의 진정한 의미는 단락의 개략에 있는 것이 아니라, 이야기 전체의 논리적 체계 속에서 그 단락이 차지하는 위상에서 결정된다.

야래자형 설화의 단락을 분석하면 다음과 같은 일곱 단락으로 정리할 수 있다.

[1] 결혼할 나이가 된 처녀가 부모와 떨어진 방에서 살았다.

[2] 밤마다 정체를 알 수 없는 남자가 찾아와 동침하였다.

[3] 처녀가 임신하였다.

[4] 아버지가 남자의 정체를 알기 위해 처녀에게 실을 꿴 바늘을 그 남자의 옷에 꽂게 하였다.

[5] 그날 밤 처녀가 남자의 옷에 바늘을 꽂아두었다.

[6] 다음 날 아침 찾아보니 지렁이였다.

[7] 처녀가 아이를 낳았다.

이 글에서 대상으로 삼은 구전 자료는 다음과 같다. 이들 자료가 모두 한국정신문화연구원(현 한국학중앙연구원)에서 편찬한 『한국구비문학대계』에 수록된 것이므로 그 책의 체제에 따라 조사 지역, 설화 번호, 이야기의 제목, 책의 권 수, 조사 지역, 조사 연도를 차례로 밝힌다.

충주 23 : 계족산 유래, 3-1, 충주 중원, 1979.

상모 10 : 염바다들 유래, 3-1, 충주 중원, 1979.

대강 15 : 견훤이는 천상에서 귀양 온 지네 아들, 5-1, 전라북도 남원, 1979.

달산 34 : 소금산 지렁이, 7-6, 영덕, 1979.

현곡 180 : 조개의 아들로 태어난 아이, 7-1, 경주 월성, 1979.

가능 40 : 수달피 후손, 1-4, 의정부, 남양주, 1979.

점동 6 : 창녕 조씨 시조 조계룡, 1-2, 경기 여주, 1979.

위의 자료 외에도 최상수의 『한국민간전설집』(통문관, 1958)과 문화재 관리국의 『한국민속종합조사보고서』 등에 많은 야래자형 설화 자료가 조사, 보고되어 있다.

각 단락의 내용을 살펴 일반화하면 야래자형 설화의 유형구조가 추출된다.

단락 [1]에서 문제 되는 것은 혼기에 찬 처녀의 미혼 상태이다. 혼기가 되면 결혼을 시키는 것이 마땅하고, 그렇지 못하면 심각한 갈등을 겪게 된다. 갈등의 원인이 처녀에게 있지 않고 부모와 사회적 관습에 있다면 갈등은 더욱 심각해지고, 처녀는 어떠한 방법으로든 결혼하려고 할 것이다. 단락 [1]에 내재되어 있는 갈등은 결혼 이외의 방법으로는 해소될 수 없는 근본적인 문제이며 동시에 반드시 해결되어야 할 과제이다. 단락 [1]은 오빠나 남동생이 없는 가족 구성원의 결여에 관한 설명[7]이 아니라 미혼 상태에 있는 신부 후보자의 문제이며, 혼사예정으로 신부 후보자가 부모와 격리됨을 나타낸다.

단락 [2]에서 낯선 남자가 처녀에게 찾아와 동침함으로써 단락 [1]의

---

7  김화경, 「〈야래자〉 설화의 구성 구조 분석」, 장덕순선생화갑기념논총, 『한국고전산문연구』, 동화문화사, 1981, 참고.

문제가 잠정적으로 해결된다. 그러나 낯선 남자의 정체를 알 수 없고, 또한 이들의 만남이 부모의 인정을 받지 않은 내밀한 만남인 야합이므로 문제는 오히려 더 심각해진다.

단락 [3]에서 처녀는 임신을 하게 되고 부모로부터 추궁을 받게 된다. 처녀가 임신을 하고 추궁 받는 것은 낯선 남자의 정체에 대한 의혹을 한층 더 크게 해주며, 처녀가 이 고난에서 벗어나려면 먼저 남자의 정체부터 파악해야만 한다.

단락 [4]에서 처녀의 아버지는 처녀에게 남자의 정체를 파악할 수 있도록 실을 꿴 바늘을 남자의 옷에 꽂아두도록 한다. 단락 [3]의 고난이나 단락 [1], [2]의 문제가 해결되려면 남자의 정체 파악이 절대적으로 필요한데, 단락 [4]가 계기가 되어 단락 [1], [2], [3]에서 심화되어 가던 문제가 점차 해결될 수 있는 길이 열린다.

단락 [5]에서 처녀는 남자의 정체를 파악하기 위해 남자의 몸에 실을 매어 두거나 옷에 실을 꿴 바늘을 꽂아둔다. 이는 단락 [3]의 임신으로 인한 고난을 극복하기 위한 시도이다.

단락 [6]에서 남자의 정체가 파악된다. 남자의 정체를 알기 위해 실을 따라가는 사람은 처녀의 아버지이거나 동네 어른들이다. 남자의 정체가 파악된 후 단락 [2]의 야합이 정식 혼인으로 인정받기 위해서는 부모의 승인이나 증인이 필요한데,[8] 아버지나 동네 어른들은 혼인의 증인이라고 할 수 있다.

남자의 정체는 지렁이, 수달피, 뱀, 조개 등으로 나타나는데, 이들은 모두 남자가 처녀와 다른 사회의 구성원임을 의미한다. 이들은 모두 멀치아 엘리아데(M. Eliade)가 말하는 달동물(lunar animal)들이다. 달동물 중

---

8  오늘날의 혼례식에도 가족과 친지, 축하객들이 모여들고 야단스럽게 잔치를 벌이는 것은 이들을 증인으로 하여 결혼의 정당성 및 사회적 승인을 얻는 과정이다.

에서도 물에 살거나 물과 관련이 깊은 동물로 물의 생생력[水生生力]으로 인해서 생생력이 배가된다.[9] 이 점에 주목하면 그 남자는 생생력을 지닌 탁월한 인물임을 알 수 있고, 이 생생력 때문에 처녀와의 결혼이 허용된다.

전국적인 분포를 보이는 뱀과 지렁이는 다른 면에서도 주목할 만하다. 뱀은 '그 펠로소적 형상과 대지에 살고 있다는 두 가지 이유로 풍요를 표상하는 동물'[10]로 인식되며, 야래자형 설화에서도 뱀은 신이나 탁월한 인물을 잉태시키는 주체이므로 신성성을 지닌 동물이다. 이때의 뱀은 중남부 지방에서 집을 지켜 준다고 믿는 '집 지키미', '집 지끼미'인 구렁이가 아닌가 한다.[11]

또한 구렁이와 지렁이가 언어학적으로 상관성을 보이고 있어 주목할 만하다. 경북 청도지방과 경남지방에서는 지렁이를 '꺼꾸렁이', '꺼꾸렝이', '꺼껭이', '꺼싱이'로 부르는데 이는 '것+구렁이'로 분석할 수 있다. '껏'은 '것'의 된소리이고, '것'은 '갓'의 'ㅏ'와 'ㅓ'가 모음교체된 것이다. '갓'은 산을 의미한다. 경북 청도지방에서는 '산에 간다'는 '갓에 간다'로, '산에서 나무를 벤다'는 '갓 친다'라고 한다. 따라서 지렁이는 산신이거나 산신과 관련 있는 숭앙 받는 동물이라고 할 수 있다. 또한 지렁이 왕이 굴속에 살았다고 해서 운문산을 지룡산이라 부르게 되었다[12]고 하고, '꺼싱이'는 '껏+신(神)+이'로 분석될 수 있어서 지렁이가 산신임을 알 수 있다. 〈상모 10〉에서 낳은 아이가 지리왕이라 자처하며, 산성에 웅거하다가 죽었다는

---

9 김열규, 『한국민속과 문학연구』, 일조각, 1975, 244-246쪽, 참고.

10 G. S. Kirk, *Myth*, University of California press, 1971, 참고.

11 장덕순, 「한국 〈야래자〉 전설과 일본의 〈삼륜산〉 전설과의 비교 연구」, 『한국문화』 3, 서울대학교 한국문화연구소, 1982, 14쪽. 경북 청도에서는 헌집을 헐 때 흔히 나오는 뱀을 '집 지끼미'라고 하는데, 죽이지 않고 '가셨다 오이소' 하며 고이 보낸다. 집 지끼미를 죽이면 천벌을 받는다고 믿으며, 새집을 짓고 나면 반드시 다시 와서 집을 지켜준다고 믿는다.

12 유증선, 『영남의 전설』, 형설출판사, 1971.

점 등도 지렁이가 산신이었을 가능성을 뒷받침하고 있다.[13]

단락 [7]은 단락 [1]에서 문제 된 처녀의 미혼 상태가 완전히 극복되는 부분이다. 단락 [6]의 결과로 인정된 결합이 아이의 출산으로 완전해진다. 남녀 간의 혼인은 일생 동안 함께 살기로 하여 성립되는 것이 일반적인 원칙이지만, 그 결합은 종종 자식이 없는 경우(특히 부계사회에서는 아들이 없는 경우) 해소되기도 한다.[14] 그러므로 단락 [7]을 주인공의 출산으로 결여된 가족 구성원의 보충[15]으로 보기 어렵다.

지금까지 살펴본 각 단락은 전후가 발전 관계를 지니면서 단락 [4]를 정점으로 대립관계를 이루고 있다. 단락 [1]에서 제기된 문제가 단락 [2], [3]에서 점차 심각해지다가 단락 [4]를 고비로 점차 해결되고, 단락 [7]에 이르러 완전히 해결된다.

이상을 좀 더 추상화하고 일반화하면 야래자형 설화의 유형구조가 선명하게 드러난다.

---

13 또 하나 흥미로운 점은 야래자가 지렁이거나 처녀가 낳은 아이가 지렁이와 같은 속성(땅속에 들어갔다 나왔다 함)을 지니고 있을 경우 소금과 관련되어 있다는 사실이다. 〈상모 10〉, 〈충주 23〉, 〈달산 34〉, 유증선의 문경 자료에는 야래자나 처녀의 아들을 죽일 때 소금을 풀고 있다. 이는 경상도 남부지역에서 간장을 '지렁' 또는 '지렁장'이라고 일컫는 사실과 연관이 있는 것으로 보인다. 즉 '지렁이'와 '지렁'의 발음이 유사한 데서 간장을 담글 때 소금을 넣는 것과 결부된 민간어원설적 요소로도 볼 수 있다.

14 흔히 결혼으로 거주지를 옮기는 사람에게는 성취지위(achieved status)를 주는데, 우리 사회에서도 婚入한 여자에게 성취지위가 주어진다. 혼입한 여자는 아들을 출산함으로써 비로소 성취지위의 가장 중요한 요건을 이룩한 것이 된다. 아들을 출산하지 못한 여자는 심리적인 적응의 어려움을 겪게 되고, 경제적인 공헌이 지대하다고 할지라도 제2부인에게 자리를 양보하여야 한다. 말하자면 아들은 여자의 성취지위 획득의 결정적 요건이며 그들의 결혼이 완전하며 영속적일 수 있게 한다. 아들을 낳았을 때 여자는 아들의 조상으로서 설 자리가 마련된다. M. Wolf, 「Chinese women; old skill in a new context」, M. Z Rosaldo and L. Lamphere ed, *Woman, culture, and society*, 1974, 158쪽, 참고.

15 김화경, 「〈야래자〉 설화의 구성 구조 분석」, 장덕순선생화갑기념논총, 『한국고전산문연구』, 동화문화사, 1981, 13쪽.

[1] 혼사예징이 나타남(미혼)

[2] 혼사 후보자가 만남(야합)

[3] 혼사 후보자의 고난

[4] 혼사 성립의 계기

[5] 혼사 후보자의 고난 극복

[6] 혼사 후보자의 우월성 증명

[7] 혼사의 성립(결혼)


단락 [1]에서 [7]까지는 단락 [4]를 중심으로 서로 대칭되는 단락끼리 대립의 짝을 이루고 있다. 단락 [1]에서 혼기가 찬 처녀의 미혼이 문제 되다가 단락 [7]에서 처녀가 출산하여 혼사가 성립되어 문제가 완전히 해결된다. 다음 단락 [2]에서 낯선 남자와 처녀가 만나 문제가 더욱 심각해 지나 단락 [6]에서 남자가 탁월한 인물로 밝혀져 혼사에 이를 수 있게 된다. 단락 [4]에서 처녀가 임신하게 되어 고난에 처하지만 단락 [5]에서 남자의 정체를 파악할 수 있는 방법이 강구되어 고난에서 벗어날 수 있게 된다. 즉, 대립의 짝에서 뒷단락은 앞단락을 부정, 극복하는 논리적 체계 로 짜여있다. 또한 전반부는 남녀의 만남이 일정한 절차를 거치지 않고 불완전하다. 후반부는 남녀의 만남이 일정한 절차를 거치고 완전한 만남 으로 나아간다. 그리고 전반부가 남자의 적극적인 행위로 사건이 전개된 다면 후반부는 여자의 적극적인 행위로 사건이 전개된다. 다시 말하면 전반부와 후반부는 자연-문화,[16] 무질서-질서, 남성원리-여성원리의 이원 론적 대립 원리로 짜여 있다.

---

16 '자연-문화'의 대립은 야래자와 처녀가 사는 공간 영역의 차이에서도 찾을 수 있다. 야래자 가 사는 곳은 인간의 통제를 벗어난 물이나 땅속이며, 처녀는 집이라는 문화적 공간에 거주한다. 김화경, 「〈야래자〉 설화의 구성 구조 분석」, 장덕순선생화갑기념논총, 『한국고 전산문연구』, 동화문화사, 1981, 15쪽, 참고.

이상에서 살펴본 바를 그림으로 나타내면 다음과 같다. 가로축은 갈등의 정도, 세로축은 문제의 심각한 정도를 나타낸다. 그리고 번호는 순차적 단락을 나타내며 갈등이 심각해지는 단락은 (+)로, 갈등이 해소되는 단락은 (−)로 나타낸다.

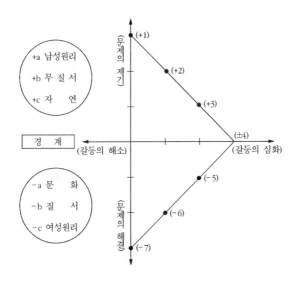

## 3. 야래자형 설화와 혼사장애

야래자형 설화는 혼사 후보자의 미혼이 문제 되다가, 혼사 후보자가 혼사장애를 극복하고 성혼에 이르는 과정을 보이고 있다.

일정한 나이가 된 미혼의 남자는 혼인이라는 통과제의를 거쳐야 비로소 완전한 사회의 구성원으로 인정받게 된다. 구성원으로서 인정받는 것은 개인으로 볼 때 능력을 인정받는 것이며, 자신의 주체적인 삶을 살아갈 수 있는 권한을 부모로부터 넘겨받은 것이므로 언제나 자랑스럽다.[17] 혼인은 개인이나 사회 구성원 모두에게 성스러운 축제이다. 한 개인이 사회 구성원으로 인정받고 주체적인 삶을 살 수 있는 권한을 넘겨받는 일은 쉽지 않다. 혼인이 남녀의 단순한 생물학적 결합 이상의 복잡한 문화적 항목과 관련되어 있는 것은 이 때문이다. 어떤 남녀라도 관습이나 법으로 규정된 여러 조건인 문화적 항목을 지키지 않고는 부부로 인정될 수 없다. 즉, 혼사장애 내지 시련은 입사식의 당연한 연장 또는 입사식과 밀접한 연관성을 지니고 있는 통과제의로서 혼례가 의당 지니고 있어야 할 제의 절차의 하나이다.[18] 이러한 혼사장애가 범세계적인 원형 이미지임은 루츠 뢰리히(Lutz Röhrich)에 의하여 확인된 바 있다.

신부를 얻고자 하는 주인공이 초인간적인 행위를 하는 민담류의 대부분은 원시인의 성년식 관습과의 사이에 분명한 병행 관계가 있음을 보여주고 있는데, 이는 결코 우연한 것이 아니다. 왜냐하면, 원시인에게 있어서 성년제의(Reifungsweihe)는 근본적으로 미혼계층에서 기혼계층으로의 이행을 의미하였고, 결혼의 전제를 의미하였기 때문이다. 성년식에 참여하는 자는 강한 힘, 인내력, 지혜 등의 소유자임을 입증하여야 했는데, 이는 왕녀를 얻고자 하는 민담류의 주인공의 경우와 동일한 것이다.[19]

이러한 루츠 뢰리히의 혼사장애에 대한 논의는 야래자형 설화의 혼사장애에 대해서 시사하는 바가 크다.

『삼국지』「위지, 동이전」에 기록된 고구려의 혼속이 야래자형 설화와

---

18 인간의 일상사에 있어서 가장 중대하며 반드시 치러야 할 일 중의 하나가 혼인이다. 죽은 남녀의 사후 결혼인 虛婚이 오늘날까지 행해지고 있는데, 이것은 죽어서라도 혼인이라는 통과의례를 거쳐야만 죽음이 완전해진다고 믿기 때문이다. 강용권, 「虛婚에 관한 연구」, 『민속문화』 2, 동아대 민속문화연구소, 1980, 참고.

18 김열규, 『한국민속과 문학연구』, 일조각, 1975, 145쪽.

19 Lutz Röhrich, *Marchen and Wirckhkiet*, 김열규, 『한국민속과 문학연구』, 일조각, 1975, 105쪽.

거의 일치하여 주목할 만하다.

> (고구려) 풍속에 혼인할 때 구두로 미리 정하고, 여자의 집에서 큰 집 뒤에 작은 집을 짓는데, 그 집을 壻屋이라고 한다. 사위될 사람이 날이 저물 무렵에 신부의 집 문 밖에 이르러 자기의 이름을 말하고 무릎 꿇고 절하면서, 신부와 더불어 잘 수 있도록 해 달라고 청한다. 이렇게 두세 번 거듭하면 신부의 부모가 이것을 받아들이고, 작은 집에 가서 자도록 허락하고 돈과 폐백은 곁에 쌓아 둔다. 자녀를 낳아서 장성하면 아내를 데리고 자기 집으로 돌아간다.[20]

이 기록은 고구려 혼속이 모계사회에 기반하고 있음을 보여주는 소중한 자료이다. 이러한 사실들에 주목하며 야래자형 설화의 혼사장애를 살펴보면 다음과 같다.

단락 [1]에서 과년한 처녀가 별당(〈달산 34〉, 〈대강 15〉), 웃방(〈충주 23〉), 초당(〈점동 6〉, 〈상모 10〉) 등 부모와 떨어진 곳에 거처한다. 혼기가 찬 처녀가 부모와 떨어져 산다는 것은 혼사예징으로서 부모와의 격리를 의미한다. 상징적인 죽음과 재생으로 이해되는 혼사예징으로서의 격리는 범세계적인 분포를 보이며, 우리나라에서는 단군신화와 온달설화, 서동설화의 웅녀, 평강공주, 선화공주의 격리 등에 보인다.[21]

단락 [2]에서 처녀는 밤에 찾아온 정체를 알 수 없는 남자와 동침한다. 이들의 만남은 야합이다. "남녀가 밤에 모여 놀이를 즐겼다(暮夜男女群聚相就歌舞)"는 기록 등으로 보아 초기사회에서는 남녀의 교제가 비교적

---

20  "其俗作婚姻 言語已定 女家作小屋於大屋後 名壻屋 壻暮至女家戶外 自名膰拜 乞得就女宿 如是者再三 女父母乃聽使就小屋中宿 傍頓錢帛 至生子已長大 乃將婦歸家", 『三國志』 卷30, 「魏書 30, 〈烏丸鮮卑東夷傳〉」.

21  김열규, 『한국민속과 문학연구』, 일조각, 1975, 참고.

자유로웠고, 남녀의 야합 또한 쉽게 이루어질 수 있었던 것이다.

정체불명의 초립동이 밤마다 자주색 또는 푸른색 옷을 입고 찾아온다는 점도 주목할 만하다. 우리 혼속에는 신랑이 신부의 집에 가서 혼례식을 올리도록 되어 있다. 신랑은 혼례식 전날 밤에 신부의 집에 가거나 혹은 신부 집 근처에 머물며 하룻밤을 지낸다. 이는 신랑 후보자의 상징적 죽음과 재생으로 이해되는데, 신랑 후보자가 신부 집이나 신부 집 근처에 마련된 집(신부 측 사회)에서 하룻밤을 보냄으로써 신랑 후보자가 속했던 사회와 격리되어 신부 후보자 측 사회에 편입할 수 있는 길이 열린다. 또한 자주색·푸른색 옷은 신랑이 입는 옷 색깔과 동일하다.[22]

단락 [3]은 신부 후보자의 고난에 관한 부분이다. 이 고난은 혼사장애를 보이고 있는 서사문학에서 흔히 가족으로부터의 축출로 나타난다.

단락 [4]는 단락 [3]의 고난과 단락 [1]의 문제가 해결되는 전환점이 된다. 이는 혼속에서 신랑 다루기로 나타난다.

단락 [5]는 신랑 후보자가 혼인을 위해 겪지 않으면 안 될 중요한 통과의례의 일면이다. 남자의 정체를 알기 위해 옷에 바늘을 꽂거나 몸에 실을 매어 둔다는 것은 신랑 다루기의 다른 표현이라고 할 수 있다. 오늘날에도 신랑 다루기의 한 형태로 신랑의 몸이나 발을 줄로 묶고 방망이로 치는 혼속이 남아 있다.[23] 족외혼 사회에서 다른 사회의 구성원과 혼인하는 것은 쉬운 일이 아니다. 이에는 심각한 갈등이 따르기 마련인데, 사람을 내어주는 신부 측에서 특히 심하다. 이 갈등은 좀처럼 해소될 수 없지만 또한 어떤 방법으로든 해소되어야 한다. 신랑 다루기는 이 갈등을 해소하기 위해 생산적으로 마련된 문화적 장치이다. 신랑 다루기는 신부 측에서 행하는 갈등 해소의 적극적인 방법이지만, 장가들기는 신랑 측에서 소극

---

22  이능화 저, 김상억 역, 『조선여속고』, 대양서적, 1973, 참고.
23  이능화 저, 김상억 역, 『조선여속고』, 대양서적, 1973, 「동상례」, 참고.

적으로 행하는 갈등 해소의 방법이다. 즉, 신랑이 얼마 동안 신부의 집에서 잠정적으로 신부 집 식구가 됨으로써 신부가 아주 딴 남의 식구가 아닌 사람에 의해 데려가질 수 있다.[24]

단락 [6]에서 밝혀진 남자의 정체는 달동물로서 탁월한 인물을 의미한다. 그런데 자료에 따라서는 정체가 밝혀진 야래자가 종종 죽기도 한다. 이는 처녀와의 분리[25]를 의미하는 것이 아니고 신부 집 식구가 되기 위한 신랑의 상징적인 죽음이며, 신랑다루기의 극대화된 표현이다.

단락 [7]에서 처녀의 출산이 완전한 결혼의 성립을 의미함은 앞에서 살핀 바와 같다.

이상에서 살펴본 바와 같이 야래자형 설화는 초기사회의 혼속과 대응하고 있으며, 혼사장애에 있어서 주로 남성이 고난을 겪고 있음을 상징적·은유적으로 표현하고 있다.


## 4. 혼사장애의 문학사적 전개

남녀의 만남인 혼인은 인간의 중대사이며 성스러운 축제 행사이기에 시련이 따른다. 이 시련으로 인해 혼인은 문학의 중요한 소재·주제의 원천으로 설화, 서사무가, 고소설, 신소설, 현대소설에 두루 나타난다. 즉 혼사장애는 우리 서사문학 전반에 소재 또는 주제로 중요한 의미를 지니고 있다.

혼사장애가 서사문학사에서 가지는 위상과 가치를 살펴보기로 한다.

---

24  김열규, 『한국신화와 무속연구』, 일조각, 1977, 154-115쪽, 참고.
25  김화경, 「〈야래자〉 설화의 구성 구조 분석」, 장덕순선생화갑기념논총, 『한국고전산문연구』, 동화문화사, 1981, 13쪽.

설화는 해모수 신화·온달 설화·김춘추 설화, 서사무가는 제석본풀이·세경본풀이, 고소설은 〈금송아지전〉·〈소대성전〉·〈백학선전〉, 그리고 신소설은 〈추월색〉과 〈치악산〉을 논의의 대상으로 한다.

## 1) 설화문학의 혼사장애

〈해모수 신화〉

[1] 하백의 딸인 유화가 청하에서 나와 웅심연에서 놀다.

- 유화가 靑河에서 나와 여동생과 노는 것은 여성의 집단 성년식이며 동시에 혼사예징으로서 신부 후보자가 겪는 부모와의 격리이다. 유화는 水神 河伯의 딸이므로 원래 水生生力을 지니고 있지만, 청하가 아닌 다른 물과 접합함으로써 수생생력을 배가시킨다. 오늘날의 혼례 절차에 신부가 친정 우물물을 병에 담아 가서 시가집의 우물에 합치는 경남 하동의 자료가 조사, 보고되어 있는데, 이는 양가의 合水에 의한 화목의 기원 이상으로 신부의 수생생력을 배가시키는 행위로 볼 수 있다.[26]

[2] 해모수가 속임수로 유화를 얻다.

- 해모수가 왕자를 얻으려는 생각으로 술자리를 열어 유화를 얻게 되고, 유화는 해모수가 보내주려고 해도 돌아가지 않는다. 이들의 만남은 야합으로, "혼인의 도는 천하의 통규이거늘 어찌 예를 어기어 우리 문종을 욕되게 하는가." 하는 하백의 나무람에서 야합임이 분명해진다.

[3] 해모수는 자신이 천제의 아들임을 내세워 하백 가와 혼인하고자 하나 거절당하다.

---

26  김열규, 『한국민속과 문학연구』, 일조각, 1975, 143쪽.

- 해모수가 하백으로부터 무례함을 힐책 당하고 유화와의 혼인이 거절되는데, 이는 신랑 후보자의 고난이다.

[4] 해모수가 유화와 함께 오룡거를 타고 하백 앞에 나타나자 하백은 천제의 아들임을 보이라고 하다.

- 하백이 해모수에게 왕이 천제의 아들일진대 신이함을 보이라고 한 것은 신랑 후보자의 자격 여부에 관한 일이다. 신랑 후보자가 탁월한 능력을 지니고 있을 때 신랑 자격이 주어진다.

[5], [6] 하백과 해모수가 變身鬪技를 벌여 해모수가 승리하다.

- 하백이 잉어, 사슴, 꿩으로 변신하자 해모수는 수달피, 승냥이, 매로 변신하여 하백이 변신한 것을 잡아 천제의 아들임을 증명한다. 즉 탁월한 능력을 증명함으로써 신랑 자격을 인정받는다. 특히 이들 변신인 '잉어-수달피, 사슴-승냥이, 꿩-매'의 짝은 각각 물, 땅, 하늘의 상징이며 해모수의 승리는 물, 땅, 하늘 즉, 우주 전체를 지배하는 천제의 성격과 같음을 보여준다.

[7] 해모수와 유화가 성대한 혼례를 올리다.

- 해모수와 유화의 결혼은 天神과 水神이 결합하는 신성결혼이다. 혼사장애에서 고난의 주체자가 남성인 점은 주목할 만하다. 이는 초기사회의 모계사회가 지녔던 유풍이다.


〈온달 설화〉

[1] 1. 평강왕은 울보 공주를 바보 온달에게 시집보내겠다고 하다. 2. 공주가 16세가 되자 상부 고씨에서 시집보내려 하다.

- 바보 온달에게 시집보내겠다고 희롱한 것이나 고씨에서 시집보내려 한 것은 혼사예정이라고 할 수 있다.

[2] 궁궐을 나온 공주는 온달을 찾아가 함께 살다.[27]

- 공주가 아버지의 명을 어기고 온달과 만나 사는 것은 야합이다.

[3] 고씨에게 시집보내려는 왕의 명을 거절한 공주가 쫓겨나다.

- 신부 후보자의 고난이다.

[4] 공주가 살림을 일구고 비루먹은 나라 말을 사서 준마로 기르다.

- 공주가 비루먹은 나라 말을 사서 준마로 길러 온달이 수렵제에 나아가 훌륭한 성과를 올리게 한다. 이는 고난을 극복하는 계기가 된다.

[5] 온달이 준마를 타고 뛰어난 사냥 솜씨를 발휘하여 왕의 칭찬을 받다.

- 왕이 직접 참가하여 매년 3월 3일 낙랑 언덕에 모여 사냥해 잡은 돼지와 사슴 등으로 하늘 및 산천신에게 제사를 지내는 것으로 미루어 보아 이는 수렵제의로 이해된다. 이 수렵제는 하늘과 산천신에게 제사 지내는 목적 외에도 임금의 사위를 구하는 수단으로 활용되었을 가능성이 있다. 온달이 수렵제에서 뛰어난 솜씨로 왕의 인정을 받지만, 이 재주만으로 왕의 사윗감으로 인정되기는 어렵다. 왕의 사위로 인정되기 위해서는 더 비상한 재주가 요청된다.

[6] 후주의 무제가 요동을 쳐들어오자 온달은 선봉이 되어 큰 공을 세우다.

- 온달은 국가의 위기를 성공적으로 극복하여 단락 [5]에서 보인 재주를 거듭 증명한다. 온달이 戰勝을 통해 신랑 후보자의 자격을 분명하게 증명한 것이다.

[7] 왕이 "과연 내 사위다" 하고 예를 갖추어 사위로 삼다.

무왕 설화도 온달 설화와 유사한 혼사장애를 보이고 있다.

---

27  원래는 단락 [3] 뒤에 나온다.

〈김춘추 설화〉

[1] 문희가 언니 보희의 *旋流夢*을 비단 치마를 주고 사다.

- 선류몽 모티브는 경종비 설화와 *辰義妹* 설화 등에도 보이는데,[28] 이는 사춘기에 이른 여자의 잠재적 성욕의 상징적 표현으로 혼사 예징이다. 남자에게 혼사예징은 *夢精*으로 나타나기도 한다.

[2] 문희가 옷끈을 달아 주고 김춘추와 가까워져 상관하다.

- 문희와 김춘추의 만남은 김유신의 계획 하에 이루어진 것이지만, 정식 혼례를 치르지 않은 것이므로 야합이다. 김유신이 "네가 부모에게 알리지도 않고 아이를 배었으니 이 무슨 짓이냐?"라며 꾸짖고 문희를 불에 태워 죽이려 하는 점에서도 문희와 춘추의 만남이 야합임을 분명하게 드러내고 있다.

[3] 1. 문희가 임신하다. 2. 김유신이 문희를 불에 태워 죽인다는 소문을 퍼뜨리다.

- 문희를 불에 태워 죽이려는 것은 신부 후보자의 고난이다. 신부 후보자에게 혼전 임신보다 더 큰 고난은 없다.

[4] 왕이 남산에 거둥하는 날을 잡아 김유신이 마당에 장작을 쌓아 놓고 불을 지르다.

- 왕의 거둥은 문희와 김춘추의 야합이 정식 혼인으로 나아가게 되는 비상한 계기가 된다. 왕은 문제 해결의 열쇠를 쥐고 있는 절대자로 나타난다.

[5] 왕이 김춘추의 소행으로 일어난 일임을 알다.

- 신랑 후보자 김춘추가 표면적으로 드러나게 되어 문희의 고난이 해소될 수 있게 된다. 그것도 왕에 의해 확인됨으로써 고난에서 결정적으로 벗어나게 된다.

---

28 장덕순, 『한국설화문학연구』, 서울대출판부, 1978, 125쪽, 참고.

[6] 김춘추가 왕명을 받고 달려가서 문희를 죽이지 못하게 하다.

- 김춘추가 왕명을 받고 문희를 죽이지 못하게 한 것은 신랑 후보자
의 우월성을 입증하는 것이다. 절대자인 왕의 명을 받을 수 있다
는 것은 김춘추의 탁월성을 뜻한다.

[7] 김춘추와 문희가 결혼하다.

- 왕은 김춘추와 문희의 결혼이 정당함을 증인하는 더 없는 인물이
다. 왕의 승인으로 그들의 결혼은 완전해진다.

이 설화는 신라 김씨(김춘추)와 가야계통의 김씨(문희) 사이에 터부시
되던 혼인의 성립에 관한 이야기로 보인다. 따라서 문희와 김춘추의 혼인
이 극적인 과정을 통해 이루어진다.

## 2) 서사무가의 혼사장애

〈제석본풀이〉[29]

[1] 1. 당곰아가씨의 사주에 중 가장(僧家長)으로 기록되어 있다. 2. 가족
은 자기 볼 일로 떠나고 당곰아가씨가 혼자 남다.

- 사주에 중 가장으로 나타나 있음은 혼사예징이고, 당곰아가씨 혼
자 집에 남는 것은 혼사예징으로 격리라고 할 수 있다.

[2] 1. 시준(중)이 당곰아가씨 집에 도착하여 신통력으로 고방 문을 열
다. 2. 시준이 시주를 요청하자 당곰아가씨가 시주하다. 3. 시준이
자고 가기를 요청하고 당곰아가씨와 함께 자다.

- 당곰아가씨와 시준이 관계한 것은 야합이다.

[3] 1. 당곰아가씨가 임신하자 가족이 죽이려 하다. 2. 당곰아가씨가

---

29   김태곤, 『한국무가집』Ⅰ, 집문당, 1971.

감금되다. 3. 당곰아가씨가 아이를 낳다. 4. 글동무가 당곰아가씨의 아이들을 아비 없는 자식이라며 죽이려 하다.

- 당곰아가씨가 임신한 사실을 안 부모가 죽이려 하나 중(시준)의 신통력 때문에 죽이지 못하고 감금한다. 이것은 신부 후보자의 고난이다. 여기에서는 고난이 아이들에게도 주어져 고난이 확대, 심화된다.

[4] 아이들이 아버지의 근본을 캐묻자 당곰아가씨가 시준이 준 박씨를 심어 박순이 뻗는 대로 따라가다.

- 당곰아가씨가 박순을 따라 시준을 찾아 나서는 것은 고난 해결의 계기가 된다.

[5] 시준이 아이들을 만나서 골육을 확인하기 위해 시험하다.

- 시준은 자기를 찾아 온 아이들이 과연 자신의 자식인가를 확인하기 위해 시험한다. 淸沼의 붕어를 낚아 먹고 다시 토해내야 하며, 삼 년 묵은 소뼈를 가지고 산 소를 만들어 타고 부처님 앞으로 들어와야 하며, 짚으로 만든 북을 울리고 닭이 울도록 했다. 이러한 일들은 보통사람으로서는 불가능한 것으로, 아이들이 신통력을 발휘하여 시험을 통과하는 것은 그 탁월성을 증명하는 것이고, 당곰아가씨의 고난이 해소되는 바탕이 된다. 이런 혈육 확인 주지는 유리왕 설화에서도 나타난다.

[6] 斷指하여 合血됨을 보고 혈육임을 인정하다.

- 단지 합혈을 거쳐서 아이들은 시준의 아들임이 확인되고, 당곰아가씨는 아이들의 시련 과정을 거쳐 시준의 아내임이 입증된다. 아이들의 우월성은 곧 당곰아가씨의 우월성이다.[30]

---

30 서대석은 제석본풀이의 혼사장애를 혼례식의 절차로 형성된 원형이 아니라 생산신-지모신 수난에서 형성된 원형으로 파악하여 제석본풀이는 생산신 신화이고 당곰아가씨는

[7] 시준이 당곰아가씨와 아이들에게 神職을 부여하다.

- 당곰아가씨와 아들이 신직을 받는 것은 시준과 당곰아가씨의 결혼이 인정됨을 나타낸다.

〈세경본풀이〉[31]

[1] 자청비가 열다섯 되던 해에 주천강 연못에 빨래하러 가다.

- 자청비의 빨래는 月經帶로 볼 수 있으며, 월경대를 빨기 위해서 연못에 간 행위는 혼사예징으로 볼 수 있다.

[2] 1. 자청비가 문 도령과 만나 삼 년 동안 남장을 하고 거무 선생 댁에서 함께 공부하다. 2. 문 도령이 결혼을 하기 위해 하늘로 올라가게 되자 자청비가 자신이 여자임을 고백하고 부모에게 문 도령의 나이를 속이고 동침하다.

- 이들의 결합은 부모를 속이고 이루어지므로 야합이다.

[3] 1. 문 도령이 자청비에게 신표를 주고 하늘로 떠나다. 2. 자청비가 문 도령을 만날 수 있다는 하인 정수남의 속임에 빠져 겁간 당할 위기에 빠지다. 3. 자청비가 정수남을 죽인 벌로 부모의 학대를 받다. 4. 자청비가 서천 꽃밭에서 구한 도환생 꽃으로 정수남을 살리지만 사람을 죽이고 살린다고 부모로부터 쫓겨나다.

- 문 도령과의 이별, 겁간 위기, 부모로부터 학대 받고 쫓겨나는 것은 신부 후보자의 고난이다.

---

지모신의 성격을 가진 穀神·지역 수호신으로까지 보고 있다. 즉, 온갖 자연의 황포를 감내하는 대지의 수난·결실까지의 수많은 시련을 겪어야 하는 곡신의 수난이 여성의 수난 원형을 성립시킨 것으로 보고 있다. 이러한 논의는 제석본풀이가 신화이므로 온당한 것이기도 하지만, 오히려 혼례식 절차로 형성된 혼사장애 원형이 서사무가에 수용된 것으로 이해하는 것이 더 설득력이 있을 것으로 보인다. 서대석, 『한국무가의 연구』, 문학사상사, 1980, 155쪽, 참고.

31  현용준, 『제주도신화』, 서문문고 217, 서문당, 1997.

[4] 자청비가 집에서 쫓겨나서 주모 할머니의 수양딸이 되다.

- 자청비가 주모 할머니의 수양딸이 됨으로써 문 도령과 다시 만날 계기가 마련된다. 자청비의 고난이 주모 할머니와 만남으로 해결될 조짐이 보인다.

[5] 1. 자청비가 우여곡절 끝에 문 도령과 만나지만 문 도령의 부모에게 들키지 않기 위해 낮에는 병풍 뒤에서 숨어 지낸다. 2. 문 도령의 부모가 눈치를 채자 문 도령이 수수께끼로 자청비와의 관계를 알리다. 3. 문 도령의 부모는 자청비에게 불에 달군 작두를 통과하게 하다.

- 문 도령의 부모가 자청비의 신부 후보자로서의 적격성을 불에 달군 작두의 통과 여부에서 찾고 있다. 이는 불이 가지고 있는 죽음과 재생 상징을 의미하며, 날카로운 작두의 날을 맨발로 통과하는 것은 새로운 세계, 신의 세계로의 편입을 의미한다. 이러한 상징은 굿판에서 무당이 칼춤을 추고, 작두를 타는 장면으로 남아 있다.

[6] 자청비가 발뒤꿈치를 작두에 베였으나 옷에 묻은 피를 월경 피라고 속이다.

- 자청비는 발뒤꿈치를 베이지만 무사히 작두를 통과하며, 옷에 묻은 피를 월경이라고 속여 기지로 위기를 벗어난다. 이는 자청비의 지적 탁월함을 나타내며 동시에 신부 후보자로서 자격을 입증한 것이다. 옷에 묻은 피를 월경이라고 속이는 점으로 미루어 단락 [1]의 빨래가 월경대로 확인되며 월경은 성숙한 여인임을 나타낸다.

[7] 자청비가 며느릿감으로 인정받고 문 도령과 결혼하여 세경신이 되다.

## 3) 고소설의 혼사장애

〈금송아지전〉

[1] 우전국 공주가 기몽을 얻고 부모에게 짚으로 만든 북을 만들어 달게
하고 그 북을 쳐서 소리 내는 자와 결혼하겠다고 하다.
- 공주가 기몽을 꾸고 북소리를 내는 자와 결혼하겠다는 것은 혼사
예징이다.

[2], [3] 공주가 북을 울린 금송아지와 결혼하려 하다가 부모로부터 쫓겨
나 이웃 나라에 들어가 살다.
- 신부 후보자가 고난을 겪는다.

[4] 금송아지가 하늘에서 내려온 선관의 도움을 받다.

[5] 금송아지가 허물을 벗고 기남자로 변신하다.
- 금송아지가 선관이 준 선약을 먹고 허물을 벗게 됨으로써 공주가
고난에서 벗어날 수 있게 된다.

[6] 이웃 나라의 왕이 한 기몽을 얻고 금송아지 부부를 초빙하여 왕위에
오르게 하다.
- 금송아지 부부는 이웃 나라의 왕이 됨으로써 그들의 탁월함이
증명된다.

[7] 금의환향하여 혼사가 성립되다.
- 혼사장애의 畜生變身 모티브는 〈금방울전〉과 〈김원전〉 등 고소설
에 자주 등장한다.

〈소대성전〉

[1] 1. 이 승상이 13세 된 막내딸 채봉의 사윗감을 구하다. 2. 이 승상이
기몽을 얻고 월영산에 찾아가서 낮잠 자던 소대성을 데리고 오다.
- 채봉의 혼사예징이 이 승상을 통해 나타난다. 소대성에게도 혼사

예징이 나타난다.

[2] 이 승상이 가족의 반대에도 불구하고 채봉과 소대성을 약혼시키다.
- 소대성과 채봉의 약혼이 가족 모두에게 인정받은 것이 아니므로 실질적으로 야합과 다르지 않다. 결혼은 부모의 승인뿐만 아니라 사회적 승인을 받아야 완전해진다.

[3] 이 승상이 죽고 난 뒤, 집안 식구들이 소대성을 박대하고 멸시하다.
- 신랑 후보자가 겪는 고난이다.

[4] 소대성이 박대를 이기지 못해 집을 떠나 형용사의 노승을 만나다.
- 소대성이 집을 떠나 노승을 만나게 되어 고난에서 벗어나는 계기가 마련된다.

[5] 소대성이 노승 밑에서 병법을 익히고 무술을 연마하다.
- 소대성이 노승을 만나 병법을 익히고 무술을 연마함으로써 고난에서 벗어날 수 있는 바탕이 마련된다.

[6] 서융이 중원을 침범하자, 소대성이 출전하여 난을 평정하고 노왕의 작위를 받다.
- 소대성이 전공을 세워 노왕의 작위를 받는 것은 신랑 후보자로서의 탁월성을 드러낸 것이다.

[7] 소대성과 채봉이 결혼하여 행복하게 살다.


〈소대성전〉에 나타난 혼사장애는 군담소설에 흔히 나타난다. 〈소대성전〉에서 남성이 고난의 주체자임이 주목된다.


〈백학선전〉

[1] 조 상서의 딸 은하가 10세 되던 해에 외가에 다니러 가다.
- 은하가 외가에 다니러 간 것은 혼사예징으로 볼 수 있다.

[2] 외가에서 돌아오던 중 유 자사의 아들 백로와 만나 혼약하다.

[3] 1. 간신 최국낭의 청혼을 거절하다가 부모는 죽고 은하만 홀로 도망하다. 2. 백로가 준 백학선 때문에 이를 모르는 유 자사가 은하를 투옥하다.

- 은하가 부모가 죽고 홀로 되며 투옥되는 것은 신부 후보자의 고난이다.

[4] 은하가 아황·여영으로부터 백로와 만날 수 있다는 말을 듣고 옥에서 나와 백로를 찾아 나서다.

- 아황·여영으로부터 백로를 만난다는 기약을 얻고 옥에서 나오는 것은 고난이 극복되는 계기이다.

[5], [6] 백로는 은하를 찾기 위해 전장에 나갔다가 오랑캐에게 포로가 되고, 은하가 노인이 준 환약을 먹고 전장에 나가 백로를 구하다.

- 은하가 전장에 나가 오랑캐를 물리치고 백로를 구하는 것은 신부 후보자의 탁월함을 의미한다.

[7] 황제가 대희하고 백로와 은하를 혼인하게 하다.

- 황제의 명으로 혼인이 성립되는 것은 김춘추 설화와 동일하다. 〈백학선전〉처럼 혼사장애로 여자가 장군이 되어 전장에 나가 뛰어난 전공을 세우고 돌아와 결혼하게 되는 모티브는 〈정수정전〉, 〈이대봉전〉, 〈홍계월전〉 등 여장군소설에 흔히 나타난다.


## 4) 신소설의 혼사장애

〈치악산〉

[1], [2] 홍 참의의 아들 철식과 이 판서의 딸이 4·5세 때 혼약하였다가 10년 만에 결혼하다.

[3] 1. 철식이 계모의 학대를 견디지 못해 장인의 도움으로 동경으로 유학가다. 2. 이 씨(이 판서의 딸)가 계시모 김 씨의 모해로 억울한

누명을 쓰고 쫓겨나다. 3. 이 씨는 김 씨가 보낸 악당 최치운에게 납치되어 욕을 보게 되다. 4. 장 포수가 이 씨를 위협해서 아내를 삼으려 하다.

- 1은 신랑의 고난이며, 2-4는 신부의 고난이다.

[4] 이 씨는 중이 되었으나 견디지 못하고 자살하려다가 구출되어 친정으로 가다.

[5] 철식이 유학을 마치고 귀국하다.

- 철식이 유학을 마치고 귀국하는 것은 신랑으로서의 탁월함을 의미한다.

[6] 계시모 김 씨가 죄상이 탄로나 쫓겨나다.

- 계시모의 죄상이 드러나 이 씨의 누명이 벗겨지게 된다. 이는 이 씨의 무죄를 말하는 것으로 이 씨의 탁월성과 무관하지 않다.

[7] 이 씨가 헤어졌던 남편과 다시 만나 행복하게 살다.

- 고난의 원인으로 계모·계시모가 등장하는 것은 고소설의 혼사장애에 보이지 않던 새로운 것이다.


〈추월색〉

[1], [2] 리시종의 딸 정임과 김 승지의 아들 영창이 7세 때 혼약하다.

[3] 1. 영창이 뜻하지 않은 사고로 부모를 잃고 죽게 되다. 2. 정임의 부모가 딸을 다른 사람에게 시집보내려 하다.

- 신랑 후보자와 신부 후보자의 고난이다.

[4] 정임이 혼례 하루 전날 집을 나와 동경으로 유학을 떠나다.

[5] 영창은 영국인 스미트에게 구출되어 런던에 가서 대학을 졸업하다.

- 신랑 후보자의 탁월함이다.

[6] 강한영의 청혼을 거절하던 정임이 칼에 찔려 죽게 되었는데, 영창이 나타나 구하다.[32]

[7] 영창과 정임이 결혼하다.

　● 신소설에서는 주로 여성이 혼사장애의 고난을 겪는데, 그 고난의
　원인은 주로 그들의 사랑에서 기인된 것이다.

이상에서 살펴본 바와 같이 야래자형 설화의 유형구조는 우리 서사문
학 전반에 접맥되어 있다. 물론 각 작품은 나름대로 개성을 지니고 있지
만, 작품의 유형구조는 야래자형 설화와 일치하고 있다. 이것은 혼사장애
가 우리 문학의 원천으로 확고한 지위를 지닐 만큼 중요하고 심각한 일이
었음을 나타낸다.


## 5. 혼사장애의 수용 양상과 그 의미

문학은 사회적 산물이므로 사회가 변함에 따라 문학 양식뿐만 아니라
세계관도 변하기 마련이다. 왜냐하면 문학 작품은 각 시대의 중심적인
사상과 문화 양식 속에서 이루어져 한 시대의 독특한 문학 양식으로 변모,
발전하기 때문이다.


### 1) 고난 주체자의 변모

혼사장애에서 고난을 겪는 자는 혼사 후보자인 미혼의 남녀이지만, 결
혼한 남녀가 어떤 사정으로 인하여 얼마 동안 헤어졌다가 다시 결합하는
경우도 혼사장애라고 할 수 있으므로 함께 다룬다.

혼사장애가 나타나는 작품을 고난의 주체자를 중심으로 갈래지으면

---

32　원래는 단락 [1]의 앞에 나온다.

남성이 주로 고난을 겪는 남성 고난형, 여성이 주로 고난을 겪는 여성 고난형, 그리고 남녀가 함께 고난을 겪는 복합형으로 나눌 수 있다.[33]

이 글에서 다룬 작품을 이와 같이 갈래지으면 남성 고난형은 해모수 신화와 〈소대성전〉, 여성 고난형은 김춘추 설화와 세경본풀이, 제석본풀이, 〈백학선전〉, 〈추월색〉, 〈치악산〉 그리고 복합형은 온달 설화와 〈금송아지전〉 등이다. 일반적으로 '남성 고난형 → 복합형 → 여성 고난형'으로 발전하는 과정을 보이고 있는데, 이는 山神의 성 변모 양상[34]과 대응하고 있어 주목된다. 즉 남녀의 사회적 지위의 변화 과정과 일치하고 있다.

수렵·어로 또는 자연물 채집으로 생활을 영위하던 초기사회에서는 여성의 출산 능력을 대자연만이 할 수 있는 생산의 능력과 같은 것으로 이해하여 모든 남성들은 여성의 신비한 능력에 대한 존경심과 경외심을 가지게 되고, 가장 중요한 행사인 제천의례나 시조묘의 제사 主宰를 여성이 맡게 했다.[35] 이처럼 초기사회에 있어서 여성의 사회적 지위와 역할은 절대적이었다. 그러나 농업 생산 방법의 발달로 새로운 배수 관개시설, 토지 개척, 경작 등에 강한 체력이 요구되는 남성의 노동력이 필요하게 되었다. 이때부터 여성은 농업 생산의 주역으로부터 배제되기 시작하고

---

**33** 이상택은 혼사장애를 보이는 고소설을 형태적 측면에서 기본형, 발전형, 복합형으로 갈래짓고 있다. 기본형은 혼사장애가 '분리 → 고행 → 귀환'의 일회적 순환을 보이며 작품 내적 인물, 시간, 공간 및 구조의 규모가 단순한 작품으로, 발전형은 혼사장애의 순환이 수차에 걸쳐 반복되면서 이야기가 발전하고 갈등에 참여하는 인물이 많고 사건 내용도 다양하고 작품의 총체적 규모가 웅장하며, 복합형은 반복되는 여러 갈래의 혼사장애에 덧붙여 다른 주지의 삽화가 병렬적, 순차적으로 첨가되어 작품 규모가 거대한 시간과 공간을 준비하게 된다. 이상택, 『한국고소설의 탐구』, 중앙출판, 1981, 참고. 그러나 이렇게 갈래지으면 혼사장애의 수용 양상에 나타난 의미를 분명하게 파악하기 어렵다.

**34** 손진태, 「조선 고대 산신의 성에 취하여」, 『한국민족문화의 연구』, 태학사, 1981, 참고.

**35** "제2대 남해왕 3년 봄에 처음으로 시조 혁거세의 사당을 세우고 사계절에 맞추어 제사를 지냈는데 친 여동생 아로로 하여금 제사를 주관하게 하였다(第二代南解王三年春 始立始祖 赫居世廟 四時祭之 以親妹阿老主祭)". 김부식, 『三國史記』, 卷32, 「雜識, 祭祀」.

점차 가정으로 돌아가 임신, 출산, 육아에 전념하게 되었다. 아울러 초기 사회의 분화, 발전으로 씨족 중심에서 점차 가족 중심의 사회로 나아가게 되었다. 이에 가족을 대표하는 가장이 나타나고, 정복 전쟁을 통해 힘의 질서에 의해 사회가 재편되면서 여성은 가족 구성원 이상의 사회적 역할을 담당하지 못하게 되었다. 따라서 사회 계층이 분화되고 권력 구조가 형성되면서 여성의 사회적 역할의 범위는 더욱 좁아지게 되었고 점차 남성에 예속되어 갔다.[36] 초기사회가 분화, 발전하면서 여성 우위 사회가 남성·여성 평등 사회로 바뀌고 다시 남성 우위 사회로 나아가게 된 것이다.

이러한 사회 변화와 같이 혼사에 있어서도 초기사회에서 주로 남성이 고난을 겪다가 남성·여성이 고난을 겪게 되었고, 뒤에 점차 여성이 고난을 겪게 되었을 것이다. 이러한 사정은 산신의 변모에서도 발견된다. 즉, 원시종교 상의 신이며 초기사회의 최고신이었던 산신이나 호국신은 모두 여성[37]이었지만 여성이 남성의 지배 하에 들어가면서 산신의 성도 여성에서 남성으로 점차 바뀌게 된다. 이것은 유교의 부권 본위 사상의 영향이기도 하지만 남성이 여성을 지배하던 사회·사상의 당연한 결과라고 할 수 있다.[38]

어쨌든 혼사장애를 보이는 문학 작품은 사회상의 변화에 민감하게 반응하면서 변모, 발전하였다. 여성 우위 시대에서는 남성 고난형이 남녀평등 시대에서는 복합형이, 그리고 남성 우위 시대에서는 여성 고난형이 지배적인 경향이었을 것이다.

---

36  박용옥, 『이조 여성사』, 춘추문고 18, 한국일보사, 1976, 16-26쪽, 참고.
37  『동국여지승람』의 「산천」, 「고적」조 등의 기록에 산신이 여성임을 나타내는 것으로 어미산·할미산을 음역·의역한 산명과 성 이름(城名)이 많이 존재한다. 손진태, 「조선 고대 산신의 성에 취하여」, 『한국민족문화의 연구』, 태학사, 1981, 참고.
38  손진태, 「조선 고대 산신의 성에 취하여」, 『한국민족문화의 연구』, 태학사, 1981, 참고.

## 2) 세계관의 변모

서사문학에서 설정된 세계는 신 중심의 천상계와 인간 중심의 지상계로 나누어진다. 서사문학의 역사적 흐름에 따라 천상계 중심의 세계관에서 인간계 중심의 세계관으로 이행되고 있는데, 이는 사회상의 변화와 궤를 같이하고 있다.

수렵·어로 또는 자연물 채취로 생활을 영위하던 초기사회에서는 사회구성원 모두가 엄청난 대자연의 위력 아래에서 하늘이나 대자연에 염원·기구하는 제천행사에 전력을 기울였다. 초기사회의 사람들에게 심각한 문제는 인간 간의 갈등이 아니라 천재지변이었다. 그들과 대립된 세계는 인간 사회가 아니라 자연이었던 것이다. 그들은 자연의 위력을 경외하며 숭앙을 통해 화합함으로써 당면한 문제를 해결하려고 하였다. 그러므로 초기사회에서는 인간 중심의 세계관은 철저히 배제되고 신 중심의 세계관이 그들 세계의 전부였다. 이 시기에는 천상계와 지상계가 공존하지만 지상계는 철저하게 배제되고 오직 천상계만이 존재하는 일원적 세계관의 시기였다.

해모수 신화에서 해모수는 천제의 아들이며 천상계에서 하강한 신이고, 유화도 수신 하백의 딸로 역시 신이다. 이들의 만남과 헤어짐이 이루어지는 장은 지상계이지만 실상은 천상계와 다름이 없다. 야래자형 설화에서도 야래자는 신이면서 변신을 통해 지상계에서 인간과 같은 행동을 한다.

제석본풀이에도 천상계와 지상계가 공존하고 있다. 시준은 천상계에서 하강한 인물이다.[39] 당곰아가씨와 시준은 인간과 신의 만남이며, 그들의

---

39 "본시에 삼한 시준님네 서가여래라 하시는 분으는 천사 천국 계시옵다가 글 한 자 잘못되어 지하 땅으로 개축년 보름날에 하강하여서 개비랑국에 정반왕 씨 마야부인에 태중에 잉태하여 기시옵다가 사월이라 초파일날에 우엽 탄생하여서", 김태곤, 『한국무가집』 I , 집문당, 1971, 197쪽.

만남과 이별은 지상계에서 이루어지고 재회는 다시 천상계에서 이루어진다. 당곰아가씨가 시준과 만남으로 겪는 고난은 천상계의 개입으로 해소될 수 있다. 가족이 당곰아가씨를 죽이려 하지만 시준의 신통력으로 죽이지 못하고 굴함 속에서 아이를 낳을 때 천상계의 청학과 백학이 내려와 보호한다. 당곰아가씨는 아들과 함께 시준을 찾아 천상계로 가서 삼신의 신격을 얻게 된다.

세경본풀이에서 지상계에 공부하러 내려온 옥황 문곡성의 아들 문 도령은 자청비와 만났다가 헤어진 후 천상계에서 다시 만나 세경신이 된다. 그러나 고난 과정에서 천상계의 개입은 제석본풀이보다 훨씬 약화되어 있다.

서사무가의 세계는 실상 천상계 중심의 일원적 세계관인데 천상계와 지상계가 공존하는 이유는 무엇인가? 무가는 인간의 액운을 면하게 해 주거나 인간에게 복을 주기 위해 부르는 주술성이 강한 노래이다. 제석본풀이나 세경본풀이가 신의 내력이나 근본에 대한 풀이이면서 동시에 인간에 끼이고 든 부정이나 난리 또는 재난을 물리치는 역할을 한다.[40] 무속신은 원래 인간인데, 어떤 고난을 겪고 난 뒤 완전한 신격을 부여받게 된다. 무속신이 인간이라는 점은 주목된다. 이것은 큰 고난을 당한 인물이 신이 되었을 때 민중이 겪는 어려움을 누구보다도 잘 알고 공감하면서 적극적으로 해결해 줄 것이라는 민중들의 소박한 믿음의 소산이다. 무속신에 최영과 같은 한 많은 죽음을 한 인물이 나타나고 삼공본풀이에서 미천한 혈통을 타고난 가믄장아기가 신이 되는 것은 이와 무관하지 않다.

농업 생산 방법의 발달로 생활이 안정되고 사회가 분화 발전하면서 사회 계급의 분화가 일어나 지배층과 피지배층이 생기게 되었다. 이 시기

---

40  김석배, 「〈내 복에 산다〉형 민담 연구」, 『문학과 언어』 3, 문학과언어연구회, 1982, 102쪽.

에 문제 되는 것은 자연과의 대립이 아니라 인간 간의 대립 갈등이다. 지배층은 그들의 영속적인 행복을 유지하기 위해 피지배층을 억압하고, 피지배층은 억압에서 벗어나 인간적인 삶을 영위하려고 한다. 특히 피지배층은 억압 당하는 현실에 도전하기도 하지만 현실의 장벽에 부딪혀 좌절하게 된다. 그들은 현실의 장벽을 넘을 수 있는 돌파구로 천상계의 존재에 눈을 돌린다. 천상계는 '선한 자는 반드시 복을 받고 악한 자는 반드시 벌을 받는다'는 민중의 소박한 심상에서 설정된 세계이다. 천상계는 지상계에서 벌어지는 모순된 현실—악한 자가 승리하고 선한 자가 패배하는—을 극복할 수 있다는 절대적인 믿음의 소산이다. 이 시기는 천상계는 초기사회와 다른 새로운 의미를 지니게 되고, 지상계가 진정한 위상을 가지게 되는 이원론적 세계관의 시대이다. 이것은 지상계에서 벌어지는 현실적 인생의 고통은 기실 자기 존재의 본향이었던 천상계에서의 因에서 유래되는 果일 따름이며, 동시에 그것은 자기 본향인 천상계로의 귀환을 위한 하나의 시련·준비 과정에 불과하다는 인식에 바탕한 것이다.

〈소대성전〉에서 소대성은 동해용자로 적강한 인물이고, 채봉은 동정용녀로 동해용왕이 소대성과 속세의 연분을 맺게 하기 위해 하강한 인물이다. 소대성은 어릴 때 부모를 잃고 남의 집 하인이 되었다가 이 상서에게 발견되어 채봉과 만났다. 이 상서가 죽자 가족의 학대를 견디지 못해 채봉과 이별하게 되고 전공을 세운 후에 다시 만난다.

〈백학선전〉에서 백로는 천상계 선동이 적강한 인물이고 은하도 옥황상제의 시녀가 적강한 인물이다. 이들의 만남과 헤어짐은 지상계에서 이루어지지만 천상계가 개입하고 있다. 즉 은하가 고난을 당할 때 아황과 여영이 나타나 백로와의 재회를 알려주며, 전쟁터에 출전했을 때 백학선의 신통력으로 神將과 神卒을 부려 승리하게 되고 백로를 구출한다.

〈금송아지전〉에서 금송아지는 금수나한으로 선녀와의 인연으로 지상계에 하강한 인물이다. 인간으로 태어났으나 모함에 빠져 죽게 되었다가 암소에 먹혀 금송아지로 환생하게 된다. 그러다가 우여곡절 끝에 우전국 공주과 만나 살게 되는데 선관의 도움으로 허물을 벗고 천하의 기남자가 되어 이웃 나라의 왕으로 추대된다. 그들은 행복하게 살다가 천상계로 귀환한다.

이 작품들은 한결같이 지상계의 모든 일들은 불완전하며 천상계에서 정해진 논리에 따라 움직임을 보여준다. 관념적 진리와 경험적 현실의 엄청난 괴리에서 일어나는 민중의 갈등은 이원적 세계관 즉 운명론적 세계관으로 세계를 인식함으로써 그들 나름의 건강한 삶을 사는 지혜를 마련하고 있다.

인지가 발달함에 따라 민중은 현실적 고난이 천상계에서 마련된 운명적인 것이 아니고 극복 가능한 것으로 생각하게 된다. 민중들은 현실원리에 입각하여 행동하게 되고, 천상계는 실재하지 않으면서 다만 '선한 자는 복을 받고 악한 자는 벌을 받는다'는 관념 속에 남아 그들이 성실하게 살 수 있도록 하는 정신적 위안물 이상의 힘은 가지지 않게 되었다.

〈추월색〉에서 압록강 강변에 쓰러진 영창이 스미트에게 구출되는 것도 우연이며, 정임이 강한영의 칼에 찔릴 때 영창이 그곳에 나타나는 것도 우연이다. 〈치악산〉에서 이 씨가 자살하려다 시아버지 홍 참의에게 구출되는 것도 우연이다. 이와 같이 신소설에서는 천상계가 더 이상 존재하지 않는다. 그러나 신소설은 고소설의 전개 수법을 계승하면서 의도적으로 천상계를 제거했기 때문에 천상계 설정으로 합리화되었던 구성은 우연의 남발로 논리적 파탄을 초래하게 된다.

### 3) 혼사장애 요인과 극복 방법의 변모

일원적 세계관의 해모수 신화, 야래자 설화, 제석본풀이, 세경본풀이에서 문제 된 장애 요인은 혼사 후보자의 신이한 능력 여부에 달려 있다.

해모수는 하백과의 변신투기에 승리함으로써, 야래자는 탁월한 인물(산신)임을 보임으로써, 당곰아가씨는 아이들의 시험 통과와 단지 합혈로, 자청비는 불에 달군 작두를 통과하여 신이함을 보임으로써 장애가 극복된다. 이들의 장애 극복에는 제삼자의 도움이 거의 개입되지 않으며 자신의 적극적인 노력에 의해 장애 요인이 극복된다. 이에 선·악의 대립이 없고 투쟁은 선·악의 대결이 아니라 창업(고구려의 건국)을 위한 모의적인 싸움이거나 신(삼신, 세경신)이 되기 위한 모의적인 싸움에 불과하며, 아직 선·악의 대립적인 도덕관념도 보이지 않는다. 승자는 긍정되고 패자는 부정되는 논리가 아니라 승자와 패자가 화합하고 있다.

이원적 세계관을 보이는 고소설에는 장애 요인으로 세계의 모해(선·악 갈등)와 혼사 후보자 간의 애정이 문제 된다. 세계의 모해는 뚜렷한 선·악의 대결로 나타난다. 〈소대성전〉에서 소대성은 신분이 미천하다고 해서 채봉 가족에게 모진 박대를 받고 죽을 고비에 이른다. 결국 소대성이 가출하고 승전을 통해 세계가 극복된다. 이 경우는 세계가 채봉의 가족이기에 세계의 심각한 패배는 약화된다. 〈금송아지전〉에서 금송아지는 두 왕비의 모해로 죽고, 다시 송아지로 환생한다. 이로 인해 금송아지는 우전국 왕과 대립되지만 허물을 벗고 왕이 되어 세계(두 왕비)를 극복한다. 〈백학선전〉에서는 백로와 은하의 애정과 간신 최국량의 勒婚이 장애 요인이 된다. 백로와 은하의 애정 때문에 최국량의 청혼을 거절하던 은하의 부모는 죽게 되고, 백로도 최국량의 술책으로 전쟁터에 나가 포로가 된다. 그러나 은하가 전쟁터에 나가 백로를 구출하고 승리함으로써 세계(최국량)는 극복된다. 이들 작품의 서사적 전개는 천상계의 지배를 받고 있지만 주인공과 세계 사이의 갈등은 왕을 사이에 두고 벌어진다. 왕은 주인공과 모해자인 세계의 대결에서 중간적 위치에 서 있으며 최종적인 선·악을 판단하는 역할을 한다. 왕은 근본이 악하지는 않지만 모해자의 책략에 말려들어 주인공을 괴롭히기도 하고, 때로는 모해자의 하수인 같은 짓을 하는 무력함을 보이다가 결국 주인공의 승전으로 선악을 올바로 판단하게 된다.

〈치악산〉과 〈추월색〉에서도 세계의 모해와 애정이 장애 요인이 된다. 애정은 정절을 바탕으로 하며 세계의 강한 肉慾의 도전을 받는다. 〈치악산〉에서 이 씨는 계시모의 모해로 쫓겨나 여러 차례 정조를 잃을 뻔했으나 겨우 모면하게 되고, 결국 계시모의 모해가 드러나 세계가 극복된다. 〈추월색〉에서 정임은 동경 유학 중에서 정조를 잃을 뻔했으며, 강한영으로부터 정조를 지키려다 칼에 찔리기도 하지만 영창의 도움으로 정조를 지키게 되어 세계를 극복한다.

이상에서 살펴본 바와 같이 일원론적 세계관에서는 장애의 요인이 신이성의 유무에 있으며, 선·악의 대결이 존재하지 않는다. 장애 요인은 주인공의 적극적인 노력에 의해 극복되며 제삼자의 개입이 없다. 이원적 세계관에서는 애정과 세계의 모해가 장애 요인이 되는데, 모해에서는 선·악의 대결이 분명해지며 천상계의 도움으로 세계가 극복된다. 일원적 세계관에서는 애정과 세계의 모해가 장애 요인이 되지만 주인공의 적극적인 노력에 의해 세계가 극복된다. 이원적 세계관에서는 천상계와 지상계가 제 위상을 지니면서 선·악 갈등이 끊임없이 반복되다가 결국 악이 패배하고 선이 승리한다.


## 6. 맺음말

이제까지 야래자형 설화와 혼사장애에 대해 여러 측면에서 살펴왔다. 이상에서 논의한 바를 간략하게 정리하면 다음과 같다.

야래자형 설화는 다음과 같이 일곱 단락인 [1] 혼사예징이 나타남(미혼) - [2] 혼사 후보자가 만남(야합) - [3] 혼사 후보자의 고난 - [4] 혼사 성립의 계기 - [5] 혼사 후보자의 고난 극복 - [6] 혼사 후보자의 우월성 증명 - [7] 혼사의 성립(결혼)'으로 짜여 있다.

야래자형 설화는 초기사회의 혼속과 대응하며 단락 [4]를 중심으로 대립의 짝을 이루고 있으며, 대립의 짝에서 뒷단락은 앞단락을 부정, 극복하는 논리적 구조로 되어 있다. 또한 단락 [4]를 중심으로 단락 [1]-[3]과 단락 [5]-[7]은 자연-문화, 무질서-질서, 남성원리-여성원리의 이원론적 대립구조로 짜여 있다.

혼사장애는 우리 서사문학의 전반에 끊임없이 반복적으로 나타나며, 사회의 변화에 따라 변모하여 왔다.

혼사장애를 겪는 주체자에 따라 남성이 주로 고난을 겪는 남성고난형, 여성이 주로 고난을 겪는 여성고난형, 남성 · 여성이 함께 고난을 겪는 복합형으로 갈래지을 수 있다. 여성 우위의 사회에서 남성 우위의 사회로 사회구조가 변함에 따라 '남성고난형 → 복합형 → 여성고난형'으로 변화했다. 그리고 이 변화과정은 세계관의 변모 즉, 초기사회의 일원적 세계관 → 이원적 세계관 → 일원적 세계관의 변모와 대응하고, 그에 따라 혼사장애의 요인과 그 극복 방법이 변모하였다.

# 비보풍수전설과 이야기집단의 의식구조

## 1. 머리말

풍수지리설은 고대 중국에서 발생하여 체계적으로 이론화된 地氣崇拜
思想의 하나이다. 우리나라에는 신라 진평왕에서 진덕여왕에 이르는 시
기에 들어와서 발상지인 중국보다 더 뿌리 깊게 자리 잡고 광범위하게
보급·심화되어 생활 철학의 일부로까지 승화되었다.[1]

풍수의 기본 논리는 땅 속에 일정한 경로를 따라 돌아다니는 生氣를
사람이 접함으로써 복을 얻고 화를 피하자는 것이다. 산 사람은 땅의 생기
위에 얹혀 삶을 영위하면서 그 기운을 얻는 반면, 죽은 자는 땅 속에서
직접 생기를 받아들이기 때문에 산 사람보다 죽은 자가 얻는 생기가 더
크고 확실하다. 죽은 자가 얻는 생기는 후손에게 그대로 이어진다고 여겼
는데, 이를 同氣感應 또는 親子感應이라고 한다.[2] 裨補風水는 어떤 지형이

---

1  이종항, 「풍수신앙」, 『한국민속대관』 3, 고려대 민족문화연구소, 1982, 283쪽.
2  한국학중앙연구원, 「한국민족문화대백과사전」(encykorea.aks.ac.kr)

나 산세가 풍수적으로 부족하면 이를 보완하는 술법으로, 裨補壓勝과 裨補厭勝이라고도 한다. 비보는 부족한 것을 보충하여 완벽하게 만드는 것이고, 압승(염승)은 지나친 것을 억눌러 완화시키는 것이다.

풍수사상은 우리 민족의 생활양식에 큰 영향을 끼쳤고 아울러 그와 관련된 수많은 이야기를 낳았다. 이 글에서는 풍수사상과 밀접한 관련을 가지고 구비 전승되어 온 비보풍수전설의 갈래와 성격, 비보풍수전설에 나타난 이야기집단의 의식구조 등을 살펴보기로 한다.


## 2. 풍수지리설의 본질

풍수지리설은 天地(自然)精氣說과 人體感應說을 바탕으로 성립된 이론이다. 천지정기설은 하늘과 땅 사이는 살아서 움직이는 정기로 충만해 있고, 이 정기는 산맥을 타고 땅 밑으로 흐르고 있으며 또한 바람과 물에 실려서 유동하고 있다는 것이다. 그런데 이 정기는 천지 간에 골고루 존재하는 것이 아니고 지역에 따라 다르다. 짙고 강하게 흐르는 곳이 있는가 하면 매우 약하고 惡한 정기가 흐르는 곳도 있다. 인체감응설은 천지 간에 퍼져 있는 정기에 인간이 감응할 수 있다는 생각이다. 한 나라가 번성하기 위해서는 地氣가 왕성한 곳을 택해 도읍으로 정해야 하며, 한 고을 또는 마을이 잘 되기 위해서도 지기가 왕성한 곳을 택해 고을과 마을을 이루어야 한다는 것이 都邑風水說이다. 일족이 창성하고 자손이 번성하기 위해서는 지기가 왕성한 곳에 집을 짓고 살아야 한다는 것이 陽宅風水說이다. 그리고 조상의 유해를 지기가 왕성한 곳에 모셔야 가문, 혈족이 크게 번창한다는 것이 陰宅風水說이다.

나라나 고을이나 일문이 번창하기 위해서는 明堂을 구하는 것이 중요한데, 명당인지 명당이 아닌지를 구별하는 것이 相地이다. 풍수의 구성은

山, 水, 方位, 사람 등 네 가지의 조합으로 성립되며, 구체적으로는 看龍法, 藏風法, 得水法, 定穴法, 坐向論, 形局論, 所主吉凶論 등의 형식논리를 갖는다. 풍수지리설에서 산은 龍이라 하고 산을 보는 것을 간룡법이라 하는데 용에는 貴賤, 長短, 老弱이 있고, 吉龍도 있고 凶龍도 있다. 장풍법은 천지간에 퍼져 있는 정기가 바람을 타고 이합집산하는데 이 운행하는 정기를 모으는 것이다. 득수법은 물이 바람보다 짙은 물질인 까닭으로 물이 실어오는 정기가 바람보다 더 강하다는 생각에서 물의 흐름을 알아보는 것이다. 정혈법은 간룡법, 장풍법, 득수법에 의해 선택된 곳에서도 정기가 가장 왕성하게 결집된 곳을 판단하는 것이다. 좌향론은 위치와 방향에 관한 것으로 天干, 地支를 방향으로 한다. 풍수지리설에서는 이 다섯 가지 방법의 相乘作用이 가장 잘 이루어진 곳을 이상적인 吉地로 생각한다. 형국론은 산천의 형세를 人物・禽獸의 형상에 유추하여 지세의 길흉을 판단하는 것이다. 즉 외형 물체는 그 형상에 상응한 기상과 기운이 내재되어 있다고 보는 것이다. 소주길흉론은 주로 땅을 쓸 사람과 관계되는 논리체계로, 積善과 積德을 한 사람에게 길지가 돌아간다거나 땅에는 임자가 따로 있다거나(地各有主), 땅을 쓸 사람의 四柱八字가 땅의 오행과 서로 상생관계여야 한다거나 하는 주장이다.

地氣는 왕성하기도 하고 쇠퇴하기도 하여 원래 명당이던 것이 명당이 되지 못하기도 한다. 이때 쇠퇴한 지기를 풍수적 조치로 되살리면 다시 명당이 될 수 있다. 또한 풍수적 결함을 지닌 곳도 인위적인 풍수적 조치를 하면 명당이 될 수도 있다. 이와 같이 인위적 조치로 풍수적 결함을 보완하면 명당이 된다는 믿음이 비보풍수설의 본질이다.[3]

---

3  村山智順, 『朝鮮の風水』, 조선총독부, 1933; 이종항, 「풍수신앙」, 『한국민속대관』 3, 고려대 민족문화연구소, 1982; 이종항, 「풍수지리설」, 『정신문화』, 1983년 봄호, 한국정신문화연구원, 1983; 한국학중앙연구원, 「한국민족문화대백과사전」(encykorea.aks.ac.kr).

## 3. 비보풍수전설의 유형

비보풍수전설은 어느 지역에서 어떤 풍수적 요인 때문에 인간에게 바람직하지 못한 일이 일어나고 있거나, 또는 그러한 일이 가까운 장래에 일어날 가능성이 있을 경우 그 요인을 찾아 인위적으로 풍수적 조치를 함으로써 바람직하지 못한 일이 일어나지 않게 했다거나 미리 막았다는 이야기이다.

풍수전설에 관한 논의로는 유증선과 강진옥의 연구가 주목된다.[4] 전자는 안동 지방의 비보풍수전설을 논의했으며, 후자는 한국의 대표적인 전설 전반을 다루면서 풍수전설로 잃어버린 명당형을 논의하고 있다. 유증선의 논문은 비보풍수전설을 처음 다루었다는 연구사적 의의와 특정 지역인 안동을 대상으로 안동 지방에 전승되는 비보풍수전설을 풍부하게 소개하고 있다는 점에서 의의가 있다. 그러나 전설의 유형을 造山傳說과 壓勝裨補傳說로 분류하고 있어 유형 간의 특징을 쉽게 드러내지 못했다. 그리고 조산전설은 풍수적 조치의 결과물에 근거한 분류이고, 압승비보전설은 비보를 위한 풍수적 원리에 근거한 것이므로 분류 자체가 체계적이지 못한 점도 있다.

풍수전설이 풍부하게 전승되어 오는 데도 불구하고 이에 대한 논의가 활발하게 이루어지지 않은 것은 풍수전설을 독립된 하나의 이야기로 여기기보다 민간신앙적인 측면에서 이해하고 있기 때문이다. 풍수전설이 풍수사상과 밀접한 관련이 있는 것은 사실이지만, 풍수전설을 독립된 하나의 이야기로 다루어 보는 것도 의의가 있을 것이다.

---

4  유증선, 「안동의 비보풍수신앙과 그 배경」, 『안동문화』 6, 안동교대 안동문화연구소, 1973; 강진옥, 「한국전설에 나타난 전승집단의 의식구조 연구」, 이화여자대학교 대학원 석사학위논문, 1979.

필자가 조사 정리한 풍수전설만 해도 60여 편에 이른다. 앞으로 이 방면에 관심을 가지고 조사한다면 더 많은 자료가 발견될 것으로 예상된다. 이러한 자료를 체계적으로 다루자면 갈래를 짓고 분석하는 단위가 필요하다. 갈래를 짓는 가장 큰 단위로 유형을 생각할 수 있다. 유형은 자료를 체계적으로 정리할 수 있다는 점에서 그 의의가 인정될 수 있는데, 단순한 뜻에서의 목록 작성에 머무르지 않고 자료의 구조적 양상을 파악하는 데까지 이를 수 있어야 한다. 문제는 합리적인 갈래의 기준을 어떻게 마련하느냐에 있다. 합리적인 갈래의 기준을 찾지 못하면 갈래 자체가 의미를 가지지 못할 뿐만 아니라 오히려 혼란만 야기된다.

이야기를 갈래지을 수 있는 합리적인 기준은 어디에서 마련할 수 있는 가? 그것은 바로 이야기 자체가 지니고 있는 본질에서 찾아야 한다. 즉 어떤 내용의 이야기이든, 오랜 기간 전승되어 온 이야기이든 그렇지 않은 이야기이든 그 속에는 그 이야기가 이야기될 수 있고 전승될 수 있는 큰 관심사(문제)가 있기 마련이다. 바보 이야기에서는 바보의 실수보다는 바보가 어떻게 실수하는가에 관심이 더 있으므로 이를 기준으로 바보 이야기를 갈래 짓는 것이 바람직하고, 박문수 이야기에서는 박문수의 능력 있음과 능력 없음이 문제이므로 그에 따라 갈래 짓는 것이 마땅하다. 비보풍수전설에서의 주된 관심사는 비보의 원리에 있다. 갈래의 기준을 비보의 이유(원인)에 두면 이는 풍수전설의 하위 유형 분류에 해당하는 것이고, 비보의 결과물에 두면 갈래가 너무 다양하여 혼란스럽다. 따라서 여기서는 갈래의 기준을 비보의 원리에서 찾기로 한다. 이에 따라 비보풍수전설을 갈래지으면 衛護型, 禁忌型, 補虛型, 延基型, 壓勝型, 豫防型 등 여섯 가지로 나눌 수 있다.

이 글에서는 다음의 문헌을 조사하였다. ( ) 안은 문헌의 약칭이다.

- 村山智順, 『朝鮮の風水』, 조선총독부, 1933.(〈조선〉)

- 문화공보부 문화재관리국, 『韓國民俗綜合調査報告書』(全冊), 1971-1980. (〈민속〉)
- 충북문화공보실, 『傳說誌』, 1982.(〈전설〉)
- 유증선, 『영남의 전설』, 형설출판사, 1973.(〈영남〉)
- 유증선, 「안동의 비보풍수신앙과 그 배경」, 『안동문화』6, 안동교대 안동문화연구소, 1973.(〈안동〉)

논의의 편의를 위해서 우선 자료 정리부터 한다. 자료는 화제, 전승지, 내용, 출전 순으로 정리한다. 다만 전승지는 행정 구역이 변경된 경우나 정확한 행정 구역 이름을 확인하기 힘든 경우가 있어 완전하지 못하다. 전설의 전승지는 논의의 관심에 따라서 중요한 의의를 가지기도 하지만 비보풍수전설이 전국적인 분포를 보이고 있으며, 또한 이 글의 관심사가 분포 현황이나 지역별 특이성에 있는 것이 아니므로 전승지를 정확하게 밝히지 못한 한계는 다소 줄어든다.

비보풍수전설의 자료를 정리하면 다음과 같다. 전승지는 조사 당시의 것이며, 출전의 '필자'는 필자가 직접 조사한 자료라는 뜻이다.

| | 화제 | 전승지 | 내 용 | 출전 |
|---|---|---|---|---|
| 1 | 並川市場 | 충남 천안 병천면 | 박문수의 묘는 將軍形이다. 장군은 병졸이 있어야 하므로 후손들이 병천시장을 개설하였다. 그 후부터 자손이 번창했다. | 조선 |
| 2 | 沈碇 | 평남 평양 | 평양은 行舟形이다. 배가 停留하는 데는 닻(碇)이 필요하다. 연광정 아래의 深淵에 닻을 넣었다. | 조선 |
| 3 | 鶴卵丘 | 평남 강서 강서읍 | 강서 읍기는 舞鶴形이다. 학이 날아가 버리면 안 된다. 학이 머물게 하기 위해서 登龜山을 舞鶴山으로, 九龍山을 棲鶴山으로, 彌勒池를 鳴鶴池로 개명하고 鶴卵丘를 만들었다. | 조선 |

| | | | | |
|---|---|---|---|---|
| | | | 강서읍이 번성했다. | |
| 4 | 靑川市場 | 충남 괴산 청천면 | 송시열의 묘 터는 將軍對坐形이다. 장군은 병졸을 거느려야 한다. 청천시장을 개설하여 사람들이 모이게 했다. 자손이 번성했다. | 조선 |
| 5 | 蠶室 | 서울 잠실 | 南山의 정상은 蠶頭形이다. 누에는 뽕을 먹어야 한다. 沙坪里에 뽕나무를 심고 蠶室이라 하였다. 서울이 번성했다. | 조선 |
| 6 | 銅檣 | 충북 청주 | 청주 읍기는 行舟形이다. 배에는 돛대가 있어야 한다. 銅檣을 만들어 세웠다. 청주가 번성했다. | 조선 |
| 7 | 竹防山 | 경북 영천 | 영천 읍기는 飛鳳形이다. 봉이 머물도록 해야 한다. 남방에 있는 산을 竹防山, 鵲山이라 부르고 북방에 碧梧桐을 심고 大同藪라 하고 大山里에 대나무를 심고 竹藪를 만들었다. 영천이 번성했다. | 조선 |
| 8 | 虎石 | 경기 개성 | 개성 읍기는 老鼠下田形이다. 쥐가 달아나서는 안 된다. 고양이를 막기 위해 虎石을 세웠다. 개성이 번성했다. | 조선 |
| 9 | 西門 | 황해 은율 | 은율 읍기는 老鼠下田形이다. 쥐가 달아나서는 안 된다. 남방의 猫來山을 피하기 위해서 西門을 세우고 南川에 많은 나무를 심었다. 은율이 번성했다. | 조선 |
| 10 | 宿鴻驛 | 충남 학산 | 鶴山은 飛鴻形이다. 기러기가 날아가서는 안 된다. 기러기가 머물도록 숙홍역을 설치했다. | 조선 |
| 11 | 石檣 | 전남 나주 | 나주 읍기는 行舟形이다. 배가 안정을 취할 수 있도록 해야 한다. 石檣을 세웠다. | 조선 |
| 12 | 尊堂造山 | 경북 안동 | 안동 읍기는 行舟形이다. 배를 맨 섬을 상징하기 위해서 慕恩樓 西 諺的里 南에 造山을 만들었다. | 조선 |
| 13 | 草田 | 경북 성주 초전면 | 성주 읍기는 臥牛形이다. 소가 먹을 풀과 물이 있어야 한다. 草田과 모산이라 부르게 되었다.[5] | 구비 |

| 14 | 鐵橧 | 경북 안동 | 안동 읍기는 行舟形이다. 배는 돛대가 있어야 안정하다. 2개의 鐵株를 세웠다. | 안동 |
|---|---|---|---|---|
| 15 | 禁鑿井 | 평남 평양 | 평양 읍기는 行舟形이다. 우물을 파서는 안 된다. 우물 파는 것을 금하고 鐵碇을 연광정 아래의 深淵에 넣었다. | 조선 |
| 16 | 인동장씨 선조 묘 | 충북 괴산 기안면 운곡리 | 인동장씨 선조 묘는 燕巢形이다. 비석을 세우면 안 된다. 묘 앞에 비석을 세우지 않고 산 아래에 세웠다. | 조선 |
| 17 | 거무산 | 경북 성주 가천면 花竹洞 | 산이 거미형이어서 묘 앞에 비석을 세우면 안 된다. 비석을 세우면 거미 엉덩이를 건드리게 되어 거미가 달아나므로 비석을 세우지 않았다.[6] | 구비 |
| 18 | 獐山 | 경북 성주 가천면 花竹洞 | 대실(竹谷) 뒷산은 노루산이다. 노루가 다니는 길에 샘을 파서는 안 되기 때문에 샘을 파지 않았다.[7] | 구비 |
| 19 | 동래정씨 묘 | 경북 칠곡 지천면 송정동 | 묘 터가 토끼가 뛰려는 형이다. 비석을 세우면 토끼가 달아나므로 비석을 세우지 않았다. | 필자 |
| 20 | 禁鑿井 | 전북 무주 무풍면 | 무풍 읍기는 行舟形이다. 샘을 파서는 안 된다. 샘을 파지 않았다. | 조선 |
| 21 | 三嶺洞 | 경북 군위 군위읍 삼령동 | 삼령동 읍기는 蓮花浮水形이다. 기와집을 지어서는 안 된다. 기와집을 짓지 않았다. | 영남 |
| 22 | 팽나무 | 충북 청원 옥산면 소로리 | 小魯里가 명당인데도 서방이 虛하여 富村이 되지 못했다. 백의도사의 현몽에 따라 팽나무를 심어서 서풍을 막았다. | 전설 |
| 23 | 造山 | 경북 청도 화양읍 삼신2리 | 남성현의 남쪽이 虛하다. 현재 삼신 2리 가운데 느티나무를 심고 조산박이라 했다. | 필자 |
| 24 | 石幢 | 경기 개성 덕수리 | 艾浦川이 마을 앞을 東繞하여 임진강으로 흘러들어 동방이 虛하다. 이곳에 산을 쌓고 절에 石幢을 두어 防虛했다. | 조선 |
| 25 | 安莫 造山 | 경북 안동 | 山北渠同口之虛한 지형이다. 城北門外 氷庫前, 北門外, 北洞石佛下에 3개의 조산을 만들었다. | 안동 |

| 26 | 雙石佛 | 전북 익산 금마면 | 水門이 虛하여 읍의 남방에 쌍석불을 만들어 防虛하였다. | 민속 |
|---|---|---|---|---|
| 27 | 樹列部落 | 전북 장수 남면 음리 | 동구가 허해서 임란 때 왜병에게 곤욕을 당하였다. 밖에서 동네가 보이지 않도록 나무를 심고 東山部落을 樹列部落이라 고쳐 불렀다. | 민속 |
| 28 | 長源亭 | 西江 餠岳 | 道詵의 秘記에 "西江邊有君子御馬明堂之地 自太祖統一丙申之歲至百二十年就此創構同業延長"이라 기록되어 있어 고려 문종 10년에 이곳에 長源亭을 건영했다. | 조선 |
| 29 | 大化殿 | 白州 兎山 月崗 | 庚方客虎掩來形으로 이곳에 궁궐을 지으면 나라가 重興한다. 고려 의종 11년 궁궐을 짓고 殿名을 重興으로 額名을 大化라고 하였다. | 조선 |
| 30 | 南京 | 三角山 面岳 | 主幹中心胎脈壬坐丙向建都之地이다. 숙종 6년 이곳에 남경을 설치하여 국업 연장을 바랐다. | 조선 |
| 31 | 燈擎台 坐犬橋 | 경기 개성 | 개성은 명당이지만 盜峰인 서울의 삼각산이 보여 개경의 都運을 좀먹고 있다. 도둑을 막기 위해서는 등을 밝히고 개를 짖게 해야 한다. 常明燈과 12마리의 개를 주조하여 동남방에 두었다. | 조선 |
| 32 | 假闕 | 경기 강화 神尼洞 | 古宮闕을 三郞城에 지으면 국기가 연장된다. 삼낭성과 신니동에 假闕을 세웠다. | 조선 |
| 33 | 南京 | 三角山 面岳 | 이곳에 궁궐을 짓고 御衣를 두면 국기가 800년 연장된다. 고종 21년 어의를 남경의 假闕에 봉안했다. | 조선 |
| 34 | 犢川市場 | 전남 영암 곤이시면 독천리 | 犢川里는 女根形이다. 여근형의 陰氣 때문에 간음자가 속출했다. 음기를 누르기 위해서 독천시장을 개설했다. 간음자가 근절되었다. | 조선 |
| 35 | 樹木 | 경북 안동 | 낙동강 水氣 때문에 안동에 청년 요절자가 많았다. 맹사성이 안동의 水形을 '仁' 字形으로 만들고 나무를 심어 '壽' 字形으로 만들었다. 청년 요절자가 없어졌다. | 안동 |

| 36 | 火鐵 | 경남 하동 理盲店 | 龍池 때문에 盲者가 많이 생겼다. 火鐵을 용지에 넣었다. 맹자가 근절되었다. | 조선 |
| 37 | 開目寺 | 경북 안동 서후면 | 안동 서북방 산이 瞽砂여서 안동에 眼疾者가 많이 났다. 맹사성이 이 산을 天燈山으로 개명하고 山腹에 開目寺를 세웠다. 안질자가 근절되었다. | 안동 |
| 38 | 두꺼비 바위 | 경북 안동 명륜동 | 안동의 巽方에 지네산이 있어 廢疾者가 많이 생겼다. 지네의 독기를 막기 위해 두꺼비바위를 설치했다. | 안동 |
| 39 | 男根石 | 경북 안동 | 안동 북방 映南山에 女根形의 공알산(陰核山)이 있다. 이 산 때문에 부녀의 風紀가 문란했다. 맹사성이 음기를 중화하기 위해 이것이 잘 보이는 곳에 남근석 3개를 세웠다. | 안동 |
| 40 | 蓮池 | 경북 안동 남선면 | 남선면 江岸에 솟은 덤산(火山)이 읍을 향하여 눈을 부라리고 있어 안동 읍내에 화재가 자주 발생했다. 맹사성이 은배 중앙에 큰 蓮池를 파서 대비했다. | 안동 |
| 41 | 부시미산 (馬山) | 경기 강화 喬桐面 | 양갑리에는 여자아이만 낳았고 품행 또한 방정하지 못했다. 말산(馬山)의 생김새와 머리가 마을 쪽으로 향하고 있어서 그렇다. 말 머리를 부수고 나니 여자들의 행실이 좋아졌다.[8] | 구비 |
| 42 | 斗岳山 항아리 | 충북 단양 단양읍 | 단양 읍기가 삼태미穴이고, 丹陽의 글자가 모두 불(火)과 통하여 화재가 자주 발생했다. 읍내 중앙에 못을 파고, 鎭山인 두악산에 항아리 3개를 묻고 한강물을 길어다 부었다. | 전설 |
| 43 | 못 | 충북 단양 永春 | 지형이 부채혈이어서 화재가 자주 발생했다. 동네 중앙에 못을 팠다. | 민속 |
| 44 | 자라바위 | 대구 중구 鳳山洞 | 대구는 龍頭山, 水道山, 午砲山, 達城山 등이 火山이어서 화재가 자주 발생했다. 용두산에 氷庫를 설치하고 오포대에 자라바위를 설치했다. 화재가 끊어졌다. | 안동 |
| 45 | 자라돌 (鱉石) | 전북 남원 | 정철이 湖中에 三神山을 만들었다. 이 산 때문에 재난이 자주 발생했다. 자라돌을 만들어 마주보게 했더니 재난이 일어나지 않았다. | 필자 |

| 46 | 五獸不動 | 경기 개성 | 만월대는 老鼠下田形이다. 쥐가 달아나려 한다. 子南山을 중심으로 고양이, 개, 범, 코끼리 등 네 유형을 배치하여 쥐가 움직일 수 없게 했다. | 조선 |
|---|---|---|---|---|
| 47 | 開同寺 | 전북 김제 금구면 | 金溝는 飛鳳形이다. 봉이 날아가려고 한다. 남방 掘禪山에 개동사를 창건하였다. | 조선 |
| 48 | 鎭壓寺 萬福寺 | 전북 남원 | 남원 북방의 水氣 때문에 홍수 피해가 매우 심했다. 이를 막기 위해 북방에 진압사, 남방에 만복사를 지었다. | 조선 |
| 49 | 一直造山 | 경북 안동 | 造塔洞 서방 칼산과 동방의 針山이 마주보고 있어 살인과 병마가 끊일 날이 없었다. 칼과 침 사이를 막기 위해서 조산을 만들었다. | 안동 |
| 50 | 거북바위 | 충북 보은 속리산 | 동방에 큰 거북이 있어서 중국의 재물이 조선으로 移行해 가려고 한다. 속리산 수정봉의 거북바위의 목을 자르고 그 위에 10층 석탑을 세웠다. | 조선 |
| 51 | 鳳凰台 | 경북 경주 | 왕건이 신라를 병합한 뒤 신라의 재흥을 우려하여 행주형인 경주에 우물을 파고 봉황대를 설치하였다. | 조선 |
| 52 | 珊瑚台 | 충북 보은 속리산 | 남산은 火氣를 띤 산이므로 이를 막지 못하면 山火와 寺火를 면하지 못한다. 그래서 山呼台를 珊瑚台로 고쳐 불렀다. | 전설 |
| 53 | 啞陶店 | 경기 고양 漢芝面 | 한양 읍기가 啞聾多出形이어서 아농자가 많이 생길 우려가 있다. 漢江里에 啞陶店을 설치하고 집집마다 啞陶를 사용하게 했다. | 조선 |
| 54 | 덕절 | 경북 청도 청도읍 | 북방의 走狗山은 走狗形이다. 그대로 두면 개가 달아나 버린다. 개머리 쪽에 덕절(餅寺)을 짓고, 들판에 조산을 만들고 누름바위를 범바위로 고쳐 불렀다. | 필자 |
| 55 | 中央塔 | 충북 중원 可金面 | 통일신라 때 중원에 왕기가 있어 왕기를 막기 위해 塔坪里 중앙탑을 세웠다. | 전설 |
| 56 | 배나무정이 | 忠北 청원 琅城面 梨木里 | 琅城은 행주형이어서 장차 수해를 입게 된다. 남산에 돛대를 상징하는 나무를 심고 돛돌을 마련했다. | 전설 |

| 57 | 짐대마루 | 충북 청주<br>福台洞 | 福台洞이 행주형이므로 번창은 하겠지만 돛대가 없고 물이 귀하여 정착하는 사람이 없고 뜨내기가 많을 것 같았다. 중앙에 鐵幢竿을 세우고 마을 이름을 짐대마루로 불렀다. 또한 俄讓山 동쪽에 쇠대(鐵本)를 박았다. | 전설 |
|----|--------|------------|------------------------------------------------------------------|------|
| 58 | 도둑봉 | 경기 시흥<br>소래면 포리 | 君子郡에서는 鳥耳島의 도둑봉이 보이는 집은 집안에 도둑이 잦고 액운을 맞게 된다. 도둑을 피하기 위해 집을 응달에 세웠다. | 민속 |
| 59 | 白岳山 | 경기 백악산 | 도선의 〈비기〉에 왕씨를 이어 임금 될 사람은 이씨로 한양에 도읍을 정한다고 기록되어 있다. 고려 중엽에 尹瑾을 시켜 백악산 남쪽에 오얏(李)을 심어 놓고 무성하게 자라면 잘라 버렸다. | 민속 |

위의 자료를 중심으로 유형을 나누고 각 유형의 특징을 살펴보면 다음과 같다.


① 위호형

이 유형은 명당의 정기를 보호하거나 더욱 강하게 하기 위해서 풍수적 조치를 한 결과로 발복, 번성했다는 전설이다. 〈자료 4〉와 〈자료 7〉, 〈자료 14〉를 살펴보기로 한다.

5　최정여 · 강은해, 『한국구비문학대계』 7-5(경북 성주군 편), 한국정신문화연구원, 1980.

6　최정여 · 강은해, 『한국구비문학대계』 7-5(경북 성주군 편), 한국정신문화연구원, 1980, 461-462쪽.

7　최정여 · 강은해, 『한국구비문학대계』 7-5(경북 성주군 편), 한국정신문화연구원, 1980, 492쪽.

8　성기열, 『한국구비문학대계』 1-7(경기 강화군 편), 한국정신문화연구원, 1982, 684-685쪽.

〈자료 4〉

[가] 忠北 槐山郡 靑天面 靑天洞에 있는 송시열의 묘는 將軍對坐形의 명당이다. 장군은 병졸을 필요로 하는데 만약 병졸이 없으면 위력을 나타내지 못하여 발복되지 않는다.

[나] 묘 터의 소응을 받기 위해서는 묘 앞에 병졸에 해당하는 사람의 집합이 필요하다.

[다] 송시열의 7대손 송종수가 계략으로 청천동 동민에게 시장 신설비를 주어 묘 앞에 시장을 개설하게 했다. 즉 시장을 개설하여 한 달에 6번은 반드시 군중이 모여 병졸이 군거하는 것과 같게 했다. 이 시장이 청천시장이다.

[라] 묘지의 지세에 소응하여 자손이 영구히 번성했다.


〈자료 7〉

[가] 경북 영천군의 邑基는 飛鳳形이다.

[나] 봉황은 吉鳥로 날아가 버리면 읍이 망하게 된다.

[다] 봉황은 대나무를 좋아하므로 봉황이 날아가는 것을 막는 뜻으로 남쪽에 있는 산을 竹防山이라고 하고, 그리고 봉황이 까치 소리를 들으면 이를 잡기 위해 날아가지 않는다는 뜻에서 읍 남쪽의 산을 鵲山이라고 했다.

[라] 지금도 영천이 번성하고 있다.


〈자료 14〉

[가] 안동의 邑基는 行舟形이다.

[나] 배는 돛대가 없으면 불안정하게 된다.

[다] 안동 시내 남문 밖 역전 오층탑과 南池의 중간에 2개의 石柱를 세웠다.

[라] 안동이 번성했다.

각 단락의 의미를 일반화하면 위호형의 특징이 드러난다. 단락 [개는 장군대좌형, 비봉형, 행주형의 명당임을 나타낸다. 단락 [내는 명당이기는 하지만 인위적으로 필요한 풍수적 조치를 해야만 명당의 정기를 충분히 받을 수 있음을 나타낸다. 즉 풍수적 보완 상황을 나타낸다. 단락 [대는 단락 [내의 문제를 해결하기 위한 풍수적 보완 조치를 한 것을 구체적으로 보이고 있다. 단락 [래는 단락 [대의 결과로 발복, 번성했음을 나타낸다.

이를 정리하면 다음과 같다. 인간에게 긍정적인 요소를 '+'로, 부정적인 요소를 '−'로 나타낸다. 앞으로도 이와 같다.


[개 明堂 吉地　　+

[내 補完 事項　　−

[대 補完 措置　　+

[래 發福 繁盛　　+


② 금기형

이 유형은 풍수적 현상에 따른 금기 사항을 지킴으로써 명당의 소응을 받고자 하는 전설이다. 〈자료 15〉에서 〈자료 21〉까지가 이 유형에 속한다. 〈자료 16〉과 〈자료 20〉, 〈자료 21〉을 살펴보면 다음과 같다.


〈자료 16〉

[개 忠北 槐山郡 淸安面 雲谷里에 있는 仁同張氏 선조의 묘 터는 燕巢形의 명당이다.

[내 비석을 세워서는 안 된다. 비석을 세우면 제비가 무거워서 날지 못하게 되고 따라서 후손이 발복하지 못한다.

[대 묘 앞에 비석을 세우지 않고 산 아래에 비석을 세웠다.

[래 후손이 발복, 번성했다.

〈자료 20〉

[개] 全北 茂朱郡 茂豊邑 邑基는 行舟形 명당이다.

[내] 샘(井)을 파서는 안 된다. 샘을 파면 배가 가라앉기 때문에 도읍이
    망한다.

[대] 읍내에 샘을 파지 않았다.

[래] 무풍이 번성했다.


〈자료 21〉

[개] 慶北 軍威郡 軍威面 三嶺洞은 蓮花浮水形 명당이다.

[내] 기와집을 지으면 안 된다. 물 위에 뜬 연꽃은 무거운 것을 얹으면 가라
    앉기 때문에 마을이 망한다.

[대] 기와집을 짓지 않고 옛날부터 있던 기와집도 헐어버렸다. 또한 마을
    근처에 있는 묘지에 비석을 세우지 않는다.

[래] 마을 사람 모두 순박하여 아담한 마을을 이루며 잘 살고 있다.


　　단락 [개는 위호형과 마찬가지로 명당임을 나타낸다. 단락 [내는 명당
을 보호하기 위해 지켜야 할 금기 사항이다. 금기 사항을 지킬 때는 발복
하게 되지만 어길 때는 무서운 재앙을 받게 된다. 명당임에도 불구하고
지켜야 되는 금기 사항이 있다는 것은 풍수적 결함을 의미한다. 단락 [대
는 주어진 금기사항을 지키기 위한 풍수적 조치를 나타낸다. 비석을 세우
지 않고 우물을 파지 않으며 기와집을 짓지 않는 것은 소극적인 방법으로
인간이 자연에 화합하는 것이다. 단락 [래는 그 결과로 발복, 번성함을
나타낸다.


[개] 明堂 吉地　　　+

[내] 禁忌 事項　　　−

[다] 禁忌 遵守　　　+

[라] 發福 繁盛　　　+


### ③ 보허형

이 유형은 명당의 어느 한 방위가 虛하기 때문에 명당의 소응을 충분히 받지 못하여 발복, 번성할 수 없는 경우 그 방위를 인위적인 조치로 막아 발복, 번성하고자 하는 전설이다. 〈자료 22〉와 〈자료 23〉, 〈자료 24〉는 다음과 같다.


〈자료 22〉

[가] 忠北 淸原郡 玉山面 小魯里는, 북쪽은 산도 아니고 들도 아니며 남쪽은 강을 안고 터져 富土·富村 형세의 명당이다.

[나] 마을이 황폐화되어 가고 있었는데, 그것은 서쪽이 허하여 바람이 들어 불가항력이었다.

[다] 과객 위보의 꿈에 나타난 백의도사의 지시에 따라 백마가 지나간 자리에 팽나무 한 그루를 구해다 심어 西風을 막았다.

[라] 팽나무가 자라남에 따라 마을이 부유해졌다.


〈자료 23〉

[가] 慶北 淸道郡 華陽邑 南城峴은 북쪽에 산을 두고 앞쪽에 제법 너른 들을 둔 명당이다.

[나] 남쪽이 허해서 제대로 번성하기 어려웠다.

[다] 지금 삼신2리 자리에 느티나무를 심고 造山박이라고 하였다.

[라] 남성현이 부촌이 되었다.

〈자료 24〉

[가] 京畿道 開城郡 中面 德水里 塔洞은 명당으로 당시 德水縣을 두었다.

[나] 艾浦川이 앞을 東繞하여 임진강으로 흘러들어서 동쪽이 허했다.

[다] 이곳에 산을 쌓고 절에 石幢을 두어 空虛를 막았다. 지금도 탑동 동쪽
　　도로변에 둘레 180척 높이 약 30척의 馬塚이라고 불리는 작은 산이
　　밭 가운데 돌출해 있고 그 부근에 3개의 큰 돌이 산재해 있다. 이를
　　補虛山이라 부르기도 한다.

[라] 덕수현이 번성했다.


단락 [가]는 위호형, 금기형과 마찬가지로 읍기가 명당임을 나타낸다.
단락 [나]는 어느 한 방위가 허하여 명당의 소응을 제대로 받지 못함을
나타낸다. 한 방위가 허하다는 것은 풍수적 결함을 의미한다. 단락 [다]는
허한 방위를 막아 명당의 소응을 제대로 받기 위한 풍수적 조치를 나타낸
다. 단락 [라]는 그 결과 발복, 번성했음을 나타낸다.

이를 정리하면 다음과 같다.


[가] 明堂 吉地　　　+

[나] 一方 有虛　　　－

[다] 防虛 措置　　　+

[라] 發福 繁盛　　　+


④ 연기형

이 유형은 주로 國都風水說과 관련된 전설이다. 처음에는 명당이어서
나라가 번영하였는데, 地氣가 쇠퇴하여 국운이 쇠미하게 되자 지기를 되
살려 국운을 연장하기 위한 풍수적 조치와 관련된 전설이다. 〈자료 28〉에
서 〈자료 33〉까지가 이 유형에 속한다. 〈자료 31〉과 〈자료 33〉은 다음과

같다.


〈자료 31〉

[가 고려의 개성은 명풍수 도선이 상정한 천 년의 사직을 이을 수 있는
      國都였다.

[나 개성에서 巽方을 바라보면 서울의 삼각산이 보이고, 개성과 대좌한
      이 窺峰은 허를 찔러 탈운하려는 기상이 있다. 盜峰이 개경의 都運을
      좀먹고 있어 고려의 국운이 쇠퇴해졌다.

[대 규봉이란 賊峰이므로 마치 잉태한 산모 뱃속의 아이를 염탐하는 상이
      다. 도적을 막으려면 개를 짖게 하고 등을 밝혀야 하므로 거대한 常明
      燈을 만들어 큰 바위 위에 밝히고 12마리의 개를 주조하여 도성의 동남
      쪽(巽方)에 세웠다.

[래 고려의 國運이 연장될 것으로 믿었다.


〈자료 33〉

[가 고려의 국도인 개성이 명당이어서 고려가 번성하였다.

[나 세월이 흘러 개성의 지기가 떨어져 국운이 다하게 되었다.

[대 南京에 궁궐을 짓고 왕의 옷을 두면 국운을 800년 연장하게 된다고
      하여 고려 고종 21년에 御衣를 남궁의 假宮에 봉안하였다.

[래 고려의 국운이 연장될 것으로 믿었다.


  단락 [가는 국도가 명당이어서 국운이 왕성함을 나타내고, 단락 [나는
국도의 지기가 떨어져 국운이 쇠미하게 됨을 나타낸다. 그리고 단락 [대
는 쇠퇴한 국운을 부흥하게 하기 위한 풍수적 조치를 의미하고, 단락 [래
는 그 결과 국운이 연장될 것이라는 믿음을 나타낸다.

  이를 정리하면 다음과 같다.

[가] 國運 旺盛　　+
[나] 地氣 衰退　　-
[다] 地氣 强化　　+
[라] 國運 延長　　+

⑤ **압승형**

이 유형은 地形의 풍수적 영향 때문에 생기는 바람직하지 못한 일(재난)을 풍수적 조치를 통해 더 이상 일어나지 못하게 했다는 전설이다. 〈자료 34〉에서 〈자료 49〉까지가 이 유형에 속한다. 〈자료 34〉와 〈자료 35〉, 〈자료 42〉, 〈자료 48〉은 다음과 같다.

〈자료 34〉

[가] 全南 靈岩郡 昆二始面 犢川里 犢川市場을 면하는 곳에 李氏 一門의 산소가 있는데 명당으로 자손이 크게 발복했지만, 문중에 툭하면 姦淫者가 나왔다.

[나] 묘지가 女根形이고, 묘지 가까이에 사철 솟아나는 샘물이 있는데 그 물이 陰水였다. 따라서 자손에게 음기가 성하게 작용해서 간음자가 속출했다.

[다] 陰은 陽에 중화된다는 이치에 따라 용산리에 있던 시장을 그곳으로 옮겼다. 즉 묘 앞에 숱한 남자를 군집시킴으로써 淫氣를 눌렀다.

[라] 그 후부터 이씨 문중에 간음자가 나타나지 않았다.

〈자료 35〉

[가] 경북 안동에 청상과부가 많았다.

[나] 맹사성이 숙고한 끝에 洛東江의 水氣 때문임을 알았다.

[다] 낙동강의 水系 '人' 字形에 대하여 북쪽에서 流出하는 수계를 '二' 字形으

로 改鑿 疏通하여 '仁' 字形으로 만들고, 읍내 각처에 나무를 심어 그 배치를 마치 '壽' 字形처럼 하며 水의 仁과 木의 壽로써 읍을 포용했다.

[래] 안동이 發福 長壽하는 곳이 되었다.


〈자료 42〉

[가] 忠北 丹陽郡 丹陽邑에 火災가 자주 발생했다.

[나] 단양 읍기가 삼태미穴이고, 단양의 漢字 모두가 불(火)과 통하기 때문이었다.

[다] 水克火의 이치에 따라 읍내 중앙에 못을 파고 鎭山인 斗岳山 정상에 항아리 3개를 묻어 놓고 한강의 물을 길어다 넣었다.

[래] 그 후로는 불이 나지 않았다.


〈자료 48〉

[가] 全北 南原郡 南原邑은 큰 강을 끼고 있어 옛날부터 홍수가 자주나 극심한 피해를 입었다.

[나] 그것은 읍내 북방의 水氣와 남방의 水氣 때문이었다.

[다] 북방에는 수기를 누르기 위해 鎭壓寺를 짓고 남방에는 수기를 막기 위해 萬福寺를 지었다.[9]

[래] 그 결과 홍수의 피해가 없어졌으며 오늘날도 매년 4월 5일에 선원사에서 수기를 막기 위해 藥師 佛供을 올린다.


단락 [가]는 어떤 곳에 바람직하지 못한 일(災難)이 일어나고 있음을 나타내고, 단락 [나]는 재난이 일어나는 원인이 풍수의 영향 때문임을 말한다. 그리고 단락 [다]는 그러한 풍수적 영향이 미치지 못하도록 조치함을

---

9  만복사는 없어졌지만 진압사는 선원사로 개명하여 현재도 남아 있다.

나타내며, 단락 [래는 그 결과 재난이 더 이상 일어나지 않았음을 나타낸다.
이를 정리하면 다음과 같다.


[가 災難 發生    −

[내 風水 影響    −

[대 影響 除去    +

[래 災難 終熄    +


⑥ 예방형

이 유형은 풍수적 영향 때문에 가까운 장래에 바람직하지 못한 일(재난)
이 일어날 가능성이 있어서 풍수적 조치를 취하여 재난을 막았다는 전설
이다. 〈자료 50〉에서 〈자료 59〉까지가 이 유형에 속한다. 〈자료 52〉와
〈자료 53〉, 〈자료 54〉는 다음과 같다.


〈자료 52〉

[가 忠北 報恩郡 俗離山은 山火와 寺災를 면하기 어려운 곳이다.

[내 南山이 火氣를 띤 산이기 때문이다.

[대 남산의 화기를 막기 위해서 山呼台를 珊瑚台로 고쳐 불렀다.

[래 그 결과 山火와 寺災를 막았다.


〈자료 53〉

[가 漢陽 사람 가운데 聾啞者가 많이 생길 우려가 있다.

[내 한양의 읍기가 啞聾多出形이기 때문이다.

[대 京畿道 高陽郡 漢芝面 漢江里에 啞陶店을 설치하여 집집마다 啞陶(벙
     어리 항아리)를 사용하게 하였다.

[래 한양에 啞聾者가 생기는 것을 막았다.

〈자료 54〉

[가] 慶北 淸道郡 淸道邑은 명당이지만 부자가 나지 못하고 가난해질 가능성이 있다.

[내] 읍의 북방에 있는 산이 走狗形으로 개가 달아나려고 하기 때문이다.

[대] 개 머리 쪽에 떡절(德寺, 餠寺)을 창건하고 들판에 여러 개의 큰 산을 쌓고 밀양 방면에 큰 도랑을 내었으며 또한 누름바위를 범바위로 고쳐 불렀다.

[래] 청도가 富邑이 되었다.

단락 [가]는 바람직하지 못한 일(재난)이 일어날 가능성을 나타내고, 단락 [내]는 그 가능성이 풍수적 요인에 기인하고 있음을 나타낸다. 그리고 단락 [대]는 풍수적 영향을 제거하는 조치를 나타내며, 단락 [래]는 그 결과 재난을 미리 막았다는 것을 말한다.

이를 정리하면 다음과 같다.

[가] 災難 可能性　　－

[내] 風水 影響　　　－

[대] 影響 除去　　　＋

[래] 災難 防止　　　＋

이제 이들 유형을 종합적으로 검토하여 유형 간의 상호 관계를 살펴보기로 한다.

모든 유형을 네 단락으로 나누어 살펴왔는데, 이제 이 단락들을 모두 포괄할 수 있는 개념을 찾아 정리해 본다. 단락 [가]는 명당에 관한 것(위호형, 금기형, 보허형, 연기형)도 있고 재난 발생(압승형), 재난 가능성에 관한 것(예방형)도 있다. 곧 어떤 곳의 풍수적 현상을 나타내고 있으므로

이 단락을 풍수적 현상 단락이라고 한다. 단락 [내는 보완 사항(위호형),
금기 사항(금기형), 一方有虛(보허형), 국도의 지기 쇠퇴(연기형)이거나
풍수적 영향(압승형, 예방형)을 나타내기도 한다. 이들은 모두 약간의 차
이가 있지만 풍수적 결함을 나타내므로 이 단락을 풍수적 결함 단락이라
고 한다. 단락 [대는 보완 조치(위호형), 금기 준수(금기형), 防虛(보허형),
지기 강화(연기형), 영향 제거(압승형, 예방형)로 되어 있다. 이들은 명당
의 소응을 입기 위한 조치이든 풍수적 영향을 제거하려는 것이든 모두
풍수적 조치에 관한 것이므로 이 단락을 풍수적 조치 단락이라고 한다.
단락 [래는 발복, 번성(위호형, 금기형, 보허형), 국업 연장(연기형)이거나
재난 종식(압승형), 재난 예방(예방형)에 관한 것이다. 이들은 풍수적 조
치의 결과를 나타내므로 이 단락을 조치 결과 단락이라고 한다.
　　이상에서 살펴본 단락을 정리하면 다음과 같다.

| 구 분 | ①-④형 | ⑤, ⑥형 |
|---|---|---|
| [개 풍수적 현상 | + | − |
| [내 풍수적 결함 | − | − |
| [대 풍수적 조치 | + | + |
| [래 조치 결과 | + | + |

　　비보풍수전설은 자연과 인간의 갈등이 아니라 자연에 대한 인간의 일
방적인 갈등과 화합에 관한 이야기이다. 자연의 절대우위 내지 상대우위
를 인정하고 자연 현상에 대하여 적극적인 노력(위호형, 보허형, 연기형,
압승형, 예방형)을 기울이기도 하고 소극적인 대처(금기형)도 하여 갈등
을 극복하고 자연에 화합하여 발복, 번성하려는 인간의 의지를 보이고
있다. 이러한 자연에 대한 인간의 일방적인 갈등과 화합에 주목하여 구조
도를 그리면 다음과 같다.

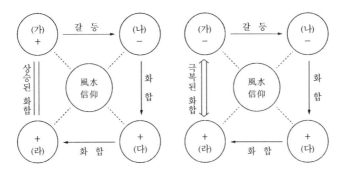

위의 구조도에서 [가], [나], [다], [라]는 단락 표시이고, '+'는 긍정적인 요소이고, '−'는 부정적인 요소를 나타낸다. 풍수신앙을 가운데 둔 것은 비보풍수전설이 풍수신앙의 바탕 위에서 형성된 것이기 때문이다. 단락 [가]와 단락 [라]의 관계를 ①-④형에서는 상승된 화합으로 보았고, ⑤와 ⑥에서는 극복된 화합으로 보았는데, 이는 둘 사이에 화합이 지니는 의미가 다르기 때문이다. 전자는 명당이 명당으로서의 기능을 더욱 발휘하게 하여 발복, 번성하려는 인간의 의지와 화합하므로 상승된 화합이라 할 수 있고, 후자는 재난을 극복함으로써 발복, 번성하려는 인간의 의지와 화합하게 되므로 극복된 화합이라 할 수 있다.


## 4. 비보풍수전설에 나타난 이야기집단의 의식구조

설화는 전승집단이 공감할 수 있는 보편적 진실성에 바탕을 두고 있다. 이 진실성을 살펴보는 것이 바로 전승집단의 의식구조를 해명하는 길이다. 증거물 특히 인위적인 증거물을 확보하고 있는 비보풍수전설을 다룰 때 이 점은 더욱 분명하다.

## 가. 地母信仰

인간은 천지의 지배를 받으며, 천지의 질서에 따라 살아가는데 하늘보다 땅에 직접적인 지배를 받고 많은 혜택을 입고 있다. 하늘은 아버지와 같고 땅은 어머니와 같다고 믿으며 인생에 직접적인 영향을 주는 어머니와 같은 땅에 의하여 그 생활의 발전을 구하려는 것이 지모신앙이다. 바꾸어 말하면 地母의 생산력에 의지하고 보유력 있는 품속에 들어가서 생활의 발전을 이루려는 생각이다.[10] 이러한 생각은 풍수설의 자연정기설과 맥이 닿아 있다. 자연의 정기가 왕성한 곳에 자리 잡으면 그 정기의 소응을 받아 번성할 수 있다는 생각과 동일하다. 비보풍수전설은 모두 이 지모신앙의 바탕 위에 서 있는 것이지만 풍수적 보완 사항을 충족시켜 발복, 번성했다는 위호형이나 금기 사항을 지켜 번성했다는 금기형, 쇠퇴한 지력을 보강하여 국업 연장을 기대했던 연기형이 지모신앙을 반영한 대표적인 유형이다.

## 나. 陰陽五行思想

음양 이원론은 이 세상의 삼라만상은 천지 또는 음양의 조화에 의하여 이루어지며, 양자 중의 한 원리가 지배하면 나머지 하나는 피지배격이 된다는 이론이다. 즉, 음양이 사람과 자연을 지배하는 한 우주는 이 상반되는 형태의 二元에 의해 충만된 상태이고 그 주기적 변화에 따라 세상이 변한다는 것이다. 따라서 상호보완 작용을 하는 이 두 요소의 움직임에 따라 세계의 질서가 성립된다.

오행설은 生序原理, 相生原理, 相剋原理로 구성되어 있다. 생서원리는 5원소(水·火·木·金·土)의 생성 순서를 말함이고, 상생원리는 5원소

---

10  유증선, 「안동의 비보풍수신앙과 그 배경」, 『안동문화』 6, 안동교대 안동문화연구소, 1973, 14쪽.

가 서로 다른 원소를 생산한다는 원리이며, 상극원리는 5원소가 제각기 선행하는 원소를 相勝한다는 원리이다.[11]

　음양 이원론과 관계있는 전설은 〈자료 12〉와 〈자료 35〉, 〈자료 57〉 등이다. 안동 시내 북쪽에 공알산(陰核山)이라 부르는 女根形 산 아래에 사철 마르지 않는 源泉이 읍내에 면해 있으므로 여자의 淫氣가 발동하여 안동 읍내 부녀자의 풍기가 문란했다. 공알산의 음기를 막기 위해서 男根石 3개를 공알산이 잘 보이는 곳에 세웠다. 여근형의 음기를 중화하기 위해서는 남근형의 양기가 필요하다는 생각이다. 〈자료 34〉의 犢川市場도 이와 같다.

　상생원리와 관계있는 전설은 〈자료 12〉와 〈자료 35〉, 〈자료 57〉 등이다. 안동 읍내에는 낙동강의 水氣 때문에 청년 요절자가 많았다. 맹사성이 부임하여 낙동강의 水系 '人' 字形에 대하여 북쪽에서 유출하는 수계를 '二' 字形으로 改鑿하여 안동의 水形을 '仁' 字形으로 만들고 또한 읍내 각처에 '壽' 字形으로 나무를 심었다. 즉 水의 仁과 木의 壽로서 읍내를 포옹하게 했다. 이것은 물로써 仁의 본성에 歸하게 하고, '水生木'의 오행 상생에서 이 水氣를 木의 상생에 이용하여 木을 그 본성인 壽로 만들어서 水는 木을 해하지 않고 木은 壽로 만들어져 요절을 방지한다고 생각했다.[12] 〈자료 12〉에 "尊堂造山에 관한 府基行舟形 此造山象繫舟之島嶼 埋金

---

11　음양오행설은 허문강, 「풍수설고」(『정신문화』 겨울, 한국정신문화연구원, 1981)를 참고하여 정리하였다. ① 음양이원론 : Granet에 의하면 음양의 이원은 시·공간의 상반되는 구체적인 양상을 가리킨다. 음이 추위, 구름, 비, 여성, 내면성, 그늘 진 곳을 암시한다면 양은 빛, 열, 봄, 여름, 남성들의 성격을 가리킨다. ② 오행설 : ●생서원리 - '水 → 火 → 木 → 金 → 土' ●상생원리 - 나무는 불에 타니 불을 생산하며, 불은 탄 재가 흙이 되어 흙 원소를 만들며, 토층 가운데 광물질이 이루어지니 금속을 만들어내고 금속 자체는 고열에 녹아 수분을 지니게 되니 물을 만든다. 물은 枯木의 수분을 형성하니 나무를 생산한다. ●상극원리 - 나무는 쟁기를 만들어 땅을 경작하니 흙을 정복하고, 쇠는 나무를 극복하니 쇠로 된 칼로 나무를 조각할 수 있기 때문이다. 불은 금속을 이기니 쇠가 불에 녹기 때문이다. 불을 끄려면 물을 가져야 하니 水剋火이며, 저수하는 제방은 흙으로 되었으니 土剋水의 원리가 가능하다.

鐵以旺氣云"이라는 기록이 있다. 조산에다 金鐵을 매장하여 왕기를 빌었다는 것은 철은 금속이므로 이것을 土中에 묻으면 '土生金'의 오행상생에 맞아 생기의 운행을 성하게 하는 풍수적 법술로 적합하다. 〈자료 57〉의 쇠대(鐵本)도 이와 같은 원리에서 박은 것이다.

상극원리와 관계있는 전설은 〈자료 40〉과 〈자료 42〉, 〈자료 43〉, 〈자료 44〉, 〈자료 52〉 등이다. 안동 남서면 강안에 솟은 덤산(火山)이 읍을 향해 눈을 부라리고 있기 때문에 안동 읍내에 화재가 자주 발생하였다. 맹사성이 부사로 부임해서 읍내 중앙에 큰 蓮池를 파서 화재가 일어나지 못하게 하였다. 물은 불을 상극한다는 '水剋火'의 원리에 따른 풍수적 조치였다. 〈자료 42〉와 〈자료 43〉에서는 '수극화'의 원리로 못을 파고, 〈자료 44〉와 〈자료 45〉에서는 물을 상징하는 거북을 만들기도 하며, 〈자료 52〉에서는 물과 관련된 이름으로 고쳐 부르기도 하였다.

### 다. 類物信仰

풍수지리설은 유물신앙과 밀접한 관계에 있다. 자연 특히 땅은 사람과 마찬가지로 知·情·意의 정신활동을 한다고 생각하는 것이 유물신앙인데, 이는 풍수지리설의 지기정기설과 맥이 닿아 있다. 비보풍수전설은 이 유물신앙의 바탕 위에 성립된 것이 대부분이지만 그중에서 위호형과 금기형이 대표적이다.

행주형 지형은 사람과 물건을 가득 싣고 장차 출발하려는 배가 정박하고 있는 형상이므로 키(舵), 돛대(檣), 닻(碇)을 구비하면 대길이요, 그중 하나를 갖추어도 길하나 하나도 갖추지 못하면 불안정하여 覆沒하거나 표류할 우려가 있게 된다. 따라서 키·돛대·닻을 갖추도록 해야 한다.

---

12  유증선, 「안동의 비보풍수신앙과 그 배경」, 『안동문화』 6, 안동교대 안동문화연구소, 1973, 10쪽.

〈자료 2〉와 〈자료 6〉, 〈자료 11〉, 〈자료 14〉, 〈자료 56〉, 〈자료 57〉 등이 여기에 속한다. 또한 행주형에 우물을 파면 船底를 뚫어 침수하므로 우물을 파지 못하게 한다(〈자료 15〉, 〈자료 20〉). 蠶頭形은 누에가 먹을 뽕밭이 있어야 하고(〈자료 5〉), 臥牛形은 소가 뜯어 먹을 풀밭이 있어야 하며(〈자료 13〉), 飛鳳形은 봉황이 날아가지 않도록 하기 위해 봉황이 좋아하는 대나무와 오동나무 등이 있어야 한다(〈자료 7〉). 그리고 老鼠下田形은 쥐가 움직이지 못하게 해야 하며(〈자료 8〉, 〈자료 46〉), 蓮花浮水形은 연꽃이 가라앉지 않도록 해야 하고(〈자료 21〉), 將軍形은 병졸이 있어야 한다(〈자료 1〉, 〈자료 4〉). 또한 도둑맞을 형상이면 도둑을 막기 위해 개를 만들어 지키게 하거나 등불을 밝혀야 한다(〈자료 33〉). 이와 같이 地相에 적합한 풍수적 조치를 하여 명당의 소응을 받아 발복, 번성하려는 생각은 모두 유물신앙의 신봉에서 온 것이다.

### 라. 繼世的 世界觀과 運命論[13]

우리 민족은, 사람은 이 세상에서 살다가 수명을 다하면 저 세상으로 돌아가서 살게 된다고 믿었다. 즉 현세와 내세를 동일한 차원에서 파악하는 지극히 현세적인 死生觀을 가진 민족이다. 이것을 계세사상이라고 한다. 죽으면 몸은 진토가 되지만 영혼은 고향 가까이 있으면서 오랫동안 자손을 돌본다고 생각한다. 그러므로 비록 몸은 죽었지만 영혼만은 생전과 마찬가지로 자손을 지극하게 돌보아 준다고 믿게 되고, 이 부모의 지극한 돌봄을 얻기 위해서는 부모의 유해를 명당에 모셔야 된다고 여기는

---

13 이종항, 『한국민속대관』 3, 고려대 민족문화연구소, 고려대출판부, 1982, 참고. 현세적인 내세관은 향두가에 잘 나타나 있다. "저승길이 멀다더니 오늘 내게 당하여선 대문 밖이 저승이라"에서 보듯이 내세를 북망산이라 하여 바로 마을 앞에 있는 하나의 산처럼 생각하고 저승에 갈 때도 이 세상에서처럼 점심도 먹고 노자도 가져가야 한다. 또한 이 세상의 도리나 예의를 다 지켜야만 하고 현세에 대한 강한 미련과 집착이 나타나 있다. 김성배, 『향두가 상조가』, 정음사, 1978, 참고.

것은 매우 자연스러운 발상이라고 하겠다. 이러한 생각은 운명론과 만날 때 한층 더 심화된다.

우리 민족은 오랜 기간을 살아오면서 잦은 외침을 겪어야 했으며 왕조의 교체, 잦은 정변 등으로 인해서 잠시도 안정된 생활을 영위할 수 없었다. 힘들여 확보한 사회적 성취지위가 언제 무너지게 될지 모르는 불안한 사회였다. 따라서 한 개인이 잘되고 못되는 사연을 개인의 능력이나 노력에서 찾기보다는 우연으로 믿게 되었다. 이 우연은 곧 운명론과 쉽게 만나 응어리지게 된다. 한 사람이 잘되고 못되는 것은 타고난 운명에 의해 결정된 것이며, 인간은 누구나 이 운명의 질서에 따라 살아간다고 믿었으며, 운명은 조상의 음덕이 있고 없음에 큰 영향을 받는다고 생각하였다. 조상의 음덕을 얻기 위한 노력은 남사고의 구천십장 이야기[14]에 잘 나타나 있으며 오늘날 공원묘지에 조상의 유택을 정하면서도 지관을 대동하여 명당을 찾으려는 노력에서도 확인된다.

비보풍수전설 중 음택풍수설과 관련된 자료가 여기에 속하는 대표적인 것들이다. 장군형인 박문수 묘 터의 소응을 얻기 위해 병천시장을 개설하거나(〈자료 1〉) 송시열 묘 터의 소응을 얻기 위해 청천시장을 옮긴 것(〈자료 4〉), 燕巢形(〈자료 16〉)과 거미형(〈자료 17〉), 토끼형(〈자료 19〉)이어서 비석을 세우지 않는 것은 모두 명당의 소응을 얻어 일족이 발복하려는 예에 속한다.

마. 血族集團性

혈통을 중시하고 祖孫 전래로 이어지는 가문의 존중은 우리 민족의 두드러진 특징 중의 하나이다.[15] 독자적인 개인이 아니라 혈족집단 대

---

14  조동일, 『인물전설의 의미와 기능』, 영남대출판부, 1982, 참고.
15  이종항, 『한국민속대관』 3, 고려대 민족문화연구소, 1982, 참고. '뼈다귀가 양반'이란

혈족집단의 대립에서만 개인의 위상을 발견할 수 있다. 즉 한 개인은 자기 혈족의 구성원의 하나에 불과하며 그 이상도 그 이하도 아니다. 따라서 한 개인의 영욕은 일신의 영욕이 아니라 그 혈족의 영욕이 되는 것이다. 이러한 가족제도는 필연적으로 조손의 유대관계가 강해지기 마련이고 조상과 자손이 운명공동체로서 그 성쇠를 함께하게 된다. 따라서 땅의 정기가 지하에 있는 조상의 일신에만 영향을 미치는 것이 아니라 자손에게까지 미치게 되는 것은 당연하며, 자손들은 그것을 음덕이라 여긴다. 앞에서 살펴본 모든 의식들은 소박한 의미에서 결국 이 혈족집단성에 귀결된다. 이에 속하는 구체적인 자료는 계세적 사생관과 운명론에서 다룬 자료와 동일하다.

오늘날 현대 과학의 눈으로 본다면 풍수사상은 말할 것도 없고 풍수전설까지 황당무계한 것이 분명하다. 그러나 풍수사상은 그것대로의 정연한 논리 위에 성립한 것이기에 강한 설득력을 지니고 있다. 이 설득력이 전승집단의 공감을 크게 얻게 되면 곧 진실이 된다. 진실성은 객관적·과학적 기초 위에서만 마련되는 것이 아니다. 주관적·감정적 기초 위에서도 마련될 수 있다. 비보풍수전설의 이야기집단은 앞에서 논의한 의식들을 가지고 삶의 안정과 행복을 누리기를 기대하였던 것이다.


## 5. 맺음말

이제까지 비보풍수전설과 이야기집단의 의식구조에 대해 살펴보았다. 이상에서 논의한 바를 요약, 정리하면 다음과 같다.

---

말이나 한 개인을 칭찬하거나 욕할 때 흔히 쓰는 '뉘 집 자식'이란 말은 혈족집단성을 잘 드러내고 있다.

첫째, 비보풍수전설은, 풍수설과 밀접한 연관을 가지며 전승되어 온 것으로 어떤 풍수적 결함을 인위적인 풍수적 조치로 보완하여 명당의 소응을 받아 발복, 번성하려는 기대와 관련된 이야기이다.

둘째, 비보풍수전설은 비보의 원리에 기준을 두고 갈래 지으면 위호형, 금기형, 보허형, 연기형, 압승형, 예방형으로 나눌 수 있다. 비보풍수전설은 자연의 절대우위 내지 상대우위를 인정하고 자연에 대한 인간의 일방적인 갈등을 인위적인 풍수적 조치를 통해 극복하려는 인간의 의지가 담겨 있다. 그리고 각 단락은 '[가] 풍수적 현상, [나] 풍수적 결함, [다] 풍수적 조치, [라] 조치 결과'로 짜여 있다.

셋째, 비보풍수전설에 나타난 이야기집단의 의식으로는 지모신앙, 음양오행사상 신봉, 유물신앙, 계세적 사생관과 운명론, 혈족집단성 등을 들 수 있다.

# 제5부 고전서사문학의 역사적 이해

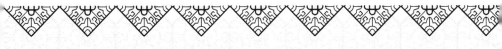

# 18 · 19세기의 한글소설과 유통

## 1. 머리말

문학작품은 그것이 지닌 심미적 가치의 정도와는 별개의 문제로 독자에게 읽혀질 때 비로소 문학으로서의 일정한 의의를 지니게 된다. 즉 문학 행위는 작품을 생산하는 작가(Dichter)와 독자에게 작품을 분배하는 중개자(Vermittler), 그리고 작품 소비의 주체인 독자(Publikum) 사이의 상호 관여 위에서 이루어진다고 할 수 있다. 특히 대중소설, 통속소설의 경우 작가는 독자의 반응에 끊임없이 관심을 가지고, 중개자와 독자의 요구를 적극적으로 수용해야만 상품적 가치를 지닐 수 있으므로 중개자와 독자가 작가보다 더 중요한 의미를 지닌다.

문학 행위에 관여하는 사람들 사이의 상호관계는 H. N. Fügen이 작성한 다음 도표를 참고할 만하다.[1]

---

1 이유원, 『독일문예학개론』, 삼영사, 1979, 263쪽.

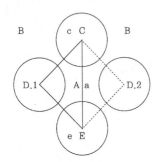

A. das Kulturmuster Literatur(文化型인 文學)

   a. das soziale Grundverhältnis, in dem es sich aktuali siert(사회적 기본관계가 현실화되어 있는 상태)

B. Gesellschaft(사회)

C. Schriftsteller(저자)

   c. Dichterkreise(작가층)

D.1 die ideellen Vermittler(이념의 중개자) Kritik(비평) Theater(극장)

D.2 materielle Vermittler(물질의 중개자) Buchhandel(서점) Bibliothek(도서관)

E. Leser(독자)

   e. Publikum(독서대중)


   18·19세기의 한글소설은 소설독자의 대중화 기반 위에 중개자(세책가, 소설 방각본업자) 및 독자층의 요구로 상품으로 생산되었다는 점에서 대중소설, 통속소설적 성격을 강하게 지니고 있다.[2] 따라서 18·19세기 한글소설의 역사적 전개에 있어서 중개자와 독자가 작가보다 오히려 주동적인 위치에 있었기 때문에 이 시기의 한글소설 발달을 살피는 데 중개자와 독자의 성격을 구명하는 작업은 의미 있는 일이라 할 수 있다.

   이 글에서 다룰 문제는 선학들이 거듭 논의하여 상당한 성과[3]가 이루어

---

2  김만중은 『서포만필』에서 통속소설에 대해 "東坡志林曰 塗巷中小兒薄劣 其家所厭苦 輒與錢合聚坐 聽說古話 至說三國事 聞劉玄德敗 嚬蹙有出涕者 聞曹操敗 卽喜唱快 此其羅氏演義之權輿乎 今以陳壽史傳 溫公通鑑 聚衆講說 人未必有出涕者 此通俗小說之所以作也"라고 하였다.

3  김동욱, 「한글소설 방각본의 성립에 대하여」, 『향토서울』 38, 1960; 이능우, 「坊刻板本志」, 『논문집』 4, 숙명여대, 1964; 김동욱, 「방각본에 대하여」, 『동방학지』 11, 연세대학교 동방학연구소, 1970; 김동욱, 「이조소설의 작자와 독자에 대하여」, 『장암지헌영선생화갑

졌지만 작자와 독자 문제에 편중되었으며, 또한 18·19세기 한글소설의 발달을 염두에 둔 검토도 아니었다.

이 글에서 '한글소설'이란 18·19세기에 널리 읽힌 한글로 기록된 소설을 가리킨다. 즉, 조선시대에 창작·개작된 한글소설은 물론 중국소설의 번역소설과 번안소설도 한글소설에 포함시킨다. 왜냐하면 〈삼국지〉와 〈수호전〉, 〈설인귀전〉 등의 중국소설은 일찍이 수입, 번역되어 18·19세기 한글소설의 생산자와 독자에 지대한 영향을 지속적으로 끼쳐 한글소설 발달상 중요한 위상을 차지하고 있기 때문이다. 그리고 '작가' 대신 '생산자'란 용어를 사용한다. 18·19세기에 한글소설이 상품화되면서 개성 있는 소설보다는 중개자나 독자의 요구에 부합되는 강한 유형성을 지닌 소설이 속출하였다. 따라서 엄밀한 의미에서 작가 정신에 입각한 소설 창작이 거의 불가능해져 작가는 거의 소설 생산자 이상의 의미를 지니기 어렵게 되었다. 또한 생산자는 중국소설의 번역, 번안에 종사한 사람도 포함할 수 있는 용어이기도 하다.

## 2. 18·19세기의 한글소설 독자층의 대중화

18·19세기에 한글소설이 활발하게 생산된 원인은 한글소설 독자층의 대중화와 세책가, 소설 방각본업자 등 중개자의 적극적인 활동으로 이루어진 소설의 상품화에서 찾을 수 있다. 매우 제한적이지만 17세기 후반에 이미 한글소설 독자층의 대중화가 이루어질 기반이 조성되고 있었음을

기념논총』, 1971; 최철, 「이조소설독자에 관한 연구」, 『연세어문학』 6, 연세대 국어국문학과, 1975; 조동일, 『한국소설의 이론』, 지식산업사, 1977; 大谷森繁, 「조선조의 소설독자 연구」, 고려대학교 대학원 박사학위논문, 1984; 김흥규, 『한국문학의 이해』, 민음사, 1986.

알 수 있다. 金萬重(1637~1692)의 『서포만필』에 〈삼국지연의〉는 부녀자
나 어린이가 능히 외울 정도였다거나[4] 趙泰億(1675~1728)의 '諺書西周演
義跋'에 謙齋母와 謙齋妻, 閭巷女가 중국 明代의 神魔小說 〈封神演義〉를
번역한 〈西周演義〉를 애독했다는 기록[5]과 『要路院夜話記』에 古談을 널리
본 金 戸主란 사람이 행세했다는 기록[6] 등에서 17세기 후반에 한글소설의
독자가 양반 부녀자로부터 평민 부녀자, 평민 남성, 어린아이까지 다양하
게 존재하고 있었음을 확인할 수 있다.

18세기에는 여러 가지 요인으로 한글소설 독자층의 대중화가 급속도로
이루어졌고, 19세기에는 이러한 현상이 더욱 심화되었던 사실이 조선시
대 후기의 문헌에서 거듭 확인된다.

먼저 여성 독자의 대중화부터 살펴보기로 한다.

(가) 가만히 살펴보니, 근래에 부녀들이 다투어 能事로 삼는 것은 오직
稗說뿐이다. 패설은 그 수가 날로 더해지고 달로 늘어나 千百 種에 이르렀
다. 僧家에서는 이것을 깨끗이 써서 빌려주면서 값을 거두어 이익을 취한다.
부녀들은 식견이 없어 혹은 비녀나 팔찌를 팔기도 하고 혹은 빚을 얻어서
서로 다투어 이것을 빌려와 긴 날을 소일한다.[7]

---

4  "今所謂 三國志演義 出於元人羅貫中 壬辰後 盛行於我東 婦孺皆能通說", 『서포만필』.
5  〈諺書西周演義〉에 대해서는 조윤제, 『한국문학사』(탐구당, 1975, 306쪽)와 大谷森繁,
   「조선조의 소설독자 연구」(고려대학교 대학원 박사학위논문, 1984, 55-64쪽), 참고.
6  "우리 금곡 중에도 김 호주는 언문을 잘하여 결복을 마련하며 고담을 박람하기로 호주를
   하연 지 십여 년에 가게 부요하고 성명이 혁혁하니 사나희 되어 비록 진서는 못 하나
   언문이나 잘하면 족히 일촌 중을 횡횡할 터이다.", 이병기 선해, 『요로원야화기』, 을유문화
   사, 1948, 18쪽.
7  "竊觀 近世閨閣之競以能事者 惟稗說是崇 日加月增 千百其種 僧家以是淨寫 凡有借覽 輒收
   其直以爲利 婦女無見識 或賣釵釧 或求債銅 爭相貰來 以消永日", 蔡濟恭, 「女四書序」,
   『樊巖先生集』 권33, 장4.

(나) 근년에 어떤 상놈이 십여 세부터 눈썹을 그리고 분을 바르며, 여자들의 諺書體를 익혀서 패설을 잘 읽는데, 목소리가 여자와 같았다. 문득 간 곳을 몰랐는데 여복으로 변장해서 사대부의 집에 출입하며 혹은 진맥을 짚을 줄 안다고 하고, 혹은 방물장수라 하고, 혹은 패설을 읽어주기도 하고, 또는 여승들과 결탁하여 불공과 기도에 참여하니 사대부의 부녀들이 한 번 보면 모두 좋아하였고 혹은 같이 자면서 음행을 저지르기도 하였다. 판서 장붕익이 이 일을 알고 입에 재갈을 물려 죽였다. 만약 입을 열면 난처한 일이 생길까 염려하였기 때문이다. 대개 재상가에서 욕을 본 것은 오직 호사를 누리며 할 일이 없기 때문이다.[8]

(다) 諺稗에 이르면, 이것은 모두 외설스럽고 불경스러운데 부녀들은 무지하여 옳고 그른 것을 가리지 못하고 이것을 올바른 책으로 여긴다. 도에 어긋나고 덕을 어지럽히는 것은 모두 이것에서 나온다. 朝家에서부터 언패는 엄금해야 한다.[9]

(라) 李圓嶠의 자녀 남매가 諺書古談 〈蘇氏名行錄〉을 보다가 家故를 당하여 한쪽으로 밀어 두었다. 원교의 꿈에 소씨라고 자칭하는 여자가 나와서 책하기를 '어째서 사람을 不測之地에 빠뜨려 놓고 伸寃·雪憤하지 않는가'라고 했다. 깨어서 크게 놀라 그 다음 편을 계속 보았다. 형제·숙질이 모두 한자리에 앉아 거들어가며 보았다. 제삿날인데도 밤이 깊은 줄 모르고 제사는

---

8  "頃年一漢常 自十餘歲 畵眉粉面 習學女人諺書體 善讀稗說 聲音如女人矣 忽不知去處 變爲女服 出入士夫家 或稱知脈 或稱方物興商 或以讀稗說 且締結僧尼 供佛祈禱 士夫婦女之一見者 莫不愛之 或與同宿處因作行淫 張判書鵬翼知之 鉗其口殺之 如開口 恐有難處故耳 盖宰相家被辱者 專由豪貴無事之致也", 具樹勳, 『二旬錄』, 『稗林』 9, 탐구당, 1970, 452-453쪽.
9  "至若諺稗 皆是淫褻 不經之道 而婦女不知都出於眞贋 認以惇史 其反道悖德咸從此出 自朝家嚴禁諺稗", 洪直弼, 『梅山雜識』.

점점 늦어져 물려졌다. 문자의 묘가 입신의 경지라고 하는 것은 이러하다.[10]

위의 인용문 (가)는 蔡濟恭(1720~1799)의 「女四書序」, (나)는 具樹勳 (1685~1757)의 『二旬錄』, (다)는 洪直弼(1776~1852)의 『梅山雜識』, (라)는 李裕元(1814~1888)의 『林下筆記』에 나오는 것으로 모두 18 · 19세기 한글 소설 독자가 양반사대부가의 부녀자들임을 알려주고 있다. (가)는 18세기 사대부가의 부녀들이 비녀나 팔찌를 팔고 심지어 빚을 얻어서까지 소설을 빌려 소일거리로 삼고 있음을 알려준다. 부녀들이 길쌈을 버려두고 소설을 탐독하느라고 가산을 탕진했던 사정은 李德懋의 『士小節』에서도 확인된다.[11] (나)도 18세기의 자료로,[12] 여장한 남자가 사대부가의 부녀를 상대로 소설 낭독을 직업적으로 할 수 있었다는 것은 이 시기에 사대부가 여성들의 소설에 대한 관심이 어느 정도였던가를 알려준다. (다)는 18세기 후반 이후의 자료로 역시 사대부가 부녀들의 소설 탐독을 문제 삼고 있고, (라)는 19세기의 자료로 꿈에 소설의 내용이 나타날 정도로 소설에 대한 흥미가 대단했음을 알려 주고 있으며, 심지어 제사 시간마저 뒤로 미룰 정도로 소설의 재미에 심취한 소설 독자의 모습을 보여주고 있다.

이상의 자료는 모두 양반사대부가 여성들의 소설 탐독을 문제 삼고 있다. 18 · 19세기에 한글소설을 애독한 여성 독자는 대부분 한글을 깨친 양반사대부가의 부녀들이었다. 상업의 발달로 전에는 가내수공업으로 생

---

10 "李圓嶠之子男妹 倣諺書古談 爲蘇氏名行錄 遭家故閣置一邊矣 圓嶠夢有女子自稱蘇代責 曰 何爲陷人於不測於地 不爲伸雪乎 覺而大驚 繼倣末編 兄弟叔侄同坐贊助 祭日不知夜深 祭梢晩抑 文字之妙入神如是耶", 李裕元, 「諺書古談」, 『林下筆記』 29, 성균관대 대동문화연구원, 1961, 715쪽.

11 "諺翻傳奇 不可耽看發置家務 怠棄女紅 至於與錢而貰之 沈惑不己 傾家産者有之", 李德懋, 『士小節』 「婦儀」 1(影印本 『靑莊館全書』 中), 401쪽.

12 張鵬翼(1646~1735)은 조선 후기의 무신으로 1699년(숙종 25)에 무과에 급제한 뒤 어영대장, 훈련대장, 형조참판, 우포도대장 등을 역임하였다.

산했던 생활필수품을 시장에서 구입할 수 있게 되어 여성들은 그만큼 수고를 덜고 시간적 여유를 가지게 되었다. 여성들은 이 여가 시간을 세책 가에서 빌려온 소설을 탐독하면서 보냈던 것이다.[13] 그런데 세책가는 서울에만 있었고 평양과 대구, 송도 등 다른 대도시에는 없었으므로[14] 이 시기의 한글소설의 여성 독자는 주로 서울지역의 양반사대부가 부녀들로 한정되어 있었다고 할 수 있다. 또 다른 여성 독자로 평민 부녀자를 생각할 수 있다. 그러나 평민 부녀자 가운데 한글을 깨쳐 한글소설을 읽을 수 있는 수는 극히 제한되었을 것이고, 또한 생업에 바빠서 소설을 즐길 시간적 여유도 없었기 때문에 소설 독자로서 중요한 위치를 차지할 수 없었을 것이다. 하지만 한글방각본소설의 전성기인 19세기에는 여성의 한글 해독층 증가와 방각본업자 및 세책가의 적극적인 소설 보급으로 평민 여성 독자층이 점차 중요한 독자로 성장하였고, 20세기 구활자본이 등장한 시기에는 한글소설 독자로서 중요한 역할을 하였다.

한글소설 독자로 남성 독자도 무시할 수 없는 정도의 비중을 지니고 있다.

(마) 속언에 있기를, 종로의 담배 가게에서 小史稗說을 듣다가 영웅이 실의한 곳에 이르러 눈을 부릅뜨고 입에 거품을 품고 담배 써는 칼로 곧바로 낭독자를 찔러 선 채로 죽게 하였다.[15]

(바) 李 子常은 그 이름을 모르지만 총명강기하여 여러 가지 術書를 열람

---

13 조동일, 『한국소설의 이론』, 지식산업사, 1977, 420-421쪽.
14 Maurice Courant, *Bibliographie Ceréenne*, 박상규 역, 『한국의 서지와 문화』, 신구문화사, 1974, 18쪽.
15 "諺有之 鍾街烟肆 聽小史稗說 至英雄失意處 裂眦噴沫 提折草劍 直前擊讀的人 立斃之", 『正祖實錄』, 正祖 14年(1790) 八月 戊午.

하지 않은 것이 없고, 또 稗官諸書에도 밝아 무릇 語錄文字 계통에 모두 밝았다. 가난하여 스스로 생계를 꾸릴 수 없어 혹 재상가에 출입하여 소설을 잘 읽는다는 칭찬을 들었다. 만년에 軍門斗科를 얻었고, 대개는 예부터 아는 집에 기식하였다.[16]

(사) 전기수는 동문 밖에 살고 있다. 언문 소설책을 잘 읽는데 〈숙향전〉, 〈소대성전〉, 〈심청전〉, 〈설인귀전〉 등의 傳奇이다. 매달 초하루는 제일교 아래, 초이틀은 제이교 아래, 초사흘은 배오개에, 초나흘은 교동 입구에, 초닷새는 大寺洞 입구에, 초엿새는 종각 앞에 앉는다. 이렇게 올라갔다가 초이레부터는 도로 내려온다. 이처럼 아래에서 위로, 위에서 다시 아래로 옮겨 한 달을 마친다. 다음 달에도 또 그렇게 하였다. 책을 잘 읽기 때문에 구경하는 이들이 겹겹이 둘러싼다. 읽다가 가장 간절하여 매우 들을 만한 대목에 이르면 문득 조용히 소리를 내지 않는다. 사람들은 下回를 듣고자 해 다투어 돈을 던진다. 이것을 일컬어 요전법이라 한다.[17]

(아) 내가 사는 곳과 울타리로 丈餘 떨어져 李姓을 가진 樵夫가 있는데, 낮에는 산에 나무하러 가고 밤에는 관솔불을 켜고 傳奇 읽는 것을 즐거움으로 삼았다.[18]

---

16 "李子常忘其名 聰名强記 諸種術書無不閱覽 又嫺於稗官諸書 凡係語錄文字 盡爲通曉 貧不能自資 或出入宰相門下 以善讀小說稱 晚年得軍門斗科 多寄食於知舊之家", 劉在建, 『里鄕見聞錄』, 亞細亞文化社, 1974, 350-351쪽.

17 "傳奇叟 叟居東門外 口誦諺課稗說 如淑香蘇大成沈淸薛仁貴等傳奇也 月初一日坐第一橋下 二日坐二橋下 三日坐梨峴 四日坐校洞口 五日坐大寺洞口 六日坐鐘樓前 溯上旣 自七日沿而下 下而上 上而又下 終其月也 改月亦如之 而以善讀故 傍觀匝圍 讀至最喫緊甚可聽之句節 忽黙而無聲 人欲聽其下回 爭以錢投之 曰此乃邀錢法云", 趙秀三, 『秋齋集』 7, 「紀異」.

18 "余所居 隔籬丈餘 有李姓樵夫者 晝入山採樵 夜輒燃松明 讀傳奇以爲樂", 「李樵夫序」, 申緯, 『警修堂集』 9.

이상은 모두 18·19세기 한글소설을 읽은 남성 독자의 존재를 알려주고 있다. (마)는 『正祖實錄』 14년(1790)의 기사로, 소설을 낭독한 장소가 종로의 담배 가게였고, 소설 낭독을 들었던 사람들은 담배 가게 주인과 그와 상거래를 하고 있던 남성들로 영웅소설을 즐겨 들었음을 알려준다. 이때 읽은 작품은 〈임장군전〉(임경업전)이었다.[19] (바)는 劉在建(1793~1880)의 『里鄕見聞綠』의 기록인데, 낭독자 李 子常(子常은 이야기를 仔詳하게 한다는 의미에서 붙은 별호인 듯하다)이 재상가에 드나들면서 소설을 낭독한 것으로 사대부 남성들 중에도 소설에 흥미를 가진 경우를 알려준다. 그러나 당시의 사대부 남성이 소설을 배격한 것[20]으로 미루어 보아 이 경우는 매우 예외적인 현상이며, 사대부 남성은 한글소설의 독자로 제대로 자리 잡지 못했다. (사)는 趙秀三의 『秋齋集』의 기록으로 직업적 낭독자의 레퍼토리와 영업 방식을 소상하게 보여주고 있다. 소설 낭독자는 독자층에 인기 있는 〈숙향전〉, 〈소대성전〉, 〈심청전〉, 〈설인귀전〉 등을 레퍼토리로 삼아 사람이 많이 모이는 장소인 梨峴과 七牌, 鍾樓 앞, 寺洞口, 第一橋와 第二橋 아래를 영업 장소로 잡았다. 梨峴과 七牌, 鍾樓 앞은 모두 상업의 중심지이므로 상거래를 위해 상인들이 많이 모여드는 곳이고, 第一橋와 第二橋 아래는 평민 남성들이 많이 모여드는 곳으로 소설 독자를 확보하기

---

19  沈魯崇(1762~1837)의 『孝田散稿』 「南遷日錄」의 1802년 11월 8일 조에 "촌에서 소위 〈임장군전〉이라는 언문소설을 덕삼이가 가지고 왔으나 그는 치통 때문에 제대로 낭독하지 못하였다. 내가 이것을 등불 아래에서 보니 사적이 어그러지고 말이 비루하고 잘못되어 통하지 않는 곳이 많았다. 이것은 서울 담배 가게와 밥집의 파락악소배들이 낭독하는 언문소설로 예전에 어떤 이가 이를 듣다가 金自點이 장군에게 없는 죄를 씌워 죽이는 데 이르러 憤氣가 솟아올라 미친 듯이 담배 써는 큰 칼을 잡고 낭독자를 베면서 '네가 자점이냐?' 하니 같이 듣던 시장 사람들이 놀라 달아났다.(村中得諺書 所謂林將軍傳 德三持 而爲痛齒 聲不堪聞 燈下 余輒取覽 事蹟謬舛 詞理陋錯 不成爲說 此是京裡草市儈肆 破落惡少輩所謂諺傳 昔有一人聽讀此 至金自點構殺將軍 氣憤憤衝起如狂 手引切草長刀 斫讀者曰 汝是自點耶 一市駭散0"에서 알 수 있다. 심노숭 지음, 김영진 옮김, 『눈물이란 무엇인가』, 태학사, 2001, 159쪽 및 282쪽.

20  윤성근, 「유학자의 소설 배격」, 『어문학』 25, 한국어문학회, 1971.

쉬운 장소였다. (아)는 申緯(1769~1847)의『警修堂集』의 기록으로 초부까지 소설을 애독할 정도로 한글소설 독자층이 확대되고 있음을 알려준다. 그리고 중인계층의 역관과 서리, 洪羲福(1794~1859)과 같은 서얼 출신도 한글소설 독자의 중요한 몫을 담당하였던 것으로 보인다.[21]

다음으로 한글소설 독자들이 소설을 탐독하는 이유에 대해서 살펴보기로 한다. 소설 독자가 소설을 탐독하게 되는 가장 근본적인 이유는 다음과 같은 지적에서 알 수 있다.

(자)『東坡志林』에 이르기를, "길거리의 어리석은 아이들은 그 집에서 싫어하고 괴롭게 여기는 바여서 번번이 돈을 주고 모여 앉게 하여 옛이야기를 들려주곤 한다. 삼국의 일을 말하는 데 이르러 유현덕이 패했다는 말을 들으면 얼굴을 찡그리고 눈물을 흘리는 아이도 있으며, 조조가 패했다는 말을 들으면 기뻐서 소리치는 아이도 있다."고 하였으니 이것이 나관중의 〈삼국지연의〉의 權輿인저. 이제 진수의『삼국지』, 사마온공의『자치통감』을 가지고 무리를 모아 講說한다면 사람이 틀림없이 눈물 흘릴 이가 없을 것이니 이것이 통속소설을 짓는 까닭이다.[22]

(차) 옛날에 한 남자가 종가의 담배 가게에서 어떤 사람이 稗史를 읽는 것을 듣다가 영웅이 가장 실의하는 대목에 이르자 갑자기 눈을 부릅뜨고 입에 거품을 물고는 담배 써는 칼로 패사 읽던 사람을 찔러 선 채로 죽였다.[23]

---

21  정규복,「第一奇諺에 대하여」,『中國學論叢』1, 고려대 중국학연구소, 1984.
22  "東坡志林曰 塗巷中小兒薄劣 其家所厭苦 輒與錢合聚坐 聽說古話 至說三國事 聞劉玄德敗 顰蹙有出涕者 聞曹操敗 卽喜唱快 此其羅氏演義之權輿乎 今以陳壽史傳 溫公通鑑 聚衆講說 人未必有出涕者 此通俗小說之所以作也", 김만중,『西浦漫筆』下.
23  "古有一男子 鍾街煙肆 聽人讀稗史 至英雄最失意處 忽裂眦噴沫 提截煙刀 擊讀史人立斃之", 李德懋,「雅亭遺稿」3,「銀愛傳」,『靑莊舘全書』上.

(카) 내범 언문이 말호기 즈셰호고 빈호기 쉬운 고로 부인녀즈는 언문을 위업호고 문쯔를 빈화 닉이지 아니호니 이 쏘흔 흠시라 셩경 현젼과 레긔 쇼학을 비록 언문으로 삭여 언히라 일홈호야 부디 사름마다 빈화 본밧고져 호나 보는 지 무미코 지리틋 호야 다만 쇼셜신화의 허탄괴괴흔 ᄇ를 다토아 즐겨 보니 일 업슨 션빈와 직조 잇는 녀지 고금쇼셜에 일홈는 ᄇ를 낫낫치 번역호고 그 밧 허언을 창셜호고 긱담을 번연호야 신긔코 즈미 잇기를 위쥬 호야 거의 뉴쳔 권에 지는지라 (중략) 다만 긴 밤과 한가흔 아춤예 노친을 뫼시고 병쳐와 즈부 녀으를 거느려 흔 번 보고 두 번 닑어 그 강개 상쾌흔 곳의 다드라는 셔로 일커러 탄샹호고 그 담쇼회해흔 곳에 다드라는 쏘흔 일쟝 환쇼호면 이 족히 쓰인다 홀 거시니 그 엇지 무용이라 호리요.[24]

위 인용문의 (자)는 김만중의 『서포만필』의 기록으로 한글소설이 독자에게 큰 감동을 주어 눈물을 흘리게 할 수 있다는 점을 들어 통속소설의 효용적 가치를 주장하고 있다. 즉, 독자들은 소설 속에서 감동적 요소(그것이 남녀의 風情이든 영웅의 일생이든)를 만날 수 있기 때문에 애독하였던 것이다. (차)는 李德懋의 「雅亭遺稿」의 기록인데, 평민 남성 독자층이 소설 주인공의 영웅적 행위에 흥미를 가졌음을 보여주고 있으며, (카)는 洪羲福이 淸代小說 〈鏡花綠〉을 번역한 〈第一奇諺〉의 기록으로 우선 소설이 지니고 있는 新奇와 재미를 인정하고 한가한 시간에 소설을 읽으면서 '강개상쾌흔 곳의 다드라는 셔로 일커러 탄샹호고 그 담쇼회해흔 곳에 다드라는 쏘흔 일쟝환쇼호면 이 족히 쓰인다'고 하여 소설의 쾌락적 효용성을 인정하고 있다.

소설 독자는 소설이 지니고 있는 소설적 재미와 감동적인 요소 때문에

---

24 洪羲福, 「第一奇諺序」, 1권 2-3장, 정규복, 「第一奇諺에 대하여」, 『中國學論叢』 1, 고려대 중국학연구소, 1984, 82쪽.

소설을 애독하게 되었고, 소설을 읽으면서 소설의 주인공과 동일시되어 자신의 꿈을 顯在化한 것이다. 그러기에 여성 독자인 경우에는 여성이 남성과 대등한 위치에서 또는 남성을 능가하는 위치에서 맹활약을 하는 〈정수정전〉과 〈황운전〉 등의 여걸소설을 읽으면서 남성에게 억압된 현실적 불만을 정신적으로 보상받기도 하였을 것이고, 여성의 가장 큰 관심사인 남녀의 애정문제를 다룬 〈숙영낭자전〉과 〈숙향전〉 등의 애정소설을 읽으면서 그들의 가슴 속에 내재되어 있던 사랑에 대한 불만을 해소했을 것이다. 또한 처첩 간의 갈등을 다룬 〈사씨남정기〉, 계모와 전처 소생 자녀 간의 갈등을 다룬 〈장화홍련전〉 등의 가정소설을 읽으면서 가정에 내재해 있는 갈등을 심리적으로나마 해소하려고 했을 것이다.

남성 독자도 소설의 주인공을 자신과 동일시하여 주인공이 자신과 같은 매우 불행한 처지에 놓여 있다가 불행을 극복하고 최상의 행복을 쟁취하는 것을 보면서 자신의 불행한 처지에 대한 정신적 보상을 얻을 수 있었다. 18·19세기 한글소설의 중요한 독자층인 양반사대부가 부녀나 중인, 평민 남성은 대부분 불행한 처지에 있고,[25] 소설의 주인공도 불행한 처지에 있기 때문에 쉽게 동일시될 수 있었다. 또한 주인공이 겪는 고난은 시대적 전형성을 지닌 보편적인 것이어서 독자 사이에 강한 공감대를 형성할 수 있었던 점도 간과할 수 없다.[26] 이러한 한글소설 독자의 성격은 거의 모든 한글소설이 행복한 결말로 마무리되고 있는 점과 무관하지 않을 것이다.

---

25  "그 책 읽기의 동기는 거의 언제나 개인(독자)과 사회 사이의 불균형·불만족이다. 그 불균형은 인간 본질에 관계되는 것일 수도 있고(존재의 연약함, 짧음), 개인들끼리의 충돌에서 오는 것일 수도 있고(사랑, 증오, 연민), 사회구조에서 오는 것일 수도 있다.(억압, 비참함, 미래에 대한 불안, 권태)"는 설명은 소설을 읽는 이유를 이해하는 데 도움이 된다. 김현, 『프랑스비평학』, 문학과지성사, 1981, 358쪽.
26  박일용, 「조선 후기 소설론의 전개」, 『국어국문학』 94, 국어국문학회, 1985, 207쪽.

## 3. 18·19세기의 한글소설과 생산자

### 1) 18·19세기의 한글소설

18·19세기에 한글소설 독자층에 널리 읽혔던 한글소설의 현황은 다음 자료에서 확인할 수 있다.

(가) 조선소설 〈장풍운전〉, 〈구운몽〉, 〈최현전〉, 〈장박전〉, 〈임장군충렬전〉, 〈소대성전〉, 〈소운전〉, 〈최충전〉 이 밖에 〈사씨전〉, 〈숙향전〉, 〈옥교리〉, 〈이백경전〉 등은 唐代의 고사를 소재로 하여 씌어진 소설들인데, 언문으로 읽기 쉽게 만들었으며 〈삼국지〉 등의 종류도 언문으로 쓴 책이 있었다.[27]

(나) 전기수는 동대문 밖에 살고 있다. 언문 소설책을 잘 읽는데 〈숙향전〉, 〈소대성전〉, 〈심청전〉, 〈설인귀전〉 등의 傳奇이다.

(다) 中國小說: 〈三國志〉, 〈西遊記〉, 〈水滸志〉, 〈西周衍義〉, 〈歷代衍義〉
朝鮮小說: 〈劉氏三代錄〉, 〈眉蘇名行〉, 〈曹氏三代錄〉, 〈忠孝冥感錄〉, 〈王嬌再會〉, 〈林花鄭燕〉, 〈冠華公忠烈記〉, 〈郭張兩門錄〉, 〈玉麟夢〉, 〈鬪虛談〉, 〈玩月會盟〉, 〈明珠報月聘〉, 〈淑香傳〉, 〈風雲傳〉[28]

---

**27** "朝鮮小說 張風雲傳 九雲夢 崔賢傳 張朴傳 林將軍忠烈傳 蘇大成傳 蘇雲傳 崔忠傳 此外 泗氏傳 淑香傳 玉橋梨 李白慶傳ノ類ハ唐ノ事シ書キ諺文ニラ讀ヨキヤウニ仕タルメ云 三國志ナメノ類モ諺文ニラ書タル本有之也", 小田幾五郎, 『象胥記聞』下, 1794, 天理大圖書館 소장.

**28** 정규복, 「第一奇諺에 대하여」, 『中國學論叢』 1, 고려대 중국학연구소, 1984, 79-80쪽.

위 인용문의 (가)는 일본 대마도의 역관 小田幾五郞이 조선의 사신 일행으로부터 전해 들은 이야기를 기록한『象胥記聞』(1794)에 나오는 내용이다. 정조 18년(1794)에는 이미 〈장풍운전〉과 〈구운몽〉, 〈소대성전〉 등의 한글소설이 역관의 중요한 화젯거리였을 정도였다. 또 이 자료는 역관이 중요한 한글소설 독자였음을 알려준다. 역관이 한글소설의 독자가 아니었다면 그들의 화제에 한글소설이 등장하지 않았을 것이다. (나)는 趙秀三이 어릴 때부터 보고 들은 도시 하층민들에 관한 일화를 기록한「秋齋紀異」의 기록으로, 19세기 전반에 〈숙향전〉과 〈소대성전〉, 〈심청전〉, 〈설인귀전〉 등이 도시 하층민 사이에 인기 있었다는 사실을 알려준다. (다)는 홍희복이 번역한 〈제일기언〉의 서문에 나오는 한글소설이다. 〈제일기언〉은 헌종 원년(1835)에 번역하기 시작하여 헌종 14년(1848)에 완성하였으니 19세기 전반기에 이미『상서기문』이나『추재집』에 보이지 않던 장편 가문소설인 〈유씨삼대록〉과 〈조씨삼대록〉, 〈임화정연〉, 〈곽장양문록〉, 〈벽허담〉, 〈완월회맹〉, 〈명주보월빙〉 등이 독자층에 널리 읽히고 있었음을 알려준다. 장편 가문소설은 연암 박지원이『열하일기』(1780)에서 몹시 낡은 한글로 된 〈유씨삼대록〉을 중국에서 보았다고 하니, 가문소설은 18세기 중엽에 이미 등장하였으며, 19세기에는 비슷한 유형의 가문소설이 활발하게 생산되었던 것이다. 이 소설들은 장편인 관계로 주로 세책가를 통해 독자층에게 읽혔을 것이다.

이상의 자료에서 볼 수 있는 한글소설 이외에 18세기 중엽부터 나타나기 시작하여 19세기에 전성기를 맞이했던 방각본 한글소설[29]과 현전하는 다수의 한글소설 필사본을 포함하면 상당한 종류의 한글소설이 18·19세

---

29 "심지어 슉향전 풍운전의 뇌 가항의 쳔흔 말과 하류의 느즌 글시로 판본에 기각ᄒᆞ야 시상에 미미ᄒᆞ니", 정규복,「第一奇諺에 대하여」,『中國學論叢』1, 고려대 중국학연구소, 1984, 82쪽.

기에 애독되었음을 알 수 있다.

## 2) 18·19세기 한글소설의 생산자

18·19세기 독자층에 널리 읽힌 한글소설을 어떤 사람들이 생산하였는가에 대해 살피는 일도 당대 한글소설의 성격을 규명하는 데 중요하다. 한글소설 생산자로는 먼저 한글로 글을 쓸 수 있으면서 소설을 지을 수 있는 문학적 소양을 갖춘 사람을 들 수 있다. 그리고 중국소설의 번역·번안에 관여할 수 있는 사람으로 백화문에 능통한 역관과 홍희복과 같은 서얼 출신을 들 수 있다.

중국의 백화본 소설은 조선에 수입되면서 한글소설 발달에 큰 영향을 끼쳤다. 〈삼국지〉와 〈서유기〉, 〈수호지〉, 〈금병매〉 등 중국의 四大奇書가 늦어도 선조 대에 들어와 양반 독서층에까지 대단한 영향을 끼쳐 결국 정조가 文體反正을 주장하기에 이르렀다. 또한 이 소설들은 번역되어 양반 부녀자나 평민 독자층에도 널리 읽혀 소설 독자의 기반을 넓히는 데 큰 역할을 하였다. 그리고 『三言二拍』과 『今古奇觀』이 수입되어 그중 일부가 번역·번안되어 독자의 욕구를 충족시켰던 것으로 보인다. 중국소설의 번역·번안소설은 한글소설이 발달할 수 있는 독자의 기반을 마련했다는 점에서 그 의의가 크기 때문에 번역·번안에 관여한 자들의 역할이 한글소설사에 있어서 매우 중요한 의의를 지닌다고 할 수 있다.[30]

중국소설의 번역·번안에 관여할 수 있었던 사람은 우선 중국 백화문에 능통한 역관을 들 수 있다. 역관들은 중국의 백화문 소설을 읽을 수 있었고, 양반 사대부와는 달리 자유롭게 소설을 읽을 수 있는 신분이었기 때문에 그들이 중국소설에 흥미를 가지고 애독한 것은 매우 자연스러운

---

30  李明九, 『옛소설』, 교양국사총서 15, 세종대왕기념사업회, 1978, 95-131쪽 참조.

일이다. 또한 그들은 독자의 요구에 따라 중국소설을 번역·번안했던 것으로 보인다. 17세기 자료에 〈포공안〉과 〈녹의인전〉, 〈하북니장군전〉, 〈서주연의〉, 〈수호전〉 등의 중국소설이 번역되어 읽히고[31] 있으므로 17세기에는 이미 중국소설의 번역이 본격화되었으며, 18·19세기에도 역관들에 의해 중국소설의 번역·번안이 지속적으로 이루어졌을 것이다.

서얼 출신들은 그들의 신분적 제약으로 사회활동이 제한되었기 때문에 비교적 시간적 여유가 많았으며, 사회에 대한 불만도 많았다. 그들은 소설을 읽으면서 무료한 시간을 보낼 수 있었고, 소설을 통해 그들의 불만을 정신적으로나마 위로받았을 것이다. 거기서 한 걸음 더 나아가 홍희복과 같이 백화문에 능통한 경우는 직접 중국소설을 번역하였고, 경우에 따라서 독자나 세책가의 요구로 새로운 소설을 창작하기도 했을 것이다.

다음은 한글소설 생산자로서 가장 중요한 역할을 했던 몰락 지식인을 들 수 있다. 몰락 지식인이 한글소설 생산에 관여한 사실을 전해주는 이덕무의 다음과 같은 자료가 주목된다.

일찍이 듣건대, 中州의 시골 서생들이 모여서 담화를 하다가 즉석에서 술과 고기 생각이 나면, 한 사람은 부르고, 한 사람은 받아쓰고, 몇 사람은 板刻을 하여 앉은 자리에서 두세 편을 이루어 책 가게에 팔아 술과 고기를 사다가 논다고 한다. 슬프다. 한때의 식욕 때문에 억지로 낭설을 지으니 힘들어 수고함이 지나치며, 마음마저 따라 무너진다.[32]

두세 편의 소설을 지어 책 가게에 판 중주의 시골 서생들은 17세기

---

31  김일근 편주, 『親筆諺簡總覽』, 경인문화사, 1974, 75쪽.
32  "嘗聞中州 村巷學究聞聚談話 卽席欲酒肉 則一人呼訴說 一人寫 幾人刻板 居然成二三篇 賣於書肆 沽酒肉以遊云 吁 由一時食慾 强作浪說 用力極勞 而心術隨壞", 李德懋, 「嬰處雜稿」, 『靑莊館全書』上, 95-96쪽.

이후 광범위하게 형성된 몰락 지식인이 분명하다. 그들은 이덕무가 "한때의 식욕 때문에 억지로 낭설을 지으니 힘들여 수고함이 지나치며, 마음마저 따라 무너진다."라고 탄식한 것과 달리 생계를 위해서도 한글소설 생산에 관여하였을 것이다. 즉석에서 소설 두세 편을 지은 것으로 보아 그들은 여러 번 소설을 지은 경험이 있는 것으로 보이고, 그들은 이미 유형화되어 있는 소설의 틀에 약간의 내용을 변개하여 새로운 소설로 내놓았을 것이다.

임·병 양란을 겪은 17세기 이후에는 양반의 수적 증가와 당쟁, 조선왕조 지배체제 자체의 탄력성 상실 등으로 인해 집권 양반층은 점차 벌열화하여 정권을 전담함으로써 귀족화해 갔고, 나머지 대부분의 양반층은 정권에서 제외되면서 土班이나 殘班이 되었다. 이러한 사정은 18·19세기에 더욱 심화되어 정치적·경제적 기반을 상실한 몰락 양반 가운데 일부는 자영농으로, 심하게는 佃戶로까지 떨어져서 완전한 농민이 되거나 혹은 상공업으로 전업하여 생계를 유지할 수밖에 없게 되어 술장사, 돗자리 장사, 망건 장사를 하거나 匠人이 되는 경우도 있었다.[33] 이러한 상황에서 몰락 양반이 생계 수단으로 세책가나 방각본 출판에 관여하였던 것이다. 그러나 자본이 없는 몰락 양반은 세책가를 경영하거나 방각본의 업주가 될 수 없었을 것이고, 세책가나 방각본업자의 요구로 대가를 받고 한글소설을 생산했을 것이다. 몰락 양반은 한글을 알고 있으니 소설을 지을 수 있고, 몰락한 자기의 처지, 몰락 과정에서 겪은 세계와의 갈등, 이와 관련된 세상의 형편에 관해서 할 말이 많았을 것이므로 소설의 주제를 쉽게 마련할 수 있었다. 그리고 소설을 짓는 일은 자신을 드러내지 않고도 할 수 있기 때문에 체면의 손상 없이 생계 수단이 될 수 있었다.[34]

---

33  강만길, 『한국근대사』, 창작과비평사, 1984, 121-122쪽.
34  조동일, 『한국소설의 이론』, 지식산업사, 1977, 427-432쪽.

이 밖에 방각본업자나 일반 소설 애독자가 한글소설을 생산한 경우도 있었겠지만 매우 제한적이었을 것이다. 따라서 중국소설의 번역·번안은 주로 역관층이 담당했고, 한글소설의 생산은 몰락 양반층이 담당했다고 할 수 있다.

18·19세기 한글소설의 생산자는 크게 두 방향에서 한글소설을 생산하였다. 하나는 세책가의 요구에 따르는 방향이고, 다른 하나는 방각본업자의 요구에 따르는 방향이었다. 세책가의 영업은, 독자가 한 번 빌려 본 소설을 거듭 빌려 보지 않고 새로운 소설을 요구하기 마련이므로 가능한 한 다양한 소설을 구비해야 하고 새로운 소설이 계속 공급되어야만 영업이 유지될 수 있다. 그리고 한 작품의 분량이 많아서 여러 책으로 나눌 수 있는 소설이 상품적 가치가 높다. 따라서 세책업자는 소설 생산자에게 지속적인 인기를 유지할 수 있는 새로운 소설을 요구하였을 것이다.

소설 생산자는 세책업자의 요구에 따라 이미 독자에게 인기가 확인된 소설과 같은 유형의 작품을 생산하거나 그러한 소설의 속편적 성격을 지닌 장편 연작소설을 생산하였다. 유형화된 소설 생산은 이미 고정화된 틀 위에 약간의 내용을 바꾸는 노력만으로 가능하기 때문에 작품 생산이 비교적 쉽다는 이점이 있고, 또 '이미 실험을 필한 것[35]이기 때문에 독자의 인기를 확보하기가 쉽다는 이점이 있다. 이러한 점에 대해서는 대중문화에 대한 허버트 간스(Herbert J. Gans)의 견해를 주목할 만하다.

보통 사람의 수입 능력으로 구입할 수 있도록 문화를 염가로 생산하려는 대중문화 창조자들은 대중문화 수용자의 이질성 때문에, 그 이질적인 수용자들이 서로 공통으로 갖고 있는 심미적 수준을 찾아 문화 내용을 맞추어

---

**35** Franz K. Stanzel, *Typische Formen des Romans*, 안삼환 역, 『소설형식의 기본유형』, 탐구당, 1982, 17쪽.

나가지 않을 수 없게 되고 가능한 한 되도록 많은 사람들이 의미 있게 생각하는 내용을 그 문화 내용으로 담을 수밖에 없다는 것이다. (중략) 대중문화는 보다 표준화되고 도식적이며 스테레오 타입적인 특성이나 구성을 가지고 있는 것이 사실이다.[36]

18·19세기의 한글소설 독자는 사대부가의 부녀자나 평민 남성으로 이들은 수준 높은 작품을 이해할 수 있는 지적 통찰력이나 심미적인 감수성이 없기 때문에 심리적 부담 없이 즐길 수 있는 오락적 성격이 짙은 대중소설을 요구하였을 것이다. 또한 그들은 영웅의 일생이나 남녀 간의 애정문제, 또는 가정적인 문제나 일반 세속적인 일 등을 의미 있게 생각하였다. 따라서 한글소설 생산자는 그들의 문화 내용에 맞추어 영웅소설, 애정소설, 가정소설, 가문소설 등 유형적 성격이 강한 소설을 생산하였던 것이다.

연작소설은 속편적 성격을 강하게 띠고 있는 작품으로 전편의 인기에 편승하여 지어진 것이다. 전편은 상당히 파격적인 내용을 지닌 문제작이지만 속편은 인습적 가치관으로의 복귀를 표방하고 이미 있는 사건 유형을 부연·복합시키는 방향으로 이루어져 전편보다 작품 수준이 떨어졌다. 대표적인 연작소설로는 '〈玄氏兩雄雙麟記〉 → 〈明珠奇逢〉 → 〈明珠玉綠再合錄〉' 시리즈, '〈雙釧奇逢〉 → 〈李氏世代錄〉 → 〈李氏後代麟鳳雙系錄〉' 시리즈, '〈碧虛談關帝言錄〉 → 〈河氏善行後代錄〉' 시리즈, '〈明珠報月聘〉 → 〈尹河鄭三門聚錄〉 → 〈嚴氏孝門淸行錄〉' 등이 있다.[37]

18·19세기 한글소설은 한글소설 방각본업자가 요구하는 방향으로 생

---

**36** Herbert J. Gans, *Popular Culture and High Culture*, 강현두 역, 『대중문화와 고급문화』, 삼영사, 1977, 40-41쪽.

**37** 조동일, 『한국문학통사 3』, 지식산업사, 1984, 495-502쪽 참조.

산되기도 하였다. 방각본 출판은 한 번의 판각으로 많은 부수를 생산할 수 있는 이점을 지니고 있지만, 출판 경비가 많이 소요되는 등의 어려움이 따르는 단점도 있다. 방각본이 지닌 이러한 점 때문에 방각본 출판업자는 상품적 가치가 크면서 동시에 평민 독자층의 구매력에 알맞은 적당한 분량의 소설을 요구하게 되었을 것이다. 따라서 한글소설 생산자는 세책 업·낭독 등을 통해 이미 시장성이 확인된 인기 소설을 선정하여 방각본 출판에 적합한 소설을 생산하였다. 이런 과정에서 인기 소설 중 작품 규모 가 방대한 것은 대부분 제외되었다. 선정된 작품도 방각본 출판에 알맞은 분량으로 축약되었다. 이러한 사실은 『상서기문』을 비롯하여 『추재집』과 〈제일기언〉 등을 통해서 알 수 있다. 당시의 인기 소설 중 작품 분량이 길지 않은 〈소대성전〉과 〈숙향전〉, 〈심청전〉, 〈장풍운전〉 등은 모두 방 각본으로 존재하고, 〈유씨삼대록〉과 〈임화정연〉, 〈옥린몽〉, 〈완월회맹〉 등은 필사본으로만 존재하며, 〈삼국지〉와 〈서유기〉, 〈수호지〉 등의 장편 은 크게 축약되었다.[38]


## 4. 18·19세기의 한글소설 중개자와 유통 방식

### 1) 18·19세기 한글소설의 중개자

H. N. Fügen은 문학 작품을 독자에게 전달하는 중개자로 비평이나 극장 등의 '이념의 중개자(die ideellen Vermittler)'와 서점이나 도서관 등 의 '물질의 중개자(Materielle Vermittler)'를 제시하면서 이념의 중개자가

---

38 〈삼국지〉는 경판 128장본과 99장본, 완판 70장본과 89장본으로 축약되어 있고, 〈수호지〉 는 경판 80장본으로, 〈서유기〉는 경판 59장본으로 축약되어 있다.

영향력이 강하고 물질의 중개자는 수동적인 영향을 가진다고 하였다.[39] 18·19세기 한글소설의 유통에 있어서 소설을 독자에게 전달하는 데 관여한 이념의 중개자로 한글소설을 비평한 유학자를 들 수 있고, 물질의 중개자로 전기수와 방각본업자, 세책가 등을 들 수 있다. 서구의 경우와 달리 우리나라에서는 이념의 중개자보다 오히려 물질의 중개자가 한글소설 발달에 끼친 영향력이 더 컸다.

## 가. 이념의 중개자

18·19세기 한글소설의 이념의 중개자는 한글소설에 대해 긍정적인 태도를 견지했든, 부정적인 태도를 견지했든 간에 소박한 의미에서 소설에 대한 일정한 비평적 태도를 보였던 김만중과 홍만종, 이덕무, 조수삼 등의 유학자들이다. 조선시대 유학자들은 대부분 부정적 시각에서 소설 배격을 주장하였지만, 김만중 같은 인물은 긍정적인 시각을 보이기도 했다.

소설에 대한 부정적인 태도는 이덕무의 다음 자료에 잘 드러난다.

소설에는 세 가지 미혹됨이 있다. 없는 것을 꾸며내어 귀신과 꿈을 이야기하니 그것을 짓는 것이 첫 번째 미혹함이요, 허황한 것을 도와 미천한 것을 고취하니 그것을 평하는 것이 두 번째 미혹함이요, 기름과 시간을 허비하고 경전을 등한시하니 이를 보는 것이 세 번째 미혹함이다. 짓는 것도 오히려 불가한데 평을 하는 것은 무슨 마음으로 평하였으며, 평하는 것도 불가한데 또 〈삼국지〉나 〈수호전〉의 속편을 짓는 자도 있으니 비루하고 비루하도다.[40]

---

**39** H. N. Fügen은 문학 행위에 있어서 이념의 중개자가 적극적인 의미를 갖는다는 점에서 "C-D₁ -E"로 '-' 표시했고 물질의 중개자가 소극적인 의미를 갖는다는 점에서 "C…D₂ …E"로 '…' 표시했다. 각주 1), 참고.

**40** "小說有三惑 架虛鑿空 談鬼說夢 作之者 一惑也 羽翼浮誕 鼓吹淺陋 評之者 二惑也 虛費膏晷

위의 인용문에서 이덕무는 ① 소설 작가는 거짓과 공론을 꾸민다는 점, ② 소설 평자는 이를 조장한다는 점, ③ 소설 독자는 시간과 노력을 낭비하고 경전을 경시하게 된다는 점에서 소설에 관여한 모든 사람을 비난하고 있다. 이것은 〈수호전〉과 〈삼국지연의〉, 〈서상기〉 및 그 아류작을 의식한 발언이지만, 이러한 생각은 당대의 한글소설에 대해서도 마찬가지였을 것이다. 이덕무의 소설에 대한 이러한 부정적인 태도는 18·19세기의 유학자 대부분이 가졌던 공통된 견해였다.[41] 이들이 소설 배격론을 들고 나온 것은 그들의 부녀자나 자제가 소설을 탐독하여 소설의 영향을 입을까 염려했기 때문이다. 그러나 유학자들의 소설 배격 노력은 자기 집안의 소설 독자에게 제한적인 영향력을 행사하는 정도였을 것이고, 이미 광범위하게 형성된 한글소설 독자층에는 영향력을 미칠 수 없었을 것이다. 즉 18·19세기는 이미 유학자들의 소설 배격 노력이 소설 독자층에 영향력을 발휘할 수 없을 정도였던 것이다. 따라서 이들은 18·19세기 한글소설의 발달에 있어서 중요한 의의를 지닐 수 없었고, 동시에 엄밀한 의미에서 한글소설의 중개자라고 할 수 없을 것이다.

18·19세기 유학자들 대부분이 소설을 배격하였지만 일부 유학자 가운데 〈구운몽〉과 〈사씨남정기〉, 〈창선감의록〉 등에 긍정적 시각을 드러낸 이들도 있었다.

(가) 살펴건대, 〈사씨남정기〉는 小說 古談에 불과하지만 그 가운데 대체로 볼 만한 것이 있다. (중략) 그 사실에 나아가 논단해 보면 세상의 경계가 될 만하다 여겨지고, 懲勸의 도에 있어서도 역시 작음 보탬이 없지 않다고

---

魯莽經典 看之者 三惑也 作之猶不可 何心以爲評 評之猶不可 又有續國誌者 續水滸者 鄙哉 鄙哉", 李德懋, 「嬰處雜稿」, 『靑莊館全書』 上.

41 윤성근, 「유학자의 소설 배격」, 『어문학』 25, 한국어문학회, 1971; 이문규, 「한국소설에 대한 유학자의 비평의식」, 『한국학보』 31, 일지사, 1983.

하겠다.[42]

(나) 세상에 소위 소설이라는 것이 말이 모두 비리하고 내용 역시 황탄하여 모두 기이하고 간사한 이야기로 돌릴 수 있다. 그러나 〈남정기〉, 〈감의록〉이라 이르는 수 편은 사람을 설득하여 자못 뜻을 감발시켜 줌이 있다.[43]

위 인용문의 (가)는 李養吾(1737~1811)의 견해이고, (나)는 〈一樂亭記〉의 작자 晩窩翁의 견해로, 〈사씨남정기〉와 〈창선감의록〉 등의 교훈적 가치에 대해 긍정적인 시각을 보이고 있다. 이러한 소설에 대한 긍정적인 태도는 비록 〈사씨남정기〉와 〈창선감의록〉 등에 한정된 것이지만, 소설에 대한 독자들의 지속적인 관심을 유지하는 데 상당한 기여를 했을 것으로 보인다.[44] 이런 점에서 한글소설에 긍정적인 태도를 취했던 유학자들은 18·19세기의 한글소설 발달에 있어서 중개자로서 일정한 역할을 한 것으로 볼 수 있다.

## 나. 물질의 중개자

18·19세기 한글소설의 발달에 이바지했던 물질의 중개자는 소설 낭독자와 방각본업자, 세책가 등이다. 이들은 소설의 생산자나 독자보다 훨씬 적극적인 자세로 18·19세기 한글소설의 발달에 깊숙이 관여하였다.

먼저 소설 낭독자인 전기수를 살펴보기로 한다. 주지하듯이 전기수는

---

42 "按謝氏南征記 不過小說古談 其中蓋有可觀焉 … 卽其事而論斷之 以爲世戒 其於懲勸之道 亦不無小補云", 李養吾, 『磻溪集』, 「謝氏南征記後跋」, 이수봉, 「반계 이양오의 문학연구」, 『상산이재수박사환력기념논문집』, 1972, 425쪽.

43 "世之謂小說者 語皆鄙俚 事亦荒誕 盡歸於奇談詭譎 而其中所謂南征‧記感義錄數篇 令人說去 便有感發底意矣", 晩窩翁, 「一樂亭記序」, 김동욱, 「이조소설의 작자와 독자에 대하여」, 『장암지헌영선생화갑기념논총』, 1971, 43쪽.

44 이원주, 「고소설 독자의 성향」, 『한국학논집』 3, 계명대 한국학연구소, 1975, 참고.

사람이 많이 모이는 장소를 옮겨 다니면서, 주로 한글 해독 능력이 부족한 평민 독자층이나 상인을 대상으로 〈숙향전〉과 〈소대성전〉, 〈심청전〉, 〈설인귀전〉 등을 읽어주던 직업적인 소설 낭독자이다. 이들은 독자층에 널리 알려져 인기가 확인된 소설 가운데서 낭독하기에 알맞은 것을 선택하여 영업하였다. 낭독업의 성격상 〈숙향전〉과 〈소대성전〉 등은 일찍부터 레퍼토리로 선택되었을 것이고, 19세기에는 〈심청전〉 등의 판소리계 소설도 레퍼토리로 선택되었다. 직업적인 소설 낭독자는 소설 독자를 평민층에까지 확대하는 데 상당한 역할을 하여 18·19세기 한글소설 발달의 기반을 다지는 데 이바지한 바가 적지 않다.[45] 한편 직업적인 낭독자는 아니지만 소설 애호가 중에서 여러 사람이 모인 장소에서 소설을 낭독한 경우도 있는데, 이들도 독자에게 소설을 전달한 중개자로서 무시할 수 없을 것이다.

다음으로 책세를 받고, 소설을 빌려준 세책가를 들 수 있다. 세책가는 도시의 형성과 한글소설 독자층의 증대에 힘입어 18세기 중엽 서울에 출현했던 것으로 보인다. 세책가는 영업의 성격상 다양한 소설을 구비하여야 하고, 새로운 소설을 계속 공급해야 하며, 장편일수록 영업에 유리하기 때문에 인기가 검증된 소설과 유사한 유형화된 소설이 거듭 생산될

---

**45** 스웨덴의 신문기자였던 아손 그렙스트(Andersson Grebst)가 1904년 12월부터 1905년 초까지 대한제국을 여행한 후 출판한 여행기에서 20세기 초에도 소설 낭독자가 여전히 활동하고 있음을 확인할 수 있다. "이 직업적인 이야기꾼들은 코레아의 말로 광대라 하는데 사람들에게 인기가 좋다. 이들은 코레아의 문학을 섭렵하고 있으며, 심지어 중국 고전이나 국내에서 발간되는 현대 문학까지도 통독하고 있다. 만약 어떤 코레아인이 문학적인 지식을 쌓고자 한다면 서점에 가 책을 보는 것이 아니라 이름이 널리 알려진 광대를 부른다. √ 광대는 그의 집에 와서 그가 듣고 싶어하는 것을 낭송한다. 어떤 때는 이 낭송이 하루가 걸리기도 하고 어떤 때는 일주일이 걸리기도 하는데, 이 시간은 광대가 낭송을 얼마나 잘하는가, 낭송되는 책의 내용이 얼마나 흥미로운가에 달려 있다. 대부분의 광대는 낭송에 과장된 표현과 감정을 삽입시키면서 표정이나 몸짓까지도 한다.", 아손 그렙스트 지음·김상열 옮김, 『스웨덴 기자 아손, 100년 전 한국을 걷다, 을사조약 전야 대한제국 여행기』, 책과함께, 2010, 159쪽. '√'은 단락 구분 표시이다.

수 있게 했으며, 나아가 장편 가문소설과 그 속편의 성격을 지닌 연작소설이 거듭 생산되게 하는 데 결정적 역할을 하였다. 세책가는 새로운 소설 독자층을 개발하는 쪽보다는 확보된 소설 독자를 유지하는 쪽에 신경을 썼다고 할 수 있다.

방각본업자도 한글소설 중개자로서 중요한 역할을 담당했다. 한글소설의 방각은 18세기 중엽 이후에 이루어지기 시작하여 19세기에 활발하게 진행되었다. 한글소설 방각본업자는 영업의 성격상 여러 가지 소설을 출판하는 것보다 인기가 검증된 소설을 선택하는 것이 유리하고, 출판 경비가 많이 들지 않는, 소설 독자층의 구매력에 알맞은 염가의 소설을 선택해야 하였다. 그 때문에 분량이 긴 장편소설은 제외하였고, 선택하더라도 대폭 축약할 수밖에 없었다. 한글소설 방각본은 한글 해독 능력이 있는 평민 독자층을 상대로 생산되었는데, 그것은 소설 낭독업이 지닌 시간적 제약이나 세책업이 지닌 지역적 제약을 벗어나 언제, 어디서나 독자에게 소설을 공급할 수 있는 가장 효과적이고 이상적인 방법이며 동시에 가장 대중적인 방법이었다. 따라서 방각본업자는 18·19세기 한글소설 발달에 있어서 소설 독자층의 기반을 평민층에까지 확대하여 당대의 한글소설이 대중소설적 성격을 지니는 데 결정적인 역할을 한 중개자라 할 수 있다.

방각본 한글소설은 소설 독자층의 증대에 따른 소설 수요의 급증에 착안한 서울의 상인에 의해 서울의 冶洞, 紅樹洞, 由洞, 美洞 등지에서 먼저 출판되었다. 출판 경비를 줄이기 위해 서사적 골격을 유지하면서 소설적 흥미를 잃지 않는 범위 안에서 축약하였다. 그 결과 경판본 중에서 가장 긴 소설이 〈조웅전〉 30장본이고, 가장 짧은 것이 〈토싱젼〉 9장본으로 평균 20장 정도였으며, 대략 완판본의 1/3 분량이다.[46] 경판본은 여러

---

46　김동욱, 「방각본소설 완판·경판·안성판의 내용비교연구」, 『연세논총』 10, 연세대학교 대학원, 1973.

경로를 통해 전국에 보급되었을 것이다. 그런데 지나친 축약 때문에 일부 독자층 특히 판소리를 통해 풍부한 디테일과 유려한 율문체에 익숙한 전라도의 독자층에게 환영받기 어려웠을 것이다. 전라도의 독자들은 자기들의 기호에 맞는 소설을 원했을 것이고, 이에 착안한 전라도의 방각본 업자가 완판본을 생산했던 것이다. 그 결과 완판본은 경판본에 비해 율문체이며, 내용도 풍부하여 평균 63장 정도로 대략 경판본의 3배 분량이 되었다.[47]

이 밖에 한글소설 애호가 중에서 轉寫한 寫本을 대여한 경우가 있는데, 이런 한글소설 전사자도 물질의 중개자 몫을 일정 부분 담당하였다. 그러나 이들은 단순한 전사자로 보이기 때문에 18·19세기 한글소설의 발달 면에서는 큰 의의를 지닌다고 하기 어렵다.

## 2) 18·19세기 한글소설의 유통 방식

18·19세기 한글소설은 주로 직업적인 영업 행위 형태의 세책가, 전기수, 방각본 출판업자 등에 의해 유통되었으며, 소설 독자 상호 간의 개인적인 대여 등을 통해 유통되기도 하였다.

먼저 책세(대본료)를 받고 책을 빌려준 세책가를 들 수 있다. 세책가는 채제공의 「女四書序」와 이덕무의 『사소절』에서 알 수 있듯이 18세기 중엽에 이미 서울에 존재하고 있었으며, 19세기로 내려오면서 더욱 증가되다가 구활자본이 출현하면서 점차 역할이 축소되었다. 세책가의 일반적인 성격은 모리스 쿠랑의 다음 기록에 잘 드러나 있다.

---

**47** 김석배, 「판소리사설의 소설로의 전환 문제에 대한 고찰」, 『국어교육연구』 17, 경북대 사범대 국어과, 1985, 97-99쪽, 참고.

세책가도 상당한 수가 있는바, 여기에는 특히 소설이나 창가책 같은 범속한 책들의 印本 또는 寫本이 갖추어져 있고, 대개는 한글로 씌어진 것들이다. 이런 집의 책은 서점에서 팔고 있는 것보다도 더 잘 간직되고 또 종이도 더 좋은데다가 인쇄한 경우가 많다. 책을 비는 값은 꽤 싸서 하루 한 권에 10분의 1, 2文 정도이며, 때로는 현금이나 물건을, 이를테면 돈으로 몇 냥, 물건으로 화로나 남비 따위를 보증으로 받는 일도 있다. 이러한 장사가 서울엔 전에 아주 많았으나 이젠 퍽 희귀해졌다고 한국 사람들이 내게 말해줬는데, 시골에, 즉 송도·대구·평양 같은 대도회에도 이런 세책가가 있다는 얘기는 들어보지를 못했다. 이 직업은 이익은 박하지만 점잖은 일로 인정되어 있는 까닭에 零落한 양반들이 자진해서 택하는 생업이 되었다.[48]

세책업자는 다양한 소설을 구비하여 책값에 해당하는 돈이나 물건을 보증으로 하여 일정 기간 빌려주고 대본료를 받았다. 현재 전하고 있는 한글소설 이본 중 세책본으로 보이는 것은 羅孫本 중에서 〈계월전〉과 〈옥단춘전〉, 〈유충열전〉, 〈조웅전〉 등이 있고,[49] 동경의 동양문고에 〈삼국지〉(69책)를 비롯하여 〈열국지〉(42책), 〈唐秦演義〉(17책), 〈北宋演義〉(13책), 〈춘향전〉(10책), 〈하진양문록〉(29책), 〈창선감의록〉(10책) 등이 있다.[50] 이러한 세책본은 표지를 삼베나 기름종이로 단단히 입혀 싸고, 위에서 둘째 裂冊 구멍에 끈이 달려 있으며, 冊主의 이름과 冊張數가 기록되어 있는 외형적 특징을 지니고 있다.[51] 그리고 훼손과 분실을 방지하기 위해 독자에게 당부하는 말이 後記로 기록되어 있는 경우도 있다. "이

---

**48** Maurice Courant, *Bibliographie Coréenne*, 박상규 역, 『한국의 서지와 문화』, 신구문화사, 1974, 18쪽.
**49** 김동욱, 「이조소설의 작자와 독자에 대하여」, 『장암지헌영선생화갑기념논총』, 1971.
**50** 大谷森繁, 「조선조의 소설독자 연구」, 고려대학교 대학원 박사학위논문, 1984, 112쪽.
**51** 최철, 「이조소설독자에 관한 연구」, 『연세어문학』 6, 연세대 국어국문학과, 1975, 23쪽.

칙 비러 가시는 사람은 일야을 보옵시고 즉젼ᄒᆞ옵심 쳔만 발압나이다"(羅
孫本 〈옥단츈젼〉), "보시난 니 눌러보시고 즉시 젼ᄒᆞ옵소셔 칙 쥔언 오류
유셔방의 칙니라"(〈니츈풍젼〉)⁵² 등 후기에서 세책가의 소설 훼손, 분실에
대한 고민을 엿볼 수 있다. 실제로 세책본에는 희화나 낙서로 훼손된 경우
가 허다했으며,⁵³ 반납도 제대로 이루어지지 않고 분실되는 경우도 많았
다.⁵⁴ 이러한 사정 때문에 세책업자는 세책본의 훼손, 분실을 방지하기
위해 세책 규칙까지 만들었던 것이다.⁵⁵ 세책가는 비록 지역적으로 서울
에만 존재했지만 18·19세기 한글소설의 유통에 중요한 몫을 담당하였던
것이다.

다음으로 한글소설 방각본업자를 들 수 있다. 한글소설 방각본은 서울,
안성, 전주 등지에서 출판되었다. 경판본은 전국의 한글소설 독자층을
대상으로 출판되었으며, 완판본은 주로 전라도 지방의 한글소설 독자층
을 대상으로 출판되었다. 경판본은 대개 흘림체 행서로 썼고 축약본이

---

52　김동욱, 「이조소설의 작자와 독자에 대하여」, 『장암지헌영선생화갑기념논총』, 1971.

53　"각장마다 뒷면에 희서(戱書)가 많고, 책 주인을 욕하는 글들이 많다. 외자낙서가 많은데,
칙삭 한 푼씩 받아 네미 봉양하라는 둥, 칙삭 한 푼이 비싸다는 둥, 이왕 세책을 놀려면
깨끗한 책을 놓으라는 둥, 여러 가지 욕설과 희화가 섞여 있고, 희화 중에는 남녀 성기의
것도 많다."(〈조웅전〉), 김동욱, 「이조소설의 작자와 독자에 대하여」, 『장암지헌영선생화
갑기념논총』, 1971, 51쪽.

54　"한국 사람들은 빌었던 책을 잘 반환하지 않기 때문에 세책가의 책들은 금방 그 수가
줄어들어 실지로 내가 경험한 바에 의하면, 장서 목록을 대신하고 있는 조잡한 일람표와
재고 서적이 완전히 일치하고 있는 일이 도무지 없었다. 이 책 일람표를 보고 거기서
어떤 책을 골라 청구하면 언제나 그 책은 분실되어 없다는 대답이었다.", Maurice Courant,
*Bibliographie Coréenne*, 박상규 역, 『한국의 서지와 문화』, 신구문화사, 1974, 18-19쪽.

55　다음은 〈泰西新史〉의 세책규칙이다. "칙셰규측 대져 이 칙은 셰상 스름이 속히 돌녀
보기를 위ᄒᆞ야 셰 주는 법을 창기ᄒᆞ얏스니 흔 군데 오릭 두지 못홀지라 이제 흔 규측을
뎡ᄒᆞ노니 이 칙 가져간 지 슴십 일이 지나되 환송치 아니ᄒᆞ거나 혹 더러이거나 상ᄒᆞ면
뎐당ᄒᆞ얏든 물건을 방미홀 터이요 만일 이 칙 상하권 본갑 오십 젼을 가져오면 뎐당
물건은 도로 쥬려니와 또 칙 가져가는 날 병계ᄒᆞ야 스십 일에 지나면 돈을 가져와도
허락지 아니ᄒᆞ갓소 미권 십오 일 이닉는 미일 엽젼 오 리식 십오 일 이외는 미일 엽젼
일 푼식 이 칙 한문도 셰규측이 갓소", 안춘근, 『한국서지학논고』, 광문서관, 1979, 52쪽.

많으며, 내용과 문장이 비교적 세련되게 다듬어져 있다. 완판본은 읽기 쉬운 해서체로 썼고 내용이 풍부한 경우가 많다.

　방각본 소설은 서울에서는 종각에서부터 남대문 사이의 서점에서 판매되기도 했으며, 보부상이나 방물장수에 의해 전국에 유통되기도 하였다. 특히 조선 후기에 설치된 천여 개의 지방 장시(5일장)를 통해 전국의 소설 독자에게 유통되었다.[56]

　전기수도 소설 유통에 중요한 몫을 담당하였다. 조수삼의 『추재집』에서 알 수 있듯이, 전기수는 사람이 많이 모여드는 장소인 梨峴과 七牌, 第一橋 아래 등지에 이야기판을 마련하여 소설을 낭독하면서 돈을 벌었다. 전기수는 "읽다가 가장 간절하여 매우 들을 만한 대목에 이르면 문득 조용히 소리를 내지 않아" 청중을 애타게 하였다가 청중이 돈을 던지면 그다음을 계속하였다. 이러한 강독사가 중국에도 존재했으며 영업방식이 우리나라의 전기수와 비슷했음을 박지원의 『열하일기』에서 확인할 수 있다.[57] 즉 전기수는 문자 해독력이 없는 무식한 평민 남성 독자층에 소설

---

56　"기타 소설류(대부분 2, 30장의 언문소설)가 문예상의 출판물이고, 우선 이 정도입니다. … 이것들이 출판물이라면 출판물임은 틀림이 없습니다만, 대부분 휴지와 같은 알량한 종이에 극히 졸렬한 각판으로 되는 대로 印出한 것으로 서울 기타의 도회지에서는 잡화상 구석에서, 시골에서는 닷새에 한 번 열리는 장에서 잡동사니와 같이 팔리고 있습니다." 前間恭作, 『朝鮮の板本』, 松浦書店, 1937, 22-30쪽; 김동욱, 「방각본에 대하여」, 『동방학지』 11, 연세대학교 동방학연구소, 1970, 98쪽. 한편 시골 장터에서는 딱지본 소설도 팔았는데, 『동아일보』(1938. 2. 4.)에 豊基支局의 S生이 쓴 「農村 景氣 打診, 繁雜한 장날의 風景(三)」에 당시 소설이 유통되는 모습을 생생하게 소개하고 있다. "군대군대 책전이 신작로 바닥에 버려져 있다. 울긋불긋한 표지에 눈이 팔리어 뿍 장군들이 가든 발을 멈추고 둘러서서 이것저것 뒤적이고 있다. √ 책값은 四전으로부터 十전 十五전짜리가 거의 전부다. √ 가장 만히 팔리는 것이 심청전, 춘향전, 그리고는 류충렬전이다. 소대성전이라고 하는 꼬망 옛적 히기한 전기류요 그리고는 (사)랑이니 눈물이니 하는 저급 취미의 소위 연애 비극 신소설 따위를 요사히 와서 촌 젊은이들이 만히 찾는다고 한다. √ 만히 팔리면 하로 장에 二三十 책식 나가는데 거개가 뒤척어리다가 그냥 가버리고 그러치 안흐면 하필 없는 책을 찾는 사람이 만타고 한다. √ 겨울밤 아랫목에서 얻어지는 무한한 취미는 진실로 이 전기책 속에 잇고 가끔 마을 시악시들 사이에 기묘한 로멘스도 없지 안허 잇다."(√은 문단 구분). 1970년대 초에도 시골의 오일장에는 잡화와 함께 춘향전, 심청전, 소대성전 등 딱지본 소설을 파는 책전이 있었다.

을 유통시키는 데 중요한 역할을 담당했던 것이다.

소설 애호가 상호 간에 대여를 통해 소설이 유통되었을 것이라는 짐작은 쉽게 할 수 있다. 謙齋母에게 〈諺書西周演義〉를 빌려본 閭巷女의 존재나 고소설 후기를 통해 소설 애호가 상호 간의 대여를 통한 소설 유통을 확인할 수 있다. 고소설 후기의 "등셔 안오위장되의셔 한여시니 슈이물실흐고 잘 간슈흐여 보게흐라"(〈육미당기〉), "이 칙을 등셔하이 부디 효측흐여 이 일을 본바들지녀다 이 책 번역하기 공부 족지 안니 부디 유실치 말고 잘 간슈하압"(〈장풍운전〉) 등은 자손들에게 소설을 물려주었음을 알려준다. 소설 애호가 상호 간의 대여를 통한 소설의 유통은 전기수나 방각본업자, 세책가에 비해 제한적이지만 18·19세기 한글소설의 유통에 일정한 역할을 했던 것은 분명하다.

## 5. 맺음말

이제까지 18·19세기 한글소설의 발달을 한글소설의 생산자와 중개자, 독자와 소설의 유통을 통해 살펴보았다.

18·19세기에 나온 한글소설의 대부분은 통속소설 내지 대중소설의 성격을 강하게 지니고 있기 때문에 이 시기의 한글소설의 발달에는 생산자인 작가층보다는 오히려 중개자나 독자층이 더 중요한 역할을 하였다.

한글소설 독자층의 대중화 기반은 17세기 후반에 이미 형성되기 시작했으며, 18세기에는 한글 해독 능력을 갖춘 양반사대부 부녀자들이 중요

---

57  "有坐讀水滸傳者 衆人環坐聽之 擺頭掀鼻旁若無人 看其讀處則 火燒瓦官寺 而所誦者乃西廂記 目不知字而口角溜滑 亦如我東巷肆中 口誦林將軍傳 讀者乍止則 兩人彈琵琶一人響疊鉦", 박지원, 『열하일기』, 「渡江錄」(關帝廟記).

한 독자층을 형성하였고, 19세기에는 평민 부녀자들도 중요한 독자층으로 등장하였다. 이들은 주로 세책가를 통해 소설을 향유하였다.

한글소설의 남성 독자층은 17세기까지는 주로 백화문에 능통한 역관 계층이었을 것으로 보이고, 18·19세기에 와서 상인, 평민, 서리 등으로 확대되었다. 이들은 전기수를 통하거나 한글소설 방각본을 구입하여 소설을 향유하였다.

18·19세기 한글소설의 독자층은 대부분 불행한 처지에 있었던 자들이라 할 수 있고, 그들은 소설을 통해서 자신들이 겪고 있는 현실적 불행을 정신적으로 보상받기 위해서 소설을 읽었던 것이라 할 수 있다. 18·19세기에 등장한 한글소설은 영웅소설, 가정소설, 장편 가문소설 등 상당한 종류에 이르고 있다.

18·19세기 한글소설의 생산자로 백화문에 능통한 역관과 서얼 등을 들 수 있는데, 이들은 중국소설을 번역·번안하여 한글소설 발달의 기반을 다졌다. 다음으로 17세기 이후 광범위하게 형성된 몰락 지식인들이 생계를 위해 세책가나 방각본업자의 요구로 한글소설 생산에 관여하였다.

18·19세기 한글소설은 세책가의 요구에 따라 새로운 소설이나 장편소설을 생산하는 방향으로 이루어지기도 했고, 방각본업자의 요구에 따라 출판 경비를 줄여 평민 독자층의 구매력에 알맞은 분량의 소설로 축약, 개작하는 방향으로 이루어지기도 했다.

18·19세기 한글소설의 발달에 있어서 이념의 중개자보다 물질의 중개자가 끼친 영향이 훨씬 컸다. 이념의 중개자인 유학자는 대부분 한글소설에 부정적인 시각을 드러내면서 소설을 배격하였기 때문에 소설의 발달에 오히려 장애가 되었다.

물질의 중개자로 전기수, 세책가, 한글소설 방각본업자를 들 수 있다. 전기수는 평민 남성층을 소설 독자층으로 확보하는 데 크게 이바지하였다. 세책가는 여성 독자층을 계속 소설 독자로 확보하였고, 새로운 소설의 생산과 장편소설의 생산에 기여한 바가 컸다. 방각본업자는 한글소설의 대중화에 결정적인 역할을 하였다. 전기수나 세책가가 지닐 수밖에 없었던 시간적, 공간적 제약을 벗어나 소설 독자층을 전국적으로 확대하는 데 크게 기여하였다.

18·19세기 한글소설은 세책가에 의해 부녀자들에게 유통되었고, 전기수에 의해 평민 남성독자층에게 유통되었으며, 방각본 한글소설은 서점과 보부상, 방물장수, 5일 장시 등을 통해 전국의 독자층에 유통되었다.

## 2장

# 판소리 사설의 소설로의 전환 문제

## 1. 머리말

판소리는 조선 후기에 민중의식의 성장과 함께 생성, 발전한 예술이다. 판소리에 대한 관심은 일찍부터 있었으며, 판소리의 복합적인 성격—문학적, 음악적, 연극적 요소—때문에 다양한 논의가 시도되었다. 그 결과 판소리의 본질이 깊이 있게 해명되기도 했다.[1] 특히 판소리의 생성과 발전에 대한 문제는 판소리 연구의 초기부터 관심의 대상으로 논의되기 시작했으며, 거듭 논의되었던 중요한 과제 중의 하나였다. 이 문제는 김삼불의 논의[2]를 수용·발전시킨 김동욱의 논의[3]에서 "근원설화 → 판소리 → 판소리계 소설"로 정리되어 정설화되다가 강한영과 사재동의 논의[4]에서 소

---

1  1970년대까지의 판소리 연구는 김흥규, 「판소리 연구사」(조동일·김흥규 편, 『판소리의 이해』, 창작과비평사, 1978)에서 정리하였다.

2  김삼불, 「序文」, 『배비장전 옹고집전』, 국제서관, 1950, 5쪽.

3  김동욱, 『한국가요의 연구』, 을유문화사, 1961, 357쪽.

4  강한영, 『신재효판소리사설집(전)』, 민중서관, 1971; 사재동, 「심청전 연구 서설」, 이상택 외 공편, 『한국고전소설』, 계명대출판부, 1974.

설선행설이 반론으로 제기되어 재검토의 계기가 마련되기도 했다. 그러나 제기된 반론은 앞의 도식을 부정할 수 있을 만큼 충분한 설득력을 얻고 있는 것으로 보기 어렵다. 판소리사의 큰 흐름 위에서 볼 때, 김동욱이 제시한 도식은 그대로 유용한 것으로 보인다.[5]

이 글에서는 이러한 입장에 서서 그 동안의 연구에서 관심 밖이었던 '판소리 → 판소리계 소설'의 과정 즉, 판소리 사설이 판소리계 소설로 전환된 문제를 살펴보기로 한다. 왜냐하면 판소리사를 온전히 이해하기 위해서는 '근원설화 → 판소리'의 과정 이해가 중요한 만큼 '판소리 → 판소리계 소설'의 과정 이해 또한 중요하기 때문이다.

판소리 사설이 소설로 전환된 문제를 본격적으로 다룬 연구는 이루어진 바 없다. 다만 판소리 사설의 소설로의 전환은 판소리 전성기인 19세기 전반기에 일어난 일이고, 그것은 판소리 발전의 자연적인 추세의 하나이며, 광대의 소리를 옮겨 적은 대본의 성립이 직접적인 계기가 되었다는 정도의 단편적인 지적[6]이 있을 뿐이다.

이 글에서는 다음과 같은 문제를 살펴보기로 한다. 첫째, 판소리 · 판소리 사설 · 판소리계 소설의 구분 문제와 둘째, 판소리 사설이 소설로 전환한 시기이다. 그리고 셋째, 판소리 사설이 소설로 전환하게 된 동인과 넷째, 판소리 사설의 소설로의 전환 양상 및 판소리계 소설의 출현 양상 등이다.

---

5 경판본 〈심청전〉이 완판본 〈심청전〉에 앞서고 판소리 사설이 완판본에 가까운 율문체라고 해서 경판본계에서 판소리가 발생했다는 견해는 설득력이 적다. 또한 〈적벽가〉도 〈삼국지연의〉가 있기는 하지만 그것이 국내적 해체를 겪고 난 뒤 국내적 소재를 차용하여 다시 창조된 것으로 소설인 〈삼국지연의〉가 설화화한 뒤에 그것을 바탕으로 〈적벽가〉가 형성되었다고 보는 것이 타당할 것 같다. 서종문, 「신재효 적벽가에 나타난 작가의식」, 『판소리사설연구』, 형설출판사, 1984, 130쪽.

6 장덕순 · 조동일 · 서대석 · 조희웅, 『구비문학개설』, 일조각, 1975, 152쪽; 임형택, 『한국문학사의 시각』, 창작과비평사, 1985, 454쪽.

## 2. 판소리 · 판소리 사설 · 판소리계 소설

판소리 예술[7]에는 판소리, 판소리 사설, 판소리계 소설이 공존하고 있다. 이들은 서로 다른 성격으로 존재하고 있으면서 또한 서로 맞물려 있기 때문에 이들의 상호 관계를 구분하지 않으면 과제 해결에 많은 혼란이 따를 것으로 예상된다. 따라서 판소리 사설의 소설로의 전환 문제를 살피는 것은 이들 상호 간의 관계를 구분하는 작업에서부터 출발해야 한다.

판소리 연구에 있어서 판소리 · 판소리 사설 · 판소리계 소설을 구분하는 작업은 매우 힘든 일이 분명하다. 왜냐하면 판소리 사설과 판소리계 소설 사이에 존재하는 種差的 徵標 즉 변별적 자질을 찾아내는 일이 쉽지 않기 때문이다. 이러한 사정으로 그동안 이들 상호 간의 관계를 구분하는 작업은 거의 이루어지지 않은 실정이고, 서종문에 의해 작품의 발전 구조, 시점의 변화 양상, 문체상의 차이 등의 示差的 基準이 마련됨으로써 연구의 길이 열렸다.[8]

판소리는 문학적 요소, 음악적 요소, 연극적 요소를 공유한 독특한 복합적 성격의 예술이다. 즉 판소리는 전문적인 소리꾼인 광대가 판소리 사설(문학적 요소)을 고수의 북 장단에 맞추어 아니리와 창(음악적 요소)으로 너름새(연극적 요소)를 하면서 연행하는 예술이다. 여기에 광대의 흥을 돋우는, 고수나 청중의 추임새가 더해져서 판소리는 살아 움직이는 현장 예술이 된다.

판소리 사설은 광대의 공연을 목적으로 기록, 정착된 口演 臺本(唱本)으로서의 敍事記錄物로 '~歌'로 지칭되는 이본 계열이라 할 수 있다.[9] 또한

---

7  판소리, 판소리 사설, 판소리계 소설을 통칭할 때 '판소리 예술'이란 용어를 사용한다.
8  서종문, 『판소리사설연구』, 형설출판사, 1984, 14쪽.
9  서종문, 『판소리사설연구』, 형설출판사, 1984, 14쪽. 춘향가 창본으로는 김소희, 김연수, 김이수, 박봉술, 박초선, 이선유, 조상현의 창본 등이 있고, 심청가 창본으로는 김연수,

판소리계 소설은 광대의 공연을 목적으로 기록된 것이 아니라 독자에게 읽혀지기 위해서 轉寫되거나 인쇄된 口讀物로서의 서사기록물로 '-傳'으로 불리는 이본 계열이라 할 수 있다.[10] 따라서 원래 광대의 공연을 목적으로 기록되었던 판소리 사설이라도 그 기능이 전환되어 서사구독물화되면 판소리계 소설이 되는 것이다. 신재효본 〈토별가〉는 원래 창본으로 정리된 것이지만 뒤에 방각본으로 출판되면서 창본으로서의 기능이 약화되고 독서물로서의 성격이 강화되어 판소리계 소설로 전환된 좋은 예이다. 완판본 〈열녀춘향수절가〉, 세창서관본 〈흥보전〉 등도 이와 같은 성격을 지니고 있다.

## 3. 판소리 사설의 소설로의 전환 시기

판소리 사설이 소설로 전환된 시기는 문헌 자료의 검토와 판소리계 소설 이본의 절대 연대 검토를 통하여 추정이 가능하다. 판소리 사설의 소설로의 전환 시기를 살피는 데 주목되는 문헌으로 『象胥記聞』과 『秋齋集』(「秋齋紀異」)이 있다. 『상서기문』은 1794년(정조 18) 일본 대마도의 역관이었던 小田幾五郎이 조선 사신의 일행으로부터 전해 들은 이야기를 기록한 것으로 당시 우리나라의 한글소설의 사정을 알려주는 대목이 있어 주목된다.

---

박동진, 성우향, 이선유, 정권진, 한애순의 창본 등이 있다. 그리고 수궁가 창본으로는 김연수, 남해성, 박동진, 박봉술, 박초월, 이선유, 정권진의 창본이 있으며, 흥보가 창본으로는 이선유, 김이수, 박록주, 박봉술, 한농선의 창본이 있고, 적벽가 창본으로는 김연수, 임방울, 정권진, 한승호, 이선유의 창본이 있다.

10 서종문, 『판소리사설연구』, 형설출판사, 1984, 14쪽. 현재 판소리계 소설의 이본은 상당수가 전하고 있다. 그중에는 율문적 성격을 강하게 띤 것도 있고 산문적 성격을 강하게 띤 것도 있다.

조선소설 〈장풍운전〉, 〈구운몽〉, 〈최현전〉, 〈장박전〉, 〈임장군충렬전〉, 〈소대성전〉, 〈소운전〉, 〈최충전〉. 이 밖에 〈사씨전〉, 〈숙향전〉, 〈옥교리〉, 〈이백경전〉 등은 唐代의 고사를 소재로 하여 씌어진 소설들인데, 언문으로 읽기 쉽게 만들었으며 〈삼국지〉 등의 종류도 언문으로 쓴 책이 있었다.[11]

이 자료에서 18세기 말에 소설이 사신 일행의 화젯거리에 오를 정도로 조선과 일본에서 다 같이 인기 있었던 문학 장르였음을 알 수 있다. 그리고 조선에서는 그중에서 영웅소설적 성격이 강한 작품이 인기 있었고, 독자들이 읽기 쉽게 한글로 쓰였음을 알려준다. 이 소설들이 판본으로 존재했는지 필사본으로 존재했는지 분명하지 않지만, 李德懋(1741~1793)의 「嬰處雜稿」의 기록[12]으로 미루어 보아 판본으로도 존재했을 가능성이 크다. 그런데 『상서기문』에 판소리계 소설이 한 편도 나타나지 않는 사실은 판소리 사설이 소설로 전환된 시기를 논의하는 데 시사하는 바가 크다. 판소리계 소설 가운데 춘향전과 심청전은 서울, 안성, 전주 지방에서 두루 坊刻되었으며, 방각본 출간 횟수가 각각 6회 이상일 정도로 조선 후기에 대단한 인기를 모았던 소설이다. 만약 당시에 판소리 사설이 소설로 전환되어 널리 읽혔다면 춘향전과 심청전의 인기도[13]로 보아 『상서기문』에

---

11  "朝鮮小說 張風雲傳 九雲夢 崔賢傳 張朴傳 林將軍忠烈傳 蘇大成傳 蘇雲傳 崔忠傳 此外 泗氏傳 淑香傳 玉橋梨 李白慶傳ノ類ハ唐ノ事シ書キ諺文ニラ讀ヨキヤウニ仕タルメ云 三國志ナメノ類モ諺文ニラ書タル本有之也", 小田幾五郎, 『象胥記聞』 下, 1794, 天理大圖書館 所藏, 105쪽.

12  "嘗聞中州 村巷學究聞聚談話 卽席欲酒肉 則一人呼訴說 一人寫 幾人刻板 居然成二三篇 賣於書肆 沽酒肉以遊云 吁 由一時食慾 强作浪說 用力極勞 而心術隨壞(일찍이 듣건대, 中州의 시골 서생들이 모여서 담화를 하다가 즉석에서 술과 고기 생각이 나면, 한 사람은 부르고, 한 사람은 받아쓰고, 몇 사람은 板刻을 하여 앉은 자리에서 두세 편을 이루어 책 가게에 팔아 술과 고기를 사다가 논다고 한다. 슬프다. 한때의 식욕 때문에 억지로 낭설을 지으니 힘들여 수고함이 지나치며, 마음마저 따라 무너진다.)", 李德懋, 「嬰處雜稿」, 『靑莊館全書』 上, 95-96쪽.

13  방각본 출간 횟수로 고소설의 인기도를 정리한 바에 의하면, 춘향전이 방각본 6회,

기록되었을 것이다.

小田幾五郞은 역관이므로 그가 주로 상대한 인물 역시 조선 역관이었을 것이고, 그들의 흥미 있는 화제 중의 하나로 소설이 등장했을 것이다. 중요한 소설 독자층의 하나였던 역관[14]이 10여 종 이상의 소설을 들면서 인기 소설인 판소리계 소설을 하나도 들지 않은 까닭을 어떻게 설명할 수 있을까? 단순히 역관의 부주의로 돌릴 수는 없을 것이다. 이것은 18세기 후반까지는 아직 판소리 사설이 소설로 전환되지 않았음을 알려주고 있다. 즉 이 시기까지는 판소리 사설이 창자의 연창 대본으로 존재했으나 아직 소설로 전환되지는 않았던 것이다.

「秋齋紀異」는 趙秀三이 어릴 때부터 보고 들은 도시 하층민들에 관한 일화집인데, 직업 강독사인 傳奇叟에 대한 기록이 있어 주목된다.

전기수는 동문 밖에 살고 있다. 언문 소설책을 잘 읽는데 〈숙향전〉, 〈소대성전〉, 〈심청전〉, 〈설인귀전〉 등의 傳奇이다. 매달 초하루는 제일교 아래, 초이틀은 제이교 아래, 초사흘은 배오개에, 초나흘은 교동 입구에, 초닷새는 大寺洞 입구에, 초엿새는 종각 앞에 앉는다. 이렇게 올라갔다가 초이레부터는 도로 내려온다. 이처럼 아래에서 위로, 위에서 다시 아래로 옮겨 한 달을 마친다. 다음 달에도 또 그렇게 하였다. 책을 잘 읽기 때문에 구경하는 이들이 겹겹이 둘러싼다. 읽다가 가장 간절하여 매우 들을 만한 대목에 이르면 문득 조용히 소리를 내지 않는다. 사람들은 下回를 듣고자 해 다투어 돈을 던진다. 이것을 일컬어 요전법이라 한다.[15]

---

활자본 32회 출간으로 1위, 심청전이 방각본 6회, 활자본 6회 출간으로 5위이다. 조동일, 『한국소설의 이론』, 지식산업사, 1977, 286쪽, 참고.

14 "역관은 중국으로부터 소설을 도입해 오는 데에 중요한 역할을 담당하였으며, 또 중국어에도 능통한 사람들이 많았다. 그들은 사대부와는 달리 보다 자유롭게 소설을 향유할 수 있었을 것이다.", 大谷森繁, 「조선조의 소설독자 연구」, 고려대학교 대학원 박사학위논문, 1984, 77쪽. 이러한 사정은 한글소설의 경우도 마찬가지였을 것으로 짐작된다.

위의 자료는 직업 강독사인 전기수가 즐겨 낭독하던 소설과 영업 방식을 소상하게 알려주고 있다. 전기수의 낭독 레퍼토리 중에 판소리계 소설의 하나인 심청전이 보이고 있어 주목된다. 심청전은 판소리계 소설 중에서 영웅소설적인 면모를 특히 많이 띠고 있어 전기수의 영업 방식에 알맞아 낭독되기도 하였을 것[16]이지만 판소리 심청가가 인기 있었기 때문에 자주 낭독되었을 것이다.

조수삼은 1849년까지 생존했던 인물이니, 심청전은 늦어도 19세기 중반기에는 소설로 존재했음을 알 수 있다. 판소리 사설이 소설로 전환된 후 전기수의 중요 레퍼토리의 하나로 되기까지는 얼마간의 시간이 소요되었을 것이다. 그렇다면 판소리 사설이 소설로 전환된 시기는 19세기 전반기로 볼 수 있다.

판소리계 소설에는 많은 이본이 존재한다. 그중에서 비교적 이른 시기에 나온 이본의 절대 연대를 검토하면 판소리 사설의 소설로의 전환 시기를 추정하는 데 도움 받을 수 있을 것이다. 그러나 판소리계 소설의 이본도 다른 고소설과 마찬가지로 刊記가 없는 경우가 대부분이고, 간기가 있는 경우라도 干支로 표기되어 있어 절대 연대를 밝히는 것이 쉽지 않다. 또한 방각본의 경우 간기가 후대에 補刻되었을 가능성을 배제할 수 없기 때문에 신빙성이 문제 되기도 한다.[17]

---

15  "傳奇叟 叟居東門外 口誦諺課稗說 如淑香蘇大成沈淸薛仁貴等傳奇也 月初一日坐第一橋
    下 二日坐二橋下 三日坐梨峴 四日坐校洞口 五日坐大寺洞口 六日坐鐘樓前 溯上旣 自七日
    沿而下 下而上 上而又下 終其月也 改月亦如之 而以善讀故 傍觀匝圍 讀至最喫緊甚可聽之
    句節 忽黙而無聲 人欲聽其下回 爭以錢投之 曰此乃邀錢法云", 趙秀三,『秋齋集』7,「紀異」.
16  조동일,『한국소설의 이론』, 지식산업사, 1977, 409쪽.
17  방각본의 간기는 없는 경우가 많고, 간기가 있는 경우도 1910·20년대로 되어 있어
    후대에 보각되었을 가능성이 크다. 즉 경판본 〈심청전〉(24장본, 한남본)에는 1921년
    10월 30일 京城 翰南書林에서 白斗鏞의 명의로 발행되었다는 판권지가 붙어 있는데,
    이것은 1909년 일제가 우리 출판물을 규제하기 위하여 출판법을 제정, 시행함에 따라
    붙인 것이다. 따라서 이 경우는 기록된 간기가 이 판본의 초판 연대라고 보기 어렵다.
    최운식,「심청전연구」, 성균관대 대학원 박사학위논문, 1982, 13쪽, 참고.

이본의 간기가 안고 있는 이러한 한계에도 불구하고 紙質 검토 및 판소리의 사적 전개에 유의하면 이본의 절대 연대 추정이 전혀 불가능한 것은 아니다. 절대 연대를 밝힐 수 있는 이본 중에서 비교적 이른 시기에 나온 것은 다음과 같다. 춘향전 중에서 〈남원고사〉는 1864년에서 1869년 사이에 필사되었고,[18] 심청전 중에서 一簣本 〈심청전〉이 1854년, 가람본 〈심청전〉이 1849년에 필사되었다.[19] 그리고 토끼전 중에서 가람본 〈鱉兎歌〉가 1827년, 가람본 〈토긔젼〉이 1843년에 필사되었으며, 京板本 〈토싱젼〉은 1848년에 간행되었고,[20] 흥부전 중에서 임형택본 〈朴興甫傳〉이 1856년에 필사된 것으로 알려져 있다.[21]

이상의 이본 중에서 절대 연대가 가장 이른 것은 가람본 〈별토가〉로 19세기 전반기에 필사된 것이고, 그 밖의 이본은 19세기 중반기에 이루어진 것이다. 이러한 사실은 판소리 사설의 소설로의 전환은 19세기 전반기부터 시작되었으며, 19세기 중반기에는 일반적인 경향이었음을 알려 준다.


## 4. 판소리 사설의 소설로의 전환 동인

### 1) 현장예술인 판소리의 제약성

판소리는 소리판에서 광대가 고수의 북 장단에 맞추어 혼자서 소리하고(唱), 말(아니리)하고, 몸짓(발림)을 하면서 줄거리 있는 이야기를 펼쳐

---

18  김동욱 외,『춘향전비교연구』, 삼영사, 1979.
19  최운식,「심청전연구」, 성균관대 대학원 박사학위논문, 1982, 참고.
20  인권환,「토끼전 異本攷」,『아세아연구』29, 고려대 아세아연구소, 1968.
21  임형택,「흥부전의 역사적 현실성」,『한국문학사의 시각』, 창작과비평사, 1984, 172쪽.

가는 독특한 양식의 예술이다. 판소리 공연에 광대의 소리 흥을 돋우기 위해서 고수나 관중이 하는 '어이, 얼씨구, 좋다, 잘한다' 등의 추임새가 덧보태어질 때 소리판은 더욱 생동감을 지니게 된다. 그리고 판소리 감상은 관중이 직접 판소리가 공연되는 소리판 현장에 참여할 때 가능하다. 판소리의 이러한 현장예술성 때문에 판소리 감상에는 몇 가지 제약이 따르게 된다. 시간적 제약과 공간적 제약이 그것인데, 이 제약은 창을 부르는 사람이나 듣는 사람 모두에게 해당된다. 그런데 판소리 사설이 소설로 전환된 것은 주로 감상자 쪽의 사정에서 비롯된 것이므로 여기에서는 감상자 쪽의 사정을 주로 살펴보기로 한다.

먼저 시간적 제약에서 오는 전환 동인부터 살펴본다. 판소리는 연행 시간이 경과함과 동시에 소멸해 버리는 일회성의 시간예술이다. 따라서 판소리에 익숙하지 못한 사람들은 판소리 공연이 끝나자마자 판소리의 사실적인 생동감을 잊어버리게 되고 사설의 대체적인 줄거리 정도를 기억하는 데 만족할 수밖에 없다. 또 판소리는 두루 알려진 내용을 가창하기 때문에 청중이 사설을 안다는 전제 아래 사설의 내용과 부합되는 樂感을 전달하므로 판소리에 웬만큼 익숙한 청중이 아니면 사설을 모두 알아듣기 어렵다.[22] 19세기는 이미 부분창을 하던 시기이고, 부분창에서는 서사적 전개에 초점이 있는 것이 아니라 특정 부분이 얼마나 절실하고 설득력 있게 표현되는가에 초점이 맞춰져 있다.[23] 심청전의 경우 청중은 심청이

---

22  서대석, 「판소리의 전승론적 연구」, 김흥규 편, 『전통사회의 민중예술』, 민음사, 1980, 116쪽.

23  김대행, 『한국시가구조연구』, 삼영사, 1976, 206쪽, 참고. 이러한 현상은 19세기 후반으로 내려오면서 더욱 심화되는데 김세종이 발림의 중요성을 강조한 것도 장면의 사실적 표현을 강조한 것이다. "그러나 형용 동작을 등한히 하면 아니 된다. 가령 우름을 울 때에는 실제로 수건으로 낮을 갈이고 엎디어서 울던지 그때그때 경우에 따라서 여실히 우는 동작을 표시하여야 한다. 태연히 아무 비애의 감정도 표현치 아니하고 아무 동작도 없이 우드커니 앉아서 곡성만 발하면 창과 극이 各分하여 실격이 된다. '죽장 집고 망혜 신고 천리 강산 들어가니'로 불늘 때에는 앉았다가 쪽으리고 쪽으리에서 서서히 起身하면

인당수에 빠져 죽게 되는 전후의 사건 전개에 관심이 있지 않고, 오히려 심청이가 물에 빠져 죽는 비장한 장면이 얼마나 잘 표현되는가에 관심을 두게 된다. 장황한 사설을 한 번 듣고 모두 이해할 수도 없다. 뿐만 아니라 판소리를 감상할 수 있는 기회가 매우 제한적이었던 점도 이러한 전환 동인의 하나로 생각할 수 있다.

다음으로 공간적 제약에서 오는 전환 동인을 살펴본다. 광대와 고수가 자리를 잡고 소리하는 곳을 소리판 또는 소리청이라고 하는데, 이 소리판은 관중이 모일 수 있는 곳이면 된다. 도시나 농촌의 장터, 大家의 앞마당이나 대청마루이거나 御前이거나 소리판이 '어디'에 벌어지는가는 그리 문제가 되지 않는다. 그러나 소리판이 소리판으로서의 역할을 제대로 할 수 있느냐 없느냐 하는 것은 중요한 문제가 아닐 수 없다. 이 문제는 거의 광대가 지닌 가창 능력에 따라 결정되는 것인데, 아무리 뛰어난 가창 능력을 지닌 광대라고 하더라도 소리판의 범위는 제한적일 수밖에 없다. 바꾸어 말하면 특정의 소리판에 참여할 수 있는 관중의 수가 한정적일 수밖에 없다는 것이다.

판소리가 지니고 있는 이러한 시간적, 공간적 제약을 극복하고 언제, 어디서나 감상이 가능한 방법은 바로 판소리 사설을 소설로 전환하는 것이다. 비록 소리판 현장에서 맛볼 수 있는 생동감이나 박진감이 반감하기는 하지만 당시로서는 그 이상으로 효과적이고 편리하게 판소리를 감상할 수 있는 방법이 없었다.

---

서 손으로 向便을 지시하면서 천 리나 만 리나 들어가는 동작을 형용하며 唱調와 동작 형용이 마조떠러져야 한다.", 정노식, 『조선창극사』, 조선일보사출판부, 1940, 63-64쪽.

## 2) 판소리의 부분창화

판소리는 사설의 길이가 비교적 짧았던 어느 시기까지는 완창되었다. 그러나 그 뒤 여러 광대의 손을 거치면서 사설이 계속 확장되어 한 자리에서 다 부를 수 없을 정도가 되어 특정 부분만 따로 떼어 부르게 되었다. 이것이 판소리의 부분창화이다. 판소리의 부분창화는 권삼득(1771~1841)의 더늠이 있는 것[24]으로 보아 18세기 후반기에 이미 시작된 것으로 보이며 19세기로 내려오면서 가속화되었다.

판소리는 한 광대에 의해서 실현되는 개별적인 작품이므로(비록 전체적인 내용은 같지만) 다른 광대의 것보다 다채로워야 청중의 마음을 사로잡을 수 있다. 판소리를 공연하기 위해서는 청중의 호감을 사야 하기 때문에 광대는 자신의 판소리를 다채롭게 하기 위해서 노력하게 된다. 이러한 노력은 사설치레, 득음, 너름새에 두루 해당되는데, 그 가운데 사설치레가 가장 기본적인 것이다.[25] 사설치레는 서사구조의 변개 쪽보다 장면극대화[26] 쪽으로 이루어져 결국 부분의 독자성[27]을 낳게 되었다.[28] 이

---

24  정노식, 『조선창극사』, 조선일보사출판부, 1940, 18쪽.
25  신재효는 〈광대가〉에서 광대의 4대 법례를 다음과 같이 말하고 있다. "광되라 ᄒᄂᄂ 거시 제일은 인물치레 둘지ᄂ 스셜치레 그 직ᄎ 득음이요 그 직ᄎ 너름시라 너름시라 ᄒᄂ 거시 귀성 ᄭᅵ고 밉시 잇고 경각의 쳔틱만상 위션위귀 쳔변만화 좌숭의 풍류 호걸 귀경ᄒᄂ 노쇼 남녀 울게 ᄒᄀ 웃게 ᄒᄂ 이 귀성 이 밉시가 엇지 아니 어려우며 득음이라 ᄒᄂ난 거슨 오음을 분별ᄒᄀ 육률을 변화ᄒ야 오쥥에서 나는 쇼리 농락ᄒ여 ᄌ아닐 졔 그도 쏘한 어렵구나 스셜이라 ᄒᄂ 거슨 정금미옥 죠흔 말노 분명ᄒᄀ 완연ᄒᄀ게 식식이 금숭쳠화 칠보 단쟝 미부인이 병풍 뒤의 나셔난 듯 삼오야 발근 달이 그름 박긔 나오난 듯 시눈 쓰고 웃게 ᄒᄀ 듸단니 어렵구나 인물은 쳔셩이라 변통할 슈 업건이와 원원흔 이 쇽판니 쇼리ᄒᄂ 법례로다." 인물은 타고난 것이라서 변통할 수 없고 사설치레, 득음, 너름새는 노력으로 이루어질 수 있다는 것이다. 『조선창극사』에 명창의 일화 중에 득음하기 위해서 목에 피를 쏟는 노력을 한 예가 여럿 보이고 있지만, 사설치레를 위해 노력한 예는 보이지 않는다. 이것은 사설치레가 득음보다 중요하지 않다는 것이 아니라 사설은 다른 사설에서 취하기도 하고 아전, 양반 등의 도움으로 가능했기 때문이다. 득음이나 너름새는 결국 사설을 실감나게 전달하기 위한 것이라고 할 수 있다.
26  김대행, 『한국시가구조연구』, 삼영사, 1976, 205쪽.

것은 관중의 관심이 이미 알고 있는 서사적 전개에 있지 않고 각 장면이 얼마나 여실하고 생동감 있게 표현되는가에 놓여 있기 때문이다. 확장된 사설을 한자리에서 모두 부르는 것은 부르는 입장(광대)이나 듣는 입장(청중) 모두에게 부담되기 마련이다.[29] 전바탕을 부르는 것은 광대가 감당하기도 힘들고 청중도 지루할 것이다. 또한 19세기의 판소리는 주로 유가행사나 양반의 연회에서 공연되었으므로 공연 시간도 길지 않았을 것이고, 청중들이 이미 판소리의 대강을 알고 있으므로 다 부를 필요도 없었다. 따라서 광대는 청중이 요구하는 대목을 부르거나[30] 경우에 따라서 소리판의 성격에 맞는 특정 대목을 부르기도 했을 터이지만 대부분의 경우 자신의 장기인 더늠을 중심으로 판을 짜서 불렀을 것이다.

이러한 판소리의 부분창화는 결과적으로 청중들의 판소리 감상을 제한하게 되어 한 마당 중 특정 대목만 감상할 수 있게 되면서, 다른 부분에 대한 감상 욕구를 만족시킬 수 없게 되었다. 관중들은 자기들이 원하는 대목을 감상하고 싶었을 것이고, 이를 충족시킬 수 있는 손쉽고 효과적인 방법은 판소리 사설을 소설로 전환하는 것이었다.

---

27  조동일, 「홍부전의 양면성」, 『계명논총』 5, 계명대, 1979.
28  판소리는 서사구조의 변화는 거의 나타나지 않으며 단지 서사구조를 파괴하지 않는 범위 내에서 첨삭이 이루어진다. 김연수본 〈심청가〉는 한애순본 〈심청가〉에 비해 2.5배 정도로 늘어나면서도 구조 자체는 같다. 임동철, 「판소리의 특질에 대한 분석 고찰」, 『개신어문연구』 1, 충북대 개신어문연구회, 1981, 참고.
29  박동진은 홍보가와 춘향가를 완창하는 데 각각 다섯 시간과 여덟 시간이 걸렸다. 조동일, 「판소리의 전반적 성격」, 조동일 · 김흥규 편, 『판소리의 이해』, 창작과비평사, 1978, 22쪽.
30  송만갑은 "劇唱歌는 細緞布木商과 같아서 비단을 달라는 이에게는 비단을 주고 무명을 달라는 이에게는 무명을 주어야 한다."라고 했다. 정노식, 『조선창극사』, 조선일보사출판부, 184쪽, 참고.

### 3) 판소리 기반층의 변모

평민들의 품안에서 성장한 판소리는 높은 예술성을 획득하면서부터 평민들과 점차 멀어져갔다. 17세기 말로 추정되는 형성기에는 평민이 판소리의 사회적 기반이었다. 판소리가 보다 발전된 창악으로 정립되는 18세기 중반기에는 일부 양반층이 관심을 가졌으며, 19세기에 명창들의 계보가 확립되고 판소리가 매우 세련된 창악으로 발전하면서 양반층이 더 중요한 기반층이 되었다. 그에 따라 19세기의 판소리는 양반의 취향에 맞는 사설로 개작·윤색되기도 하고 사설의 순화가 이루어지기도 했다. 이런 과정에서 양반들의 관심 밖이었던 장끼타령과 옹고집타령 등은 소리판에서 사라졌으며, 춘향가와 심청가 등 전승오가만 남게 되었고, 예술적으로 더욱 세련되어 갔다.[31] 판소리에 대한 양반들의 관심이 증대됨에 따라 광대의 사회적 지위가 상승되고,[32] 광대 자신들도 전문예술인으로서의 긍지[33]를 가지게 되었다. 따라서 광대는 소리의 대가로 더 많은 소리채를 요구하게 되고, 그것은 빈한한 양반이나 평민들이 감당하기 힘들 정도가 되었다.[34] 이러한 사정 때문에 판소리 감상은 자연 일부 양반

---

**31** 김흥규, 「판소리의 사회적 성격과 그 변모」, 『예술과 사회』, 민음사, 1979.

**32** 광대 가운데 명창들은 벼슬을 얻기도 했다. 그들에게 주어진 벼슬이 비록 實職은 아니지만 그들의 사회적 지위가 상대적으로 상승하는 데 기여했던 바가 적지 않았다. 벼슬을 얻은 광대로는 염계달(同知), 박유전(先達), 송수철(先達), 박기홍(參奉), 송만갑(監察), 이동백(通政大夫) 등이 있다. 정노식,『조선창극사』, 조선일보사출판부, 1940; 박황,『판소리소사』, 신구문화사, 1974, 참고.

**33** 판소리 광대는 판소리의 전문적인 예술성으로 해서 자신의 기량에 대해 예술인으로서의 자부심을 가지게 된다. 박만순은 "흥미가 나지 않으면 答杖을 맞으면서도 소리하지 않았다."고 하며 박기홍은 소리에 금을 하고 소리를 하는데 金의 다소에 따라 그만큼의 기예를 발휘했다고 한다. 정노식,『조선창극사』, 조선일보사출판부, 1940, 참고.

**34** 송만재의 〈觀優戱〉(1834)는 광대의 놀이채가 몰락 양반이나 평민이 부담하기에 힘든 정도로 많았음을 잘 보여준다. 〈관우희〉는 아들이 과거에 급제하여 마땅히 광대를 불러 그 소리와 재주를 즐기는 聞喜宴을 벌여야 하지만 가난하여 문희연 대신 그동안 다른 사람의 문희연에서 보고 들은 바를 시로 읊어 대신한 것이다. "國俗 登科必畜倡一聲一技

---

층이나 부호들에게 한정되었고, 평민들은 판소리 감상에서 소외될 수밖에 없었다.

평민들은 판소리를 양반, 부호층에게 넘겨줄 수밖에 없었지만 판소리에 대한 관심은 여전하였다. 그들은 판소리를 감상할 수 있는 다른 길을 판소리계 소설에서 찾았다. 평민들은 판소리계 소설을 읽으면서 판소리를 계속해서 애호하였던 것이다.

### 4) 판소리 창본의 존재

판소리 사설이 비교적 길지 않았던 완창 시기에는 광대가 사설 전부를 외우는 데 별다른 어려움이 없기 때문에 창본이 필요 없었다. 그러나 판소리가 성장, 발전함에 따라 사정은 달라졌다. 사설이 확장되면서 창본을 가지지 않고는 사설 전부를 외우기 힘들게 되었다. 따라서 판소리 창본의 필요성이 절실하게 되고, 그 결과 기록물로서 창본이 나오게 되었다.

판소리 광대들은 스승의 창본을 轉寫한 것을 가지고 사설을 외우고 난 다음에 판소리의 창곡을 口傳心授하여 외운 사설과 결합시키는 방법으로 전수 받는다.[35] 이러한 사실은 '적벽가의 초고는 여러 사람의 다년 傳讀하는 동안에 파열되어 겨우 數章 紙片이 餘存하여 있고'라는 기록이나 염계달이 도중에서 장끼전 한 권을 습득하여 장끼타령에 주력했다는 기록 등에서 확인된다.[36]

판소리 장르에 대해서는 희곡, 서사시, 소설, 독자적인 장르(판소리)라

---

家兒今春 聞喜顧甚貧不能具一場之戲而聞之九街風 鼓笛之風於此興復不淺 倣其聲態 聊倡數韵' 원문은 이혜구, 「宋萬載의 觀優戲」(『중앙대 30주년 기념논문집』, 1955, 119쪽)에서 재인용.

**35**  서종문, 『판소리사설연구』, 형설출판사, 1984, 100쪽.

**36**  정노식, 『조선창극사』, 조선일보사출판부, 1940, 31쪽 및 26쪽.

는 견해가 나누어져 있다.[37] 이것은 판소리가 지닌 복합적인 성격에 기인한 것이지만 판소리 사설만 따로 생각하면 서사장르로 보는 것이 옳을 것 같다. 판소리 사설의 서사장르적 성격은 소설이 가지는 장르적 성격과 동일하다. 장르종으로 보면 소설과 판소리로 갈라지지만 장르류 개념으로 보면 같은 서사장르인 것이다.[38] 이러한 점은 판소리 사설이 소설로 전환하는 데 있어서 결정적인 구실을 한다. 즉 판소리 사설이 그대로 독서물로 그 기능이 전환되기만 해도 소설이 될 수 있다는 것이다. 완판본 〈열녀춘향수절가〉나 완판본 〈퇴별가〉, 세창서관본 〈흥보전〉 등은 원래 창본(판소리 사설)으로 존재했던 것인데, 후대에 와서 방각되거나 인쇄되면서 소설로 전환된 대표적인 것이다.[39]

## 5) 소설의 상품화와 독자층의 증대

먼저 조선 후기에 보편화되었던 소설의 상품화부터 살펴보기로 한다. 조선 후기에 상업이 발달함에 따라 문학 작품도 상품화의 대상이 되었는데, 소설은 다른 문학 장르보다 독자에게 강한 흥미를 제공할 수 있어서

---

**37** 1966년 11월 1일 서울대 동아문화연구소에서 '판소리의 장르 문제'라는 심포지움이 있었는데, 여기서 이능우는 '판소리는 소설이다.' 이두현은 '판소리는 희곡이다, 강한영은 '판소리는 판소리이다. 김우탁은 '판소리는 우리의 독특한 장르이다.'라고 주장하였다. 『동아문화』 6, 동아문화연구소, 1966, 참고.

**38** 조동일, 「판소리의 장르 규정」, 조동일·김흥규 편, 『판소리의 이해』, 창작과비평사, 1978.

**39** 완판본 〈퇴별가〉는 창본으로 정리된 신재효본 〈兎鼈歌〉를 거의 그대로 板刻한 것이다. 신재효는 판소리 창본의 사설로 정착시켰고, 완판본은 독서물로 인쇄된 것이므로 판소리 청중과 소설 독자라는 관계 속에서 둘의 존재 양태가 다르다. 세창서관본 〈흥보전〉도 "冒頭에 북을 치되 잡스러이 치지 말고 쪽 이렇게 치랏다 만리장성은 담 안에 아방궁 높이 짓고 옥쇄를 드러치며 륙국 제후 죠희 밧드시 긔암층층 만학쳔봉 깁흔 곳의 잣나뷔 색기 두고 애경을 못 이긔여 스러져가난 다시 치면 내-별별 이상한 고담 하나를 하야 보리랴'로 되어 있어 특정 창본에서 가져온 것이 분명하며, 인쇄되어 출판되면서 독서물인 소설로 그 기능이 전환된 것이다.

일찍부터 상품화되었다.[40] 소설의 상품화는 소설 강독사의 활약, 세책업의 성행, 방각본의 출판 등을 통해 이루어졌다. 이러한 현상들이 판소리 사설이 소설로 전환하게 된 동인으로 작용하였을 것이다.

소설 강독사는 청중을 대상으로 장소를 이동해 가면서 일정한 작품을 레퍼토리로 삼아서 대가를 받고 구연해 주던 사람이다. 우리나라에서 이 직업적인 소설 강독사는 18세기 초쯤부터 존재했으며, 19세기에 활동이 두드러지기 시작하였다. 소설 강독사는 시정에서 인기 있는 몇 편의 소설을 레퍼토리로 지니고 있으면서 청중이 원하는 작품을 낭독하였을 것이고, 그 레퍼토리 속에는 임장군전과 소대성전, 설인귀전과 같은 영웅소설도 있었고 심청전과 같은 판소리계 소설도 포함되어 있었다. 소설 강독사는 다리 아래나 梨峴, 校洞, 大寺洞 입구, 종루 앞 등에서 평민 독자층을 상대로 영업하였으며, 영업을 지속하기 위해서는 평민들이 선호하는 작품을 레퍼토리로 선택했을 것이다. 평민들이 판소리 감상에서는 소외되었다고 하더라도 판소리 감상에 대한 욕구는 여전했을 것이다. 소설 강독사는 이러한 평민들의 판소리 감상 욕구에 편승하여 판소리 사설을 자신의 레퍼토리의 하나로 차용하였을 것이다.

다음으로 주목되는 것은 세책가의 존재이다. 세책가는 여러 종류의 소설을 구비하여 놓고 독자에게 돈을 받고 소설을 빌려 주는 것으로 낭독업보다 발전된 영업 방식이라 할 수 있다. 우리나라에서 세책업은 18세기 후반에 이미 보편적인 현상이었으며 그 뒤로도 계속 성행하였다.[41] 세책업은 새로운 소설이 계속 공급되어야 가능하고 또한 여러 종류의 소설이 갖추어져 있어야 지속될 수 있다.[42] 그리고 세책업은 지역적으로 한정된

---

40  조동일, 『한국소설의 이론』, 지식산업사, 1977, 404쪽.
41  조동일, 『한국소설의 이론』, 지식산업사, 1977, 409-411쪽, 참고; 大谷森繁, 「조선조의 소설독자 연구」, 고려대학교 대학원 박사학위논문, 1984, 78-84, 111-115쪽, 참고.
42  소설 독자는 한 번 빌려 본 소설을 거듭 빌려 보지 않고 계속 다른 새로운 소설을

범위 내에서만 가능하기 때문에 독자의 수도 제한적일 수밖에 없다.[43] 세책가도 한정된 독자층을 상대로 영업을 해야 하기 때문에 항상 새로운 소설을 구비하려고 노력하게 되고, 그 노력의 결과 소설 창작을 자극하여 많은 영웅소설 등이 창작되기도 했으며, 판소리 사설의 소설로의 전환에도 상당한 영향을 끼쳤을 것으로 보인다. 즉 세책가는 당시에 상당한 인기를 누렸던 판소리에 눈을 돌리게 되었고, 그리하여 판소리 사설을 상품으로 내놓게 되었다.

방각본의 출현도 판소리 사설이 소설로 전환하게 되는 동인으로 작용했던 것으로 주목된다. 소설 방각본은 영리를 목적으로 출판된 것인데, 소설 낭독업이 지닌 시간적 제약이나 세책업이 지닌 지역적 제약을 벗어나 언제, 어디서나 소설을 필요로 하는 독자에게 소설을 공급할 수 있기 때문에 소설 보급의 가장 효과적이고 이상적인 방법이며 동시에 가장 대중적인 방법이라 할 수 있다. 방각본 출판에는 많은 경비가 소요되는 등 어려움이 따르지만 한 번의 판각으로 많은 부수를 생산할 수 있는 이점도 지니고 있다. 따라서 방각본 출판업자들은 인기소설을 엄선하여 이익이 보장되는 작품을 출판하였다. 우리나라의 방각본은 18세기 후반기에 출현하였는데 본격적인 한글소설의 방각본 출판은 19세기 중반기의 일로 보인다.[44] 방각본업자는 인기 있던 판소리 사설을 출판하여 서울은 물론 송도, 대구, 평양과 같은 도시나 전국 각지의 5일장을 통해 소설

---

빌려 보려고 하기 때문이다.

43  세책가는 서울 이외의 지역인 松都, 대구, 평양 같은 도시에도 없었다고 한다. 이것은 서울 이외의 지역에서는 세책업이 가능할 정도의 독서 인구가 충분하게 형성되어 있지 못한 사정을 말해준다. Maurice Courant, *Bibliographie Coréenne*, 박상규 역, 『한국의 서지와 문화』, 신구문화사, 1974, 18쪽, 참고.

44  김동욱, 「한글소설 방각본 성립에 대하여」, 『향토서울』 8, 1960, 참고; 김동욱, 「방각본에 대하여」, 『동방학지』 11, 연세대학교 동방학연구소, 1970, 참고; 조동일, 『한국소설의 이론』, 지식산업사, 1977, 411-415쪽, 참고; 大谷森繁, 「조선조의 소설독자 연구」, 고려대학교 대학원 박사학위논문, 1984, 105-111쪽, 참고.

독자에게 보급함으로써 독자층을 평민층에까지 넓혀 나갔다.[45] 즉 소설 방각본의 출현은 판소리 사설의 소설로의 전환을 더욱 가속화하였던 것이라 할 수 있다.

17·18세기까지는 양반 사대부나 양반 부녀자가 소설의 주된 독자층이었다.[46] 그러나 18세기 후반으로 내려오면서 평민 남성이 소설 독자층으로 등장하게 되어 소설 독자층이 더욱 증대되었다.

조선 후기에 상업자본의 발달은 평민의 경제력을 향상시켰으며, 그 결과 평민 가운데 상당한 경제적 부를 축적한 부류가 등장하게 되었다. 경제적으로 여유가 생긴 평민층은 생업에만 매달리던 생활에서 벗어나 생활의 여유를 가지게 되어 오락에도 관심을 가지게 되었을 것이고, 오락의 대상물로 흥미 있는 소설을 선택하기도 했을 것이다. 그런데 평민층은 대체로 전통적으로 한문 교육을 받을 기회가 없었기 때문에 한문소설을 읽을 수는 없었다. 평민 중에서 한글을 깨친 사람은 한글소설을 직접 읽었을 것이고, 그렇지 못한 사람은 강독사의 소설 낭독을 통해 소설적 흥미를 즐겼을 것이다.

평민층의 남성은 양반 부녀자가 주로 세책가를 통해 소설을 감상한 것[47]과 달리 주로 전기수의 낭독이나 방각본 소설을 통해 소설을 애호했던 것으로 보인다. 鍾街의 담배 가게에서 소설 낭독을 들었으며, 다리 밑이나 梨峴과 鍾樓 앞 등에서도 소설 낭독을 들었다. 梨峴은 七牌와 더불어 서울에서 가장 큰 상업 중심지였고 鍾樓 앞은 市廛이 집중적으로 분포된 곳으

---

45  구중서, 「이야기책과 5일장」, 『전통문화』 10월호, 전통문화사, 1985, 참고; Maurice Courant, *Bibliographie Coréenne*, 박상규 역, 『한국의 서지와 문화』, 신구문화사, 1974, 18쪽, 참고.

46  조동일, 『한국소설의 이론』, 지식산업사, 1977, 415-421쪽, 참고; 大谷森繁, 「조선조의 소설독자 연구」, 고려대학교 대학원 박사학위논문, 1984, 참고.

47  조동일, 『한국소설의 이론』, 지식산업사, 1977, 409-411쪽 및 415-421쪽, 참고; 大谷森繁, 「조선조의 소설독자 연구」, 고려대학교 대학원 박사학위논문, 1984, 100-200쪽, 참고.

로[48] 여기에 모여드는 사람들은 상인이거나 상거래를 위해 온 사람들로 평민층이 대부분이었다. 이런 곳에서 전기수의 소설 낭독을 듣다가 흥분하여 사람을 죽일 정도로 소설적 흥미에 몰입하기도 했던 것이다.[49] 방각본 소설의 전국적인 유포도 평민 남성 독자층의 증대에 중요한 역할을 하였다. 영리를 목적으로 출판된 방각본 소설은 상인들에 의해 종각에서 남대문 사이에 집중되어 있는 서점에서 잡동사니와 함께 진열되어 팔리기도 했으며, 전국 각도에 5일마다 서는 1,000개 이상의 장시에서 잡화와 함께 팔렸다. 방각본 소설은 세책에 비하면 아주 싼 10文(100文이 一兩) 정도여서 소설에 흥미를 가진 사람이면 큰 부담 없이 구입하여 읽을 수 있었다.[50]

상인을 포함한 서민층의 취향에 맞는 소설은 별다른 학식이 없어도 쉽게 이해할 수 있는 한글소설이었다. 이들은 자신들과 같이 만족스럽지 못한 사회적 처지에 있는 소설 주인공이 적대자와 투쟁하여 마침내 승리하는 과정에서 자기들의 잠재적 욕구를 확인하는 기쁨을 발견할 수 있었던 것이다.[51]

판소리 사설의 소설로의 전환은 이와 같이 증대된 평민 독자층의 기반 때문에 가능하였으며, 그들의 판소리계 소설에 대한 애호에 힘입어 판소리 사설의 소설로의 전환이 더욱 가속화되었던 것이다.

---

48 조동일, 『한국소설의 이론』, 지식산업사, 1977, 426쪽.
49 "諺有之 鍾街烟肆 聽小史稗說 至英雄失意處 裂眦噴沫 提折草劍 直前擊讀的人 立斃之(속언에 있기를, 종로의 담배 가게에서 小史稗說을 듣다가 영웅이 실의한 곳에 이르러 눈을 부릅뜨고 입에 거품을 품고 담배 써는 칼로 곧바로 낭독자를 찔러 선 채로 죽게 하였다.)" 『正祖實錄』, 正祖 14年(1790) 八月 戊午.
50 Maurice Courant, *Bibliographie Coréenne*, 박상규 역, 『한국의 서지와 문화』, 신구문화사, 1974, 14-19쪽, 참고.
51 조동일, 『한국소설의 이론』, 지식산업사, 1977, 427쪽.

## 5. 판소리 사설의 소설로의 전환 양상

판소리는 열린 장르적 속성인 개방성[52]으로 인해 서사적 골격이 파괴되지 않는 범위 내에서 사설의 확장·축약 등 변개가 비교적 자유로웠는데, 그것은 주로 사설의 확장 쪽으로 이루어졌다. 판소리 사설의 확장은 주로 장면극대화를 통해 이루어졌으며,[53] 사회상의 변모에 따른 관중의 취향 변화를 적극 수용함으로써 이루어지기도 했다.[54] 판소리 사설은 소설로 전환될 때 사설이 그대로 정착되기도 했고 확장되기도 했으며 축약되기도 했다. 판소리 사설이 그대로 정착되어 소설로 전환된 것은 판소리 창본의 단순한 기능 전환이라 할 수 있는데, 이러한 현상은 완판본에서 흔하게 발견되는 것으로 판소리 사설에 익숙한 독자의 취향에 알맞은 것이다.

판소리 사설이 축약 쪽으로 변개되면서 소설로 전환된 것은 경판본에서 많이 보인다. 이것은 영리성을 고려한 방각본업자의 상업적 의도가 적극적으로 개입된 결과였다. 소설 방각본업자는 판매했을 때 얻을 수 있는 이윤을 계산했을 것이고, 최소의 투자로 최대의 이윤을 얻기 위해서 소설적 흥미를 잃지 않고, 서사적 줄거리를 파괴하지 않는 범위 내에서 축약하여 판각했다.

판소리 사설이 확장 쪽으로 변개되면서 소설로 전환된 것은 필사본에 많이 보인다. 판소리 사설은 광대가 연창할 때 감당할 수 있는 서술량의 제한을 받기 때문에 무한정으로 길어질 수 없으나, 소설은 그러한 제한을 거의 받지 않으므로 독자들의 흥미를 일으키기 위해 삽입하는 새로운 인물과 사건의 서술로 계속해서 길어질 수 있었다.[55] 이러한 사정은 활자

---

52  서종문, 『판소리사설연구』, 형설출판사, 1984, 127-147쪽, 참고.
53  김대행, 『한국시가구조연구』, 삼영사, 1976, 204-207쪽, 참고.
54  이원수, 「〈토끼전〉의 형성과 후대의 변모」, 『국어교육연구』 14, 경북대 사범대 국어교육과, 1982, 99-108쪽, 참고.

본에서 더욱 두드러졌다.

축약과 확장의 양상은 이본 대비를 통해 쉽게 드러난다. 토끼전의 경우, 경판본 〈토싱젼〉, 완판본 〈퇴별가〉, 가람본 〈별토가〉 등 세 이본에서 추출할 수 있는 삽화는 62개 항목인데, 그중에서 경판본에는 28개, 완판본 에는 39개, 가람본에는 56개가 보인다. 경판본이 가장 축약되어 있고 가람 본이 가장 확장되어 있으며 완판본은 그 중간이다.[56]

축약과 확장의 양상은 삽화의 수에서만 나타나는 것이 아니고 삽화의 서술 분량에서도 드러난다. 토끼전의 서두를 살펴보자.

① 화셜 딕명 셩화년간의 북히 농궁 광틱왕 웅강이 즉위ᄒ엿더니 일ᄽ은 우연이 병을 어더 졈졈 침듕ᄒ니 빅약이 무효ᄒ민 슈궁이 황ᄽᄒ여 ᄒ더니 일ᄽ은 홀연 도ᄉ 이르러 닐오디 딕왕 병환이 비록 삼심산 션약이라도 효험 이 업슬거시니 양계의 ᄂ가 톳기를 잡ᄋ 간을 닉여 작환ᄒ여 쓰면 즉ᄎᄒ리 이다 ᄒ거늘

② 지졍 갑신셰의 남히 광니왕이 영덕젼 시로 짓고 복일 낙셩홀ᄉ 동셔북 삼히왕 발ᄉ 쳥닉ᄒ야 딕연을 비셜ᄒ니 영타고 옥용젹과 능파슨 치연곡의 풍유도 장할시고 슘위로 구젼단을 실토로 셔로 먹고 이삼 일이 지닉도록 질근 노라 쥬어더니 연무호연이라 즌치을 ᄑ흔 후의 용왕이 병이 나셔 어탑 의 놉피 누어 여러 늘 신음ᄒ여 용셩의로 우난구나

③ 西海 龍王神의 다 根本이 잇것다. 東海 靑龍은 河明이요 南海의 赤龍 은 冲隆이요 西海 白龍은 巨乘이요 北海 黑龍 禹强이라 ᄒ되 唐나라 天普之

55 서종문, 『판소리사설연구』, 형설출판사, 1984, 160쪽.
56 인권환, 「토끼전의 비교 고찰」, 『인문논집』 29, 고려대 문과대, 1984.

年의 封흥시기을 東海 龍王은 廣淵王이요 南海 龍王은 廣利王이요 北海 龍王은 廣宅王이요 西海 龍王은 廣德王이라 흥니 一品이 極重흥則 南海 廣利王이 靈德殿 시로 짓고 大宴을 排設할 제 三海 龍王을 請來흥니

위 인용문의 ①은 경판본, ②는 완판본, ③은 가람본의 서두 부분으로 서술 분량은 거의 같다. 그러나 ①에는 용왕의 발병, 도사의 내방, 토끼 간의 천거 등이 있고, ②에는 大宴 배설, 용왕 발병, ③에는 대연 배설만 있다. 한 삽화의 서술량도 경판본이 가장 축약되어 있고, 가람본이 가장 확장되어 있음을 알 수 있다.

판소리 사설이 소설로 전환되면서 고소설의 특징이 반영되기도 했다. 경판본의 경우 산문체로 전환이 이루어졌고, 초두가 고소설의 전형적인 話頭辭인 '화설'로 시작되고, 일정한 시점에서 이야기가 진행되는 것 등이다.[57] 그러나 이러한 양상은 부분적인 것이고, 대부분의 완판본과 필사본은 판소리 사설적 성격을 강하게 지니고 있다.


## 6. 판소리계 소설의 출현 양상

판소리계 소설은 필사본 형태와 방각본 형태로 나타나 소설 독자의 사랑을 받았다. 필사본에 비해 방각본은 다수 독자를 대상으로 하여 상업성이 강하였다.

필사본은 다양한 경로를 통해 이루어졌다. 필사본은 판소리 사설이 소설로 전환되던 초기부터 있었으며 그 뒤로도 지속되었다. 필사본은 세책가의 貸本用으로 정착되기도 했고, 賃寫本으로 정착되기도 했으며, 개인

---

57  서종문, 『판소리사설연구』, 형설출판사, 1984, 37-49쪽, 참고.

의 轉寫本으로 정착되기도 하여 일정한 성격을 찾기가 어렵다. 이러한 필사본은 방각본이 출현하면서 그 역할의 일부를 방각본으로 넘겨주었지만 여전히 중요한 소설의 보급로 역할을 하였다.[58]

방각본 한글소설은 19세기 중반기에 서울, 안성, 전주 지방에서 출현하여 소설 독자의 대중화에 크게 기여하였다. 방각본은 원래 상인의 영리목적과 소설 독자의 욕구가 부합되어 출현한 것이지만, 경판본과 완판본은 각기 상당히 다른 성격으로 출현하고 있어 주목된다.

먼저 경판본부터 살펴보기로 한다. 19세기에 와서 소설 독자층이 증대되면서 소설의 수요가 증가하고, 서울의 상인들이 영리를 목적으로 소설을 간행하였다. 서울은 상업의 중심지요 출판문화의 중심지이므로 서울에 방각본 한글소설이 먼저 등장한 것은 매우 자연스러운 현상이다. 경판본은 서울의 冶洞을 비롯하여 紅樹洞, 由洞, 美洞 등지에서 출판되었다.[59] 그런데 방각본을 출판하는 데는 상당한 경비(소설을 구하고, 판각을 하고, 종이를 구입하고, 인쇄하는 경비)가 소요되기 때문에 경제적 모험이 따르게 된다. 따라서 방각본업자들은 수익성을 보장받을 수 있는 인기 소설을 선택하게 되고 또한 출판 경비를 줄이기 위해 서사적 골격을 유지하면서 소설적 흥미를 잃지 않는 범위 내에서 축약하게 되었다.

안성판은 京畿道 安城郡 寶蓋面 箕佐里에서 출판되었다. 안성은 경기지방의 상업 중심지로, 破故紙를 원료로 종이를 재생하는 紙所가 있어 인쇄용 종이를 싼 가격으로 쉽게 구할 수 있었기 때문에 방각본이 출판될 수 있었던 곳이다.[60] 안성판은 경판의 영향을 크게 받아 형성되었는데 경판본과 거의 차이가 없으며,[61] 경판본의 판목을 그대로 사용한 것도

---

58  大谷森繁, 「조선조의 소설독자 연구」, 고려대학교 대학원 박사학위논문, 1984, 참고.
59  김동욱, 「한글소설 방각본의 성립에 대하여」, 『향토서울』 38, 1960, 참고; 이능우, 『이야기책(고대소설) 板本誌略』, 『고소설연구』, 삼우사, 1975, 참고.
60  김동욱, 「坊刻本에 대하여」, 『동방학지』 11, 연세대학교 동방학연구소, 1970, 111쪽.

있다.

경판본은 書店이나 書儈, 褓負商, 場市를 통해 전국적으로 보급되었다. 그러나 경판본은 지나친 축약 때문에 일부 독자층에 호응을 얻지 못했을 것으로 보인다. 이러한 현상은 풍부한 내용과 유려한 문체가 생명인 판소리계 소설에 더욱 두드러졌을 것이다. 왜냐하면 지나친 축약은 판소리적 사실성을 잃어버리게 되기 때문이다. 따라서 소설 독자 가운데 특히 판소리에 익숙한 전라도 지방의 독자들은 불만을 가지게 되고, 판소리적 성격이 강한 소설을 요구했을 것이다.[62] 이러한 사정 아래에서 완판본이 출현한 것이다.

완판본 한글소설은 전주에서 출판되었는데 그것은 전주가 전라도 지방의 상업 중심지였고, 방각본의 전통[63]이 있으며, 종이 생산지로 종이 공급이 용이하였고 板材의 구입이 쉬웠으며, 完南의 九石里 같은 手工業 集團 部落이 형성되어 있어 판각 기술공을 구하기 쉬웠기 때문이었다. 물론 넓은 평야 지대였기 때문에 일찍부터 경제적 안정을 얻은 부유층이 형성되어 이들이 풍부한 독자층이 되어 소설 수요의 기반이 되었던 것이다.[64]

완판본 방각업자는 판소리에 익숙한 독자층의 취향에 부합되는 소설을 출판하기 위해서 풍부한 내용과 유려한 율문체의 판소리 사설을 그대로 판각했던 것으로 짐작된다. 그 결과 완판본의 판소리계 소설은 경판본에 비해 율문체로 되어 있고, 내용도 다채롭게 되어 평균 63장이나 되었다. 완판본이 서울에 비해 절대 독자 수도 부족하고, 상권도 약세인 전주에서

---

61  김동욱, 「방각본소설 완판·경판·안성판의 내용 비교 연구」, 『연세논총』 10, 연세대 대학원, 1973, 19쪽.

62  판소리계 소설이 아닌 완판본 조웅전과 홍길동전, 소대성전 같은 영웅소설도 분량이 경판본에 비해 3배 정도인 것은 전라도 지방 독자들의 취향이 풍부한 디테일에 있음을 말해주는 것으로 볼 수 있다.

63  17세기에 坊刻性을 띤 泰仁 衙前 田以采 朴致維刊本이 있었다.

64  유탁일, 『완판방각소설의 문헌학적 연구』, 학문사, 1981, 15-34쪽, 참고.

경판본의 3배 분량으로 출판될 수 있었던 것은 방각본업자가 완판본을 출판하여 충분한 이익을 보장 받을 수 있었기 때문이다. 바꾸어 말하면, 전라도 지방에는 방각본업자의 영리를 충족시킬 수 있을 만큼 판소리적 성격을 지닌 소설을 요구하는 독자층이 광범위하게 형성되어 있었던 것이다.


## 7. 맺음말

판소리의 생성, 발전 문제는 일찍부터 연구의 대상이 되어, '근원설화 → 판소리 → 판소리계 소설'의 도식으로 정리되어 왔다. 그런데 선행연구에서는 '근원설화 → 판소리'의 과정에 관심을 집중하였고, '판소리 → 판소리계 소설'의 과정에는 거의 무관심했다.

이 글에서는 '판소리 → 판소리계 소설' 과정에 대해 살펴보았는데, 논의한 바를 요약, 정리하면 다음과 같다.

첫째, 판소리 사설은 광대의 구연을 목적으로 기록 정착된 臺本(唱本)으로서의 서사기록물이다. 판소리계 소설은 독자에게 읽히기 위해 轉寫되거나 인쇄된 口讀物로서의 서사기록물인데, 판소리 사설로 존재했던 것도 그 기능이 전환되어 독서물화되면 소설이 된다.

둘째, 판소리 사설이 소설로 전환된 시기는 19세기 전반기이고, 보편화된 것은 19세기 중반기이다.

셋째, 판소리 사설이 소설로 전환한 요인은 ① 현장예술인 판소리의 제약성, ② 판소리의 부분창화, ③ 판소리의 기반층 변모, ④ 판소리 창본의 존재, ⑤ 소설의 상품화와 독자층의 증대 등이다.

넷째, 판소리 사설이 소설로 전환되면서 그대로 정착되거나 축약되기도 하고 확장되기도 하였다. 축약은 경판본에 많이 보이는데, 방각본업자

의 상업적 의도가 적극적으로 개입한 결과이다. 확장은 필사본에 많이
보이는데, 서술량의 제한을 받지 않고 독자들의 흥미를 고려한 결과이다.
그리고 완판본에 판소리 사설이 그대로 정착된 것이 많은 것은 판소리에
익숙한 전라도의 독자를 염두에 두었기 때문이다.

# 참고문헌

강만길, 『한국근대사』, 창작과비평사, 1984.

강애희, 「한국 고대영웅소설에 나타난 삶의 양식과 그 갈등」, 이화여자대학교 대학원 석사학위논문, 1980.

강용권, 「虛婚에 관한 연구」, 『민속문화』 2, 동아대 민속문화연구소, 1980.

강진옥, 「한국전설에 나타난 전승집단의 의식구조 연구」, 이화여자대학교 대학원 석사학위논문, 1979.

강진옥, 「설화에 나타난 진리인식」, 『이화어문논집』 6, 이화여대 한국어문학연구소, 1983.

강한영, 「동초 창본의 의의」, 『월간 문화재』 4월호, 월간문화재사, 1971.

강한영 교주, 『신재효판소리사설집(전)』, 민중서관, 1974.

강한영 편, 『장자백 창본 춘향가』, 판소리학회, 1987.

강헌규, 「춘향전에 나타난 어사또 이몽룡의 남원행 경유지명의 고찰(2)」, 『지명학』 7, 한국지명학회, 2002.

경북대 문리과대학 국문학회, 『동야휘집』, 유인본.

구수훈, 『二旬綠』, 『稗林』 9, 탐구당, 1970.

구자균 교주, 『춘향전』, 민중서관, 1976.

구중서, 「이야기책과 5일장」, 『전통문화』 10월호, 전통문화사, 1985.

김갑주, 『조선시대 사원경제 연구』, 동화출판사, 1983.

김경희, 『김연수 판소리 음악론』, 민속원, 2008.

김광순, 『경북민담』, 형설출판사, 1978.

김광순, 「춘향전 근원설화의 연구사적 검토」, 『국어국문학』 103, 1990.

김교봉, 「'바보 사위' 설화의 희극미와 그 의미」, 『민속어문논총』, 계명대출판부, 1983.

김기동 편, 『이조해학소설선』, 정음사, 1979.

김기형, 『춘향제 70년사』, 춘향문화선양회, 2001.

김기형, 『춘향제 80년사』, 민속원, 2015.

김기형 역주, 『적벽가 · 강릉매화타령 · 배비장전 · 무숙이타령 · 옹고집전』, 고려대학교 민족문화연구원, 2005.

김대행, 『한국시가구조연구』, 삼영사, 1976.

김대행, 『우리시대의 판소리문화』, 역락, 2001.

김동욱, 『춘향전 연구』, 연세대학교출판부, 1965.

김동욱, 「방각본에 대하여」, 『동방학지』 11, 연세대학교 동방학연구소, 1970.

김동욱, 「한글소설 방각본 성립에 대하여」, 『향토서울』 8, 1960.

김동욱, 『한국가요의 연구』, 을유문화사, 1961.

김동욱, 「이조소설의 작자와 독자에 대하여」, 『장암지헌영선생화갑기념논총』, 1971.

김동욱, 「방각본소설 완판 · 경판 · 안성판의 내용 비교 연구」, 『연세논총』 10, 연세대 대학원, 1973.

김동욱, 『증보 춘향전 연구』, 연세대학교출판부, 1976.

김동욱, 「〈홍길동전〉의 비교문학적 고찰」, 『허균의 문학과 혁신사상』, 새문사, 1981.

김동욱 · 김태준 · 설성경 공저, 『춘향전비교연구』, 삼영사, 1979.

김만중, 『西浦漫筆』.

김부식, 『三國史記』.

김삼불, 『배비장전 옹고집전』, 국제서관, 1950.

김석배, 「〈내 복에 산다〉형 민담 연구」, 『문학과 언어』 3, 문학과언어연구회, 1982.

김석배, 「비보풍수전설과 이야기집단의 의식구조」, 『문학과 언어』 5, 문학과언어연구회, 1984.

김석배, 「의적계 한문단편의 성격」, 『문학과 언어』 6, 문학과언어연구회, 1985.

김석배, 「판소리사설의 소설로의 전환 문제에 대한 고찰」, 『국어교육연구』 17, 경북대 사대 국어과, 1985.

김석배, 「〈골생원전〉 연구」, 『고소설연구』 14, 한국고소설학회, 2002.

김석배, 『춘향전의 지평과 미학』, 박이정, 2010.

김석배 · 서종문 · 장석규, 「판소리 더늠의 역사적 이해」, 『국어교육연구』 28, 경북대 사대 국어교육연구회, 1996.

김성배, 『향두가 상조가』, 정음사, 1978.

김연수, 『창본 춘향가』, 국악예술학교출판부, 1967.

김연수, 『창본 심청가 흥보가 수궁가 적벽가』, 문화재관리국, 1974.

김열규, 『한국민속과 문학연구』, 일조각, 1975.

김열규, 『한국문학사』, 탐구당, 1983.

김은호, 「'春香像' 畵筆을 잡고」, 『삼천리』 4월호, 삼천리사, 1939.

김은호, 『서화백년』, 중앙일보·동양방송, 1977.

김일근 편주, 『親筆諺簡總覽』, 경인문화사, 1974.

김일렬, 『조선조소설의 구조와 의미』, 형설출판사, 1984.

김일렬, 『숙영낭자전 연구』, 역락, 1999.

김정자, 『한국결혼풍속사』, 민속원, 1981.

김종철, 「춘향전의 근원설화」, 장덕순 외, 『한국문학사의 쟁점』, 집문당, 1986.

김종철, 「실전판소리의 종합적 연구」, 『판소리 연구』 3, 판소리학회, 1992.

김종철, 「판소리 〈숙영낭자전〉 연구」, 『판소리의 정서와 미학』, 역사비평사, 1996.

김진영 외, 『춘향전 전집 (5)』, 박이정, 1997.

김진영·김현주 역주, 『장자백 창본 춘향가』, 박이정, 1996.

김태곤, 『한국무가집』 I, 집문당, 1971.

김학성, 『한국고전시가의 연구』, 원광대출판국, 1980.

김헌선, 「〈강릉매화타령〉 발견의 의의」, 『국어국문학』 109, 국어국문학회, 1993.

김헌선, 「〈무숙이타령〉과 〈강릉매화타령〉 형성 소고」, 『경기교육논총』 3, 경기대
  교육대학원, 1993.

김 현, 『프랑스비평학』, 문학과지성사, 1981.

김화경, 「〈야래자〉 설화의 구성 구조 분석」, 장덕순선생화갑기념논총, 『한국고전산문
  연구』, 동화문화사, 1981.

김흥규, 「19세기 前期 판소리의 연행환경과 사회적 기반」, 『어문논집』 30, 고려대
  국어국문학연구회, 1991.

김흥규, 「판소리 연구사」, 조동일·김흥규 편, 『판소리의 이해』, 창작과비평사, 1978.

김흥규, 「판소리의 사회적 성격과 그 변모」, 『예술과 사회』, 민음사, 1979.

김흥규, 『한국문학의 이해』, 민음사, 1986.

노재명 글·사설 채록, 〈최승희 춘향가〉(5CD), KBS 1FM·KBS 미디어, 2005.

노재명, 「김연수 도창 창극 춘향전」 해설서, 지구레코드, 1997.

大谷森繁, 「조선조의 소설독자 연구」, 고려대학교 대학원 박사학위논문, 1984.

동국대학교 한국문화연구소, 『한국문헌설화전집(1-10)』, 태학사, 1981.

문화공보부 문화재관리국, 『韓國民俗綜合調查報告書』(全册), 1971-1980.

박용옥, 『이조 여성사』, 춘추문고 18, 한국일보사, 1976.

박일용, 「조선 후기 소설론의 전개」, 『국어국문학』 94, 국어국문학회, 1985.

박지원, 『열하일기』.

박초월, 「내 고향의 봄 (30)」, 『동아일보』, 1962. 4. 4.

박 황, 『판소리소사』, 신구문화사, 1974.

박희병, 「조선 후기 야담계 한문단편소설 양식의 성립」, 『한국학보』 22, 1981.

사재동, 「심청전 연구 서설」, 이상택 외 공편, 『한국고전소설』, 계명대출판부, 1974.

서대석, 「판소리의 전승론적 연구」, 김흥규 편, 『전통사회의 민중예술』, 민음사, 1980.

서대석, 『한국무가의 연구』, 문학사상사, 1980.

서대석, 『군담소설의 구조와 배경』, 이화여자대학교출판부, 1985.

서대석, 「성주풀이와 춘향가의 비교연구」, 『판소리연구』 1, 판소리학회, 1989.

서울대학교 규장각 편, 『조선 후기 지방지도』, 전라도편(상), 민족문화, 2005.

서종문, 「19C 한국문학의 성격」, 『19세기 한국 전통사회의 변모와 민중의식』, 고려대 민족문화연구소, 1982.

서종문, 『판소리사설연구』, 형설출판사, 1984.

설성경, 『춘향전』, 시인사, 1986.

설성경, 『춘향전의 형성과 계통』, 정음사, 1986.

설성경, 『춘향예술의 역사적 연구』, 연세대출판부, 2000.

설성경, 『춘향전의 비밀』, 서울대출판부, 2001.

설성경 편저, 『춘향예술사 자료 총서』 7, 국학자료원, 1998.

성기열, 『한일민담의 비교연구』, 일조각, 1978.

성기열, 『한국구비문학대계』 1-7(경기 강화군 편), 한국정신문화연구원, 1982.

소재영, 「이류교구고」, 『국어국문학』 42·43 합병호, 국어국문학회, 1969.

손동인, 『한국전래동화의 연구』, 정음문화사, 1984.

손진태, 『조선민족설화의 연구』, 을유문화사, 1947.

손진태, 「조선 고대 산신의 성에 취하여」, 『한국민족문화의 연구』, 태학사, 1981.

신명균 편, 김태준 교열, 「解說, 春香傳」, 『小說集(一)』, 中央印書館, 1936.

신 위, 『警修堂集』.

신재효, 『신재효판소리전집』, 연세대학교 인문과학연구소, 1969.

심노숭 지음, 김영진 옮김, 『눈물이란 무엇인가』, 태학사, 2001.

아세아문화사 편, 『악학궤범 · 악장가사 · 교방가요 합본』, 아세아문화사, 1975.

아손 그렙스트 지음, 김상열 옮김, 『스웨덴 기자 아손, 100년 전 한국을 걷다, 을사조약 전야 대한제국 여행기』, 책과함께, 2010.

안춘근, 『한국서지학논고』, 광문서관, 1979.

에리히 프롬, 김진홍 역, 『소유냐 삶이냐』, 홍성사, 1978.

에릭 홉스봄 저, 황의방 역, 『의적의 사회사』, 한길사, 1978.

오중석, 『동편제에서 서편제까지』, 삼진기획, 1994.

율란디 야코비, 이태동 역, 『칼융의 심리학』, 성문각, 1978.

유목화, 「남원 춘향제 연구」, 전남대학교 대학원 박사학위논문, 2012.

유영박, 「조선왕조 弭盜對策」, 『향토서울』 23, 1964.

유재건, 『이향견문록』, 아세아문화사, 1974.

유증선, 『영남의 전설』, 형설출판사, 1971.

유증선, 「안동의 비보풍수신앙과 그 배경」, 『안동문화』 6, 안동교대 안동문화연구소, 1973.

유탁일, 『완판방각소설의 문헌학적 연구』, 학문사, 1981.

윤성근, 「유학자의 소설 배격」, 『어문학』 25, 한국어문학회, 1971.

이가원, 「陶山別曲贅論 (中) - 그 作者 및 註釋에 대한 諸論을 읽고」, 『현대문학』 1956년 6월호.

이가원 주, 『개고 춘향전』, 정음사, 1988.

이가원 주, 『춘향전』, 태학사, 1995.

이능우, 「坊刻板本志」, 『논문집』 4, 숙명여대, 1964.

이능우, 『고소설연구』, 선명문화사, 1975.

이능화 저, 김상억 역, 『조선여속고』, 대양서적, 1973.

이덕무, 『士小節』.

이덕무, 『靑莊舘全書』.

이명구, 『옛소설』, 교양국사총서 15, 세종대왕기념사업회, 1978.

이명학, 「한문단편 작가의 연구」, 『이조후기 한문학의 재조명』, 창작과비평사, 1978.

이문규, 「한국소설에 대한 유학자의 비평의식」, 『한국학보』 31, 일지사, 1983.

이문규, 「〈춘향전〉 근원설화 재론」, 『선청어문』 24, 서울대 사대 국어교육과, 1996.

이병기 선해, 『요로원야화기』, 을유문화사, 1948.

이병연 편, 『朝鮮寰輿勝覽』, 普文社, 1938.

이보형, 「김연수 판소리 음악론」, 『월간 문화재』 4월호, 월간문화재사, 1974.

이보형, 「임방울과 김연수」, 『뿌리깊은나무』 11월호, 한국브리태니커회사, 1977.

이보형, 「판소리 제(派)에 대한 연구」, 『한국 음악학 논문집』, 한국정신문화연구원, 1982.

이상택, 『한국고소설의 탐구』, 중앙출판, 1981.

이석래, 「이류교혼 설화」, 『문리대학보』 19, 서울대 문리대, 1963.

이수봉, 「반계 이양오의 문학연구」, 『상산이재수박사환력기념논문집』, 1972.

이승균, 「복 많은 여자 계 민담 연구」, 계명대학교 교육대학원 석사학위논문, 1981.

이우성·임형택 편역, 『이조한문단편집(상)』, 일조각, 1973.

이우성·임형택 편역, 『이조한문단편집 1-4』, 창비, 2018.

이원수, 「〈토끼전〉의 형성과 후대의 변모」, 『국어교육연구』 14, 경북대 사대 국어교육과, 1982.

이원주, 「고소설 독자의 성향」, 『한국학논집』 3, 계명대 한국학연구소, 1975.

이유원, 『林下筆記』 29, 성균관대 대동문화연구원, 1961.

이유원, 『독일문예학개론』, 삼영사, 1979.

이유진, 「라디오방송을 위한 판소리 다섯 바탕 – 김연수 판소리의 특질과 지향」, 『구비문학연구』 35, 한국구비문학회, 2012.

이재선, 「바보문학론」, 『소설문학』 1월호, 1984.

이재선, 「주체적 한국문학 연구의 과제」, 『마당』 3월호, 1984.

이종항, 「풍수신앙」, 『한국민속대관』 3, 고려대 민족문화연구소, 1982.

이종항, 「풍수지리설」, 『정신문화』 봄호, 한국정신문화연구원, 1983.

이지양, 「문화콘텐츠의 시각으로 고전텍스트 읽기」, 『고전문학연구』 30, 한국고전문학회, 2006.

이해조, 『옥중화』, 보급서관, 1913.

이혜구, 「송만재의 관우희」, 『한국음악연구』, 국민음악연구회, 1957.

인권환, 「실전판소리사설 연구 – 〈강릉매화타령〉, 〈무숙이타령〉, 〈옹고집전〉을 중심으로」, 『동양학』 26, 단국대 동양학연구소, 1996.

인권환, 「토끼전 이본고」, 『아세아연구』 29, 고려대 아세아연구소, 1968.

인권환, 「토끼전의 비교 고찰」, 『인문논집』 29, 고려대 문과대, 1984.

일　연, 김원중 옮김, 『삼국유사』, 을유문화사, 2002.

임동권, 『한국부요연구』, 집문당, 1983.

임동권, 『한국의 민담』, 서문문고 31, 서문당, 1972.

임동철, 「판소리의 특질에 대한 분석 고찰」, 『개신어문연구』 1, 충북대 개신어문연구
　　　 회, 1981.

임석재, 「이류교혼담」, 『조선민속』 3, 조선민속학회, 1940.

임재해, 「무왕형 설화의 유형적 성격과 여성의식」, 『여성문제연구』 10, 효성여대
　　　 여성문제연구소, 1981.

임철호, 「문헌설화에 나타난 인간상 (Ⅱ)」, 『논문집』 11, 전주대학, 1982.

임형택, 「18, 9세기 〈이야기꾼〉과 소설의 발달」, 『한국학논집』 2, 계명대 한국학연구
　　　 소, 1975.

임형택, 「한문단편의 형성과정에서 강담사」, 『한국소설문학의 탐구』, 일조각, 1978.

임형택, 『한국문학사의 시각』, 창작과비평사, 1984.

장덕순, 『한국설화문학연구』, 서울대출판부, 1978.

장덕순, 「한국 〈야래자〉 전설과 일본의 〈삼륜산〉 전설과의 비교 연구」, 『한국문화』
　　　 3, 서울대 한국문화연구소, 1982.

장덕순, 「바보의 도전」, 『한국인』 1월호, 1984.

장덕순·조동일·서대석·조희웅, 『구비문학개설』, 일조각, 1975.

장주근, 『한국의 신화』, 성문각, 1965.

장지연, 「松齋漫筆」(108), 『매일신보』, 1916. 5. 16.

장지연, 『逸士遺事』, 匯東書舘, 1922.

전경욱, 『춘향전의 사설형성원리』, 고려대학교 민족문화연구소, 1990.

전성옥, 『판소리 기행』, 사단법인 마당, 2002.

정광수, 『전통문화오가사전집』, 문원사, 1986.

정규복, 「第一奇諺에 대하여」, 『中國學論叢』 1, 고려대 중국학연구소, 1984.

정노식, 『조선창극사』, 조선일보사출판부, 1940.

정병설, 「기생이 본 다섯 유형의 남자」, 『문헌과 해석』, 2001년 가을, 통권 16호,

문헌과해석사.

정병욱, 『한국고전의재인식』, 홍성사, 1979.

정병욱, 『한국의 판소리』, 집문당, 1981.

정병욱 교주, 『배비장전·옹고집전』, 신구문화사, 1974.

정석종, 『조선 후기사회 변동연구』, 일조각, 1984.

정신문화연구원, 『한국구비문학대계』 6-1, 1980.

정약용, 『목민심서』, 다산연구회 역주, 『목민심서』, 창작과비평사, 1978.

정인섭, 「광한루와 춘향각」, 『삼천리』 3월호, 삼천리사, 1941.

정주동, 『고대소설론』, 형설출판사, 1966.

정한숙, 『소설기술론』, 고려대출판부, 1974.

조동일, 「미적 범주」, 『한국사상대계』 1, 성균관대 대동문화연구소, 1973.

조동일, 『한국소설의 이론』, 지식산업사, 1977.

조동일, 「판소리의 장르 규정」, 조동일·김흥규 편, 『판소리의 이해』, 창작과비평사,
    1978.

조동일, 「판소리의 전반적 성격」, 조동일·김흥규 편, 『판소리의 이해』, 창작과비평사,
    1978.

조동일, 「흥부전의 양면성」, 『계명논총』 5, 계명대, 1979.

조동일, 『서사민요 연구』, 계명대출판부, 1979.

조동일, 『인물전설의 의미와 기능』, 영남대학교출판부, 1979.

조동일, 『한국문학통사 3』, 지식산업사, 1984.

조성교 편저, 『남원지』, 종합합동연구사, 1972.

조수삼, 『秋齋集』.

조윤제, 『한국문학사』, 탐구당, 1975.

조재삼, 『松南雜識』.

조희웅, 『조선후기 문헌설화의 연구』, 형설출판사, 1978.

조희웅, 『한국설화의 유형연구』, 한국문화원, 1983.

조희웅, 「한국소담연구」, 『어문학』 13, 국민대 어문연구소, 1984.

주길순, 「춘향전의 근원설화고-醜女(빡보)설화를 중심으로」, 『국어교육연구』 1,
    조선대 사범대 국어교육학회, 1975.

주길순, 「춘향전 발생의 민속적 기원」, 『한국언어문학』 21, 한국언어문학회, 1982.

중앙일보사, 『인물로 본 한국사』, 『월간중앙』 1월호, 별책 부록, 1975.

진덕규, 「조선 후기 정치사회의 권력구조에 관한 정치사적 인식」, 『19세기 한국전통사
　　　회의 변모와 민중의식』, 고려대 민족문화연구소, 1982.

차복순, 「판소리 명창 이일주의 생애와 예술」, 고려대학교 대학원 석사학위논문,
　　　2007.

차상찬, 『海東艶史』, 漢城圖書株式會社, 1954.

滄　海, 「김은호 화백의 「春香像」을 보고」, 『동아일보』, 1939. 5. 27.

채제공, 『樊巖先生集』.

川合貞吉, 표태문 역, 『중국민란사』, 일월서각, 1979.

최남선, 『고본춘향전』, 신문관, 1913.

최동현, 『판소리명창과 고수 연구』, 신아출판사, 1997.

최동현, 『동초 김연수 바디 오정숙 창 오가전집』, 민속원, 2001.

최동현, 『김연수 완창 판소리 다섯바탕 사설집』, 민속원, 2008.

최동현 글·사설 채록, 〈김연수 창 춘향가〉(8CD), 신나라·동아일보, 2007.

최래옥, 『전북민담』, 형설출판사, 1980.

최래옥, 「관탈민녀형 설화의 연구」, 『장덕순 선생 화갑기념 한국고전산문연구』,
　　　동화문화사, 1981.

최영년, 『해동죽지』, 황순구 역주, 『속악유희』, 정음사, 1986.

최영희, 『임진왜란 중의 사회동태』, 한국연구원, 1975.

최옥희, 「南原 春香祭 參別記」, 『삼천리』 7월호, 삼천리사, 1939.

최용철, 「의적 일지매 고사의 연원과 전파」, 『중국어문논총』 30, 중국어문학회,
　　　2006.

최운식, 「쫓겨난 여인 발복설화고」, 『한국민속학』 6, 민속학회, 1973.

최운식, 『충청남도 민담』, 집문당, 1980.

최운식, 「심청전연구」, 성균관대 대학원 박사학위논문, 1982.

최운일, 「해학미의 생리」, 『현대문학』 12월호, 현대문학사, 1974.

최재웅 외, 「농촌마을 당산숲의 문화콘텐츠화를 위한 방법론 고찰」, 『한국콘텐츠학회
　　　논문지』 14(5), 한국콘텐츠학회, 2014.

최　철, 「이조소설독자에 관한 연구」, 『연세어문학』 6, 연세대 국어국문학과, 1975.

충북문화공보실, 『傳說誌』, 1982.

판소리학회 감수, 『판소리 다섯 마당』, 한국브리태니커회사, 1982.

平木實, 『조선 후기 노비제 연구』, 지식산업사, 1982.

風流郎, 「反作春香傳 春香이는 정말 美人이엿더냐, 薄色고개의 한 傳說」, 『별건곤』
　　　제47호, 1932년 1월.

한국구비문학회 편, 『한국구비문학선집』, 일조각, 1977.

한국근대미술연구소 편, 『이당 김은호』, 국제문화사, 1978.

한국정신문화연구원, 『한국구비문학대계』, 1980~1982.

한국한문학회 편, 『한국한문학자료총서』 2, 『낙하생전집』, 아세아문화사, 1985.

한글학회, 『한국지명총람』 12(전라북도편 하), 2000.

한명희, 「春香傳의 地所 硏究」, 『겨레어문학』 6·7, 겨레어문학회, 1972.

한상수, 『한국민담선』, 정음사, 1979.

한우근, 『한국통사』, 을유문화사, 1970.

한정미, 「〈매화가〉의 전반적 이해」, 『판소리 연구』 10, 판소리학회, 1999.

현용준, 『제주도 신화』, 서문문고 219, 서문당, 1977.

홍성남, 「춘향전의 근원설화」, 향사설성경교수화갑기념논문집간행위원회, 『춘향전
　　　의 연구과제와 방향』, 국학자료원, 2004.

홍직필, 『梅山雜識』.


高橋亨, 『李朝佛敎』, 寶文館, 1929.

小田幾五郎, 『象胥記聞』 下, 1794(天理大圖書館 소장).

赤松智城·秋葉隆, 『朝鮮の巫俗硏究』, 大阪屋號書店, 1938.

前間恭作, 『朝鮮の板本』, 松浦書店, 1937.

村山智順, 『朝鮮の風水』, 朝鮮總督府, 1933.


C. S. 홀, 이용호 역, 『프로이드 심리학 입문』, 백조출판사, 1977.

E. J. Hobsbawm, *Social Bandits and Primitive Rebels*, 전철승 역, 『원초적 반란』,
　　　온누리, 1984.

Franz K. Stanzel, *Typische Formen des Romans*, 안삼환 역, 『소설형식의 기본유형』,
　　　탐구당, 1982.

G. S. Kirk, *Myth*, University of California press, 1971.

Henri Bergson, 김진성 옮김, 『웃음』, 종로서적, 1983.

Herbert J. Gans, *Popular Culture and High Culture*, 강현두 역, 『대중문화와 고급문화』, 삼영사, 1977.

Maurice Courant, *Bibliographie Coréenne*, 박상규 역, 『한국의 서지와 문화』, 신구문화사, 1974.

T. Hawkes, 오원교 옮김, 『구조주의와 기호학』, 신아사, 1982.


〈박봉술 춘향가 전집〉(4CD), TOP, 2005.

〈조상현 춘향가〉(6CD), 한국브리태니커회사, 2000.


「국악음반박물관」(http://www.hearkorea.com/)

「위키백과」(https://ko.wikipedia.org/)

「한국유성기음반」(http://www.sparchive.co.kr/)

「한국민족문화대백과사전」(http://encykorea.aks.ac.kr/)

「화봉문고」(http://www.hwabong.com/)

# 찾아보기